MW01502831

**Hallgrímur
Helgason**

SEEKRANK
IN MÜNCHEN

ROMAN
TROPEN

AUS DEM
ISLÄNDISCHEN
VON
KARL-LUDWIG WETZIG

Tropen
www.tropen.de
© 2015 by Hallgrímur Helgason
Für die deutsche Ausgabe
© 2015 by J. G. Cotta'sche Buchhandlung
Nachfolger GmbH, gegr. 1659, Stuttgart
Alle deutschsprachigen Rechte vorbehalten
Printed in Germany
Umschlag: Herburg Weiland, München
Unter Verwendung einer Fotografie von Frank Stolle
Gesetzt von Dörlemann Satz, Lemförde
Gedruckt und gebunden von CPI – Clausen & Bosse, Leck
ISBN 978-3-608-50151-3

Die Zitate aus Halldór Laxness' Roman *Sein eigener Herr* folgen
der deutschen Übersetzung von Bruno Kress, Göttingen: Steidl, 1998.

1

DEUTSCHE BUNDESBAHN

Er saß am Fenster und sah zu, wie Westdeutschland vorbeiflog. Straßen, Bäume, Häuser in schnellem Vorlauf. Wenigstens standen die Kühe in stoischer Ruhe und ließen sich von den Weiden in die Augen der Betrachter werfen. Der Himmel mit einer sinkenden Septembersonne über rasenden Baumwipfeln zog langsamer vorüber.

Die Reisenden warteten darauf, dass die Stadt näher kam. Neben ihm im Abteil döste eine mollige Frau mit kurz geschnittenen Haaren, die nackten Oberarme von den Widrigkeiten des Lebens ausgestopft. Der junge Mann warf aus den Augenwinkeln Blicke auf das rotfleckige Fleisch und achtete sehr darauf, nicht damit in Berührung zu kommen, er fürchtete kaum etwas mehr als die Probleme anderer. Auf dem Sitz gegenüber, am Gang neben Abteiltür und schaukelndem Vorhang, saß ein Herr mit Goldrandbrille, feingliedrigen Händen, Bart und einem Nest krauser Haare im Nacken und las eine landkartengroße Tageszeitung; auf dem mittleren Platz neben ihm schwankte eine ältere Frau mit dünnen Lippen und feinem Damenbärtchen und löste in einer Illustrierten ein Kreuzworträtsel mit stumpfem Bleistift. Dem jungen Mann missfiel beides. Warum etwas so kostbares wie Zeit totschlagen? Stumpfer Bleistift, stumpfer Verstand!

Er selbst wollte nicht einen Augenblick verpassen. Das Zugfenster zeigte einen fünf Stunden langen Film, der ihn die ganze Zeit über fesselte. In dem Buch, das er bei sich hatte, kam er nicht weiter. Joyce, *Ein Porträt des Künstlers als junger Mann*. Wie Hunde in Lichtgeschwindigkeit beschnupperten seine Augen jedes Laubblatt, das vorbeischoss. Er war gerade erst Anfang zwanzig, jeder Tag war ein Schrank voll hochglanzpolierter Wunder. Sonnenaufgang in Keflavík, Holland aus der Luft, das Logo der Deutschen Bundesbahn …

Der junge Mann war hier schon einmal entlanggefahren, doch nicht bei Tageslicht. Alle Isländer, die Europa bereisen wollten, mussten den Zug nehmen. Alle Maschinen aus Island landeten in Luxemburg, von dort ging es per Bus nach Frankfurt und dann weiter im Zug. Die Isländer hatten sich als Einfallstor nach Europa ein Land ausgesucht, das noch kleiner war als das ihre, und einen Flughafen, der noch unansehnlicher war als der ihre zu Hause, einen Flugplatz, der anderen Fluggesellschaften als der isländischen völlig unbekannt war, denn kein anderes Flugzeug landete dort. Niemand in Europa kannte dieses verborgene Zwergenland, das ein Volk beherbergte, das nur ein klein wenig größer war als das isländische, aber noch weniger von sich hielt. Selbst den Bäumen hier fehlte das Selbstvertrauen, das ihre belaubten Brüder jenseits der Grenze ausstrahlten. Die Winznation aus dem Nordatlantik betrat den Kontinent wie ein Partygast, der durch die Klotür eintritt, niemanden grüßt und so tut, als sei er schon seit Langem da. Falls dem überhaupt jemand Beachtung schenkte. Keiner hier kannte Island, und Island kannte keinen.

»From island?«, fragte sein Sitznachbar im Bus, ein Rucksackreisender aus Italien. Aus seinem Mund kam das Wort »Insel«, doch in seinen Augen stand zu lesen, dass er Irland meinte.

Jung stakste wie ein langbeiniges Kind in den Frankfurter Eisenbahntempel, eingeschüchtert und unfähig zu sprechen, ein einziges großes Auge. Die Wände bestanden aus drei Meter dicken Mauern, und die Halle war doppelt so hoch wie die größte Sporthalle in Island. Eine weibliche Stimme hallte durch das Gewölbe, und tausend Gesichter schwebten vorbei, jedes von den Spuren seines Lebens geprägt. Riesige Werbetafeln bedeckten die Wände: Ein Cowboy mit schneeweißem Hut, der vor bizarren Felsen in Utah eine *Go West* qualmte. Im Ostblock zierten Helden der Sowjetunion und bärtige Intellektuelle die Brandmauern der Häuser, die Ahnväter des Kommunismus, hier im Westen stellten Models in der Raucherpause die Idole dar. Mit dieser Erkenntnis und zwei schweren Koffern schleppte er sich in die Schalterhalle.

Er schwitzte heftig; ein isländischer Wintermantel war für einen deutschen Spätsommertag eindeutig zu warm. Aber das Ungetüm passte in keinen Koffer. Der dunkelblaue Mantel hatte eine Kapuze und war entfernt mit den legendären Dufflecoats verwandt, wurde mit einem Reißverschluss geschlossen und war aus einem derart steifen Wollstoff, dass er sich in etwa so bequem wie ein Fußabtreter trug.

Seine Brieftasche befand sich an Ort und Stelle unter der Kleidung. *Ticket, Geld, Pass.* Seine Mutter hatte es ihm eingeschärft, noch zu Hause, im Auto und am Flughafen: *Ticket, Geld, Pass.* Er hatte vorgehabt, mit dem frisch gestempelten Letzteren seinen Eltern zuzuwinken, die ihrem Jungen vom Eingangsbereich des Flughafens auf seinem Weg hinaus in die Welt nachblicken wollten, doch ein großer, dicker Mann hatte sich in der Tür postiert, und Jung hatte sich nach links beugen müssen, um mit dem linken Auge seinen Vater zu verabschieden, und dann schnell nach rechts, um mit dem rechten noch einen Blick auf seine Mutter zu erhaschen.

Die Geldbörse war handgenäht von seiner Großmutter aus den Ostfjorden, die im Zimmer neben dem des Jungen wohnte, im gleichen Alter wie das Jahrhundert war und zwei klobige Hörgeräte hinter den Ohren trug. Sie war weder je im Ausland gewesen noch hatte sie jemals eine Hose getragen, dafür schlich sie mit einer ewig feuchten Unterlippe herum, überall von den Furchen ihres Alters durchzogen wie ein Berghang bei der Schneeschmelze, sie ging durch das Haus ihres Sohns, so leise wie die ledergebundene Geschichte Islands, schlenkerte dabei mit von ewiger Arbeit langgezogenen Armen, die in großen, kräftigen Händen endeten, sodass sie eher an Ruder als an Körperteile erinnerten. Seit der Großvater 1940 gestorben war, war sie allein durchs Leben gerudert, allein mit drei Söhnen an Bord und zweien auf dem Hof.

An die Geldbörse war ein weißes Gummiband angenäht, wie der junge Mann es vom Gummitwist der Mädchen kannte. Er hatte es in aller Herrgottsfrühe in Reykjavík über die Hüfte gestreift wie ein primitives Strumpfband und die Börse anschließend in die Unterhose gestopft. *Das ist sicherer.* Der dicke Pass spannte das kühle Kunststoffmaterial und erinnerte ihn bei jedem Schritt, wenn die Außenkante der Brieftasche gegen die Innenseite seines Schenkels stieß, an die gut gemeinte Litanei.

»*En wurst* ...«

Der langbeinige Junge bestückte ein deutsches Wort unversehens mit einem dänischen Artikel, vergaß aber, das Substantiv mit einem Großbuchstaben anzufangen. Das war zu hören. Und er vergaß obendrein ein *bitte*. Das Isländische verwendete keine überflüssigen Höflichkeitsfloskeln dieser Art. Es gab ja auch nur drei Restaurants in Island. Einmal hatte er eines von ihnen besucht. Das war acht Jahre her. Büfett im Hotel Loftleiðir. Die Butter hatte in großen Kugeln auf Eiswürfeln in einer Glasschüssel gelegen, um sie kühl zu halten. Er hatte sich drei Kugeln davon mit einem Löffel auf einen tiefen Teller gepackt und welterfahren den jüngeren Zwillingsbrüdern erklärt, es handele sich um Vanilleeis, war dann aber beim ersten Bissen eines Besseren belehrt worden. Mittlerweile waren seine Brüder sechzehn, wärmten die Anekdote aber regelmäßig wieder auf und lachten noch immer darüber.

Die Wurst kam mit großem Anfangsbuchstaben und gelbem *Senf*. Zu den Vorfahren des jungen Mannes gehörte im 19. Jahrhundert ein deutscher Kaufmann, und im hintersten Winkel seines Inneren war ein Frohlocken zu vernehmen, irgendwelche schnauzbärtigen Gene leckten sich die Lippen, sie waren endlich in die Welt hinausgekommen, an den Rand eines Bahnhofs. Weiße Tischtücher und harte Sitzbänke. Und filztrockene Bierdeckel mit Schriftzügen in Schönschrift. Der Kellner fragte, ob er ein Bier wolle, aber er lehnte ab. In Island war Bier verboten. Der junge Mann hatte in seinem Leben noch nie Bier getrunken und wollte hier nicht damit anfangen. *Ticket, Geld, Pass.*

2

6,40 DM

Mit dem Zug in eine Stadt zu kommen ist etwa so, wie einen Menschen durch ein Vergrößerungsglas kennenzulernen. Zuerst erkundet man die Zehennägel, dann den Spann, dann das Bein. Wie mochte der Mensch in Wahrheit aussehen? Wir versuchen, uns ein Gesamtbild ausgehend von Knöcheln und Nasenflügeln zu machen.

Der Himmel war warmblau, die letzten Strahlen des Tages

blitzten hier und da waagerecht um Hausecken wie vergoldete Wasserstrahlen. Er kniff die Augen zusammen und sah der Vermehrung der Oberleitungen zu, ihr Netz schien immer dichter zu werden, je näher sie kamen, als wäre die Stadt eine Spinne in der Mitte ihres Netzes. Jung fasste sich ans Gesicht wie eine Fliege, die ihren Kopf mit den beiden Vorderbeinen putzt, und rieb sich seinen Gesichtsausdruck weg; er wollte einer neuen Stadt nicht mit einer alten Grimasse entgegentreten. In einem Mundwinkel trat unter der Haut ein hässlicher Pickel hervor.

Das Einzige, was er von München kannte, waren Boney M und der FC Bayern München. Er hatte nie nach München gewollt. Eigentlich hatte er ins geteilte Berlin gehen wollen, mit der faszinierenden Mauer und der Atmosphäre des Kalten Krieges, er wollte ein freier Künstler werden, in der Freien Stadt West-Berlin, frei von allem – von Freunden, Familie, Schule und Land. Aber der Sohn des Dichters hatte über diese Idee nur geschnaubt.

»Du darfst dich in Deutschland gar nicht aufhalten, außer wenn du eine Schule besuchst.«

»Eine Schule?«

»Ja, warum bewirbst du dich nicht an der Kunsthochschule?«

»Schule halte ich nicht aus. Ich habe die Nase voll von Schulen.«

»Nach nur einem Winter ›Bild und Hand‹?«

»Ja. Schule ist was für Heulsusen.«

»Aber was willst du denn machen in Berlin?«

»Ich will da nur sein.«

»Sein?«

»Ich sein.«

»Das geht nicht. Du musst studieren oder eine Arbeit haben.«

»Aber das ist doch Arbeit.«

Der Sohn des Dichters hatte hingegen gleich gewusst, was er wollte, und sich an der Uni Freiburg für Literaturwissenschaft eingeschrieben. Hölderlin, Heine, Handke, das waren Männer nach seinem Geschmack. Er war jemand, dessen Wort Gewicht hatte. Er las und sprach Deutsch, kannte Deutschland, sein Vater hatte ein Gedicht auf den Kölner Dom geschrieben. Und es stimmte natürlich, was er sagte. In West-Berlin wäre der junge Mann auf der Straße angehalten worden, nach seinem Ausweis und persönlichen Angaben gefragt und dann ins Kittchen gesteckt worden. In großen Ländern hing alles an Stempeln. Obwohl das westliche Wirtschaftssystem angeblich auf der »Freiheit des Einzelnen« beruhte, fürchtete es kaum etwas mehr als die wirkliche Freiheit des Einzelnen. Er entschloss sich, nachzugeben und sich an einer Hochschule zu bewerben, aber da waren die Fristen abgelaufen, außer an der Kunstakademie in München.

Der Name der Stadt dröhnte aus einem Lautsprecher über dem Zugfenster, der wie ein vorsintflutliches Radio aussah. Sein Herz machte einen Satz, und Jung sprang auf. Er hatte drei Minuten zum Aussteigen, drei Minuten und zwei Koffer ... *Ticket, Geld, Pass.* Er warf sich mit ausholenden Bewegungen in den Mantel und schlug dem Mann mit den feingliedrigen Händen fast die Zeitung aus denselben, drehte sich um und wischte aus Versehen mit den Schößen über das Kreuzworträtsel der Frau in der Mitte, als er die Koffer aus dem Gepäcknetz über den Sitzen zerrte. Er kam aus einem dünn besiedelten, weiten Land und war beengte Verhältnisse nicht gewöhnt. Darum stieß er heftig mit dem Schnurrbärtigen zusammen, der sich ebenfalls erhoben hatte.

»Bitte!«

»Excusigung.«

Die Sonne war hinter der Stadt zu einem anderen Horizont verschwunden, hatte aber die meiste Hitze auf dem schattigen Bahnsteig zurückgelassen. Der junge Mann vergoss Schweiß in Strömen, als er seine beiden Gepäckstücke, eines dieser modernen Plastikungetüme, riesig und weinrot, und einen dunkelbraunen Koffer härterer Machart, in Etappen den Bahnsteig entlangschleppte. Die reisegeübten Bayern überholten ihn mit ihren großen Zeitungen unter dem Arm oder einem kleinen Hündchen an der Leine. Die Leute waren erstaunlich leicht gekleidet, ohne Mäntel, nur in kurzärmeligen Hemden, manche sogar in kurzen Hosen, ein Mann barfuß in Sandalen. Und er hatte gedacht, die Deutschen seien Menschen, bei denen Ordnung und Anstand herrschten.

Er blieb unter einer riesengroßen schwarzen Anschlagtafel stehen, die die Abfahrt der Züge anzeigte. In Zeilen von Rechtecken erschienen jeder Buchstabe und jede Zahl in einem eigenen schwarzen Kästchen. Wenn eine Anzeige geändert werden musste, blätterten Täfelchen um, bis die richtige Nummer erschien. Fasziniert sah sich Jung dieses Umblättern eine Weile an, das Geräusch, das dabei entstand, erinnerte ihn an das Klopfen von Schwimmhäuten auf einem nachtstillen Hochlandsee.

Westdeutsche Taxis waren beigegelb lackiert und sahen aus wie Buttercremeschnitten. Dagegen mussten ostdeutsche Taxis natürlich kartoffelgelb sein. Oder gab es da gar keine Taxis? Aber wer hatte bloß diese grässliche Farbe ausgesucht? Dem Isländer wurde ein wenig flau, als er draußen vor dem Bahnhof vor der Reihe von cremegelben, fetten Mercedes-Limousinen stand. Er schaffte es, einem schwermütigen Fahrer mit Hängebauch, der bei jedem Koffer schnaufte, eine Adresse zu nennen, und beobachtete dann vom Rücksitz aus den Taxameter wie ein Schießhund. *Lass dich nicht übers Ohr hauen!*

Der Taxameter zeigte 2 Mark und 70 Pfennig, 3 Mark, 3 Mark und 30 Pfennig ... Der Preis kletterte gleichmäßig weiter. Er stieg sogar, wenn das Taxi stand. 30 Pfennig für einmal Warten an einer roten Ampel! Unverschämtheit! Auf der Toilette im Zug hatte er einen Fünfmarkschein aus der Geldbörse gezerrt, um Geld für das Taxi parat zu haben, aber jetzt stand die Taxiuhr schon bei 4,40 DM. Hätte er besser kein Taxi genommen? *Doch, nimm vom Bahnhof ein Taxi. Das ist das Einfachste.* Hatte seine Mutter gesagt. Aber sie hatte ihm andererseits auch eingeschärft: *Verschwende dein Geld nicht für Überflüssiges wie Taxis.* Mama war Meisterin der Flexibilität.

»Ist das dein Ernst, allein nach Deutschland zu gehen, bevor du den Abschluss von der Kunsthochschule hast?«

»Ja, die Kunsthochschule ist nichts für mich.«

»Aha. Nun, es wird dir sicher gut tun, etwas von der Welt zu sehen.«

Und jetzt stand er mit zwei Koffern schweißgebadet in einem blauen Mantel auf einem Bürgersteig im Herzen des Kontinents und war ein wenig verunsichert, nachdem er hinter dem Hosenbund nach zwei weiteren Markstücken hatte fischen müssen. Das cremegelbe Taxi entfernte sich, bis es etwa noch so groß war wie das flaue Gefühl in seinem Bauch.

3

HOHENZOLLERNSTRASSE

Seine Mutter kannte eine Frau, die einen Sohn hatte, der in München Philosophie studierte. So kam es, dass der junge Mann Zugang zu dessen etwa schrankgroßer Bleibe auf der vierten Etage eines Studentenwohnheims erhielt. Der Sohn war noch nicht eingetroffen, und deshalb durfte Jung die erste Woche in dieser Behausung verbringen.

Das Haus besaß keinen Aufzug, er musste zweimal laufen, um

seine Koffer auf die vierte Etage zu schleppen. Nach der ersten hatte sich der Mantel in eine finnische Sauna verwandelt. Er kam trotzdem nicht auf den Gedanken, ihn auszuziehen. Wenn man jung ist, hat man mehr in den Beinen als im Kopf.

Er holte tief Luft, wischte sich den Schweiß von der Stirn und trocknete die Hand am Mantel ab, ehe er sie dem Mann reichte, der oben auf dem Treppenabsatz auf ihn wartete. Seinem Akzent nach zu urteilen war er Schweizer, hager und mit schütterem Haar, gelblich brauner Haut, grauem T-Shirt. Worte kamen aus ihm heraus wie Schinkenstückchen aus einem Fonduetopf. Es dauerte ein Weilchen, bis Jungs Ohr die deutschen Worte verstand, die in dem Schweizer Käse steckten. Der Mann mit dem schütteren Haar zeigte Jung die Unterkunft und führte ihn einen langen, braun glänzenden Flur entlang, klimperte dabei mit seinem Schlüsselbund und glich unangenehm einem Gefängniswärter. Endlich blieb er vor einer Tür stehen und schloss auf. Der Isländer bedankte sich und schob sich mit den Koffern quer in die Zelle. Die Wände waren getäfelt, ein Schreibtisch unter einem kleinen Fenster, ein winziges Waschbecken seitlich daneben und, davon abgetrennt, ein schmales Bett: das Zimmer des Philosophiestudenten.

Der junge Mann war seltsam unempfänglich für die erhabenste Disziplin des menschlichen Geistes. Nachdem er um Weihnachten sein Abschlussexamen absolviert hatte, hatte er den halben Winter an der Universität Islands in Philosophieseminaren gehockt und mit grünem Kugelschreiber unter eisweißem Neonlicht einige Notizbücher mit Stichwörtern und Kritzeleien an den Seitenrändern gefüllt. »Wie begann die Kausalkette, und wo trat die Vernunft des Menschen auf den Plan? Entsteht Wissen aus Erfahrung oder aus logischem Denken?« Zu solchen Fragen hegten viele kluge Köpfe (Spinoza, Leibniz, Hume, Kant …) Ansichten, die auf den jungen Mann wie algebraische Formeln wirkten. Doch anders als bei der Mathematik, deren Zweck – obwohl er selbst sie nicht begriff – in der Welt der Wissenschaften und im Ingenieurswesen zu liegen schien, konnte er absolut keinen Sinn in diesen philosophischen Spekulationen erkennen. Er verstand nicht, warum sich Menschen überhaupt mit solchem Blödsinn abgaben. Nach der Natur des Lebens zu suchen und seine Beschaffenheit zu sezieren, konnte man vielleicht eine edle Tätigkeit nennen, ihm aber kam das wie die ebenso erhabene Aufgabe vor, nach den Anfängen des Universums zu suchen. Unnützes Kratzen an verschlossenen Türen. »Lasst die Geheimnisse Geheimnisse bleiben und das Leben hell!«, hörte er es in den hintersten Gängen seines Verstandes brüllen, in einer ausgestorbenen Sprache, die er dennoch zu verstehen schien. Er wollte etwas über dieses Leben zum Ausdruck bringen, sagen, wie es ihm erschien, aber dabei war ihm vollkommen egal, warum es so war, wie es war, welcher Art es war, oder wo es herkam. Er hielt es nicht für ein Zeichen von Klugheit, »kluge« Fragen zu stellen, sondern klug erschien es ihm, gerade die nicht zu stellen.

Anstatt in der Nationalbibliothek an der Hverfisgata über der *Kritik der reinen Vernunft* oder *Anarchy, State and Utopia* zu brüten, zog er ein knallgelbes Taschenbuch mit einem weißhaarigen Großphilosophen auf dem Titelbild aus seiner Tasche, auf das er in einer Buchhandlung gestoßen war und aus dem er erst wieder auftauchte, nachdem er es vollständig gelesen hatte: *From A to B and Back Again: The Philosophy of Andy Warhol.* »Ich glaube nicht an den Tod, denn wenn er kommt, bin ich weg.« War das nicht wahre Philosophie? Eine, die die ewigen Fragen auf die einzige Weise beantwortete, die dem Menschen zu Gebote stand: schräg, absurd. Jung hatte über den ehrwürdigen Lesesaal geblickt, über eifrig lesende Studenten und den gänzlich kahlköpfigen Bibliothekar, und er hatte sich ein wenig über diese kleine, ernste Stadt erhaben gefühlt.

»Das Leben ist wie Kaffee. Es kühlt nur ab, wenn man zu tief hineinsieht«, hatte er dem Mädchen mit den kurzen Haaren und den großen Brüsten gesagt, als sie am Morgen nach der vorherigen Nacht über einen schneeknirschenden Bürgersteig der tief stehenden Wintersonne entgegengingen. Der Vorabend hatte in einer bis in die Nacht dauernden, aber eher langweiligen Party in ihrer Wohnung an der Ringbraut geendet, auf der auf Bärte versessene, kaum beflaumte Altersgenossen mithilfe von Hegel-, Marx- und Habermaszitaten die Existenz zu sezieren suchten, untermalt von der Musik einer Band namens Yes, die in ihm nur ein großes No hervorrief. Dennoch war er als Letzter gegangen oder, richtiger, nicht gegangen. Sie waren vor Kurzem aufgewacht.

»Besser man nimmt einen Schluck, solange er noch heiß ist«, war er fortgefahren, im steifen, blauen Wollmantel, mit scharf zusammengezogenen Augenbrauen und sonnenhellem Haar.

Sie hatte lächelnd zu ihm aufgeblickt aus ihrem rundlichen Gesicht mit der kleinen Nase, aber großen, dunklen Augen und darunter ein paar hübschen Sommersprossen.

»Ja, und wir haben uns einen großen Schluck genehmigt!«

Er hatte gelacht, konnte sich aber kaum erinnern, was eigentlich passiert war. Die Party war dermaßen öde gewesen, dass er sich in ein Glas mit Wodka gemixten Nachtdunkels geflüchtet hatte. Es hatte ekelhaft geschmeckt, war aber immer noch besser als Yes und Marx gewesen.

»Erzähl mir nicht, du seist auf Linie. Im fünften Band sagt Mao ganz klar, dass das Industrieproletariat die Revolution anführt. Händler und Kaufleute sind nicht das Volk. Ich meine, guck dir nur deine Mutter an! Sie kann niemals die Revolution anführen. Genau das ist es, woran der Opportunismus immer so kläglich scheitert: Er ist so schlecht in der Klassenanalyse. Wenn irgendwer Verbündeter des Proletariats sein kann, dann sind es die Bauern. Lenin spricht vom Bündnis der Bauern und des Proletariats als Grundlage der sozialistischen Revolution. Darum geht es im Marxismus-Leninismus. Unter anderem.«

Oh, wie schrecklich, so jung zu sein! Ein reiner Jungmann in einer unreinen Welt. Gefangener der eigenen Generation. Sklave in den Ketten der Zeit. Und die eigene Persönlichkeit ein nicht entwickeltes Bild in einer kalten Flüssigkeit. Einer kalten, dunklen, mit Wodka aufgebesserten Flüssigkeit.

Immer wieder hätte er gern geschrien:»Warum macht ihr die Revolution nicht einfach?! Vollkommen wird sie doch sowieso nie!« Aber das traute er sich dann doch nicht, es hätte bloß Öl ins Diskussionsfeuer gegossen und sein Leiden um weitere zwei Stunden verlängert.

Und wer war er denn, politische Fragen zu stellen? Er, der auf Seite 7 von Lenins *Staat und Revolution* aufgegeben und nie das *Kommunistische Manifest* gelesen hatte, ein Mann, der weder den Marxismus noch die eigene Gesellschaft verstand und am allerwenigsten sich selbst, ein Mann, der in Terylenhosen bei Pfeifchen rauchenden Hippies saß, Großvaterwesten zu Teenagerpickeln trug, Philosophie hasste, aber von sich behauptete, den Weltgeist zu suchen, der Dienstagabends Skilaufen trainierte, aber Mittwochabends zu den Dark Music Days ging, zu Yes brummte, aber mit verträumten Augen die Eagles-Platte in der Mitte des Stapels ansah. In Wahrheit war er ein Verräter, der seine Klasse, seine Generation und ihre Partys verriet.

Er schlürfte in kleinen Schlucken lauwarmes, ekliges Gesöff und fragte sich, warum er nicht einfach nach Hause ging, da traf ihn ein lächelnder Blick aus den Augen der Gastgeberin, der jungen Frau mit den großen Brüsten hinter den beiden Mädels in

Latzhosen, die es trotz der todernsten, Pfeife schmauchenden Revolutionsführer schafften, die Langeweile mit schrill kreischendem Gelächter zu unterbrechen.

Endlich ging die Party zu Ende. Die Flaumbärtigen entzogen sich, einer nach dem anderen mit ihren schweigsamen »Genossinnen«, bis auf einen, der im letzten Gefecht des Abends gefallen war, einem Disput über die dialektische Sichtweise des Marxismus-Leninismus auf das spätbürgerliche, aber wahrscheinlich auch ewig schlechte Gewissen der isländischen »Intelligenzia« gegenüber den Arbeitern in der Fischindustrie.

Jung saß auf der Couch neben der Leiche mit Lennonbrille und Led-Zeppelin-Frisur und war selbst nur noch eine Haaresbreite von deren Zustand entfernt. Wenig später kam sie aus dem Bad und fragte, ob er nicht lieber in einem Bett schlafen wolle. Es stellte sich heraus, dass es nur ein Bett gab.

Zungenschläge gingen in Klamottenabstreifen über und in müdes, betrunkenes Durcheinander, das ein gewisses, verwundertes Aufflackern weiter unten zustande brachte, das höher flammte und sich ausbreitete und schließlich in einer Art nervenentflammten Betäubung endete. Es war unmöglich, sich klarzumachen, was da eigentlich ablief. Das Dunkel im Zimmer schien ihm bis auf die Knochen zu dringen. Er wusste nicht einmal, ob er noch Hosen anhatte oder nicht. Von marxistisch-leninistischer Langeweile gelähmt, mit zehn zwanzig Minuten langen Yes-Stücken sediert und fast bewusstlos vom Alkohol, begegnete ihm hier, völlig unvorbereitet, das Wunder des Lebens. Das Leben ist ein sternhagelvoller Clown, der uns die besten Brocken hinwirft, wenn wir am schlechtesten darauf vorbereitet sind. Nach dem letzten Glas kommt das erste Mal. Oder? Hatte dieses ominöse Es stattgefunden? War *es* wirklich passiert?

»War das …?«

»Ja«, antwortete sie und lachte ihn an wie eine Mutter ihr Kind, und er betrachtete dieses fröhliche Gesicht und fragte sich, ob es nur an seinem inneren Durcheinander, dem Tohuwabohu in seinem Kopf lag, dass dieses Mädchen nicht seine Ring-Braut werden konnte.

Er war noch ein Kind, das vom Leben keine Ahnung hatte, sich aber dreist anmaßte, all die guten Menschen zu verachten, die ihr Leben darauf verwendet hatten, ihm auf den Grund zu gehen. In dem Zimmer auf der vierten Etage in der Münchner Hohenzollernstraße schämte er sich noch immer für diese jugendliche Arroganz und bezweifelte ihre Berechtigung, während er die Koffer absetzte und sich einmal halb im Kreis drehte.

Die Bücherregale des Philosophiestudenten standen voll mit gelehrten deutschen Büchern. Ledereinbände und abgegriffene Taschenbücher. Auf dem Schreibtisch stand das berühmte Foto von Lou Salomé, Friedrich Nietzsche und Paul Rée. Wie Zugochsen stehen die beiden Männer vor dem Wagen, und sie kniet darin und schwingt die Peitsche. Er kannte das Bild, intelligente junge Westler waren in jener Zeit von Lou Salomé besessen. Sie war *die* Frau. In dieser jugendlichen Anbetung ging es jedoch nicht nur um sie, denn dahinter verbarg sich auch ein Schuss Eifersucht. Ihr war das gelungen, wovon sie träumten: nicht nur mit Rilke, sondern auch mit Freud und Nietzsche ins Bett zu gehen.

Auf der Mauer am Waschbecken lag Letzterer im Bett, mit seinem dicken Walrossschnauzbart und den dräuenden Augenbrauen, erschöpft nach einer wilden Nacht mit Genialität oder Wahnsinn oder mit *der* Frau … Der junge Mann glaubte in dem Zimmer plötzlich etwas vom zärtlichen Ringen der Halbgötter zu schnuppern, hundert Jahre alten Sexschweiß. Er drehte sich um und stand Richard Wagner in Lebensgröße gegenüber. Er stand auf den Dielen am Fenster: Ein älterer Mann des 19. Jahrhunderts mit schräg sitzendem Barett, der sich gerade mit dem Schleier der Unsterblichkeit umgeben zu haben schien und voller Inspiration der eigenen Göttlichkeit ins Auge blickte, die ihn erwartete.

Die Anwesenheit all dieser Übermenschen ließ das Zimmer noch kleiner wirken. Der junge Mann schaffte es gerade, sich zwischen Nietzsche und Wagner in die Schlafnische zu zwängen. Erst als er sich aufs Bett geworfen hatte, entdeckte er an der Wandtäfelung über dem Bett ein weiteres großes Porträt von Wagner: Der Komponist beugte sich über ihn, mit strenger Miene und einem dissonanten Stück Orchestermusik in den Augen. Es war absolut unmöglich, in dem Lärm Schlaf zu finden.

Im Bauch räkelte sich das flaue Gefühl wie eine faule Katze. Woher kam es nur? Von dem Frankfurter Würstchen?

4

JOGHURT UND KÄSE

Der junge Mann hatte nicht die leiseste Ahnung von klassischer Musik. Seine Aufzucht war nahezu ohne Kontakt mit diesem befremdlichen Phänomen langer, formloser Musik ohne Schlagzeug und Gesang vonstattengegangen (die nahezu das gesamte Programm des staatlichen Rundfunks füllten), abgesehen von zwei Stunden Klavierunterricht, die er im Alter von acht Jahren abgesessen hatte. Das Notensystem hatte er als persönliche Beleidigung aufgefasst. Wieso sollte er den Vorschriften längst Verstorbener folgen? Was für eine Unterdrückung! Was für eine Einengung! Er, ein ansonsten folgsamer Junge, widersetzte sich seiner Mutter. Sonst erledigte er bereitwillig jede Hausaufgabe, die man ihm vorsetzte, und er schrieb in jeder Klassenarbeit eine Bestnote, aber er weigerte sich, weitere Stunden in dieser Stickarbeit für die Ohren zu besuchen, die eine rundliche, wohlmeinende Tante in ihrer Wohnung in einem zwei Jahre alten Block etwas oberhalb im Viertel Háaleiti abhielt.

»Ich hasse diese Noten!«

Seine Schwester, ein Jahr jünger und viel geduldiger, schaffte es trotz ihres türenschlagenden Bruders, weiterhin zu Hause Tonleitern zu üben, und traktierte im Wohnzimmer das Klavier, während er mit finsterem Gesicht im geblümten Flur mit einem zusammengerollten Wollstrumpf als Handball Unterarmwürfe gegen die Badezimmertür trainierte, dabei jedes Tor mit dem Schrei begleitend:»Und Geir trifft!« Denn der Junge war nicht er selbst, sondern kein Geringerer als das Handballgenie Geir Hallsteinsson, der Abgott aller Jungen. Gleichzeitig betätigte er sich als Sportreporter fürs Fernsehen und übernahm nach jedem Tor die Rolle der gesamten johlenden Tribüne in der Laugardalshalle.

Ein kleiner Junge war ein komplettes Länderspiel.

Jawohl! Handball war besser als die beste Musik! Die Nuancen und Akzentsetzungen im Spiel der isländischen Nationalmannschaft überragten jede Fuge, am Ende jedes Spielzugs tobte die Halle, jedes Tor war eine künstlerische Leistung. Sigurbergur Sigsteinsson waagerecht in der Luft,»und der Ball ist im Tor!« Dann kam der absolute Höhepunkt:»Hjalti hält!« Die Menschen zu Hause sprangen von ihren Stühlen, denn dieses Konzert wurde live übertragen. Endlich gab es etwas, in dem Isländer etwas konnten. Wir konnten andere Nationen *schlagen*, sogar die Dänen!

Für den Jungen stellte die Handballnationalmannschaft die rechtmäßige Regierung Islands dar, sie war auf jeder Position eindeutig mit dem besten Mann besetzt, allen voran Geir Hallsteinsson aus Hafnarfjörður, der beste Rechtshandschütze der

Welt, ein Mann, der in jedem Spiel zehn Tore warf, ein Arm, an den eine ganze Nation glaubte und der sie nie enttäuschte. Bewundernswert waren seine Ruhe und sein vorbildliches Betragen auf dem Spielfeld. Geir verlor auch in der Hitze des Spiels nie die Kontrolle über sich und rastete aus, er schien nicht einmal ernsthaft zu schwitzen, vielmehr vollbrachte er ein Wunder und trabte dann in seiner ganz eigenen Art, sich zu bewegen, mit rhythmischen Handbewegungen und Kopfnicken über das Spielfeld zurück wie ein übercooler James Bond im Smoking nach einer leider unvermeidlichen Liquidierung. Jung beherrschte diesen Laufstil und verwandelte sich mehrmals am Tag in Geir Hallsteinsson und seine ganze Umgebung in ein unglaubliches Unentschieden gegen den amtierenden Weltmeister Rumänien.

Der Handball besaß noch immer einen Platz in seinem Herzen, und trotz gutwilliger Bemühungen hatte sich ihm die Welt der Musik nicht erschlossen. Bei den Dark Music Days hatte er drei Streichquartette von »lebenden Komponisten« über sich ergehen lassen, bei denen ihm vier Instrumentalisten mit ihren Bögen einen ganzen Abend lang um Kopf und Ohren strichen, allesamt unisono mit einem Wust kleingelockter Haare auf dem Kopf, sodass man fast andauernd zum Niesen gereizt wurde.

Klassische Musik war noch langweiliger und unsinniger als Kreuzworträtsel und Schach. Der junge Mann hatte diese Trias »die überschätzte Zuflucht der Geistlosen« getauft. Wozu gab es das alles? Es diente keinem anderen Zweck als dem, die Zeit von Millionen Menschen totzuschlagen. Wieso, um alles in der Welt, hatte ein Viertel der Menschheit dieses große Bedürfnis danach, das Hirn auszuschalten und es in einem geschlossenen System dümpeln zu lassen, das von und für sich selbst lebte und mit dem Leben nichts zu tun hatte? *C4 auf B5. Allegretto in a-Moll. Wort für »verstorben« mit 3 Buchstaben …*

Er ging über den Max-Joseph-Platz, gegen den Strom, ein schmaler, blasierter Jüngling mit hoher Stirn, hohen Wangenknochen, in grauer Jacke, das blonde Haar streng zurückgekämmt wie ein grimmig blickender Hitlerjunge, der vierzig Jahre zu spät zum Appell antrat. Er musterte die Gesichter der ihm festlich herausgeputzt Entgegenkommenden in dunkelgrünen Jankern mit Goldknöpfen, Windstille im Haar und Programmheft in der Hand. Was für Schafe! Es war Sonntagabend in Bayern, und die Einheimischen kamen aus der Oper, einem großen Steinkasten an einem Ende des Platzes, der samt Säulenportikus alles gab, um eher wie ein strenggläubiger griechischer Tempel auszusehen als wie ein westlicher Vergnügungstempel.

Warum eigentlich diese ewige Beweihräucherung der Vergangenheit?

Sie schienen ihre eigene Gegenwart, ihr eigenes Leben zu hassen. Ich hätte nicht hierherkommen sollen. Ich hätte doch nach Berlin gehen sollen. Die Mauer ist keine altgriechische Fälschung mit unerträglichen Opern und Philosophengefasel. Dem jungen Mann ging auf, dass er in die Hauptstadt all dessen gekommen war, was er am meisten verabscheute. Oder sollte er besser sagen, in die Hauptstadt all dessen, was er nicht verstand?

Die Bauchschmerzen machten sich wieder bemerkbar. Was, zum Teufel, war das eigentlich? Er ging weiter und fand endlich den Platz, den er gesucht hatte, den Marienplatz.

Der Himmel hatte alle Farbe verloren, doch die Häuserwände schienen sie aufgesogen zu haben und leuchteten noch vom Sonnenglanz des Tages in intensivem Hellgelb. Glockenbehängte Kirchtürme schmückten sich mit warmen Kupferhüten, Abend wölbte sich darüber. Aus Arkaden drangen Geigenklänge, Absätze von Frauen knallten auf das Pflaster der Fußgängerstraßen. Das Rathaus war in seiner steinernen Zier eine imposante

Erscheinung, eine barockisierte dunkle Felswand. Unwillkürlich stockte ihm kurz der Atem, auf so etwas war er nicht vorbereitet. Es erinnerte am ehesten an die Schluchtwände von Ásbyrgi oder die Basaltwände am Strand von Reynisfjara. Die Menschen hier schienen keine solchen Naturphänomene zu haben und bauten sie nach. Ohne sie würde die Stadt nur aus Bier bestehen.

Der Dom mit den Doppeltürmen, den er zuvor passiert hatte, war hoch wie die Felswände von Hornbjarg, aus roten Ziegelsteinen erbaut, massiv und recht geistlos bodenständig. Das Baujahr aber hatte ihn schockiert. Auf einer kleinen Plakette an der Außenmauer stand, dass die Kirche in den Jahren 1468 bis 88 erbaut worden war. Sein eigenes Volk hatte bis zum heutigen Tag noch kein derartiges Bauwerk zustande gebracht. Zur Bauzeit des Doms hausten die Isländer noch in provisorischen Unterkünften, die jeweils für einen Winter errichtet wurden, und so sollten sie noch vier weitere Jahrhunderte leben. Die Isländer waren ein Volk, das im Freien kampierte. Während andere Völker ihre Straßen pflasterten, schichteten sie ein paar Steintürmchen zur Orientierung im Nebel auf. Im Vergleich zu dieser großen Stadt war Reykjavík ein Campingplatz. Obwohl man es ihm vielleicht nicht auf den ersten Blick ansah, war der junge Mann eine Art Ausgestoßener, der in die Zivilisation kam.

Er bekam Hunger und hielt auf dem Heimweg nach einem Lebensmittelgeschäft Ausschau, doch das einzige, das er fand, hatte geschlossen. Sollte er in ein Restaurant gehen? Er musste sorgsam haushalten mit dem Geld, das er den Sommer über bei Brückenbauarbeiten in den Westfjorden, täglich von sieben bis neunzehn Uhr, sauer verdient hatte. Es musste für den ganzen Winter reichen. Natürlich hätte er ein Studiendarlehen beantragen können, aber was er von langen Warteschlangen und endlosen Formularen zu hören bekam, hielt ihn davon ab. Außerdem hatte ihm sein Gewissen gesagt, es wäre nicht recht, ein Darlehen für etwas zu beantragen, das er mehr als Eintrittskarte nach Westdeutschland denn als ernsthaftes Studienvorhaben betrachtete.

Er stellte sich in Gedanken ein Gespräch mit seiner Mutter vor: »Hast du etwas gegessen?«»Nein, die Geschäfte sind geschlossen. Es ist Wochenende.«»Kannst du nicht irgendwo auswärts essen?« »In einem Restaurant? Du hast doch gesagt, das wäre zu teuer.« »Ja, stimmt. Nein, das solltest du besser nicht tun.«

Tatsächlich verlief das Gespräch am Münzfernsprecher im Wohnheim ähnlich.

»Nein, geh nicht im Restaurant essen. Das ist zu teuer.«

»Aber alle Geschäfte sind geschlossen.«

»Na, dann geh doch in ein Restaurant. Du musst schließlich etwas essen.«

Der hagere Schweizer erschien auf dem Gang, er trug nun kurze Hosen und Sandalen. Ohne Socken. Dazu ein dickes Lehrbuch unter dem Arm.

»Und sonst? Ist das Zimmer in Ordnung?«

»Doch, doch. Vielleicht ein bisschen eng. Es ist schon so viel Philosophie drin.«

Seine Mutter lachte kurz und ließ dann eine Lobrede auf das Talent und die Fähigkeiten des Sohnes ihrer Freundin vom Stapel. Jung hatte das meiste schon mehr als einmal gehört, außerdem wurde seine Aufmerksamkeit von den Zehennägeln des Mannes mit den dünnen Haaren in Anspruch genommen, der gerade an ihm vorbeitippelte. Sie waren lang, sehr schief und (man musste es so sagen) furchtbar hässlich. War es unter den Deutschen wirklich gang und gäbe, dass man in aller Öffentlichkeit seine Zehennägel sehen ließ? In Island lief man nicht einmal in den eigenen vier Wänden derart barfuß herum. Höchstens im Schwimmbad hatte Jung bisher Männer mit nackten Füßen gesehen.

Kurz darauf beendete er das Gespräch mit seiner Mutter und ging den Geräuschen nach in die Küche. Der Schweizer stand gerade mit einem Wasserkessel in der Hand an der Spüle, sein Buch lag auf dem Tisch. Der Isländer ließ den Blick an seinem Körper nach unten wandern, hinab an dürren, behaarten und gelblich braunen Beinen, bis er schließlich ungläubig auf die Zehen und die Nägel starrte. Konnte dieser Mann wirklich ein Student sein? War es Menschen in solchem Aufzug erlaubt, eine deutsche Universität zu betreten? Was war aus der berühmten deutschen Disziplin geworden?

»Studierst du auch?«

»Ja, Mathematik.«

Mathematik? Wie konnte ein Mensch mit derart schiefen Zehennägeln eine einzige Matheaufgabe richtig lösen? Jung wollte den Gedanken abschütteln und fragte hastig, ohne zu wissen, wie er es richtig ausdrücken sollte, wo er so spätabends noch etwas zu essen bekommen könne.

»Nein, ich bin nicht aus Essen«, antwortete der Hagere. »Ich komme aus dem Bayerischen Wald.«

Sein Dialekt war so breit, wie seine Lippen schmal waren. Er kam also gar nicht aus der Schweiz, sondern aus Bayern, und er sprach also Bairisch. Hörte sich an wie zerhacktes Deutsch. War es im Bayerischen Wald vergessen worden und vergammelt? Doch als Jung sein Anliegen verständlich gemacht hatte, stellte der Waldmensch sofort den Kessel ab, öffnete den Kühlschrank und holte Brot, Käse und etwas, das er Joghurt nannte, heraus und bot es ihm an. Jung zögerte einen Moment und warf einen Blick auf die Fußnägel. Konnte er wirklich von so einem Waldhippie Essen annehmen? War der Käse vielleicht genauso verdorben wie sein Deutsch? Aber der Hunger meldete sich, zusammen mit diesem Unwohlsein, das ihn vor dem Bahnhof angesichts der buttercremegelben Taxis befallen hatte. Ob es sich wohl legen würde, wenn er etwas aß? Er nahm Platz und sah zu, wie der barmherzige Bayer Butter und Käse auswickelte.

»Bitt' sehr, greif halt zu!«

»Danke.«

Das Brot war dunkel und hatte eine knusprige Kruste, die Butter war kühl und gesalzen, der Käse sehr kräftig und dieser Joghurt wie etwas aus einer anderen Welt. Es war wohl die deutsche Variante einer besonderen Sorte Joga-Skyr, von der er in Island schon gehört hatte. Dem jungen Mann waren noch nie solche Köstlichkeiten zu einem einfachen Abendbrot vorgesetzt worden. Es schmeckte ungewohnt, aber richtig lecker! Seine deutschen Gene begannen zu jodeln. Wie konnte Brot besser als Brot, Butter besser als Butter schmecken?

Das erste Stück Käse kam fast seinem ersten Kuss gleich, einem psychophysischen Abenteuer, in dem er vor einem halben Jahrzehnt auf dem kleinen, aber schweißnassen und schwingenden Tanzparkett im abgelegensten Gemeinschaftssaal auf dem Hof Bær an den Snæfjallaströnd gelandet war. Plötzlich hatten sich ihm Weiten in der tanzenden Schweißmasse geöffnet, die Drei-Mann-Combo Dísa aus Bíldudalur hatte sich in Benny Goodmans Bigband verwandelt und die eishelle Sommernacht in eine von den *Tausendundeinen*, in der sich das kleine Versammlungshaus sanft auf einem See vor Alexandria wiegte. Jedes Nervenende badete in himmlisch weicher Lagunenlauge. Ihm wurde derart wunderlich zumute, dass er während seines märchenhaften Kusses mit großen Augen den Kranführer Torfi anstarrte, der gerade, richtig fein gemacht, ebenso fein eine Stadtfrau aus Reykjavík mit langem Stammbaum übers Parkett schob und ihm spöttisch zugrinste: Ja, Kollege, das ist das Leben.

Der Kranführer hatte ihn früher am Abend zu einem Gespräch

unter vier Augen beiseitegenommen, in dem er besonders hervorhob, was für ein Prachtkerl der Vater von Jung war, aber ihm auch mehrfach den Rat gab, dass junge Männer das Leben genießen sollten: »Alles ist schön am Morgen des Lebens«. Als Jung mitten in seinem ersten Kuss in das hagere Gesicht des Kranfahrers blickte, guckte der zurück, als hätte er gerade den Arm seines Krans direkt in den Kern des Lebens hinabgesenkt, dort eines der sieben Weltwunder an den Haken bekommen und würde es nun kurz, rosa glänzend und schäumend, aus der Tiefe hieven, um dem Jungen einen Blick darauf zu gönnen, ehe er es wieder versenkte.

Der Trupp der Brückenbauarbeiter hatte an Bord der im Ísafjarðardjúp verkehrenden kleinen Fähre *Fagranes* übergesetzt, zusammen mit anderen Vergnügungssüchtigen, denn es fand der einzige Ball des Sommers in der ganzen Gegend statt. Bingó aus Akranes hatte sich schon an Bord der Fähre die Lichter ausgeschossen und wurde unter großem Gelächter auf einer Schubkarre an Land und hinauf zum Versammlungshaus gerollt. Obwohl Hochsommer war, lagen auf dem Hang dahinter noch Schneefelder, im kaltblauen Gestrüpp verloren sich ein paar Zelte, und auf dem Vorplatz parkten zwei Geländewagen mit Muskelkater. Es stellte sich unvermeidlich das Gefühl ein, hier zur allerletzten Party am Rand Europas zu kommen. Wer hier in einer Frau einschlafen sollte, könnte unter Umständen am nächsten Morgen in Scoresbysund in den Armen einer allerliebsten Inuitfamilie aufwachen.

Der junge Mann war kurz mit einem Kollegen zum Pinkeln nach draußen gegangen. Dort waren sie auf zwei junge Frauen gestoßen, die hinter dem Haus auf einem Stapel Schalholz ein Schwätzchen hielten. Der Kollege war keinesfalls schüchtern und lud die beiden gleich galant ein, sie ins Haus zu geleiten, allerdings konnte er nicht mit beiden gleichzeitig eng tanzen, und so waren Jung ein schlanker Hals und ein Paar weicher Lippen zuteil geworden, dunkles Haar und eine verspielte Zunge. Wo mochte das Mädchen mittlerweile gelandet sein? Ach, bestimmt lebte sie als Mutter von drei Kindern in Bolungarvík.

Jung nahm sich innerlich selbst in den Schwitzkasten und zog sich so von den Snæfjallaströnd nach Bayern hinunter, aus dem ersten Kuss in den ersten Bissen Käse. Denn so fühlte es sich an, als hätte er noch nie wirklichen Käse gegessen.

»Sehr lecker. Danke!«

Der Hagere setzte sich und nahm auch ein Stück, um ihm Gesellschaft zu leisten. Dabei registrierte der Isländer, dass er den Käse mit einem altmodischen, schartigen Taschenmesser schnitt. Er versuchte, dem Waldschrat mit Wörtern aus dem Englischen und Gesten begreiflich zu machen, dass man in Island ein speziell geformtes Besteckteil zum Käseschneiden benutzte, einen Käsehobel.

»Na, so was brauchen mir hier nicht. Bei uns ist der Käse immer frisch.«

Immer frisch. Das verstand Jung. Und er verstand auch die Spitze darin: Er kam also aus einem armen Land, in dem die Menschen von altem, ausgetrocknetem und steinhartem Käse lebten. Aus einer Stadt, die weder eine Bierwirtschaft noch eine Oper, ein Kunstmuseum, Züge, Straßenbahnen oder einen griechischen Tempel besaß, sondern lediglich ein Café, drei Restaurants und ebenso viele Diskotheken. Gerade erst wurde ein Kirchturm als Wahrzeichen errichtet. Man baute seit sechsunddreißig Jahren daran, und er war noch immer nicht fertig.

Der junge Mann sah zu, wie sich der Waldsasse mit seinem abgenutzten Taschenmesser noch ein Stück Käse absäbelte, und musste an den Käsehobel in der Besteckschublade seiner Mutter denken. Dieses Utensil, hatte sich der junge Isländer gedacht, sollte eigentlich auf der Stufenleiter des Fortschritts höher stehen als dieses alte bayerische Hosentaschenkleinod, aber nun hatte er ganz im Gegenteil das Gefühl, aus einem unzivilisierten Sauermilchvolk zu kommen, das nichts konnte, nichts wusste, keinerlei Bedeutung hatte und am besten vor anderen Nationen verborgen und versteckt blieb.

Er bedankte sich artig für die Mahlzeit, die seine Bauchschmerzen im Nu gelindert hatte, und beide zogen sich in ihre Zellen zurück. Der junge Mann wünschte seinen Zellengenossen Nietzsche, Wagner, Freud & Co. eine gute Nacht und legte sich unter den Augen des Komponisten aufs Kissen. Trotz des Lärms in dessen Blick schaffte er es schließlich einzuschlafen, indem er sich auf die Seite drehte und zum Bücherregal hinüberblinzelte, das unter anderem Rilkes *Briefe an einen jungen Dichter* enthielt. Gegen eins wachte er auf und schoss an Wagner und Freud vorbei aufs Klo.

Was er erbrach, war verdächtig dunkel und stank außergewöhnlich. Nimm niemals Essen von barfüßigen Männern an, dachte er, als er den Kopf aus der Klosettschüssel hob. Über dem Spülkasten hing eine Ansichtskarte in Schwarzweiß an der Wand, die ihm vorher entgangen war. Das Foto zeigte Thomas Mann als älteren Herrn, tadellos in Hut und Mantel gekleidet, vor einem geöffneten Wagenschlag, das Kinn vorgereckt, als wollte er sagen: »Los geht's?«

5

ROTTEN UND REAGAN

Das Foto von Thomas Mann erinnerte Jung an seinen Großvater, Opa Schram, ebenfalls ein huttragender Herr, etwa eine halbe Generation jünger als Thomas Mann, der lange als Chef einer Telefonzentrale in Nordisland gearbeitet hatte, nun aber als Witwer wieder in der Umgebung seiner Kindheit, in der Weststadt von Reykjavík, wohnte. Wie die Manns stammte auch Großvater von der deutschen Ostseeküste. Sein Vater war ein Kaufmann aus Schleswig-Holstein gewesen, der Anfang des 19. Jahrhunderts nach Island gezogen oder geflohen war und seine deutschen Gene in isländische Ehefrauen und Dienstmädchen gepflanzt hatte, damit beinharte Seeleute und bildschöne Landfrauen dabei herauskämen. Wie Thomas Mann war auch Großvater ein beinahe kahler Gentleman aus einer vergangenen Welt, ein isländischer Aristokrat, der immer in Tweedanzügen mit weißen Hemden und Krawatte herumlief, und außerhalb des Hauses stets Mantel, Hut und eleganten Spazierstab trug. Waren die Bürgersteige nass, streifte er Galoschen aus schwarzem Gummi über seine hochglanzpolierten Schuhe und brauchte deshalb bei Besuchen in anderen Häusern nie auf Socken herumzurutschen, wie es sogar der hoch angesehene Geologieprofessor tat, wenn er zu Besuch kam. Die großväterlichen Lungenflügel bekamen Tag für Tag Besuch von zwei Päckchen Chesterfield ohne Filter, und allwöchentlich erhielt er die neusten Ausgaben von *Time* und *Newsweek*. Seine Wohnung in einem alten, mit Wellblech verkleideten Haus in dem mit der Fischerei beschäftigten Teil der Weststadt roch nach Zigarettenqualm und amerikanischer Druckerschwärze. Neben dem Aschenbecher lag Ronald Reagan, breit grinsend nach seiner

Wahl zum Präsidenten. Sie besaßen die gleiche Art von Humor: gutmütig, bürgerlich und stets innerhalb des vergoldeten Rahmens verbleibend.

Als der Präsident nach dem Attentat auf ihn damals im Frühjahr in den Operationssaal gerollt wurde, sagte er zu den Ärzten: »Ich hoffe, Sie sind alle Republikaner«. Großvater liebte es, diese Anekdote am Esstisch zum Besten zu geben. Es war die einzige, die er sich in den letzten Jahren gemerkt hatte.

Bewundernswert an dem alten Herrn war aber, dass er noch im Alter von 84 Jahren neben den jungen Studenten an der Universität die Schulbank drückte, um Französisch zu lernen. In seinen jungen Jahren hatte er das Gymnasium abbrechen müssen, als ihm eine Berufsausbildung und feste Anstellung bei der Telefongesellschaft angeboten worden war, und er wollte seinen Bildungsstand nun noch mit einem Studium an der Uni aufbessern.

»Stellt euch vor, wie fein geschliffen das Französische ist. Da werden ganze Sätze zu einem einzigen Wort zusammengezogen. ›Sillwuplä‹ zum Beispiel bedeutet: Wenn es Ihnen behagt.«

Jeden zweiten Sonntagabend kam Großvater mit dem Bus zu seiner Tochter und ihrer Familie zum Abendessen. Da saß er der Großmutter väterlicherseits gegenüber. Sie war im gleichen Alter wie er, ansonsten aber in ihrer ostfjordischen Bescheidenheit sein vollständiges Gegenteil, eine einfache Frau, die nie Alkohol oder Tabak probiert hatte und im Leben in keine »Garderobe« gekommen war. Jeden zweiten Sonntagabend fuhr der junge Mann den Großvater im Wagen seines Vaters heim, einem grünen Wagoneer-Jeep. Und jeden zweiten Sonntagabend gab Opa unterwegs die Geschichte zum Besten, wie er mit der isländischen Fußballnationalmannschaft gegen eine dänische Vereinsmannschaft gespielt hatte, die 1919 eine Gastspielreise durch Island unternahm. Die Dänen waren gegen alle Vereine in der Stadt angetreten und hatten jedesmal haushoch gewonnen.

»Aber vor dem letzten Spiel, dem gegen die Nationalmannschaft, haben wir uns ausgedacht, sie zu einem kleinen Reitausflug nach Hafnarfjörður einzuladen. Die Dänen hatten noch nie auf einem Pferd gesessen und am folgenden Tag dermaßen Muskelkater, dass wir sie vier zu eins geschlagen haben.«

Wenn er mit der Geschichte fertig war, hatten sie in der Regel über den Laugavegur die Skúlagata erreicht, wo das Meer und der Hafen vor ihnen lagen und die Sonne tief über Snæfellsnes stand. Dann bemerkte der alte Mann, und man konnte die Uhr danach stellen:»Über der Weststadt leuchtet immer die Sonne.«

Opa Schram war stolz darauf,»niemals östlich vom Bach« geschlafen zu haben, der damals noch den Westteil vom Rest der Stadt trennte, als würden im Ostteil ausschließlich arme Schlucker wohnen oder bestenfalls Kommunisten und antiamerikanische Gegner ihrer Militärbasis. Das behauptete er jedenfalls immer wieder triumphierend über Leute, die nie woanders gewohnt hatten als»östlich vom Bach«.

Trotzdem mochte der junge Mann seinen Großvater sehr und hatte eine Schwäche für dessen Stil und seine ganze aus der Zeit gefallene Art. Er wollte sich von anderen unterscheiden, und die beste Art, das zu tun, bestand darin, sich im Großvaterlook zu kleiden, Anzüge aus der Zeit vor den Hippies zu tragen. Mit der Mode seiner eigenen Generation hatte er Probleme. Die sah aus wie Hippieklamotten nach der dritten Wäsche: Chinastehkragen, Jeanslatzhosen, weiße Söckchen und Clogs, eine Stillosigkeit, die einen zu einem ekligen Wohlstandsdänen machte.

Drei Jahre zuvor hatte er in London eine erste Prise Punk mitbekommen, aber da war davon in Island noch keine Spur zu sehen. Im Jahr 1978 mit einem Song von den Sex Pistols in den

Adern durch Reykjavík zu laufen war etwa so, wie den Erreger einer weltweit berüchtigten Epidemie in sich zu tragen, die Island ansonsten noch nicht erreicht hatte. Es bestand nicht die geringste Chance, auf Gleichgesinnte zu stoßen. Island hinkte der Welt bei neuen Trends ein ganzes Jahrzehnt hinterher, in der Alkoholgesetzgebung fünf Jahrhunderte. Doch als ein Jahr später das Bekleidungsgeschäft Flóin öffnete, das erste in der Stadt, das »Altkleider« verkaufte, fand er dort endlich etwas für seine weggeschlossenen Gefühle und lief von da an in hellgrauen Anzügen von Andersen & Lauth herum. Das war eine ziemlich seriöse Punkerkluft, die aber bei den Leuten durch die Bank nur Ablehnung auslöste, vor allem bei älteren Frauen, die doch eigentlich die Wiederentdeckung früherer Mode hätten begrüßen müssen. »Nein, wie siehst du denn aus! Trägst du immer noch diese Großvateranzüge?«

Die Altkleider waren ein Versuch, sich aus der Gegenwart wegzukleiden, die aus verächtlichen Plattitüden von Geist- und Geschmacklosigkeiten bestand: Die Gegenwart trug Bart, ging auf Clogs, rauchte Pfeife, las Mao und war bis Amager gekommen. Sie war nicht tough, hatte keinen Stil und keinen Pepp. Darum war es angebracht, sich nach einer anderen und besseren Epoche umzusehen. Halldór Laxness feierte 1914 seinen zwölften Geburtstag, indem er sich eine Krawatte à la Byron und ein Schiffsticket nach Kopenhagen kaufte; mit Zigarre und Zylinder ging er an Bord, verfasste auf der Überfahrt einen Band Gedichte, gastierte mit Großkaufleuten im D'Angleterre und veröffentlichte anschließend in *Berlingske Tidende* eine Kurzgeschichte. Den Tag seiner Konfirmation beging er ganz allein in einem kleinen schwedischen Dorf und damit, dass er im Hotelzimmer Strindbergs *Rotes Zimmer* las. Er publizierte schon einen Roman, als sich andere noch um die Aufnahme ins Gymnasium bewarben, und zog sich, bevor er zwanzig war, ins Kloster zurück, nachdem er eine Frau geschwängert und den ganzen Kontinent gesehen hatte. Im gleichen Lebensabschnitt saßen wir, eingedeckt mit Daunenjacken und Aknepickeln, im Bus, der uns zum Skitraining in die Bláfjöll brachte, und hörten die isländische Variante von gequirltem amerikanischem Countrymist: »Ja, es mixen all im Land Selbstgebrannten bis zum Strand ...«

Ach, tat das weh, in solchen Wohlstandsjahren heranzuwachsen, in Zeiten des Aufschwungs, wo alles zulegte, die Inflation, die Koteletten, die Schulden und der Schlag der Hosenbeine, aber Geistvolles musste nachts einsam und allein unter Megas' Bett kauern.

Die Großvaterkleider hatten ihren größten Auftritt, als er in ihnen zum letzten Skirennen erschien. Er stieg in ihnen aus dem amerikanischen Jeep in die schreibunte Daunenwelt wie ein Hungernder aus der Zeit vor dem Krieg in den grauen Klamotten von der Obdachlosenhilfe. Den Hang hinabschwingend wie Ingemar Stenmark in Kafka-Kleidern, schlüpfte er durch das Zeittor und bekam so gar nicht mit, welche Zeit für ihn am Ende des Rennens bekanntgegeben wurde. Mithilfe der Vergangenheit war er in die Zukunft geschossen.

Und so war er auch in München aufgekreuzt, gescheitelt wie ein Arier und gekleidet wie ein Jude. Sein Widerstand gegen den Zeitgeist forderte, dass er niemals Jeans trug, niemals Holzschuhe, Sandalen oder Komfortschuhe von Ecco, nie Genesis oder Supertramp hörte, nie Marx-Engels las und nie eine Schule auf Amager besuchte oder den obligatorischen Interrailtrip mit Rucksack absolvierte. Letzteren hatte er wohl unternommen, aber mit einem Koffer. Der junge Mann war eine seltsame Mischung aus Rebellion und Konservatismus, Johnny Rotten und Ronald Reagan.

In den deutschen Augen, die ihn biervernebelt vor dem Fenster ihrer Kneipe mit den Händen in den Taschen über die Sendlingerstraße gehen sahen, erschien er wie ein blondes Kind in Männerkleidern.

6

MÜNCHEN HELL

Er betrat eine Gastwirtschaft. Das Schild über dem Eingang besagte, dass drinnen seit dem Jahr 1772 kontinuierlich Bier aus den Zapfhähnen floss – das war noch vor der großen Vulkankatastrophe in Island. Ihm wurde schwindlig bei dem Gedanken. Was für eine Konstanz, gesellschaftliche Kontinuität und was für eine Ausdauer!

Die langen zwei Jahrhunderte hatten die Gaststätte von allem überflüssigen Schnickschnack gereinigt. Die holzgelbe Einrichtung ließ eher an ein Klassenzimmer denken. Zwar standen Sechsertische herum, die Stühle aber waren hart wie der Zeigestock eines Lehrers. An der Tafel standen die Vokabeln des Tages, schwierig und unverständlich. In einer Ecke hingen Tageszeitungen in Haltern wie kleingedruckte Hausaufgaben. Und einzelne Schüler saßen schwitzend über ihren Aufgaben. Er griff nach der *Abendzeitung*, wagte sich nicht an die große *Süddeutsche*, und schlug die Immobilienseite auf. »Zimmer zu vermieten«. Er musste in der Sache etwas unternehmen, hatte sie schon mehrere Tage vor sich hergeschoben.

Der Kellner trat an den Tisch, ein freundlicher, aber müder Mann mit Brille und Schürze. Bislang hatte das isländische Hausmittel geschäumte Milch mit Coca-Cola seinem angeschlage-

36

nen Magen wenig geholfen, und darum entschloss er sich, es mit einem Bier zu versuchen.

»München Hell.«

Jemand hatte ihm gesagt, so müsse er bestellen, und bald stand ein dicker Glaskrug mit Handgriff vor ihm, bis zum Rand gefüllt mit einer gelblichen Flüssigkeit und weißer Schaumkrone. Gegen den Protest seiner Geruchszellen, doch unter dem Jubel der Gene nahm er einen Schluck und stellte den Krug zurück auf den Bierdeckel, der die außen herablaufenden Tropfen aufsaugte. Er schätzte, dass er noch etwa dreißig Schlucke von dieser Plörre vor sich hatte, aber es war völlig ausgeschlossen, das Glas nicht leer zu trinken. Alles andere wäre ihm großkotzig vorgekommen. Er war schließlich kein Großhändlerssohn.

Er notierte sich drei Telefonnummern. Eine Frau Sammer, Frau Giesling und Frau Mitchell. Mehr Zimmer wurden in der Ausgabe nicht angeboten. Der Münzfernsprecher hing an der Wand im Gang zu den Toiletten, ein plastikgrauer Kasten, von Anzeigen, Plakaten und Aufklebern umgeben: *Atomkraft? Nein danke!* Ein Film über eine Katharina Blum und ein Bühnenstück von Fassbinder. Den Namen kannte er von zu Hause. Weiter den Gang entlang saß eine dickliche Frau und strickte Strümpfe. Auf einem Tisch stand ein Körbchen mit Kleingeld. Die typisch deutsche Klofrau.

An der Wand hing ein ausladend breiter Automat, den er auf den ersten Blick für eine neue Art von Jukebox hielt, der sich aber bei genauerem Hinsehen als Zigarettenautomat herausstellte, nicht mehr und nicht weniger. *Lucky Strike, Roth-Händle, Peter Stuyvesant* ... Packungen in grellen Farben, leuchtend vor Lebensgefühl und Wohlbehagen. Er hatte noch nie ein so klares Beispiel westlicher Freiheit gesehen. Es stand den Menschen hier also frei, hier hereinzukommen, Münzen in einen Schlitz zu werfen und dann, mir nichts, dir nichts mit einer Zwanzigerpackung von Wonnestäbchen wieder hinauszuspazieren und nach Belieben jederzeit und überall eine zu rauchen. Welche Freiheit! Was für eine Lebensqualität! Was für eine Gesellschaft! In Island wurde Tabak unter strenger Aufsicht des Staates einzig und allein in zwei Geschäften in der Hauptstadt und einem in Seyðisfjörður am entgegengesetzten Ende der Insel verkauft.

Es faszinierte den jungen Mann seit Längerem, wie Menschen es hinbekamen, Rauch aus diesen Dingern in ihre Lungen und wieder heraus zu zaubern. Manche konnten sogar Ringe ausstoßen. Arbeitskollegen, Schulfreunde, Sportskameraden, viele von ihnen beherrschten diese Tabakskunst. Das Verlangen schlummerte in ihm, es selbst zu probieren, aber bis jetzt hatte er ihm noch nicht nachgegeben. Noch nie einen einzigen Zug probiert.

Neben dem Zigarettenautomat hing noch ein zweiter, kleinerer, aus dem man etwas ziehen konnte, das *Kondome* hieß. Schwer zu erkennen, worum es sich handelte, wahrscheinlich irgendwas für Frauenangelegenheiten.

Er nickte der Klofrau zu, die ihm einen deutschen Blick zuwarf, und verschwand in einer der Toilettenkabinen im Männerklo, setzte sich, um etwas loszuwerden und Mut für drei Telefongespräche auf Deutsch zu sammeln. Hier begegnete ihm zum ersten Mal das berühmte Klo mit dem Treppenabsatz, das ihm seine Skifreunde nach einer Reise in die Alpen als westdeutsche Erfindung gepriesen hatten, eine Errungenschaft der Nachkriegszeit. Was man ausschied, plumpste darin nicht mit einem vernehmlichen Platschen auf den Boden der Schüssel, sondern ringelte sich leise wie ein Hündchen auf einen trockenen Absatz, auf dem der Produzent sein Produkt noch einmal gebührend bewundern, es inspizieren und klassifizieren konnte. Bestimmt war das eine Folge der eingehenden Nabelschau der Deutschen nach dem

Krieg. Der junge Mann konnte nichts anderes feststellen, als dass seine Verdauungsabfälle trotz Erbrechens und Bauchschmerzen ganz normal aussahen.

Er öffnete die Tür und blickte in die Augen der Klosetthüterin, steingraue, kühle Löcher, von fettigen Haaren und einem rotfleckigen Doppelkinn umgeben, die ausstrahlten, was er für herablassende Verachtung großer Nationen hielt, was aber wahrscheinlich nur Nachkriegsverbitterung war. Sie hielt die Stricknadeln still, bis er fünfzig Pfennig in den Korb gelegt hatte. Wozu gab es diese Toilettenfrauen? Die Stadt schien voll von solchen reizbaren älteren Frauen zu sein, die das Verdauungsgeschehen anderer bewachten. War auch das ein Teil der Vergangenheitsbewältigung? Reichte es den Deutschen noch nicht, sich täglich die eigene Scheiße vor Augen zu halten? Brauchten sie auch noch die Gewissheit, dass jemand bei ihr Ehrenwache hielt? Oder ermöglichten sie hier den ehemaligen KZ-Aufseherinnen, sich ein kleines Zubrot zu verdienen? Jedenfalls schafften sie es, einem jedesmal einen Heidenschrecken einzujagen, wenn man aufs Klo musste.

Er pirschte sich an den Münzfernsprecher heran, wie sich ein Bombenentschärfer einem Sprengsatz nähert. Telefonate waren immer unangenehm, erst recht, wenn man selbst jemanden anrufen musste. Den man nicht kannte. In einer Sprache, die man auch nicht kannte. In Gegenwart von Zuhörern.

»Guten Tag! Spre... Sprechen Sie Englisch?«

Zu seiner Überraschung hörte er sich sturzbetrunken an. Wer würde so jemandem ein Zimmer vermieten? Es war nicht einmal fünf Uhr nachmittags. Ein Kind, das von einem halben Bier betrunken ist, möchte gern ein Zimmer im Austausch gegen rohen Sex mit einer älteren Frau. Darf auch gern etwas fülliger sein.

Die Damen sprachen Englisch bis auf die mit dem englischen Nachnamen, Frau Mitchell. Sie hingegen sprach Deutsch von einem so hohen Ross herab, dass auch durch den Biernebel jedes Wort gut zu sehen war. Ja, durchaus, er sei herzlich willkommen, sich das Zimmer einmal anzusehen, das im Gegensatz zu den beiden anderen noch frei war. Warum war das noch zu haben, die beiden anderen aber nicht? War vielleicht kein Sex inbegriffen? Sie hatte gemeint, er solle *sofort* kommen. Er hatte nicht zu fragen gewagt, was das bedeutete. Das Wort hörte sich irgendwie doof an, klang nach Sofa oder sogar nach Schlafen.

Nach drei Telefongesprächen in einer Fremdsprache war er so bierstolz auf sich und diese Leistung, dass er noch kurz im Toilettengang stehen blieb und dann weiter zu den Automaten schlenderte, wo er sogar den Mut aufbrachte, die Klofrau zu fragen: »Was ist das, Kondome?«

»Das ist was für Kerle mit harten Schwänzen wie dich«, gab sie mit einem Grinsen zurück und richtete eine Stricknadel auf seinen Hosenstall. Er erschrak, es fehlte nicht viel, und die blanke Spitze der Stricknadel hätte ihn berührt. Sie lachte hämisch. Er lief rot an und sah zu, dass er Land gewann.

7

FRAU MITCHELL

Der junge Mann war in London schon einmal U-Bahn gefahren. Doch im Vergleich zu deren uralten und stinkenden Waggons waren diese hier groß, kastenförmig und geräumig. Die U-Bahnhöfe waren ebenfalls größer, in kräftigen Farben gefliest und trotzdem ohne jegliches Flair. Das Design war praktisch und gut gemeint: Wir wollen viel Platz und alles in hellen Farben! – das Ergebnis fiel gleichwohl deprimierend aus. Unter dem Marienplatz fühlte sich der Fahrgast, als würde er in einer Brotzeitdose aus orangerotem Plastik stecken.

Eine der Sünden des Nationalsozialismus bestand in der Tatsache, dass unter seiner Ägide deutsches Design gewisse Höhen erreicht hatte. Darum mussten die nachfolgenden westdeutschen Architekten unvermeidlich die Tiefen ausloten. Und wenn Ideenlosigkeit und Geld zusammenkamen, stand nichts Gutes zu erwarten. Das Wirtschaftswunder konnte es mit ärmeren früheren Jahrhunderten nicht aufnehmen und stellte leere Legokästen mit der Aufschrift *Kaufhof* oder *Karstadt* mitten zwischen begnadete mittelalterliche Bauwerke. Im nächsten Krieg würden sie ja sowieso wieder gesprengt werden.

Die Menschen im Zug schwiegen, schaukelten in die Erde hinein wie eine gut gekleidete Maulwurfsfamilie auf dem Weg zur Arbeit und in die Schule. Das erste Bier verdunstete langsam aus Jungs Adern, und die Bauchschmerzen traten wieder aus dem Nebel hervor. Jede Station wurde von einer weiblichen Stimme angekündigt, die die Fahrgäste anschließend auch vor dem Schließen der Türen warnte: »Zurückbleiben bitte!«

Er sah sich um und stellte fest, dass diese andauernd wiederholte Aufforderung bei diesem schwermütigen Volk dauerhafte Spuren hinterlassen hatte.

Eine dunkelbrauige Frau auf dem Sitz ihm gegenüber trug zu langer Hose offene Schuhe und Nylonstrümpfe und darin behaarte Fußrücken. Er richtete seinen Blick lieber auf ihre nackten Oberarme, die unglaublich viele Muttermale aufwiesen. Sie sahen wie Farbkleckse aus und erinnerten Jung an eines seiner Werke aus dem vorigen Winter. Es bestand aus nicht mehr als drei Wörtern: *Geburtsmale des Orgasmus*, und es existierte allein in seiner Vorstellung, er hatte noch keine Idee, wie er es bildlich umsetzen konnte. Aber das war wohl ganz im Geist von Marcel

Duchamp, der an einem Ende in Farbe getauchte Streichhölzer auf sein *Großes Glas* geschnipst hatte, um den Gott des Zufalls über die Platzierung der Farbkleckse mitentscheiden zu lassen. Der junge Mann sah die Haut der Frau auf dem Sitz vor ihm auf einen Blendrahmen gespannt, wo die Muttermale wie Sterne am Himmelszelt standen und das Sternzeichen bildeten, das ihr Leben bestimmte. Im Moment der Auslösung beim Höhepunkt waren diese Schicksalspunkte auf die Leinwand gespritzt. Aufgabe der Philosophen war es dann, sich darüber zu streiten, ob der Gott des Zufalls dabei seine Hand im Spiel hatte oder nicht.

Jede U-Bahnstation hatte ihre eigene Farbe. Blau, gelb, grün ... Es sprach eine gewaltige Portion Verzweiflung daraus, den Alltag dermaßen knallbunt anzustreichen. An einer in Rot gehaltenen Station stieg er aus, ging zwischen den Pfeilern den Bahnsteig entlang und ließ sich von einer behäbigen Rolltreppe zu Tage fördern. Der Ausgang befand sich unter einer breiten und massigen Eisenbahnbrücke, die eine Straße querte. Er zog einen Stadtplan aus der Tasche und faltete ihn auseinander, doch als sich die Stadt vor ihm entfaltete, bekam er plötzlich einen Magenkrampf, griff sich an den Bauch und krümmte sich mit der knitternden Karte. Er setzte sich auf eine nahestehende Bank. Was zum Teufel war das? Amiwasser? Vielleicht besser, es vorher abzukochen. Hatte Mutter ihm das nicht gesagt?

Er wartete, bis der Schmerz nachließ, und ging dann weiter, unter der Brücke hervor, an bunten Reklametafeln vorbei. Die *Go-West*-Cowboys waren inzwischen in Arizona angekommen und blinzelten in ihrer Rauchpause mit zusammengekniffenen Augen in den Grand Canyon. Die Straße hatte vier Fahrbahnen und Straßenbahngleise samt zugehöriger Oberleitung in der Mitte, die Häuser waren sämtlich Nachkriegskästen mit rechteckigen Fenstern, die meisten in hellen Pastelltönen gestrichen, in dem hellen Gelb, das so typisch war für diese Stadt. Auf dem Bürgersteig waren schweräugige Hausfrauen und einzelne Kinder unterwegs. In den Erdgeschossen waren meist Ladenlokale und Geschäfte eingerichtet. *Imbiss, Fahrschule, Blumen-Bauer.* Alles sah sehr vorstädtisch aus, Cafés ohne Selbstvertrauen, schüchterne Hotels. Und in irgendeiner oberen Etage lag natürlich eine uneheliche Tochter des Bayernkönigs Franz Josef Strauß schweißnass in feuchten Laken nach einem rechtsextremen Beischlaf.

Er war in der Bundesrepublik Deutschland angekommen.

Der Stadtplan führte ihn in eine stille Nebenstraße mit breiten Bürgersteigen, parkenden Autos und einer Reihe von Bäumen im Teenageralter. An einem stützte er sich eine Weile in der Hoffnung ab, dass die Leibschmerzen verschwinden würden. Was, wenn er drinnen bei der Vermieterin einen Anfall bekäme? Er konnte sich nicht erinnern, jemals solche Schmerzen gehabt zu haben. Er war noch nie zum Arzt gegangen, außer um sich den Aknekiller Tetracyclin verschreiben zu lassen. Ohne das Zeug wäre seine Birne ein Duschkopf, der Eiter in alle Richtungen verspritzte. Aber die Schmerzen gingen nicht weg, sie fühlten sich jetzt an wie leichter Kopfschmerz in den Gedärmen. Er gab auf und ging zur Hausnummer 61, klingelte und stieg in den ersten Stock hinauf.

Die Hausherrin öffnete lärmend, sie war groß, hatte die Haare aufgesteckt, und ihre Stimme dröhnte durch das steinglänzende Treppenhaus. Frau Bettina Mitchell erschien ihm als gut aussehende und gepflegte Frau im Alter seiner Mutter, allerdings bestens organisiert und klar strukturiert im Denken. Nicht gerade eine Sexbombe für unseren jungen Mann, aber eine glänzende Vertreterin jener schweren Zeiten in der deutschen Geschichte, in der Wohlstand und Selbsthass Seite an Seite durch die Straßen gingen wie ein in einer schlechten Ehe feststeckendes Paar. Sie führte ihn durch einen mit Bildern und Wandtellern dekorierten Flur ins Wohnzimmer. Eine jüngere Grafik mit Mozart als Violinist fiel ihm auf. Frau Mitchell bezeichnete ihm, wo genau er auf dem Sofa Platz nehmen solle: in der Mitte, vor der Kaffeetasse – oder trank er keinen Kaffee? Dann verschwand sie, schloss die Tür mit einer Scheibe aus gefrostetem Glas hinter sich.

Er blieb mit seinen Bauchschmerzen allein im Wohnzimmer zurück. Sollte das eine Art Test sein? An der Wand ihm gegenüber hingen weiße Gardinen vor Balkontür und Fenster, an der Wand zur Linken stand ein breiter, halbhoher Bücherschrank voller Philosophie, an der rechten Wand hingen mehrere kleine Gemälde, Tage aus dem Leben unbekannter Künstler in Öl auf Leinwand gefasst. Eines der Gemälde stach heraus, ein Druck des bekannten Bildes von Friedrich dem Großen, Flöte spielend, von seiner Hofgesellschaft und siebzig Kerzen umgeben in Sanssouci. Jung fiel ein, dass auch der amtierende Bundeskanzler, der rauchspeiende Helmut Schmidt, Schallplatten mit Klavierstücken von Bach und Mozart eingespielt hatte. Bestimmt war das Land stets vom Dirigentenpult der Berliner Philharmonie aus geleitet worden. Langsam wurde dem jungen Mann klar, dass er im Land der Musik zu Gast war, in dem das Leben nach vor langer Zeit geschriebenen Noten ablief.

Frau Mitchell kam zurück und bugsierte Kaffee, Zucker, Milch und Gebäck auf einem runden Tablett, das sie auf einem kleinen Schreibtisch abstellte, dann schloss sie wieder sorgsam die Tür. Die wollte sie auf jeden Fall zu haben. Bestimmt wohnte Gregor Samsa in einem ihrer Zimmer. Oder ihr alter Vater, der nur auf die Toilette ging, wenn er seine SS-Uniform anziehen durfte. Frau Mitchell räumte indes die Dinge vom Tablett auf den Couchtisch. Es knallte vernehmlich, als sie Teller und Kännchen auf die Glasplatte stellte. Jung war von dem Bier noch etwas träge und trotz der Magenschmerzen froh über den Kaffee, das Gebäck war problematischer. Er war es nicht gewöhnt, um fünf Uhr nachmittags Süßes zu essen. Zweiundzwanzig Winter im Haushalt seiner Mutter, sechs Sommer auf dem Land und vier beim Brückenbau hatten seine Essgewohnheiten in Stein gemeißelt: Frühstück, Kaffeepause, Mittagessen, Nachmittagskaffee, Abendessen, Abendkaffee. Alles zu seiner Zeit.

Sie befragte ihn ruhig und konzentriert wie ein Polizist einen Zeugen. Er verstand fast alles und stieß den Namen seines Heimatlandes und der Kunstakademie hervor. Sie erklärte, dass sie geschieden sei, bei Siemens arbeite und wenig zu Hause sei. Das Zimmer sei frei geworden, weil ihr Sohn, im gleichen Alter wie er, sich entschlossen habe, zu seinem Vater nach London zu ziehen. Sie selbst war so deutsch wie der Stahl unter der Glasplatte. Das Viertel sei ruhig, und dasselbe erwarte sie vom Mieter, außerdem Reinlichkeit und gutes Benehmen. Er sagte all das zu, darauf erhob sie sich, öffnete die Wohnzimmertür und auch die gegenüberliegende, die in ein rot gestrichenes Zimmer führte, mit einem Fenster in der hinteren Wand, das auf einen begrünten Hinterhof zeigte. Links eine Schrankwand, rechts ein einfaches Bett, kleiner runder Tisch am Fenster und ein Schaukelstuhl. Das sah alles in allem sehr annehmbar aus. Er trat ins Zimmer und sah sich um.

»Rot?«

»Ach ja, das ist mein Sohn … Er ist ein wenig … Stört Sie das vielleicht?«

»Nein, nein, Rot ist gut.«

Er öffnete eine Schranktür, dann noch eine. Die Fächer hinter der ersten waren leer, die hinter der anderen voller Bücher, abgegriffene Lehrbücher und jede Menge Lesefutter. Der Muff von altem Staub und Papier wallte ihm entgegen.

»Die gehören Peter, es sind seine alten Bücher. Ich hoffe, das stört Sie nicht?«

Er nickte und unterdrückte die Grimasse, die sein Magen in seinem Gesicht ziehen wollte. Da waren wieder diese Krämpfe. Und jetzt war er in Nöten. Er versuchte sich zu beherrschen und fragte in normalem Ton:»Und das Bad, ist das ...?«

»Ja, das ist hier«, sagte die Frau mit ihrer lauten Stimme und wich durch den Türrahmen zurück in den Flur. Das Bad lag hinter der ersten Tür links. Jung gab mit einer Geste zu verstehen, dass er nicht nur einen Blick hineinwerfen, sondern hinter sich abschließen wolle.

»Aber bitte sehr! Selbstverständlich.«

Sobald er die Klinke losließ, krümmte er sich um die Schmerzen, die heftiger waren als zuvor und etwas loswerden wollten. Er konnte gerade noch den Toilettendeckel hochheben, als er sich auch schon übergeben musste. Es kam nicht viel, aber das, was kam, war pechschwarz und sehr zähflüssig.

Jung hoffte, dass die Frau ihn nicht gehört hatte, und war erleichtert, als er vom Ende des Flurs das Klappern von Geschirr aus der Küche vernahm. Er starrte das Erbrochene in der Kloschüssel an. Es schien sich nicht in Wasser zu lösen. Kam es von dem Bier? Es kam von dem Bier! Er hätte nicht auf Bauchschmerzen Bier trinken sollen. Er sah, wie das Erbrochene langsam auf den Grund sank, ohne sich mit Wasser zu vermischen, wie wenn man schwarze Ölfarbe in eine Karaffe mit Wasser tropft. Schließlich lag es auf dem Boden der Schüssel, das Wasser darüber blieb klar und sauber. Was war das, was er da ausgebrochen hatte? Er zog ab, und erst schien das Zeug zu verschwinden, doch als sich das Wasser beruhigte, sah er, dass ein Teil davon zurückgeblieben war. Er starrte auf zwei schwarze Stränge, die wie unbekanntes Ungeziefer auf dem Grund der Schüssel lagen.

Noch einmal zog er ab, aber der Spülkasten hatte sich noch nicht wieder gefüllt, und es kam nicht genügend Wasser, das schwarze Zeug rührte sich nicht. Der Blick des jungen Mannes fiel auf den Spiegel über dem Waschbecken. Er war wachsbleich. Nur zwei alte Aknekrater und drei neue Lavapropfen unter der Haut hatten ihre rote Farbe behalten. Er wusch sich rasch die Hände und spülte den Mund aus, in dem ein Geschmack von Eisen zurückgeblieben war. Er spuckte grauen Schleim aus, der langsam in den Abfluss lief.

Er betätigte noch einmal den Abzug. Die Frau hatte mittlerweile bestimmt Zweifel an der Mietertauglichkeit dieses Wasser vergeudenden Isländers bekommen. Bei einem Toilettenbesuch hatte er dreimal abgezogen. Auch der dritte Versuch änderte nichts an der Anwesenheit der beiden schwarzglänzenden Würmer in der Toilette. Jung nahm die Klobürste zu Hilfe, doch er bekam die Masse trotz heftigster Bemühungen nicht weg.

Was war das?

Mit der Klobürste in der Rechten stand er ratlos da und starrte die schwarzen Würmer am Boden der Schüssel an. Das Zimmer konnte er vergessen.

8

KRANKENHAUS

Zurück auf der Straße ging es ihm fast wieder gut. Es war dunkel geworden, und die Luft roch anders. Es musste geregnet haben, während er sich in den Eingeweiden des Krankenhauses aufgehalten hatte.

Der Platz wurde aus drei Richtungen von Straßenbahnschienen gekreuzt. Ihr Stahl schimmerte feucht im Licht der Laternen. Der Asphalt sah aus, als wäre die Straßenreinigung gerade vorbeigekommen. Autos fuhren vorsichtig wie über einen frisch geputzten Fußboden und bestreuten ihn mit Licht wie aus weißem und rotem Pulver. Im Haltestellenhäuschen wartete eine Frau in einem weißen Regenmantel. Dann schlängelte sich von rechts eine Straßenbahn heran, innen erleuchtet wie ein seltsamer Fisch mit Lichtern im Bauch. In ihrem Schein saßen zwei müde aussehende Frauen. Diese Stadt schien voll alleinstehender, älterer Frauen zu sein.

Das weiße Neonlicht im Eingangsbereich des Krankenhauses hämmerte auf seinen Rücken wie Schnee in heftigem Schneetreiben, während seine Augen nach der Apotheke Ausschau hielten, von der die Krankenschwester ihm versprochen hatte, sie befinde sich »auf der anderen Seite des Platzes, gleich neben der Bank«. Endlich entdeckte er das rote Leuchtzeichen einer Stadtsparkasse und setzte sich in Bewegung. Mit dem schwarzen Erbrochenen hatten sich seine Bauchschmerzen gelegt, und er hatte sich zum ersten Mal wieder leidlich auf dem Damm gefühlt, dennoch hatte er nach dem Besuch bei Frau Mitchell lieber gleich ein Krankenhaus aufsuchen wollen; er hatte Angst, in ihm könnte eine Ölader geplatzt sein. Ein Taxifahrer hatte für ihn eine Notaufnahme gefunden. Der Warteraum war behördenhell erleuchtet und mit einer Reihe aneinandergeschraubter blauer Plastikstühle ausgestattet. Mit ihm warteten eine Mutter mit ihrem Kind und eine vielköpfige Familie, wahrscheinlich Türken. Wer von ihnen ärztliche Hilfe brauchte, war schwer auszumachen. Dasselbe Phänomen hatte er beim Einkaufen beobachtet. Ganze Familien waren da gemeinsam unterwegs. Uns macht der Wohlstand zu Einzelgängern. Das Geld zerstreut uns mit Autos, Büchern, Fernsehern und Auslandsstudien. Hier aber gab es noch Zusammenhalt, fröhliche Familienausflüge in die Ambulanz, laute und lebhafte Unterhaltung.

Der junge Mann vertrieb sich die Wartezeit damit, das eigentümliche Wort »Gastarbeiter« in seine Bestandteile zu zerlegen und zu verstehen. Gastarbeiter: ein Arbeiter, der als Gast in dieses Land kommen und dort für eine begrenzte Zeit arbeiten *durfte*. Das einzige ähnliche Wort, das ihm im Isländischen dazu einfiel, wäre *gestasöngvari*, ein gastierender Sänger, und das war immer anerkennend gemeint, war eine Auszeichnung. Vielleicht war das auch hier so gedacht: dass es für diese Menschen eine Ehre war, am deutschen Wirtschaftswundermärchen teilhaben zu dürfen, diese riesige Bühne betreten und dort für kurze Zeit Häuser aus der Erde singen zu dürfen. Nach donnerndem Applaus zogen die Gastarbeiter dann mit Blumensträußen in den Händen wieder in ihre Heimatländer zurück.

Obwohl er nach den Türken gekommen war, wurde er vor ihnen aufgerufen. Er versuchte mit einer stummen Geste darauf hinzuweisen, aber eine stämmige Krankenschwester wies ihn in einen mit glänzendem PVC ausgelegten Gang. Der Arzt war ein kleiner, dunkler Typ mit dicker Brille und Bartstoppeln, die sich in der Zeit, die Jung bei ihm verbrachte, zum Bart auswuchsen. Er sprach Deutsch mit transalpinem Akzent, und nachdem Jung das eigenartige Erbrechen beschrieben hatte, fragte der Arzt ihn, manchmal auf Englisch, nach allem Möglichen aus. Seine Augen schienen seit Langem alles gesehen zu haben, was es auf Erden gab, Gutes wie Schlechtes, denn ein großer Teil von ihnen war vom Tod gezeichnet. Dennoch schien er mit dem Phänomen »Schwarzer Auswurf« nicht viel anfangen zu können, aber Jungs Beschreibung der eigenen Kotze auch nicht recht zu glauben. Nachdem er kurz in einem dicken Buch nachgeschlagen hatte, notierte er ein Medikament auf einen Zettel, den er ihm reichte.

»Zwei Tabletten nach dem Frühstück und zwei nach dem Abendbrot. Wenn es nicht besser wird, kommen Sie wieder.«

Dem jungen Mann war nicht ganz klar, ob die Pillen die Schmerzen heilen oder die Farbe des Erbrochenen ändern sollten, aber er stellte keine weiteren Fragen, bis er in die Apotheke kam. Ein bleiches Wesen weiblichen Geschlechts gab ihm drei Streifen eingeschweißter Tabletten in einer kleinen Schachtel. Mit diesem erleichternden Leichtgepäck in Händen fühlte er, wie er langsam Verbindung zu diesem drolligen Volk bekam, das seit fünf Jahrhunderten in dieselben Kirchen rannte und Opern besuchte wie ein Handballspiel. Er hatte damit begonnen, ihm zu gehorchen und seine Pillen zu schlucken. Um diesen Etappensieg gebührend zu feiern, nahm er die Straßenbahn zurück zum Studentenwohnheim. Die Frau im weißen Regenmantel war mit ihm eingestiegen. Sie sah ausgesprochen gut aus, hatte Lippen wie Sophia Loren, und er setzte sich absichtlich eine Reihe hinter sie. Das glatte Haar fiel ihr über die schöne Wange wie ein glänzend schwarzer Wasserfall in einem fernen Märchenland. Sie stieg eine Haltestelle vor ihm aus, und er drehte sich um wie ein Kind, um ihre Augen in das gedächtnislose Nachtdunkel versinken zu sehen.

Er stieg die vier Etagen hinauf und öffnete die Tür zu seinem stillen Flur. Nur in zwei von den zwanzig Zimmern schien es Leben zu geben. Bislang war er noch keinem anderen Menschen als dem barfüßigen Mathematiker begegnet, dem erklärten Gegner von Käsehobeln. Und das Semester würde erst in drei Wochen beginnen. Der junge Mann ging in die Gemeinschaftsküche, kochte Leitungswasser sicherheitshalber ab, machte daraus Tee, um damit die Tabletten herunterzuspülen. Gegen Ende des Bechers erschien der Waldschrat, legte einen Brief mit einer deutschen Freimarke auf den Tisch und machte sich auf den Weg zu Toilettenverrichtungen.

»Der ist heute gekommen.«

Jung stellte die Tasse ab, las seinen Namen auf dem Kuvert und öffnete den Brief.

»Aus unerfindlichen, doch dringlichen Gründen mußten meine Pläne und Vorhaben revidieret werden und muß ich mich vörder als gedacht aus Best-Bärlund hinwegheben. Werde demgemäß so unerwartet wie unvorhergesehen am dritten Tage der Woche bei den Mönchen eintreffen und dort meines vorzüglichen Quartiers bedürftig sein. Als compensatio mache ich Dir erbötig ein ander Lager nicht gar weit entfernt, in welchselbem unser werter Freund Gottfried von Überbart zwei Winter verbracht, welcher jedoch, durch Fron und Frauendienst im frostbehauchten, fernen Eisland verhindert, nicht vor Ablauf des Monats in personam actualis dort zurückerwartet wird.«

Der Stil war natürlich grandios. Die geschraubten Formulierungen imitierten das Bildungsgeprange der im 19. Jahrhundert in Kopenhagen studierenden Isländer. Der Sohn des Dichters hatte solche oratorischen Kabinettstückchen auf Zusammenkünften zum Besten gegeben und es den Zuhörern zur Auflage gemacht, sie im heimischen Bett nachzulesen. Der junge Mann musste den Brief dreimal lesen, bevor er aus seinem Inhalt halbwegs klug wurde. Der Philosophiestudent würde demnach überraschend schon morgen in die Stadt kommen und bot ihm ersatzweise das Zimmer eines Bekannten an. Es kam dem jungen Mann ganz gelegen, aus dieser Zelle der Weisheit heraus und anderswo unterzukommen. Denn das Zimmer bei der Dame mit dem englischen Namen würde er erst zum nächsten Monatsersten beziehen können. Sie wollte das Mietverhältnis »zum korrekten Zeitpunkt« beginnen lassen.

Jung überflog den Brief ein viertes Mal. Was für ein geistreich sprühender Erguss! »Bei den Mönchen« stand eindeutig für

München. Aber was bedeutete »Best-Bärlund«? Er musterte den Briefumschlag und entzifferte auf dem Poststempel das Wort »West-Berlin«.

Schmerzfrei legte er sich schlafen, spürte aber die Anwesenheit der Abgötter stärker als in den Nächten zuvor. Sie standen über ihn gebeugt wie schwarze Bühnengeister. Er sah sich selbst in einer Gruppe stehend Wartender auf einer Bank auf einem Bahnsteig liegen. Nietzsche hustete zweimal, dann wurde alles still, bis der Schlafzug in den Bahnhof rollte.

9

SCHWABING

Der junge Mann erwartete seinen Gastgeber auf dem Treppenabsatz wie eine Jungfrau ihren Verlobten und musste sich einen beschleunigten Puls eingestehen, der mit jeder Stufe, die der Philosophiestudent erklomm, noch zulegte. Warum hatte er eigentlich Angst vor ihm? Kam das von seinem Briefstil? Von den Büchern in seinen Regalen? Von der Philosophie selbst?

Vorsichtig spähte er in den viereckigen Schacht und sah auf dem Geländer drei Etagen tiefer eine Hand. Sie verweilte kurz, verschwand dann und kam einige Meter weiter oben wieder zum Vorschein. Offensichtlich kam der Philosoph rasch nach oben, stürmte die Stufen hinauf wie er durch die ganze Geschichte der Philosophie gestürmt war, von den Griechen bis Gylfason. Jetzt waren Mantelschöße zu sehen, die über die Treppe flatterten, dann eine Hand auf dem Handlauf, Hand weg und Hand wieder auf dem Geländer …

Er hörte ein schnelles Husten.

Und in diesem Husten lag etwas, ein gewisser Ton, eine Art Siegesgewissheit, überlegene, arrogante Siegesgewissheit, die ein Bild in seinem Kopf hervorrief. Plötzlich sah der junge Mann vor sich, wie er vor zwei Wintern mit drei Mitschülern des MH, dem Gymnasium Hamrahlíð, im Mokka gesessen hatte, dem einzigen Café in Island. Es war ihre Jungfernfahrt in dieses berühmte Lokal und Jungs Jungfernfahrt in ein Café überhaupt. Er hatte auf die Geräusche der Kaffeemaschine *geguckt* wie ein Ureinwohner auf einen Plattenspieler. Und allmählich hatte er sich klargemacht, dass er da auf derselben Bank saß wie bebartete Männer, die einmal in Paris gelebt hatten, die in Kopenhagen ausgestellt hatten, Männer, die Dagur hießen, Männer, die in der Wochenendbeilage des *Volkswillens* schrieben ...

Auf der anderen Seite des Mittelgangs saßen drei Typen, die kicherten und laut prusteten. Einer aus seiner eigenen Truppe meinte flüsternd, das seien die Obermacker von MR, dem Gymnasium Reykjavík, nicht nur die Wortführer in der Klasse, sondern richtige Rädelsführer, eben diejenigen, die die »Fete des Jahrhunderts« angezettelt hatten, bei der ein Haus auf Seltjarnarnes von einer Horde randalierender Gymnasiasten fast in Schutt und Asche gelegt worden war, wobei sie Bücher von Laxness zerfledderten, Gemälde von Kjarval ins Meer warfen, handgeknüpfte Teppiche mit einem Rasenmäher schoren. Derartige Frevel brachten es bis auf die Rückseite der Tageszeitung und machten eine ganze Nation sprachlos. In der Zeitung wurde hervorgehoben, dass alle Täter aus »wohlgeordneten Verhältnissen« stammten. Darin bestand im Grunde der größte Skandal. Die Gesellschaft durchlief ein Schauder: Hatte man etwa eine Generation von Verbrechern an der Nation großgezogen? Die Schüler des MH wussten allerdings, dass es bloß Jungen wie sie waren, nur doppelt so klug, belesen und mutig.

Die Mokka-Frischlinge starrten die MR-Helden an, die offenbar in diesem »Tempel des isländischen Freidenkertums«, wie einer der Mokka-Dichter das Lokal einmal genannt hatte, zu Hause waren. Die Typen von MR trugen alle die gleiche gelockte Haarpracht, nur jeder in einer anderen Farbe. Einer blond, einer rot und der Dritte dunkel. Ihre Kleidung, braune Cordjacken und Hemden in »europäischen« Farben, zeugte von Selbstbewusstsein, Intelligenz und kultivierter Kinderstube. Der Dunkelhaarige trug provozierend schlampig geschnürte, halb offene Springerstiefel. Ihre äußere Erscheinung sagte: Wir wissen alles, haben alles gelesen und können deshalb auf alles pfeifen. Der Blondgelockte war augenscheinlich der Wortführer. Mit geröteten Wangen redete er in einem fort. Sein Kopf ruckte bei jeder Äußerung, und die Löwenmähne wallte im Takt dazu.

»Sogar der Rektor hatte von dieser ›Sauerei‹ gehört«, prustete er über den Tisch und machte dazu eine ausholende Bewegung mit dem Arm, wie um die eigene Überlegenheit über die Dummheit der Welt zu unterstreichen, während seine Kumpane vor Lachen platzten.

Obwohl der Bursche noch keine zwanzig war, redete er, als würde die Welt nur auf ihn warten. Dieses lächerliche Abschlussexamen abzulegen, wäre nicht mehr als eine Formsache, dann wartete der Gipfel auf ihn, wo er einen goldglänzenden Sitz einnehmen und einen goldhaarigen goldenen Füllfederhalter zur Hand nehmen würde.

Der kleine Dicke aus Jungs Gruppe, der dem Gang am nächsten saß, vergaß sich und starrte einen Augenblick zu lange hinüber. Der hyperschlaue Löwe von MR drehte sich zu ihm hin und raunzte ihn an: »Was glotzt du eigentlich so, du kleiner Fettlutscher?!«

Der junge Mann und seine Freunde schraken zusammen und

trollten sich eilends, Kakao in den Adern und das Herz in der Hose. Fortan hatten sie den blonden Lockenkopf von MR wegen seiner Mähne und seiner Grimmigkeit nur noch den »Löwen« genannt.

Und jetzt nahte der Löwe persönlich in großen Sätzen die Treppe herauf. Es war seine Pranke, die da auf dem Geländer zu sehen war, und sein Husten hörte man durchs Treppenhaus. Jung hatte vorher nie daran gedacht, aber er musste es sein, klar! Der Schrecken einer ganzen Schülergeneration. Er hieß Guðmundur Thor, immer nur Thor genannt, doch Jungs Mutter hatte von einem Þór gesprochen, und darum hatte er in dem Philosophiestudenten in München nie den Löwen vom Mokka erwartet, und jetzt hatte Jung in seinem Bett geschlafen, zwischen seinen Büchern, so gut wie in seinem Kopf …

So wie Thor mit ausgebreiteten Schwingen die letzten Treppenabsätze heraufgeflogen kam, glich er allerdings mehr einem Adler als einem Löwen. Er trug einen hellen Trenchcoat offen, der durch sein Tempo um ihn herumflatterte. Jung kannte ein solches Kleidungsstück bis dahin nur aus französischen Filmen, und er fand diesen Look nun weitaus weniger philosophisch als richtig cool. Nach den vier Etagen war Thors Gesicht rot angelaufen, wodurch seine blonden Locken noch heller schienen, er stieß ein schnaufendes Lachen aus, als das Raubtier seine Beute vor sich sah. Es schien genau zu wissen: die Poster im Zimmer, die Bücher in den Regalen, der Briefstil, die Mantelschöße, die Schnelligkeit, das Lachen, die Mähne … all das hatte seinen berechneten Effekt und wirkte. Auf dem letzten Treppenabsatz wartete der junge Mann wachsbleich und streckte vorsichtig eine Hand aus.

»Hhh … hallo.«

»Grüß dich! Du also hier. Und auf dem Weg in die Akademie. Hahaha.«

»Jj … a.«

»Oder genauer auf dem Weg zur Aufnahmeprüfung, nicht wahr? Haha.«

»Ja, ich habe mich beworben …«

»Du willst es wirklich wissen, was? Nach nur einem Winter zu Hause? Du bist echt steil. Aber wie hast du in meinem ärmlichen Verschlag geschlafen? Ist ja nicht gerade ein Adlerhorst.«

»Nn … ein.«

»Ah, verstehe. Wie spät ist es? Hast du gegessen? Oder kommst du mit mir 'ne Pizza essen? Es gibt einen ganz guten Italiener hier unten in der Türkenstraße in Schwabing. Hast du schon mal Pizza gegessen?«

»Ja … nein. Was ist …?«

»Das ist das einzige und wahre *convivium pauperis*. Wart einen Moment, ich stell nur meine Tasche ab. Deine holen wir später.«

Dann gingen sie in Richtung der Türkenstraße, und Thor erwähnte unterwegs siebenmal den Namen Schwabing. Es gefiel ihm offenbar, das Wort auszusprechen. Es lag so viel Elan, Schwung und Freiheit darin. In Schwabing ging alles.

»Schwabing ist *das* Viertel hier bei den Mönchen. Da liegt auch die Akademie. Du musst es dir ansehen, es ist ein Künstlerviertel, hahaha«, lachte er mit einem Nachdruck, in dem zugleich schüchterne Bewunderung und heftigste Verachtung lagen.

»Und wie … wie würdest du das ins Isländische übersetzen?«, fragte Jung.

»Wie? Was meinst du? Schwabing? Hm, da sagst du eigentlich was …«

Sie gingen in der mitteleuropäischen Abendwärme ein paar Schritte weiter, zwei junge Isländer auf dem Weg hinaus ins Leben, und das Löwenhirn, dieser gut geölte Philosophiemuskel, strengte sich an, so schnell wie möglich eine Übersetzung für das Wort Schwabing zu finden.

»Hm, eigentlich besagt der Name, dass hier früher einmal Schwaben gelebt haben, aus dem Schwabenland nordwestlich von Bayern. Könnte man daher nicht sagen …«

Der Löwe verstummte, blieb stehen, fasste den jungen Mann scharf ins Auge und bekannte grollend: »Nein, mir fällt nichts ein. Hast du eine Idee?«

»Ich weiß nicht, *Svakabingur* vielleicht?«

»*Svakabingur*? Was soll das denn heißen?«

»Na ja, Schwachsinnshaufen oder so.«

»Svakabingur?! Haha. Das wird auch nicht in die Geschichtsbücher eingehen.«

»Wart mal kurz«, würgte der junge Mann, stürzte in das Café, vor dem sie soeben standen, und schaffte es gerade noch bis zur Toilette, bevor wieder schwarze Kotze aus ihm hervorbrach.

10

ZELLE 1981

Er wachte in einem anderen Studentenwohnheim auf, erstes Obergeschoss, in einer Straße, an deren Namen er sich nicht erinnern konnte, und in einem Zimmer mit hoher Decke und weiß gestrichenen Wänden, das erheblich größer war als der holzgetäfelte Wagner-Schrank. Das Bett bestand lediglich aus einer Matratze auf einer Sperrholzplatte, die dicht über dem Fußboden auf drei Vierkanthölzern ruhte. Er hatte das Gefühl, auf dem Grund eines mit Licht gefüllten Schwimmbeckens aufzuwachen. Ein hohes Fenster ging auf einen Innenhof. Türenschlagen und

Schritte hallten auf dem hohen Flur und bis in sein Zimmer; Geräusche, die es in Island nicht gab.

Er war bei Dunkelheit angekommen, hatte seine beiden Koffer ins Zimmer geschleppt und sich nach dem anstrengenden Abend in Thors Gesellschaft einfach angezogen auf die Matratze fallen lassen. Der Löwe hatte zur Pizza Bier bestellt und ihn anschließend in eine Kneipe weitergeschleppt und immer wieder aufs Neue zwei Bier bestellt, obwohl der Bierneuling das seine noch längst nicht ausgetrunken hatte.

»Hier musst du Bier trinken! Wir sind hier in einer Bierstadt, hahaha. Ich hole noch zwei. Hahaha.«

Beim Brückenbau hatte der junge Mann das Phänomen des »Kojensaufens« kennengelernt: Zwei oder mehr Männer lagen jeweils in ihrer Schlafkoje, quatschten und ließen die Flasche herumgehen, aber er selbst hatte von diesem sehr isländischen Zeitvertreib bisher Abstand genommen. Weshalb sollte man sich besaufen, wenn sich davon kein Wunschtraum einstellte, von Küssen oder rauschendem Sex hinter einem Schuppen in Gletscherhelle und bei zehn Grad? Ihm schien das Kojensaufen etwas für Strohwitwer und Eunuchen zu sein, für Männer, die lieber versackten statt sich aufzuraffen. Und Kojensaufen zu zweit in einer ausländischen Großstadt war noch viel schlimmer. Da tobte das pralle Leben, und es waren nicht nur kahl gefegte Schotterflächen im beschlagenen Fenster zu sehen, mitten im Trubel wurde das Elend doch nur noch greifbarer.

Vier Stunden hatte er in der Gesellschaft des Philosophiestudenten absitzen müssen. Und er hatte keine Chance, seinem Geiselnehmer zu entwischen. Er hatte mehrere Nächte die Gastfreundschaft des Löwen genossen, und zudem steckte der Schlüssel zu den nächsten Nächten in dessen Tasche. Anfangs hatte sich Jung Mühe gegeben, eine gewisse Gesprächskultur aufrechtzuerhalten, doch je mehr Bier floss, desto steiler ragte der Bierberg mit zugehöriger Lähmung der Sprechmuskulatur vor ihm auf, während die Zunge des Löwen mit jedem Schluck besser geölt wurde.

In der Kneipe, in der er Tage zuvor sein erstes Bier gekauft und knallrot vor dem Kondomautomaten gestanden hatte, war Jung unter den endlosen Tiraden seines Landsmanns zuletzt gänzlich verstummt, während dieser gegen das Kulturbanausentum, den allgemein verbreiteten Mangel an Lateinkenntnissen »unter der Diktatur der Flimmerkiste« wetterte, plus etlicher schneller Seitenhiebe auf Jungs ehemalige Schule, das Hamrahlíð-Gymnasium.

Auf ihrem Tisch stand eine rote Kerze, und irgendwann begann Jung, daran herumzuknibbeln, brach erkaltete Wachsnasen ab, hielt sie in die Flamme, bis sie wieder weich wurden, dann knetete er kleine rote Kügelchen daraus und reihte sie vor sich auf, ohne dass der Löwe, ganz von seinen Monologen in Anspruch genommen, davon Notiz nahm. Betrunken, wie er inzwischen war, nannte der angehende Kunststudent die Wachskügelchen »Geschwätzkugeln« und fügte sie in Gedanken in ein Konzeptkunstwerk ein, das den Titel tragen sollte: *Also brach Zarathustra.*

»Du bist nicht unbedingt der Typ Weltenbummler, was?«, erkundigte sich Thor unvermittelt mit tiefer Stimme und einem satanischen Lächeln. Mit den Zischlauten versprühte er Tröpfchen von Bierschaum.

»Was?« Stand da auf einmal eine Frage im Raum? Jung erschrak so heftig, dass der ersehnte Rülpser sich endlich löste; eine bilderbuchmäßige Luftblase stieg in ihm auf und platzte in die kerzenbeleuchtete Atmosphäre.

»Du hast dich noch kaum in der Welt umgesehen. Jedenfalls nicht hier, oder?«, wiederholte der Löwe.

»Ja, doch, ich war mal einen Sommer über in Norwegen …«

»In Norwegen! Dieser Fichtennadelsteppe. Rolv Wesenlund! Wie kann ein Mensch bloß Rolv Wesenlund heißen? Warum heißt er nicht gleich Rülps Unwesenmund? Hahaha!«

Jung setzte ein Grinsen auf, zählte dann aber mit sadomasochistischer Gewissenhaftigkeit weiter auf: »Ach ja, außerdem war ich vor ein paar Jahren in Kitzbühel, zum Skilaufen …«

»Kitsch-Bühel! Rauchkuchlknödel mit Speckfüllung. Skilaufen! Hier sitze ich mit einem Skiläufer zusammen! Sag mal, wie ist denn das, Skilaufen? Ist das anders als auf Knien krauchen? Oder geiles Zeug rauchen? Hahaha!«

Der junge Mann versuchte sich irgendeine Antwort aus den Fingern zu saugen, doch Thor hätte sie durch sein eigenes Gelächter nicht mitbekommen. Er fiel bald vom Stuhl vor Lachen und schüttelte unablässig seine Matte wie ein ausflippender Rocksänger auf der Bühne.

»Du hast darauf natürlich keine Antwort, weil du es nie ausprobiert hast, hahaha.«

Jung musste derweil zum wiederholten Mal an die Göbelmasse denken, die zu früherer Abendstunde im Waschbecken der Herrentoilette eines ihm unbekannten Cafés gelandet war. Es war nicht viel, aber er hatte es nicht mehr bis zum Klo zurückhalten können und stattdessen ins Waschbecken gereiht. Das Brockenpüree war beinahe sofort ausgehärtet. Einen schwarzen Spritzer konnte er gerade noch mit dem Ärmel vom Spiegel wischen, bevor auch der hart wurde. Das Waschbecken aber zierte eine Ladung schwarze Spachtelmasse. Verwirrt und kreidebleich besah er sich das Malheur einen Moment und stürzte dann, einen schwarzen Fleck am Ärmel, zurück auf die Straße, wo der Löwe mit Fragezeichen in den Augen auf ihn wartete.

»War nichts, musste bloß …«, hatte Jung gemurmelt und war erschüttert weitergeschwankt: Er hatte ein ganzes Waschbecken ruiniert! Glücklicherweise brauchte er keine weiteren Erklärungen abzugeben. Thor hatte zu einem ausführlichen Abriss der Geschichte der Akademie der Bildenden Künste angesetzt. »Die war ja schon vor dem Krieg eine Nazifabrik. Ich sage nur Adolf Ziegler.« Immer noch totenbleich sah der Kunststudent kaum mehr als schwarz. Selbst seine Umgebung war schwarz, und als das lang gestreckte, klassizistische Gebäude der Akademie an der Ecke Türkenstraße, Akademiestraße vor ihnen auftauchte, sah es für ihn so aus, als hätte Christo es kürzlich in schwarze Plastikfolie verpackt.

Was sollte er tun? Nach Hause gehen? Seine Mutter anrufen? Sich in ein Krankenhaus einweisen lassen?

Die Folgen des Bierkonsums machten sich bemerkbar, sobald er aufstehen wollte. Er wankte zur Tür, hörte aber lautes deutsches Freudengelächter auf dem Flur, wahrscheinlich aus der Gemeinschaftsküche, und retirierte ins Bett. Was, wenn er jetzt wieder brechen müsste? Er sah sich nach einem Gefäß um und griff nach einer leeren Plastiktüte, die beim Fußende auf dem Boden lag. Sollte er nicht einfach nach Hause fahren? Oder nach Berlin? Hier war alles so fremd, so viel Hochkultur und doch provinziell, wenn nicht altmodisch. Die Kunstakademie sah aus wie zu Hause die Landesbank in der Austurstræti. Konnte man in einer Bank Bilder malen? Die Menschen hier schritten irgendwie so gemessen durch die Straßen. Überhaupt nicht, als wären sie irgendwohin unterwegs. Die ganze Stadt schien nirgendwo hinzuwollen, außer in die nächste Bierwirtschaft. Schritte hallten zwischen mittelalterlichen Steinmauern wider. Hier war alles fest gefügt und festgefahren, unveränderlich und drückend geschichtsträchtig. Aber was sollte man von einer Stadt auch anderes erwarten, die nach Mönchen benannt war.

»Deutschland, alles ist vorbei« hatte er nahe dem Bahnhof auf eine Wand gesprayt gesehen. »Schade, daß Beton nicht brennt« stand an einer anderen. »Atmen verboten« an einer dritten. Irgendwo hier gab es zornige junge Menschen mit Spraydosen, die die Mauer zu einer besseren Gesellschaft einreißen wollten. Gesehen hatte er sie noch nicht. Aber all diese klotzigen, drückenden Tempel mussten etwas Radikales provozieren und Appetit auf Luftangriffe machen.

München war die »Hauptstadt der Bewegung«, hatte der Löwe gesagt. Im Hofbräuhaus arbeitete noch ein schnauzbärtiger Kellner, der Hitler den Maßkrug serviert hatte. »So lange ist das alles noch gar nicht her. Wenn Goebbels noch leben würde, wäre er gerade mal achtzig, haha.«

Fast genauso alt wie Oma und Opa, hatte der junge Mann gedacht und dachte es wieder, als er auf der niedrigen Matratze lag und aus dem hohen Fenster sah. Ganz oben war darin der Himmel zu sehen, neonweiße Streifen, ansonsten war Jung von Mauern umstellt, dicken hohen Mauern, und von Geschichte eingerahmt, eingekerkert im Verlies des Augenblicks, Insasse im Gefängnis der Zeit, Zelle 1981.

Ihm war zwar ganz bewusst, dass die junge Generation zu allen Zeiten ihre eigene Gegenwart immer für unbedeutender als die Vergangenheit hielt, und dennoch war er überzeugt, dass in der gesamten Menschheitsgeschichte noch niemand in einer derart unwichtigen und unspannenden Jahreszahl festgesessen hatte und sein Leben unter ebenso kläglichen Voraussetzungen beginnen musste. Er hasste das Zeitalter, das ihm zugeteilt worden war.

11

PERSHING II

Die einzige Lücke in der grauen Einheitssoße der Langeweile auf der Welt hatte sich an einem unerwarteten Ort aufgetan, im polnischen Gdańsk. Jeder hatte den Namen Lech Wałęsa auf den Lippen, die Arbeiter hatten sich gegen den Traum der Arbeiter erhoben, Werftarbeiter hämmerten mit ihren Stahlhämmern gegen den Eisernen Vorhang, dass es nur so dröhnte. Die Reaktion westlich davon bestand darin, den Rüstungswettlauf zu verschärfen, eine Sportart, in der es täglich Wettkämpfe gab, so weit Jung sich zurückerinnern konnte. Wenn er ein Gewehr hat, brauche ich zwei. Bei dem damaligen Spielstand gab es genug Waffen auf der Welt, um jeden Erdenbürger dreimal zu töten. Aber das reichte noch nicht. Das erträumte Ziel war die Kapazität, es noch ein viertes Mal tun zu können.

Der Kalte Krieg war wie ein dreißig Jahre langer Wildwestfilm. Seit Jungs Geburt hatte die Welt, die Hand vor den Mund gepresst, unter einem Stuhl in einem Saloon mit Flügeltüren gekauert, während draußen in der sengenden Sonne Ami und Sowjetrusse auf der staubtrockenen Main Street standen, die Hand auf dem Revolvergriff, um sofort zu ziehen, wenn der andere die erste Bewegung machte.

Der Film war in Schwarzweiß, für Farbnuancen gab es keinen Platz. Auf alle Fragen des Lebens gab es nur zwei Antworten: dafür oder dagegen. Das hatte man bei jedem Gespräch im Hinterkopf zu haben, denn *ein* falsch formulierter Gedanke oder *ein* unüberlegtes Wort, und schon war man ein Spion, einer von denen. Das betraf nicht nur Diplomaten und öffentliche Repräsentanten, sondern jeden einzelnen Bürger aller Länder beiderseits des Vorhangs. Nicht einmal Oberschüler im kleinsten Land Westeuropas blieben davon verschont, in ihren Schulhofgesprächen Vorsicht walten lassen zu müssen. Der Kalte Krieg war wie Gott, unsichtbar und allgegenwärtig und am greifbarsten im Innersten eines jeden.

Ganz selbstverständlich und gemäß einer ungeschriebenen, aber weltweit geltenden Gesetzmäßigkeit wurde jedes erdenkliche Phänomen in Schwarz und Weiß geteilt: USA vs. UdSSR, Kapitalismus vs. Sozialismus, Apollo gegen Sojus, *Morgenblatt* gegen *Volkswillen*, Terylenhosen gegen Jeans, Aftershave gegen Bart, Bronco gegen Volvo, Lloyds gegen Trampers, Tómas gegen Megas, Eagles gegen Yes. Selbst Lebensmittel waren nicht ausgenommen und wurden als politische Widersacher strategisch in den Ladenregalen platziert: Milch gegen Coke, französische Pommes frites gegen isländische Kartoffeln, Cocktailsoße gegen Mehlschwitze. Der Kalte Krieg forderte auch seine Opfer.

Die einzige Ausnahme von der Regel waren die amerikanischen Springerstiefel, in denen ausschließlich die geschworenen Feinde der US-Basis herumliefen.

In diesem globalen Spiel hatte der junge Mann früh die Seite gewählt. Schon als Junge hielt er zu den Indianern und zu den Nordvietnamesen, trug den *Þjóðviljinn*, den *Volkswillen* aus, verteilte Wahlkampfbroschüren von Alþýðubandalag, der Volksallianz, lief in einigen Ostermärschen demonstrierend nach Keflavík, aß nie Hamburger und hatte nur zweimal an einer Literflasche Coke genippt. Er stand auf der richtigen Seite. Cordhosen und klobige Schuhe, Maokragen und Clogs.

Seine Opaklamotten waren ebenfalls korrekt, auch wenn Andersen & Lauth genau wie sein Großvater immer auf der anderen Seite gestanden hatten. Die Sachen waren über zwanzig Jahre

alt, und die rechte Verirrung war längst aus dem Stoff verduns-
tet. Das sah allerdings nicht jeder, und so einige Male hatte er
etwas einstecken müssen wegen seiner hellgrauen »Stoffhosen«
(die sowohl den Parteitag der Unabhängigkeitspartei als auch
die Hauptversammlung der Oddfellows ausgesessen hatten), besonders dann, wenn er auf einem Sofa zwischen lauter Denim-
schenkeln eingezwängt saß. Es lief etwas glimpflicher ab, wenn
er stand. Einmal hatte er versucht, sie als New-Wave-Hosen zu
verkaufen, genau solche, wie Paul Weller sie auf dem Cover von
All Mod Cons trug. Aber das brachte gar nichts, keiner in seinem
Jahrgang hatte jemals von The Jam gehört.

In diesem schwierigen Ringen um Gleichgewicht waren ihm
einige Ausrutscher passiert.

Kurz nach seiner Konfirmation hatte ein forscher Nachbar
ihn und seine Schwester zu einer Spritztour in seinem amerikanischen Schlitten eingeladen und ihnen in einem Stützpunkt des
Feindes, der in Fellsmúli eröffnet hatte, eine Portion Pommes
spendiert. Jung hatte, eingedenk seiner Stellung als Zeitungsjunge des *Volkswillen*, die Einladung dankend ablehnen wollen,
war damit aber nicht durchgekommen und hatte schließlich, tief
beschämt in die amerikanischen Ledersitze des Straßenkreuzers
vergraben, die verbotene Frucht mit Cocktailsoße gemümmelt.
Sieben Jahre lang betrachtete er diesen Ausflug als Kapitalverbre-
chen, und er hatte seiner Schwester den Schwur abgenommen,
niemandem davon zu erzählen.

Einmal hatte er sich verleiten lassen, einen Thriller von Des-
mond Bagley zu lesen, der auf Island spielte, und das dann im falschen Moment auch noch ausgeplaudert – das hätte ihn um ein
Haar zwei Partys und eine Knutschstunde gekostet.

Und einmal war er in einer weißen Jeans in die Schule gegangen, wo er von der ersten Minute an vorwurfsvollen Blicken aus-

gesetzt war, bis ihn ein radikaler Mitschüler in der Mittagspause anschnauzte: »Weiße Hosen sind Kalifornien. Zieh den Scheiß aus!«

Seinen allergrößten Fehltritt, den er noch immer bereute, hatte er im Jahr 1977 begangen, als er seinen Vater, den Brückenbauingenieur, bat, ihm von einer Kongressreise nach London eine neue Platte des Electric Light Orchestra mitzubringen. Das war von Anfang an ein hochriskantes Ansinnen gewesen, denn Jung wusste nicht genau, auf welcher Seite ELO stand. War es dafür oder dagegen? Bandleader Jeff Lynne war eigentlich mit genügend hippiemäßigem Haarwuchs versehen, aber irgendetwas an den weit ausgeschnittenen Hemden und den vielen bourgeoisen Streichern in den Arrangements roch nach Klassenverrat. Und als er *Out of the Blue* aus der Tüte zog, sah er sofort, das dieses Doppelalbum eine Frucht des Klassenfeinds war. Das Cover war erzkapitalistischer Zuckerguss. Er blickte von dem bunten Raumschiff auf seinen Vater, und es trieb ihm die Schamröte ins Gesicht, dass er den Volvo fahrenden und auf den *Volkswillen* abonnierten Beamten im öffentlichen Dienst dazu missbraucht hatte, diese schleimige Konzernkacke im Handgepäck übers Meer mitzubringen. Er legte das Geschenk weg und ging ins Bad, um sich die Hände zu waschen. Erst drei Tage später raffte er sich endlich dazu auf, die Platte einmal aufzulegen, und die Synthesizerklänge und Diskantchöre schwebten durchs Zimmer. Es war fürchterlich. Als ob ganze Zuckerrübenäcker rosasüße Cocktailsoße über den weich gepolsterten Schlagzeugrhythmus schmieren würden. Das Ergebnis konnte er nicht anders als verrottenden Wohlstandsekel nennen. Nach der Hälfte des ersten Stücks nahm er die Nadel von der Platte und versenkte das Ganze in der hintersten Ecke. Obwohl seitdem mittlerweile vier Jahre vergangen waren, fühlte er sich noch immer tief kompromittiert.

Das ganze Elend dieser zweigeteilten Welt erlebte Jung am deutlichsten, wenn er als Zeitungsjunge abends durch Háaleiti lief, in den vierstöckigen Blocks die Treppen hinaufstieg, um die Abonnenten des *Volkswillens* abzukassieren. Obwohl er selbst überzeugter Anhänger der Volksallianz war, hatte es etwas Trauriges, diese einsamen Gesichter zu sehen, die in den Türspalten erschienen und ausgerechnet an dem Abend leider gerade kein Bargeld im Haus hatten und fragten, ob er nicht in der nächsten Woche wiederkommen könne. Arbeiter mit wettergegerbten Gesichtern oder stubenhockerblasse Intellektuelle mit Mienen wie das Ideal selbst, das ihre Knausrigkeit in die Tür nagte. Manchmal musste Jung dreimal wiederkommen, bis die Leute endlich bezahlten. Einzig ein stattlicher Brillenträger in weißem, leicht rechts anmutendem Hemd mit Schlips zahlte sein Abonnement immer sofort, er rauschte stolz zurück in die Wohnung, holte das Scheckheft, presste es gegen den Türrahmen und stellte in stolzer sozialistischer Handschrift einen senkrechten Scheck aus. Er saß für die Volksallianz im Stadtrat.

Manchmal kam, wenn der Zeitungsjunge gerade auf einer Etage beim Einkassieren vor einer halb geöffneten Wohnungstür stand, ein ordentlicher Bürger vorbei. Dann fühlte Jung, wie dessen bleischwerer Blick seine Nackenhaare sträubte, und er hörte einen Gedanken weiter die Treppe hinaufschnaufen: So, das ist also der Lump, der die kommunistischen Lügen hier im Viertel verteilt. Gleichzeitig sah er den Kalten Krieg in den Augen der Kundin im Türspalt, einer kleinen, leicht behinderten Arbeiterin mit Krankenkassenbrille, die mitten in einem Satz abgebrochen hatte, den gerade ausgefüllten Scheck hinter dem Rücken versteckte und so schweigend verharrte, bis der Nachbar oben angekommen war, so, als ob das Haus in der DDR stehen würde.

Von acht Wohnungen in jedem Treppenhaus bezog selten

mehr als eine den *Volkswillen,* manchmal auch keine. War Jung einmal spät dran, dann ragte ihm aus sieben Briefkästen im Eingangsbereich zusammengerollt *Morgunblaðið,* das *Morgenblatt* entgegen, sieben Tagesrationen des Betäubungsmittels für die teigweiche Masse, die immer die Mehrheit einer Gesellschaft ausmacht, und er steckte seine Zeitung in den einzigen leeren Briefkasten. Es gab einzelne Kunden, die beide Zeitungen abonniert hatten, aber die Bezieher des *Volkswillens* waren eine verschwindende Minderheit.»Kommis« nannte man sie in der breiten Öffentlichkeit, abgestempelte Verrufene, die in gewissen Vereinigungen oder feinen Gesellschaften nicht gelitten waren, nie den Kredit erhielten, den sie beantragten, nie die Stellen bekamen, um die sie sich bewarben, und anderes mehr und dafür als Entschädigung beim Herbstausflug der Partei einen warmen Applaus erhielten oder ein Bild von sich im Parteiorgan. Dabei wusste jeder, welche Unmenge von Talent und nützlichen Eigenschaften so auf dem Altar der Ächtung geopfert wurde, welchen Schaden das der Volkswirtschaft zufügte. Blitzgescheite Frauen, die es bis zur Universitätsprofessorin hätten bringen können, aber den Kommunistenstempel trugen, marschierten stattdessen Tag für Tag mit einem freundlichen Lächeln auf den Lippen, das jeden Anflug von Bitterkeit überspielen musste, in eine Grundschule. Eine andere Sorte kluger, aber linker Frauen stellte die berühmten Chefsekretärinnen. Eigentlich waren sie dafür eingestellt, auf einem Stuhl vor einer Schreibmaschine zu hocken, doch weil ihre konservativen männlichen Chefs dauerhaft von ihren Sauf- und Angeltouren und der Schürzenjagd in Anspruch genommen wurden, lag die eigentliche Geschäftsführung oft in den Händen dieser klugen Frauen. Mussten sie einmal krank zu Hause bleiben, geriet der Betrieb spürbar ins Stocken. Herausragend begabte, aber als»rote Socken« abgestempelte Ärzte, Naturwissenschaftler und Ingenieure stießen ebenfalls gegen gläserne Wände, sobald sie aufsteigen wollten, und mussten sich damit begnügen, den an ihnen vorbeiziehenden, schmalspurausgebildeten Ministersöhnchen, -schwiegersöhnen und -neffen immer wieder zu erklären, wie der jeweilige Laden lief und wie man ihn führte. Die Opfer des Kalten Krieges fielen im Westen selten in der Schlacht, sondern ihr Tod zog sich über Jahrzehnte hin, nach und nach schwanden Hoffnungen und Lebensfreude, wurden ein Leben lang gehegte Träume mit einem kurzen Blick zunichtegemacht. Genau wie die gelb bestirnten Juden trieb man die Kommunisten in einer Ecke zusammen und ließ sie da vom zwei Mann starken Geheimdienst der Reaktion Tag und Nacht überwachen. Doch dieses Ausgestoßensein verlieh ihnen Kraft, ihre eigene Kultur und eigene Sprache zu schaffen, die am Ende zur Kultur Islands wurde. Ohne den Buchverlag der Sozialisten, ohne ihre Zeitschrift, ohne ihre Dichter, Schriftsteller, Übersetzer, Linguisten und Journalisten wäre das Isländische den Weg aller Cocktailsoße geflossen.

Wegen all der hinter den geschlossenen Türen in den Wohnblocks verborgenen Leiden und Entsagungen hatte Jung ein echtes Problem mit Revolutionären, Marxisten-Leninisten und Trotzkisten. Anstatt in der Ächtung zusammenzustehen, vergeudeten diese überschlauen Idioten Zeit und Kraft auf buchstabengetreue Auslegungen und Haarspaltereien. Sie waren Bauernsöhne mit einem Dachschaden, die verhinderten, dass zum Nutzen der Bevölkerung Stromleitungen auf die Bauernhöfe verlegt wurden, weil das Kabel die falsche Farbe hatte.

Die einzige Ausnahme in diesem ganzen empörenden Theater war sein Vater. Trotz *Volkswillen*-Abos und Kommunisten-Brandzeichen war er auf wundersame Weise zum Leiter der Brückenbauabteilung bei der staatlichen Straßenbaubehörde aufgestiegen und mittlerweile Chef der gesamten technischen Einrichtungen. »Ein guter Mann, dein Vater.« Diesen Satz hörte Jung mehrmals im Jahr von Bekannten und Fremden. Doch diese Position verlangte dem Vater großen Einsatz ab und war mit langen Abwesenheiten von zu Hause verbunden, sodass sich zu ihm nicht so ein enges Verhältnis entwickelte wie zur Mutter. »Aber Leiter des Straßenbauamts wird er nie«, bekam Jung ebenfalls oft draußen an einer Brücke oder in der Baubaracke zu hören. »Darüber entscheidet der Minister, und dein Vater ist nicht in der richtigen Partei.«

Die Welt verharrte in einem kleinen Westernkaff um zwölf Uhr mittags. In der sengenden Sonne fixierten sich die beiden Cowboys, der eine mit weißem Hut, der andere mit schwarzem. Alle Übrigen waren unter Tischen in Deckung gegangen.

Und jetzt kribbelte es in den Fingerspitzen. Was würde Breschnew tun, wenn Walesa zu weit ginge? Und wie reagiert Reagan, wenn Breschnew zu weit geht? Die Nachrichten meldeten die zunehmende Gefahr eines Nuklearkriegs oder die Verschärfung des Rüstungswettlaufs. Reagan wollte mehr atomar bestückte Mittelstreckenraketen. Täglich veröffentlichten die Zeitungen Karten der Bundesrepublik mit den mutmaßlichen Standorten der mobilen Pershing-II-Raketen. Bayern war natürlich längst mit Atomsprengköpfen gespickt, die allesamt nach Osten gerichtet und mit Sicherheit die ersten Ziele der auf der anderen Seite des Vorhangs stationierten Geschosse waren.

Jeder Morgen dämmerte in der leisen Vorahnung, dass er der letzte sein könnte.

Und dort, wo der junge Mann gerade lag, ein über zwanzigjähriger Grünschnabel in Fötusstellung, Isländer in einer schwarzweißen Welt, mit einer Plastiktüte in der Rechten und heftigem Rumoren in den Eingeweiden zu Füßen hoher, kalkweißer Wände, da brach auf einmal am Himmel die Hölle los. Ein lautes, gellendes Heulen, das in jeden Winkel drang.

Es war so weit. Der Atomkrieg war ausgebrochen.

Der junge Mann sprang, noch benommen, auf die Beine und stürzte zum Fenster, schaute zum Himmel auf. Er wollte die Bombe wenigstens kommen sehen, bevor sie sein Leben und die Welt auslöschte.

12

VOMITO D'ARTISTA

Das Heulen hielt bereits eine Minute an. Aber von einer Bombe war nichts zu sehen. Jung öffnete die Tür und trat auf den Flur. Deutsche Theologiestudenten und flaumbärtige Geisteswissenschaftler schauten aus ihren Gesprächen und Kühlschränken in der Gemeinschaftsküche auf, von dem krümelbestreuten Esstisch in Eiche rustikal, und grinsten. Offenbar bot er einen lächerlichen Anblick, blass und mit der Plastiktüte am Arm.

»Was ist das?«

In komplizierten und schwer verständlichen Sätzen wurde ihm erklärt, es sei Samstagmittag, zwölf Uhr, und handele sich um den üblichen Luftschutzalarm zum Test der Sirenen. Was war er aber auch für ein Dummkopf! Klar, es war Samstag, und es war zwölf Uhr. Dasselbe gab es doch auch zu Hause, er war damit groß geworden. Die Luftschutzsirenen heulten alle Vierteljahr.

Er zog sich in sein Zimmer zurück, in das Zimmer von Guðbergur Björnsson Briem, auch genannt Gottfried von Überbart. Das war sein Spitzname in Reihen der fröhlichen kleinen Gemeinde von Isländern, die in München im Namen des Studiums und des Biers lebten. »Als er hier ankam, glaubte er, dass Schnurrbart auf Deutsch Überbart heißt. Hahaha«, hatte Thor in der Kneipe gelacht.

Guðbergur studierte Jura an der Ludwig-Maximilians-Universität und wurde in etwa einer Woche erwartet. Die einzigen Anzeichen, dass er dieses Zimmer bewohnte, bildeten ein Bücherregal mit einigen deutschen Gesetzessammlungen und einem abgegriffenen Exemplar von Hesses *Steppenwolf* in der englischen Penguin-Ausgabe sowie ein Plakat der Bayerischen Staatsoper, das über einer einfachen Tischplatte auf zwei Böcken an einer ansonsten kahlen Wand hing: *Lou Salomé. Oper in zwei Akten von Giuseppe Sinopoli.* Das ziemlich gut aussehende Gesicht der russischen Göttin strahlte unter gelben Buchstaben von einem alten Foto. Die Schrift zeugte von altehrwürdiger kultureller Tradition und erlaubte sich zugleich doch, durch leichte Abweichungen mit ihr zu brechen.

Hier geht man wohl vor allem aus alter Gewohnheit aufs Klo, dachte der junge Mann und fühlte eine Welle der Enttäuschung über sich hinwegschwappen; er hatte sich doch so auf einen Atomkrieg gefreut, endlich etwas Historisches, etwas Großes erleben.

Stattdessen ging er ins Badezimmer und kontrollierte die Sprengsätze in seinem Gesicht, brachte die zum Detonieren, die weiß geworden waren, und trocknete sie mit Klopapier ab, versuchte sie dann mit hautfarbener Creme aus dem Clearasil-Stift abzudecken, ebenso die, die im Lauf des Tages noch weiß werden würden und jetzt schön rot leuchteten. (Die Pickelinspektion hatte er sich zur täglichen Pflicht gemacht, nachdem er in einer kleinen Disko in den Alpen zum ersten Mal sein Gesicht unter Schwarzlicht in einem Spiegel an der Tanzfläche gesehen hatte.) Dann nahm er das hellgraue Jackett von der Rückenlehne des Stuhls und ging hinaus in den zimmerwarmen Herbsttag.

Junge Frauen in Kleidern radelten lächelnd über den Asphalt, ein älterer Mann, rötlicher Typ, stand mit einer Zeitung unter dem Arm und einer Pfeife im Mund an der nächsten Ecke und war so sichtlich mit dem Dasein zufrieden, dass dem jungen Mann fast wehmütig wurde, wie er da so gummibesohlten Schritts über den Bürgersteig schlich, der ihn andauernd fragte, wohin er unterwegs sei, was er tue, wer er sei.

Ein Wispern schien in seinem Blutkreislauf zu kursieren, das ihm manchmal ans Ohr drang und besagte, alles sei Teil einer Entwicklung von *sein* zu *werden*. Irgendwann werde er etwas, aber momentan sei er nichts. Er war eine Ausgeburt der Zukunft. Sein rechter Jackettärmel machte ihm Unannehmlichkeiten. Er blieb stehen und betrachtete den schwarzen Fleck, der hart wie Glas und entsprechend scharf etwas über den Ärmelsaum vorstand und die Haut am Handgelenk scheuerte. Er erinnerte sich, dass er am Vorabend einen Spritzer Erbrochenes mit dem Ärmel vom Spiegel gewischt hatte, und fuhr prüfend mit dem Finger darüber. Etwas Gräuliches blieb an den Fingerspitzen hängen. Als Nächstes roch er am Stoff, konnte aber nichts feststellen. Dann biss er leicht auf die vorstehende Kante, doch das Zeug widerstand seinen Zähnen. Was für eine Sorte Kotze war das eigentlich?

Die Tabletten halfen nicht. Zwar hatte er keine Bauchschmerzen mehr, aber da war nach wie vor dieses leichte Unwohlsein, an das er sich gewöhnt hatte und das dann ganz plötzlich kurz vor dem Erbrechen heftig wurde.

An der nächsten Ecke las er auf einem Schild das Wort *Kneipe* und ging, ohne zu überlegen, hinein, wechselte an der Theke einen Fünfmarkschein und ging dann durch einen dunklen Gang zu den Toiletten. Die Hüterin des Aborts, eine berockte alte Frau, bedachte ihn mit einem todernsten Blick, als er Münzen in den

Automat steckte und dann auf einen dicken Knopf drückte, auf dem *Roth-Händle* stand.

Er hatte Lust zu rauchen. Wohl aus einem Versuch heraus, Anschluss an seine Zeit zu finden. Er hatte oft genug beobachtet, dass sich die Raucher in Gruppen am wohlsten zu fühlen schienen; entspannt und obercool saßen sie voller Selbstbewusstsein in der Mitte und pafften alle Probleme weg, außerdem waren sie immer mit Abstand die Lustigsten, und die Nichtraucher drängelten sich in den Icelandair-Maschinen darum, Sitze in den hinteren Raucherreihen zu bekommen.

Auf einem namenlosen Platz setzte er sich auf eine Bank. Straßenbahnen rollten vorbei wie dreißig Tonnen schwere Augenblicke, von rechts, von links, in die Gegenwart und wieder hinaus, voller Menschen, die von rechts nach links befördert werden mussten. Trotz all seiner Kläglichkeit war der September 1981 offenbar ebenso voller Geschäftigkeit wie andere Zeiten.

Die Zigarette war ohne Filter, dick und anscheinend knastertrocken, das Papier, weiß und leicht durchsichtig, klebte an den Lippen. Nach einigen Versuchen schaffte er es, sie mit einem Streichholz anzuzünden, und zog dann an ihr wie der letzte Anfänger. Er saugte sie aus wie die Zeit. Der Geschmack war stark und widerlich. Er hustete den Rauch aus, was für ein Schwachsinn. Und spuckte Tabakkrümel aus.

Aber er war frei. Er konnte das tun. Hier saß der »talentierte Junge« (so hatten ihn alle möglichen Leute seit seiner Konfirmation genannt) in einer fremden Großstadt, ohne Familie, ohne Freunde, ohne Sprache, ohne Ausbildung, ohne Geschichte und ohne alle Pflichten. Frei! Das Semester würde erst in zwei Wochen beginnen. Bis dahin stand ihm alles offen, war alles möglich.

Sein Traum von Berlin war noch nicht begraben. Der Himmel über ihm war ein weißer Bogen Papier. Der Platz, die Häuser, die

Straßenbahnen, der Zeitungsverkäufer, die Menschen und Bürgersteige waren ein großes Nichts, ein großes Alles. Er schloss die Augen und holte tief Luft, roch den bleihaltigen Geruch der Leere. Sicher fühlte sich das bedrohlich an, sicher war es faszinierend, sicher war das nicht für jedermann. Darum fuhren die meisten von rechts nach links, vorbei. Er aber blieb sitzen, ließ sich darauf ein, nahm es an. Nur mit einem kurzen Tabakstummel. Es glich unabweisbar den ersten Tagen, nachdem er zu Hause die Kunsthochschule abgebrochen hatte. Das war knapp ein Jahr her. Auch das Gefühl damals war bedrohlich und faszinierend zugleich gewesen. Auf einmal war der feste Stundenplan, diese Schutzmauer vor dem Leben, mit Haken und Kran entfernt worden, und plötzlich hatten die Tage vor ihm gelegen, als wären sie von der Natur geschaffen worden.

An einem Montagmorgen verließ er um elf Uhr das Haus und hatte als Einziges zur Aufgabe, die kühle Oktoberluft in Reykjavík einzuatmen, auch er war zu einem *respirateur* geworden, der einzigen Berufsbezeichnung, die Meister Duchamp für sich gelten ließ. Er würde dieses Gefühl nie vergessen, ebensowenig wie diese ersten freien Tage seines Lebens, die obendrein auch noch wunderschöne, stille Herbsttage gewesen waren. Der Himmel war ebenso heiter wie die vor ihm liegenden Tage, das trockene Laub lag leblos auf den Gehwegen, nur einzelne Blätter lösten sich von ihren Ästen, zu schwer geworden von der vergoldenden Sonne.

Der junge Mann wollte noch mehr solcher Tage erleben, ein ganzes Leben voll von ihnen. Nie hatte er so intensiv gelebt. Die vertrauten Wohnblocks flimmerten im Sonnenschein, als er sich auf den Weg in die Innenstadt machte, den Fußweg hinab, über den Parkplatz, am Einkaufszentrum *Glæsibær* vorbei, allein und frei, ohne eine Ahnung, ohne jeden Plan, so leer wie der Himmel über ihm. Die erste halbe Stunde war geladen wie das Schweigen im Theater, der Vorhang hatte sich gehoben, aber die Bühne war leer und nichts geschah; das Publikum wurde unruhig. Doch dann auf einmal, als er auf der Suðurlandsbraut gerade aus dem langen Schatten eines Wartehäuschens trat, regnete es plötzlich Bilder und Eingebungen auf ihn herab.

Eine Wanduhr, mit beiden Zeigern nach unten weisend, halb sechs. Titel: *Gravity*.

Land Art: In den Bergen Schneewehen aus Beton anschütten und sie weiß anstreichen.

Eine ganze Nacht lang, in der es schneite, draußen im Freien liegen, am Morgen vorsichtig aufstehen und ein Foto von dem unverschneiten Fleck im Schnee machen. Titel: *Unter denen, die in der Nacht gefallen sind.*

Er hustete mehr Rauch aus und war bald fertig mit der Zigarette. Was tat man mit der Kippe? Er schnipste sie ein Stück weit auf den Bürgersteig. Die Asche stob davon, doch die Glut nicht. Das Ding lag da wie ein qualmender Daumen. Weißgrauer Rauch ringelte sich in oberdeutsche Windstille. Hätte er die Glut vielleicht erst austreten sollen? Doch bevor er aufstehen konnte, war ein kleiner Hund auf niedrigen Beinen und an einer langen Leine vor der Kippe stehen geblieben und beschnupperte sie. Sein Frauchen kam, eine ältere Dame mit einem Haarnetz und einer hellen Jacke, schob Struppi beiseite und trat kräftig auf die Zigarettenruine, bückte sich, las die Reste auf, trug sie zu einem Papierkorb neben der Bank und warf Jung einen lehrerinnenhaften Blick zu.

Er machte alles verkehrt.

Und saß jetzt wie in der Schule auf dem Sünderbänkchen. Dieses Land war eine Schule, eine einzige riesengroße Erziehungsanstalt, eine Schule, in der es nie Ferien und keine Pause gab. Und er hatte geglaubt, die Freiheit zu finden, in Gestalt eines Zigaretautomaten an einer Wand, und er hatte sie riechen und inhalieren wollen, und nun war er keinen Deut freier. Und an Stelle des Gefühls, dass ihm unter einem leeren Himmel die ganze Welt offen stand, fühlte er sich in die Schranken gewiesen.

Er seufzte, warf den Kopf zurück und starrte in die Luft. Die weiße Fläche des Himmels war von gespannten Leitungen zerschnitten. Leitungen hingen in der Luft, bleischwere Leitungen. Eine begann zu schwingen, sobald er eine Straßenbahn kommen hörte.

Da meldete sich die Übelkeit zurück. Er fuhr mit der Hand in die Jackentasche, holte die Plastiktüte heraus und hielt sie sich in der Hoffnung vors Gesicht, dass niemand etwas bemerken würde. Die Flüssigkeit landete in einem Zipfel der Tüte, und bevor er sie eingehender betrachten konnte, war sie schon zu einer festen Masse erhärtet, eine gefrorene Pfütze von der Größe einer Faust, die sich den Falten in der Tüte angepasst hatte, wie wenn man Gips oder Zement in eine Form gießt. Das Erbrochene zog nach unten, es wog vielleicht ein halbes Pfund.

Von außen ließ ihn die Tüte an ein *Work in progress* irgendeiner Schmierfinkenklasse in »Bild und Hand« denken. In den Bildhauer- und Keramikräumen im Keller der Schule standen immer solche mit getrocknetem Ton oder Staub bedeckte Plastiktüten in den Ecken, die langsam trocknende Bestandteile größerer Werke enthielten. Ihm waren diese Abteilungen immer wie Kohlegruben vorgekommen. Aus ihnen kamen die Minenarbeiter der Kunst staubig und verdreckt in die Cafeteria, hundemüde, noch Ton an den Händen und Schweiß auf der Stirn, in gipsbekleckerten Overalls, manche sogar noch mit einer Schweißermaske auf der Stirn. Er selbst hatte hingegen unter lauter fleckigen Hemden und Kitteln in seiner frisch gebügelten New-Wave-Hose mit scharfer Bügelfalte und Opaweste über weißem Hemd beim Modellzeichnen gesessen. Das nannte er, sich über die Materie zu erheben. Jeder Farbklecks auf dem Terylene galt ihm als Niederlage des Geistes vor dem Stoff. Sein Aufzug fand in der Schule denselben Anklang wie beim Skirennen.

»Ich möchte lieber feine Werke schaffen als feine Kleider tragen«, hatte ihn eine gerissene Lederjacke angemacht.

Jetzt aber hockte er hier auf einer bundesrepublikanischen Bank mit Kotze in der Tüte wie der wildeste Konzeptkünstler, wie einer der »Isländer in Amsterdam«.

Im Vorjahr war er dort gewesen, hatte im Abenddunkel vor ihrem Hauptquartier, der Gallerí Lóa, gestanden, aber es nicht gewagt zu klingeln, war er doch neuer als sie, in seiner Kunst aber um vieles älter, einer, der noch immer Bleistift und Pinsel benutzte, statt Kamera und Schaufel. »Es muss alles aus mir selbst kommen.« Er schaute gleichsam durch die Wand ins Innere und sah dort die Meister der Konzeptkunst sitzen, wie sie sich mit übergeschlagenen Beinen in tiefe Sofas zurücklehnten, Nüsse knabberten und Rotwein schlabberten, ein sanftes Duchamp-Lächeln auf den Lippen, so charmant und genial, und den Kopf auf die Rückenlehne legten, denn Genies können sich entspannen, sie brauchen keinen Ideen nachzujagen, denn die fliegen ihnen nur so zu. Sigurður Guðmundsson schaukelte auf einem seiner berühmtesten Werke an einem brennenden Balken, und sogar der Kunstlehrer an der Isländischen Hochschule für Kunst und Kunsthandwerk, selbst ein tweedgekleideter Bruegel-Spezialist, hatte ihm seinen kunstgeschichtlichen Segen erteilt, indem er in der Eingangshalle zum Städtischen Kunstmuseum Kjarvalsstaðir in Reykjavík seinen Zigarrenqualm auf das Bild paffte und feststellte: »Das ist Kunst.« Wie sollten junge Männer und Frauen solcher Genialität etwas entgegenstellen, ohne sich zu verbrennen?

Indem sie in eine Tüte kotzten? Er besah sich sein Werk. Eigentlich war das Kotze, in Bronze gegossen. So etwas hätten die Brüder aus der SÚM-Gruppe nie getan. Sie hätten Fotos von ihrer Kotze gemacht. Bronze war geschmacklos. Dieter Roth hätte die Pampe eingerahmt und samt Gestank und allem ausgestellt. Und Manzoni? War wirklich echte Kacke in seinen berühmten Dosen mit »Künstlerscheiße«?

Er stand auf und blieb zögernd noch einen Augenblick stehen, bevor er die Abfalltüte neben der Bank abstellte. Die nächste vollbesetzte Straßenbahn rollte auf den Platz. Ihm fiel auf, dass die meisten Fahrgäste rote Schals trugen. Gesänge quollen aus geöffneten Klappfenstern wie ein unsichtbares Gas. Jung sah eine Weile zu, bis ihm klar wurde, dass es sich um Kampfgas handeln musste, ein Gas, das sich in den Eingeweiden von Männern ansammelte und einmal pro Woche abgelassen werden musste, wenn es nicht böse enden sollte. Deshalb also wurde allwöchentlich in der Bundesliga (und in allen anderen Ligen Europas) gespielt. An diesem Tag hatte Bayern München offensichtlich ein Heimspiel, und ihm fiel wieder ein, dass ein Landsmann von ihm für den Verein spielte. Sie hatten den besten isländischen Spieler aller Zeiten einem Verein in Belgien abgeworben. *Bild* und die *Abendzeitung* nannten ihn immer nur »Sigur«, Sieger.

Der junge Mann riss sich aus seinen Gedanken und blickte über die Schulter zurück zu der Bank. Sollte er den Klumpen nicht doch wieder an sich nehmen? Vielleicht ließ er sich für ein Kunstwerk verwenden. *Vomito d'artista?* Ach nein, das war nicht seine Abteilung. Außerdem hätte er die Tüte durch die ganze Stadt schleppen müssen. Dazu hatte er keine Lust und ließ sie stehen.

13

»BOREDOM IS JUST A LACK OF ATTENTION«
John Cage

Konzeptkunst betrachtete der junge Mann mit gemischten Gefühlen. In der isländischen Kunsthochschule trug das erste Wintersemester die Bezeichnung Propädeutikum und umfasste Farb- und Formenlehre, Modellzeichnen und Ähnliches mehr, ein ernstzunehmendes Studium mit schweren Aufgaben, an denen man sich gern versuchte. Danach ging man in eine von mehreren Abteilungen oder Klassen. Er hatte sich in die Klasse für Neue Kunst eingeschrieben, die in den Feuilletons noch diskutiert wurde, aber auch außerhalb der Akademie bekannt war.

»Entweder verschwindet diese Abteilung oder ich«, hatte der Rektor im Frühjahr verkündet, ein Mann mit schwarzem Bart und tiefer Stimme und selbst ein farbenfroher Popkünstler. »Es ist ein Riesenfehler, eine ganze Klasse für eine einzige künstlerische Bewegung einzurichten, ob sie nun Konzeptkunst oder sonstwie heißen mag.«

Gleichwohl gab es die Klasse auch im Herbst noch, und Schwarzbart war noch Rektor.

Der junge Mann erschien gewissenhaft jeden Morgen um acht Uhr; er wurde von seinem Vater, dem Brückenbauingenieur, im Auto bis zum Busbahnhof mitgenommen und ging dann in nasser Dunkelheit nach Skipholt hinauf. Der Wind trieb Glanzwirbel über den Asphalt, und gardinenlose Fenster in vier Etagen empfingen ihn voll erleuchtet: Der Kreativtempel Islands stand offen, das schönste hässlichste Haus der Stadt.

Nur in der Klasse für Neue Kunst war noch niemand erschienen. Er saß allein auf einem Stuhl und dachte bis zur Mittagszeit nach, als der sehr sympathische Kommilitone aus Akureyri erschien, ein bisschen dicklich und mit Bart, ganze vier Jahre älter als Jung. Es war die reinste Freude, ihm zuzuhören und ihn rauchen zu sehen. Seine Stimme klang wie ein sprudelnder Quellbach im Nordland und sein Zungenschlag entsprechend, und außerdem verfügte er über die wohltuende Gabe, haarige künstlerische Fragen griffig auf den Punkt zu bringen. Er konnte das Undeutliche in Worte fassen, dem Durcheinander Stimmbänder verleihen.

Nachdem Jung sich geschlagene vier Stunden allein herumgequält, die Wand angestarrt und versucht hatte, den radikal neuen Grundgedanken auszubrüten, der die Kunstgeschichte revolutionieren würde, stellte das Erscheinen des Akureyringers eine große Erleichterung dar, und es war ein Vergnügen, seiner Klugheit und seinen Erklärungen zum Stand der Bildenden Kunst um 1980 zu lauschen oder zur Rolle ihrer Klasse im umfassenden und spannenden internationalen Zusammenhang. Vier Zigaretten später hatte sich der ramponierte Unterrichtsraum mit seinen verschmierten und verkratzten Zeichentischen auf Böcken, zwei halbvollen Aschenbechern und ungespülten Kaffeegläsern in ein ordentliches und aufgeräumtes Klassenzimmer mit frisch gewischtem Fußboden und Aktenschränken und einer sehr übersichtlichen Landkarte der Kunstwelt an der Wand verwandelt.

»Hier siehst du Fluxus als Zweig der Performancekunst, Allan Kaprow, Vito Acconci und andere ... Du siehst, dass Yoko Ono hier am Kreuzungspunkt dieser beiden Welten steht. Unsere Gruppe SÚM gehört hierher, siehst du, Sigurður Guðmundsson, sein Bruder Kristján und Friðfinnsson ...«

Gegen eins, wenn Jung vom Essen in der Cafeteria kam, dass er spätestens um halb eins einnehmen musste, wenn sein Magen nicht revoltieren sollte, hatten sich weitere Kommilitonen eingefunden, und auch der Lehrer, der in jenem Monat ein holländischer Wirrkopf war, der sich mithilfe eines Brillengestells aus Mattglas und grauen Bartstoppeln eine intellektuelle Aura zugelegt hatte, die er in seinen namengespickten Ausführungen als Neuansatz darstellte. Der Kurs, den er unterrichtete, trug den Titel »Buchkunst«. Es war nicht leicht, für dieses Orchideenfach Interesse aufzubringen, das ausschließlich von drei Künstlern in Amsterdam und zweien in New York ausgeübt zu werden schien. Das Buch als Kunstform. Kunst als Buch. »Lasst Bücher Bücher sein und Kunst Kunst!«, hörte Jung es in seinem Kopf schallen.

Diese Kunstform forderte aktive Teilnahme des Publikums, das das Buch durchblättern und eingehend betrachten sollte, etwas, das Jung für sich sehr früh als Schwächemerkmal eines Kunstwerks definiert hatte: Ein gutes Kunstwerk soll vom Betrachter keine »Arbeit« verlangen, es soll ihn kalt erwischen, sobald er es erblickt, wie ein Hammerschlag direkt auf den Kopf! Und es sollte keine Rolle spielen, ob einer Kunstgeschichtler oder Baggerfahrer ist, er muss sofort kapieren, worum es geht, auf einen Schlag.

So in etwa hatte der junge Mann oftmals gedacht, zu Hause in seinem Konfirmationsbett im Elternhaus.

Anstatt »Buchwerke« zu kreieren wollte Jung *conceptual art* produzieren, seit er in der Konzept-Klasse war. Als er in der ersten Woche in der zweiten Etage oben in Skipholt die Wand anstarrte, verwendete er jeden Morgen darauf, sich eine grundlegende Idee auszudenken. Es war wahrscheinlich der seltsamste Unterricht im ganzen Land, aber doch eine seiner ergiebigsten Studienzeiten. Der Erfolg ließ auch nicht auf sich warten. Am folgenden Wochenende, kurz vor dem Einschlafen am Samstagabend, kam er, der Einfall zu dem Werk, das der *conceptual art* als Kunstrichtung die Krone aufsetzen würde. In der Nacht fand er fast keinen Schlaf und konnte es kaum erwarten, am Montag zur Schule zu gehen. Der Buchkunst zuliebe war dort in der Abteilung für Neue Kunst eine elektrische Schreibmaschine angeschafft worden, und am Montagmorgen spannte er um fünf Minuten nach acht ein DIN-A4-Blatt in die Maschine und tippte sein Werk ein:

Junger Mann
»Titel«, 1980
Schreibmaschine auf Papier, 3 x 5 cm

Das schnitt er so aus, dass es aussah wie die kleinen Schildchen, die in Museen neben den Kunstwerken hängen, und heftete es mit einer Stecknadel an die Pinnwand. Seine Seele vibrierte förmlich, als er das Werk betrachtete. Sein erstes Konzeptwerk und, ja, es war nicht zu übersehen, das letzte Werk der *conceptual art* in der Geschichte der Kunst! Weiter konnte man nicht kommen. Das war destillierte Konzeptkunst, ein Werk, das alles Überflüssige abgeworfen hatte, sodass nur noch die Idee übrig war. Ein Werk, das streng genommen nicht einmal existierte, denn seine Ankündigung, der Titel, stellte das Werk selbst dar. Genial! Oder?

Nachdem er es vier Stunden lang betrachtet hatte, wurde er unsicher, das Werk zerbröselte vor seinen Augen, und er riss es von der Wand, bevor der Mann aus Akureyri kam und der Lehrer und der Rest der Klasse auftauchten. Das war einfach Mist, Blödsinn, dummes Zeug, Unfug, nichts, gar nichts. Maulaufreißen auf Papier! Mit dem zerknüllten Werk in der Hosentasche verließ er den Raum und ging zum Mittagessen in eine Imbissbude auf der anderen Straßenseite, verzehrte da mit wirrem Blick ein Rauchfleischsandwich, das er mit einem Malzbier herunterspülte, und kehrte dann in die Klasse zurück, wo inzwischen alle versammelt und die Zigaretten angezündet waren, mit erschüttertem Gesichtsausdruck, aber an der Oberfläche sehr beherrscht. In dem Moment, in dem er sich setzte, hatte sich wieder alles umgedreht. Sein Konzeptkunstwerk war wieder genial, in seiner Tasche steckte eine Atombombe, das Werk, das ihrer aller Kunstrichtung ein für alle Mal abschließen und beenden konnte, wenn er es nur wieder aufhängen würde.

Oder doch nicht?

Er blickte sich vorsichtig unter den eben erst aufgestandenen mürrischen Gegenwartskünstlern und -künstlerinnen um, mit gefärbten Haaren und schwarzen Lippen. Die Männer kamen ihm wie halbwegs geschickte Handwerker vor, einer trug Holzclogs, ein anderer eine Zimmermannshose. Die Frauen wirkten hingegen trotz ihres jungen Alters und des freakigen Outfits sehr erwachsen. Vielleicht weil sie oft mit Künstlern liiert waren, die die Hochschule schon absolviert hatten, ihren Schlaf und anschließend ihr Essen brauchten und erst zum Abend hin anfingen, laut zu werden. Ein Zusammenleben mit ihnen machte alle Frauen zu Müttern, denn sie führten sich auf wie durchgeknallte bärtige Kinder. Die jungen Punkschönheiten schulterten den Haushalt, ließen ihren schäbigen Lovern alle Freiheiten und saßen ganze Partys hindurch schweigend da, während ihre weißweinbeduselten Genies Witze rissen und zu späterer Stunde auf dem Sofa eine Ausstellung nach der anderen niedermachten. Das Nordische Frauenbewegungsschiff hatte zwar mittlerweile in Hippievík und Unibucht angelegt, aber bis in den Kunstfjord war es noch ein weiter Weg.

Der junge Mann ging lieber mit den Frauen als mit den Männern um. Sie waren nicht arrogant und lasen sogar Bücher, zitierten Laxness, vor allem aber Guðbergur Bergsson, der in jenen

Jahren der einzige nicht in eine Schublade einsortierte Isländer war, der Einzige im ganzen Land, dem man kein Etikett anhängen konnte, der Einzige, der die Leute ein ums andere Mal überraschte und sie in seinen Büchern, Zeitungsbeiträgen und Interviews aus dem Konzept brachte. Auf sämtlichen Reykjavíker Künstlerpartys zu jener Zeit stand Guðbergur Bergsson irgendwo im Hintergrund, mit der Perücke von Málfríður Einarsdóttir in der Hand, und flüsterte so, dass ihn keiner hörte: »Der Schriftsteller ist wie eine Schnecke, der ein Haus wächst. Irgendein Sekret im Körper oder im Geist bildet dieses Gehäuse auf dem Rücken der Schnecke. Wenn die Schnecke ihr Haus fertig gebaut hat, fällt es ab. Das Haus ist der Schnecke dann entfremdet, unvertraut, unbekannt, und die Schnecke fängt an, ein neues Haus wachsen zu lassen.«

Der junge Mann saß, innerlich aufgeregt auf seinem Stuhl, der genauso hart war wie sein Blick, etwas abseits von den übrigen Studenten, die vorsichtig an der ersten Zigarette des Tages zogen und beifallnickend über die Geschichte des Lehrers von seiner letzten Auseinandersetzung mit dem Rektor grinste.

»Er hat von mir verlangt, dass ich ihm einen Lehrplan einreiche!«

Die Gruppe lachte schnaubend. Jung lachte nicht mit. Das war so ein verdammtes Hippiegelächter, das Lachen von Menschen, die zu nichts Bock haben, aber alles haben wollen, eine der nervigsten Früchte jener fordernden Generation, die in den jüngeren Leuten hier noch einmal wiederkehrte. Das Lachen eines schlaffen Unernstes, der mit Humor nichts zu tun hatte. Jung musste wieder einmal an die Anekdote denken, wie Duchamp zum ersten Mal mit John Cage Schach gespielt hatte. Der Komponist hatte sich überhaupt keine Mühe gegeben, gewinnen zu wollen. Im selben Moment, in dem Duchamp das merkte, hatte er das Spiel abgebrochen und war verärgert vom Tisch aufgestanden. Der Hippieguru hatte den König des Dada düpiert.

Dasselbe Problem hatte sich beim Hallenfußball mit Schulfreunden aus dem Gymnasium eingestellt. Der beste Fußballer der Mannschaft hatte, anders als Jung, sein Glück im Philosophiestudium gefunden und katapultierte sich darin mit riesigen Referatssätzen von einem Gipfel zum nächsten. Der geisteswissenschaftliche Torregen ging aber auf Kosten des Fußballs, denn nach und nach wurde offenkundig, dass der Sportsfreund allen Ehrgeiz und Torhunger verloren hatte. Er startete allein einen Flankenlauf, spielte zwei Verteidiger aus, stand allein vor dem leeren Tor, aber anstatt zu verwandeln blieb er stehen, strich sich den Bart und dribbelte dann mit dem Ball weiter auf die andere Spielfeldseite. »Wozu denn abschließen? Was heißt es schon zu siegen? Ist das auch ein Sieg des menschlichen Geistes?«, fragte er, als die aufgebrachten Kameraden über ihn herfielen. Einen solchen Schwachsinn konnte man einfach nicht hinnehmen, und wenig später war der angehende Philosoph von der weiteren Teilnahme am Training ausgeschlossen worden.

John Cage aber wurde nicht des Feldes verwiesen. Man hatte ihn im Sommer als Gast zum Reykjavíker Kunstfestival eingeladen, und er hatte unter anderem im Studentenverband gekocht. Der berühmte Komponist hatte sein Buddhalächeln aufgesetzt und die Gerichte erläutert, die er »makrobiotisch« nannte; ein Wort, das in Reykjavík noch kein Mensch je gehört hatte. Das Hauptgericht bestand aus rohem Heilbutt aus den Westfjorden mit einer scharfen japanischen Soße. Vor dem Essen war Cage mit einigen Jüngern zu einer Verkehrsinsel auf der Ringbraut gepilgert und hatte mit ihnen Löwenzahnblätter für den Salat gesammelt. In seiner heiligen Einfalt war es diesem Magier gelungen, Unkraut in Essbares zu verwandeln, aus dem Alltag ein Fest zu machen, aus einer Verkehrsinsel einen Garten Eden. Auch Jung hatte begeistert im Kreisverkehr auf der Ringbraut gestanden, und es war ihm alles wie neu erschienen. Als sie dann zum Essen gingen, hatte er das Gefühl, zum ersten Mal in seinem Leben ein Mahl zu sich zu nehmen.

Zwei Abende später waren ihm allerdings erste Zweifel gekommen. Da hatte er sich zu einer Lesung eingefunden, bei der Cage Texte vorlas, die er auf seine avantgardistische Art gemäß einer fernöstlich-hippiemäßigen Zufallsauswahl zusammengestellt hatte. In der anschließenden Fragestunde hatte sich Jung bemüßigt gefühlt zu fragen, ob Cage keine Angst hätte, dass das Ergebnis eines solchen Zusammenstückelns für die Zuhörer am Ende langweilig sein könnte.

»Langeweile ist nichts als Mangel an Aufmerksamkeit«, hatte der wortgewandte Meister geantwortet, und der Saal war in ein solches Gelächter ausgebrochen, dass der Fragesteller puterrot geworden war. Aber er entschloss sich, den Meister beim Wort zu nehmen und sperrte die Ohren auf, als Cage zum letzten Text des Abends kam, und er musste zugeben, dass er falsch gelegen hatte. Das Ganze war absolut uninteressant, es war Konzept pur und sonst nichts. Das war die Generation, die Langeweile zur Kunstform erhob, wie Duchamp es ausgedrückt hatte. Aber wie wäre es, das Ganze umzudrehen und Spaß zur Kunstform zu erheben, dachte Jung, als er, noch mit dem Gelächter des Publikums in den Ohren, den Saal verließ und in den taghellen Abend hinausging.

14

10AAA+++

Jung hatte früh mit der Kunst angefangen. Seine Mutter hob bündelweise Malbücher auf, die er als Kind mit brennenden Häusern und Feuerwehr im Einsatz vollgemalt hatte. Als er vier Jahre alt war, war das Depot des Gasversorgers Ísaga auf dem Rauðarárstígur abgebrannt, mit heftigen Explosionen, die in der ganzen Umgebung Fensterscheiben zu Bruch gehen ließen, auch unten an der Ecke Njálsgata, Snorrabraut. Es war die einzige »Kriegsnacht«, mit der Reykjavík prahlen konnte. »Wie nach einem Luftangriff«, titelte die Presse. Die Familie musste mitten in der Nacht die Wohnung verlassen und irgendwo in der Stadt übernachten. Bevor sie gingen, verhängte der Vater das Wohnzimmerfenster mit einer Wolldecke. Es kostete den Jungen viele Jahre, bis er sich diese Nacht aus dem Gedächtnis gezeichnet hatte.

Infolgedessen meldete ihn seine Mutter zu allen Kunstkursen für Kinder an, die in den sechziger Jahren in Reykjavík angeboten wurden. Am besten erinnerte er sich noch an einen klatschnassen Töpferkurs bei Ragnar Kjartansson senior im Atelier des Ásmundur-Sveinsson-Museums. Und die Zeichenstunden im Kellerraum der Schule waren das reinste Fest. Die Kunstlehrerin erklärte, sie könne ihm wenig mehr beibringen als schwarze Farbe zu meiden, »denn Schwarz ist keine Farbe«. Womöglich war das der Grund für seine Vorliebe für die Farbe Schwarz, die er seitdem entwickelt hatte.

Zu jeder Weihnachtsfeier in der Schule durfte er zusammen mit einigen anderen Auserwählten die Tafel im Klassenzimmer mit einem Motiv aus der Bibel bemalen. Bis in den Abend standen die kleinen Künstler auf Stühlen und Bänken, wie man sich Renaissancemaler auf ihren Gerüsten vorstellt, und malten mit Kreide Engel, Heilige Drei Könige, Schaf und Esel (vor den Tieren konnte er sich immer drücken, die waren schwer zu zeichnen), ehe sie am nächsten Morgen mit Lampenfieber vor der Premiere zur Schule liefen. Ein Raunen ging durch die Kinderschar, als sie die Klasse betrat, und die kleinen Künstler warteten an ihren Tischen brav auf die ersten Kritiken.

»Viel schöner als letztes Jahr«, rief eines der Mädchen, und Weihnachten war gerettet.

Talent und Lernfähigkeit steigerten das Selbstbewusstsein, konnten aber auch anstrengend werden. Jede gute Leistung erhöhte nur die Erwartungen, es war nie genug, er landete in einem Teufelskreis, bekam er auch nur einen Punkt weniger als 10AAA+++ in einem Test, dann löste das bei Lehrerin Jónfríður solche Enttäuschung aus, dass er sich fühlte, als hätte er in ihre Handtasche gepinkelt, die immer auf dem Lehrerpult stand, ausgebeult von Lippenstift, Feuerzeugen, Zigaretten, den jüngsten Beschlüssen der Frauenvereinigung der konservativen Partei und einer unbekannten Sorte Bonbons.

»Das hätte ich von dir nun wirklich nicht erwartet«, fuhr sie ihn an wie eine betrogene und enttäuschte Ehefrau ihren reumütigen Mann. Ihre Stimme klang immer leicht gepresst und männlich, wie die eines bekannten Radiosprechers.

Jónfríður verkörperte wirklich das Urbild einer Lehrerin, sie war eine ältere Frau in Rock und Bluse, mit Goldrandbrille und strenger Miene unter einer hochgetürmten Frisur, trug Gott im Herzen und die Partei im Kopf. Die Vorwahlen gingen aber nicht so aus, wie sie es hätten tun müssen, und am folgenden Montagmorgen kam sie in die Klasse gestapft, packte den Zeigestock und schlug ihn so hart auf die Islandkarte wie einen Teppichklopfer auf einen Teppich, dass die Insel von den Eyjafjöll bis hinauf zum Eyjafjörður in Wellen erzitterte, und fragte die Schüler ab. Dann wartete sie streng und verärgert und knackte ihre Bonbons, während sich einer der Schüler alle Mühe gab, die Nuss zu knacken, die sie ihm aufgegeben hatte. Jónfríður hatte dicke Finger, und an der freien Hand glänzte ein goldener Ehering, halb unter wulstigen Hautfalten verborgen wie ein Rettungsring. Wenn die Antwort ausblieb, nahm sie Jung dran und forderte ihn höflich auf, der Klasse zu erklären, wo der Hvalvatnsfjörður lag.

Sie sorgte für Ordnung, wie es ihr behagte. Ihre größte Drohung gegenüber einem Schüler, der die Antwort schuldig blieb, lautete:»Ich setze dich neben Alla!« Die dicke Alla, wie sie in der Schule gerufen wurde, stand auf Jónfríðurs Stufenleiter ganz unten, sie war ein adoptiertes, stotterndes Dickerchen mit chronischen Schuppen auf Haut und Haaren, das es überall im Leben schwer hatte, vielleicht am schwersten aber hier, ganz hinten in der letzten Reihe, Mitte. Ein Mädchen ließ sich kaum härter bestrafen als dadurch, dass man es selbst zur Strafe machte. Der junge Mann stand hingegen in Jónfríðurs problematischer Rangordnung ganz oben an erster Stelle, er war ihr leuchtendes Beispiel, und dadurch stand er in einer besonderen Beziehung zu Alla, die sich eines schönen Frühlingsabends zu einer gegenseitigen Verbundenheit verfestigte, als er mit»Karn Evil 9« von Emerson, Lake & Palmer in allen Extremitäten leicht benommen aus dem Block kam, und ihn die Kinder auf der Straße zum Zaun riefen:»Die dicke Alla ist in dich verknallt. Hahaha!«

Und hinter der Ansammlung bunter Pulloverkinder entdeckte er sie, da stand sie, jenseits des Zauns, allein und verlegen, wie ein zweibeiniges Tier, das nicht näher kommen durfte, denn dann wären die Kinder kreischend vom Zaun weggelaufen; sie lächelte sanft, ein Stück weit damit zufrieden, dass es nun sozusagen öffentlich geworden war, und zugleich schuldbewusst, weil sie ihm ihr verachtetes und vielgeschundenes Herz gewidmet hatte. Er ging auf die Gruppe der Kinder zu und begrüßte seine Klassenkameradin, unter dem schallenden Gelächter der Gören schauten sie sich einen Augenblick verlegen an, und dieser Augenblick führte sie zusammen und machte so etwas wie ein Paar aus ihnen; ein zaghaftes Lächeln flog über ihr rundliches Gesicht, in den rotfleckigen Pausbäckchen bildeten sich Grübchen, und Jung hatte gerade Zeit genug, das wunderhübsche Phänomen zu bewundern, welches er sich in der Eile nur so erklären konnte, dass Gott seinen unsichtbaren Finger in die weichen Bäckchen grub … Dann war der Augenblick vorüber, und die Fesseln der Zeit legten sich wieder um sie beide und trennten sie; er errötete, und sie zog sich die Háaleitisbraut hinauf zurück, eine junge Frau in Kegelgestalt, die mit diesem Gruß aus seinem Leben verschwand (sie kam im Herbst nicht wieder in die Schule), und er blieb zurück, ein Grünschnabel, der sich keine Vorstellung von den Qualen machte, die diesen kegelförmigen Frauenleib erfüllten. Er blieb allein mit diesen ihn lachend umringenden Hänseleien, dass die dicke Alla in ihn verliebt sei, und mit diesem überraschenden und irgendwie befremdlichen Gefühl der Zuneigung, das dieses Eingeständnis in ihm ausgelöst hatte, noch nie hatte ihm jemand eine Liebeserklärung gemacht …

Es war nicht immer leicht, der Lieblingsschüler einer Lehrerin zu sein, die manchen Mitschülern richtig übel mitspielte. Manchmal hatte er sogar das Gefühl, seine M-Klasse wäre so etwas wie ein privates Trainingslager ausschließlich für ihn, er die kleine russische Turnerin, die der Trainer mit der Peitsche antrieb, um, ja, wozu eigentlich? Für die Goldmedaille des Lehrerverbands für das beste Zeugnis?

Irgendwann hatte er genug davon und beschloss, seine Sonderstellung auszunutzen. Als Jónfríður der Klasse die Wahl ließ, ob sie die nächste Klassenarbeit am nächsten oder übernächsten Tag schreiben wollte, stimmten alle für den folgenden Tag, um es hinter sich zu bringen, nur Jung meldete sich aus reiner Opposition für den übernächsten Tag. Damit schaffte er es, endlich einmal der Lehrerin eine Prüfung vorzulegen, und natürlich fiel sie mit Pauken und Trompeten durch, indem sie sofort ausrief: »Nein, es ist besser, wenn ihr erst übermorgen schreibt.« Verwirrtes Getuschel füllte das Klassenzimmer, und unser junger Mann schämte sich und stahl sich hinaus.

Seine endgültige Rache an dieser Frau, die so ehrgeizige Hoffnungen auf ihn setzte, dass sie bereit war, für ihn ihre Autorität aufs Spiel zu setzen, folgte ganz zum Schluss, in der Abschlussprüfung der Grundschule, in der er in Erdkunde absichtlich zwei Fehler machte, um nicht als Klassen- und Schulbester abzuschneiden und aufs Podium gerufen zu werden, wo man ihm in feierlicher Zeremonie den Titel »Hochbegabtester Schüler« verliehen hätte. Dieser schwarze Stempel war nichts, was man auf seinem weiteren Bildungsweg mit sich herumschleppen wollte.

Am Ende der Feier, bei der man eine Klassenkameradin zum Schulprimus gekrönt hatte, stand er auf und schaute kurz zum Podium, wo ihn quer durch den Saal, über ganze dreißig Meter hinweg, ein letzter Blick von Jónfríður traf, zwei sengende Augen unter einer dunklen Turmfrisur, die sagten: Du hast mich enttäuscht. Dann drehte er sich um und sah diese bemerkenswerte Frau nie wieder, die sechs Jahre lang so etwas wie seine zweite Mutter gewesen war, und er ging hinaus in den Frühling und die Pubertät.

Aber sie verschwand nicht aus seinem Bewusstsein, wieder und wieder fühlte er da ihren Stock, und er fragte sich, ob sein Selbstbewusstsein nicht größtenteils auf sie zurückginge, wahrscheinlich hatte ihm die strenge Lehrerin mehr davon eingegeben, als er jemals zugeben würde. So schaffte er es, manchmal sogar freundlich an sie zurückzudenken, ein Gefühl, das sich aber regelmäßig gleich wieder relativierte, nicht zuletzt, nachdem er unterwegs zu seinen Brückenferien in den Hornstrandir in einer Bäckerei in Ísafjörður Alla wiederbegegnet war. Er hatte sie seit jenem schönen Frühlingsabend nicht wiedergesehen, aber sie hatte sich anscheinend kaum verändert. Vor Verlegenheit stotternd, lud sie ihn ein, einen Blick in ihre Dachgeschosswohnung zu werfen, wo ihr Freund von den Strandir ihn mit vorgestreckter Pranke und Fistelstimme begrüßte. Beide arbeiteten in der Fischfabrik, er nannte sie Sigga. »Ja, ich habe meinen Namen geändert.« Dann saßen die beiden ehemaligen Klassenkameraden, jeder auf seiner Stufe des erbarmungslosen Schulsystems, auf der Treppe bei einer Tasse Tee zusammen, und sie saß eigentlich eine Stufe über Jung, denn im Unterschied zu ihm hatte Sigga die Liebe ihres Lebens gefunden.

15

ARTLINE

Angst vor dem Hochbegabtenstempel und Rebellion gegen Jónfríður waren nicht die einzigen Gründe, warum Jung bei der Abschlussprüfung in umgekehrter Richtung mogelte. Er hatte im Lauf des Schuljahrs endgültig genug von all der Aufmerksamkeit und dem Aufhebens um ihn bekommen, als er zusammen mit einem anderen aus der Klasse einen Preis im Malwettbewerb der Junior Chamber gewonnen hatte. Bilder von Schülern aus sämtlichen Schulen der Stadt wurden im Schaufenster eines Geschäfts im Stadtzentrum ausgestellt, und die Passanten sollten das schönste Bild wählen. Der Zeichenlehrer hatte den Vertreter seiner Schule ausgesucht. Um sein Leben traute sich Jung nicht in die Innenstadt, um die Auswahl zu betrachten, und betete eine ganze Woche lang zu Gott, sein Bild möge auf dem Weg verloren gegangen sein. Es reichte ihm völlig, als Lieblingsschüler und Meisterkünstler verschrien zu sein. Als er kurz zuvor im Turnunterricht beim Bocksprung hängen geblieben war und rittlings auf dem Pferd festsaß, hatte der Sportlehrer ihn angepflaumt: »Tja, es reicht eben nicht, wenn man einen Bleistift halten kann.«

Es war für ihn daher eher ein Schock der drolligeren Art, als der taffste Typ der Schule, Kiddi Cooper, ein kräftiger Bursche, der einen guten Kopf größer war als er, für die vierte Mannschaft von Fram alle Tore der Saison geschossen hatte und der Alice-Cooper-Fan Nr. 1 von ganz Island war, ihn am Ende der Ausstellungswoche auf dem Schulhof zur Seite nahm, ihm seinen schweren Arm um die bebende Schulter legte und ihm im Verschwörertonfall der Mafia zuraunte: »Wir sind alle in die Stadt gegangen und haben für dein Bild gestimmt. Es wird gewinnen.«

Jung grinste auf dem Zeitungsausschnitt noch immer, den seine Mutter in einer Mappe aufhob und der ihn als siegesselig strahlendes, blondes Kind bei der Preisverleihung im Hotel Esja zeigte. Es verriet nichts von den Leiden, die dem vorausgegangen waren oder die ihn am folgenden Tag noch erwarteten, als er zusammen mit einem ebenfalls ausgezeichneten Klassenkameraden »den Pott nach Hause« in die Schule brachte, und sie beide mit Applaus empfangen wurden.

Nach der Grundschule trat die Kunst allmählich zugunsten anderer pubertärer Interessen in den Hintergrund, wie Schallplatten, Klamotten, Tanzpartys oder einem Konzert mit der Glam-Rock-Band Slade in der Laugardalshalle, fand aber doch noch Ausdruck in Form von Randkritzeleien oder eines mit Kugelschreiber unheimlich sorgfältig auf die Schultasche gezeichneten ELP-Logos. Im Sommer vor der Mittleren Reife plagten ihn Befürchtungen, demnächst als Zwerg in die neue Riesenschule gehen zu müssen, denn der Spätentwickler sah mit fünfzehn so aus, als wäre er gerade zwölf. In letzter Minute griff die Vorsehung vor einem angekündigten Konzert der Gruppe mit einer Lieferung von Slade-Schuhen an die Schuhgeschäfte der Stadt ein, und der Zwerg legte sich das erste und einzige Paar Schuhe mit Plateausohlen seiner Laufbahn zu. Die einzige Alternative wäre gewesen, mit spastisch verrenktem Kopf in einem Rollstuhl aufzukreuzen.

Alle Mal- und Zeichenkurse hatte er hinter sich gelassen, aber schon im ersten Schuljahr im Gymnasium sprach es sich herum, dass er gut mit Tusche umgehen könne, und bevor das Winterhalbjahr vorbei war, hatte man ihn damit betraut, sämtliche an der Eingangstür anzuschlagenden Veranstaltungsankündigungen mit Artline-Stift auf Glanzkarton zu illustrieren. Wie ein chinesischer Tuschmeister zeichnete er ohne Skizze und Lineal frei aus der Hand kerzengerade Buchstaben in meterlangen Zeilen: *Der Schülerverein gibt bekannt: Kulturabend im Nordkeller.* Im Lauf von drei Schuljahren verwandelte er sich in eine Druckmaschine, der man Tintengeruch nachsagte. Ein großes Porträt des Liedermachers Megas und ein Werbeplakat für die Rockband Þursaflokkurinn stellten die Höhepunkte dieser Karriere dar, wobei das Plakat sogar für das Cover der LP übernommen wurde.

Dennoch nahm er seine diesbezüglichen Talente selbst nicht für voll und orientierte sich selbstverständlich in Richtung eines Ingenieurstudiums, trieb schlafend im Wissensfluss der Mündung entgegen. Sein Vater war ja Ingenieur, und da er selbst eben als »begabter Junge« galt, würde er der Verantwortung, die dieses Prädikat mit sich brachte, nicht aus dem Weg gehen und seine Begabung ebenfalls handfesten Dingen wie Stahl und Beton angedeihen lassen. Dazu schrieb er sich im Kursangebot des MH in den naturwissenschaftlich-physikalischen Zweig ein. Allerdings wurde er unsanft aus diesbezüglichen Träumen gerissen, als er bei Integral- und Differentialrechnung total versagte. Er, der nie eine Klassenarbeit in den Sand gesetzt hatte, konnte einfach nicht begreifen, warum er diesen Zahlen-, Buchstaben- und Zeichensalat nicht kapierte. Den Todesstoß erhielt er mitten in einer Mathestunde vom Rektor persönlich, einem kopfzerbrochenen Menschen mit eingefallenen Wangen und vorstehenden Augen, der 1972 durch seine spannenden Erklärungen zum Schachduell des Jahrhunderts landesweite Berühmtheit erlangt hatte, als der plötzlich einen Schritt von der Tafel zurücktrat, betrachtete, was er gerade angeschrieben hatte, und voll Wonne aufstöhnte: »Jetzt schaut euch an, was das für eine wunderschöne Formel ist!«

Der junge Mann blickte auf die vollgeschriebene Tafel und sah, dass sie voller chinesischer Schriftzeichen war. Er verstand weder diese Sprache noch ihre Schönheit. Und er beschloss, sich geschlagen zu geben. Zum ersten Mal. Seit dieser Zeit hatte er stets Probleme mit vollmundigen Aussagen von Poeten, wie er sie manchmal in der Zeitung las: »Gedichte soll man nicht verstehen. Wer versteht schon die Schönheit?«

Durch hartnäckige Selbsterforschung und kräftiges Pickelausdrücken vor diesem inneren Spiegel schaffte er es gegen Ende der Gymnasialzeit schließlich per Ausschlussverfahren, Kurs auf die Isländische Hochschule für Kunst und Kunsthandwerk zu nehmen. Er musste einsehen, dass im Grunde nichts anderes infrage kam. Er musste sich dem widmen, was sich ihm gewidmet hatte.

»Unterrichten sie da nicht bloß Basteln?«, hatte sich ein alter

Bekannter erkundigt, den er im Bus getroffen hatte, und ihn damit einerseits richtig getroffen, andererseits aber auch genau die Bestimmtheit aus ihm herausgekitzelt, die er am nächsten Tag gut gebrauchen konnte, als ihn seine Mutter besorgt fragte:»Bist du auch wirklich ganz sicher?«

»Ja. Die Uni ist für Leute, die nur lernen wollen, was andere geschaffen haben. Ich will lernen, selbst etwas Neues zu schaffen.«

Die mütterlichen Befürchtungen waren denn auch am folgenden Tag wie weggeblasen, als er ein Gespräch zwischen ihr und Opa Schram in der Küche belauschte.

»Kann man damit Geld verdienen?«, erkundigte sich der alte Herr über seinem leeren Teller in der tapezierten Ecke.

»Mein Sohn hat nie an Geld gedacht«, gab sie laut und überlegen zurück und räumte, eine prächtige Frau von 46 Jahren mit Schürze, den Tisch ab. Damit war das Thema erledigt.

Das Gespräch war nicht für die Ohren des jungen Manns bestimmt, aber er sah und hörte die beiden durch die halboffene Tür schon von Weitem, während er im Wohnzimmer in dem tiefen Fernsehsessel saß, in der Kleidung seines Großvaters, aber mit den Augen auf seiner Mutter. Die Meisterin der Flexibilität hatte ihm mit diesem einen Satz durch den schmalen Türspalt die Tür zum Leben geöffnet.

16

THE LARGE GLASS

Er ging die Kaufingerstraße entlang, die Fußgängerzone, die sich durch die Innenstadt wand und so ausgesprochen westdeutsch aussah: behäbig, aber behaglich, langweilig und lebendig zugleich, kribbelnd vor kapitalistischer Kauflust und apathisch vor Nachkriegseinfallslosigkeit, bleischwere Häuser wie Felswände zu beiden Seiten.

Ein Riesenkaufhaus trug den Namen *Kaufhof*, und auf isländisch bedeutet *hof* »Tempel«. Leute strömten dort ein und aus, während ohne Unterlass wie in Verzweiflung Kirchenglocken läuteten. Laut hallt es in leeren Kirchen, dachte er.

Die Straße war voller Passanten, die ihm in Paaren oder Gruppen entgegenkamen. Wie satt und selig alle aussahen; diesen Leuten ging es gut. Ganze Familien schlenderten Arm in Arm dahin, spazierten langsam und gemütlich umher und schienen es zu genießen, zu sehen und gesehen zu werden. Zu Hause auf der Eisinsel ließ das Wetter derartiges Lustwandeln nicht zu, kein Mensch bummelte derart langsam durch Reykjavíks Straßen.

In seinem Leben hatte er an einem einzigen Abend die Veränderung in der Atmosphäre der Stadt erlebt, die sich einstellt, wenn die Außentemperatur über 24 Grad steigt. Im Juli '76 war er mit einem Freund in aller Gemütsruhe durch die Njálsgata gegangen und hatte eine Frau mittleren Alters nur im Top samt brennender Zigarette und grauer Katze auf der Treppe vor ihrem Haus sitzen gesehen. Während sie gemütlich an ihr vorüberschlenderten, hatten sie sogar ein paar Worte mit ihr gewechselt, und es hatte sich eine »echt italienische Straßenatmosphäre« eingestellt. »Ja, da sitzt man nun einfach draußen vor dem Haus wie eine vornehme Dame.« Zu seiner Überraschung hatte ihn der Abend aber auch enttäuscht. Irgendwie war es ihm traurig vorgekommen, wie schnell sich sein kühles Volk an veränderte Verhältnisse anpassen konnte. Man brauchte lediglich die Temperatur ein paar Grad höher zu drehen, und schon gaben seine Landsleute ihre Mentalität auf. Die verbreitete mürrische Schweigsamkeit wich nur allzu bereitwillig einer schleimigen südlichen Munterkeit.

Der Kern des isländischen Nationalcharakters ist Tiefkühlkost, hatte er gedacht. »Am besten kühl aufbewahren.«

Mit gerunzelten Augenbrauen und den Händen in den Taschen stapfte er nahe dem Marienplatz an einer Buchhandlung vorbei. Sein Blick fiel auf ein farbenfrohes Buch in der Auslage: *Duchamp. Von der Erscheinung zur Konzeption.* Offensichtlich eine Kunstbuchhandlung. Das Schaufenster lag voller Picasso-, Warhol- und Beuys-Prachtbände, doch hinter diesen Ziegelsteinen stand dieses glänzende Taschenbuch, blau mit einem roten Herz und darin wieder ein blaues, die intensiven Kontrastfarben rangen in der Brust seines Spiegelbilds im Fenster miteinander. Er ging hinein.

Duchamp hatte er durch Bücher und Zeitschriften zu Hause entdeckt. Er war der Künstler, der ihn am meisten ansprach, vielleicht der einzige, vor dem er wirklich Respekt empfand. Infolgedessen vertiefte er sich in den komischen Typen und nickte wochenlang zustimmend zu Sätzen wie »Ich wollte nicht so blöd werden wie ein Maler« oder »Matisse malt bloß retinale Kunst, ich will Werke für das Gehirn schaffen«.

Besonders das Werk *50 Kubikzentimeter Pariser Luft* liebte Jung sehr. 1919 hatte Duchamp in einer Pariser Apotheke ein annähernd kugelförmiges Glasgefäß gekauft und es einem Freund in New York als Geschenk über den Atlantik geschickt. Jung fühlte sich, als er von dem Werk erfuhr, ihm sehr verbunden, da auch er dereinst einer Freundin aus dem Gymnasium, die damals gerade als Au-Pair in Dundee jobbte, *Südwestwind in Tüte* geschickt hatte.

Was ihn aber am Ende voll und ganz für den Franzosen einnahm, war dessen Meisterwerk, *Die Braut wird von ihren Junggesellen entkleidet, sogar (oder: Großes Glas).* Ein mysteriöses Werk, mit nichts zu vergleichen, was er je gesehen hatte: zwei große, doppelte Glasplatten, zwischen die seltsame Formen gepresst waren, mechanisch und organisch zugleich.

Dieses Kunstwerk hatte nichts Schönes an sich, wirkte vielmehr sogar ein Stück weit missglückt und das keineswegs nur, weil das Glas beim Transport gesprungen war und ein kompliziertes Netzwerk von Rissen aufwies. Doch anders als bei sonstigen Kunstwerken war die äußere Form des *Großen Glases* nebensächlich, es ging vor allem um seinen Inhalt. Nachdem sich der junge Mann den gedanklichen Hintergrund angelesen hatte, war ihm klar, dass hier über die Bildkunst hinaus gedacht wurde, hier handelte es sich um etwas Großes, das übergriff in die Wissenschaften und auch in die Dichtung, wenn nicht noch weiter: Hier hatte jemand ein neues, unerforschtes Terrain eröffnet, das keiner Disziplin angehörte.

Duchamp hatte angestrebt, Eros zu verbildlichen, das Werk stellte seinen Versuch dar, sexuelle Lust bildlich darzustellen. *Das große Glas* war eine Art *Sex machine*, die mit Lust als Brennstoff betrieben wurde. Ein Kunsthistoriker hatte es als »Uhrwerk« beschrieben, »das nach der männlichen Gier tickt, den weiblichen Körper zu entkleiden«. Keine unelegante Formulierung. Für dieses Werk war Duchamp aus der Zeit ausgetreten und hatte sich dafür genauso viele Jahre (und ungefähr dieselben) genommen, wie Joyce für den *Ulysses* aufwendete. Acht Jahre. In derselben Zeit hatte Picasso 1700 Werke abgesondert. Viel Denkarbeit konnte da nicht dahinterstecken. Nein, Duchamp war ein herausragender Künstler, endlich einer, der tiefgründige Werke für den Verstand schuf und nicht für ein oberflächliches und dummes Organ wie das Auge.

Eine der vielen Ideen seines Œuvres war der »weiche Meter«, wie Jung ihn nannte, eine Maßeinheit, die Duchamp dadurch schuf, dass er aus einem Meter Höhe einen Meter lange Bindfäden zu Boden fallen ließ. So, wie sie auf dem Boden landeten, bildeten sie die neue Maßeinheit. Jung schwebte auf den Mantelschößen aus dem Fenster der Bibliothek im ersten Stock der Kunstakademie und über Skipholt, kam erst an einem Laternenpfahl auf der anderen Straßenseite hängend wieder zu sich. Die *Grüne Schachtel*, die zu dem Werk gehörte, war voll solch wunderbarer Dinge, voll deutlicher und vager Erklärungen zum Werk, die meist genauso widerspruchsvoll waren wie seine Bewunderung für sie, und dabei hatte er doch gefordert, ein Kunstwerk solle einen kalt erwischen, sobald man es erblickt, wie ein Hammerschlag direkt auf den Kopf.

Eine weitere Idee aus Duchamps *Schachtel* war das Staubsammeln. Um die vergängliche Lust im Netz der Zeit zu fangen, ließ der Meister das Glas monatelang unabgedeckt und unberührt im Atelier liegen, unter diesem Schneefall der Ewigkeit, bis die unerfüllte Lust zugedeckt war, dann fegte er den Staub zu bestimmten Formen zusammen. Was für eine Selbstdisziplin, welche Geduld! In seinem Innersten wusste der junge Mann, dass es für einen Künstler das Schwerste von allem war, keine Kunst zu machen. Er selbst zum Beispiel würde nie in Staub arbeiten können. Er verfügte durchaus über genügend Disziplin, um zu arbeiten, aber nicht über das Übermaß, das es erforderte, nichts zu tun.

Trotz wochenlanger Lektüre, Studien und eigener Spekulationen war er noch weit davon entfernt, dieses größte Kunstwerk aller Zeiten annähernd zu verstehen, »über dessen Deutung sich die Gelehrten streiten«. Vielleicht konnte dieses Buch weiterhelfen: *Von der Erscheinung zur Konzeption.* »Vom ersten Kontakt zur Konzeption« würde der Löwe den Titel mit Sicherheit übersetzen. Es war auf Französisch, Autor Robert Lebel, eine englische Übersetzung gab es leider nicht.

Der junge Mann bezahlte und ging mit dem Buch in Richtung

seines neuen Zimmers durch die Mönchstadtstraßen wie ein Guerillero mit einer neuen Pistole in der Tasche. Wahrscheinlich besaß er nun das einzige Exemplar des Buchs in dieser Stadt, die keine andere Kunst verstand als Bühnenkunst und wahrscheinlich keinen originellen Gedanken mehr gefasst hatte, seit Duchamp sie im Herbst 1912 verlassen hatte.

Ja, das hatte er sofort begriffen, als er sich auf einer Bank nahe der Buchhandlung in das Buch stürzte wie ein Wüstenwanderer in ein Schwimmbecken, dass sich der Meister aus Frankreich im Sommer 1912 zwei Monate lang hier in München aufgehalten hatte. Nur wenig später hatte er *Akt, eine Treppe herabsteigend, Nr. 2* und *Trauriger junger Mann in einem Zug* gemalt, und sein wichtiges Gemälde *Der Übergang von der Jungfrau zur Ehefrau* war gerade hier entstanden, der eigentliche Zündfunke zum *Großen Glas*. Hier in München hatte alles angefangen. Und hier hatte er aufgehört zu malen.

Jung sah aus dem Buch auf, schaute sich um und stellte fest, dass er an einer Kreuzung der Kunstgeschichte saß. Genau hier waren fünf Jahrhunderte Kunst der Malerei im Sommer 1912 bei Rot stehen geblieben, und die Gegenwartskunst war bei Grün losgefahren.

Duchamp hatte die letzten Gemälde in der Geschichte der Malerei angefertigt, denn nachdem sie von allein zum Stillstand gekommen war, ging es nicht weiter. Er war sich dessen voll und ganz bewusst gewesen und hatte sich anderem zugewandt. Es war ihm gelungen, die vierte Dimension einzufangen, etwas, das die Kubisten versucht hatten, indem sie die Zeit dadurch in ihre Ansichten von Gießkannen und Gitarren hineinzumalen versuchten, dass sie die Gegenstände von vielen Seiten abbildeten. Duchamp dachte dagegen das Naheliegende: Dass man die Zeit in ein Gemälde einbinden konnte, indem man statt Installiertem

besser Bewegung malte. So gelang es ihm, das Rütteln eines Zu-
ges und Schritte eine Treppe hinab abzubilden, indem er dieselben Umrisse mehrmals im selben Bild malte. In dem poetischen
Bild *Trauriger junger Mann in einem Zug* aus dem Jahr 1911 stand
er selbst, hin und her geschüttelt, im Zug von Paris nach Hause in
seine Heimatstadt Rouen. Es war ihm gelungen, alle Erschütte-
rungen der Zugreise in einem einzigen Bild zusammenzufassen,
ein Bild, das vier Stunden lang war. Noch siebzig Jahre später stieg
immer noch der Duft des Neuen von dieser Idee auf.

Der junge Mann lief durch sich windende Straßen Richtung
Svakabingur, bis ihm auf halber Strecke einfiel, dass er seine Mutter anrufen sollte, es war ja Samstag, darum zwängte er sich an
der Ecke Schellingstraße, Barer Straße in eine Telefonzelle. Er
hätte auch vom Münzapparat im Studentenwohnheim anrufen
können, sah aber die feixenden Gesichter der Theologen vor sich.

»Oh, hallo, mein Junge, wie geht es dir?«

»Ganz gut.«

»Hast du kein gutes Wetter?«

»Doch, doch.«

»Hier hat das Wetter wieder mal verrückt gespielt. Ganze
Schiffe und ich weiß nicht was sind durch die Luft geflogen. Wie
geht es denn mit dem Deutschen voran? Hast du genug zu essen?
Gib acht, dass du auch wirklich genug isst. Wie bekommt dir
denn das bayerische Essen?«

»Na ja, ich merke schon etwas im Magen.«

»So? Wirklich? Ist es etwas Ernstes?«

»Nein, nein. Es fühlt sich nur so …«

»Ja, so ist es anfangs oft. Deinem Vater ist es auf seiner Reise
durch die Alpen genauso gegangen. Das Essen ist ja schon anders,
Sauerkraut und so.«

»Ja.«

»Aber sonst ist alles in Ordnung?«

»Doch, doch ...«

Der Heimweg führte ihn wieder über den kleinen Platz, auf dem er am Morgen gesessen, seine erste Zigarette geraucht und Schwarzes in eine weiße Plastiktüte gebrochen hatte. Er sah, dass bei dem Abfallkorb neben der Bank zwei Feuerwehrmänner mit einem Handlöschgerät standen. War das noch sein Zigarettenstummel? Die blöde Alte mit dem Hund hatte ihn doch nicht richtig ausgedrückt, bevor sie ihn in den Abfall geworfen hatte. Vorsichtig ging er näher, mit einer Miene wie ein Brandstifter, der an eine von ihm angezündete Ruine zurückkehrt. Um die Bank und den Abfallkorb herum stand eine Gruppe von Menschen und beobachtete, was die Feuerwehr unternahm. Der junge Mann sah, wie einer der beiden Feuerwehrleute mit einer Eisenzange von der Länge einer Brechstange in den schwarz verkohlten Resten von verbranntem Müll und geschmolzenem Plastik stocherte und einen kleinen schwarzen Brocken von der Größe einer Kinderfaust herausfischte. Weißer Qualm stieg davon auf.

17

POLIZEI

Den Samstagabend verbrachte er im Wohnheim, allein hinter verschlossener Tür ausgestreckt, und starrte die weiße Wand an. Er drehte sich so, dass er mit dem Kopf am Fußende lag, in eine Ecke gucken konnte und nichts anderes als Weiß sehen musste. So wollte er Schwarz auslöschen. Was war passiert? Es konnte doch nur die Zigarette gewesen sein. Es gab doch keine selbstentzündliche Kotze. Das gab es einfach nicht. Kotze konnte nicht brennen.

Andererseits ließ sich nicht leugnen, dass der schwarze Klumpen, den der Feuerwehrmann aus den Überresten des Papierkorbs gezogen hatte, so heiß ausgesehen hatte wie ein glühendes Stück Kohle. War aber pechschwarz gewesen. Der Mann hatte ihn, unter seinem hellgelben Helm offensichtlich verblüfft, aufs Trottoir gelegt, und sein Kollege hatte mit dem Feuerlöscher draufgehalten. Was dann geschah, hatte alle erschreckt. Sogar die Feuerwehrleute waren zurückgezuckt. Weißer Rauch war aufgezischt, wie wenn man Wasser auf Glut kippt, nur viel heftiger und begleitet von einem lauten Geräusch, man hätte durchaus von einer kleinen Explosion sprechen können. Der dichte Qualm war aufgestiegen und hatte sich in der windstillen Luft eine ganze Weile gehalten, ehe er langsam über den Platz verwehte. Auf der anderen Seite blieben Passanten stehen und sahen dem Qualm zu, der hübsch umherwirbelte, als eine Straßenbahn hineinfuhr wie ein Flugzeug in eine Wolke.

Der junge Mann hielt sich starr und blass am Rand der Zuschauermenge, die die beiden Feuerwehrmänner umstand, beobachtete aber abwechselnd ihre Gesichter und den Klumpen und presste hinter dem Rücken seine Plastiktüte mit den Händen. Durch den Rauch kam der Kotzbrocken wieder zum Vorschein, und der Feuerwehrmann stieß ihn mit der Zange an. Das Ding stieß noch eine Ladung Rauch aus, schien dann aber zu erkalten. Die Menschen trauten sich näher heran und kniffen die Augen zusammen. Auch Jung trat einen Schritt näher und beugte sich über das, was nichts anderes als eine Frucht seines Leibes sein konnte. In der Tat, ohne Zweifel. Das Ding wies eine messerscharfe Kante auf. Die, die in der Tüte nach oben gezeigt hatte. Auf der Oberfläche der schwarzen Masse brodelten kleine Blasen, stiegen auf, platzten und verschwanden wie Wassertropfen auf einer heißen Herdplatte.

Er hatte genug gesehen und entfernte sich von diesem Horror. Er hatte den Platz gerade verlassen und war in eine Seitenstraße eingebogen, als ihm mit Blaulicht und Martinshorn ein grün-wei-ßes Auto entgegenkam, das als Aufschrift vorn und hinten das kalte deutsche Wort »Polizei« trug. Erschrocken sah er weg, drehte sich aber um, sobald der Streifenwagen an ihm vorbeigeschossen war, und sah ihn mit dieser rasanten Geschwindigkeit um die Ecke zu dem Platz biegen, die nur Autos mit zuckendem Blaulicht möglich ist. Eine Sekunde später verstummte die Sirene.

Er verlag den Abend; ein blonder Junge in der Blüte seines Le-bens mitten in einer Großstadt im Zentrum Europas verbrachte den Samstagabend im Bett und starrte die Wand an, eine weiß gekalkte steinalte Wand, und betrachtete in ihr das leere weiße Blatt, das sein Leben darstellte. War das erbärmlich, jung zu sein. Alles dürfen und nichts können. Vieles wollen und wenig wissen. Der Körper zu allem bereit, aber der Geist wie eine Frau, die sich noch ziert.

Er verdaute noch einmal die Erkenntnis des Tages und bekam dabei noch einmal Herzklopfen. Er hatte in ohnehin schon ner-vöser Zeit in einer deutschen Großstadt bei Polizei und Feuer-wehr Alarm ausgelöst (jemand in der Menge auf dem Platz hatte das Wort »Attentat« ausgesprochen). Er konnte von Glück sagen, nicht hinter Gittern gelandet zu sein, und beschloss, sich selbst einzusperren.

Gleichwohl blieb es ein Kraftakt, den Samstagabend allein zu verbringen. So etwas bedeutete für einen Zwanzigjährigen immer das Eingeständnis einer Niederlage. Außerdem gab es hier we-der Radio noch Fernsehen, nicht einmal isländisches Wetter, das einem mit kräftigem Spucken gegen das Fenster die Zeit vertrieb.

Hier musste er sich mit Eckenglotzen begnügen, während sich seine Altersgenossen in Ost und West mit Wein, Weib und Gesang vergnügten, während der Löwe mit Kant-Zitaten ins Löwenbräu ging und in der Stadt der Mönche Kurs auf Nonnensex nahm und während seine Freunde zu Hause draußen in der Schlange vor dem Hotel Borg in der Kälte warteten und Zigarren pafften.

Plötzlich hörte er es in seinem Rücken klopfen. Er schrak zusammen und fiel von der Matratze. Auf dem Flur waren Stimmen zu hören, dann klopfte es wieder. Leise kroch er auf allen vieren zur Tür. Das waren die Theologen, er hörte, dass sie etwas von Essen sagten. Wollten sie ihn etwa einladen, mit ihnen zu essen? Dann hörte er, wie der Klopfende sagte: »Er ist nicht da.« Jung kniete noch immer auf allen vieren auf dem glänzenden, rötlichen Fliesenfußboden und fühlte sich für einen krampfhaften Moment wie ein nach Bayern ausgeführtes Islandpferd, das man von den übrigen Pferden getrennt allein in einen Stall gesperrt hatte. Er ließ den Kopf hängen, dass ihm die Mähne in die Stirn fiel und kroch zurück ins Bett, wo er sich um seinen Hunger krümmte. Aus der Gemeinschaftsküche waren fröhliche Stimmen und Gläserklirren zu vernehmen.

»Prost!«

Mit knurrendem Magen und Gewissen wartete er im Liegen ein dreigängiges Menü ab und schlich sich um Mitternacht in die Küche, wo er sich eine vertrocknete Scheibe Brot schmierte, die er aus Furcht, es könnte jemand kommen, im Stehen aß. Auf der Küchenzeile lag eine abgegriffene Tageszeitung. Auf der Titelseite prangte die Nachricht von einem Attentat in Heidelberg. Der Wagen des Oberbefehlshabers der US-Armee in Europa war mit einer Panzerfaust beschossen worden, doch der General hatte nur leicht verletzt überlebt. Durch Jungs Kopf schoss ein grünweißes Polizeiauto.

18

VILLEROY & BOCH

Jurastudent Guðbergur Björnsson Briem stellte sich als leiser, zierlicher, höflicher Mensch mit Oberlippenbärtchen, Brille und hohen Geheimratsecken heraus, als er am zeitigen Montagabend mit Gepäck und nassem Regenschirm im Wohnheim eintraf. Obwohl er nur zwei Jahre älter war als Jung, sah er, als er den Regenschirm ausschüttelte und seufzte, sobald die hohe Tür hinter ihm ins Schloss fiel, schon mehr wie ein Anwalt mittleren Alters aus, der herbeigerufen worden war, um eine komplizierte Erbschaftsangelegenheit unter den flaumbärtigen Theologen zu regeln. Die Studierenden der Göttlichkeit begrüßten ihn herzlich, und Jung wartete ergeben Erkundigungen auf Deutsch nach dem Wetter in Island und anderswo und den Verkehrsverbindungen mit Luxemburg ab.

Guðbergur trug einen hellen Regenmantel, nicht unähnlich dem, der auch den Löwen geziert hatte (gehörten die zur Grundausstattung von MR-Absolventen?), und Regentropfen standen wie Perlen auf seinen Schultern, einige glänzten auch in seinem dünnen Haar. Die Nackenpartie ließ an einen Privatdetektiv aus einem verregneten deutschen Krimi denken, den kein Isländer jemals gelesen hatte noch je lesen würde. Als er sich endlich zu Jung umdrehte und die Schlüssel aus dessen Hand in Empfang nahm, sah er aber mehr wie ein Fuchs mit Brille aus. Sein Grinsen schien darauf eingestellt zu sein, dass jede erdenkliche Äußerung als Witz gemeint sein könnte. Selbst ein »Danke, dass ich in deinem Zimmer wohnen durfte« löste eine verdächtige Erheiterung bei dem Juristen aus, die er in einem kurzen Lachen ausschnaubte, bevor sich sein Blick auf eine Forschungsreise durch Jungs Gesicht begab und gleich an dem einsamen Pickel auf dessen Kinn hängenblieb. War Gottfried von Überbart in Wahrheit vielleicht doch ein Privatdetektiv? Jung ging im Stillen noch rasch einmal das Zimmer durch. Nein, er hatte keine Spur von schwarz Erbrochenem hinterlassen. Dann verabschiedete er sich, nach eigener Einschätzung etwas überhastet, und trug unter dem gesetzeskundigen Grinsen Guðbergs sein Gepäck zur Tür.

»Soll ich dir ein Taxi rufen?«

»Nein, danke, ich nehme den Untergrund …, die Untergrundbahn.«

»Mit den Koffern?«

»Ja, ja«, murmelte Jung mit gesenktem Kopf, während er mit entsprechenden Geräuschen die schwereren Koffer über die Schwelle zerrte und so tat, als würde er das schnaubende Lachen des Jurastudenten nicht mitbekommen.

Zwölf Minuten später hatte er es geschafft, seine zwei Koffer sechzig Stufen nach unten, zwei lange Bürgersteige entlang und noch einmal dreißig Stufen in den Untergrund zu tragen, und stand schweißtriefend vor einem Fahrkartenschalter, an dem hinter Glas ein Mann mit schweren Lidern saß und Zeitung las, als die erste Warnung aus den Eingeweiden kam. Jung trat von dem Glaskasten zurück und durchsuchte eilig seine Taschen nach der Plastiktüte, hatte sie aber in der ganzen Abschiedseile in Guðbergs Zimmer liegen gelassen. Eine kleine, ältere Frau mit orientalischem Schleier und Damenbart kam die Treppe hinauf, und aus den Eingeweiden der U-Bahn war zu hören, dass ein Zug abfuhr. Es war also damit zu rechnen, dass noch mehr Menschen folgen würden. In rasender Eile entdeckte Jung an einer gekachelten Wand einen grünen Abfalleimer, aber … Er beugte sich vor, öffnete die Jacke und brachte es fertig, eine kleinere Ladung unauffällig in die rechte Innentasche zu spucken; dann wartete er ab, bis sie aushärtete, und hörte den Strom der Menschen in seinem Rücken.

Die Aktion war nicht sehr überlegt gewesen, das musste er zugeben, sondern eher seiner Not geschuldet. Die Jacke war eine von zweien, die sein Großvater getragen und ihm geschenkt hatte. Aber irgendetwas musste halt dran glauben. Einfach auf den Boden zu kotzen wäre zu gefährlich gewesen. Er richtete sich auf und fühlte den harten Klumpen in der rechten Brusttasche, gratulierte sich dann aber innerlich zur Opferung der Jacke, als er einen kräftigen Polizeibeamten in grüner Uniform und in Begleitung eines großen Schäferhunds mit hängender Zunge langsam die Treppe zur U-Bahn herabkommen sah.

Sieben Minuten später stand der junge Mann schwer atmend mit seinen beiden Koffern, dem weinroten Plastikmonster und dem dunkelbraunen Hartschalending, in einer U-Bahn und versuchte es zu vermeiden, einer hübschen Türkin in die Augen zu sehen, die ihm gegenübersaß und leicht schaukelnd mit verträumtem Gesicht unter dem deutschen Wirtschaftssystem hindurchschoss. Er griff tastend in die Innentasche und fühlte eine harte Masse, die am ehesten an eine Zahnplombe denken ließ.

Frau Mitchell hatte trotz zweier schwarzer Würmer auf dem Grund des Klosetts keine Einwände erhoben und ihm das Zimmer gegen eine faire monatliche Summe vermietet. Sie kam lächelnd und frisch gesättigt an die Tür, eine Serviette in der Linken, und von drinnen duftete es nach gebratener Leber und dunkler Soße mit Zwiebeln. Für einen Augenblick kam es Jung so vor, als stünde er an einem dunklen Winterabend auf dem Treppenabsatz des Mehrfamilienhauses zu Hause. Durch einen Spalt in den karierten Gardinen sah er von hinten seine Großmutter, die hellen Hörgeräte, die sich vom beleuchteten Gesicht seines Vaters abhoben, und, etwas weiter im Hintergrund, einen der

Zwillinge, den seine dicken Brillengläser vornüber beugten. Nur seine Mutter war nicht im Gesichtsfeld, bestimmt stand sie an der Spüle und schälte Kartoffeln, und aus dem einen Spaltbreit offen stehenden Oberlicht strömten der Duft von Soße und Zwiebeln, Bruchstücke der Radionachrichten sowie eingebildete Schwaden aus dem glühend heißen Backofen in der Küchenecke.

»Herzlich willkommen! Kommen Sie herein! Haben Sie Hunger? Ich bin gerade mit dem Essen fertig, und es ist noch genug übrig.«

Wie deutsch diese Stimme klang. Sie hatte etwas Opernhaftes an sich. Und da sich durch Frau Mitchells Körpergröße auch ihre Augen etwa eine Oktave über den seinen befanden, hatte er das Gefühl, sie auf einer Bühne zu sehen, als würde er im Opernhaus ganz vorn sitzen und zur Bühne aufblicken müssen, dabei saß er nicht, sondern stand mit zwei schweren Koffern vor ihr. Sie kam aus einer anderen Musiksparte als er, sie war größer als er, älter als er, hatte ein größeres Gesicht als er, und sie hatte (das würde sie ihm später erzählen) den Krieg erlebt, war mit Adenauer aufgewachsen, hatte gezwungenermaßen das Wirtschaftswunder mitgemacht und bekleidete nun bei Siemens eine so hohe Position, dass ihre Stimme eine Oktave höher lag, als er es gewöhnt war, oder war das vielleicht ein Versuch von ihr, sich über schwere Erfahrungen zu erheben? Sie war eine Verkörperung Europas, eine verfeinerte Dame mit Wurzeln in Ruinen, aber nach Wohlstand riechend, von Traditionen dauergewellt und den Leib voller Kultur, die Augen vor Geschichte glitzernd. Er war ein sprachloser Kulturbanause, ein Waldschrat von einer baumlosen Insel, ein Kaspar Hauser aus dem Eismeer.

Jung lehnte die Einladung höflich dankend ab. Trotz des mütterlichen Soßendufts mochte er nicht einmal daran denken, mit seinem angeschlagenen Magen etwas zu essen. Außerdem war er fest entschlossen, ein angenehmer Untermieter zu sein, und wollte nicht gleich am ersten Abend eine verpflichtende Tradition eingehen.

Sie gab den Eingang frei, ließ ihn eintreten und schloss die Tür, dann ging sie vor ihm den kurzen, weiß gefliesten Flur entlang. Schuldbewusst streifte er mit den Augen die Tür zum Bad, ehe er die Koffer über die Schwelle in das rote Zimmer trug. Hier sollte für die nächsten Monate sein Zuhause sein. Schaukelstuhl, Tisch und Bett. Die Einfachheit war erleichternd, hier konnte nichts aufflammen außer der Deckenleuchte, es gab nichts anderes zu sehen, als den Blick aus dem Fenster: Vorstadtdunkel anno 1981 füllte das Viereck über einem kleinen, runden Tisch wie ein schwarzes Bild an einer roten Wand, das immerhin die gelblichen Flecke anderer Fenster im Haus auf der gegenüberliegenden Seite des Innenhofs sowie die im finsteren Laub der Büsche treibenden Laternen entlang des Fußwegs zeigte. Er fühlte sich wohl, sobald die Frau die Tür geschlossen hatte, zog die Jacke aus und machte sich daran, die Koffer auszupacken. Hier ließ es sich aushalten. In dieser kleinen, roten Mietklause würde der Junge zum Mönch und der Mönch zum Mann werden.

Aber warum hatte er bloß so viele Klamotten mitgebracht? Mantel, Anorak, Pullover, lange Wollunterhosen, Handschuhe, Schlafanzüge … als hätte er für einen Winteraufenthalt in den Alpen gepackt, fehlte bloß die knallrote italienische Ellesse-Skihose mit weißen Kniepolstern. *Du musst genug zum Anziehen mitnehmen. Im Ausland kann es schrecklich kalt werden. Besonders drinnen.* Er gehörte der Fernheizungsgeneration an, der ersten Welle von Isländern, die mit Zentralheizung in der Wohnung zur Welt kamen. Großvaters Generation war es gelungen, magmaheißes Feuerwasser in die Orte und Wohnzimmer zu leiten. Diese heiße Revolution hatte im Verlauf weniger Nachkriegsjahre das nasskalte Eisland in eine mit Teppichboden ausgelegte zentralafrikanische Republik mit 25° Durchschnittstemperatur verwandelt.

Innerhalb von drei Jahrzehnten waren die Isländer zu Zimmerpflanzen geworden, liefen zu Hause halbnackt durch ihre Wohnungen, gossen ihre heizungslufttrockenen Seelen mit permanenter Cola-Berieselung und erzählten sich zwischendurch Horrorgeschichten über eiskalte Raumtemperaturen im Ausland.»Mein Onkel war einmal im Februar in Granada. Wegen der Feuchtigkeit im Hotel brauchte er Scheibenwischer auf der Lesebrille, und sie haben nachts im Bett lange Wollunterhosen und Handschuhe getragen.«

Der junge Mann war in seinem Leben nie mit einem Tropfen an der Nase aufgewacht, hatte nie Tee getrunken, um sich aufzuwärmen, und eigentlich nie gefroren, außer morgens die ersten drei Minuten im Wagen seines Vaters. Vielleicht war er doch eher ein Kaspar Hauser aus dem Dschungel.

Mit dem neuen Buch ging er ins neue Bett. Seite 29:»Duchamp hat hier seine Malerei zur Vollendung gebracht, und man begreift …« Weiter kam er nicht, weil Frau Mitchell an die Tür klopfte und ihm im Bad etwas zeigen wollte.

»Ich habe vergessen, Ihnen zu sagen, dass ich eine neue Toilette habe einbauen lassen. Das war längst fällig, die andere war ja so alt. Schauen Sie, man zieht nicht mehr wie früher, sondern drückt hier. Ganz modernes Design«, erklärte sie und zeigte stolz auf eine breite Taste oben auf dem Spülkasten.

Der junge Mann nickte und schluckte, als er sich die weiß glänzende Keramikskulptur ansah, die unweigerlich an ein Werk von Duchamp denken ließ.

»Ja, ich … werde vorsichtig sein«, sagte er unvermittelt.

Frau Mitchell schien es nicht zu hören, denn sie hatte den Deckel aufgeklappt und betätigte den Abzug, um zu demonstrieren, wie das funkelnd neue Klo mit Absatz funktionierte. Jung betrachtete den schön klaren Sturzbach der in die Mulde im Terrassenabsatz schoss und dann über die Kante in die Tiefe stürzte, sauberes Wasser auf sauberer Fläche.

19

SPAZIEREN GEHEN

Er gratulierte seiner Vermieterin zu dem Schmuckstück und ging zurück in sein Zimmer. Sobald er die Tür geschlossen hatte, roch er einen merkwürdigen Geruch und sah aus der Jacke über der Stuhllehne einen dünnen Rauchfaden aufsteigen. Kein Zweifel, der Rauch kam aus der Innentasche. Er sprang zum Fenster, bekam es nach einigem Rütteln geöffnet, riss die Jacke vom Stuhl und schleuderte sie in den nachtdunklen Hof. War das nicht die einzige Möglichkeit? Dann wollte er nach unten gehen, stellte aber fest, dass er noch keine Wohnungsschlüssel bekommen hatte. Er riss sich hastig zusammen und versuchte, nicht zu hektisch an die matte Glasscheibe der Wohnzimmertür zu klopfen.

»Ach, natürlich, Sie brauchen ja noch die Schlüssel. Wo habe ich denn nur meinen Kopf?«

Frau Mitchell kramte viel zu lange in der Lade eines Hockers, während Jung mit einer gehörigen Portion Angst an der Tür wartete und einen Fernseher im Blick hatte, der auf einem lackierten Tischchen vor sich hin leierte wie ein fremder Nachrichtenapparat. Er schnappte das Wort »Ostpolitik« auf und sah Aufnahmen von Lech Wałęsa und Helmut Schmidt. Endlich reichte ihm die Frau zwei Schlüssel an einem Anhänger mit einem Bild von Portoferraio auf Elba.

»Da, wo man Napoleon gefangen hielt. Ich habe vor einigen Jahren dort Urlaub gemacht, ein hübscher Ort. Hier bekommen sie also einen Hauch von Süden ausgehändigt. Dieser Schlüssel ist für die Wohnungstür. Möchten Sie ihn zur Sicherheit einmal ausprobieren?«

Jung war wie ein Haus, das zur Straße eine ruhige Fassade zeigt und nicht erkennen lässt, dass es drinnen brennt. Und er behielt diesen gemauerten Gesichtsausdruck weitere Schlüsselgespräche und Schlüsselproben hindurch bei. Ob der Hinterhof schon voller Rauch und Qualm war? Hatte schon wieder jemand die Polizei alarmiert? Wohin mit der Jacke?

Endlich waren alle deutschen Erläuterungen erschöpft und er fand das Wort, das ihm die Tür zum Treppenhaus öffnete: *spazieren*. Er wollte einen kleinen Spaziergang machen. Sobald sich die Tür hinter ihm schloss, stürzte er die Treppen hinab in den Hof.

In der Dunkelheit war heller Rauch zu erkennen, der aus dem Gras unter seinem Fenster aufstieg, und auch die Jacke zeichnete sich hellgrau ab, sie sah aus wie ein halbgekochtes Rätsel, das ein verstoßener und verbitterter Vorzeitgott gerade aus seinem rauchenden Exil in der Hölle ausgewürgt hatte. Ein heller Rauchfaden stieg kräuselnd davon auf. Jung bückte sich über das Prachtstück, durchsuchte rasch die Außentaschen, fand aber nur das Zigarettenpäckchen, das er in die Brusttasche steckte, und faltete das Kleidungsstück um den Rauch zusammen, der zeitweilig verschwand. Als er das Bündel wegtragen wollte, öffnete sich im gegenüberliegenden Haus ein Fenster und eine Frau mit Locken und Brille rief etwas zu ihm herüber. Er winkte zurück und formte mit den Lippen ein »Alles klar«, öffnete die Hoftür und eilte mit der brennenden Jacke durch den Flur zur Haustür und kam ungesehen auf die Straße.

Was nun? Wo sollte er damit hin?

Die Hitze der schwelenden Kotze drang schon durch den Stoff. Nachdem er schnell die Straße hinauf und hinab geblickt hatte, fasste er die Jacke am Kragen und ließ sie von seiner Hand hängen. Der Qualm freute sich seiner Freiheit, und der Isländer sah nun wie ein katholischer Messdiener aus, der, ein Weihrauchgefäß schwenkend, über die Straße zur Kirche schritt. Er musste eine Pfütze, eine wassergefüllte Tonne oder einen Straßengraben finden, in dem er den Schlamassel ertränken konnte, aber so etwas gab es hier natürlich nicht, hier war alles glatt asphaltiert. Etwas sagte ihm, schnell die Straße entlangzugehen, vorbei an der Tankstelle an ihrem Ende. Dahinter befand sich eine offene Fläche, in der Dunkelheit waren dort Kräne und Baumaschinen zu sehen, grellbunte, schlafende übergroße Insekten. Er hatte das Ende Nachkriegsdeutschlands erreicht, weiter als bis dorthin war der Wiederaufbau noch nicht vorangekommen.

Er lief mit der qualmenden Jacke zu einem hohen, mit Plakaten behängten Bauzaun und blickte in eine offene Baugrube: dicke Betonwände wuchsen aus der Erde, daraus ragten bräunliche Moniereisen. An einer Mauer spiegelte sich das Licht der Nachtbeleuchtung auf einer Wasserfläche.

Jung ging den Zaun ab und fand schließlich eine Kuhle im Boden, die groß genug für ihn war, er zwängte sich unter der Umzäunung hindurch und ließ sich aufrecht nach unten rutschen, ging über Kies und Moniereisen zu der Mauer. Er kannte sich aufgrund seines Sommerjobs beim Brückenbau und seiner Kindheit in einem Neubauviertel mit Baustellen aus, hatte aber noch nie auf westdeutschen Hausfundamenten gestanden und empfand innerlich so etwas wie Respekt und Ehrfurcht, so wie ein Hobbymaler aus einem fernen Land im Louvre Rubens und Delacroix betrachten würde. Er stand hier im Herzen des Wirtschaftswunders. So also arbeiteten die Wundertiere! Sie benutzten zum Einschalen Schalungsplatten, keine Bretter.

An der halbhohen Mauer blieb er stehen, stellte sich breitbeinig über das Ende der Pfütze, wedelte den Rauch weg und hielt die Jacke am ausgestreckten Arm, lauschte und atmete durch die Nase aus. Es war nichts anderes zu hören als das Rauschen der Großstadt, das auch unter dem stockfinsteren Nachthimmel über Europa anhielt, ein Geräusch, das sich aus sämtlichen Geräuschen dieser großen Stadt zusammensetzte, als würde jede Bewegung auf ihren Straßen und Plätzen ein kleines S hinzufügen, sodass daraus eine leise Sinfonie entstand, die aus diesem Monstrum aufstieg wie abgestimmte Seufzer eines großen Orchesters.

Doch wenn man genauer hinhörte, konnte dieses Rauschen auch an ein isländisches Skital im April denken lassen, wenn der Schnee zu grobkörnigen Kristallen geworden ist. Jedes Schneekristall gibt bei Sonnenschein seinen eigenen tauenden S-Laut von sich und darunter gluckern die Schmelzwasserrinnsale, jedes in seinem Höhlensystem unter der Schneedecke.

Für einen kurzen, haarfeinen Moment vergaß der junge Mann sein Problem und genoss es, hier nächtens im Hemd im Freien zu stehen und nicht zu frieren. Der Septemberabend war lau und hätte sich geradezu angeboten, um nach einem leckeren Abendessen in Svakabing mit einer hübschen jungen Frau am Arm zum Marienplatz zu bummeln, anstatt ihn damit zuzubringen, eine brennende Jacke in einer mit Wasser vollgelaufenen Baugrube zu entsorgen. Er schleuderte den Fetzen so weit er konnte in die Pfütze, wo sie am tiefsten zu sein schien. Das Wasser nahm ihn mit aufsprudelndem Zischen auf, und es stieg weißer Rauch auf wie bei dem Brand im Abfallkorb. Da ging die Jacke dahin, die Opa Schram 1960 in der schottischen Hafenstadt Leith gekauft hatte.

Als sich der Rauch verzog, kam die Jacke nur zur Hälfte versenkt wieder zum Vorschein. Der Rücken zeigte nach oben und wölbte sich über dem Wasserspiegel, und ganz kurz sah es so aus, als hätte sich ein brennender Mensch zum Löschen ins Wasser gestürzt. Auf einmal sah Jung das Gesicht seines Großvaters unter Wasser vor sich, sein strenges und kräftiges Profil mit der geraden Nase, betonten Unterlippe und den buschigen Augenbrauen, diese hochmütige, kleindeutsche Konservativenmiene, diese eiserne Maske bürgerlicher Werte, diese besondere Mischung von norddeutschen Holsteinern mit isländischen Segelschiffern, die allerdings mehr von Schleswig als von den Skaga-strönd zu haben schien, und dieses charmante und humorvoll sanfte Opagesicht, diese Marmorbüste in mütterlicher Linie mit zurückgekämmtem Haar, die immer ein Päckchen Zigaretten zur Hand hatte und ein weiteres mit witzigen, schlagfertigen Repliken, allerdings auch immer denselben, all das hatte sein Enkel nun gerade in einem deutschen Hausfundament versenkt.

Nach und nach verzog sich der Rauch, und endlich sank die Jacke, hinterließ dabei noch einige Luftblasen, sodass die Pfütze unter dem Rauch wie eine dampfende heiße Quelle aussah, bevor alles ruhig und still wurde.

Der junge Mann kletterte aus der Grube, ging zurück in seine neue Straße, marschierte aber an Hausnummer 61 vorbei und machte sich auf eine große Runde um den Block, auf eine *Spadsertur*. Dieses dänische Wort hatte sein Großvater immer benutzt.

Jung setzte sich auf eine niedrige Mauer und fischte eine Zigarette aus der Hemdtasche. Es war noch dasselbe rote Päckchen, aber diesmal konnte er die von ihm so bezeichnete westliche Freiheit nicht sonderlich genießen. In dem in Beton gegossenen Dunkel, in dem sich kein Blättchen regte, sah er eher wie ein aufrecht sitzender Kater aus, der auf einer kochend heißen Flöte zu spielen versucht, und er paffte und hustete und spuckte ohne Unterlass. Schließlich gab er auf, schlurfte zurück in seine neue Bleibe und steckte den Schlüssel zu seinem neuen Leben nacheinander in die beiden Schlösser. Hier würde er mindestens die nächsten Jahre zubringen, wenn Gott und sein Magen es zuließen.

20

SPATENBRÄU, FESTZELT

Die Tage vergingen ohne Brechanfälle, und er fühlte sich in seinem Zimmer ganz wohl, obwohl das ganze Viertel für ihn etwas Bedrückendes an sich hatte. Es lag etwas furchtbar Trauriges über diesen Wohnblöcken. Die Bauweise war hier etwas schöner als bei den regennassen Blocks zu Hause in Heimar und Háaleiti, und dennoch wirkten sie irgendwie deprimierender, als wäre jeder der hellgelben Klötze der Flügel einer Klinik. Und nach nur einigen Fahrten mit der U-Bahn waren die roten Kacheln auf den achtzehn Säulen, die ihn jedes Mal in derselben geraden Ausrichtung auf dem Bahnsteig erwarteten, ganz irritierend geworden. Er stapfte an ihnen im dunklen Mantel vorbei wie ein blondes Echo von Munchs *Schrei*.

Die dunkelrote Wandfarbe in seinem Zimmer war dagegen ein angenehmer Begleitton des Alleinseins. Seit dem ersten Abend hatte er im Übrigen seine Vermieterin nicht mehr gesehen. Schlief sie vielleicht im Büro? Einmal hatte er sie um Mitternacht nach Hause kommen hören, doch als er am nächsten Morgen um halb neun aufstand, war sie schon wieder gegangen.

In den ersten Wochen seines Auslandsaufenthalts versuchte der angehende Student um die Zeit aufzuwachen, zu der sich die

Bauarbeiter zu Hause an der Brückenbaustelle einfanden. Die Gewissensbisse, durch den Zeitunterschied eine Stunde länger schlafen zu können, waren hart genug.

Eines Tages ging er an der Tankstelle vorbei zu dem Neubaugebiet südlich seines Viertels. Er fand die Stelle wieder und sah den schnauzbärtigen Gastarbeitern zu, wie sie weiter oben die Verschalung von einer Wand abschlugen, während die beiden deutschen Baggerfahrer oben am Rand der Grube blond und behaart eine rauchten. Aufgrund des Größenunterschieds sahen sie unvermeidlich wie Pierre Littbarski und Horst Hrubesch aus. Jung stellte fest, dass die Pfütze verschwunden war, die bundesdeutsche Planiermannschaft hatte groben Kies gegen die Wand geschoben, die Jacke seines Großvaters samt Füllung war untergepflügt, Island hatte das Seine zum deutschen Wirtschaftswunder beigetragen.

Nach der ersten Woche im Roten Zimmer, die völlig ohne Kontakt zu seiner Vermieterin verstrichen war, begann er etwas von dem Freiheitsgefühl zu spüren, nach dem es ihn so verlangte: Niemand und nirgends zu sein, bar aller Forderungen von Zeit und Gesellschaft, ein Mensch ohne Sinn und Ziel. Es war deswegen ein pures Missgeschick von seiner Seite, als er sich am Sonnabend entschloss, mal in die Stadt zu gehen, durch Svakabing zu flanieren und sich die Akademie anzusehen. Bevor er dort ankam, lief er auf einem schmalen Bürgersteig seinen Wohltätern in die Arme, Guðbergur und Thor, genannt der Löwe. Sie empfingen ihn mit viel Spott und sagten, sie seien unterwegs zur Theresienwiese, das Oktoberfest habe gerade begonnen, er müsse unbedingt mitkommen. Jung überlegte, so schnell er konnte, kam aber auf keine tragfähige Ausrede. »Nein, ich kann nicht. Ich muss eine Telefonzelle finden, um meine Mama anzurufen«, erschien ihm nicht gerade als Aussage, mit der er ihnen hätte kommen können.

Der Löwe registrierte seine inneren Vorbehalte und klopfte ihm mit einem lateinischen Zitat auf die Schulter, das Jung verstehen sollte: »Si fueris Romae, Romano vivito more!«

»Na los, du musst unbedingt mit zum Oktoberfest, du großer Biertrinker vor dem Herrn!«, fiel Guðbergur mit einem schneidenden Grinsen ein.

Dann lachten sie und zogen mit ihm los. Wie ein Verurteilter ließ er den Kopf hängen, versuchte zwar zu lächeln, konnte aber den Stich nicht verbergen, den ihm das selbstbewusste Ausschreiten des Löwen versetzte. Dessen dunkelbraune Cordhose, die mit munterem Schlag über hellbraunen Wildlederschuhen mit dicken Sohlen flatterte, war Gift in seinen Augen, jeder Schritt ein Stich in den Bauch. Wie um alles in der Welt konnte ein Gleichaltriger in Schuhen herumlaufen, die für graumelierte britische Aristokraten angefertigt worden waren, um nach der Fuchsjagd ihre Füße zu zieren, wenn sie in ihr fußkaltes Schloss spazierten und sich, in eine Decke aus Shetlandwolle gewickelt, vor dem Kamin niederließen und sich mit dem Anschneiden von Zigarren die Zeit vertrieben, bis der erste Whisky serviert wurde? Wie konnte eine neue Generation derart ohne jede Änderung in die Schuhe der vorangegangenen schlüpfen? Musste sie nicht erst einmal etwas Krawall schlagen?

Jung sah auf und suchte nach etwas, das er anschauen konnte, nach etwas, das den Augen guttat. Auf einer groben Betonwand, an der sie gerade vorübergingen, stand gesprüht: LegⒶl, illegⒶl, scheißegⒶl. Da fiel ihm wieder ein, dass der Löwe durchaus seinen Aufruhr veranstaltet hatte, und zwar auf die ihm eigene großartige Weise: Eines Samstagabends hatte er in Seltjarnarnes ein großformatiges Gemälde von Kjarval ans Ufer getragen, darauf gepinkelt und es anschließend angezündet; das setzte allerdings eine gehörige Portion Anmaßung voraus. Jung selbst hatte sich nie auch nur Annäherndes geleistet. Vielleicht war gerade das das Problem.

Sie bogen um die nächste westdeutsche Ecke in die Albertstraße, wo noch ein weiterer Bekannter abgeholt werden musste. Er hieß Svavar und trat ziemlich verschlafen in den hellen Sonnenschein auf der Straße, obwohl es längst nach zwei Uhr war. Svavar war ein schmaler junger Mann mit langem Hals und kurzem, blondem Haar, das vorn über der Stirn in einen aufrechten Schopf gipfelte, der auf gewisse Weise einen Punkt auf das setzte, was er anscheinend sagen wollte.

Seine Bewegungen waren elegant wie die eines Balletttänzers, was ihm zusammen mit seinem langen Hals etwas Schwanenhaftes verlieh. Man machte ihn mit dem »Bierliebhaber« bekannt, der nicht nur deshalb zu ihm aufsehen musste, weil er einen Kopf größer war, sondern auch weil der elegante junge Mann in München Ingenieurwissenschaft studierte. Er hatte also genau die Prüfungen bestanden, an denen Jung gescheitert war.

»Ihr kennt euch nicht?«, fragte Thor.

»Öh …«, machte der Langhalsige.

»Nein, natürlich nicht. Er war doch auf dem MH.« Darauf folgte eine vielsagende, kurze Pause.

Die drei anderen kannten sich hingegen offenbar gut, Svavar und Guðbergur lachten über den Redefluss, der aus dem Löwen quoll, alle hatten sie die Höhere Schule an der Lækjargata besucht und benutzten andauernd das Wort gewitzt, das Jung noch nie gehört hatte und dessen Bedeutung er nicht kannte. Er stieg mit ihnen in die U-Bahn.

»Das war gestern Abend aber wirklich richtig gewitzt bei uns, das muss ich sagen.«

»Ja, ausgesprochen weibsstückmäßig.«

»Fräulein Ausbirkenwald …, oder wie hieß sie noch?«

»Nicht Fräulein, Frau bitte! Frau Hannelore Auschwitz-Buchenwald, geborene Dachau«, platzte Thor heraus und schüttelte die Löwenmähne in einem rot anlaufenden Lachanfall.

Jung bemerkte, dass die anderen Fahrgäste sie mit Seitenblicken bedachten.

Wenig später wurden sie in einer Menschentraube aus dem Untergrund in den herbstlichen Sonnenschein befördert. Jung sah zwei schmerbäuchige Männer in kurzen Lederhosen und mit federgeschmückten Tirolerhüten, die immer zwei Stufen auf einmal nahmen. Oben erwartete sie eine große freie Fläche, die aber voller zirkusähnlicher weißer Zelte stand. Aus ihnen trötete bierklebrige Blasmusik. Guðbergur sagte ihm, er solle am Eingang unter einem riesigen Transparent stehen bleiben, auf dem stand: »Willkommen zum Oktoberfest«, denn sie würden noch zwei weitere Landsleute erwarten. Die kamen schneller als man dachte, noch ein Schulfreund vom MR, Bragi, mit breitem Gesicht, heiserer Stimme und gutmütigen Augen, und ein jüngerer Typ mit üppigen Haaren und Wolfsaugen, aber sonst eher welpenhaftem Aussehen. Der Jurastudent legte Wert darauf, dass sich alle förmlich vorstellten, denn die MR-Ehemaligen sahen den Jüngeren anscheinend zum ersten Mal. Viktor hieß er und sollte dem Vernehmen nach aus einer bekannten Kaufmannsfamilie stammen, sein Vater war Alleinvertreter für deutsche Rasierapparate der Firma Braun in Island. Jung hatte zwei Verwandte, die beide in die Familie eingeheiratet hatten, auf Konfirmationsfeiern immer besonders laut lachten, nach teurem Aftershave rochen und als die bestrasierten Männer des Landes galten. Die Braun-Brüder. Viktor hatte erst vor Kurzem das Gymnasium abgeschlossen und war nach München gekommen, um BWL zu studieren.

Der breitgesichtige Bragi stach deutlich von seinen Schulkameraden ab, denn in seinem Gesicht war kein Schutzwall zu sehen, es stand allen offen; die Lippen zu keinem Grinsen verzogen, der Blick ohne Herablassung, und die Ohren weit geöffnet. Es war nicht zu verkennen, dass er ein Mann ohne Vorurteile war, ein offener, kreativer Geist. Er studierte Theaterwissenschaft, wollte Regisseur werden und schrieb Theaterstücke. Was wird aus so einem guten Jungen in den Fängen der Kunst, war die Frage, die sich unwillkürlich in Jungs Kopf einstellte, als er hinter Bragi das Festgelände betrat. Wobei er sich fühlte, als würde er zusehen, wie ein ahnungslos Naiver unbewaffnet in die Höhle eines feuerspeienden Drachens ging. Auch wenn Bragis Rücken im Schatten des hellen Feuers lag, strahlte er doch vor Zuversicht, die die Befürchtungen des Beobachters noch verstärkte.

Sah Jung vielleicht in den Augen der anderen auch so aus?

Bragis Vater war zu Hause ein bekannter Mann, einer von drei Isländern, die Filmregie studiert hatten. Doch war er nicht Regisseur eines einzigen isländischen Kinofilms, der produziert worden war, sondern verdankte seine Bekanntheit seinen Romanen, von denen die meisten gehört, die aber die wenigsten gelesen hatten, avantgardistische Novellen nach dem Vorbild des französischen Absurdismus, die keine Kompromisse oder Versuche machten, sich dem einförmigen Kulturmilieu Reykjavíks anzupassen, sondern wie Kolibris im Schneesturm in einigen Bücherregalen im Stadtzentrum überdauerten. Jung hatte Bragis Vater einmal ins Mokka kommen gesehen und stumme Leiden in seinem Gesicht gelesen; so schwer war es also, ein ungelesener Schriftsteller zu sein. Vielleicht war das auch der Grund, weshalb der Sohn in München studierte, er sollte sich an die germanische Welt halten, sie stand der isländischen doch näher als die welsche.

Das Oktoberfest war denn auch so etwas wie ein isländisches Open-Air-Festival in Großformat. Tausende Mann in jedem Zelt, aus jedem drangen Blas- oder Akkordeonmusik und vielkehliger, bierschwerer Gesang. Der Löwe dirigierte sie in eines der Zelte. Sie traten in ein wahres Bierparadies: Unter einem zehn Meter hohen Himmel standen Hunderte grober Biergarnituren in Reih und Glied, und an jeder hockten zehn speckblasse und straußkinnige Bajuwaren in weißen Hemden, über die sich dunkelbraune Lederhosenträger spannten, und kneipten Gold aus Kannen. Sie lachten und grölten laut, manche sangen, obwohl es in diesem Zelt weder Bühne noch Blasorchester gab. Hier ging es nicht ums Tanzen, sondern nur ums Saufen.

Die Bierstaatsangehörigen waren durch die Bank männlich – das hier war die Mutter allen Kojensaufens –, doch zwischen den Tischreihen eilten junge, höchst ansehnliche Kellnerinnen in roten und blauen Dirndln umher, die so eng geschnürt waren, dass es ihre Brüste förmlich aus den weißblusigen Dekolletés herauspresste wie weichen Ton aus einer zudrückenden Hand. Die Tracht war ganz offensichtlich das Ergebnis von tausend Jahren Produktoptimierung, die darauf abzielte, jede Trägerin begehrenswert erscheinen zu lassen, und es ließ sich nicht leugnen, dass das geglückt war. Sie sahen wunderbar gesund aus, die Wangen rot, die Zähne weiß, die Augen rehbraun oder enzianblau über käseweichen Brüsten. Selten hatte Jung so viele Schönheitsköniginnen auf einmal gesehen, und dabei schufteten sie wie die Pferde. Manche trugen nicht weniger als ein Dutzend Maßkrüge auf einmal, andere schoben sich mit Bratwürsten und Brezeln durch die Menge.

Die isländische Bande quetschte sich an einen Tisch im Zentrum des Frohsinns, und Platzhirsch Thor winkte einer hübschen Kellnerin, doch an deren Stelle trat eine damenbärtige Landfrau der breiteren Sorte an ihren Tisch, bei der Thor in so einwandfreiem Deutsch bestellte, dass Jung kaum etwas verstand. Es konnte sich nicht um eine übliche Bestellung handeln, denn die anderen lachten alle feist, und Guðbergur warf Jung einen belustigten Blick zu und murmelte etwas von »Bierliebhaber«. Die Biermaid erschien wieder mit fünf Maßkrügen mit Henkeln und einem Riesenglas in Form eines Stiefels, auf dem das *Spaten*-Wappen prangte, ein weißer Spaten auf rotem Grund.

»Stiefel für den Klassenprimus!«, brüllte der Löwe und reichte unter dem Gelächter der anderen den Stiefel an Jung weiter, jedenfalls unter dem der anderen Tischseite, also von Guðbergur, Svavar und Thor, die beiden anderen auf Jungs Bank begnügten sich mit einem Grinsen. »Jeder, der neu hierherkommt, muss so einen Stiefel leeren. Prosit! Hahaha!«

Unser junger Mann sah einem ganzen Bein aus Bier ins Auge, ein komplettes, fettes Bayernbein, der Rand des Glases befand sich auf seiner Augenhöhe.

21

LIEBE GENOSSEN

Jeder Schluck von ihm wurde mit Gelächter gefeiert, manche wurden beklatscht und bejohlt. Er quittierte mit einem Grinsen, lachte über sich selbst, um zu demonstrieren, dass er trotz allem über der Situation stand und kein völliger Biertrottel war. Dieses Grinsen war Selbstverteidigung, die allerdings mehr Selbstangriff war. Anstatt sich gegen die zur Wehr zu setzen, die sich über ihn lustig machten, schlug er sich auf ihre Seite.

»Du musst schon größere Schlucke nehmen, wenn du nicht bis Weihnachten hier sitzen willst, hahaha!«

Man bekam wohl höchstens vier Wochen frei, Freiheit von den Anforderungen, die an einen gestellt wurden, von der Gesellschaft, die einen prägte und erzog, von der Zeit, die einem als Los zugefallen war, vier Wochen am Ende der Jugend, vier neutrale, unbeteiligte, friedliche Wochen, um sich selbst kennenzulernen und einmal nichts und nirgends zu sein, eine kurze Auszeit im Leben, ehe sich die Erwachsenenjahre über einen warfen mit all ihrer Hetze, ihrem Ehegatten, Kindern und Autos. Und seine vier Wochen waren nun abgelaufen. Das fühlte er nur zu genau. Die Freiheit lag hinter ihm. Er war wieder in den Rahmen eingetreten, er hatte wieder ein Etikett bekommen, eine Sprache und eine Zeit, Enge, Gedränge und eine Nationalität, von nun an wurde er als junger, blonder Isländer abgestempelt, der mit seinen Altersgenossen am Biertisch hockte und Neuigkeiten aus der Heimat austauschte.

Alles natürlich nach heimischer Art mit Hohn und Spott heruntergemacht, was es nur noch schlimmer machte, da es doch wieder einmal vor allem den Selbsthass des Isländers bloßlegte, der sich dafür hasste, dieses Land zu lieben, und das Land dafür hasste, dass er es liebte. Es war das ewige Problem des Isländers: Sein Volk war zu klein, um an es dieselben Anforderungen zu stellen wie an eine größere Nation, doch zugleich waren seine Vorstellungen von diesem Volk natürlich ebenso hoch wie die anderer an ihr Volk. Aus diesem Grund konnten Isländer Dinge von nationaler Tragweite nie anders besprechen als halb im Scherz.

»Wir sind so ein hoffnungsloser Fall, ich meine wir haben jetzt hundertzwanzig Prozent Inflation!«

»Das ist noch gar nichts, verglichen mit Deutschland in der Zwischenkriegszeit; da lag die Inflation auf ihrem Höhepunkt bei dreißigtausend Prozent.«

»Bei uns haben sie alles mit dieser Währungsreform vermasselt. Ohne die hätten wir auch in Island endlich einen richtigen Faschismus zu sehen bekommen.«

»Und wer wäre dann unser Hitler geworden?«

»Albert Guðmundsson, der ehemalige Fußballstar. Hahaha. Er fühlt sich auf Sportplätzen am wohlsten, wie Adolf, hahaha.

»Hitler mit Bierbauch und Havanna. Hahaha!«

»Genau. So ein gemütlicher Großkaufmannsfaschismus. Hahaha!«

Die Sprüche gingen überwiegend zwischen Guðbergur, Svavar und Thor hin und her, obwohl ihr Freund Bragi auch dann und wann etwas einfließen ließ.

»Na dann, liebe Volksgenossen, Prost!«, schloss ihr Führer schließlich, »Adolf« zitierend, hob wieder sein Glas und schoss einen Verschwörerblick auf Jung ab.

Der Löwe bewachte ihn wie ein strenger Stiefelwärter, und auch wenn sich das Gespräch vorübergehend um etwas anderes drehte, kam er immer wieder auf den Bierliebhaber und dessen Stiefel zurück. Um eine Blamage zu vermeiden, blieb Jung nichts anderes übrig, als immer wieder einen Schluck zu trinken, aber er war noch nicht weit unterhalb des goldfarbenen Bierknies angekommen. Thor selbst war mit seinem Maßkrug schon wesentlich weiter. Er konnte ganz schön schlagfertig sein, aber seine ewigen Anspielungen auf die Nazis waren peinlich und von ausgesuchter Widerwärtigkeit. Dieses Löwenmaul, der ungekrönte König seiner Generation, ihr Mittelfeldregisseur in Stilfragen und im Denken, machte kaum einmal das Maul auf, ohne seine Zunge vorher tief in den Spucknapf der übelsten Klischees der Zeit zu tauchen.

Unser junger Mann sah sich um, an jedem Tisch herrschte backenroter Männerspaß, keinem war anzumerken, dass er sich irgendwie unwohl fühlte. Am Nachbartisch stießen sechs ältere Bayern mit vier Schnauzbärten und aufgekrempelten Hemdsärmeln klirrend ihre Maßkrüge aneinander, dann mimte einer von ihnen einen dickbäuchigen Vogel, der sich überfressen hat und krepiert, oder war es eine Sau, die aus dem letzten Loch pfiff? Jedenfalls war er der Schauspieler der Truppe und ausgesprochen komisch. Das anschließende Gelächter war so laut, dass die MR-Alumni ihr Gespräch unterbrachen und zu den Bayern hinüber sahen. Irgendwann brüllte der Löwe zu ihnen hinüber: »Bierschwein!«

Einer der Bayern, ein Quadratschädel mit fettigen Haaren und handtellergroßen Brillengläsern vor den Augen, bezog das Schimpfwort auf sich, holte Luft und beugte sich in Richtung des Isländertischs vor: »Wos host gsogt?«

»Heil Hitler!«, rief der Löwe prompt und von zwei schnellen Bewegungen begleitet; er legte zwei Finger seiner linken Hand über die Oberlippe und riss den rechten Arm in die Höhe.

In einer Sekunde flogen drei Mienen über das Gesicht des Mannes: Verblüffung, Zorn und westdeutsche Selbstbeherrschung. Der letzte Gesichtsausdruck sperrte die beiden vorigen ein, sodass die Enttäuschung in seinen Augen noch sichtbarer wurde. Nach der Reaktion seiner Kumpane zu urteilen, hatten sie den Hitlergruß seit Jahrzehnten nicht mehr gesehen. Er verdarb ihnen vorübergehend die Bierlaune, bis der Spaßvogel unter ihnen irgendetwas Witziges sagte. Der isländische Tisch schwieg hingegen betreten über diesen derben Fauxpas seines Wortführers, bis Guðbergur einmal leicht schnaubte, worauf die anderen nach bestem Vermögen versuchten, die ganze Szene irgendwie mit Lachen zu überspielen. Selbst der Löwe schien sich für seinen Hitlergruß mitten auf dem Oktoberfest zu schämen und brachte einen weiteren Trinkspruch aus, leerte dann seinen Krug und winkte dem Frollein.

»Ich bestelle noch eine Runde. Für dich noch einen Stiefel, Kumpel?«

Gelächter stieg aus allen Gläsern rund um den Tisch, während Jung seinen Stiefel leerte. Er hatte sich bis zum Knöchel durchgesoffen, und es kam ihm bald zu den Ohren raus.

22

DAS BIERMEER

Die Festbesucher hatten mittlerweile ein Meer voll Bier intus und waren zu einer wogenden Menschenmenge geworden, in der der junge Mann auf der Suche nach einer Toilette umhertrieb. Unsicher auf den Beinen plantschte er zwischen den Tischen durch die Wogen von weißen Hemden, Brechern aus gelbem Bier und weißem Schaum unter dem weißen Zelthimmel, der hier und da herabhing wie ein wolkenverhangener Tag, der die weiß gischtenden Wellenkämme berührt.

Der Seegang verursachte ihm Übelkeit, und er blieb mit einem Seufzer stehen, hielt sich an der Kante eines Tischs von fröhlich feiernden Engländern fest und versuchte, das flaue Gefühl durch Rülpsen loszuwerden. Dann blickte er über die Schulter zurück, nach vorn und zu beiden Seiten. Es bot sich überall derselbe Anblick: Zweitausend gestandene Männer in weißen Hemden mit aufgekrempelten Ärmeln und Maßkrug am Mund und nirgends Land in Sicht. Bleich und mit flauem Magen schwamm er erneut los und versuchte, Kurs zu halten, mit einem ganzen Bierbein im Blut, das wieder und wieder vor ihm aufgetaucht war. Wie hatte er in so kurzer Zeit so betrunken werden können?

»Es ist der Geist, der säuft. Er ist wie ein Schwamm. Wenn es ihm gut geht, ist er groß und weich und unendlich aufnahmefähig, fühlt er sich aber schlecht, dann zieht er sich zusammen, wird klein und hart und lässt den ganzen Alkohol ins Blut übergehen.«

Diese kluge Erkenntnis zwitscherte ihm der einzige Vogel zu, der unter dem zelttiefen Himmel zu sehen war, ein alter, flügellahmer Pelikan mit einem Schnabel voller Tinte, der unvermeidlich an den Füller und das Tintenfässchen von *Pelikan* erinnerte, das ihm Großvater Schram zur Konfirmation geschenkt hatte. Er sah den schwanzgerupften Vogel über das wogende Hemdenmeer abstreichen und folgte ihm wie Raben-Floki dem Raben Nr. 3. Er bemühte sich, einen geraden Kurs zu halten, watete, das Menschenmeer erst bis zum Hals, bis zur Hüfte und schließlich noch bis zum Knie, dann kam er bei dem an, was er für den Ein- oder Ausgang des Zelts hielt, jedenfalls eine Öffnung in diesem tiefhängenden Himmel. Er watete darauf zu wie ein Seemann, dem die Luft ausgeht, als ein altbekanntes Gespenst in ihm aufstieg. In einem Anfall von Verzweiflung schnappte er sich ein leeres Bierglas, das einsam und verlassen auf dem letzten Tisch stand und gab da hinein alles von sich. Mit dem Krug in der Hand stolzierte er aus dem Zelt, die schwarze Materie darin härtete schon aus, wo waren denn nur die Toiletten?

Draußen war ein anderes Menschenmeer in Bewegung, Lautsprecher dröhnten, Gruppengegröle, Fußballfans in Trikots und anderes Männergehabe. Verrückt, wie Bier in jedem gute Laune auszulösen schien und aus jedem eine lachende Welle in diesem Meer der Ausgelassenheit machte, auf dem Salzbrezeln wie Rettungsringe schwammen, in die sich manche festbissen, während anderen Leuchtraketen aus dem Hals schossen. Das Geheul hing eine Weile in der Luft wie ein flammendes Notsignal innerer Angst und schwebte dann langsam hinter dem Zeltfirst zu Boden. Dieses Fest war seiner Natur nach eigentlich sehr isländisch, der einzige Unterschied war die Größe, im Übrigen würde der Tag natürlich unter dem Tisch in der eigenen Kotze enden.

Er ruderte in seiner Benommenheit zwischen deutschen Schultern am Zelt entlang und lallte einem Bärtigen eine Frage entgegen, hörte aber die Antwort nicht, das Bier hatte aus seinen Ohren zwei schlackernde Siebe gemacht, die jeden hineingegossenen Vokal zurückhielten und nur die Konsonanten durchließen. Immerhin nahmen seine Augen noch Gesten wahr, und er sah, wie der Bärtige nach links zeigte. Jung irrte zwischen zwei großen Bierzelten weiter bis dahin, wo das dichteste Gedränge nachließ und sich eine Fläche öffnete, die wie eine isländische Wiese im Sommer aussah, aber von einem hohen Drahtzaun umgeben war. Das sah den Deutschen ähnlich, hier war alles ordentlich und geplant, selbst das Komasaufen fand hinter Gittern statt. Nur Toiletten waren keine zu sehen, und Jung folgte dem Vorbild eines Mannes neben ihm, stellte das Glas ab und pieselte durch den Zaun. Ein Dritter gesellte sich bald zu ihnen: plötzlich stand ein Mann in Lederhosen neben ihm und ließ seinen Strahl ins Gras jenseits des Zauns plätschern. Jung bemerkte, dass der Kerl nicht einmal den Hosenlatz öffnen musste, sondern einfach unter dem kurzen Hosenbein hervorpinkelte. Ach so, deswegen die kurzen Hosen und darum keine Klos, das war das bayerische Nationaltrikot fürs Biertrinken, speziell entwickelt und sehr praktisch.

Er zog den Reißverschluss hoch und musterte das Glas im Gras neben sich, der Griff und die Buckel im Glas glitzerten in der Abendsonne. Das Schwarze auf seinem Boden schien noch nicht heiß zu werden, weder brodelte es noch stieg Qualm auf. Er hob das Glas auf und rülpste hinein. Nein, diesmal kein Feuer. Er blieb ein Weilchen stehen und sah dem Netz von Leitungen nach hinaus in die Freiheit. Weit weg spielten ein paar Jungen Fußball im sonnengrünen Gras. Warum haute er nicht einfach ab? Er sah sich schon unter den riesigen Lettern durchs Haupttor flüchten, hörte aber auch sofort Löwe, Fuchs und Schwan am Isländertisch über den Schwächling schnauben, der nicht einmal einen einzigen Stiefel schaffte; sein Ruf wäre endgültig ruiniert. Die Taufe nicht bestanden habender Grünschnabel, ewiger Grünschnabel.

Und doch war es am Ende nicht die Angst, dass man ihn für immer als Anfänger abstempelte, sondern seine Gewissenhaftigkeit, die ihn an den Biertisch zurückzog. Er war es nicht gewöhnt, Dinge nicht zu Ende zu bringen.

Es kostete ihn eine Ewigkeit, den isländischen Tisch wiederzufinden. Als er ihn von Weitem entdeckte, sah er aus wie eine Gymnasialausgabe des wahren Lebens, ein winziges Floß mitten im Biermeer, Klein-Island in deutscher See. Seine Begleiter begrüßten Jung auf ihre distanzierte Art, und er ließ sich wieder am Tisch nieder, vor ihm die beiden Stundengläser, die er zu leeren hatte. Im einen war die Sohle erreicht, im anderen stand die gelbe Flut an der Hochwassermarke.

»Jetzt trink mal aus! Wir haben noch eins bestellt«, sagte der Löwe wie ein strenger Vorarbeiter mit feuchtglänzenden Lippen zwischen feuerroten Wangen.

Der Gang zur »Toilette« hatte Jung etwas nüchterner gemacht, und er konnte dem Gespräch nun besser folgen. Auf einmal drehte es sich um Fußball und den neulich zu Bayern München gewechselten isländischen Spieler mit Spitznamen »Sigur«, Sieger: »Wenn er doch so gut ist, warum sitzt er dann immer nur auf der Bank?

»Weil er auf derselben Position spielt wie Paul Breitner, und Breitner ist natürlich unheimlich gut, vielleicht der Beste auf der Welt«, erläuterte der wolfsäugige Viktor in einem Tonfall, der zu erkennen gab, dass der Sprecher alles über diese Sportart wusste. Zugleich schob er sein ernstes Profil über den Tisch.

Warum war dieser Viktor eigentlich um einen Stiefel herumgekommen? Weil er auch auf dem MR war?, überlegte Jung und entschied, sich über Bein Nummer zwei herzumachen, obwohl im ersten noch ein paar Schlucke übrig waren.

»Aber warum haben sie ihn dann überhaupt eingekauft?«

»Wenn sie verlieren, wechseln sie ›Sigur‹ ein«, warf Jung dazwischen, ausnahmsweise mit sich zufrieden, weil ihm spontan ein Wortspiel eingefallen war, noch dazu sinnlos betrunken in einem Saufgelage von MR-Ehemaligen.

Es erntete aber kein Lachen, lediglich auf Bragis Gesicht erschien ein flüchtiges Lächeln, und Jung floh mit seinem pickelverzierten Antlitz in den Stiefel, nahm einen abgestandenen und lauwarmen Schluck, spülte damit die Backen, bevor er schluckte, und nahm noch einen zweiten, größeren.

Die Löwenbrauen waren bei jedem Satz tiefer gesunken, und nun platzte ihm der Kragen, er brüllte, sie sollten endlich aufhören, mit diesem »idiotischen Gerede über Fußball, diesem Labern über Tritte gegen ein Leder. Können wir denn nicht über was Gescheites reden? Philosophie, Literatur! Schopenhauer, Schiller!«

Durch seine biergetränkte isländische Aussprache hörte sich der letzte Name fast wie »Hitler« an. Jung trank gerade wieder, musste aber ganz plötzlich etwas von sich geben und spie es unauffällig in den halbvollen Stiefel. Einen spannungsgeladenen Moment lang schwamm das schwarze Zeug mit dazugehörigem Brodeln und Blasenwerfen an der Oberfläche der gelben Flüssigkeit und erinnerte an einen noch euterwarmen Spritzer Blei, der ins Meer fällt, doch dann sank es schnell genug zum Boden des Glases und in die Deckung der darum gelegten Hand. Außerdem richtete sich die Aufmerksamkeit der anderen auf ein Gedicht, das der Löwe lallend auf Deutsch vortrug. Der Stiefel stand nun mit schwarzer Sohle auf dem Tisch, aber keiner merkte etwas, bis auf Jung, der zu sehen meinte, dass der Flüssigkeitsspiegel im Glas sank.

Die schwarze Materie schien das Bier aufzusaugen oder es verdunsten zu lassen, falls er in seinem Dusel keine Sinnestäuschungen hatte. Nein, Donnerwetter, da war kein Irrtum möglich, in wenigen Augenblicken war das Bier bis zum Knöchel gesunken und bald blieb nur noch eine brodelnde Nagelprobe im Glas zurück. Das Zeug auf seinem Grund hatte sich wieder verfestigt, war aber nicht ganz so tiefschwarz wie das vorige. Es hatte einen leicht goldenen Schimmer angenommen.

Und, na bitte, er hatte fast zwei Stiefel geleert. Der Grünschnabel hatte seine Äquatortaufe bestanden. Jetzt war er ein ganzer Kerl.

Der junge Mann hatte sich das kaum klargemacht, als unter großem Gelächter ein dritter Stiefel vor ihn gestellt wurde.

23

ZULASSUNGSPRÜFUNG

Das Studium begann überraschend mit einer richtigen Eignungsprüfung. Der junge Mann hatte die deutschen Unterlagen so weit missverstanden, dass er sich bereits als Student an der Akademie der Bildenden Künste wähnte und die anberaumte morgendliche Fingerübung für eine reine Formsache hielt, eine Art Nachweis, dass er auch wirklich in der Stadt eingetroffen sei. Doch als er die Eingangshalle betrat, war gleich zu spüren, dass es um mehr ging. Mit großen Augen sahen die jungen Kunstaspiranten zu einer Wanduhr auf, in wenigen Minuten würde es die Stunde schlagen, die ihnen eingeräumt wurde, um zu beweisen, dass ein Künstler in ihnen steckte. Es waren geborene Münchener, Bayern aus der näheren Umgebung und in fernen Tälern aufgewachsene Alpenveilchen versammelt. Einige Kandidaten und Kandidatinnen hatten sogar ihre Eltern mitgebracht. Jung musterte die jungen und noch unbeschriebenen Gesichter, die vor der klassizistischen Architektur des 19. Jahrhunderts mit ihren hohen Säulen und Gewölbebögen aussahen wie kleine Häppchen Junkfood unter einer silbernen Glocke.

Jung war in seinem Wollmantel erschienen, der natürlich für das Wetter viel zu warm war. Er war schon durchgeschwitzt, musste das aber hinnehmen, denn der Mantel war sein einziges Kleidungsstück, in dem er einigermaßen unauffällig ein Bierglas mit sich herumtragen konnte, als sein neues Notaufnahmebecken sozusagen. Er folgte der Menge hinauf ins nächste Stockwerk und trat an einen der Tische in dem gefüllten Saal wie ein Sprinter, der zu seinem Startblock geht, und betrachtete seine Aufgabe: Auf jedem Platz lagen drei leere Bögen Papier und ein kleines Schächtelchen mit Buntstiften. Er zog den Mantel aus, achtete darauf, nicht mit dem Glas gegen die Stahlbeine von Tisch oder Stuhl zu schlagen, als er ihn über die Rückenlehne hängte, und nahm Platz. Zu beiden Seiten von ihm saßen ehrgeizgetriebene Konkurrenten, langnasige Jungen und dunkelhaarige Mädchen mit konzentrierten Mienen, und dann kam der Startschuss: Das Bilderwettrennen war eröffnet.

Trotz dieser Umstände schaffte Jung es nicht, die Sache wirklich ernst zu nehmen. Er hatte von der Akademie ein Schreiben erhalten, in dem er zum Studium willkommen geheißen wurde. Mit all den überspannten jungen Leuten verhielt es sich bestimmt anders, sie mussten hier antreten, um ihre Fähigkeiten zu beweisen, er brauchte sich nur zu zeigen.

Der junge Mann hatte viel Spaß an seiner »Prüfung«, er zeichnete ein paar Miniaturen, Phantasien in Grün und Blau, Wesen bei rätselhaften Beschäftigungen auf ebenso vagem Hintergrund. Komödien hatte er solche Zeichnungen vor sich selbst manchmal genannt, irgendwo hatte er die treffende Bezeichnung dafür auf Französisch aufgeschnappt: *La Comédie humaine.*

Als er ein paar von diesen Bildchen fertig hatte, schaute er auf die Tische rechts und links und erschrak heftig. Da schufen die Mitbewerber und -innen Kunstwerke wie die Berserker. Der junge Typ mit langem Hals am Nebentisch hatte ganze Bögen mit blauen Schrägstrichen gefüllt, eine richtige Beauty mit üppigem Haar zog mit einem Lineal und grünem Stift gestrichelte Linien, und etwas weiter entfernt *stand* ein bärtiger junger Mann über seinen Tisch gebeugt und rieb rotes Wachs aufs Papier; wenn das mal kein Skiwachs war. Jedenfalls waren das keine Bildchen, das waren Kunstwerke. Das waren gereifte Menschen, Menschen mit Talent, Menschen, die genau wussten, was und wohin sie wollten. Das waren Künstler!

Er saß hier wie ein Kind, das gedankenlos Bildchen malte, ohne sich auch nur die leiseste Mühe zu geben, ohne eine bestimmte künstlerische Richtung, ja, im Grunde völlig kunstlos. Bestand überhaupt ein Unterschied zwischen diesem Gekritzel und den tausend Bildchen von Feuerwehrmännern, die er in seiner frühen Phase von 1964 bis '67 gemalt hatte? Wenn überhaupt, dann lag er wohl darin, dass in denen hier kein Feuer mehr brannte. Er sah sein Schicksal besiegelt: Als noch sieben Minuten von dieser seltsamen Prüfung übrig waren, dämmerte ihm endlich, wie ernst sie gemeint war. Ihm fiel ein Wort aus der Informationsbroschüre wieder ein: *Zulassungsprüfung.* Zulassen bedeutete anscheinend nicht etwa dasselbe wie loslassen oder laufen lassen, wie er angenommen hatte, sondern jemandem die Aufnahme gewähren. Und *Prüfung* hieß nicht so viel wie Übung, sondern Auswahltest!

Aufnahmeprüfung! Er sah, wie die anderen an ihren Tischen rackerten, als ginge es um Leben und Tod. Schafften sie es in den wenigen verbleibenden Minuten nicht, dann verpassten sie damit auch die Chance, aus dem Goldrahmen des Familienfotos auszubrechen, sie wären zu einem bürgerlichen Leben verdammt, zu lebenslanger Knechtschaft in Büroetagen, Hochschulfakultäten oder Gerichtssälen, in Sträflingskleidern mit den Firmenlogos von BMW oder Siemens.

Der Isländer hatte diesen deutschen Ernst nicht.

Und erinnerte sich an den strengen Herrn in der Eingangshalle von vorhin, ein grau bebarteter Gutbürger in der jägergrünen Uniformjacke der Bayern, der seine Hand, obwohl der Tag vollkommen heiter war, fest um einen Stoffregenschirm geschlossen hatte. Neben ihm hatte seine ausgesprochen hübsche Tochter gestanden, dunkelhaarig und mit Traumlippen wie eine nur geringfügig blassere Kunststudentinnenausgabe von Nastassja Kinski – sie war der eigentliche Grund, weshalb Jung Vater und Tochter überhaupt genauer ins Auge gefasst hatte. Zwischen ihnen war eine gewisse Spannung zu spüren gewesen. Da hatte kein freudig aufgeregter und stolzer Vater mit seiner Tochter gestanden, vielmehr lag ein unverkennbarer pessimistisch-optimistischer Glanz in seinen Augen: Er hatte seine Tochter begleitet, um zu erleben, wie sie scheiterte: Nach einer guten Stunde würde man ihr diese befremdlichen Kunstflausen ausgetrieben haben. Dann würde er mit ihr weiterziehen zur Universität an der nächsten Ecke und sie in irgendeinem bürgerlich kanonisierten Studiengang immatrikulieren.

Und nun saß sie links neben Jung und zog mit Lineal und grünem Stift gestrichelte Linien. Das Ergebnis sah, um ehrlich zu sein, wie einer dieser Schnittmusterbögen aus, die der Illustrierten *Burda* beilagen und die seine Mutter manchmal auf dem Esstisch ausbreitete. Die nähgeübten Augen seiner Mutter konnten darauf Schnitte ausmachen, mit denen sich die Zahl ihrer Kleider weiter vermehren ließ, obwohl die Strichellinien kreuz und quer durcheinanderliefen, für Jung stellten sie so etwas wie geheime Botschaften in einer Sprache dar, die nur Frauen verstehen konnten. War die Arbeit des Mädchens vielleicht eine absichtsvolle Kritik an den Lebensbedingungen von Frauen, an den zu engen Schnitten, die die Gesellschaft ihnen auf den Leib geschneidert hatte, oder war sie einfach mit diesem Stil geboren worden? War sie womöglich die Prinzessin von Burda?

Er ließ den Blick durch die sechs Meter hohen Fenster wandern. Eine Baumkrone wie aus dem Bilderbuch drehte ihre noch nicht vergilbten Blätter der Sonne zu, und über den blauen Oktoberhimmel zog ein Flugzeug einen weißen Strich, oh, bring mich heim auf den Flügeln dein … Dann riss er sich zusammen und versuchte auf dem letzten Bogen Papier einen Blitzvorstoß, zeichnete beherzter und größer als die ersten Skizzen und dachte dabei an die originellen und groben Bilder des Schweizers Martin Disler, während er die Hand übers Papier fliegen ließ. Das Endergebnis war eine halbabstrakte, halbfigurative Nichtfigur, die zur Hälfte unter einer Vielleichtlandschaft begraben lag. Gar nicht mal so schlecht.

Er schaute von seiner Arbeit auf. Der bärtige Junge war noch immer mit dem Skiwachs zugange. Er sah sehr alpenländisch aus, wirrer Haarschopf über schäbiger kurzer Hose und Schuhen, die deutliche Spuren davon trugen, lange abseits ausgetretener Pfade gegangen zu sein, er schien auch wochenlang nicht geduscht zu haben. Er schmolz das Wachs mit einem Feuerzeug und ließ es aus großer Höhe aufs Papier tropfen. Der Prüfungsaufseher beobachtete ihn argwöhnisch, schritt aber nicht ein. Es schien zulässig zu sein.

Ach, hätte er nur seine pechschwarze, schnell aushärtende Kotze aufs Papier gebrochen, dachte Jung, das wäre avantgardistisch gewesen, das hätte etwas von Arnulf Rainer gehabt, dann hätten sie ihn bestimmt angenommen, die deutsche Welt war sicher für solche tierischen Mackenkünste zu haben. Hier war doch sogar das Schlachten von Tieren eine anerkannte Form der Kunstausübung, und das nur gut dreißig Jahre nach Auschwitz. Aber nein, das hätte bedeutet zu lügen, er hasste solche Idiotenkunst, er hasste Arnulf Rainer und sein Werk vielleicht mehr als irgend etwas anderes. Ein erwachsener Mann, der Kotze und anderes Gekröse auf Schwarzweißbilder von sich selbst schmierte und dafür Weltruhm einheimst, das erschien Jung als der Gipfel der Idiotie. Das war nicht einmal Kunst fürs Auge, das war Kunst für den Arsch. Aber genau da steckte wohl das Geld. Menschen, die Geld kackten, trugen natürlich Sorge für diesen unterschiedlich stark behaarten Körperteil und wollten aus naheliegenden Gründen etwas für ihn tun, zu ihm passende Kunst erwerben. Deshalb stolperte man immer und überall über diesen nervigen Künstler aus Österreich, ob man nun Zeitungen aufschlug, Museen oder Ausstellungen besuchte.

Traurig und mit einer Niederlage auf der Seele trottete Jung aus der Akademie, gebeugt in seinem glasbeschwerten Mantel, ging die imposanten Stufen vor dem Portal hinab, das einem antiken griechischen Tempel nachempfunden war, und zwischen zwei grün angelaufenen Bronzestatuen hindurch, die irgendwelche griechischen Gottheiten auf Pferden darstellten. Mit Sicherheit hatte längst ein Tonpfuscher eine Oper über die beiden geschrieben, vielleicht waren die beiden Plastiken auch Überbleibsel eines alten Bühnenbilds, Requisiten.

Sein Aufenthalt in Deutschland stand im Begriff, sich in ein völliges Durcheinander aufzulösen.

Er hatte sich doch bloß notgedrungen in diese Scheißbierstiefelstadt begeben, weil man ihn hier bei einer Kunstakademie angenommen hatte ... wie er angenommen hatte, und jetzt war dieser Grund zum Teufel. Ob er den Mietvertrag mit Frau Mitchell kündigen und nach Berlin gehen konnte? Wie aber sollte er seinen Eltern beibringen, dass er durch die Aufnahmeprüfung gefallen war? Durchgefallen! Er. Hatte eine Prüfung versemmelt! Nein, ausgeschlossen, das war unmöglich; er musste am Ort bleiben und so tun, als wäre er an der hiesigen Kunstakademie, jeden Morgen da aufkreuzen und sich in die Bibliothek setzen, in der Cafeteria dort herumhängen wie jeder andere Scheinstudent auch.

Eigentlich klang die Vorstellung gar nicht so schlecht. So hätte er mehr Freiheit, und was waren all diese verschiedenen Schulen und Richtungen letztlich auch anderes als historische Schubladen? Die kubistische Schule, die fauvistische Schule, die abstrakte Schule, die Popartschule usw. Auf der Straße drehte er sich noch einmal um und fragte sich, was diese symmetrische, klassizistische Architektorte eigentlich beherbergte. Er kannte keinen der Professoren, die dort unterrichteten. Auf dem Bewerbungsformular hatte er sich trotzdem einen von ihnen aussuchen und den benennen müssen, bei dem er lernen wollte. Das deutsche System war anders als das isländische, das einem jeden Monat neue Lehrer präsentierte. Er hatte die Liste von zehn Namen überflogen und sein Kreuz dann bei Karl Fred Dahmen gemacht, dahinter stand »Malerei«, und der Name hatte sich klangvoll angehört. Wirklich wichtig war ihm das nicht, denn das waren doch alles nur Formalitäten, er glaubte nicht an weitere Ausbildung. Wer wollte ihm denn noch etwas beibringen? Duchamp war seit Langem tot.

24

HIPPIESCHER GARTEN

Aus Angst, auf Löwe, Fuchs oder Schwan zu stoßen, bog er lieber nach links in die Leopoldstraße ab, wo als logische Fortsetzung des klassizistischen Akademiegebäudes das Siegestor der Bayern breitbeinig über der Straße stand und lieb und nett einen transalpinen Versuch, Rom zu spielen, abgab, aber doch einen einheimischen Namen trug, der nach der Nazizeit eigentlich viel zu kompromittiert war, um ihn weiterhin zu benutzen. Jung war ein Schauer über den Rücken gelaufen, als er den auf dem Stadtplan zum ersten Mal gesehen hatte, dabei interessierte er sich für die Nazivergangenheit ebenso wenig wie für die römische, die in einem schwer fallenden Gewand, eine Lanze in der einen Hand, mit der anderen vier Löwen an der Leine spazieren führte. Er blickte zu der grünspanüberzogenen Statue auf, der Siegesgöttin. So sollte »Sigur« mal zum Training erscheinen, dann käme er bestimmt endlich einmal in die Startelf.

An der Universität die U-Bahn zu nehmen war nicht ungefährlich, denn die Station befand sich direkt unter der juristischen Fakultät. Darum ging der junge Mann im Schweiße seines Mantels die Leopoldstraße entlang bis zum U-Bahnhof Giselastraße. Hinter dem Triumphbogen bot die Straße ganz das Aussehen einer breiten Allee, die Autos fuhren schneller durch ein Spalier hoher, schlanker Bäume, eine zweite Baumreihe hielt noch einmal hausseitig auf dem Bürgersteig Wache. Jung ging in dieser Großstadt unter diesem Baldachin aus Bäumen und wunderte sich einmal mehr, dass die Bäume noch immer ihr Laub trugen. Gab es hier keinen Herbst? Frühlingshafte junge Frauen kamen ihm entgegen, die er mit den Augen staubsaugte, aber nicht ein

Mal wurde sein Blick erwidert. Aber er sah ja auch zu abgerissen aus, verschwitzt und verpickelt bei Sonnenschein in einem Wintermantel, mit einem pochenden Bierglas in Höhe des Herzens.

Vor ein paar Tagen hatte er es da in der Innentasche untergebracht, indem er das Futter etwas aufgerissen und die Tasche so verbreitert hatte. Es war seine Entdeckung auf dem Oktoberfest gewesen, als er vom Austreten am Zaun zurückkam und die schwarze Masse weiterhin ruhig im sonnenglitzernden Glas schwamm, dass sie sich darin offenbar ganz wohl fühlte. Mit einem kurzen Probekotzen hatte er es am nächsten Tag noch einmal getestet, ein Milchglas von Frau Mitchell, unter den Sträuchern im Hof versteckt, blieb heil und unversehrt. Die Lösung war also, immer und überall ein Bierglas bei sich zu haben. In einer Wirtschaft um die Ecke hatte er ein Bier getrunken und das henkellose Glas unbemerkt mit in sein Zimmer geschmuggelt. Es war ein eher unscheinbares Glas, nach unten leicht zulaufend, der Boden etwas dicker, mit dem Wappen der Schauflergilde und darunter der Aufschrift *Spaten München* geschmückt. Das Glas hatte schon sein Gewicht, war aber nicht zu schwer, und da der Mantel aus dickem Stoff und er selbst schlank war, fiel es nicht so auf, dass er diesen Kotzebehälter in der Innentasche mit sich herumtrug.

Manchmal fegten kleine Autos laut die Straße entlang, Porsches und BMWs. Hier war schließlich das Mutterland der Sportflitzer, und von den Münchnern waren offensichtlich viele von ihrem Leben so angetan, dass sie darin ohne Pause von einem Höhepunkt zum nächsten rasen wollten. Es sei denn, dieses Rasen bedeutete die große Flucht vor einer zu nahen Vergangenheit. Ein Schild wies zum Englischen Garten, einem Park ganz in der Nähe an den Ufern der Isar, und Jung durchlief ein leichtes Unbehagen. Thor hatte ihm gleich an seinem ersten Abend in der

Pizzeria frohlockend verkündet, dass der Park eine Nudistenkolonie sei, eine »Freikörpergesellschaft«!

»Da gehen Männer gern spazieren, wenn sie scharf sind, hahaha!«

Immer wieder schaffte der Löwe es, Jung zu verunsichern, diesmal, indem er ihm das schauerliche Wort Nudistenkolonie ins Ohr flüsterte, und das auf eine so spöttische und zugleich schmierige Art, dass Jung sogleich himmelangst wurde. Auf seine hinterhältige Art beanspruchte der Löwe schon allein dadurch, wie er es aussprach, dieses Jagdrevier für sich, das war *seine* Nackertenkolonie, dort hatte *er* freien Zugang, dort konnte er hingehen, wann immer ihm der Sinn oder anderes danach stand. Zugleich warnte er Jung, sich von diesem hüftenhübschen Revier fernzuhalten.

Was völlig überflüssig war.

Der junge Mann hatte das Wort noch nie gehört, empfand aber sofort Abscheu davor. Wie schwarze Magie zauberte es ihm augenblicklich eine Vision vor Augen: Er sah ein unordentliches Zeltlager vor sich, voll klapperdürrer, langhaariger und langbrüstiger Hippies mit vortretenden Hüftknochen, die einem wie ein Ellbogenstoß ins Auge stachen, und pfeiferauchende Männer lagen mit schlaff zwischen ihren Beinen baumelnden Pimmeln vor ihren Zelten. Dann kam ihm in der Mitte der Zeltdorfstraße ein üppiges, im Schritt dicht behaartes Weib mit dicken Brüsten entgegen und befahl Jung grinsend, sich auszuziehen.

So in etwa stellte er sich den Englischen Garten vor, und er schwor sich, dass ihn nicht einmal vollbekleidet zehn Pferde dort hinbringen würden. Die 68er-Generation war an und für sich schon peinlich und nervig genug, dazu brauchte sie nicht obendrein noch nackt zu sein. Er sah es vor sich, wie er von einem Bürgermeister der Nudistenkolonie mit ungewaschener Matte mit einem Handschlag empfangen wurde, der höchstens fünfzehn

Zentimeter von dessen von graumelierter Stahlwolle umgebenen und haschpfeifenweichen Zeugungsglied entfernt stattfand. Unwillkürlich wanderte der Blick weiter hinab zu den Füßen, wo ihm krumme Zehen aus orthopädischen Sandalen entgegenlachten. Er würde die friedenslichthellen Haare auf den Zehen anstarren müssen, die sich in niedlichen Büscheln über die dunklen Lederriemen der Sandalen rankten, bis er seine rabenschwarze Kotze über die Schamgegend des Mannes erbrechen müsste, der in einem hautversengten schwarzen Aufschrei nach der Hippieambulanz rufen würde, die dann irgendwann in Gestalt zweier nackter Typen mit einer regenbogenfarbenen Schubkarre und einem Joint anrücken würde.

Für Jungs Generation waren die Hippies wie herrische ältere Geschwister, die man niemals loswurde und denen man nie entkam. Die Hippies predigten Toleranz und Frieden auf Erden, doch in Wirklichkeit waren sie egozentrische Tyrannen, die ewig von der Großartigkeit ihrer eigenen Generation schwadronierten, während ihre dreizehn Frauen mit baumelnden Brüsten in weiten indischen Blusen in der Gemeinschaftsküche kochten, und die sich vom Staat die Sozialfürsorge nach Kopenhagen überweisen ließen, während »die Alten« zu Hause die Kinder hüteten. All ihr Gequatsche von »entspannen und Stress abbauen«, ihr ganzer Widerwille gegen jeglichen Fortschritt und jedes Vorankommen, sowie ihr langgezogenes, schlappes Kacken aufs System war nichts anderes als Faulheit, ein gähnendes, lauwarmes Faulenzbecken, in dem sie selig bis ans Ende ihrer Tage dümpeln wollten, während sich die Welt um sie und ihr Bauch ansetzendes Ego drehen sollte.

Ihre große Aufgabe sahen sie darin, Zeit für sich zu beanspruchen. Das hatten sie glänzend hingekriegt, aber sie konnten nicht mehr damit aufhören und fuhren damit fort, alle Zeit für sich zu beanspruchen. Jedes Jahr, das verging, war nichts als eine Ausweitung des Großen Jahres, des Jahres Null, als sie mit zwanzig in Hamburg Janis Joplin sahen und zum ersten Mal einen Trip einwarfen. Sie waren die Adelskinder der Welt. Vor ihnen hatte es nichts gegeben, und – das war das Allerschlimmste – nach ihnen würde nichts mehr kommen. Selbstverständlich hatte sich seit dem Frühjahr '68 nichts Bedeutendes mehr ereignet, keine Musik übertraf ihr Geheul im Schlamm von Woodstock, es gab keine neuen Ideen mehr, seit Halli Krishna mit der Maobibel und dem Hendrix-Album aus Christiania nach Hause gekommen war. Die Hippiegeneration war ein autistischer Buddhabauch in Maobluse, der barfuß in Jesuslatschen im Zentrum der Party saß und verlangte, dass ihm alle zuhörten, dass sich aller Rauch um ihn ringelte, und das Mantra ableierte: »Wenn ich nicht den Ton angebe, schlafe ich ein.« Jung hatte oft genug zu seinen Füßen gesessen und ihm gelauscht, bis er die Schnauze voll hatte und einen großen Schritt über den Generationenfluss machte, Großvaters alte Klamotten anzog und auf einen traditionellen Tanzball mit Musik von Haukur Morthens, dem isländischen Sinatra, ging.

Ohne dass er es bemerkte, hatte der junge Mann seine Schritte beschleunigt, eilte den laubenartigen Bürgersteig der Leopoldstraße entlang und schwitzte noch heftiger, das Bierglas schlug rhythmisch gegen seinen Herzschlag, der sich dem anpasste. Hatte er denn wirklich solche Angst vor den Hippies? Ja, denn wenn sie die Macht übernähmen, würde jedes Land zu einer Nudistenkolonie und jede Stadt zu einer Friedensstadt, in der Friedenssäulen errichtet und gekachelte Ruheplätze mit fließendem Wasser und Sitarberieselung gebaut würden, in denen man Revivalkonzerte für Janis Joplin veranstaltete, alle Kunst abstrakt sein müsste, alle Poesie formloses Weißbrot, alle Gespräche weichgespültes Friedensgeschwätz zu Ehren der Hochwohlgeborenen

und alle Beerdigungen mit dem langweiligen Stück von den *Doors*
endeten, »This is the end …«

Da war ja die drohende Gefahr eines Atomkriegs besser. Dagegen war selbst Ronald Reagan besser. Der hatte wenigstens
Humor. Der junge Mann sah zum Himmel auf und fürchtete
für einen Moment, er hätte sich eine Atombombe auf den Kopf
gewünscht, und so war er froh, unter die Erde zu kommen, die
Treppe hinab zur U-Bahnstation Giselastraße.

25

BHV

Er setzte sich auf einen freien Platz am Fenster, und der Zug fuhr
ab, in die Finsternis, die ihm wie den anderen Fahrgästen ihr
Spiegelbild auf die Scheibe projizierte. Wie üblich hatte er sich
den Platz mit der besten Aussicht gesucht, und um dem Mädchen
in der Sitzreihe gegenüber wenigstens ein gewisses Maß an Höf-
lichkeit angedeihen zu lassen, achtete er darauf, seine Aufmerksamkeit zu gleichen Teilen zwischen ihr und ihrem Spiegelbild
im dunklen Fenster aufzuteilen. Das U-Bahnmädchen des Tages
hatte diesmal glatte, blonde Haare, schön blaue Augen und volle
Lippen, ein Traum in Kleidern, der ihn augenblicklich an BHV
erinnerte, die er zu Hause in Island einige Jahre lang angebetet
hatte und mit der er eine ganze Nacht lang auf einem Sofa ge-
knutscht hatte und mit der er nach der Party in dem heißen Bach
von Nauthólsvík sitzen durfte, zwei phosphoreszierende Elfen-
körper in tiefster Dunkelheit. Beides überirdische Ereignisse, von
denen er später manchmal bezweifelte, ob sie überhaupt wirklich
stattgefunden hatten.

Er war auf Holzclogs in die Kunsthochschule gekommen, weil die Hippies es so vorschrieben und weil es ihn ebenso größer machte wie im Jahr zuvor die Slade-Plateausohlen. Es war wirklich erstaunlich, wie spät Jungen reif wurden. Mädchen bekamen schon Kinder, wenn Jungen noch halbe Kinder waren. Er selbst wuchs tatsächlich noch und war noch ein Kind, obwohl er nun ein respektabler Student im Ausland war. Na ja, nach dieser Zulassungsprüfung durfte er sich wohl kaum noch so nennen.

Er war also in Clogs zur Schule gekommen, wie ein dänischer Dorftrottel vom Lande mit hölzernem Klappern in die gekachelte Eingangshalle gelatscht und dann etwas gedämpfter über den Linoleumboden im oberen Stockwerk. Im hellen Flur kam ihm eine ältere Mitschülerin entgegen, die unbekümmert zur nächsten Stunde schlenderte, den Mund leicht geöffnet und die Augen so durchdringend hellblau, dass sie wie ein Gletschersee leuchteten, doch ein Gletschersee mit so viel Hitze aus dem Erdinnern im Untergrund, dass jeder Eisberg im nächsten Augenblick schmolz; sie hatte die Gletscherschmelze in den Augen. Ihre Schultasche trug sie in den Armen wie ein Kind unter zwei bilderbuchmäßigen Brüsten, die leicht unter dem Pullover wallten und seine Clogs augenblicklich zum Verstummen brachten. Nicht weil er stehen geblieben wäre, sondern weil die Zeit kurz stehen blieb und achtzehn Mitschüler auf ihrem Weg durch den Schulflur wie eingefroren ebenfalls stehen blieben, selbst die Töne des Schulgongs hingen eingefroren in der Luft wie kleine Vögel, die gerade in Gartensträuchern landen wollen. Nichts anderes bewegte sich als diese beiden Brüste, die leicht unter dem dünnen Pullover wippten wie ein nervöses Zucken im Auge. Für einen kurzen Moment. Bis der Sekundenzeiger weiterruckte und alle Bewegungen um ihn herum weitergingen. Das Mädchen verschwand um eine weiß gestrichene Ecke.

Die erste, spontane Reaktion in seinem Kopf war, die Polizei zu rufen. Das musste unterbunden werden, dieses Mädchen musste man unverzüglich verhaften, sie war viel zu schön, viel zu aufregend, diese Brüste durften nicht so locker herumlaufen und lose wippen. All das musste unterbunden werden! Das war total illegal!

Bis zu diesem Tag war sein Leben so still und beständig gewesen wie eine dänische Backsteinmauer. Papa fuhr im roten Volvo zur Arbeit und Mama nachmittags ins Vorschullehrerseminar. Abends gab es panierten Fisch oder Herz in brauner Soße. Die Slalomstrecke wurde von Kennern ausgesteckt, und wer ein Tor ausließ, schied aus. Das Radio hatte um 23.30 Uhr Sendeschluss, außer samstags, wenn bis ein Uhr nachts Tanzmusik gespielt wurde. Cleo Laine trat wieder und wieder beim Kunstfestival auf, Derby County war englischer Meister, ELP die beste Band der Welt und die mysteriösen Stuðmenn die beste Gruppe in Island (im Kino von Selfoss hatten sie maskiert ein Konzert gegeben!). Alles war, wie es sein sollte, und da, wo es hingehörte, doch dann tauchten diese Brüste im hellen Schulflur auf, zwei teigweiche Glocken, die ein ganz anderes Leben einläuteten, sie wallten unter dem Pulli, dass sich die Brustwarzen unter dem Stoff abzeichneten und eine geheimnisvolle Botschaft aus dem Jenseits, eine Botschaft aus einer unsichtbaren Welt, die in die äußere, sichtbare hineinragte, zwei Revolverläufe, von denen er wusste, dass er sich vor ihnen hüten sollte, die er aber dennoch bereitwillig mit beiden Augäpfeln geladen hätte, weil er genau wusste, dass er so etwas ohnehin nie wieder sehen würde. Selbst die beiden Tore im Länderspiel gegen die DDR im Laugardalsstadion in diesem Sommer verblichen gegen diese beiden …

Aber warum war das so? Warum steckten in Mädchenbrüsten Magneten und in Augenjungen Kompassnadeln?

Die beiden (ehr-)furchteinflößenden, schwergewichtigen Dinger schienen weder der Realität noch ihrer Besitzerin anzugehören, dem blonden Schmelzaugenmädchen, das mit leicht spastischen Bewegungen und schlenkernden Haaren den Gang entlangstakste und sich seiner Wirkung vollkommen unbewusst war, der Gefahr, die von ihm ausging, des Schadens, den sie bei Jungen mit dem, was sie wuppend vor sich hertrug, anrichtete.

Der junge Mann, der stets geglaubt hatte, das Leben sei ein ruhig in seinem Bett dahinströmender Fluss, auf dem die Familien in Sitzreihen an Deck hintereinandersaßen und dem freundlichen Reiseleiter am Mikrophon lauschten, der war nun urplötzlich aus diesem gemütlichen Ausflug gerissen und ans Ufer geworfen worden und sollte zusehen, wie er allein im Dschungel zurechtkam. Wo Noten, Betragen und Hausaufgaben nichts zählten, wo nicht einmal Gott und Jesus etwas zu sagen hatten, Vater und Mutter schon gar nicht. Aus der angenehm warmen Umarmung der Familie und des Wohlfahrtsstaats war er ins Gnadenlose geworfen worden, wo nichts galt als das Dschungelgesetz des Marktes. Mutterliebe war glückender Kommunismus, aber Liebe war ungehemmter Kapitalismus. Egal, was die Hippies dazu sagten.

Das war eine schreckliche Revolution für den jungen Mann, doch zum Glück führte sie nicht zur Pollution wie im Frühling, als er auf der Suche nach einem Album der Allman Brothers den Plattenladen Karnabæ in der Austurstræti aufgesucht hatte. Obwohl sich das Geschäft im ältesten Haus der Stadt befand, war es eingerichtet wie ein gerade mal ein Jahr alter Saloon im Wilden Westen. Alles im Cowboystil, die Wände mit ungestrichenem Holz getäfelt und eine Schwingtür vor der Plattenabteilung. Jung schaffte es allerdings nicht bis dort hinein, denn auf dem Weg durch die davorliegende Konfektionsabteilung stand ihm eine zehn Jahre ältere Verkäuferin im Weg. Sie war schlank, aber sehr ansehnlich gewachsen, trug Pumps mit hohen Absätzen und knallenge Jeans und darüber ein weißes Top aus halb durchsichtigem, absolut verbotenem Stoff und darunter lediglich einen BH. Mehr nicht. Sie hielt einen Schuhkarton in der Hand, stöckelte damit in die Schuhecke, lächelte eine dort sitzende Kundin an und beugte sich so zu ihr hinab, dass sich das Top senkrecht nach unten von den Brüsten löste, so dass unterhalb von ihnen eine gewisse Dämmerzone entstand, in die nur jemand, der unter ihr auf dem Rücken lag, genaueren Einblick erhielt, während sie jeden anderen einfach nur verrückt machte. Sie reichte der Kundin die Schuhe an und stellte sich, während diese die Schuhe anprobierte, mit leicht gespreizten Beinen ans Schuhregal.

Der junge Mann stahl sich in die Schuhabteilung, krümmte sich dabei um ein hart werdendes Körperteil, ging aber trotz dessen zunehmender Versteifung mit eigenartig schlingerndem Gang, und das Ganze wurde noch lächerlicher, als er feststellte, dass es lediglich Damenschuhe gab. Er ließ sich dennoch auf einem der mit rotbraunem Leder bezogenen Anprobeschemel nieder und schoss hin und wieder Blicke zu der Modeschönheit hinüber, die inzwischen mit gekreuzten Beinen kerzengerade und majestätisch in ihrem ganzen wohlgerundeten Kurvenreich dastand. Er sah, und das machte ihn schwindelig, dass, jawohl, sie unter der Bluse so gut wie nackt war, bis auf den weißen BH, der allerdings nicht mehr ausrichtete, als Jungs empfindsamstes Stück noch weiter zu heben, das … das mehr nicht nötig hatte, denn schon pumpte es eine weißliche Flüssigkeit in die Unterhose.

Das geschah im Karnabæ, dem heißesten Laden der Stadt in ihrem ältesten Haus. Er hatte in aller Öffentlichkeit eine Ejakulation gehabt. Das war Erregung öffentlichen Ärgernisses. Hatte jemand etwas davon mitbekommen? Hatte die Verkäuferin etwas gesehen? Wer war sie überhaupt? Er hatte sie nie wiedergesehen. Manche Menschen existieren nur für eine Viertelstunde, sie spielen ihre Rolle in dem Stück, das das eigene Leben darstellt, verschwinden dann in den Kulissen und betreten von dort eine andere Bühne, auf der sie, umgeben von Mann, Kindern und Schwiegereltern in einem mit Teppich ausgelegten Wohnzimmer in Árbær die Hauptrolle spielen.

Das Leben ist ein Theater mit unzähligen Bühnen, doch ohne Zuschauer, denn jeder lebende Mensch ist ein egozentrischer Schauspieler, der keine andere Vorstellung zu sehen bekommt als die, in der er selbst auftritt.

Seit der pulloverwallenden Begegnung auf dem Schulflur spielte BHV die abwesende Hauptfigur in dem minimalistischen Stück, aus dem Jungs Leben bestand. Er verfolgte sie mit Blicken so weit, wie es die Vernunft nur einigermaßen gestattete, passte sie im Speisesaal ab, in Gesprächen hielt er abwesend nach ihrem blonden Haar Ausschau, diesem hellen Streifen im Dasein, der aus der Ferne kaum mehr als eine flatternde Wäscheleine auf der anderen Fjordseite war, doch manchmal auch eine wehende Fahne im Nachbargarten oder sogar ein Handtuch in Reichweite, und die Treppe hinaufgeflattert kam.

Jedes Mal wenn er ihr in der Eingangshalle oder auf dem Gang begegnete, wurde er in seiner Meinung bestätigt, dass es sich um ein göttliches Wesen handelte. Mit Sicherheit zeugte Gott im Himmel, der geile Bock, auf Erden noch immer Kinder, und sie war eines davon. So dachte der junge Mann, als er seinen Artline-Zeichenstift über Glanzkarton gleiten ließ, mutterseelenallein im fensterlosen, hintersten Gang des Schulkellers, allein mit Lüftungsrohren und Neonröhren an der Decke, angetörnt von den Ausdünstungen des Stifts und der eigenen Kalligraphie: »Die Jahresfeier des MH findet am nächsten … in Glæsibær statt. Haukur Morthens und Orchester spielen zum Tanz auf.« Passend zu diesem Schnulzensänger entschied er sich für diese altmodischen Ankündigungsfloskeln und einen Schriftzug ebenfalls in bürgerlichem Prähippiestil. »Das Haus öffnet …« Plötzlich öffnete sich vorn im Gang eine Tür, und jemand stolzierte mit einer Rolle schwarzer Leinwand und rot gestrichenen Leisten herein. Dahinter schimmerte blondes Haar, und aus diesem gehenden Durcheinander tauchten zwei schmelzwasserfarbene Augen auf.

»Hi!«

»H…«

»Malst du ein Plakat?«

»Ja.«

»Darf ich mal sehen? Nein, wow, Haukur Morthens? Echt?«

»Ja. Party.«

»He, Moment, bist du der, der immer die Plakate zeichnet?«

»Ja.«

»Wow! Die sind echt cool.«

Schweigen. Er hielt den offenen Zeichenstift, die schwarze Faserspitze glänzte feucht im Neonlicht, und der Geruch zog durch den Raum. Er holte tief Luft, atmete die alkoholischen Dünste des Augenblicks ein. Sie steckte noch immer in dem Wirrwarr von Leisten und Leinwand, nur ihr Gesicht war zu sehen. Plötzlich spürte er den Wunsch, ihr seinen Namen auf die Stirn zu schreiben, sie sich für alle Ewigkeit zu reservieren, na ja, wenigstens bis zu dem Ball. Sie würde die Tusche natürlich abwaschen können, wenn sie wollte, aber vielleicht würde sie sich nicht waschen wollen … Er kam wieder zu sich und stülpte die Kappe auf den Stift.

»Und du? Was tust du …«

»Ach, ich bin länger geblieben. Im Kunstkurs. Muss das noch in den Keller bringen. Ich habe versucht, ein Bühnenbild zu entwerfen …«

»Kunstkurs?«

»Ingibergur meinte, ich könnte noch länger bleiben. Ist das Einzige, was mir Spaß macht.«

»Kunst?«

»Ja. Bist du nicht in Kunst?«

»Doch, ich hab ein paar Kurse gemacht, aber ich bin auf dem naturwissenschaftlichen Zweig, will später mal ...« Er brachte das Wort Ingenieur nicht über die Zunge. Die Drehbühne, auf der er sich befand, hatte ihn auf einmal davon wegrotiert und auf eine andere Position befördert. Eine Mischung von beidem rutschte ihm heraus: »... was mit Kunstwissenschaft machen.«

»Kunstwissenschaft? Du meinst Kunstgeschichte, oder?«

»Ja, nein. Ich glaube nicht.«

»Was meinst du denn?«

Da stand der junge Mann und änderte vor laufender Kamera seinen Lebensweg. Es kostete ihn einige Atemzüge und ein paar Sätze.

»Ach, na ja ... ich will lernen, solche Gemälde zu machen.«

»Was für Gemälde?«

»Ich möchte lernen, wie man den menschlichen Körper malt, das Göttliche im menschlichen Körper finden. Das richtig in den Griff bekommen wie in der Kunstgeschichte die Maler der Renaissance, die Bilder malten von ... meinetwegen Maria und Joseph und dem Jesuskindlein, Heiligenbilder, Altarbilder und ... Ich finde, das ist das Schwierigste, den menschlichen Körper malen zu können.«

Er wusste gar nicht, dass seine Zunge eigenständig denken konnte.

»Wow! Warum kommst du dann nicht zu Kunst?«

Das war die Frage, die ihn die nächsten Wochen begleitete, das nächste Halbjahr, bis die Antwort offensichtlich war, als sich die »Schönheit der Mathematik« in einem einzigen Augenblick vor ihm verschloss. Es war ihr, BHV, zu verdanken, dass er nun nach verbaselter Eignungsprüfung in der Akademie der Schönen Künste in der Münchner U-Bahn saß.

26

DIE NEUEN WILDEN

Am Tag darauf erschien er zum Gespräch in der Akademie. Ein kleiner Mann mit grobem Gesicht, in Turnschuhen, fleckigen Jeans und einer gewaschenen und doch ungewaschenen Jeansjacke, mit weit ausladender Brille und wallendem Haar kam o-beinig und mit Schuppen auf dem Kragen in den Raum gelatscht und setzte sich ihm gegenüber. Man bekam gleich das Gefühl einer Vorladung zum Rektor. Jung rückte seinen offenen Mantel zurecht und gab Acht, dass das Bierglas in der linken Innentasche nicht sichtbar wurde. Dann schaute er aus dem Fenster und sah den Ostberliner Fernsehturm jenseits der Mauer. In Gedanken war er schon unterwegs nach Berlin. Der Mann stellte sich als Peter Schöpfke vor und fragte, ob Jung Deutsch verstehe.

»Ein wenig.«

»Gut. Ich nehme an, du weißt selbst, dass dein Prüfungsergebnis nicht ausreichend war. Man kommt nicht nach München, um sich einfach so zu amüsieren. Trotzdem ist uns aufgefallen, dass du was drauf hast, wenn du nur willst. Möchtest du in die Akademie aufgenommen werden?«

Jung war auf seine eigene Antwort sehr gespannt. Er hoffte sehr, er würde Nein sagen.

»Ja.«

»Gut. Unter normalen Umständen würde ich dich nicht in die Klasse aufnehmen, aber wir haben uns entschlossen, diesmal eine Ausnahme zu machen. Du bist also angenommen.«

»Ja?«

»Richtig. Du kommst morgen, mit Farben und den anderen Dingen, die hier auf dieser Liste stehen. Es ist der Raum hier gegenüber, es steht noch Dahmens Name an der Tür.«

»Ist er …?«

»Er ist im Sommer gestorben. Ich übernehme die Klasse vorübergehend.«

Dieser Mann war also sein neuer Professor. Dieser Mann war also ein Künstler. Sah eigentlich eher wie ein Anstreicher aus Kópavogur aus. Es gab sogar weiße Farbspritzer auf seinen Brillengläsern, und außerdem trug er Turnschuhe. Jung hatte geglaubt, der Mann sei ein einfacher Verwaltungsangestellter, vielleicht so etwas wie ein Vertreter des Prüfungsausschusses. Er sprach nicht einmal Hochdeutsch, sein Dialekt klang nach Kuhglocken und gammeligem Käse. Auch wenn er sich Mühe gab, brachte Jung diese fleckige Jeansjacke nicht mit dem Akademiegebäude zusammen, das mit Sicherheit ein Herr in Frack und Zylinder entworfen hatte. Zwischen diesen beiden Individuen lagen mindestens sieben Welten und einige Weltkriege.

Wie naiv konnte er eigentlich sein? Was für ein Snobschnösel er doch war. Natürlich hatte sich die Welt auch hier weitergedreht. Trotz seiner Verehrung für Avantgarde und Duchamp war seine Vorstellung von Europa jahrhundertealt und steckte voller Klischees. Was das anging, war er keinen Deut besser als der Löwe, steckte bis zu den Ohren in Traditionen und Geschichte fest. Selbstverständlich liefen Professoren von heute nicht mehr herum wie Caspar David Friedrich oder Otto Dix, natürlich waren sie ebenso normale Nachkriegskinder wie die Lehrer an der

Schule zu Hause, trugen alles Mögliche, sogar Turnschuhe. Trotzdem. Er hatte im Leben noch keinen Kunstprofessor oder auch nur Künstler in Turnschuhen gesehen. Aber wer weiß, vielleicht waren sie sein Arbeitsgerät, und Schöpfke war dieser landesweit bekannte Marathonmaler, der wie ein Pferd über die Straßen und Wege Bayerns trabte, vor so eine Karre gespannt, wie sie die Straßenmeisterei zu Hause benutzte, um Fahrbahnmarkierungen anzubringen, die hinten weiße Farbe verspritzte, die energiegeladene Marathonlinien hinterließ.

Jung trat auf den Flur und warf einen Blick in den leeren Klassenraum mit der Aufschrift *Dahmen*. Er hatte sich einen Toten zum Lehrer erkoren ... Die Deckenhöhe war riesig, die Atmosphäre ausgezeichnet. Der Raum war in mehrere Bereiche unterteilt, Farbflecken bedeckten den Holzfußboden, und an weiche Pinnwände waren große Bögen Papier geheftet oder getackert, vollendete, halbfertige oder ganz unfertige Bilder aus dem letzten Semester. Ein sechs Meter hohes Fenster ging auf einen Park hinaus, wo grün belaubte Baumkronen reglos in der Oktobersonne standen. Das Ganze sagte ihm, offen gestanden, sehr zu, und er trat in den Raum. Man schien hier ausschließlich auf Papier zu malen.

Er bückte sich zu einem Stapel unbenutzter Bögen auf dem Boden und prüfte, wie dick sie waren, als ihm ganz plötzlich etwas hochkam. Geistesgegenwärtig öffnete er den Mantel und erbrach schwarze Masse in das Glas. Es war nur eine kleine Portion, doch die war blitzschnell gekommen. Jung musste sich selbst zu seiner Reaktionsschnelligkeit und weisen Voraussicht beglückwünschen; diese neue Methode mit dem Bierglas funktionierte einwandfrei. Er war inzwischen auch recht geübt darin, etwas von sich zu geben, er war ein echter Kotzkünstler. Er hatte sich gerade den klaren Schleim abgewischt, der noch folgte, als ein langer Schlacks in schwarzer Lederjacke und Elvisfrisur eintrat. Das war knapp.

»Hi!«

»Hallo!«

Jung richtete sich auf, doch der andere ging in eine Ecke. Auf
den Rücken seiner Lederjacke war ein großes weißes A in einem
Kreis gesprüht, das Anarchistenzeichen. Unter den Freunden zu
Hause gab es viele Anarchisten, und der Dichtersohn hatte ihn
dazu angestiftet, sich *The Anarchist Reader* eines George Wood-
cock zu kaufen; doch nach siebzig Seiten hatte er kapituliert,
ebenso wie im Winter danach in Philosophie. Das war überhaupt
nicht so witzig gewesen, wie sich die Idee eines Lebens ohne jegliche Regierung zuerst einmal angehört hatte. Freiheit von Regierung und Obrigkeit sollte doch Kraft, Unbekümmertheit, Elan
und gute Laune bedeuten. Nach einigem Kopfzerbrechen war er
zu dem Ergebnis gekommen, dass Anarchismus auch nur einer
dieser Studienkurse war, die junge Männer, die klüger waren als
er, absolvieren mussten, ehe sie ins Leben hinaus zogen, eine dieser Schnapsideen, der nur neunmalkluge junge Männer anhingen,
denn er hatte kein einziges Mal gehört, dass sich eine Frau mit dieser bedeutenden Weltanschauung beschäftigt hätte. Vielleicht lag
es an der Gebärmutter. Jemand, der Kinder zur Welt bringt und
stillt, weiß genau, dass sie exakte Zeitpläne und Regeln brauchen.
Anarchie bei den Essenszeiten bekommt den kleinen Bäuchlein
schlecht. Die Gebärmutter vermittelt also tiefere Einsichten
im Leben, mehr Weisheit. Von daher ließ sich also behaupten,
Frauen seien klüger als Männer, sie durchschauten dummes Zeug
früher, und verschwendeten dafür keine Woche ihres Lebens,
wie der junge Mann es getan hatte. Das Resultat dieser Überlegungen war eindeutig: Anarchie eignet sich für fünfzehn bis sieb-
zehnjährige Burschen, die noch bei den Eltern wohnen, und das
war auch die Altersgruppe, die am meisten auf solche Ideen ansprach, aber für eine ganze Gesellschaft wäre es totaler Unfug,

solchen Vorstellungen zu folgen. Sobald die Kerle den Führerschein hatten, ließ ihr Interesse am Anarchismus nach. Sein Abzeichen vertrug sich nicht mit Verkehrszeichen. In München hatte Jung schon richtige Anarchos gesehen, aber sie schienen keinen Führerschein zu haben, denn sie standen im Hauptbahnhof und studierten die Anschlagtafel mit den mit deutscher Gründlichkeit, Planung und Disziplin dort aufgeführten Abfahrtszeiten, und trugen dabei ein großes Ⓐ auf dem Rücken.

Und hier war nun ein solches eingetreten. Doch vielleicht war die Malerei *der* gegebene Tummelplatz für Anarchos. War nicht Duchamps Urinal die einzige gelungene Anarchistenaktion? Selbst die Sex Pistols hatten sich völlig dem Markt ausgeliefert, nur noch simpelstes Gitarrengezupfe von sich gegeben und waren ganz im traditionellen Singlerahmen verblieben, wie die Arbeiten hier auch. Die Leute hatten sich auf viereckigem Papier ausgetobt. Alles hier war in dem Stil, der gerade als letzter Schrei galt. Die Neuen Wilden waren gleichzeitig in Düsseldorf, Köln und Berlin auf den Plan getreten, und man sprach in ganz Deutschland von ihnen. Sie produzierten kraftvolle und expressive Werke, die sich ganz dem Augenblick verdankten, und ihre Kunst war im Grunde die Erscheinungsform des Punk in der Malerei. Rainer Fetting, Salomé, Jörg Immendorff und A.R. Penck waren Namen, die man sich merken musste. Und auch wenn Jung nicht in Berlin war, befand er sich hier doch sichtlich näher bei den Neuen Wilden als zu Hause auf der Insel. An der Wand vor ihm hing sogar das Bild von jemandem, der sich auch von Martin Disler inspirieren ließ.

Er stahl sich in eine Ecke, um das Bierglas zu inspizieren, peilte in die Innentasche und sah, dass alles ausgehärtet und bestens war. Die Masse war an der Innenwand hinabgerutscht und hatte sich am Boden gesammelt. Plötzlich öffnete sich die Tür wieder, und Jung richtete sich schnell auf und tat so, als wäre nichts. Eine

Studentin mit zerzausten schwarzen Haaren, vielleicht etwas älter als er, in einem schäbigen Kleid, schwarzen Leggings und Springerstiefeln trat ein. Sie lächelte ihn freundlich an, und der Typ mit der Elvistolle kam aus seiner Ecke. Jung versuchte, beide auf einmal zu begrüßen und sich als der Neue vorzustellen. Sie sahen ihn mit wohlwollendem Mitleid an: Blauer Mantel, Cordhose und Opaschuhe. Den Klamotten nach kam dieser pickelige, blonde neue Kommilitone aus dem Land 1959. Er spürte, was sie dachten, und versuchte seinerseits, etwas Gutes an ihrer Kleidung zu finden. Sahen sie nicht aus wie Patti Smith und eine lange Version von Lou Reed?

27

DER KNALL

Lou Reed und Patti Smith. Das also waren seine neuen Mitstudenten. Unwillkürlich musste er an seine Kolleginnen und Kollegen daheim in Skipholt denken. Es war jetzt genau ein Jahr her, seit er diese Schule verlassen hatte. Das war in der dritten Woche der Malklasse, für die er sich eingeschrieben hatte, nachdem er sich aus der Spätaufsteher-Abteilung für Neue Kunst verabschiedet hatte.

Der dichtbebraute Schulleiter hatte ihn mit Bart und Bassstimme empfangen wie einen verlorenen Sohn. Binnen weniger Jahre hatte er die meisten jungen Studenten aus seinem Farbenreich unter dem Dach vertrieben, das außer ihm nur noch mit Damen älteren Semesters besetzt war. Als junge Frauen hatten sie ihren Traum in ein Kästchen eingeschlossen, das sie immer in Sichtweite platzierten, auf der Küchenarbeitsplatte neben dem

Toaster, bis sie mit den Kindern aus dem Schlimmsten heraus waren, dann kamen Studium und Weiterbildung ihrer Männer, Hausbau, die erste Scheidung, aber dann hatten sie das Kästchen geöffnet, und der Traumvogel war nach zwölf Jahren des Eingesperrtseins sofort in »Bild und Hand« geflogen. So standen hier also dreißig-, vierzigjährige Frauen in ihrer vollsten Blüte in farbfleckigen Malerkitteln vor ihren Staffeleien und zeichneten das Aktmodell, eine nackte Frau mit kurzen Haaren, die zehn Jahre älter war als sie und zusammengeringelt wie eine Katze auf einem mit Decken behängten Holzpodest lag. Sie hatte schon vor langer Zeit all ihre Kästchen geöffnet und die Flügel davonflattern sehen. Alle zwanzig Minuten durfte sie sich einen Bademantel überziehen und eine rauchen.

Der junge Mann war in diese Frauenwelt geschlüpft wie ein Katerchen in Katthult, ein grüner Junge in einer Müttergruppe, und hatte bald die Rolle des »Jungen« übernommen, der mal eben in die Bäckerei lief, um ihnen zum Kaffee Berliner zu holen oder sie darüber aufs Laufende zu bringen, was denn bei der jungen Generation zur Zeit »in« war.

»Also ich höre vor allem Wire, The Jam und Jonathan Richman, im Hotel Borg stehen sie vor allem auf die Stranglers.«

»Ach ja, genau. Waren die nicht mal in der Skihütte oben in Hveradalir?

»Stimmt, sie haben da vor zwei Jahren eine neue Platte vorgestellt.«

»Richtig. Die Schwester meiner Schwägerin betreibt da oben die Wirtschaft. Sie meinte, die wären ganz sympathisch.«

In dieser Gruppe wurde alles nett und gemütlich, sogar die Lederjackenpunks bei den Stranglers.

Es gefiel ihm gar nicht schlecht unter diesem Frauendach, aber irgendwie passte die Atmosphäre da oben nicht recht zu einer

Kunstakademie, dazu war sie zu nett und reinlich, zu nähklubmäßig. Unterhaltungen über Schulkonzerte und Marmeladekochen waren nicht gerade das, was ein junger Kunststudent mit kritisch zusammengezogenen Brauen sonderlich spannend fand. Zweimal hatte er sich über Mittag nach Hause verzogen, um sich in voller Lautstärke »Down in the Tube Station at Midnight« von The Jam reinzuziehen, und war dann brav und artig zurückgekommen.

Er hatte von seiner eigenen Arbeit aufgesehen und in die Runde geblickt und vor allem Mitleid empfunden. Manche der Frauen konnten durchaus gut mit Linien und Farben umgehen, aber ihren Bildern fehlte es an Kraft und Spannung. Waren sie vielleicht einfach zu glücklich? Es ließ sich nicht übersehen, für diese Frauen war der Zug abgefahren und damit auch die Kunst. Im entscheidenden Moment hatten sie eine andere Wahl getroffen, es vorgezogen, sich für wertlose Dinge wie Mann und Familie, Auto, Haus und Sommerhaus aufzuopfern. Auch wenn ihr Traumvogel endlich aufgeflogen war, hatten zwölf Jahre in einem engen, dunklen Kasten ihre Spuren hinterlassen.

Die Kunst war ein strenger Herrscher oder besser Ehegemahl, der vom ersten Tag an bedingungslose Treue verlangte, sonst setzte es was. Betrog man den Ehegatten Kunst mit dem Flittchen namens Leben Glück Pfennigstochter, dann büßte man dafür mit einer vierzehnjährigen Ochsentour durch die kleinen Ausstellungsräume der Stadt.

Aus dem Grund hatte Jung sehr genau darauf geachtet, sich nicht in den Schoß einer Frau zu verirren und damit das Risiko einer Schwangerschaft mit anschließendem Alltagsstress einzugehen. Anträge auf einen Kindergartenplatz und Medikamente gegen Mittelohrentzündung waren Dinge, die er aufgeschnappt hatte und die ihm innerliche Schauder verursacht hatten. Auf den

Brückenbaustellen hatte er dagegen mit Kerlen zusammengearbeitet, die überall in den Fjorden Sprösslinge gesät hatten, ohne dass das irgendwelche Auswirkungen auf ihren beruflichen Werdegang hatte. Sie nahmen daher alles auf die leichte Schulter, nur die Unterhaltszahlungen nicht, die ihnen ein echter Dorn im Auge waren. »Was meinst du, wie das ist, für drei Gören aufzukommen? Dafür wird einem jeden Monat der halbe Lohn abgezogen!«

Jung selbst fürchtete, mit solchen fingertragenden Besitztümern nicht so leicht zurechtzukommen. Dafür kannte er sich gut genug. Bestimmt würde es nicht lange dauern, bis er in solchem Schlamassel landen würde wie, »Kontakt herzustellen und das Kind anzuerkennen« oder »es sogar übers Wochenende zu sich zu nehmen«, wie es dem Hörensagen nach schwedische Softpapis bereits taten. Darum musste man im Umgang mit Frauen äußerste Vorsicht walten lassen. Nur ein einziges Mal war er in einer schwachen Stunde, als sich Alkohol, Marxisten-Leninisten und die Gruppe Yes verschworen hatten, gemeinsam sein Denken lahmzulegen, das Risiko eingegangen, und er hatte Glück gehabt. Er war noch ein freier Mann.

Das Modell lag in der Mitte des Raums, um es herum standen zehn Staffeleien, manche stießen fast gegen die Dachschräge. Der Leiter der Hochschule ging von einer zur anderen und erteilte Ratschläge wie ein weiser Hohepriester, der zwischen Betenden wandelt, die im Kreis um ein offenes Feuer stehen, und mit jedem ein Einzelgespräch führt. »Du könntest noch etwas mehr Ockergelb hineinmischen, um einen wärmeren Hautton zu bekommen.« »Sieht aus, als wäre der linke Arm ausgerenkt.«

Wie die anderen auch war der junge Mann mit seinem Bildnis der kurzhaarigen Frau beschäftigt. Er fand, dass es ihm ganz gut gelang, Hüften und Schultern hatten die richtigen Proportionen, kein Glied war verrenkt, und das Gesamte wirkte durchaus anziehend, was man von diesem engen, kühlen Atelierraum keineswegs behaupten konnte. Es war ihm gelungen, dem Motiv Leben einzuhauchen. Jung achtete darauf, sich nicht an der Dachschräge hinter sich den Kopf zu stoßen, als er einen Schritt von der Staffelei zurücktrat, damit der Lehrer sein Werk betrachten konnte.

»Das ist ganz gut, aber ihm fehlt noch der Knall. Setz mal etwas Rot hier in die Mitte unter die Frau. Einen roten Fleck. Dann hast du den Knall.«

»Den Knall?«

»Ja, etwas, das jedes Bild braucht. Wenn es denn ein Kunstwerk sein will. Sonst ist es nur tot. Der Knall, das ist der Lebensfunke, der das Werk aufbricht und ihm Lebendigkeit verleiht«, sagte der Dunkelbrauige und hob die rechte Hand, als hielte er einen unsichtbaren Edelstein in die Höhe, den Lebensfunken der Kunst! Der junge Mann starrte ihn verblüfft an und ließ auf sich einwirken, was ihm da mitgeteilt wurde. Bislang kannte er das Wort »Knall« nur in Verbindung mit Partys und Feten oder auch aus der Werbung zum Beispiel als »Weihnachtsknaller«, doch hier ging es um eine andere Bedeutung des Wortes, die nur wenigen bekannt war. Das war es also, was man Studieren und Lernen nannte. Endlich verstand er den Kern dessen, was es bedeutete. Ein Älterer gab seine Weisheit an einen Jüngeren weiter.

Schüchtern nickte er, er hatte den Knall begriffen. Der Lehrer ging weiter, und Jung wusch den Pinsel in Terpentin aus, tauchte ihn in rote Farbe und patschte einen hübschen roten Fleck in die Bildmitte, auf die Stelle, die der Lehrer bezeichnet hatte, gerade unterhalb des sich räkelnden Modells. Er malte ihn etwas dicker und mit mehr Farbauftrag als seine sonstigen Pinselstriche, und obwohl seine Hand bei der Ausführung leicht zitterte, lag in der Bewegung eine Spur von Triumph, als würde ein berühmter und verschwitzter Dirigent, und kein blasser Kunststudent unterm

Spitzdach, mit einer raschen Bewegung den Schlussakkord ans Ende einer großartigen Sinfonie setzen: Das Werk war vollendet. Der Knall saß.

Doch sobald der Rausch des Augenblicks verflog, erblickte der junge Mann das Grauen. Im Zentrum seines Werks prangte ein aufgesetzter roter Flatschen, der nicht im leisesten Zusammenhang mit einem der anderen Bestandteile des Bildes stand. Man sah von Weitem, dass dieser Farbklecks eine Lüge war, falsch, er hatte keinen Sinn, bedeutete nichts, im ganzen Raum gab es nichts Rotes, für das er hätte stehen können, er war lediglich eine erfundene Zutat und tatsächlich genau das, wonach er aussah: eine hingekünstelte Macke. Jung war geknickt; am liebsten hätte er das Malheur sofort wieder abgekratzt, aber dann wollte er doch lieber abwarten, vermutlich war es das Beste, wenn der Meister des Knalls das Ergebnis seiner Worte sähe.

Als der bärtige Lehrer auf seiner letzten Runde vor der Mittagspause wieder vorbeikam, war ein Stutzen in seinen Augen zu erkennen. Er sah sofort ganz deutlich, dass hier eher ein missratener Klecks als der Knall hinzugefügt worden war. In seinem Gehorsam gegenüber seinem Meister hatte der Lehrling sein eigenes Ich verleugnet und seinem Werk etwas anderes, ihm Fremdes hinzugefügt. Der Lehrer zögerte noch einen Moment, ehe er mit tiefer Stimme erklärte: »Der Knall muss aus dem Werk selbst kommen. Das hier liegt nur auf seiner Oberfläche. Dürfte ich einmal den Pinsel bekommen?«

Jung reichte ihm den Pinsel und sah zu, wie sein Lehrer damit in ein paar kühnen Strichen das Rot verteilte, ein klein wenig Weiß hinzufügte, das Ganze in einer raschen Pinseldrehung mischte und die Pinselspitze dann so auf sich zuschnickte, dass für einen Augenblick eine glänzend rote Erhebung entstand, bis sie langsam mit der Oberfläche verschmolz: der Knall.

Die Handbewegung war wirklich genial, doch in Jungs Eingeweiden löste sie Bestürzung aus. Es war, als wäre der Lehrer auf
den Grund seiner Seele getaucht, hätte drei dreiste Finger durch
dessen lockere Oberfläche gezogen und tiefe Furchen hinterlassen wie ein grobstolliger Geländewagen, der einen moosbewach-
senen Hang hinauffräst. Nachdem ihm der Lehrer mit den Worten »So, das ist besser« den Pinsel zurückgegeben hatte, stand
Jung noch eine halbe Stunde wie vom Donner gerührt und starrte
das Bild an, verzog sich dann in die Kaffeeecke und ließ sich dort
nieder. Dort schwieg er einen ausgedehnten Kaffeeklatsch hindurch, der sich um den großen Albert, seine wunderbare Frau
Brynhildur und ihren Hund Lucy sowie eine mögliche Parteineu-
gründung dieser heiligen Dreifaltigkeit zu Ehren drehte, dann
ging er grußlos und ohne ein Wort, nahm weder Werk noch
Werkzeug mit.

In der Woche darauf fand er eine Stelle als technischer Zeichner
bei der Straßenbaubehörde und arbeitete dort den Winter über.

28

DER WINTER KOMMT NACH BAYERN

Es war November geworden, und endlich schien sich der Winter
langsam bis nach Bayern vorzuarbeiten wie ein träges nordisches
Gas, das sich ganz langsam, aber sicher ausbreitete und alles
kühlte, womit es in Berührung kam.

Als der junge Mann an einem klaren Sonntag aus seinem Viertel nach Süden spazierte und auf eine freie Fläche kam, staunte
er nicht wenig: Am südlichen Horizont erhob sich eine schneebedeckte Bergkette winzig klein in der Ferne, die höchsten Gip-

fel groß wie Fingerhüte. In ihrer Winzigkeit aber steckten lauter kleine Ansichten und Bilder, richtige Miniaturminiaturen, die von tiefen Abgründen, senkrechten Felswänden und Gipfeln kündeten, die nur von Adlern bestiegen worden waren. In der gestochen scharfen, durch die Entfernung verkleinerten Abbildung war das alles klar zu erkennen. Welche Pracht und Schönheit! Die Bergkette sah aus wie Zwergengeschmeide.

Obwohl der Winter, diese geruchlose Gasart, inzwischen die Steine und Halme zu seinen Füßen mit Reif überzog, war er noch nicht so weit nach Süden vorgedrungen und reichte den Bergen nur bis zur Hüfte. Jeder Gipfel war etwa bis auf halbe Höhe hinab weiß. Die Schneegrenze verlief wie mit dem Lineal gezogen ganz waagerecht über dieses Geschmeide aus Granit, unterhalb davon war der Fels hellblau. Da waren sie also, die heraldischen Farben Bayerns.

Er hatte keine Ahnung gehabt, dass man von München aus die Alpen sehen konnte, und blieb ganz in Bann geschlagen stehen, betrachtete die Berge, bis er Ski unter den Füßen fühlte. Er war das Gegenstück zu einem Seemann, der auf einem Hof im Hochland logiert, von dort plötzlich das Meer sieht und sofort die Ruder in den Handflächen fühlt. Es war mit das Schönste, was er je gesehen hatte. Aber man stelle sich das vor, dahinten in diesem halbweißen Kleinkram hatte er einmal Todesängste ausgestanden, die bedrohliche Macht der Natur zu spüren bekommen, und das an einem sonnig-unschuldigen Tag beim Skifahren, als er und seine Kameraden an ihrem letzten Tag in Kitzbühel beschlossen hatten, klammheimlich doch auch einmal die berühmt-berüchtigte Abfahrt am Hahnenkamm auszuprobieren, die ihr Idol Franz Klammer am Vortag in zwei Minuten und neun Sekunden hinabgeschossen war. Es war das dritte Mal in Folge, dass Klammer das Hahnenkammrennen gewonnen hatte, das schwerste Rennen und die gefährlichste und schneidigste Abfahrt der Welt. Jung hatte schon von Autoren gehört, die sich in die Hölle gedichtet hatten, aber keinem von ihnen wäre jemals in den Sinn gekommen, sich auf zwei gewachsten Brettern diesen Hang hinabzustürzen. Allerdings sah er plötzlich vor sich, wie der Kirchenlieddichter Hallgrímur Pétursson in Skistiefeln auf Kiefernbrettern in solcher Fahrt vorbeischoss, dass sich die Haut von seinen Knochen abhob und ihm ganze Hautlappen hinterherwehten.

Nachdem sie anfangs den Abfahrtshang in vorsichtigen Slalomschwüngen hinabgewedelt waren (wie Bier war auch Abfahrt in Island verboten), kamen sie an ein vereistes Hangstück, an dem es keine andere Möglichkeit mehr gab, als im Schuss möglichst gerade abzufahren, denn rechts und links war die schmale Stelle eng eingezäunt. Klammer war mit mindestens Tempo 200 darüber hinweg geflogen. Jung und seine beiden Kumpel Vinningur und Valsson kamen mit einiger Fahrt an die Stelle und taten das Einzige, was ihnen übrig blieb. Sie stürzten sich in den Hang und hofften das Beste. Unterschiedlich schnell schossen sie über den vereisten Abschnitt, und unterschiedlich hart landeten sie unterhalb davon in etwas stumpferem, verharschten Schnee, sie kamen gerade noch ohne Verletzung davon, aber nicht ohne Schrecken, der Jung immer noch verfolgte. In seinem Kopf hingen keine Poster von Nietzsche oder Wagner, sondern vom Klammer Franz, und manchmal sah er nachts mit dem Kopf auf dem Kissen den Meister vor sich, wie er wie ein Stahlvogel mit glänzendem Helm in großer Höhe über das Kopfende des Betts geflogen kam. So schnell, dass die Beschriftung seiner Ski nicht zu lesen war, aber Jung wusste, dass er Fischer C4 fuhr, dasselbe Modell, das auch er hatte.

Nachdem er wochenlang in der herbstlichen Wärme in seinem

blauen Mantel geschwitzt hatte, begrüßte der kälteempfindliche Isländer die Ankunft des Winters. Man konnte jetzt sogar einen Pullover überziehen. Das Bierglas hatte sich bewährt und enthielt mittlerweile fünf schwarze Speiresultate. Das neue System funktionierte. Gefährlich wurde es nur, wenn das Würgen zu plötzlich einsetzte oder etwa in einer Menschenmenge. Jung achtete immer darauf, den am wenigsten besetzten U-Bahnwagen zu nehmen.

Gegen Ende des Monats hatte er noch einmal einen Arzt aufgesucht, einen anderen, und ihm seine sonnenlose Story erzählt, ihm auch die Endprodukte gezeigt. Nach Inspektion der schwarzen Dinger im Bierglas hatte ihn der kahlköpfige Arzt mit gehobenen Brauen und gespitzten Trompeterlippen über den Schreibtisch angeschaut: »Tja.«

»Wissen Sie nicht, was das sein könnte?«

Der Arzt schwieg eine Weile und schloss langsam die Augen, dann antwortete er mit einer Gegenfrage: »Könnte es sich vielleicht einfach um Teer handeln?«

Stellvertretend für das Bier und die schwarze Masse leicht beleidigt, ging Jung die klinisch saubere Treppe hinab, blieb auf einem Treppenabsatz stehen, holte das Glas hervor und hielt es gegen das Licht des Treppenhausfensters. Die schwarze Masse glänzte im Licht wie feiner Asphalt. Was zum Teufel konnte das sein?

In der Akademie drückte sich Jung an den Wänden entlang, hielt zu allen Abstand und reservierte für sich einen abgeteilten Winkel in der Ecke des Klassenraums, zog selten den Mantel aus, außer wenn ein Bild ausholende Bewegungen erforderte, und deponierte ihn dann in sicherer Reichweite. Seine ungarische oder rumänische Kommilitonin, die immer so leise durch den Raum schlich, dass eine Katze sie kaum hören konnte, überraschte ihn einmal, wie er gerade das große Bierglas in der Hand hielt und dessen rabenschwarzen Inhalt betrachtete, als wäre er Satan persönlich, der sich einen Schluck flüssigen Obsidian genehmigt hatte. Er überspielte die Situation mit einem Grinsen und Schnauben, ergriff einen Pinsel und tat so, als wollte er ihn ins Glas tunken. Sie lächelte schüchtern, hob die Brauen und glitt auf leisen Sohlen in ihre Ecke, wo sie ihre dunklen Haare in wasserverdünntes Blau tunkte und damit über das Papier strich, vor und zurück, vor und zurück. Das tat sie stundenlang, wie ein schweigender und penetranter Yogi, und trug so Schicht um Schicht eine abstrakte Farbfläche auf, die ebenso flach und matt war wie sie selbst. Es blieb ein Rätsel, wie sie mit derartiger Ruhepoesie bei einem Professor angenommen worden war, der ungehemmte Hingabe forderte und der kaum etwas anderes als einen Bild gewordenen Schrei gelten ließ.

Nach einigen Wochen fleißigen Akademiebesuchs nahm sich Jung eine Woche frei, sein Geist brauchte eine Auszeit von dieser Selbstvermarktung. Er fand das ganz in Ordnung, das Erscheinen seiner Kommilitonen fiel ohnehin so unregelmäßig aus wie in der Kunstklasse zu Hause. Vormittags war meist nur die schweigsame Haarpinslerin anwesend, nachmittags trödelten Patti Smith und Konsorten ein und brachten einen Kasten Bier mit. Dann wurden die Einstürzenden Neubauten in den Kassettenrekorder geschoben und Pinsel und Bierflaschen geschwungen. *Kollaps!*

Jung legte über dieses Benehmen die Stirn in Falten und mimte den kunsterfahrenen Sittenwächter, sagte aber nichts weiter, als dass er jede Einladung zum Mitsaufen dankend ablehnte. Kunst hatte für ihn mehr mit Kloster als mit Party zu tun. Klammer brauste ja auch nicht besoffen über die Piste. Kein Alkohol am Pinsel! Bierkonsum bekam der neuen wilden Kunst allerdings gut, er erhöhte die Unbekümmertheit, die Ungenauigkeit, Verzweiflung und Hingabe. Er selbst hatte es ausprobiert, mit links zu malen, und auf diese Bilder die beste Resonanz erhalten. Professor Schöpfke war zweimal erschienen, um die Arbeiten der neuen Schüler zu begutachten, und hatte beide Male ebenfalls eine Flasche Bier in der Hand gehalten. Beim zweiten Mal hatten ihm schon mehrere Flaschen auf der Zunge gelegen, und Jung hatte nicht ein Wort von dem verstanden, was der Meister zu ihm sagte, nur die Speicheltröpfchen beobachtet, die ihm aus dem Mund in den Raum sprühten und ihn unwillkürlich an die Fernsehbilder vom Ausbruch der Hekla erinnerten, in denen glühende Lavabrocken aus dem fauchenden Krater geschleudert wurden und langsam zur Erde fielen.

Ein Satz war aus dem Gesabbel aber zu ihm durchgedrungen: »Sie sind zu witzig.« Abends zu Hause schlug er die Bedeutung im Wörterbuch nach. Nach Meinung des Professors waren seine Bilder also zu lustig. Er hielt ihn für einen »Witzbold«! Ein ernster junger Mann ging ins Bad und verglich dieses Wort mit seiner strengen Miene im Spiegel. War er »witzig«? Und davon abgesehen: Wie konnte man »zu witzig« sein?

Vielleicht sollte er einfach den einen oder anderen angebotenen Schluck annehmen und angesäuselt malen, sich von sich selbst frei machen, Bier übers Bild kippen und mit alkoholgetränktem Pinsel und bierverdünnter Farbe darüber herfallen wie einer, der sich prügeln will, ordentlich austeilen und die mit Verdikt belegte Vorsicht und Prüderie beiseiteschieben. Er malte einige Bilder in dieser Art – ohne dabei zu trinken – und stellte fest, dass er wie ein neuer Wilder malen konnte. Oder doch nicht? Immer war darin noch etwas von Beherrschtheit zu spüren, die Pinselstriche schienen wild und ungehemmt übers Papier gefahren zu sein, aber wenn man zurücktrat, war immer noch ein Zusammenhang zu erkennen, irgendein innerer Zusammenhalt im Ganzen.

Er konnte nicht unkontrolliert malen, und es tat ihm in der Seele weh, wenn er es probierte. Seine linkshändigen Versuch verursachten ihm ein solches Unbehagen, dass er sie schon am nächsten Tag nicht mehr sehen konnte, denn er hatte sich selbst betrogen, nur etwa zehn Prozent seiner Fähigkeiten genutzt, um eine Arbeit anzufertigen, die die größte Zustimmung fand. Was war das für eine Kunst, die nicht alles von ihm verlangte?

Der Seelenschmerz nahm noch beträchtlich zu, wenn er Patti & Co betrachtete, die im Atelier herumhingen wie eine noch nicht öffentlich aufgetretene New-Wave-Band, Fransen der Lederjacken baumelten über eng eingeschnürten Hintern, dazu knöchelhohe Chucks, auf strikt antikapitalistische Manier x-beinig nach innen eingedreht und so wahnsinnig cool, dass sie bei jedem Schritt hinzufallen oder in ein Loch zu stürzen drohten, das in der Nacht durch den geistigen Bankrott des Wirtschaftswunders entstanden war. Er sah sie eine Etage tiefer rutschen, wo eine andere und bessere Gesellschaft sie in Empfang nahm, wo jeden Abend Palmen aus dem Boden wuchsen und geklaute Polizeilichter im Tanzrhythmus blinkten, der von Rauchschwaden in den Hirnen gedämpft und umnebelt wurde, wo der Anarchismus permanent mit dem Marxismus vögelte, immer schön abwechselnd brachten sie einen Tag ein Mädchen, am nächsten einen Jungen zur Welt, Kinder, denen man das Hirn ausgeblasen hatte und die ein schwachsinniger Nachbar namens Gewalt zu sich nahm und mit Pulver aufzog, und sonntags verübte er mit ihnen Attentate.

Der junge Mann blieb allein über dem Loch im Boden zurück und malte mit strenger Miene, Palette und Pinsel in der Hand, das Großgemälde *Der Winter kommt nach Bayern* in poetischem Realismus, in dem mathematische Genauigkeit beachtet wurde und noch die kleinsten Details ihm alles abverlangten, hundert Prozent Anstrengung und Konzentration. Das Bild zeigte einen jungen Mann in einem Mantel auf offenem Feld und mit dem Rücken zum Betrachter. Am Horizont standen die Alpen, zur Hälfte weiß, und reichten dem jungen Mann bis zu den Knöcheln. Um seine Füße waberte in Schleiern ein Gas, das jeden Stein und Halm in weißes Porzellan verwandelte. Trotz eines surrealistischen Einschlags stand das Bild deutlich in der Nachfolge Caspar David Friedrichs.

29

OLYMPIASTADION

Jeden zweiten Samstag ging er ins Stadion, stand mit Tausenden auf der Gegengeraden gegenüber der Tribüne und sah sich die Fußballspiele an, hoffte, sein Landsmann bei Bayern München würde einmal eingewechselt. »Sigur« hockte auf der anderen Spielfeldseite auf der Bank, ein dunkelhaariges Wunder im Trainingsanzug, und selbst quer über den Platz und die doppelte Laufbahn war die salzige Röte im Gesicht des Mannes von den Westmännerinseln zu erkennen. Sechs Jahre zuvor, am 5. Juni 1975, hatte ein noch jüngerer Jung gesehen, wie »Sigur« im heimischen Laugardalsstadion den Siegtreffer in dem historischen Spiel Islands gegen die DDR mit einem Schuss erzielt hatte, den keiner wirklich gesehen hatte, so schnell war es gegangen.

Jung war auch in London einmal im Stadion gewesen, und er wunderte sich, wie leise das Publikum in München war. Mehr als sechzigtausend Mann saßen und standen und sahen mehr oder weniger leise dem Spiel ihrer Mannschaft zu. Keine Massengesänge, hinter dem Tor, wo die Fans standen, nur wenige Fahnen und Transparente in der Luft. Im Stadion an der Stamford Bridge hatte die Tribüne gesungen wie ein Mann, hier verhielt man sich gemäßigter. Die Deutschen glaubten, sich bei Massenveranstaltungen immer noch zurückhalten zu müssen.

In der Pause stand es 1:0 für den deutschen Meister. Borussia Mönchengladbach schien keine Chance zu haben, doch Jung hoffte insgeheim auf ein Tor der Borussia. Zum FC Bayern konnte er nur halten, wenn der Isländer spielte. Das war bislang nur ein einziges Mal der Fall gewesen, und es hatte nur sechs Minuten gedauert. Jung verließ seinen Stehplatz, fand einen Würstchenwagen und kaufte sich zu deutscher Schlagermusik, die aus den Tribünenlautsprechern auf der anderen Platzseite herüberdröhnte, eine Cola und eine Brezel. Er hatte gerade zum ersten Mal in die *Brezn* gebissen, als er seine beiden Landsleute, den breitgesichtigen Bragi und Viktor mit dem scharfen Blick, traf, die er seit dem Oktoberfest nicht mehr gesehen hatte. Alle drei guckten sogleich ein bisschen reserviert, als wäre es ihnen peinlich, dabei erwischt zu werden, dass sie den Samstag lieber bei einer Proletenveranstaltung wie Fußballgucken als in der Oper oder im Lenbachhaus verbrachten. Jung beeilte sich, die linke Hand mit der Cola dicht vor die Brust zu halten, um die Ausbeulung durch das Bierglas zu verdecken, das sich nun, da er sich warm anziehen und den Mantel zuknöpfen musste, deutlicher darunter abzeichnete. Das Gespenst des Löwen schüttelten sie schnell ab und fielen gleich über den ungarischen Bayerntrainer Pál Csernai her, der offensichtlich nicht begriff, welche Perle aus Island er auf der Bank schmoren ließ.

»Ich meine, wozu kaufen sie ihn überhaupt ein, wenn er dann bloß auf der Bank versauern darf?«

»Hat der noch nie von dem Spiel gegen Wales gehört, in dem er zwei Tore geschossen hat?«

»Genau. Oder das Tor gegen die DDR!«

Sie schlenderten zu den Stehplätzen zurück. Das majestätische Plexiglasdach über der Tribüne, das sich in großartigem Schwung von einem Spielfeldende zum anderen schwang, tauchte vor ihnen auf, eine architektonische Meisterleistung. Das Olympiastadion von 1972 sollte ein leichtes, fröhliches und vor allem ein neues Deutschland zeigen. Der Stil war hochmodern und streckte sich, wie auch das Dach, bis zu den damaligen Grenzen der Bauingenieurskunst. Der einzige Mangel kam daher, dass der Architekt anscheinend nie eine Sportveranstaltung besucht hatte. Die Tribünen stiegen viel zu flach an und waren zu weit vom Ort des Geschehens entfernt. Sie waren besser geeignet, gute Architektur zu bejubeln als ein gutes Fußballspiel.

Plötzlich drang Wohlbekanntes an ihre Ohren. Aus den Lautsprechern kam »Í Reykjavíkurborg« des Popduos Þú og ég. Es war unverkennbar, dass die beiden da sangen, auch wenn der Text jetzt auf Englisch war: »My Hometown«. Die drei Isländer guckten sich verblüfft an. Was hatte dieses Lied hier zu suchen? War es etwa in Deutschland populär? Es war nichts Neues, dass isländische Fußballer im Ausland spielten, aber dass man dort isländische Musik spielte, hatte es noch nie gegeben. In Jungs Jugend hatten viele isländische Bands versuchsweise ihr Durchbruchsjahr in London verbüßt, wo sie zusammen in einem einzigen Zimmer in Soho hausten und mit ihren Popsongs von einer Adressen zur nächsten hausieren gingen, eingängige Melodien mit Texten auf Keflavíkenglisch, aber immer ohne Erfolg. De facto hatte es, abgesehen von einigen Romanen Halldór Laxness', die ins Deutsche, Dänische und Russische übersetzt worden waren, kein Erzeugnis isländischer Kultur über die Landesgrenzen hinaus geschafft. Es lebten durchaus einige isländische Künstler in ausländischen Großstädten, aber Errós Bilder in Paris, Helgi Tómassons Choreographien in New York oder die Arbeiten des

Konzeptkünstlers Sigurður Guðmundsson in Amsterdam »isländische« Kunst zu nennen war problematisch. Die war voll und ganz auf das kleine Reykjavík beschränkt, die bierlose Stadt am nördlichen Eismeer.

Von plötzlichem Nationalstolz überwältigt stand Jung da und sah zigtausende Deutsche unter einem isländischen Schlager. Natürlich hatten sie keine Ahnung, woher das Lied eigentlich stammte, genauso wenig wie sie auf den dunkelhaarigen Ersatzspieler mit den roten Wangen achteten, der sich mit anderen Reservisten auf dem leeren Spielfeld warm spielte und über das novembergrüne Gras trabte wie ein muskelstrotzender Zuchthengst mit schwarzer Mähne.

Doch bevor das Popliedchen zu Ende war, hatte sich der Stolz in fühlbare Einsamkeit verwandelt. Was für ein Schicksal, diesem verborgenen Volk anzugehören, das so unbedeutend war und keiner kannte! Er hatte andere Ausländer in der Stadt gesehen, Türken in der U-Bahn und im Keller, die Ungarin an der Akademie. In Pattis Clique war ein Typ aus der Schweiz, in der anderen Klasse eine junge Schwedin. Doch waren das alles Menschen aus Völkern, die in die Millionen gingen. Sie waren *normal*. Man sah es ihren Mienen an und hörte es am Tonfall ihrer Stimmen, dass es in ihren Ländern Vergleichbares gab, auch da gab es Opernhäuser, Straßenbahnen, Kunstmuseen und Standbilder auf öffentlichen Plätzen, in ihren Heimatstädten gab es Pizzerien, Cafés und überdachte Sportplätze. Sogar die Schweden konnten weltbekannte Namen wie Björn Borg, ABBA, Ingemar Stenmark und TetraPak vorweisen. Und in all diesen Ländern gab es Bier, sie brauten sogar ihr eigenes.

Verglichen mit ihnen kamen die drei Isländer auf der Stehtribüne alle vom selben Bauernhof, der mit achtzehn Giebelchen unter einer Felswand ganz oben auf dem Globus kauerte. Sie waren so selten wie Aliens, redeten in einer Sprache, die keiner verstand, kamen aus einem Land, das keiner kannte, voller Ideen, Erlebnisse und Erfahrungen, die sich nicht übersetzen oder verständlich machen ließen, denn noch kaum ein Erdenbürger war auf dem Planeten gelandet, der den Namen Island trug. Sie waren nicht grün, sie hatten nicht bloß ein Auge, sie hoben sich äußerlich nicht von der Masse ab, doch auf einer Infrarotaufnahme würde man die Gletscher sehen, die sie auf ihren Schultern trugen, in ihre Ohren waren die Eigentümermarkierungen geschnitten wie bei Schafen, sie trugen das schlechte Wetter in ihren Augen, und die Abstammungslinien wanden sich um ihre Hälse, als wären sie von einer altmodischen Volksgruppe aus dem Kaukasus, deren Angehörige am Reimstab gingen und mit den Dichterohren wackelten, stockkonservativ von Kopf bis Versfuß, ganz zu schweigen von dem Vieh, das ihnen auf Schritt und Tritt folgte und das weder Kuh noch Lamm noch Schaf war, sondern das Land, ein vierbeiniges Land, für das sie sich in Kneipen und Zügen schämten, das sie aber in ihren Zimmern gern mit Briefen fütterten, und zwischendurch saugten sie alles in sich auf, was das Vieh von sich gab, in Tintenblau oder auch in Druckerschwärze.

Nun hatte es dieses Hirtenvölkchen aus den ziegenlosen Bergen des Nordens also tatsächlich geschafft, mit den vereinten Bemühungen eines grölenden Schlagers, eines zweibeinigen Springinsfelds auf dem Pausenrasen und drei Schuljungen auf der Tribüne drei kurze Minuten in der Geschichte des großen Deutschland zu okkupieren. Noch ehe der Song endete, fielen tatsächlich Schneeflocken vom Himmel, erst leicht und vereinzelt wie Federn, dann wie Schuppen aus den Haaren und schließlich in großen Flocken. Bevor die zweite Hälfte angepfiffen wurde, war ein dichtes Schneetreiben im Gange. Das Flutlicht wurde eingeschaltet, und ein mitteleuropäischer Schneeschauer bis in große Höhe beleuchtet. Das musste etwas zu bedeuten haben. Jetzt würde man bestimmt den Isländer bringen.

In der Tat. Die Gladbacher schossen gleich zu Beginn der zweiten Halbzeit den Ausgleich, und bei Breitner und Rummenigge lagen die Nerven blank. Als noch eine halbe Stunde zu spielen war, ließ man endlich den Isländer ins unentschiedene Spiel eingreifen. Sechs isländische Augen leuchteten auf und beobachteten nicht weiter das Spielgeschehen, sondern folgten nur noch dem einen Spieler, dem gleich von Beginn an die Stutzen auf die Knöchel hingen, was zusammen mit seinen roten Heimaey-Backen gewissermaßen sein Markenzeichen darstellte. Bald darauf hörte es auf zu schneien. Lange Minuten verstrichen, bevor »Sigur« zum ersten Mal den Ball bekam, doch dann schaltete er sich häufiger ins Spiel ein und agierte fleißig im Mittelfeld. Es war jedoch deutlich zu sehen, dass dieser Fremde keine rechte Anbindung ans Spiel seiner Mannschaftskameraden fand. Entweder waren seine Pässe zu steil für sie, seine Bewegungen zu schnell, oder seine Spurts in den freien Raum wurden von ihnen nicht bemerkt. Sie verstanden diesen Isländer immer noch nicht, so sehr sie sich auch seiner Genialität bewusst waren.

Es gab wenige Torchancen, und es fiel kein Tor mehr, bis der Ball fünf Minuten vor Schluss nach einer Ecke zu »Sigur« kam. Knapp außerhalb des Strafraums nahm er den Ball volley aus der Luft, ähnlich wie bei seinem legendären Tor gegen die DDR-Auswahl, und die Kugel flog wie ein Pfeil Richtung gegnerisches Tor, drehte sich um die Zusammenballung von Angreifern und Verteidigern wie ein weißer Blitz zwischen roten und grünen Trikots und hielt auf die äußerste linke Ecke nahe beim Pfosten zu. Der Torwart hechtete mit ausgestrecktem Arm in die Ecke wie ein Vater, der in letzter Verzweiflung sein Kind vor dem Sturz in einen Abgrund retten will, und lag für einen langgedehnten

Moment waagerecht in der Luft, während das Leben in weißer Kutte würfelte – auf einer blanken und abgewetzten Eichenholztischplatte, die in der Luft schwebte, hoch über den Flutlichtern, die vom Schneefall noch nass und darum für einen Wurf nicht gerade gut geeignet war –, beugte sich dann langsam über seine Würfel, die aufgrund der Nässe nicht weit gerollt waren, zählte die Augen zusammen und befahl dann dem weißen Ball, knapp am Außenpfosten vorbeizustreichen. Der Aufschrei von sechzigtausend Menschen stieg in den Himmel, und drei Isländer fluchten unterdrückt. Der junge Mann spürte, wie sein Herz gegen das Bierglas schlug.

Das Spiel endete 1:1 unentschieden, und die Masse schob in drückendem Schweigen zu den U-Bahnen. Es begann wieder zu schneien, und Jung sah, wie sich auf den Schultern und Mützen der Zuschauer vor ihm kleine Häufchen Schnee bildeten. Seine Kumpel verfluchten »Sigurs« Pech und schaukelten dann in der Masse der anderen Fahrgäste in die Stadt zurück. Bragi lud sie in sein Studentenwohnheim ein, er könne »Pasta« für sie kochen. »Pasta« klang interessant, hörte sich italienisch an, aber Jung konnte die Einladung natürlich nicht annehmen. Ein solches Risiko durfte er nicht mehr eingehen. Er murmelte etwas von einem Buch, das er noch auslesen müsse, doch seine Landsleute lachten nur über diese Ausrede, und eine bessere fiel ihm nicht ein. Ein einwöchiges Alleinsein machte sich geltend, es ließ sich nicht leugnen, dass er ganz gern mitgehen wollte. Außerdem waren sie echt prima Kerle. Viktor wusste alles über Fußball und hegte sehr unterhaltsam feststehende Ansichten.

»Ich meine, Albert hat bei Valur, bei den Glasgow Rangers, bei Arsenal, Nancy und dem AC Mailand gespielt. Wie sollte er es denn da sein ganzes Leben lang in nur einer Partei aushalten?«

Er und Bragi waren auch freundlich genug, mit keinem Wort

auf die Bierstiefel zu sprechen zu kommen. Was aber sollte er tun, wenn ihm mitten beim Essen etwas hochkam? Ob er sich im Mantel zu Tisch setzen konnte?

Plötzlich fing er durch die Menge den Blick einer schwarzhaarigen Traumfrau auf. Sie war einen Kopf kleiner als er, ihre Augen aber waren deutlich größer als seine, und sie glitzerten wie Edelsteine, hellgrau, pechschwarz, reinweiß und leuchtend weiß, zwei funkelnde Lebenskugeln in der dunklen, feuchten und schwitzigen Achselhöhle der U-Bahn. Und jetzt erschien sogar ein Lächeln auf ihren Lippen, es bildete sich dort wie der erste Riss in der Schale eines platzenden Eis, ein feiner Riss, der weitere nach sich zog und noch mehr … Wie kam sie dazu? Er wollte gerade zurücklächeln, als ihn Bragi am Arm zupfte: »Wir steigen hier aus.«

Jung drehte sich um und kam erst etwas nach ihnen aus dem Waggon, ein paar kräftige, dicke Männer befanden sich zwischen ihm und den beiden anderen. Über die Schulter eines der Dicken hinweg sah Jung, dass Bragi auf dem Bahnsteig auf ihn wartete. Jung nickte ihm zu, sah dann das Schild an der Wand: Odeonsplatz. Im gleichen Moment erhielt er eine Warnung aus der Magengegend. Er warf Bragi einen schnellen Blick zu – Viktor wartete weiter hinten – und entdeckte dann am Ende einer Sitzreihe an der Wand einen Abfalleimer. An abgelegenem Ort, tief verborgen im Bruchteil einer Sekunde, traf er eine überlegte Entscheidung, hier durfte eine Ausnahme gemacht werden, also warf er sich über den Abfalleimer, beugte sich so tief darüber, dass er fast den Kopf hineinsteckte, und ließ das schwarze Zeug kommen.

30

DER STIEFELKÖNIG

Er tauchte schnell wieder aus dem Abfalleimer auf und wischte sich den Mund ab, ging dann auf seine Landsleute zu und bekam es ganz gut hin, unbekümmert den Kopf zu schütteln, als hätte es sich um ein völlig normales Kotzen gehandelt.

»Ist alles okay mit dir?«, erkundigte sich Bragi.

»Ja, ich habe nur was mit dem Magen.«

»Glaubst du, du kannst trotzdem etwas essen?«, fragte Bragi wie eine fürsorgliche Hausfrau.

»Ja, klar«, antwortete der junge Mann ganz selbstsicher. Jetzt konnte er sich entspannen, die Gefahr war vorbei, den Rest des Abends würde er Ruhe haben. Das hatte sich bestens gefügt, obwohl jetzt natürlich andere die Konsequenzen tragen mussten. Sie gingen den Bahnsteig entlang und bogen zu den Rolltreppen ab. Jung warf noch einen Blick zurück auf den Abfalleimer, ehe er um die gekachelte Ecke bog.

Sie überquerten den Platz, und Bragi deutete auf die Feldherrnhalle, eine offene Säulenhalle nach Florentiner Vorbild mit Standbildern aus der bayerischen Militärgeschichte, an der Hitler besonderen Gefallen gefunden und die er oft für Veranstaltungen genutzt hatte, um sich feiern zu lassen. Der Führer hatte also selbst Gebäude ruiniert, die den Krieg überdauerten, dachte der junge Mann.

Es wurde allmählich dunkel, gelbliches Licht der Straßenbeleuchtung rann die Eisenmasten der Laternen hinab und kroch über die Sockelmauern die Wände der Kirchen hinauf. Sie liefen durch mehrere Straßen und blieben dann vor einem Portal stehen. Bragi drückte auf einen Klingelknopf und wurde mit einem

Summen des Türöffners belohnt, der ihnen den Eintritt in einen dunklen Torbogen freigab. Durch ihn gelangten sie in einen dämmerigen Innenhof, in dem ein modernes Ziegelsteinhaus mit vier Etagen und drei Eingängen stand. Es mutete sehr dänisch an und wurde auf vier Seiten von hohen, klassizistischen Bürgerhäusern umstanden. Bragi wohnte in einem quadratischen Zimmer im Erdgeschoss und hatte eine eigene Küche, die Deckenhöhe war die gleiche, die sie auch von zu Hause gewöhnt waren. Jung ärgerte sich seit Langem über die üblichen zweieinhalb Meter, die standardisierungssüchtige Architekten seit Jahrzehnten einhielten, und war der Ansicht, die menschliche Seele bräuchte mindestens einen halben Meter mehr, um sich wohlzufühlen, die Künstlerseele noch mehr, und darum betrug die lichte Höhe in den Räumen der Kunstakademie auch sechs Meter.

Sie setzten sich an den Tisch, tranken Bier, redeten über das Spiel, die Bayern, »Sigur« und die Isländerkolonie in der Stadt, die aus etwa zwanzig Landsleuten bestand. Jung erfuhr, dass ein älterer Landsmann von ihm an der Akademie »irgendwas mit Glas« machte. Bragi hielt sich seit zwei Jahren in München auf und kannte Geschichten von einem Komponisten mit Namen Thor Baldursson, der im vorangegangenen Jahrzehnt in München gelebt, mit dem berühmten Giorgio Moroder zusammengearbeitet und ein paar Songs für die Discoqueen Donna Summer komponiert hatte. Ohne dass man es ihr ansah, war die Stadt kein unbedeutendes Labor für Popmusik. Musicland war ein bekanntes Tonstudio und selbst Freddie Mercury ein häufiger Gast in den Nachtclubs der Mönchsstadt. Nach dem, was Bragi erzählte, soll vor Jahren sogar Halldór Laxness einen kurzen Zwischenaufenthalt eingelegt und sich so für Thor Baldurssons Mercedes begeistert haben, dass er sich einen ganzen Abend lang von dem Komponisten durch die Stadt chauffieren ließ. Beim Treffen der

Isländergesellschaft am folgenden Tag hatte der Nobelpreisautor in eine Brezel gebissen, den Geschmack aber nicht gemocht, und der Leckerbissen wurde nun in einer Glasvitrine im Haus des Vereinspräsidenten wie eine Reliquie aufbewahrt. Jung sah eine uralte, vertrocknete *Brezn* auf einem Bronzesockel vor sich, der ein Stück fehlte, wie ein Konzeptkunstwerk von Kristján Guðmundsson, mit dem Titel *Heimskringla*, »Weltkreis«.

Denn genau so kam Jung die Welt vor. Andere hatten hineingebissen, Nahrung für sich daraus bezogen, historische Erzeugnisse daraus gemacht und dafür Ruhm und Ehre geerntet. Für ihn aber war sie in eine Vitrine eingeschlossen, ein steinhartes Museumsstück. Das Einzige, was ihm und seinen Zeitgenossen noch blieb, war, die Größe des abgebissenen Happens zu bestaunen und die Leere zu betrachten, die zurückgeblieben war. Mehr gab es nicht mehr abzubeißen. Es war alles längst gelaufen. Alle Kriege waren beendet, sogar der in Vietnam, und der Klassenkampf fast ebenso. Sämtliche ideologischen Auseinandersetzungen waren erledigt, seitdem die Hippies nach eigener Aussage diesen Kampf vor dreizehn Jahren für sich entschieden hatten. Jung war in einer friedlichen Wohlstandsgesellschaft aufgewachsen, in der alle Auseinandersetzungen auf die albernen Farcen reduziert waren, die zwischen morgendlich verschlafenen Gruppenseelchen und das Maul aufreißenden Knallisten auf den Gängen der Kunsthochschule ausgetragen wurden und in denen er doppelt als gedungener Parteigänger fungiert hatte. Die Geschichte war an ihr Ende gekommen und mit ihr alle Geschichten. *Es war längst alles schon geschehen.* Und darum konnte diese klägliche, schwarzweiße Entweder-Oder-Zeit mit dem Datum November '81 auch niemals historisch werden, egal wie laut polnische Werftarbeiter auch auf kalten Stahl hämmern mochten.

Bragi ging und machte sich in der Küche zu schaffen, Viktor

vertiefte sich in eine jüngere Ausgabe des *Spiegel* mit dem Umschlag des Romans *Mephisto* auf der Titelseite. Jung hatte eine Abneigung gegen die Zeitschrift entwickelt, weil sein Deutsch nicht ausreichte, um sie richtig zu verstehen. Es blieb ihm auch verschlossen, wie man Woche für Woche 300 Seiten über diese unbedeutenden Zeitläufte absondern konnte, die kaum ein Wort wert waren. Und wer, zum Teufel, hatte die Zeit, an sieben Tagen in der Woche jeweils vierzig Seiten Zeitung zu lesen? War das eine Erklärung für die fünf Prozent Arbeitslosigkeit in der Bundesrepublik?

Jung schaute von der weißen Tischplatte zum Fenster, das auf den Hinterhof hinausging. Hinter der Scheibe war nichts als Dunkelheit zu sehen, aber dennoch war es sehr wohl zu spüren, dass das neue Studentenwohnheim auf allen Seiten von älteren und höheren Häusern umzingelt war. Durch das blätterlose Astwerk der Bäume waren in den sechsgeschossigen Fassaden erleuchtete Fenster zu sehen, an einem ging gerade ein bärtiger Mann im Unterhemd mit einem Topf in der Hand vorbei, und auf einmal kam es Jung vor, als würde der ihn vorbeugend abschotten. Der bärtige Mann im Unterhemd mauerte. In seinem Topf war frisch angerührter Zement, und er arbeitete für die Zeit, stand im Begriff, die Fensteröffnung zu verschließen und Jung einzumauern. Sein Leben würde hinter einer sechs Etagen hohen Häuserwand in München verschwinden. Auf allen Stockwerken lebten Menschen, die er nicht verstand und die ihn nicht verstanden. Jenseits der Mauern käme das Jahr 1982, aber er würde es niemals erreichen, er säße im Jahr 1981 fest.

Jung ertrank schon im Selbstmitleid, als Bragi aus der Küche kam und ein Gericht auftrug, das er Karbon-Ara nannte. Jungs Mutter hatte hin und wieder Spaghetti mit Gehacktem und Tomatensoße gekocht wie sonst Kartoffeln und Fleisch, doch hier gab es nur … nein, da schwamm das eine oder andere Fitzelchen Fleisch. Bragi bezeichnete es als Bacon.

»Das ist im Grunde ein ganz einfaches Gericht. Nur Eier, Sahne und Bacon. Und Spaghetti natürlich und Pfeffer, viel Pfeffer!«, lachte er und setzte sich zu ihnen an den Tisch. »Und dann kann man das hier noch drüberstreuen«, setzte er hinzu und raspelte etwas von einem harten, gelben Würfel über sein Essen. »Paar me san.«

Es war alles so neu und spannend. Jung sah Bragi bewundernd an. Er war nicht bloß ein guter Kerl, er konnte auch gute Geschichten erzählen, wusste guten Fußball zu schätzen und konnte obendrein auch noch gut kochen. Jung hatte noch nie einen Mann kochen sehen. Und dann auch noch ein ganz neues Gericht, von dem zu Hause in Island noch nie jemand gehört hatte. Nicht unwahrscheinlich, dass Bragi wirklich der erste Isländer war, der Karbon-Ara zubereitete. Es war total lecker und hatte viel mehr Geschmack, als er erwartet hatte. Jung schaute Bragi wieder an und badete dessen Gesicht in schüchterner Zuneigung. Gesegnet sei, wer einen Hungrigen speist.

Nach der Hälfte der Mahlzeit klingelte das Telefon, ein graues Plastikteil von Siemens, das neben der Eingangstür an der Wand angebracht war und einem neumodischen Bügeleisen derselben Firma zum Verwechseln ähnlich sah, bis Bragi den Hörer abnahm. Er sprach kurz und gut gelaunt auf Isländisch, kam zurück und verkündete, Guðbergur, Svavar und Thor würden im Ratskeller essen, und es sei die Frage, ob sie nicht nachher zu ihnen stoßen wollten. Mit einer kleinen Kopfbewegung gab Bragi zu erkennen, dass sie in der Touristenfalle nicht ernsthaft aßen, sondern sich darüber amüsierten. Jung verspürte ein Bedürfnis, zu kotzen, aber der Vorrat an Schwarzem schien noch erschöpft zu sein. Aber wer konnte zu einem Vorschlag des kochenden Bragi

Nein sagen, der sie jetzt über den *Mephisto*-Roman von Klaus Mann aufklärte, der seit der Verfilmung durch den Ungarn István Szabó in aller Munde sei.

Zu Jungs Überraschung kamen sie leicht aus dem Wohnheim heraus, durch den Innenhof, durch die Toreinfahrt und hinaus auf die Straße. Sie liefen Richtung Innenstadt, kamen zum Marienplatz und gingen zu dritt nebeneinander auf dem Bürgersteig, der an der Seite des Platzes verlief, als ihnen die heilige Dreifaltigkeit entgegenkam, drei junge Herrn in Mänteln, die an eine kleine, feine Studentenband auf dem Weg zu einem Fotoshooting denken ließen. Jung fühlte einen Stich im Magen, als er eine blonde Löwenmähne sich über dem dazugehörigen Lachen schütteln sah. Thor war offensichtlich mitten in einer Geschichte, und Svavar und Guðbergur lachten pflichtschuldigst. Hoffentlich sind sie nicht zu betrunken, dachte Jung, aber sein Wunsch ging nicht in Erfüllung. Sobald der Löwe ihn entdeckte, brach er ab und führte stattdessen auf dem Bürgersteig mit weit ausholenden Gebärden eine Art Tänzchen auf, das anscheinend so etwas wie das übertriebene Scharwenzeln einer Hofschranze vor ihrem König darstellen sollte.

»Oh, mein hochedler Herr«, wiederholte er immer wieder, so dass er von Speichel ganz feuchtglänzende Lippen bekam; dabei begann er Jung zu umkreisen, bis er aus dem Gleichgewicht kam und vom Trottoir auf die Fahrbahn zu fallen drohte, doch rettete er sich in letzter Sekunde mit ausgestrecktem Arm und richtete sich ruhiger wieder auf, wobei er einen Blick auf einen Firmenschriftzug auf der anderen Straßenseite erhaschte, und er fiel vor Lachen beinahe wieder um. Über einem edlen Schuhgeschäft stand mit schwarzen Lettern auf goldenem Grund: *Stiefelkönig*. Und zwischen seinen Lachanfällen rief Thor nun immer wieder: »Der Stiefelkönig! Unser Stiefelkönig! Hahaha!«

Seine Kumpel lachten zunächst mit, verstummten aber bald. Bragi und Viktor standen peinlich berührt abseits. Jung erkannte mit einem Grinsen an, ja, das war ein lustiger Zufall, und er konnte ihren Stiefelkönig abgeben. Er behielt dieses in Beton gegossene Grinsen bei, bis Thor sich weitgehend ausgeschüttet hatte vor Lachen und an ihn herantrat, ihm die Hand auf die Schulter legte und in gespielter Ernsthaftigkeit sagte: »Weißt du, dass ein Stiefelkönig, ebensowenig wie der Erlkönig übrigens, keinesfalls mit solchen Pick…«

Weiter kam er nicht, denn Jung krümmte sich plötzlich zusammen und spuckte schwarz. Er versuchte noch schnell, den Mantel zu öffnen, schaffte es aber durch Thors Hand auf seiner Schulter nicht, und gab sich Mühe, am Löwen vorbeizuzielen, schaffte aber auch das nicht ganz. Ein Teil des Erbrochenen streifte dessen hellen Mantel, sodass er einen winzigen Spritzer davon unterhalb der rechten Tasche abbekam, und ein ansehnlicher Flatschen landete auf seinem rechten Wildlederschuh. Der Rest auf dem Bürgersteig. Dem Blondgelockten verschlug es die Sprache, und er sprang ein Stück zurück, während Jung sich hinkauerte und weiter schwarzgesprenkelten Schleim hustete. Die Flecken auf den Steinplatten wurden sogleich matt.

»Ist alles in Ordnung?«, fragte Bragi, und Jung spürte seine Hand auf dem Rücken.

»Ja, ja«, antwortete er und hustete noch immer, wischte sich dann mit der Rechten den Mund ab.

»Mann, Scheiße, was ist das denn für ein Teufelszeug?«, hörte er den Löwen an der Bordsteinkante zetern. Er blickte auf und sah Guðbergur und Svavar über Thors Schuh gebückt und fragend brummen.

Bragi beugte sich stattdessen über Jung, griff ihm unter den linken Arm und half ihm aufzustehen. Als sie sich aufgerichtet hatten, begann Thor seinen Veitstanz aufs Neue, fluchte und stampfte im Stakkato mit dem linken Fuß auf. Vom anderen Schuh stieg heller Rauch auf, und das Ganze bot einen ziemlich komischen Anblick, sah aus wie ein archaisches Ritual, bei dem man über einem Feuer tanzte. Irgendwann bekam der Löwe den Schuh vom Fuß und warf ihn auf die dunkle Rasenfläche. Alle sahen sie ihm verdattert nach. Auf der Grenze zwischen Straßenlicht und Nachtdunkel, an der Berührungslinie von Mensch und Natur stand ein einzelner Schuh, aus dem in komplizierten Mustern Rauch aufstieg und an ein schwer verständliches, aber natürlich äußerst symbolisches Minutenkunstwerk im Stil des Schweizer Dynamitkünstlers Roman Signer erinnerte.

Jung nahm Reißaus. Er stürzte Richtung Marienplatz davon. Er hörte, wie Bragi ihm nachrief, drehte sich aber nicht um und saß wenig später in der U-Bahn, blass, verschwitzt und verpickelt, und sein Herz klopfte an einem Bierglas.

31

DER HEILIGE JOSEPH VON KLEVE

Er durfte diese Freunde nie wiedersehen, er durfte überhaupt keinem Isländer mehr begegnen, er konnte sich nie wieder im Stadion sehen lassen. Verdammt! Er war in flagranti erwischt worden. Er war ein gefährlicher, feuerspeiender Drache!

Am Sonntag blieb der junge Mann in seinem Zimmer, bis ihn der Hunger ins Wirtshaus in der nächsten Straße trieb. Es war das einzige Vorkriegshaus im ganzen Karree und schmückte sich mit dem Wirtshausnamen in schwer zu entziffernder Fraktur: *Zum Schmiedwirt*. Er fühlte sich immer ganz wohl in diesen ländlichen Bayernschenken, in denen Schweinskerle vor Schweinshaxen saßen und bierbrüstige Frauen kellnerten. Selbstverständlich gab es zu allen Gerichten Sauerkraut, und man musste achtgeben, keine Knödel als Beilage zu bekommen, diese speziellen bayerischen Kartoffeln schmeckten wie gekochte Wollknäuel.

An Haken neben der Tür hingen Tageszeitungen in Haltern aus Holzleisten mit Handgriff. Die Deutschen wollten sich nicht an den Missgeschicken ihrer Mitbürger die Finger schmutzig machen. Der junge Mann nahm die Sonntagsausgabe der *Bild*, obwohl er über deren miese Inhalte ebenso im Bilde war wie über die genialen Enthüllungen Günter Wallraffs, über die ihn der Sohn des Dichters aufgeklärt hatte. Aber sie war am leichtesten zu lesen, und die Sportnachrichten konnten wohl kaum verdächtig sein. Insgeheim fand er auch die Aufmachung des Blattes toll, seine Verwendung von Rot zum Schwarzweiß. Er setzte sich wieder in seine Nische, kam aber nicht gleich zu den Sportseiten, weil eine kurze Meldung ganz unten auf der Titelseite seine Aufmerksamkeit erregte: *München. Feuer in der U-Bahn!* Die Meldung selbst umfasste nur sieben Zeilen, doch daneben stand ein grob gerastertes Foto von einem ausgebrannten Papierkorb unter einem Schild mit der Aufschrift *Odeonsplatz*.

Er blätterte mit leicht zitternden Fingern um und nahm vorsichtig einen Schluck Bier. Auf Seite 3 sprang ihm ein barbusiges Mädchen entgegen, und der Pickel auf seinem Nasenflügel begann zu summen wie eine Fliege an einer Fensterscheibe, die hoffnungsvoll losbrummt, wenn das Licht eingeschaltet wird. Jung selbst beachtete das Mädchen kaum und blätterte mit knallrotem Gesicht weiter bis zu den Sportseiten. Es dauerte zwei Minuten, bevor er durch den nervenbedingten Nebel den Bericht vom gestrigen Spiel lesen konnte. »Sigur« bekam 6 Punkte für seinen Einsatz gegen Gladbach, genauso viele wie Rummenigge. Breitner bekam nur 5 Punkte. Sieg für »Sigur«. Jetzt *musste* er doch zum nächsten Spiel in die Startelf kommen! Der junge Mann versuchte sich auf die Ergebnisse der anderen Bundesliga-spiele zu konzentrieren, doch es gelang ihm nicht, und schließlich blätterte er auf die Titelseite zurück. Wie konnte das sein: Eine Meldung auf der Titelseite der *Bild*! Er schaute sich flüchtig um. Zwei freundliche Herrn saßen an einem Tisch in der Raummitte und tranken trübes Bier. Hatten sie gesehen, wie er die Nach-richt von dem Brand in der U-Bahn gelesen und reagiert hatte? Er musste sich besser in Acht nehmen und durfte nie wieder in Mülleimer brechen, immer nur ins Bierglas.

Die Kellnerin brachte ihm sechs Nürnberger Würstl mit unver-meidlichem Sauerkraut, und Jung verzehrte sie mit wirrem Blick. Wie konnte sich so schön gefärbtes Essen in dieses schwarze Zeug verwandeln, das er von sich gab?

Seine Vermieterin kam am Abend nicht nach Hause, es war jetzt eine Woche her, seit er sie das letzte Mal gesehen hatte. Viel-leicht schlief sie wirklich im Büro. Sie hatte ihm erzählt, Siemens habe weltweit 250000 Angestellte. Das waren genauso viele wie die Gesamtbevölkerung Islands. Bestimmt war sie eine Art Mi-nisterin im Siemensstaat, zuständig für 30000 Menschen und mit Sprechzeiten rund um die Uhr, wegen der Zeitverschiebung.

Gegen Mitternacht klingelte das Telefon im Flur. Jung ging hin, betrachtete den Apparat, bis er noch dreimal geklingelt hatte, und hob dann ab. Es war Bragi, der sich erkundigte, wie es ihm ging, und dann lachend fragte: »Was für ein Zeug hast du Thor auf den Schuh getan?«

»Ach, das war bloß so ein Mittel, das wir in der Akademie be-nutzen.«

Die anschließende Woche verbrachte er zu Hause mit Lesen, Nachdenken und anderen Unzulänglichkeiten. Er schrieb einen

Brief mit Neuigkeiten aus seinem Leben, den er mehrfach kopierte, um ihn an Freunde und Verwandte in Island zu schicken, der aber nichts über seine wahren Probleme enthielt, sondern mehr von der bodenständigen Freude handelte, im Olympiastadion einen Isländer bei Bayern spielen zu sehen, und druckfrische Meldungen der *Bild* vom Trainingsplatz weitergab, denen zufolge hatte »Sigur Rummenigge mit unsterblichen Pässen in den Strafraum versorgt. Er ist auf dem Weg in die Startelf.«

Er überstand die Tage ohne Schwarzes und feierte das, indem er am fünften Tag Weißes von sich gab, als das Pickelwachstum unter der Haut die Ohren erreicht hatte. Es erhöhte die Vorfreude, nackt mitten im roten Zimmer zu stehen, und es steigerte die Spannung, die Zimmertür einen Spaltbreit offen stehen zu lassen, auch wenn die Frau Minister nicht zu Hause war.

Am Freitagmorgen hielt er das Leben in der Vorstadt nicht mehr aus, und der junge Mann beschloss, in die Kunstakademie zu gehen. Im Klassenraum war die ungarische oder rumänische Haarmalerin am Werk und blickte nicht eher auf, als bis sie mit dem Verkehr auf dem Papier fertig war. Ihre Ausdauer war unglaublich, neben ihr auf dem Boden lag ein kniehoher Stapel von haarblauen Werken, die eines wie das andere aussahen. Jung lächelte ihr wortlos zu und erhielt ein flüchtiges Lächeln zurück, bevor sie sich umdrehte, die Haare in blaue Farbe tauchte und die nächste Runde begann. Wie oft pinselte sie so über jedes Blatt? Zehn Mal? Zwanzig Mal? Hundert Mal? Jung besah sich eine Weile den Stapel Papier und dachte über dieses Lächeln nach, bis er zu dem Schluss kam, dass dieses Mädchen absolut humorfrei war und es gerade deswegen in der Kunstwelt einmal weit bringen würde. Je länger er diesen Stapel mechanischer Poesie betrachtete, desto gewisser schien es ihm, dass sie binnen kurzer Zeit Weltruhm erlangen würde. Humorlosigkeit war der Schlüssel zum Erfolg in der internationalen Kunstszene. Alle großen Namen in der Gegenwartskunst waren vierkantige Fundamentalisten, die niemals lächelten, weder in ihren Werken noch in ihren Interviews. Daniel Buren, On Kawara, Richard Long, Roman Opalka, Joseph Kosuth, Wolfgang Laib, Christian Boltanski, Sol LeWitt, Donald Judd, Dan Flavin, Carl Andre, Richard Serra, Jannis Kounellis ... nicht ein Tropfen Duchamp in ihnen. Geradwinklige Formalisten allesamt, und sie würden Fräulein Blauhaar mit der Zeit freudig in ihren Reihen willkommen heißen.

Dennoch blieb die Frage: Was hatte sie hier in der Werkstatt für Neue Malerei zu suchen, die doch im Kern eine ungeduldige Rebellion gegen humorlose Strenggläubigkeit war?

Der junge Mann ging in seine Ecke und sah den eigenen Stapel Blätter mit derselben Klarsichtigkeit wie den der jungen Frau. Und ja, es herrschte dasselbe Problem der Menge. Trotz säumigen Erscheinens in jüngster Zeit häufte sich auch hier das bemalte Papier, was nicht dazu beitrug, das Knittern und Schrumpfen der Seele zu vermindern, das damit einherging. Es war unmöglich, lange diese »neuen wilden« Bilder zu malen. Man war in vier Minuten damit fertig, dieselbe Zeit, die es brauchte, einen Punksong zu komponieren und aufzuführen. An einem Tag hatte er einmal dreißig solcher Bilder gemalt. Er sah seinen Stapel an und bekam fast Kopfschmerzen von der schieren Menge, er gab auf, verließ den Raum und folgte auf dem Flur einem rundlichen Mädchen wie ein Hund einer Hündin die steinerne Treppe hinauf in die zweite Etage, wohin er noch nie gekommen war. Sie verschwand hinter einer Tür, und Jung entdeckte dahinter *die* Bibliothek.

Er wurde von Ehrfurcht ergriffen, als er in die erhabene Stille trat. In dem kleinen Lesesaal mit drei hohen Bogenfenstern bildeten die Lesetische ein großes Viereck, vergoldete Leselampen ließen die Tischplatten grünlich aufleuchten. Die Bibliothekarin, eine reifere Frau in einem dezenten, dunkelblauen Kostüm, beugte sich über ein Buch. Sie blickte kurz auf, ein kräftiges Gesicht mit ausgeprägtem Kiefer, aber doch hübsch wegen der Haut, Augen und Lippen sorgfältig geschminkt. Jung konnte nichts dagegen tun, er sah sie augenblicklich in wildem, leicht gewalttätigem Sex mit ihrem außer Rand und Band geratenen Ehemann vor sich, wie sie es schreiend und verschwitzt in der heimischen Essecke trieben. Die fensterlosen Wände des Raums bedeckten hohe Bücherregale mit schmalen Stiegen und Galerien. Er konnte die ganze Pracht nur mit Felswänden zu Hause vergleichen, etwa in der Ásbyrgi oder der Almannagjá. Alles dort gab es nur in der Echosprache der Berge, hier aber bestand der Fels aus Tausenden von Buchrücken. Hier war die gesamte Kunstgeschichte in einem einzigen Raum versammelt, alle Sammlungen der Welt.

Er stieg eine schmale Leiter hinauf und folgte einer Galerie zum Buchstaben D, wo er gleich neun Bücher über den Meister aus der Normandie fand. Eines war auf Englisch: *The Essential Writings of Marcel Duchamp*, erschienen bei Thames & Hudson. Der Untertitel hieß in einer etwas komplizierteren Verdrehung seines Namens *Marchand du Sel*. Wie ein Pirat, der einen zu großen Schatz findet, stellte Jung das Buch ins Regal zurück, auf so eine Lektüre musste er sich erst geistig vorbereiten. Jedenfalls hatte er jetzt einen Grund, weiterhin die Akademie zu besuchen.

Auf dem Weg zurück stieß er auf ein ganz neues Kunstbuch, das dem Werk von Joseph Beuys gewidmet war, dem bedeutendsten Namen der deutschen Kunst seit dem Krieg. Der junge Mann hatte schon in Reykjavík versucht, sich mit seinem Werk vertraut zu machen, aber nichts davon begriffen. Trotz der erdverbundenen Materialien Filz und Fett hatte Beuys' schwer verständliches Werk etwas Erhabenes und Romantisches, wenn nicht gar Mythisches an sich, das ihn abstieß. Auf heimischen Partys hatten die Jünger der Neuen Kunst, besonders der aus Akureyri, versucht, ihm den Zugang zu Beuys zu ebnen, indem sie ihm die Geschichte erzählten, wie Beuys im Zweiten Weltkrieg als Angehöriger der deutschen Luftwaffe auf der Krim in einem Sturzkampfbomber abstürzte und tagelang in Wrack und Schnee ausharrte, bis ihn Tataren fanden, mit Fett einrieben und in Filz einwickelten. So blieb er dem Leben und der Kunst erhalten, für die er fortan mit Fett und Filz arbeitete. Hier wurden Götter und Germanen nicht veralbert, hier hatte sich ein Künstler selbst zum Mythos erhoben.

Vielleicht aber war Beuys ein guter Vertreter Nachkriegsdeutschlands, das deutsche Volk brauchte einen solchen Mann, der den Nationalsozialismus in seiner Schwäche und Niederlage zeigte, der abgestürzt war, der allein und verlassen im Schnee gelegen, sich dann erhoben hatte und sein tödlich verwundetes Volk mit Fett salbte und es in Filz wickelte und ein rotes Kreuz auf das graue Paket nähte. Kreuze waren in Beuys' Werken allgegenwärtig, ebenso wie tote Hasen. Seine bedeutendste Aktion trug den Titel *Wie man dem toten Hasen die Bilder erklärt*, bei der der Künstler, mit Honig und Blattgold bedeckt, seinem Volk, dem toten Hasen, den er im Arm hielt, die Kunst erklärte. Die amerikanische Nation war dagegen ein quicklebendiger Koyote, denn Beuys' zweitberühmteste Aktion bestand darin, dass er sich über ein langes Wochenende mit einem solchen in einer New Yorker Galerie einschloss. *I Like America and America Likes Me* lautete der Titel.

Jung nahm das Buch mit nach unten, setzte sich damit an einen der grünen Tische und blätterte darin. Hasen auf Stelzen und in Fett getauchte Stelzen, Kreuze auf Kreidetafeln und Kreidetafeln in Filzpantoffeln …? Wie sollte man solche Werke verstehen? Sie waren auf andere Weise unbegreiflich als *Das Große Glas*, bei dem man den einen oder anderen Einfall verstand, sich aber mit dem Gesamtverständnis schwertat, wo man sich von einem Geniestreich zum nächsten tastete, über einen dem Anschein nach äußerst tiefen Fluss. Bei Beuys sackte man dagegen gleich bis zu den Knien ein, bevor man noch kaum den Fluss erreicht hatte, der zudem nicht sonderlich tief zu sein schien. In den Erläuterungen zur »Eurasisch-sibirischen Sinfonie 1963« erfuhr der Kunststudent, dass es sich bei ihren Bestandteilen in Wahrheit um Utensilien einer Aktion des Künstlers aus dem Jahr 1966 in Berlin handelte. Es waren die irdischen Überreste einer göttlichen Aktion, Souvenirs eines heiligen Augenblicks. Und als Jung sich noch einmal die Legende von der unglaublichen Rettung des Künstlers aus dem Flugzeugwrack durchlas, bekamen dessen Werke unleugbar eine heilige Aura.

Es handelte sich um Reliquien aus der Hinterlassenschaft eines Heiligen, nicht unähnlich den Ketten des heiligen Petrus, die in einem besonderen Glasschrein in der ihnen geweihten Kirche San Pietro in Vincoli in Rom aufbewahrt wurden. Die Kunde von ihnen hatte der junge Mann nebenbei in einer Stunde zur Kunstgeschichte von den Lippen des rauchspeienden Tweedmeisters vernommen, der sich allerdings die Nachbemerkung nicht verkneifen konnte, dass sich ihnen »Petrus' ausgeprägtes Interesse an Schlüsseln verdanke«. Hauptsächlich war es in der Stunde um Michelangelos Mosesstatue gegangen, die sich in derselben Kirche befand. Sie war ein Kunstwerk im herkömmlichen Verständnis, aber Schlüssel-Peters Ketten in einem Glasschrein? Das war keine Kunst, höchstens ein altes Kuriosum, wie es der Lehrer bezeichnet hatte.

Hier saß der junge Mann nun vor einem Werk von Beuys, das dieselben Wurzeln zu haben schien wie Petrus' Ketten. Das Kunstwerk war zu einem heiligen Requisit aus den Beständen des heiligen Künstlers geworden. Nicht etwas, das er durch Arbeit erschaffen hatte, sondern Dinge, die er bloß berührt hatte. Solche Dinge gab es seit Langem, und sie wurden seit langer Zeit verehrt, mindestens seit Petrus' Zeiten, doch dass man sie als Kunst betrachtete, das war neu. Es gab dem jungen Mann eine beträchtliche Eingebung. Plötzlich fand er sich als in Kutte gewandeter Mönch in der Mönchsstadt wieder, in der uralten Bibliothek eines winzigen Ordens sitzend, in der sich die Brüder und Schwestern in Kunst-Christi über die heiligen Schriften beugten. Er selbst studierte die Vita des heiligen Joseph von Kleve.

Er schlug das Buch zu, erklomm die Leiter und stellte es an seinen Platz zurück, kletterte wieder nach unten und verließ die Bibliothek. Das Bild von Beuys' Werk begleitete ihn. Es war augenscheinlich in einem bedeutenden Museum aufgenommen worden. Nachdenklich kam er die Treppe herab in die erste Etage und bog um die Ecke, hinter der ein Wort auf ihn wartete, das möglicherweise er entdeckt hatte, ein Wort aber, das er nicht aussprechen und nicht mit ins Erdgeschoss nehmen wollte, ein Wort, dessen er sich entledigen wollte, bevor er unten die Cafeteria aufsuchte, in der seine Kommilitonen heiter und glühend in ihrem Glauben hockten. Er wurde es schließlich in einem Abfalleimer am Ende der langen Theke im hinteren Teil der Kantine los, bevor ihm ein Kunstwerk ganz anderer Art begegnete, dunkelhaarig und mit roten Wangen.

32

»AL GABINETTO!«

»Kann ich helfen?«

Sie musste Italienerin sein, sie sprach mit italienischem Akzent, sie war sicher die Tochter des italienischen Ehepaars, das die Cafeteria betrieb, sie sah ihrer Mutter, der Kassiererin, ähnlich, sie stand hinter der langen Theke aus Chrom und Glas, sodass nur Kopf und Schultern zu sehen waren, sie war ein Stück kleiner als der junge Mann, und durch den komplizierten Wirrwarr aus Glaskonsolen, Fächern und kleinen Gerichten waren die weiter unten befindlichen Umrisse ihres Körpers kaum zu erkennen, sie hatte glänzend schwarzes Haar wie Rabenschwingen und lächelte mit strahlend weißen Zähnen, sie hatte kräftige schwarze Augenbrauen, die fast zusammenwuchsen, sie hatte rote Flecken auf den Wangen, als käme sie gerade vom Skilaufen, sie schien Schweißperlen auf der Stirn bis in den Haaransatz zu haben, aber so war es nicht, sie hatte eine klanghelle Stimme und ließ Jung an Glocken in einem hohen, fernen Kirchturm denken, sie hatte einen leicht runden Rücken und kleine Brüste unter einem weißen, etwas omahaften Pullover, sie hatte das Haar zurückgesteckt, ein paar einzelne Härchen standen davon lang und schwarz ab, kurze und weiße vom Pullover, sie hatte eine klassische, römische Nase, doch war sie nicht zu groß und an der Spitze sehr hübsch gebogen, sie strahlte vor Schönheit und Lebenslust, sie hatte schmale, glänzende Lippen, nicht rot von Lippenstift, sondern von der rosenroten Schönheit ihrer Muttersprache gefärbt, sie lugte über den Tresen wie Italien über die Alpen, sie hatte ihn gefragt, ob sie ihm helfen könne, und er hatte noch nicht geantwortet.

Als er sich vorbeugte, um die Auswahl an Snacks in der Auslage zu begutachten, sah er nur ihre Augen. Sie schwammen wie zwei schwarzglänzende Oliven über der Theke oder wie zwei sternklare Nächte über dem Golf von Neapel, die langsam über die klarhellen und sonnenscheinblauen Alpen schwebten.

»Wie ist der Name von diese?«

Sie verstand es genau richtig falsch.

»Wer? Ich? Wie ich heiße?«, fragte sie und lachte überrascht und schüchtern auf.

Er war seinerseits ein sehr ungeübter Flirter und schon gar kein *cavaliere* und außerdem von der Schönheit ihres Gesichts völlig aus der Fassung gebracht, sodass er, wobei er auf den entsprechenden Teller in der Auslage deutete, gewissenhaft und wie ein humorloser Skandinavier berichtigte: »Nein, ich meinte das da, dieses Essen auf dem Teller da.«

»Ach, wirklich? Oh«, sagte sie noch immer lachend. »Das ist eine Spinat-Käse-Crostata.«

»Ah, das hört sich gut an. Dann hätte ich gern so eine, bitte.«

»Eine Käse-Spinat-Crostata. Darf es noch etwas sein?«

Sie hatte auf der Spinat-Käse-Torte die Zutaten vertauscht; das war unbestreitbar etwas komisch. Wer war dieses Wesen? Vielleicht sollte er noch mehr sagen, um mehr von diesen hellen Kirchenglocken zu hören, die in ihrer Stimme mitschwangen, und so den zugehörigen Turm genauer vor sich sehen zu können. Momentan schien er ihm eckig, weiß und sehr hoch auf einer fernen Lichtung zu stehen und waldbedeckte Hügel zu überragen, sein Glockenläuten trug über Höhen und Täler, es lag eine ganze Landschaft in ihrer Stimme.

»Nein, danke.«

»Bitte«, sagte sie, und es war kein gewöhnliches »bitte«, sondern es hörte sich an, als würde die Mona Lisa Deutsch sprechen. Sie brachte den Teller zu ihrer Mutter, die am Ende der langen Theke hinter einer großen Kasse thronte wie ein stolzes Versprechen, wie die Tochter in dreißig Jahren aussehen würde. Bei der Kasse verlief der Tresen nur noch auf Hüfthöhe, doch Jung reagierte zu spät, um den Körper des Mädchens dahinter zu betrachten, und dann war sie schon wieder hinter dem gläsernen Aufsatz verschwunden. Er hörte, wie sie den langen Schlacks hinter ihm anstrahlte:»Der Nächste bitte!«

Mona Lisa, die Deutsch sprach. Nicht einmal Leonardo könnte das malen. Jung ging in Trance zur Kasse und versuchte sich, in der Hoffnung, die alte Dame (die kaum älter als vierzig oder fünfzig war) würde ihn als Schwiegersohn akzeptieren, wie ein Mann zu halten, ohne sich dabei so weit aufzurichten, dass die Ausbeulung durch das Bierglas sichtbar wurde. Wie seltsam das Leben doch spielte. Monatelang hielt es sich wie ein Bär in seiner Höhle verborgen und sprang dann plötzlich daraus hervor und platzierte großartige Dinge auf dem Tresen einer akademischen Cafeteria, wo niemand mit irgendetwas rechnete. Am einen Ende der Theke war die Liebe aufgeflammt, und dann folgten liebreizende Bekanntschaften mit dazugehöriger Romantik: Alpensonne, Oliven und exotische Spinatgerichte, und nun war er am anderen Ende der Theke angekommen und stand kurz davor, beim Familienoberhaupt um die Hand der Tochter anzuhalten. Dabei hatte er doch sein Leben der Kunst geweiht und geschworen, sich nie von einer Frau einfangen zu lassen, sich nie durch Büstenhalter oder Babys binden zu lassen, niemals Lohn-, Gehalts- oder Rentenempfänger und Fahrgast im Bus der Gesellschaft zu werden, sondern vielmehr allein seinen Weg abseits der Wege zu gehen.

Und jetzt hatten sich all diese Vorsätze in wenigen Augenblicken in Luft aufgelöst. Sein Schicksal war entschieden, es hatte ihn in italienische Arme getrieben, aus ihm sollte ein italienischer Isländer, *italo-islandese* werden, sie würden in einem Dorf in der

Nähe von Piacenza leben, er würde in der Scheune Bilder malen und sie auf der Terrasse sich selbst anmalen, oder nein, sie brauchte sich nicht zu schminken, sie war eine *bellezza naturale*. Abends säßen sie vor der Tür im noch warmen Garten und würden mit dem Sonnenuntergang Deutsch sprechen, der immer in ihren Bäumen hängen bliebe. Manchmal würde er aufstehen und das Knäuel von Sonnenstrahlen entwirren müssen, das sich in den kleineren Zweigen verheddert hatte. Das tat er jedes Mal mit Freude, denn der Weg zurück zum Hofplatz lag in ihren Augen, er gab ihm Gelegenheit, sie aus der Entfernung zu betrachten, so, wie sie war, im Licht der untergehenden Sonne sitzend, die dunklen Brauen und geröteten Wangen in goldenem Abendlicht gebadet (er würde immer darauf achten, dass nie sein langer Schatten auf sie fiel), und in dem Moment, in dem er sie erreichte, würde es aus dem offenen Fenster im Obergeschoss schallen: »*Al gabinetto!*« Seine nicht mehr gehfähige Schwiegermutter musste nach unten aufs Klo, *al gabinetto*, und sie beide würden sich anlächeln und einen kurzen Kuss geben, denn beide würden sie der alten Frau gern die Treppe herabhelfen und ihr auf der Toilette assistieren, denn beide wären sie diesem Mutterunterleib so dankbar, solches Glück geboren zu haben, dass sie ihn bereitwilligst abputzten.

Er betrachtete die Frau an der Kasse der Akademiekantine, italienisch gepflegt und um die fünfzig, mit daunenweichem Doppelkinn, friedlich wogendem Busen und breitem Hintern, von dem er schon wusste, dass er sich dereinst seiner würde annehmen müssen.

»Das macht zwei Mark und fünfzig Pfennige.«

Das war kein hoher Brautpreis, eigentlich geschenkt für ein derart großes Glück und einen ganzen Bauernhof bei Piacenza als Dreingabe. Er zahlte mit Freude, drehte sich mit Teller und

Besteck um, überblickte den Raum und suchte sich einen Tisch aus, der am weitesten von den noch essenden Kommilitonen entfernt stand. Das war der Tisch gleich neben der Kasse. Er setzte sich an die Wand, der Theke den Rücken zugewandt, hatte aber im Blick, dass er nach dem Essen leicht das linke Bein über die rückenlose Bank schwingen und sich mit dem Rücken an die Wand lehnen konnte, ohne dass das irgendwem unnatürlich vorgekommen wäre. So bekäme er freien Ausblick auf die Alpen und Italien dahinter.

Doch als er gegessen hatte, war das starkbrauige Mädchen verschwunden. Er musste geschlagene sechs Minuten mit dem Rücken an der Wand lehnen, bevor sie mit einem Putzlappen in der Hand wieder erschien und sich daranmachte, die Theke zu wischen. Für einen Augenblick drückte sie den Lappen gegen eine Glasscheibe auf ihrer Seite der Theke, und für diesen Augenblick ähnelte die Form des Lappens dem Umriss der Braut in Duchamps *Großem Glas*. Jung verfolgte sehr genau die Bewegungen des Lappens über die Glasscheiben und versuchte, die Umrisse der jungen Frau dahinter so gut wie möglich zu erraten, doch sie wischte kräftig und ihr Körper war hinter den verspiegelten und reflektierenden Scheiben dauernd in Bewegung, und zudem verschmolz ihr weißer Pulli mit der weißen Wand und den Regalen.

Die Essenszeit war vorüber, und bald blieb er allein im Raum zurück. Die Schwiegermama kam hinter der Kasse hervor und räumte die Tische ab, der junge Mann brachte ein *grazie* hervor, als sie seinen leeren Teller nahm. Das hatte er im *Fjalaköttur* gelernt, dem guten Filmklub, in dem er all die guten Fellini-Filme gesehen hatte, *La Strada, Roma, Amarcord* usw. In denen fehlte es wirklich nicht an Humor, eigentlich kam er in allen Szenen vor, die der Meister der Menschlichkeit gedreht hatte, ob es um eine

Modenschau für Kardinäle im Vatikan ging oder um einen Pfau im Schnee. Selbst da, wo eine winzige, obdachlose Frau nächtens durch die Straßen schleicht, nachdem ihr Liebhaber sie verprügelt hat, lag etwas charmant Komisches in ihrem Gang, der die Szene ausbalancierte, ihr Dreidimensionalität verlieh, sodass sie nicht bloß traurig war, sondern auch komisch, und tiefere Bedeutung erhielt. Für den jungen Mann war Fellini der Zaubermeister der Leinwand, Michelangelo war der Christus der Kunst (»der Gipfel der Kunstgeschichte« laut Aussage des rauchspuckenden Tweedmeisters) und Italien ein fernes Märchenland. Wenn Deutschland die Schule war, dann bedeutete Italien große Ferien, wo die Menschen am Strand schlafen konnten und Kaffeetrinken auf der Straße veranstalteten, abends in den Zirkus gingen und auf Stelzen nach Hause balancierten.

Er passte den richtigen Moment ab und ging dann langsam an der Theke entlang Richtung Ausgang, immer das Mädchen im Blick, das noch immer hinter dem Glastresen arbeitete, und darum wäre er fast über einen Stuhl gefallen, der ihm im Weg stand, weil er hoffte, noch einmal ihren Blick aus den dunklen Oliven aufzufangen, und das gelang. Just als er sich notgedrungen vom Tresen entfernen musste, schaute sie ihn an. Er versuchte ein einigermaßen lässiges Lächeln aufzusetzen, eines, das ihr keinesfalls die Tatsache verriet, dass sein ganzes Leben und ihre gemeinsame Zukunft davon abhingen. Diese wichtige Aufgabe verlangte ihm so viel Konzentration ab, dass er währenddessen alle anderen Sektoren seines Hirns abschalten musste. Daher verabschiedete er sich überraschend auf Dänisch: »Farvel!«

»Servus«, sagte Mona Lisa lächelnd auf Bairisch.

33

NORWEGISCHES INSTITUT FÜR WALD UND LANDSCHAFT

Nun war er also an der Akademie in feste Kost gekommen, bekam dort mittags Crostata an italienischem Lächeln und begnügte sich abends mit Butter und Käse auf Roggenbrot. Alles schmeckte besser, als er es von zu Hause kannte. Jeder Bissen Emmentaler war wie eine liebevolle Wiederbegegnung in seinem Inneren mit einem früheren Leben oder einem bislang verborgenen Gen, was wusste er denn? In Island wurde lediglich eine einzige Sorte Käse produziert und die schmeckte wie geschmacksverstärktes Gummi, andere Käse durften nicht eingeführt werden. Hier aber konnte man lokalen Käse aus jedem Tal haben, und er hatte sich für das Emmental entschieden und hörte es bei jedem Bissen fröhlich von hinter den sieben Leben jodeln. Zu einem solchen Abendbrot schlürfte er einen großen Becher Tee, der ungefähr den Gipfel seiner Kochkünste darstellte. Er trug alles in sein Zimmer, die rote Zelle, schaukelte leicht in dem Schaukelstuhl an dem runden Tischchen und spähte hinaus in den Gefängnishof wie ein junger Mensch, der das Leben noch vor sich hat und entschlossen ist, eine Sache nach der anderen anzugehen, und nun hatte er sich ausgesucht: Roggenkörner aus den Zähnen puhlen.

Mit Fortschreiten der Dämmerung kamen jenseits des Hofs Lichter ans Licht, Gartenlaternen am Weg und Lichter in den Fenstern des gegenüberliegenden Hauses. Jedes einzelne von ihnen stand für ein Leben, eine Ehe, eine Familie, irgendeinen Heino oder eine breitgesichtige Hetty. Er konnte sich in diesen Zimmern einfach kein Glück vorstellen, in seiner Vorstellung konnte unter dieser Jahreszahl niemand glücklich sein; im Jahr 1981 gab es für niemanden Glück.

Doch bald ging es zu Ende.

Grabesstill und ohne Blätter standen die Bäume im Dunkel, dafür war der Hof mit trockenem Laub bedeckt, das im Wind rascheln würde, wenn es denn hier je Wind gäbe. Es war schon sehr eigentümlich, dass die Wettergötter eine derart große Landfläche unbeachtet ließen. Jung war in einem Land aufgewachsen, in dem sie heftig das Zepter schwangen, hier aber regierte allein die Zeit, Jahreszeiten kamen und gingen wie pünktliche Züge und U-Bahnen, mehr passierte nicht in dieser Umgebung. Wie ließ sich eine solche Ereignislosigkeit ertragen? Vielleicht ging es nicht, und daraus entstanden Kriege? In Island kam es nicht dazu, da hatten die Menschen genug mit den allwöchentlichen krachenden und knallenden Überfällen des Nordwinds zu tun.

Jung stand auf und trat ans Fenster, legte die Stirn gegen die kühle Scheibe und schaute angestrengt in den Hof. Blätter lagen im dezembergelben Gras, zusammengerollt, als wären sie zerknüllte Seiten eines missglückten Briefs oder Romans, den der Sommer dem Winter hatte schreiben wollen. Jung hatte nie viel gelesen, ihm war das Lesen schwergefallen, wegen all der endlosen Überlegungen, Spekulationen, Visionen und Traumbilder, die vor seinem inneren Auge vorbeizogen und ihm die Sicht auf bedruckte Seiten verstellten. Ganz wenige Romane hatte er gelesen, meist isländische, die gerade angesagt waren, oftmals traurig-realistische Oberflächenliteratur, der es dennoch gelungen war, im ganzen Land Kontroversen auszulösen, bei diesem verbiesterten, schaffarbenen Volk, das sich seiner klassischen Literatur rühmte, auf jegliche Neuerung aber wie auf eine Maus unter dem Rock reagierte.

Vor Jahren hatte Jung unerwartet seine erste Begegnung mit richtiger Literatur gehabt, und das in einer Waldhütte in Norwegen, nahe der schwedischen Grenze. Er hatte zusammen mit dem

Sohn aus großbäuerlichen Kreisen, einem Schulfreund mit familiären Verbindungen nach Norwegen und in die Fortschrittspartei, den sicher außergewöhnlichsten Sommerjob übernommen, der je einem Isländer angeboten worden war, nämlich Bäume zu zählen. Einen ganzen Sommer lang, von morgens bis zum Sonnenuntergang, marschierten er und sein Freund, einem Rastersystem folgend, im Auftrag der norwegischen Forstbehörde durch norwegische Kiefern- und Birkenwälder, liefen rechteckige Kreise durch eine abwechslungsreiche Landschaft, Kreise mit einer Kantenlänge von einem Kilometer und einem Kilometer Abstand voneinander. Alle hundert Meter sollten sie anhalten und um diesen Punkt einen Kreis mit einem Radius von zehn Metern ziehen, alle Bäume in diesem Kreis zählen und ihr Alter und ihre Höhe notieren. Als Ergebnis sollte eine hoch wissenschaftlich gesicherte Bestandsaufnahme des Waldes zustande kommen.

An der Spitze ihres dreiköpfigen Teams marschierte der ältere Ole aus Gudbrandsdalen, ein verkniffener Waldläufer, der o-beinig über Geröll und Moltebeerengestrüpp latschte, ein fanatischer Rasterfahnder, der nicht einmal die Schönheit wahrnahm oder genoss, die er dreimal täglich selbst schuf, wenn er in einem hochbeinigen Kiefernsaal oder im sonnenleuchtenden Spätnachmittagslicht aus herumliegendem Holz und Reisig ein Feuer machte und seinen norwegischen Waldkaffee darauf kochte; dabei dachte er nur an drei Dinge in seinem Leben: seine Arbeit, seine Pfeife und sein Messer. Ole aus Gudbrandsdalen äußerte täglich drei Wörter: »Nein«, wenn das Feuer nicht sofort knisternd in Gang kam, »nein«, wenn die Isländer vom rechten Kurs abwichen, und »nein«, wenn der Weg an einem Seeufer entlang nicht mit seiner Karte übereinstimmte, auf der er die Arbeit des Sommers eingezeichnet hatte. Über ganz Østfold lag ein Netz kleiner Rechtecke, ein durch und durch wissenschaftliches Raster, das keinerlei Rücksicht auf Natur oder geographische Gegebenheiten nahm. Manche Rechtecke lagen zur Hälfte in einem See, wurden von großen Straßen durchschnitten oder enthielten in einer Ecke eine Filiale des staatlichen Tabak- und Alkoholladens in Björkelangen.

Für die jungen Burschen von der baumlosen Insel war dieses Kiefernleben fremd und unglaublich faszinierend. Die Schönheit des Waldes machte die Monotonie der Arbeit wett, und Jung lernte Norwegen ebenso schnell lieben, wie er ratlos vor dem Norweger stand. Dessen Gehirn schien aus demselben Stoff gemacht wie seine Hände, ein fleißiger Muskel, der zuverlässig seine Arbeit verrichtete, aber keinen Fingerbreit Raum für Zweifel, Unbekanntes, Fantasien oder Träume zu besitzen schien. Einmal führte ihre Rasterrichtschnur durch den Wald über einen holprigen Waldweg, der noch so neu war, dass er sich nicht auf der Karte fand. Das brachte ihren Teamleiter derart aus dem Konzept, dass er dem Weg sieben »Neins« angedeihen ließ, während er ihn mit puterrotem Gesicht entlangstapfte. Er warf bis zum Abend wütende Blicke um sich und schlief, noch fluchend, in der Hütte ein.

Sonntags hatten sie frei, und an einem solchen spazierten die beiden Isländer tiefer in den Wald hinein. Sie klopften an die Tür eines abgelegenen Waldhofs, dessen ausgeblichene Bohlenwände schwerelos wirkten und das Dach allein aus skandinavischer Gewohnheit noch zu tragen schienen. Nicht weit vom Wohnhaus wartete ein Stapel Ersatzplanken darauf, im Bedarfsfall einzuspringen. Ein altes Elfenpaar in Übergröße kam an die Tür gewackelt und lud ein, sie hätten auch Fernsehen, und die Gäste dürften gern mit ihnen gucken. Hundertzwanzig Minuten beschwiegen sie zu viert die Live-Übertragung aus Buenos Aires.

Der mähnenhaarige Mario Kempes führte die Heimmannschaft in der Verlängerung zum Sieg gegen die Niederlande und gewann die Fußballweltmeisterschaft für Argentinien.

In der Halbzeit buk die Hausfrau *Lefsen* und erklärte, sie seien die ersten Besucher seit 1971, abgesehen von dem Mann vom Elektrizitätswerk, der einmal im Jahr nach dem Rechten sähe. Der Bauer saß stoisch und mit großen Füßen in seinem Sessel, hatte die großen Hände auf die Lehnen gelegt, bewegte sich nicht einmal bei einem Tor und schien überhaupt noch nie ein Fußballspiel gesehen zu haben. Jung stellte fest, wie wenig abgearbeitet seine Hände aussahen, in seinen blanken, wohlgefeilten Fingernägeln konnte man sogar den Widerschein des Fernsehapparats sehen, die orangefarbenen Trikots der Holländer und die blauweiß gestreiften der Argentinier, als hätte dieser norwegische Bauernelf in Übergröße an jedem Finger ein Auge.

Jung und der Sohn aus der Landwirtschaft gingen benommen nach Hause, der Sohn ein hoch aufgeschossener Frauenschwarm mit üppigem Haar und ohne einen Pickel. Nach einem Monat ohne jegliche Kultur wirkte das Fußballspiel übermäßig stark auf sie, die Strafräume hatten voller Konfetti gelegen, das bei jedem Angriff aufstob, und der Lärm der Schlachtenbummler war gewaltig. Nachdem sie vier Wochen lang mit nur einem Norweger umgegangen waren, saßen sie plötzlich vor hunderttausend Südamerikanern. Die wuchtigen Kempes-Tore verursachten ihnen Muskelkater im Gemüt, der eine Woche anhielt, und Jung erblickte ein ums andere Mal Kentauren zwischen den Bäumen, mit gesträubten schwarzen Mähnen und senkrechten weißblauen Streifen auf der Brust.

An anderen Sonntagen lag Jung auf seinem Lager in der Hütte und las *Sein eigener Herr* von Halldór Laxness. »Dunkle Wolken standen über den Blaubergen, es herrschte beißender Frost mit leichtem Schneefegen; die Schafe wurden im Stall gefüttert.« Jung verschlang solche Sätze wie kühle Schokolade für die Seele. Das Buch brachte ihm eine Wirklichkeit nahe, die sogar stärker war als die, die er in den norwegischen Wäldern erlebte. Der schöne Abendgesang der Vögel versank im Heulen eines kalten Windes, der um Giebel und Fensterrahmen pfiff. Auf seinem Bett ließen sich schneebrauige Bauern nieder. »Sie nahmen ihre Taschenmesser heraus und begannen sich den Schnee abzuschaben. ›Schwer durchzukommen‹, sagten sie, ›Haftschnee, Harsch.‹« Jung hatte nicht gewusst, dass Wörter stärker als die stärksten Fäuste sein konnten, »Haftschnee«, er konnte sich gar nicht davon losreißen und lief mit diesem Wort eine Woche lang wie mit einer seltsamen Schraubzwinge im Gehirn herum. Er hatte nicht gewusst, dass Worte auf Papier realer sein konnten als die greifbare Wirklichkeit und einen ganzen Wald in einen Namen umzuwandeln vermochten: Þórður in Niðurkot. Was für eine Aussage in einem einzigen Namen, was für ein Porträt eines Mannes, was für eine Geschichte! Am Allerbesten aber war das, was er nicht verstand, der gewollte Unsinn: »O Jesu parvule, o pura optime …« Eine alte Frau leierte an ihrem Spinnrocken eine unverständliche Litanei, die in ihm ein tieferes Verständnis der isländischen Geschichte heraufbeschwor als tausend Seiten Geschichtsschreibung, und wenig später war er wie »die niedrige Stube zum Horizont der Ewigkeiten hin zerflossen«.

Dieser Mann, dieser Halldór, dieser Kiljan, dieser Laxness war ein heiliger Geist, der ein Menschenleben in einem einzigen Namen einfangen konnte: Bjartur, und ein ganzes Volk in einem einzigen Hofgebäude unterbringen: Sumarhús. Sogar die Buchstaben auf den Seiten zitterten, als hätte der Autor in seinem Schaffensrausch jeden von ihnen einzeln und mit eigener Hand in die vergilbten Seiten gehämmert, auf seiner Vorkriegsschreibmaschine im Stakkato, die Anschläge knallten in den lesenden Geist: Torfsatteldecke! Pulverschneesturm! Jomswikinger!

Je weiter sich Jung in diese vergilbte Buchstabensinfonie vertiefte, desto höher arbeitete sich die norwegische Hütte aus dem Wald heraus, die Dachkanten schabten an Baumstämmen empor, brachen Zweige und Äste ab, blieben eine Weile in den Wipfeln hängen, und dann flog die Hütte über den Fjord und über den nächsten hinaus aufs Meer und weiter, bis sie auf einer namenlosen, unbewohnten Heide am Rand des isländischen Hochlands landete. Jeden Sonntag, jeden Feierabend nach der Arbeit, bei Kerzenlicht in norwegischem Sommerdunkel, wurde er heim nach Island schanghait, und das nur mit Worten, mit Zeilen, die vor einem halben Jahrhundert geschrieben worden waren. Sein Geist war eine Schneeammer im Wortsturm des Autors.

Im Herbst erlebte er dasselbe Gefühl der Kleinheit gegenüber den kraftvollen Pinselstrichen eines anderen Giganten im Osloer Munch-Museum. Die intensiv farbigen Pinselstriche versetzten ihm Bild für Bild Schläge, sodass er schließlich halb betäubt das Museum verließ. Die Macht wahrer Kunst war wirklich angsteinflößend. Wie konnten Worte und Farben größere Wirkung auf ihn ausüben als zehn Jahre in der Schule oder ebenso viele auf Skiern, Vater und Mutter, eine heiße Liebesgeschichte mit BHV oder ein ganzer Sommer im norwegischen Wald? Was dieses hohe Kiefernmeer überragte, war das Zweiergespann Munch und Laxness. Wie ein tatkräftiger Kunsträuber entwendete er einige Bilder aus dem Museum und betrachtete sie in Gedanken wieder und wieder. Ein junges Mädchen vergrub sein Gesicht in den Händen, und seine Hände waren feuerrot, eigentlich sogar nur ein schreiend roter Farbklecks auf der Leinwand. Rein rational betrachtet, war das natürlich verrückt, ein nacktes Mädchen trug wohl kaum rote Handschuhe, und wenn es doch rote Handschuhe sein sollten, dann waren sie ausgesprochen unbeholfen gemalt. Sah man aber von Realismus und Regelgemäßheit ab, dann war das ein Pinselschuss ins Herz, eine so treffsichere Veranschaulichung von Schmerz, dass er geradezu stofflich wurde und selbst sofort Schmerz auslöste, auch dort, wo vorher kein Schmerz vorhanden war. Jung, der nichts anderes kannte als ein rundum wohlversorgtes und sattes Leben in einer angenehmen, wenn auch langweiligen Gesellschaft und der noch keinen anderen Schmerz empfunden hatte als den über den Tod einer Großmutter oder beim Ausdrücken von Pickeln, verließ das Museum mit blutendem Herzen. Im Lauf von siebzig Jahren war dieser rote Geniestreich allerdings etwas ausgeblichen und wurde nun in einigen Kunsthochschulen der Welt oberflächlich als »Knall« gelehrt.

Dieses emotionsgeladene norwegische Kunsterlebnis des jungen Mannes stand in schreiendem Gegensatz zu dem, das wenige Jahre später folgte, seiner Entdeckung und Verehrung Duchamps. Anstatt vor Regeln und Logik davonzulaufen, hatte der mit ihnen gespielt, seinen Spaß dabei gehabt, sie zu verändern und in ihr Gegenteil zu verkehren, und so gehofft, nicht »dumm wie ein Maler« zu werden. Welcher Weg aber war der rechte? Emotionale Bilder oder rational kalkulierte Bilder? Jung kam sich vor, als stünde er mit dem linken Bein im Norden, mit dem rechten im Süden und die Länder würden langsam auseinanderdriften. Dabei galt er doch als steifer Knochen und blieb immer eine ganze Handbreit davon entfernt, mit den Fingern die Fußspitzen berühren zu können, ob im Stehen oder im Sitzen – da war an einen Spagat überhaupt nicht zu denken. Die beiden Ansätze schienen unvereinbar. Im selben Jahr, in dem Duchamp in New York sein Urinal aufstellte, hatte Munch norwegische Bauern bei der Feldarbeit gemalt.

Das gleiche Dilemma erlebte Jung bei der Lektüre von Flauberts *Madame Bovary*. Nachdem er mitten in einem norwegischen Wald die Macht der Literatur entdeckt hatte, wollte er noch weitere Vertreter der Weltliteratur kennenlernen. Im Vergleich zu Laxness' inspiriert-mitfühlendem Text war der Franzose ein kalter Wissenschaftler. Auch er beschäftigte sich mit leidenschaftlichen Gefühlen, aber er schilderte sie wie ein Arzt eine Krankheit, er diagnostizierte und beschrieb Symptome bis in kleinste Einzelheiten, blieb selbst aber immer gänzlich unbeteiligt, kühl wie ein erfahrener Gott, der schweigend seine Taschenuhr zückt, während sich der Patient in feuchten Fieberschauern im Bett wälzt. Dennoch machte *Madame Bovary*, obwohl der junge Mann sie in englischer Übersetzung lesen musste, keinen geringeren Eindruck auf ihn als *Sein eigener Herr*. Man konnte sagen, sie sprach seinen Verstand stärker an als Laxness' Roman, ebenso wie es *Das Große Glas* getan hatte. Beide standen sich im Übrigen auch thematisch nahe. Flaubert gestaltete die unterdrückte Lust der Frau, Duchamp arbeitete mit der einsamen Lust des Mannes. Seine Braut war hinter Glas gesperrt, Madame Bovary hinter das Schaufenster einer Apotheke. Selbst Duchamps rätselhafte Schokoladenmühle, die eine Schlüsselrolle in seiner »Liebesmaschine« spielte, hätte aus dem Apothekenfenster in Yonville entnommen sein können, und nicht zuletzt hatten die Junggesellen im selben Werk eine Form, die Pillenröhrchen nicht unähnlich sah.

Es war darum keine große Überraschung, als er durch eine zufällig aufgeflammte Liebe zu Landkarten und Geographie herausfand, dass die beiden französischen Kunstwerke ihren Ursprung in ein und derselben kleinen Landgemeinde in der Normandie hatten. Das erfundene Yonville, Emma Bovarys Wohnort, das nach allgemeiner Ansicht dem Ort Ry nachempfunden war, lag unmittelbar neben Duchamps Geburtsort Blainville-Crevon.

Konnte das Zufall sein? Genauere Nachforschungen brachten zutage, dass Duchamp und Flaubert auf dem selben Friedhof in Rouen begraben liegen. Der muss in etwa die fruchtbarste Erde der Welt enthalten.

Der junge Mann kam zu sich, als plötzlich ein unerklärlicher Luftzug durch den rundum abgeschlossenen Innenhof wehte. Irgendwie hatte sich ein Windstoß in diesem massiv umbauten Nachkriegshof erhoben, denn die zusammengerollten Blätter wehten nun langsam über die Grasfläche. Jung richtete sich auf und löste die Stirn von der Fensterscheibe; er fühlte erst jetzt die Kälte, die sie ans Vorderhirn abgegeben hatte. Er setzte sich wieder in den Schaukelstuhl und wollte seine Gedanken mit Tee aufwärmen, aber auch der war inzwischen kalt geworden. Er stellte den Becher ab, schaukelte eine Weile, hielt dann an und fühlte nach dem Pulsschlag, den er in einem Mundwinkel pochen fühlte. Mit der Kuppe des Mittelfingers ertastete er, dass die Haut dort gespannt und dünn war, leicht geschwollen, heiß und natürlich gerötet. Das Pochen der Hormone war wieder da.

34

MÜNCHEN LEUCHTET

Am Samstagmorgen tauchte auf einmal die Vermieterin wieder auf, Jung hörte, wie sie im Korridor hin und her ging und in der Küche Schränke und Schubladen öffnete. Er lugte aus seiner Tür und begrüßte sie, hatte sie zwei Wochen nicht gesehen. Sie antwortete hastig, war offenbar in Eile, sagte etwas von Siemens und Samstagen, Arbeiten, Winter und Island, fragte, ob bei ihm alles in Ordnung sei, was er bejahte, obwohl er nicht alles verstand, was sie sagte, und schon war sie wieder verschwunden, in einer warmen Winterjacke und mit einer kleinen Tasche, als wäre sie zu einer Tour in die Alpen aufgebrochen.

Er hatte die Wohnung noch mehr für sich als vorher. Er hatte praktisch kein Zimmer, sondern eine ganze Wohnung gemietet. Glück gehabt! Er genoss es, herumzuspazieren, ging ins Wohnzimmer, inspizierte die Bücher in den Regalen, Thomas Mann, Mann, Mann, und die Schallplatten im Schrank, Mozart, Beethoven, Mozart, Brahms, aber nichts, was ihn interessiert hätte, und so kehrte er zu dem deutschen Buch über Duchamp zurück. Er war an einem etwas zähen Kapitel angekommen, in dem sich ein französischer Spezialist über Duchamps Hauptthema ausließ, das er grob umschreiben konnte als »die einsame, verzweifelte und absolut unheilbare Geilheit des Mannes«.

Derartiges als junger Mann allein in der Fremde zu lesen war natürlich genau so, als würde sich ein Krebskranker einen medizinischen Wälzer über die zunehmende Bedeutung der Krebserkrankungen in der abendländischen Geschichte der Krankheiten zu Gemüte führen. Am allerwenigsten half das, und so stand der junge Mann immer wieder auf und erwischte sich dabei, wie er mit erhobenem Glied nackt im Badezimmer stand. Sein jahrelanges Unbeweibtsein hatte zur Folge, dass es ihn aufgeilte, nackt durch die leere Wohnung und vor allem an den Fenstern mit den halb durchsichtigen Gardinen vorbeizuspazieren, als wollte er Sex mit der ganzen Welt, wenn sie ihm schon keine Frau gab.

Nackt ins Wohnzimmer zu gehen war riskant und brachte ihm eine Spannung, die zu noch größerer Steifheit seines Schwanzes führte, der ohnehin schon kurz vor dem Explodieren stand. Die Raumtemperatur war ähnlich der in Island, aber wo der Teppich endete, fühlte sich der Fußboden kalt an, und auch von den großen Fenstern kam ein erregend kühler Luftzug. Lautlos tänzelte er um den kleinen Tisch wie ein Modern-Dance-Jünger und hielt sich im Sichtschutz der halb aufgezogenen Vorhänge. Ob er wohl von draußen zu sehen wäre, wenn er sich vor den nur von weißen Gardinen verdeckten Mittelteil des Fensters stellte? Wahrscheinlich nicht, aber genau konnte man es nicht wissen. Die Wohnung lag in der ersten Etage, vor dem Fenster befand sich ein Balkon, die Schmalseite der Brüstung war verglast. Wäre es einem wachsamen Passanten auf der Straße vielleicht möglich, ihn von schräg unten durch Glas, Fensterscheibe und Gardinen zu sehen? Vielleicht war er sogar von einer Wohnung auf der gegenüberliegenden Straßenseite zu beobachten?

Er sah sein blasses Spiegelbild im Glas über dem Druck von Friedrich dem Großen mit der Flöte, sah seinen Bauch, sah sich selbst nackt bis zur Hüfte hinter dem Vorhang, der von der großen Bühne der Welt gezogen war, einer Welt, die ihn nun fast nackt sehen konnte. Diese Vorstellung erregte ihn noch mehr, und er schob sich langsam zwischen Vorhang und Gardine, fühlte, wie ihn deren trockener, knisternder Stoff berührte. Hatte ihn ein Stück Welt schon jemals so berührt? Er fühlte geradezu Zärtlichkeit in der Berührung der Gardine, ja, er spürte Liebe von dieser durchsichtigen Gardine ausgehen, und stand bald vollständig vor dem Fenster, wo es am hellsten war.

Im Spiegel neben der Wohnzimmertür an der gegenüberliegenden Wand sah man die Rückseite eines jungen Mannes, der mit einer Gardine schäkerte.

Plötzlich gab es ein lautes Geräusch, und Frau Mitchells laute Stimme ertönte. Jung am Fenster erstarrte und überlegte kurz, durch Wohnzimmer und Flur schnell in sein rotes Zimmer zu flitzen, ließ es aber, weil er schon ihre Absätze auf der Diele hörte. »Hallooo!«, sang und flötete sie wie eine Opernsopranistin, die die Bühne betritt. Sie warf einen Blick in sein Zimmer, kam dann ins Wohnzimmer und sah sich um. Er hörte sie mit sich selbst sprechen, vernahm dann aber die Stimme einer zweiten Frau. Er glaubte zu verstehen, dass Frau Mitchell der anderen Frau erklärte, ihr Untermieter sei offenbar ausgegangen und sie sollten nun erst einmal Kaffee trinken.

»Oder möchten Sie lieber Tee?«, hörte Jung nackt zwischen Gardine und dem dunklen Vorhang, der die Balkontür verdeckte. Um zu verhindern, dass seine Zehen darunter hervorlugten, stellte er sich auf die hohe Schwelle vor der Tür und betete, dass die Gardine aufhören möge, sich zu bewegen. Er hörte die Vermieterin hin und her gehen, ablegen, auspusten, einatmen, in den Spiegel schauen und schließlich die zweite Stimme ins Wohnzimmer bitten. Bei dem Schock, den die Stimme von Frau Mitchell in ihm ausgelöst hatte, war alles Blut zum Herzen geströmt, das nun heftig klopfte. Dadurch ließ seine Erektion nach, aber sein Glied stand noch in einem Winkel von neunzig Grad zur Gardine, eine Position, die mehr Raum erforderte. Er rückte auf der Schwelle noch ein Stück zurück und erschrak sich furchtbar, als sein Gesäß gegen die eiskalte Scheibe der Balkontür stieß, aber er riss sich eisern am Riemen, um trotz des plötzlichen Kälteschocks nicht an der Gardine zu wackeln.

So weit er hören konnte, nahm die Freundin auf der Fensterseite am Tisch Platz. Durch die Falten der Gardine sah er sehr undeutlich eine Bewegung. Acht Lagen durchsichtiger Stoff waren so gut wie undurchsichtig. Ihrer Stimme nach zu urteilen, war die Besucherin jünger als Frau Mitchell.

»Da haben wir aber auch wirklich Pech gehabt. Ich hätte nie gedacht, dass Sie schon vor uns fahren. Waren Sie schon lange da?«, hörte er Frau Mitchell fragen, während sie Porzellan auf den Tisch stellte, dass es knallte.

»Nein, ich bin erst kurz vor Ihnen gekommen.«

Jung formte sich aus der fremden Stimme das Bild einer Frau, wie es ein Bräutigam tut, der seine Braut noch nie zu sehen bekommen hat und durch viele Lagen von Schleiern ihr Jawort vernimmt. Aus der Aussprache der Frau schloss er, dass sie dicke Lippen mit rotem Lippenstift haben musste. Er sah eine blonde Frau in ihrer altersmäßig unbestimmten Blüte vor sich, eine hübsche Frau mit kleinen Brüsten, aber breiten Hüften und aufreizend schönen Beinen, eine Frau, ähnlich der älteren Nachbarin, die einmal auf einer Silvesterparty seiner Eltern erschienen war und in dem Teenager mit ihrem kurzen Rock, durchsichtigen Nylonstrümpfen und hohen Absätzen komplizierte Gefühle ausgelöst hatte. Solche Kleidungsstücke hatte er noch nie im Nahkampf gesehen. Doch nun saß sie auf einmal leibhaftig hier und sprach fließend Deutsch. Kein Zweifel, die Stimme war die gleiche.

»Wohnen Sie schon lange hier?«, erkundigte sich die gut aussehende Blondine.

»Ja, seit März '72. Das ist eine Siemens-Werkswohnung. Aber von den ursprünglichen Mitarbeitern sind nur noch ich und ein älterer Herr auf der dritten Etage übrig.«

Frau Mitchell hatte jetzt ihre Gänge zwischen Küche und Wohnzimmer beendet, und beide Frauen saßen am Tisch, tranken Tee und mümmelten Gebäck. Im jungen Mann hatte sich die Steifheit von einem bestimmten Körperteil inzwischen auf den ganzen Körper ausgedehnt. Er stand stocksteif und gliedschlaff auf der Schwelle der Balkontür und achtete peinlich genau darauf, weder das Fensterglas mit dem Hinterteil noch die Gardine mit dem Vorderteil zu berühren, ein Balanceakt, der Konzentration verlangte, denn er steckte zwischen Gardine und Glas und hatte zu beiden Seiten nicht viel Bewegungsspielraum.

»Und wo wohnen Sie?«

»Ich wohne jetzt in der Georgenstraße. Aber nur vorübergehend. Ich habe noch nicht alle Möbel, und außerdem suche ich nach einer besseren Wohnung.«

Der junge Mann kannte die Straße, sie lag hinter der Kunstakademie. Er sah eine leere Wohnung und eine attraktive ältere Frau vor sich; blitzartig kam ihm die Erinnerung an eine Szene aus einem Film, den er allzu jung in einem Kino in Reykjavík gesehen hatte: *Der letzte Tango in Paris.* Maria Schneider, mehr als sexy in einer leeren Wohnung, steigt aus der Badewanne … Langsam wurde sein Blut dicker, er blickte an seinem senkrechten Körper hinab und sah sich daran etwas abspreizen. Der Vorgang ließ sich nicht mit Gewalt verbieten. Wenn ein sexueller Reiz erst einmal in der Leistengegend angekommen war, ließ er sich nicht zurückrufen. Aber vielleicht war das gar nicht so schlimm. Sollte er entdeckt werden, dann war es doch besser, erhobenen Hauptes hinter dem Vorhang zum Vorschein zu kommen.

Die blonde Frau mit den üppigen Lippen und geschwungenen Hüften erzählte weiter von ihrem Leben, ihrer Ankunft in der Stadt vor wenigen Monaten, dem Ende ihrer Ehe in Frankfurt, und wie es sich ergeben hatte, dass sie eine Stelle bei Siemens fand. Der junge Mann verstand nicht alles, aber die Wirkung der Stimme konnte ihm nicht verborgen bleiben, denn sie redete einen Teil seines Körpers in die Höhe als besäße sie eine unsichtbare magnetische Kraft, er verlor beinahe das Gleichgewicht auf der Schwelle, als er versuchte, in den komplizierten Falten von Vorhang und Gardine Platz für sein ausgefahrenes Glied zu finden.

Mit Glück und Geschick konnte er es vermeiden, dass sich die Vorhänge bewegten, aber dann schoss ihm blitzartig ein Bild durch den Kopf und machte ihm klar: Hier stand er splitternackt nur zwei Meter von einer sehr, sehr verführerischen Frau entfernt. Der Gedanke war zu viel für ihn, er spürte, dass nun alles zu spät war, und sah keine Möglichkeit die Hand vorzuhalten, ohne den

Vorhang zu bewegen. Aufgrund eines angeborenen Verständnisses von Hygiene und Sauberkeit und tief empfundenem Respekt vor Gardinen vollbrachte er eine Wendung auf der Stelle, drehte dem unbewegten Vorhang den Rücken und schaute nun direkt über den Balkon auf ein fünfstöckiges Wohnhaus, dabei hatte er nichts anderes, sich zu bedecken, als das Glas in der Balkontür. Im Umdrehen aber streifte sein Glied das eiskalte Glas, und das war eine unerwartete Berührung zu viel. Ehe er sichs versah, hatte er ein Luststöhnen unterdrückt und die Scheibe mit einem Schuss weißer Körperflüssigkeit verziert. Er stand wie versteinert und starrte die weißliche Soße an. Es war nicht zu übersehen: Ihre Form sah aus wie die des italienischen Lappens auf der Glasvitrine in der Cafeteria der Akademie, die ihrerseits wiederum an die Umrisse der Braut im *Großen Glas* erinnerte. Hier stand er nackt vor der Welt mit nichts zwischen sich und ihr als Duchamps *Großes Glas*.

»Ich bin gebürtig aus Hamburg«, sagte Frau Mitchell, »kam aber 1965 hierher und lebe seitdem hier. Ich kann nicht gerade behaupten, ich würde München lieben, und es ist mir immer schwergefallen, es meine Heimatstadt zu nennen, aber ich mag es trotzdem sehr. Nicht zuletzt bei Föhn, das ist doch wirklich ein ganz besonderes Naturphänomen. Und dann diese köstlichen Stunden, vor allem spätnachmittags im Sommer, wenn das Licht die Stadt geradezu aufleuchten lässt, wie Thomas Mann es so unsterblich gesagt hat: ›München leuchtet‹.«

Der weiße Klecks auf der Scheibe verlor zusehends seine Wischlappen-/Brautumrisse und sah inzwischen wie ein ganz gewöhnlicher Farbfleck aus. Daher stand Jung jetzt da wie ein Aktmodell auf einem Munch-Gemälde mit einem weißen Fleck vor der Schamgegend. Im Verlauf weniger Minuten war er von Duchamp zu Munch gewechselt und wusste nicht, wessen Vorbild er folgen sollte. Jetzt fehlte nur noch, dass er etwas Schwarzes von sich geben müsste, und es würde einer seiner produktivsten Tage. Plötzlich entdeckte er durch die gläserne Brüstung an der Schmalseite des Balkons unten auf dem Bürgersteig eine ältere Frau in einem grünen Mantel. Wenn sie ihren Blick nach oben richtete, würde sie alles bestens sehen können. Sie tat es zum Glück nicht, doch er hörte Frau Mitchell fragen: »Finden Sie es nicht zu warm hier?«

»Nein, nein, es ist gerade recht so, danke! Wirklich bedauerlich, dass wir diese Tour verpasst haben.«

»Ja, da sagen Sie was. So etwas ist mir noch nie passiert, in den ganzen sechzehn Jahren, die ich bei Siemens arbeite.«

Noch ganze vierzig Minuten musste er auf der Schwelle ausharren und mit anhören, wie sie ihre Jugendzeit in der Mitte beziehungsweise im Norden Deutschlands miteinander verglichen, wie Hamburg und Frankfurt nach dem Krieg wieder aufgebaut worden waren, dass Mitchells Familienservice immer noch Spuren des grauenvollen Feuersturms trug (zum Beweis holte sie eine Tasse aus dem Schrank), wie es für eine deutsche Frau war, im Jahr 1958 einen Engländer zu heiraten, ob sie es womöglich aus einem unbewussten Motiv heraus getan hatte, um für »alles« zu büßen, und wie es war, als Frau im größten Unternehmen weltweit zu arbeiten. Die Kälte von der Tür nahm im Lauf der Zeit zu, und Jung fröstelte ordentlich und hatte eine dicke Gänsehaut, als Frau Mitchell mit den Worten aufstand: »Sind Sie ganz sicher, dass Ihnen nicht zu warm ist? Ich öffne vielleicht kurz …«

»Nein, bitte, nicht meinetwegen.«

Er hörte, wie seine Vermieterin in seinem Rücken den Vorhang anfasste, er hörte es oben an der Gardinenstange klappern, und es kam ihm so vor, als würde Frau Mitchell die Vorhänge beiseiteschieben. Er blieb mucksmäuschenstill auf der Schwelle stehen, wie angewurzelt, wie ein zum Tod Verurteilter, der den Henker nahen hört. Doch das Nächste, was er hörte und spürte, war, wie die Gardine wieder zugezogen wurde und Frau Mitchell auf dem Weg zurück zum Tisch meinte: »Ach, muss ja nicht sein. Aber sagen Sie, wie kam es eigentlich, dass Sie sich bei Siemens beworben haben?«

Der nackte junge Mann hielt still hinter dem Vorhang aus, sah den weißen Fleck durchsichtig werden und schließlich als durchsichtigen Kleister an der Scheibe antrocknen. In der Ferne war ein Krankenwagen zu hören, das Sirenengeheul schwoll an und ebbte ab wie der Atem eines Todkranken. Auf der anderen Seite des Vorhangs verabschiedete sich endlich die Besucherin, und Frau Mitchell räumte das Geschirr ab. Dann klingelte das Telefon in der Diele, und er hörte, dass sie ein längeres Gespräch führte, achtete aber nicht auf den Inhalt, sondern starrte nur aus dem kalten Fenster, die Hände vor sich verschränkt wie ein etwas seltsames Fensterbankfigürchen, und versuchte nur, nicht zu heftig zu schlottern. Draußen schwand allmählich das Licht, bis der Abend langsam durch die Straße kroch, die Straßenlaternen anzündete und Lichtkegel aus Parkplätzen geistern, ein Fenster nach dem anderen aufleuchten ließ. Es war bald neun Uhr, als er endlich hörte, wie Frau Mitchell die Wohnungstür hinter sich zuzog. Sicherheitshalber wartete er ab, bis er unten die Haustür hörte, zog sich dann vom Fenster zurück und ging mit steifen Beinen und klappernden Zähnen in sein Zimmer, streifte sich etwas Warmes zum Anziehen über, ging in die Küche und fand dort Lappen, Bürste und Putzmittel. Trotz zitternder Hände bekam er den eingetrockneten Samenfleck ganz gut abgewaschen, dann brachte er die Putzutensilien in die Küche zurück, ging in sein Zimmer und kroch, noch immer vor Kälte zitternd, unter die Decke, drehte sich zur Wand und füllte sein Gesichtsfeld mit roter Farbe.

35

ITALIENISCHE REISE

»Na, wie geht's in der Schule?«

»Alles bestens.«

»Wann fängt es denn morgens an?«

»Äh, es gibt nur so etwas wie freiwilliges Erscheinen. Es …«

Seinen Eltern das Leben zu erklären war in etwa so, wie fortlaufend aus dem Dänischen zu dolmetschen. Sobald man anfängt, hört man auf, etwas zu verstehen. Er hatte alle Mühe, seiner Mutter so etwas wie »akademisches Lernen« begreiflich zu machen, auch wenn er die dunkleren und komplizierteren Aspekte wegließ. Das hätte auch die Frage heraufbeschworen: Warum habt ihr mich so gemacht wie ich bin?

Wir werden von zwei Individuen auf der See des Lebens zu Wasser gelassen, die nie erklärt haben wozu, denn sie hatten selbst keinen blassen Schimmer, und dann begegnen wir auf hoher See dem Leben wie ein seekranker Kurier ohne Botschaft und mit dem falschen Proviant, sehen ihm aber dennoch ins Auge und versuchen aus seiner Miene zu erraten, warum und weshalb wir überhaupt auf diese Reise geschickt wurden. Ein Grinsen zeichnet sich im wettergegerbten Gesicht des Lebens ab, in seinem salzfeuchten, geschlechtslosen Bart, aber durch den Seegang ist die Antwort nicht zu verstehen. Wir kneifen die Augen zusammen und versuchen, in den Falten um seine Augen besser zu lesen oder das haarfeine Zucken um seine Mundwinkel zu deuten, doch dabei überfällt uns ein neuerlicher Anfall der Seekrankheit.

Als er in dem neonerleuchteten Keller mit geöffnetem und nach Alkohol riechendem Tuschestift vor BHV gestanden hatte, hatte er geglaubt, das Licht gesehen zu haben, und er war dem Ruf gefolgt, der über die Wellenkämme zu ihm gedrungen war, er war ins Kunstfach gewechselt, aber erreicht hatte er kaum etwas, es war noch immer alles so unübersichtlich, er passte nirgends richtig hin, war zu konservativ für die neueste Kunst, zu neu für den Knall und wahrscheinlich zu vorsichtig für die Neuen Wilden, zu penibel für Punk, zu akademisch für die Akademie und zugleich lachhaft über sie erhaben, konnte sie nicht ernst nehmen, bis auf die Bibliothek und die Cafeteria, bis auf Duchamp mit den grauen Zellen und Mona Lisa mit den roten Wangen. War er vielleicht doch kein Künstler? Doch, er war eine Art Maler, daran hatte er nie gezweifelt, seit er in den Stunden seriöserer Wissenschaften vor Langeweile fast verrückt geworden wäre. Nur welche Art Maler? Und dann dieses merkwürdige Erbrechen. Der junge Mann hegte inzwischen Zweifel, ob er rein Organisches von sich gab.

»Sag mal, überlegst du immer noch, Weihnachten nicht nach Hause zu kommen?«

»Ja, ich möchte nach Italien.«

»Ah, das wäre sicher schön für dich.«

»Ja, wo ich schon mal hier bin, möchte ich die Gelegenheit nutzen, noch ein bisschen weiter herumzukommen.«

»Ist das auch sicher? Fährst du ganz allein?«

»Ja.«

»Das ist bestimmt eine Erfahrung, die dich reifer macht.«

Er spürte die Besorgnis seiner Mutter durchs Telefon und hörte das Schweigen seines Vaters im Hintergrund (wo er mit Sicherheit auf dem Sofa lag, die Zeitung auf der Brust), diesen Fels in der Brandung, diesen stillen See ostfjordischer Nachsicht und buddhistischer Geduld, diese unendlich tief verwurzelte Lebenseinstellung, sich niemals in irgendetwas einzumischen, die in ihrer spiegelblanken Ruhe und Unbewegtheit besänftigenden Einfluss auf jede aktuelle Windbö zu haben schien. Sein Vater war ein See, der sich niemals auch nur kräuselte, selbst wenn der Sturm ganze Erdplacken von seinen Ufern riss und seine Mutter Warnungen sendete und ohne Unterlass den Katastrophenschutz alarmierte und wieder zurückpfiff. Durch den Rauchvorhang an Sorgen konnte der Sohn den ruhigen Seespiegel ausmachen und wusste, dass ihm beide Anteile mit auf den Weg gegeben waren, auch wenn er bezweifelte, ob er selbst jemals den zweiten in sich erreichen würde.

War es vielleicht doch gefährlich, allein nach Italien zu fahren? Galten südlich der Alpen vielleicht andere Regeln? Würde er dort den Schutz der allgemein üblichen westlichen Sicherheit verlassen? Nein, zum Donnerwetter, er war doch schon über zwanzig. Weihnachten und Silvester allein zu verbringen, war doch die Mannesprobe jedes Isländers. Da er nun schon auf diesem Meer gelandet war, galt es auch, weiter und weiter hinaus zu rudern. Sollte der Kurier jemals Land erreichen, würde ihm vielleicht auch die Botschaft einfallen. Und er würde vielleicht aufhören, die Fische zu füttern.

Die Sorgen seiner Eltern aber waren berechtigt. Er hatte schon zu oft bewiesen, wie gedankenlos und kindisch er sein konnte. Zweimal hatte er vergessen, beim Parken vor dem Haus im Jeep der Familie den Gang einzulegen, zweimal hatte er von der obersten Stufe der Außentreppe zugesehen, wie der grüne Wagoneer langsam, aber sicher über den Vorplatz rollte und nur haarscharf einem Zusammenstoß entging, indem er gerade noch an der Bürgersteigkante zum Stehen kam. Und erst vor wenigen Jahren hatte er vergessen, die Tiefkühltruhe wieder einzustöpseln, nachdem er die Steckdose für ein Bügeleisen gebraucht hatte, um seine Ski zu wachsen. Das Malheur wurde erst eine Woche später entdeckt, und dreißig Kilo Fleisch landeten im Abfall. Und einmal hatte der Vater am Flughafen noch einmal umkehren müssen, weil der Herr

Sohn den Pass zu Hause vergessen hatte. Diesmal, wo ihm keiner helfen konnte, musste er selbst an alles denken: *Ticket, Geld, Pass.*

Seit er aus bayerischer Entfernung die Alpen sah, war ihm klar, dass er auch einmal das Land dahinter besuchen musste. War das Leben nicht ein Märchen, in dem es darum ging, hinter die sieben Berge zu kommen? Es meldete sich auch die deutsche Italiensehnsucht. Man brauchte nur die großen Zeitungen nördlich der Alpen aufzuschlagen, um zu sehen, wie lebendig, aber auch ambivalent sie war.

Für die Deutschen war Italien das gelobte Land, in dem selbst Weihnachten die Sonne schien und Apfelsinen auf den Bäumen wuchsen, wo die Menschen das Leben genossen, auf der Straße Wein tranken und mit allem flirteten, was Beine hatte, Liebesarien unter offenen Fenstern sangen und ihre Trauer auf öffentlichen Plätzen herausweinten. Italien war aber ebenso das verachtete Land, in dem kein Zug pünktlich kam, die Menschen keine Bücher lasen, in Siestas den Tag verschliefen und amerikanische Seifenopern guckten, ihre Autos auf den Gräbern bedeutender Dichter abstellten und jeden Morgen unter zweitausend Jahre alten Steinbögen hindurchgingen, ohne einmal aufzublicken oder auch nur einen Gedanken an die römische Architekturgeschichte zu verschwenden. Das politische System Italiens sei in alten Strukturen erstarrt und marode, es gebe keinerlei soziale Beratung und Hilfe, und die Italiener selbst seien korrupte Bestechungsgeldkassierer, die nicht einmal allein aufs Klo gingen, ohne dass ein Pate es ihnen befahl, und würden abends vor dem Einschlafen für die Mafia beten. Wenn einem westdeutschen Touristen das Unglück widerführe, in Italien in ein Krankenhaus zu müssen, würde er am nächsten Tag mit einem bundeseigenen Hubschrauber ausgeflogen. Italien war ein hoffnungsloses Land, aber man reise gern dorthin.

»Na gut, aber du musst auf dich aufpassen.«

»Sicher, werde ich tun.«

»Du sprichst so durch die Nase. Bist du erkältet?«

»Ja, ich habe … mir was eingefangen.«

»Du musst dich warm anziehen.«

»Ja, mache ich.«

Nach seinem nackten Fensteraufenthalt hatte er zwei Tage das Bett gehütet, von Tee und Roggenbrot gelebt, versucht, zu lesen, aber meist nur die rote Wand angestarrt, an zu Hause gedacht, intensiv nachgedacht über das Paar Wenn und Hätte, welche Art von Ehe sie führten und wo und wie wohl ihre Kinder sein mochten. Waren sie nicht alle groß und tüchtig und studierten inzwischen in Maybe City, USA? Er dachte an seine Mutter, an München, an Mona Lisa mit den zusammengewachsenen Augenbrauen, an BHV und verfluchte, dass er nie die Gelegenheit bekommen hatte, ihr in Paris das Geschäft mit ihren Initialen zu zeigen: Bazar de l'Hôtel de Ville, wo Duchamp sein erstes Readymade gekauft hatte, einen Flaschentrockner, der auf einem Sockel in einer Kunstgalerie zu einer komisch abstrakten Skulptur wurde, die sich als Nonsens deuten ließ oder auch freudianisch, je nach Belieben.

Man stelle sich vor, der alte Mann wäre in den Laden der »Konsumgenossenschaft Reykjavík und Umgebung« marschiert, um die Geschichte der Kunst zu revolutionieren! Doch in Island war niemand in der Lage, Genialität mit dem Reykjavíker Konsum in Verbindung zu bringen, sondern höchstens mit dem Mokka und dem Gewölbesaal des Nationalmuseums. Was für eine Bauerngesellschaft!

Wie aber hatte er BHV ziehen lassen können? Jetzt lief sie durch die geistlosen Straßen von Göteborg und fabrizierte *konst*. Sie hatte das Gymnasium in Rekordzeit absolviert, war aus seinem

Leben verschwunden wie ein Gipfel aus einer Bergkette, hatte sich in Schweden in einer *konst*-Schule eingeschrieben und war damit *konstnär*, Künstlerin, geworden. Noch kapriziöser konnte sich das Schicksal wohl kaum anstellen. In einem unerwarteten Gespräch mit einer dunkelhaarigen Freundin von ihr an einer Bushaltestelle in Hamrahlíð bei Windstille, Frost und Sonnenschein hatte der junge Mann erfahren, dass sie Bildhauerin geworden war und für öffentliche Plätze großformatige Plastiken aus Beton schuf. Für eines dieser Werke hatte sie in einem landesweiten Wettbewerb sogar einen Preis bekommen, war aber noch immer in ihrer Schule eingeschrieben. Nein, es hätte bestimmt nicht geklappt mit ihnen, wo er doch keinen Zementstaub vertrug, dachte der junge Mann in der Mönchsstadt mit dem Gesicht zur roten Wand und sah eine klobige Betonskulptur auf einem Platz in Schweden vor sich. Wie zum Teufel ließ sich etwas Gescheites aus *Beton* herstellen? Er bekam fast Gewissensbisse gegenüber der schwedischen Öffentlichkeit, denn ihre Betonarbeiten gingen natürlich auf seine Kappe, wäre sie mit ihm zusammengeblieben, hätte sie ganz bestimmt eine andere Richtung eingeschlagen, sein Versagen in der Liebe hatte den Göteborgern visuellen Schaden beschert. Er sah Großplastiken im Sowjetstil in üppig grünen Parks vor sich, steingrau mit einer Messingplakette: »Denkmal einer Liebe, die nie gelebt wurde«.

Sein Gegenentwurf hieß *Fingerabdrücke der Schönheit*, existierte allerdings nur in seiner Vorstellung, aber zeigte doch das Bild eines menschlichen Herzens auf dem Obduktionstisch der Spurensicherung bei der Kriminalpolizei.

36

ANTONELLA PASETTI

Es war Dezember geworden, mit lichtergeschmückter Dunkelheit und dampfend heißem Glühwein, den man auf eiskalten Weihnachtsmärkten schlürfte, auf denen sich die Bayern in Moonboots und Pelzmänteln in kleinen, lauten Gruppen zu versammeln pflegten. Atemfahnen standen vor den glänzenden Gesichtern, und von den Glühweinbechern in behandschuhten Händen kräuselte feiner Dampf auf.

Einundzwanzigmal hatte er auf dem Weltenhügel Weihnachten und Neujahr gefeiert, mit dazugehörigen Festessen und Familienfeiern, und er war der Meinung, das zweiundzwanzigste Mal durchaus zugunsten eines lehrreichen Abendspaziergangs durch Rom opfern zu dürfen, die Spanische Treppe hinab in das Märchen der engen Gassen, wo ihm der Gott des Zufalls Weihnachtsgeschenke mit Lippenstift und fellinischen Proportionen an den Weg stellen würde. Nach einem romantischen Diner am Ufer des Tiber würde der Abend in einer wilden Orgie auf einem achtzehnhundert Jahre alten Dachboden am Campo de' Fiori enden. Liebe war das eine, Sex etwas anderes.

Er saß vor einer Tasse Kaffee in der nach 19. Jahrhundert aussehenden Gaststätte im Münchener Hauptbahnhof und genoss es, den Durchsagen zu lauschen und durch die hohen Fenster auf die Gleise und Bahnsteige zu gucken, wo sich Menschen in Eile schoben und drängelten. Ein älterer Kellner in Frack und mit weißem Handtuch im Gürtel bummelte langsam zwischen den Tischen umher wie ein Reisender des Lebens, der in der Jugend seinen Zug verpasst hatte. Der junge Mann hatte früh große Bahnhöfe zu lieben gelernt, Hovedbanegården, Gare de l'Est, Liverpool

Street Station … wahrscheinlich weil sie einen schreienden Gegensatz zu Island bildeten: Voller Menschenleben, Lärm und Verbindungen in alle Himmelsrichtungen.

In Island gab es nur eine Straße, die Ringstraße, die durch sämtliche Fjorde und über alle Bergpässe rund um die Insel führte und Naturperlen und Tankstellenshops gleichermaßen auf ihr langes Band fädelte. Dabei war die Ringstraße sogar noch recht neu, erst vor sieben Jahren hatte man das letzte Verbindungsglied fertiggestellt. Jungs Vater, der Brückenbauingenieur, hatte daran mitgewirkt; er entwarf und zeichnete die zwölf Brücken, die nötig waren, um den Skeiðarársandur zu überqueren, eine 34 Kilometer breite Wüste am Fuß des größten Gletschers Europas, die durch regelmäßig wiederkehrende Gletscherläufe entstanden war. Die gewaltigsten von ihnen wurden von Vulkanausbrüchen unter dem Gletscher verursacht, die sich in einem Jahrhundert mehrmals ereigneten. Der Sander war tausend Jahre lang das größte Verkehrshindernis in Island, doch 1972 hatte man beschlossen, es aus dem Weg zu räumen. Die neue, linke Regierung plante Großes und wollte das 1100-jährige Jubiläum der Besiedlung Islands mit einer neuen Straße rund um die Insel feiern. Die Arbeiten kamen gut voran, und zum vorgesehenen Termin waren die Brücken fertig; insgesamt zwei Kilometer lang, mit den dazu gehörenden Dämmen und Deichen siebzehn Kilometer. Die Minister überschlugen sich vor Begeisterung, und Jungs Mutter erzählte, wie sie nach der Eröffnungszeremonie mit beschwipsten Küssen über den Vater hergefallen war.

Alles war so kostengünstig wie möglich hergestellt worden und darauf ausgerichtet, bei einem Gletscherlauf in Teilen einzustürzen. Die Brücken bestanden aus einspurigen, separaten und mit Holzbohlen belegten Stahlsegmenten. Wenn eines von ihnen unter dem Anprall des Eises zusammenbrach, konnten die übrigen stehen bleiben. Der Junge sog Geschichten von zehn Meter langen Betonpfeilern auf, die neun Meter tief in den Sand getrieben wurden, zwölf davon unter jeden Fundamentsockel. In seiner Vorstellung waren sie Nägel, die die moderne Zivilisation in diesem schwierigen, gierigen Land verankern sollten. Neun Meter, der notwendige Nagelhalt.

Die Planungen für dieses Projekt hatten gut ein Jahrzehnt gedauert. Jungs Kindheit war voll väterlicher Watstiefel, Zollstöcke, Blöcke und Geschichten von unglaublichen Sandstürmen, die den Lack von Autos schmirgelten und den Flaum aus den Gesichtern junger Männer, und von Fahrten mit dem legendären *Vatnadreki*, einem kriegserprobten Amphibienpanzer der US-Armee, der für Landungsoperationen gebaut und daher bestens für die geeignet war, die im tausendjährigen Krieg der Isländer mit ihrem Land stattfanden, wo er wie ein vorsintflutliches Gürteltier über Sand und Flüsse kroch. Jungs Vater fuhr regelmäßig »nach Osten auf den Sand« oder führte sonntags morgens hinter fünf geschlossenen Türen im tapezierten Flur lauthals Telefongespräche mit »dem Sander«. »Psst, leise, euer Vater spricht mit dem Sander!« Der Sander gehörte fast zur Familie, wie ein behinderter, älterer Onkel, um den man sich ständig kümmern musste, ein launischer Alkoholiker. »Was? Jetzt ist er schwarz?« Ein Wochenendausflug mit der Familie in den Westen wurde nach einem Notruf schnell nach Osten umgelenkt: Dem *Dreki* fehlte Öl, und Mutter wurde bei rasanter Fahrt über primitive Lavastraßen durchgerüttelt, mit Zwillingen im Bauch (sie mochten es von früh an turbulent).

Alles für den Sander.

Die Ringstraße wurde schnell ein Erfolg. Kaum war die Einweihung vollzogen, wurde es eine Art Nationalsport, »die Runde zu machen«. Doch wer sich auf den Weg machte, landete am Ende wieder am Ausgangspunkt. Aus dem Grund prägte die verzagte

Bauernnation das Sprichwort: »Jeder Weg von zu Hause fort ist ein Weg nach Hause«, das der junge Mann schnell hassen lernte.

Vom Münchener Hauptbahnhof führten dagegen Wege nach Russland, nach Kleinasien, ans Mittelmeer … Jeder Weg von zu Hause fort war ein Weg hinaus in die Welt! Er ging ziemlich oft zum Bahnhof, nur um die Atmosphäre zu erleben, die bunte Menschenmenge zu sehen und den Duft ferner Städte zu schnuppern. Da kamen Menschen an, die vor Kurzem erst durch die Straßen von Madrid, Prag, Istanbul gebummelt waren. In den Fensterschienen eines Zugs lagen Tannennadeln aus bulgarischen oder polnischen Wäldern … Nein, Polens Grenzen waren am Vortag per Kriegsrecht geschlossen worden, Solidarność war jetzt verboten, und Wałęsa verhaftet worden. Noch ein Stern des Hasses war im roten Osten aufgegangen: Jaruzelski, der General mit der Sonnenbrille. Es war aus mit der Hoffnung, die Arbeiter sollten sich aus dem Traum der Werktätigen heraushalten und der Papst in Rom sowieso, der Kommunismus war in den Händen von Generälen am besten aufgehoben, der Kalte Krieg würde noch einige Jahrzehnte andauern.

Es war demnach angeraten, sich in wärmere Gefilde zu begeben. Der junge Mann war zum Bahnhof gegangen, um sich eine Fahrkarte über die Alpen nach Süden zu kaufen. Via Bern und das obere Rhonetal über den Simplon-Pass und dann hinab in die Po-Ebene in die Gegend von Piacenza.

Nach drei Wochen strikten Erscheinens in der Cafeteria war er eines Tages nach der Mittagszeit Mona Lisa draußen vor der Akademie begegnet, sie kam mit Wechselgeld von der Bank, und zum ersten Mal sah er die junge Frau ganz, von Kopf bis Fuß, auch die Körperteile, die Leonardo nicht gemalt hatte. Sie trug einen schlichten, dunkelblauen Mantel und lackglänzende schwarze Schühchen, die man in allen anderen Ländern als schick bezeichnet hätte, die aber einer Italienerin als Arbeitsschuhe dienten. Er glaubte zu sehen, dass sie ihren Schritt verlangsamte, als sie ihm entgegenkam, ein kostbarer Moment, den er gern noch einmal in Zeitlupe gesehen hätte, um sicherzugehen. Jedenfalls standen sie nun voreinander, nickten sich lächelnd zu und begannen eine Unterhaltung auf Deutsch, das sie sehr viel besser beherrschte als er.

»Ciao!«

»Hallo! Fertig mit der Arbeit?«

»Nein.«

»Wann bist du damit fertig?«

»Wir schließen um vier und gehen um fünf heim.«

»Nicht heim nach Italien?«

»Haha! Nein. Aber wir fahren in den Weihnachtsferien nach Hause.«

»Wirklich? Ich möchte über Weihnachten auch nach Italien.«

»Schon mal da gewesen?«

»Nein, nie.«

»Das schönste Land der Welt! Und du kommst aus Irland?«

»Nein. Island.«

»Island? Wo ist das?«

»Das ist … da oben«, sagte er und zeigte in die Höhe.

»Im Himmel? Haha.«

Er lachte leicht verlegen, hatte sein Vaterland noch nie mit dem Himmel in Verbindung gebracht. Sie schlug die Augen nieder und verabschiedete sich mit dem bezauberndsten Lächeln, das er je gesehen hatte, und er schaute ihr hinterher, wie sie über eine Seitentreppe in der Akademie verschwand, wie jemand, der sein gesamtes Hab und Gut in einer Feuersbrunst verschwinden sieht. In der Nacht schlief er wenig, starrte meistens die nachtrote Wand an und verfluchte sich dafür, mit ihr kein Treffen in Florenz ausgemacht zu haben, an Michelangelos David, Heiligabend um sechs. Sie hatte ihn doch so gut wie dazu eingeladen, oder nicht?

»Wir werden Weihnachten bei einer Tante in Florenz verbringen.«

Er wusste nicht einmal, wie sie hieß, geschweige denn mehr.

Seit seiner Begegnung mit dem Mädchen mit den zusammengewachsenen Brauen war eine Woche vergangen, und endlich war ihm der kluge Gedanke gekommen, seinen Namen und seine grobe Reiseroute zusammen mit der Nummer von Frau Mitchells Wandtelefon im Flur in kleinen Buchstaben auf einen Zettel zu schreiben und ihn ihr über den Tresen aus Stahl und Glas zu reichen. Es war ihm in der toten Zeit zwischen Vormittagskaffee und Mittagessen gelungen, nachdem er ganze zwei Minuten hatte abwarten und beobachten müssen, wie ihre Mutter Geld aus der Kasse abzählte und in Umschläge steckte, bis endlich das Mädchen durch die Flügeltür aus der Küche kam. Vorher waren seine Augen kurz einem müden Blick der Mutter begegnet. War er vielleicht nicht der Erste, der hier mit seinem Namen auf einem Zettel stand, um ihn der Tochter zu überreichen? Solche Gedanken drangen aber nicht wirklich in seinen Kopf ein, vielmehr umrundeten sie ihn auf Umlaufbahnen, die den Schwerkraftgesetzen der Liebe folgten.

Das Mädchen nahm den Zettel lachend entgegen, buchstabierte laut seinen Namen und lachte sich darüber kaputt, bis sich das Rot auf ihren Wangen über das ganze Gesicht ausgebreitet hatte. Auch er lief aus Verwunderung darüber, dass sein Name solche Heiterkeit auslösen konnte, rot an. Sie bat ihn, einen Moment zu warten, und schoss zurück in die Küche. Derweil kam die Mutter langsam die Theke entlang und warf ihm über die Scheiben einen resoluten, finsteren Blick zu, ehe sie sich in einer Ecke an einem Stapel weißer Plastiktüten zu schaffen machte. Jungs

232

Herzschlag beschleunigte sich darauf leicht, weil er fürchtete, die italienische Mamma hätte die Ausbeulung des Bierglases auf seiner Brust bemerkt, mit Röntgenblick den Mantelstoff durchdrungen und den blauschwarzen Panzer gesehen, der sein Herz verdeckte. Dann erschien die dunkelbrauige Tochter wieder mit einem weißen Blatt Papier, das sie ihm reichte. Seine spontane Reaktion bestand in schierer Verblüffung darüber, dass sie schreiben konnte, dass sie einen Stift besaß und einen Namen. Und alles zusammen lag nun in seiner Hand! Er verlor für einen Augenblick die Sprache und starrte mit klopfendem Herzen die Telefonnummer zuunterst auf dem Blatt an, auf die sie ihn hinwies: »Das ist meine Nummer in Florenz.«

Sie hieß Antonella Pasetti und stammte aus der Stadt Piacenza in der gleichnamigen Provinz südlich von Mailand. Es war unglaublich, aber Jung hatte aus einer plötzlichen Eingebung heraus ihre Herkunft genau richtig geraten! Mit ihren Angaben in der Hand verließ er wie in Trance die Akademie, sie waren das Teuerste, das er in ihren Mauern (kennen-)»gelernt« hatte, vielleicht sogar das Einzige. In der U-Bahn hielt er sich das Blatt vor und las Wort für Wort und Ziffer für Ziffer, bis er alles auswendig konnte. Antonella Pasetti. Er empfand eine seltene Art von Enttäuschung, endlich ihren Namen vor sich zu sehen. Sie war nicht unähnlich der, die man erlebt, wenn man einen magischen Ort aus einem Roman in der Wirklichkeit sieht. Als er noch jünger war, hatte er gehört, dass Ólafur Kárason, die Hauptperson in Laxness' *Weltlicht*, auf dem Hof Hestur am Fuß des Berges Hestur im Önundarfjörður aufgewachsen sei, und beim Lesen sah er den Hof vor sich. Im Roman war es ein geradezu sagenhafter, heiliger Ort, im Fjord dagegen ein traurig alltäglicher Bauernhof. In dem Herbst, in dem sie das flache Schwemmland im hintersten Teil des Fjords überbrückten, hatte er sich jeden Morgen über diesen Unterschied gewundert. Jeden Morgen ging er ans Ende der Brücke zwischen den sieben Zauberbergen, die den magischen Fjord umstanden, wie ihn Laxness in seinem Roman wiedererschaffen hatte. Das Dorf schwamm auf dem unbewegten Wasserspiegel wie ein Regalbrett mit Spielzeughäusern, auf den Berggipfeln wuchs eine dünne Schneedecke wie weißes Moos, aber der Hof unter dem steilen Hang … man sah ihm von Weitem an, dass die Menschen darin nur Coca-Cola tranken und *Dallas* guckten. Aller Lichtwikingerglanz war verflogen, nicht ein Funke übrig von der elenden, aber unwiderstehlichen Beleuchtung des Lebens in den Torfhäusern, die dem Schriftsteller geglückt war, dachte Jung, wenn er nach dem Abendessen müde in seine Hütte ging, wo das Buch lodernd auf dem Nachttisch wartete: *Weltlicht*.

Die Wirklichkeit war anscheinend bloß ein schwacher Abglanz der Literatur, ein schlechter Nachdruck des Originals. Die Vorstellung einer Mona Lisa, die Deutsch sprach und hinter Duchamps *Großem Glas* steckte, war viel, viel faszinierender als »Antonella Pasetti, c/o Guido Pasetti, 18 Via San Marco, 29121 Piacenza, PC, Italien«.

In der Gaststätte des Hauptbahnhofs schaute er wieder und wieder auf den Zettel, dann auf die Fahrkarte, die er kurz zuvor gekauft hatte: München Hbf. – Napoli Centrale. Das Leben war ein Märchen! Und Via San Marco … In der Skikammer zu Hause hatte er doch rote San-Marco-Skischuhe … und achtzehn war seine Zahl, er war an einem Achtzehnten geboren, und hatte immer in einer Hausnummer achtzehn gewohnt, in drei verschiedenen Straßen in Reykjavík, außerdem bestand sein Name aus achtzehn Buchstaben, und wir schrieben das Jahr '81 … Ja, das Leben war ein Märchen, das ein guter Schriftsteller erdichtet hatte.

37

SCHWEIZERISCHE BUNDESBAHNEN

Der Zug stand, und die Mittagssonne blitzte auf dem Fensterrahmen. Draußen lag eine handhohe Schicht leuchtenden Schnees
über allem. Nach einer Stunde Fahrt von Basel wirkte die Stille
sogar lauter als das Rappeln vorher. Der junge Mann betrachtete
durch das Fenster die Schweiz. Von den Alpen war hier nichts zu
sehen, lediglich gewölbte Hügelrücken mit einigen verstreuten
aufgeblasenen Bauernhäusern und fichtendunklen Baumgruppen, die wie Wächtertrolle über die Landschaft verteilt waren.

Nicht weit von den Gleisen stand ein Schober, unter dem ein
Stapel Holz mustergültig aufgeschichtet war, lauter kräftige
Scheite. Ein einzelner längerer Holzkloben lag lose daneben, und
sein Ende ragte unter dem Schuppendach hervor. Schnee war
daraufgefallen und häufte sich auf das vorstehende Ende, verwandelte seine harte Form in eine weich gerundete Erhöhung, die
Jung an ein Werk von Joseph Beuys erinnerte, das er im Baseler
Kunstmuseum gesehen hatte: *Schneefall*. Der Künstler hatte drei
dünne Baumstämmchen mit zehn Lagen Filz abgedeckt, und die
hübsche Schneedecke ahmte ihre Form nach, wölbte sich in der
Mitte weich auf.

Seltsam, wie alles im Schnee schöner wurde. Der Schnee war
der Beitrag des Himmels zur Erde, er legte sich gleichmäßig über
Berge und Anhöhen, reduzierte so ihr Erscheinungsbild und verlieh den Dingen eine allgemeine, erhabene Form. Genau wie die
Kunst, hätte Jung beinahe laut vor sich hin gesagt. Darum holten
die Menschen morgens am Fenster tief Luft, wenn sie sahen, dass
die Nacht das Alltagsleben mit diesem himmlischen Zauberpul-
ver bestreut hatte, es fiel leichter, den einen oder anderen Tag aus

der Wirklichkeit auszutreten und in ein ihr lose nachgebildetes Kunstwerk hinein.

Jung bestaunte noch immer mit großen Augen die weiße Welt hinter dem Zugfenster und erinnerte sich zugleich an das Schwärzliche, das er in sich hatte. Dann kniff er in der gleißenden Helle die Augen zusammen, bis er die Sonne auf den Schneekristallen glitzern sah wie Sterne am Himmel. Es war ein solcher Tag. Die Erde war sternenklar.

Sobald er München hinter sich gelassen hatte, hatte sich im jungen Mann ein gewisses Wohlbefinden eingestellt. Er war nun eins mit der Welt, lästige Pflichten los, die Akademie, Vermieterinnen, isländische Spürhunde und alle Ängste, die ihm seine Umgebung einflößen konnte. Wem sollte es schon auffallen, wenn ein komischer Mitreisender in seine Manteltasche kotzte? Er konnte sich vorstellen, die nächsten vierzig Jahre auf Reisen zu sein.

Er hatte beschlossen, auf seiner Italienreise zunächst einen kleinen Abstecher einzulegen und einen Tag in den viel gelobten Baseler Museen zu verbringen. Das neu eröffnete Museum für Gegenwartskunst reizte ihn am meisten, es war das erste seiner Art in Europa. Der Bau war modern, fügte sich aber gut in das enge, alte Viertel ein, an einer Wand plätscherte ein Bächlein vorbei. Der Inhalt aber war ziemlich flach, meist humor- und geistlose Minimal- und Konzeptkunst von amerikanischen Priestern des Formglaubens wie Judd, Andre und LeWitt. Alle Flächen rein und leer. Ein weißes Gitter auf dem Boden, daneben graue Platten, geradlinig ausgerichtet, an der Wand ein Kasten aus unbehandeltem Holz. Was sollte man von einer Zeit halten, die solche Langeweile zu Kunst erhob? Sollte die leere Kiste vielleicht geistigen Bankrott symbolisieren, den die Welt im Zweiten Weltkrieg erlitten hatte? War das wirklich auf einem derart banalen Niveau angesiedelt? Um uns richtig zu bestrafen, sollte unsere Kunst zur totalen Einöde werden! Das einzig Spannende an all diesen Schwachsinnswerken bestand darin nachzusehen, ob sie tatsächlich alle den Titel *Ohne Titel* trugen. Hoffentlich handelte es sich nur um eine Ausstellung und nicht um die eigenen Bestände des Museums. Nur der *Schneefall* von Beuys hatte Jung eine Spur von Vergnügen bereitet. Im Museumsshop war er dann auf die Werbung für eine Ausstellung eines jungen italienischen Malers gestoßen, Sandro Chia, bei Bruno Bischofsberger in Zürich: das farbenfrohe Gemälde eines Mannes mit einem Riesenfisch auf dem Rücken. Im Tempel der Orthodoxie war das ein Sakrileg: bunt, gegenständlich, erzählend, einen Charakter erfindend! Und somit galt es in den Augen des jungen Mannes als etwas wirklich Neues. Und doch war es auch erstaunlich traditionell, und hätte nicht der Name der bedeutenden Galerie daruntergestanden, hätte man das Bild als sentimental abtun können. Die Zukunft konnte doch wohl kaum in der Vergangenheit liegen?

Der Zug ruckte lautlos an, und Jung glitt weiter in das Alpenland hinein. Nach und nach hoben sich die Bodenschichten, und der Zug eilte an einem stillen See vorbei. Die Baumgruppen rückten dichter zusammen und zogen die Berge hinauf, aus Eichen wurden Buchen, dann Kiefern, Birken, zwergwüchsiges Gebüsch, Moos. Die Hänge wurden immer steiler, bis richtige Felswände den Fensterausschnitt füllten und schließlich den ganzen Zug mit Mann und Maus verschluckten. Im lauten Abteil wurde Jung zusammen mit einem älteren Mann durchgerüttelt, der in einer abgegriffenen Bibel las, an diesem letzten Dienstag vor Weihnachten schien nicht gerade ein Feldzug über die Alpen stattzufinden.

Der Zug kam aus dem Tunnel, und nun hatten sich die Giganten auf der anderen Seite der Bahnlinie versammelt. Jung stellte sich an das Fenster auf dem Gang und ließ sich von den Bergwänden auf den Gipfel der Begeisterung mitnehmen, von dort rief er über andere Gipfel und hinab in ein tiefes Tal, in dem sich nichts bewegte außer dem Rauch aus einem einzelnen Schornstein. Dann kam wieder Dunkelheit, ein weiterer Tunnel, Jungs Spiegelbild zitterte auf der getönten Scheibe, er blickte in Freude, Leid und vier Pickel. (In der Hoffnung, dass sie bis Florenz von allein abheilten, wollte er sie nicht ausquetschen.) Nach einer Stunde ununterbrochener Naturschönheit wurde er müde und nahm wieder Platz, konzentrierte sich auf die Vorfreude auf den Süden, darauf, diese Berge hinter sich zu lassen, aus dieser bekannten Dimension in die unbekannte, den Traum zu kommen.

Unterwegs füllte sich das Abteil nach und nach mit kleinen, akkurat geformten Schweizern aus Bern, Montreux und Sion. Der bärtige Mann ihm gegenüber erinnerte Jung eindeutig an Heini Hemmi, der 1976 in Innsbruck Gold im Riesenslalom gewann und den er, schöne Erinnerung, einmal auf dem Hang in Kitzbühel beim Training beobachtet hatte. Die Isländer-Gang war unversehens in den Trainingsabschnitt der Großmeister geraten, hatte sich aber nicht groß von der Truppe dort abgehoben, weil sie die gleichen Ski und die gleiche Ausstattung trugen, bunte Pullover mit Unterarmpolstern und Skihosen von Ellesse. Jung hatte sogar neben Ingemar Stenmark im selben Schlepplift gestanden, und daraus war die längste Liftfahrt seines Lebens geworden, weil das Skiidol Jungs Fragen höflich mit schwedischem Schweigen beantwortet hatte. Die peinliche Episode hatte ihren komischen Höhepunkt erreicht, als sie oben ankamen und sich Dutzende Fans mit Stiften und Notizbüchern um den Schweden scharten. Während Stenmark die bediente, die sich am energischsten vordrängten, musterten die übrigen den Isländer und dachten sich wohl, dass der bestimmt auch ein Weltcupteilnehmer sein müsse. Jung und seine Freunde, Vinningur und Valsson, versuchten sich zu verdrücken, aber aufgeregte Familienväter schnitten ihnen den Weg ab und ließen sie Autogramme auf die Skihelme ihrer Sprösslinge schreiben. Jung versuchte seinen Namen mit schwarzem Filzstift zwischen die Stars Gustav Thöni und Heini Hemmi zu schummeln.

Und nun saß Letzterer also fast leibhaftig im selben Zugabteil, zusammen mit zwei Begleitern und eingewickeltem Käse, Brot und Etlichem in Gläsern, das aus allerlei Papier- und Plastiktüten zum Vorschein kam wie Küken aus knackenden Eierschalen. Jung hatte gelernt, dass Deutsche und Schweizer auf Zugreisen immer etwas zu essen mitnahmen, bestimmt aus jahrhundertelang eingebläuter Vorsorge und Sparsamkeit, während sich der Isländer ausschließlich auf Gaststätten verließ. Er schleppte ungern Dinge wie Plastiktüten oder Umhängetaschen mit sich herum, wollte lieber so frei und unbelastet wie möglich sein. Sicher war diese Scheu vor Gepäck mit seinem Schwur verwandt, kinderlos zu bleiben. Nur so erklomm man den Gipfel der Kunst.

Irgendwann stand Jung auf und nahm wieder seinen Platz im Gang ein, die Vorfreude forderte Alleinsein. Zurück am Fenster ließ er sich das Rhonetal hinaufschütteln wie der junge Mann auf Duchamps Bild. Alle Hinweisschilder hatten sich mittlerweile darauf verständigt, Französisch zu sprechen. Sprachen schienen in die Täler hinein und aus ihnen herauszufließen wie unterschiedliche Nebelbänke, aber Jung brachte kein Interesse für sie auf. Es reichte ihm, Englisch zu können, auf den Inhalt kam es an, er sah sich selbst hoch oben stehen, weit über dem Nebel, wie der Wanderer in Caspar David Friedrichs berühmtem Gemälde, über Sprachen und Dialekte erhaben. Die Gipfel unterhielten sich in Echos, der Sprache der Kunst.

Alle Hänge hinauf zogen sich schneebedeckte Weinberge. Die kahlen Rebstöcke standen in geraden Reihen und waren oben durch Draht miteinander verbunden, sodass es aussah, als ob quer über die Hänge Geländer verliefen. Das Ganze ähnelte steilen Zuschauerrängen in einem Stadion. Da oben würde man in einigen Monaten den Sommer bejubeln.

Die Nachmittagssonne verschwand hinter den Bergen am Genfer See, doch ihre Strahlen trafen noch die höheren Regionen der Berge am Nordufer, als hätte es auf die höchsten Gipfel Gold geschneit. Stattliche Bauernhäuser standen an den Hängen, dicke, massive Mauern, drei Stockwerke mit kleinen Fenstern und weit vorkragenden Dächern, die drei Nummern zu groß wirkten. Alles war bestens gepflegt und frisch gestrichen, blitzblank und bereit für ein Postkartenfoto, ganz anders als die Höfe in den windverblasenen Gegenden zu Hause, wo die meisten Außenwände mit Mist gesprenkelt waren und sich Misthaufen vor den Gebäuden türmten. Hier schienen die Menschen von der Landwirtschaft gut leben zu können. Zwei Sommer lang hatte er in einem Stall mit dreißig Kühen das Melken übernommen, und die Milch war über mistbespritzten Schwänzen durch transparente Rohrleitungen unter schmieriger Stalldecke abgeflossen wie weißes Gold aus einer Schlammgrube, wie Kunst aus der Gesellschaft.

Er schaute in ein langes, schneebedecktes Seitental, wo Rauch aus fetten Bauernhöfen aufstieg, und wurde plötzlich von dem Verlangen gepackt, dort sein Leben zu verbringen. Eine solche Landschaft musste einem viel Glück bescheren. Doch da sah er wieder die Inzucht-Alpenvisagen vor sich, die ihnen auf ihrer Österreichreise auf einer Wanderung auf einem wenig begangenen Weg entgegengekommen waren: Leicht missgestaltete Kinder und Frauen unter Kopftüchern mit Warzen und Damenbärten und Augen wie zwei schwarze Os in dunklen Höhlen. Bestimmt war ein Leben im Himmelreich die reinste Hölle.

Mit zunehmender Höhe, die der Zug erklomm, nahm die Zahl

der Bäume ab, bis sie den völlig baumlosen Simplon-Pass erreichten. Der Zug kam aus dem Tunnel in eine Landschaft, die an das unbewohnte Hochland Islands erinnerte, Kerlingarfjöll & Co., wo Jung nicht wenige Wochen verbracht hatte. Die Europäer mussten zweitausend Meter in die Höhe steigen, um ihr Island zu finden. Diese Feststellung verblüffte Jung, er gaffte eine riesige, steinerne Schutzhütte an und dachte, Antonella hatte ganz recht, er kam aus einem Land des Himmels, das wie ein fliegender Teppich in 2000 Metern Höhe über anderen Ländern schwebte. Darum war dort der Genuss von Bier verboten, man konnte über Bord fallen. Und daher war alles so teuer dort oben, es brauchte schon zwei Mann, um jeden einzelnen Plattenspieler mit einem Seil nach oben zu hieven. Darum auch betranken sich die Leute so maßlos, wenn sie sich ins Ausland abseilen ließen. Und, na klar, deshalb war es so eisekalt und stürmisch da oben, und selbstverständlich gab es in dieser Höhe keine Eisenbahn, keine Kunstmuseen und keine Konzerthäuser.

Endlich war es so weit, der Zug rollte wieder und wieder lange durch dunkle Tunnel, bis er aus lotrechtem Fels, so kam es Jung vor, wie ein plötzlicher, waagerechter Wasserstrahl hervorschoss. Auf einmal herrschte fröhlicher Sonnenschein, der einen goldenen Glanz über kahle Erde, Felder, Bäume und Häuser breitete. Ein Mädchen mit einem Korb in der Hand stand am Wegesrand wie eine Göttin auf einem Bild von Picasso und trug nichts weiter als ein Kleid. Hier war Sonne, Wärme, hier herrschte Frühling, Sommer, hier herrschte Schönheit, hier war *Bella Italia*.

Es sprang aber auch sofort ins Auge, dass die Häuser hier nicht so frisch gestrichen aussahen wie auf der Nordseite der Alpen, die Bürgersteige staubiger und die Autos kleiner und älter, Fiat, an einem Ackerrand rostete ein alter Pflug vor sich hin. Zu Jungs eigener Überraschung erfüllte ihn das mit Erleichterung. Er, der die Hippiemanier nie hatte ausstehen können – lange Tuniken, die durch Pfützen schleiften, offene Sandalen auf staubigen Wegen, bemalte und verschmierte, schiefe Tische voll schmutziger Gläser auf einem unebenen Stück Rasen im unerträglichen Christiania –, erfreute sich nun an einer gewissen Nachlässigkeit, die im Bahnhof Domodossola, dem ersten Halt in der warmen Welt, kaum zu übersehen war. Er schob das Fenster so weit wie möglich nach unten und streckte den Kopf in die Dezemberluft, doch es war nicht so warm, wie er gedacht hatte. An den Gesichtern der Menschen war deutlich abzulesen, dass ihnen die acht Minuten Verspätung herzlich egal waren, denn sie waren selbst alle acht Minuten zu spät, weil das Strahlen auf ihren Gesichtern von der Sonne acht Minuten unterwegs gewesen war. Diese Menschen lebten so lange mit der Sonne zusammen, dass die permanenten acht Minuten Verspätung, die das Sonnenlicht hatte, ihnen fest eingewachsen war. Italien war acht Minuten hinter dem Rest Europas und der Welt zurück.

Jung musterte einen vierschrötigen Mann in einem offenen schwarzen Mantel, der auf dem Bahnsteig stand und in die Sonne blinzelte, und er sah eine horizontale Linie aus Sonnengold, die von seinem Gesicht ausging, über den Bahnsteig zum westlichen Horizont verlief, die Atmosphäre durchstieß und geradewegs zur Sonne führte. Eine absolut waagerechte Linie aus leuchtendem Gold, acht Minuten lang.

Wie konnte man diese Idee sichtbar machen und in einem Werk darstellen?

38

CINEMA PORNOGRAFICO

Er hatte sich vor Hitze gefürchtet, Angst gehabt, er müsste sein schweres Bierglas im Wintermantel durch ein Sommerland tragen, und deshalb freute er sich über die Abendkühle in Mailand. Es war nicht mehr als fünf Grad warm. Er kam in der Jugendherberge in der Nähe des Bahnhofs unter, in einem Zimmer mit sieben jungen Männern, die alle gleich aussahen und einige Generationen jünger waren als er. Sie trugen alle bequeme Turnschuhe und Jeans, T-Shirts und Parka, Umhängetaschen, Schlafsack und Rucksack. Zwischen diesen Gleichaltrigen wirkte er wie ein älterer Büroangestellter auf Pilgerreise nach Rom, sein kantiger Koffer wie ein spöttisches Gelächter aus einem Laxness-Roman. Er faltete den blauen Mantel sorgfältig um das Bierglas und legte ihn so unauffällig wie möglich unters Bett. Um elf Uhr wurde das Licht ausgemacht und die Tür abgeschlossen. Etwas überraschend wurde auf deutsche Art Nachtruhe verordnet.

Die erste Nacht südlich der Alpen verlief eigenartig. Jemand hatte das Fenster offen gelassen, und norditalienische Nachtkühle strömte ins Zimmer. Jung wachte jede Stunde auf und blickte zum Fenster, wagte aber nicht, aufzustehen und es zu schließen, weil er seltsamerweise fürchtete, der Junge aus der oberen Koje würde aufspringen und ihm die Kehle durchschneiden; darum starrte er unter der dünnen Decke hervor in die rußschwarze Dunkelheit und stellte fest, dass er in Wirklichkeit Angst vor dieser unvertrauten Nacht in einem fremden Land hatte. Obwohl er Deutsch nicht gut verstand, verstand er Deutschland bis zu einem gewissen Grad. Auch da liefen Songs von den Eagles im Radio und man aß Würstchen, aber hier gab es nicht einmal Mischbatterien im Waschraum und keine Heizung in den Zimmern. Er hatte die germanische Welt verlassen, und in seinem Blutkreislauf war die Gewissheit freigesetzt worden, sollte er verstümmelt irgendwo in einem Straßengraben enden, würde sich niemand die Mühe machen, die Nationalität der Leiche herauszufinden und den Täter aufzuspüren. Irgendwo in der Ferne summte eine Vespa und kam näher. Soweit er hören konnte, schlug eine lose hängende Pistole gegen ihre Verkleidung. Oder war es ein Messer?

Mailand war eine strengere Stadt, als er sich vorgestellt hatte. Der Bahnhof war gigantisch, etwa so massig wie die Esja, und die berühmte italienische Leichtigkeit war auch anderen Gebäuden nicht anzusehen, der zentrale Platz, weiß und kalt, hatte etwas Kommunistisches. An seinem Ende stand der Dom, sehr prächtig, aber auch irgendwie scheunenartig. Unter einer der Kolonnaden mit eiskalten Modegeschäften, die nichts taten, um Kunden anzulocken, dafür alles, um sie fernzuhalten, begegnete er einer Schar kleiner Kinder in Schuluniformen, die im Gleichschritt marschierten und etwas sangen, das er für ein Weihnachtslied hielt. Hier war nichts entspannt, hier herrschte Disziplin.

Die Bürger schienen fest entschlossen, die zusätzlichen acht Minuten gut zu nutzen.

Der junge Mann wollte keine weitere Nacht hier verbringen, sein Anliegen war klar und einfach. Er ging in eine Bar mit einer langen Theke, wechselte einen Liraschein in Münzen und ging nach hinten durch zu einer hübschen Telefonzelle. Er schloss die Glastür hinter sich. Auf einem Regal unter dem Wandapparat lag das aktuelle Mailänder Telefonbuch, und er suchte nach dem Namen Arturo Schwarz. Das war leicht, und wenig später hatte er die Nummer gewählt, vielleicht zu schnell, denn sein Herz begann zu klopfen, sobald am anderen Ende eine unwirsche, bärtige Männerstimme barsch antwortete: »Pronto!«

»Äh, guten Tag! Ich bin ein junger Kunststudent aus Island und ...«

»Was ist?«

»Ich bin ein junger Künstler, der sich für Marcel Duchamp interessiert.«

»Was?«

»Ich habe mir gedacht, ob Sie ... ob es vielleicht möglich wäre, dass ich mir die Readymades in Ihrem Besitz einmal ansehen ...«

»Die Readymades sehen? Wer sind Sie überhaupt?«

»Ich bin ein junger Künstler aus Island ...«

Peng, wurde aufgelegt. Arturo Schwarz hatte den jungen Mann einfach abgewürgt, der mit dem Hörer in der Hand enttäuscht dastand.

Er hatte die Routenbeschreibung gelesen, war auf den Berg gestiegen, die letzten Meter durch eine senkrechte Felswand geklettert, bis ganz nach oben zum Tempel, und hatte an sein Tor geklopft, er hatte einen Blick aufs Allerheiligste erhascht, die Stimme des Meisters gehört, bevor er mit Schwung vor die Tür gesetzt wurde und nun den steilen Abhang wieder hinabkullerte.

Er ging zurück in die Großstadtschlucht, wo Absatzklackern und Hupen jahrhundertedicke Mauern hinaufhallten. Er hatte Duchamps Objekte sehen wollen, aber sie waren nirgendwo in Europa zu sehen. De facto ging es gar nicht um die Originalwerke, denn die Originale waren alle auf dem langen und schwankenden Zuggerüttel des 20. Jahrhunderts beschädigt worden oder verloren gegangen, doch in den sechziger Jahren, kurz vor Duchamps Tod, hatte der deutsch-italienische Schriftsteller und Kunsthändler Arturo Schwarz die Erlaubnis bekommen, je acht Repliken von den Readymades herzustellen. Flaschenständer, Schneeschaufel, Urinal, Kleiderhaken, Sprossenfenster ... Jung hatte von »Arturo Schwarz' großer Sammlung in Mailand« gelesen und mit eismeerklarem Optimismus für möglich gehalten, sich diese bedeutende Sammlung anschauen zu können – und sogar den lebenden Menschen zu treffen, der Marcel Duchamp bestens gekannt hatte.

Er streifte halb besinnungslos durch die Stadt, bis er an einer verkehrsreichen Ecke vor einem großen Schreibwarengeschäft stehen blieb und ein bisschen in sein Gefäß spuckte.

Wie es einsame Reisende und Streuner gern tun, suchte er Zuflucht im Bahnhof und verbrachte eine ganze Stunde mit einem kleinen *Peroni*, verfolgte mit leeren Augen den Strom der mit Gepäck und Vorhaben beladenen Menschen. Einer war sicher unterwegs in den Weihnachtsurlaub am Comer See, ein anderer zu einer Sexorgie in Venedig, die Menschen hier führten ein solches Leben, sie genossen es in vollen Zügen, liebten, waren glücklich, sie ließen sich nicht den Hörer aufknallen, sie waren nicht jung und dumm, nicht voller juckender Punkte im Gesicht, und sie erbrachen sich nicht. Er rekapitulierte noch einmal das Telefongespräch. Schwarz. Anschließend stand er auf, ging zu den Bahnsteigen, studierte den Fahrplan in einem gläsernen Kasten und entschloss sich, den Zwei-Uhr-Zug nach Florenz zu nehmen. Die Fahrt sollte drei Stunden dauern.

In einer Nebenstraße nahe dem Bahnhof lief er auf dem Bürgersteig fast gegen einen großen Aschenbecher aus Beton, der mit Sand gefüllt war; aus dem Sand ragten Dutzende filtergelber Zigarettenstummel. Sie sahen aus wie etwas merkwürdige Setzlinge. Er blickte auf und stellte fest, dass er vor einem Pornokino stand, obwohl das vermutlich ein zu grobes Wort für den stilvollen Kinopalast darstellte, der in einer Vitrine mit einem dezent frivolen Plakat warb, auf dem das Wort *erotica* zu lesen stand. Nördlich der Alpen war er ebenfalls in Bahnhofsnähe in ein Rotlichtviertel geraten, in dem es mit Brüsten und Blinklichtern und dem Schriftzug *Peep Show* unverhüllter zur Sache gegangen war. Es lag nicht in der Natur der Deutschen, ein Geschäft mit dezenter Zurückhaltung zu betreiben, sie betrieben es mit Professionalität. Im Vergleich zum deutschen Sexgewerbe erschien dieses kleine Kino wie ein kultivierter Filmklub für Verehrer weiblicher Körperschönheit.

Der junge Mann kaufte sich eine Karte für einen Film, dessen langer Titel gut und gern die italienische Übersetzung von *Die Braut wird von ihren Junggesellen entkleidet, sogar* hätte sein können. An hohen Wänden entlang fand er den Weg in einen großen, dunklen Kinosaal. Ein Superbabe mit gescheiteltem, wallendem Haar in einem halb durchsichtigen Negligé füllte die Leinwand, ein Szenenwechsel ins helle Tageslicht ließ es auch im Kino heller werden, und Jung sah, dass neun Männer mit ernsten Gesichtern möglichst weit voneinander entfernt in den Sitzreihen verteilt saßen, verbissen schweigend über ihren stocksteifen Pretiosen. Jung ließ sich auf dem Sitz am Rand der drittletzten Reihe nieder, zum einen aus Sicherheitsgründen, da es sich um seinen ersten Kinobesuch in diesem fremden Land handelte, es könnte ihn ja einer der Männer mit einem Kupferdraht strangulieren wollen, aber auch aus Gründen des Überblicks, so konnte er nicht nur den Film, sondern auch die Zuschauer beobachten, und das war ganz wesentlich; jeder angehende Künstler musste auch Volkskundler sein.

Nach einer etwas langgezogenen Anfangsszene in der Einfahrt und auf der Treppe eines vornehmen Landsitzes ging es endlich ans Ausziehen. Ein junger, vollständig bekleideter Herr mit Oberlippenbärtchen sah einer älteren Frau dabei zu, wie sie eine Kleidungsschicht nach der anderen ablegte. Die Männer im Kino setzten sich zurecht, sobald der letzte Schleier fiel und ein haariges Dreieck sichtbar wurde, eine auf der Spitze stehende

Pyramide, der geheimnisvollste und unwiderstehlichste Anblick, den ein männliches Auge erblicken konnte. Man konnte hören, wie sich die Atmosphäre im Raum auflud. Jung spürte seine eigene Erektion sich anbahnen, beobachtete aber gleichzeitig die anderen Männern, die mit ratternden Liebesmotoren auf ihren Sitzen saßen, neun hoffnungslose, kleine Junggesellen vor ihrer entkleideten Braut, neun kleine Zwerge vor ihrem schwarzhaarigen Schneewittchen.

Er sah, wie traurig die Situation war, aber auch wie tiefgründig. Die Rollen waren wie in Glas graviert, für einen Moment meinte der junge Mann, der dunkle Kinosaal befände sich in einem anderen dunklen Raum im Bodensatz der Menschheitsgeschichte, wäre so etwas wie der Ballast in der Bilge des Schiffs, mit dem sie über das Meer der Zeit segelte. Die Frau zeigt, der Mann schaut zu. Die Frau lockt, der Mann wird angezogen. Warum sonst hockten hier zehn ausgewachsene Männer winzig klein und schüchtern im Dunkeln und gafften auf vergrößerte Brüste, von denen sonnenklar war, dass sie ihnen niemals näher kommen würden als in dieser Illusionsmaschine? Jung unterstellte zumindest, dass sie deswegen hier waren, jedenfalls saß er selbst hier, weil er so etwas kaum je gesehen hatte, die sexuell unergiebigen Modellsitzungen in der Kunsthochschule und 8mm-Sexfilmchen einmal ausgenommen, die Männer aus der Gegend um Keflavík mit zu den Brückenbaustellen gebracht hatten und die mit surrenden Projektoren nach der Arbeit in den Unterkünften gezeigt worden waren. (Es handelte sich um sogenannte Handwerkerpornos, die kraushaarige Kollegen mit bundesnackten Frauen auf ihren Hobelbänken zeigten und prachtvolle deutsche Zimmermannsschwänze im spätsommerlichen Halbdämmer des tiefen isländischen Djúps aufglänzen ließen.) Das Verlangen war jedenfalls da, das Mysterium mit eigenen Augen zu sehen. Im dunklen Verstand des Mannes war die Frau ein Filmstar, ein strahlend heller Stern am Filmhimmel. Treffen konnten sie sich nur auf diese Weise. Er: Viele. Sie: Eine. Die Vielen: Anbetende. Die Eine: Gott. So hell, dass sie die Vielen, die auf ihren Sitzen im Dunkeln saßen, nicht einmal sehen konnte, geschweige denn berühren. Versuchten die ihrerseits, sie anzufassen, griffen sie in Licht.

Er, der sich mit Frauen nicht auskannte, der keine Ahnung von Frauen hatte, ja, der im Grunde Angst vor ihnen hatte, glaubte hier, an diesem unwahrscheinlichen Ort, die grundlegende Kraft zu sehen und zu begreifen, die im »Austausch« der Geschlechter am Werk war. Nicht an seiner romantischen Oberfläche, nicht die ganz pragmatische Ehe, sondern die Urkraft, die Zahnräder und Triebkräfte darunter, der widerliche schwarze Ölschlamm, der ganz unten im Maschinenraum arbeitete.

Er erkannte, wie tiefgründig Duchamp in seinen transparenten Werken war. Er hatte die Sklavenlager der Geschlechter offengelegt, die Schützengräben der Geilheit, die Eisenbahnschienen der Gefühle, das Millionen Jahre alte System, in dem die Lust festgezurrt war, alles zu dem Zweck, den Kontakt anzubahnen, ohne dieses System würde die Art aussterben. Hier ging es um die Grundvoraussetzungen des Lebens. Mehr noch: Er bekam die uralte Tragödie auf einer zeitgenössischen Bühne präsentiert, sah das Schauspiel in der gewerbsmäßig kalten Gegenwart mit all ihren unendlichen Vervielfältigungen und ihrem Kommerz. Die Frau im oberen Rahmen, in einem gläsernen Käfig eingesperrt wie die Fensterhuren in Amsterdam, sie reizt die Männer, mit ihr ins Bett zu gehen, während deren Begehren andauernd gegen das Glas stößt, nie das riesengroße Anbetungstuch durchdringt, das sie errichtet haben, um die Ausgeburt ihrer Fantasien darauf zu projizieren. Wie sehr sie auch versuchten, sie zu berühren, immer war der kalte Stoff dazwischen. Sexfantasien waren die Schneewehen, in denen das Glück für immer feststeckte. Die Lust fuhr mit Benzin, aber die Liebe war Diesel.

Der Kapitalismus hatte sich mit der Gnadenlosigkeit der Natur zusammengetan und zog die Männer am Schwanz zu immer neuen Traumbildern, fort von der Liebe, weg von sich selbst, weg vom Richtigen. Jung fühlte es, als er den Kinosaal verließ und auf die helle Straße hinaustrat, das war überhaupt nicht das Richtige. Mit dem Richtigen hatte er eine Verabredung in einer anderen Stadt. Das Eine war das Leben, das Andere ein Sexleben. Das Letztere schien das Gegenteil des Ersteren zu sein, dabei war es dessen primitive Voraussetzung.

Doch was bedeutete dieses »sogar«? *Die Braut wird von ihren Junggesellen entkleidet, sogar.* Sogar, obwohl sie es gar nicht wollte? Handelte es sich um eine versuchte Vergewaltigung? Sogar, obwohl sie bereits verheiratet war? Jung war ratlos und stand so wieder vor dem Aschenbecher auf der Straße. Er war für die Junggesellen, die Kinobesucher, damit sie von der Lust eine kurze Zigarettenpause machen konnten, ehe sie wieder hineingingen ins Akkordkino. Keine Vorstellungen um fünf, sieben und neun Uhr, der Film lief ohne Pause, immer, wie die sexuelle Gier.

In Jungs Augen sahen die aus dem Sand ragenden Kippen jetzt wie lauter erigierte Minipimmel aus, die aus dem sandigen Erdreich wuchsen und denen durchaus ähnlich sahen, die drinnen im Kinosaal mit feuchten Bildern gewässert wurden, und gleichzeitig erinnerten sie an die ersten steifen Schwänze, wie sie vor Urzeiten aus dem Meer an Land gestiegen waren.

Das Pornokino war nichts anderes als das kollektive sexuelle Begehren der Männer. In diese dunkle Traumhöhle mit flimmernden Bildern vor der Höhlenöffnung zu gehen war so, als würde man in die Natur des Mannes eindringen. Es gab keine Pornokinos für Frauen. Jung hatte nie Frauen Pornos konsumieren sehen oder Pornos für Frauen, in dieser Branche waren sie nur die Darstellenden, Objekte, das Ziel, die Mohrrübe, die vor den Augen aller Schwanzträger auf Erden baumelte, das Urbild selbst, mit dem das Leben dauernd draußen vor der Höhle wedelte und es benutzte, um sie an ihren Eselsohren in Form von Spermazellen in die Eierstöcke ganz anderer Frauen zu führen. Der Mann war der elende Sexsklave, in der Knechtschaft der eigenen Traumbilder gefangen.

Einigermaßen mit sich zufrieden ging der junge Mann zurück zum Bahnhof. Das war vielleicht nicht direkt Philosophie, aber ein paar Überlegungen waren es immerhin, die womöglich irgendwohin führten. Sein Weg in den Bahnhof führte ihn an einem Kiosk vorbei, der mit den Titelseiten von Zeitungen und Zeitschriften gepflastert war. Auf einer der bunten Illustrierten prangte ein Foto des berühmtesten Paars Italiens: ein zwergenhafter alter Knacker und die Filmdiva Sophia Loren, die schönste Frau der Welt. Er grinste bis über beide Ohren, die glückselige Ausnahme, der Einzige, der aus den Sexsklavenlagern der Welt entkommen konnte. Carlo Ponti war der einzige glückliche Mann auf Erden, ihm war es gelungen, die Schönheit einzufangen, seine Träume in Fleisch und Blut wahr werden zu lassen und sie so an den Altar zu führen.

39

PITTURA CONCETTUALE

Ja, man mochte es wohl Tal nennen oder Talsenke. Der Zug rollte gemächlich zwischen rundlichen Hügeln dahin. Der Himmel darüber war nachmittagsweiß, und vereinzelte Schneeflocken wirbelten, schön anzusehen, durch die Luft. Italienische Schnee-flocken waren insofern anders als isländische, als sie winzig klein und nicht dafür gemacht zu sein schienen, liegenzubleiben, statt-dessen summten sie durch die Luft wie Albinofliegen. Die Erde war noch nicht bedeckt, und auf den Hügeln ringsum trugen alle Bäume noch ihr Laub. Diese Schneefliegen waren wohl ursprüng-liche Weihnachtsdekoration, denn heute war der 23. Dezember, der Tag des heiligen Þorlákur.

Endlich hielt der Zug, und der junge Mann konnte unmittelbar in das fünfzehnte Kapitel von Gombrichs *Geschichte der Kunst* eintreten, das er in seinem ersten Semester in der isländischen Kunsthochschule gelesen hatte.

Die Renaissance war so etwas wie ein Staffellauf auf den Berg der Kunst. Giotto war locker losgetrabt, der erste Maler des Le-bens, mit seinen simplen Freskofarben, dann übernahm Dona-tello, der erste Bildhauer, den Stab und legte ein ordentliches Stück zurück, ehe er ihn seinerseits an den blutjungen Maler Masaccio weitergab, der mutig das erste Steilstück überwand und dann den Stafettenstab an den oben auf einem Stein wartenden, blässlich dicken Botticelli überreichte. Der schlich über einen Abhang und schnaufte dabei wie der Gott des Windes in seinen eigenen Bil-dern, dann wurde es wieder steiler, und da wartete ein kleiner, aber kräftiger Maler und Bildhauer namens Verrocchio, »der mit den wahren Augen«, der aber lief nicht sehr weit, weil er erkannte, dass sein Lehrling Leonardo am Berg schneller war, und übergab ihm bereitwillig den Stab. Leonardo da Vinci machte sich daran, eine senkrechte Wand zu überwinden, und er bediente sich dazu eines Apparats, den er selbst entworfen und gebaut hatte, einer genialen, vielarmigen Klettermaschine. In der Mitte der Wand erschien überraschend ein Wunderkittel mit gebrochener Nase, der menschenscheue Michelangelo, und erstieg Seite an Seite mit »Lenny« auf Zehen und Fingerspitzen das letzte Stück zum Gipfel, den Pinsel führte er mit dem Mund, und im Klettern wurde der Fels mit den schönsten Bibelbildern bemalt. Der Mann im Kittel forderte den Stab, doch der Ältere wollte ihn nicht hergeben, und sie schlugen sich eine Weile darum wie sich Falken in einer Felswand balgen, bis ihnen der Stab aus den Händen fiel und in der Schlucht des Vergessens landete. Die beiden Kunstfeinde erreichten im Gleichschritt den höchsten Gipfel der Renaissance, doch der mit der gebrochenen Nase durfte ihn ganz alleine einnehmen, weil der *homo universalis* dort nicht anhielt, sondern zum Fliegen abhob, in der Maschine, mit der er zuvor geklettert war und die nun auch fliegen konnte. Erster unten war Raffael.

Die Bahnhofsuhr ging acht Minuten nach. Jung stellte seinen Koffer in der Jugendherberge nahe dem Bahnhof unter und lief dann wie ein schwereloser Laufvogel durch die schmalen, von Giebeln überragten Gassen, in denen die Häuser so solide gebaut waren, dass sie die halbe Weltgeschichte überstanden hatten. Als er den freistehenden, gestreiften Turm des Doms erreichte, den kein anderer als besagter Giotto entworfen hatte, schwand nicht nur sein Gewicht, sondern auch sein Gesicht, sein Sehvermögen, er war nichts, es gab ihn nicht mehr, er löste sich auf, sein eines Auge kreiste um die Statue des David vor dem Palazzo Vecchio, während das andere durch die Säulengänge der Uffizien schwebte, seine Beine liefen fußlos über den Ponte Vecchio, wo Leonardo Käfigvögel gekauft hatte, um sie zu Hause freizulassen, während sich seine Ohren auf das steinerne Brückengeländer niederließen wie zwei hautfarbene Tauben und auf das Rauschen des Arno lauschten, der floss zum einen hinein und zum anderen hinaus, sodass zwischen ihnen nichts anderes war, nichts als der Fluss, das Rauschen der Zeit.

Florenz machte den jungen Mann zu einem alten, und am

Abend seines ersten Tages in der Renaissancestadt musste er einsehen, dass es in ihr keinen weiteren Platz für Kunst gab, nicht einmal für einen jungen Kunststudenten. Selbst in seinen nächtlichen Jugendherbergsträumen ging es eng zu. Er schob sich durch einen Cocktailempfang am hohen Flussufer, auf dem jeder Zweite Filippo Lippi oder Piero della Francesca hieß, und musste ständig aufpassen, nicht ganz an den Rand gedrängt zu werden, ans Ufer, von dem Menschen haufenweise in den Fluss fielen.

Heiligabend stand er frühmorgens vor der *Geburt der Venus* von Botticelli im zweiten Stock der Uffizien. Doch selbst im fünften Anlauf schaffte er es nicht, das berühmte Bild zu sehen, über das er in den Kunstgeschichtsstunden in Kjarvalsstaðir so viel gelernt hatte, bei dem Zigarren paffenden Tweedmeister, der hinter der Dialeinwand trank und immer so voller Liebe für die Kunst und seine eigene Stimme erfüllt war, aber am Ende der Stunde schlagartig verstummte, sich mit seinen London Docks in die Cafeteria verzog und seine Gedanken in den Raum paffte, die Eisfolie des Alltags auf seinen dicken Brillengläsern glänzend. Aus seinen Rauchzeichen konnte jeder entziffern: Was für ein Schicksal, mit einem solchen Volk zusammengesperrt zu sein. Auf dieser Insel gab es ja nicht einmal gute Zigarren.

Der gute Kunstlehrer war ein wandelnder Dichter. Jede Stunde bei ihm war eine Stunde Poesie. Seine Kommentare, die zu jedem Dia erfolgten, blieben unvergesslich. Jung erinnerte sich noch wörtlich an seine Beschreibung von Bruegels *Bauernhochzeit*: »Wir sehen, dass die Braut gut im Fleisch steht und in eine Art indolenter Glückseligkeit versunken ist, schließlich hat sie ja auch ihre fleischliche Stallbox im Leben gefunden.« Seine Kenntnisse waren unerschöpflich, er hätte einen hervorragenden Moderator für eine der Tausend-Folgen-Serien bei der BBC abgegeben und wäre darin in seiner Oberlehrerart von einem Museumsraum in den anderen geschlendert und hätte von Van Eyck und Vermeer erzählt, als wären sie nahe Verwandte von ihm, oder von den »vielen Fäden, die vom Teppich von Bayeux zur Welt der isländischen Vorzeitsagas führen.« Stattdessen aber versuchte er sich die wohlverdiente Anerkennung auf die einzige in Island zulässige Art zu verschaffen, indem er Romane schrieb.

»Hier sehen wir das, was Botticellis Zeitgenossen *nuditas criminalis* nannten ...«, hörte Jung den Tweedmeister mit seiner erhabenen Bassstimme zur *Geburt der Venus* sagen, dem fünfhundert Jahre alten Gemälde, vor dem er jetzt stand, das er aber nicht zu sehen bekam. Jedes Mal, wenn er es betrachten wollte, war er wie mit Blindheit geschlagen, plötzlich war er gar nicht hier, obwohl er sich andauernd sagte, er sei doch den ganzen Weg gekommen, über den Atlantik, die Alpen und die Po-Ebene, und all diese Treppen hinauf, und er könne dieses Werk sehen, er könne es anschauen, betrachten, diese Lippen, diese Augen, dieses Haar, das im Seewind flatterte, der augenscheinlich ein laues Lüftchen Ende April war, eine warme Frühlingsbrise, ja, das konnte er sehen, wenn er wieder unten am Eingang stand und die Abbildung im Katalog betrachtete. Also ging er zurück nach oben und versuchte es noch einmal, aber wieder ohne Erfolg, es war, als würde die Frau links neben der Venus, die bereitstand, ihr ein Gewand anzureichen, stattdessen ihm das Tuch vor die Augen halten. Der junge Mann ging weiter zum nächsten Bild desselben Malers, *Der Frühling*, und sah es lange an, ohne etwas zu erkennen. Er ging vorübergehend in den nächsten Saal, kehrte dann zu den beiden Gemälden zurück, war wieder mit Kunstblindheit geschlagen und sah das Bild vor Bildern nicht. Dasselbe war ihm im Frühjahr in Paris passiert. Er hatte fünf Anläufe unternommen, um die *Mona Lisa* zu sehen, aber es war ihm nicht gelungen.

Erst nachdem er die Uffizien verlassen hatte und benommen

zum Flussufer schlich, ging ihm etwas auf: Die nackte Venus war die entkleidete Braut, und die Wesen in dem anderen Bild waren die Junggesellen. Es waren … (er stützte seine Theorie, indem er im Katalog nachzählte) … jawohl, es waren auch neun an der Zahl! Genauso viele wie Junggesellen auf Duchamps Glas. Sie waren zwar jederlei Geschlechts, aber das war in diesem altgriechischen Götterwirrwarr, wo jeder mit jedem, nichts Ungewöhnliches. Die Bilder wiesen zudem vergleichbare Proportionen auf, und sie waren fast gleich groß. Man konnte sie genauso anordnen wie im *Großen Glas*, die Venus im oberen Teil, die neun anderen Personen im unteren. Duchamps Werk war nur die Wiedergeburt eines Werks der Renaissance! Und beide waren gleich hermetisch und geheimnisvoll. Jung hatte vielerlei Interpretationen von Botticellis Werken gelesen. War es nicht ein Merkmal großer Kunst, dass man sie nicht erschöpfend verstehen konnte? Genauso wenig wie das Leben. »One cannot explain the existence of genius. It is better to enjoy it«, schrieb Gombrich im fünfzehnten Kapitel. Jung konnte das voll und ganz unterschreiben, es lag von seiner eigenen Einstellung zur Welt und zur Philosophie nicht weit entfernt, und trotzdem hatte er sich in den Kopf gesetzt, das Unbegreifliche zu begreifen, dieses verdammte *Große Glas* zu durchschauen.

In den meisten Gassen war der Tag kühl, weil sich die Weihnachtssonne auf die Plätze konzentrierte. Da war es nahezu warm. Jung ging über den Trödelmarkt auf dem Ponte Vecchio. Er hatte ja selbst am Bau zahlreicher Brücken mitgewirkt, darunter sogar eine über den Borgarfjörður, aber es war ihm nie in den Sinn gekommen, dass man aus einem solchen Bauwerk eine Ladenzeile machen konnte.

In einer Bar auf dem anderen Ufer fand er eine Telefonzelle und zog »meine Nummer in Florenz« aus der Tasche. Eine ältere

Männerstimme antwortete mit diesem typischen, unverwechselbar italienischen »Pronto!«, das in Jungs Ohren jedes Mal klang wie »Basta und Punkt«. Es konnte so ziemlich alles bedeuten: »Ihr Gespräch wurde registriert! Danke für Ihren Anruf! Auf Wiederhören!«

Er überwand sich dennoch, den Namen des Mädchens hervorzustammeln, und entgegen seinen Befürchtungen drang bald ihre Stimme aus schwarzem Plastik an sein isländisches Ohr. Ihr Deutsch war innerhalb dieser einen Woche im Heimatland eingerostet, aber das blankpolierte Silber in ihrer Stimme war nicht im Mindesten angelaufen.

»Du bist in Firenze? Das ist wunderbar!«

Nach einigem amüsantem Sprachendurcheinander schafften sie es, sich für später zu verabreden, und zwar vor einer Kirche, die sie Santakrotsche nannte. Er hatte den ganzen Tag zur Verfügung, um dieses Bauwerk zu finden, und er ging hinaus in den Sonnenschein, wobei er von innen heraus strahlte wie eine erleuchtete Kirche im isländischen Adventsdunkel. Erst als er in der Nähe des Palazzo Pitti war, machte er sich klar, dass Antonella vorgeschlagen hatte, sie sollten sich um sechs Uhr treffen. Und es war Heiligabend.

Er begrüßte Weihnachten mit dem Rot Raffaels. Im Palazzo Pitti verschwand seine Kunstblindheit endlich vor dem Bildnis eines jungen Mannes mit roten Ärmeln und einer Madonna in rotem Kleid mit einem winzigen Jesuskindlein auf dem Arm. Wie konnte Farbe, die vor fünfhundert Jahren angerührt worden war, noch immer solches Staunen auslösen? Der junge Mann ging über den glänzenden und knarrenden Boden, als ob er betrunken wäre, trunken von einem feuerroten und jahrhundertealten Zaubertrank, um ihn herum japanische, deutsche und amerikanische Touristen, die mit ihren Bildsaugern von Canon oder Konica gründlich die Wände abschnorchelten. Es waren alles ältere und gepflegte Herrschaften, die gekommen waren, um die Kunst zu genießen. Er hingegen war hier, um sie aufzubrechen. An ihr Mark zu kommen. Er wollte ihre teuflische Magie entschlüsseln. Wie hatten sie das gemacht? Konnten sie einem wirklich etwas mitteilen? Oder waren diese raffaelitischen Augenweiden doch bloß »retinale Malerei«, wie Duchamp die oberflächliche Malkunst genannt hatte? Vielleicht nicht ganz. Ein Bild der Madonna enthielt in jenem inbrünstig gläubigen Zeitalter sicher tiefe Hinweise, die mittlerweile längst aus den Farben verflogen waren, die im Unterschied zu ihnen dauerhaft blieben. Und die *Geburt der Venus* war nicht einfach ein leeres Gemälde, sondern ein Konzeptwerk mit literarischen und kulturgeschichtlichen Anspielungen, die weit in vorchristliche Zeit zurückreichten …

Und als der junge Mann vor Masaccios Fresko der Dreifaltigkeit in der Basilika Santa Maria Novella stand, erinnerte er sich, was ihm Gombrich und Doktor Tweed darüber beigebracht hatten, und da erschloss sich ihm das Geheimnis des wahren Kunstwerks, das zugleich Auge, Herz und Hirn ansprach. Die Heilige Dreifaltigkeit für die Heilige Dreifaltigkeit!

Das Bild des jungen Masaccio ist ein Schlüsselbild der Kunstgeschichte, denn in ihm wurden zum ersten Mal die Gesetze der Zentralperspektive korrekt angewandt. Bis dahin war alle Malerei zweidimensional, doch Masaccio ergänzte sie um die dritte Dimension (wie Duchamp ihr fünfhundert Jahre später die vierte hinzufügte), nachdem Brunelleschi, der Architekt der Domkuppel, die Perspektive erstmals entdeckt und verwendet hatte. Das war eine Revolution, und darin ging die Renaissance über das hinaus, was sie wiederentdeckt hatte, denn Griechen und Römer hatten das dreidimensionale Leben leicht aus Stein meißeln können, aber sie hatten nie versucht, es auf einer zweidimensionalen

Fläche wiederzugeben. Masaccio malte sich in die Wände hinein, er überwand die Zweidimensionalität und bot den Betrachtern eine optische Täuschung an oder besser eine optische Wölbung, denn wir bekommen Vater und Sohn, Gott und Jesus Christus am Kreuz, zusammen mit dem Heiligen Geist in Gestalt der Taube im Gewölbe einer Kapelle gezeigt. Was für eine Entdeckung, was für eine Revolution, was für ein Wunder und bedeutendes Ereignis! Bemerkenswerterweise waren die Freude und der Zauber des Erstmaligen in dem etwas steifen und nicht besonders gut erhaltenen Fresko immer noch zu erkennen.

Hier waren Formen und Farben, die das Auge erfreuten, hier war eine wissenschaftliche Entdeckung, die den Verstand ansprach, und hier waren ein religiöser Inhalt, etwas für die Leere in der Brust, und außerdem greifbare Empfindungen, die den Betrachter ins Herz trafen, die zu Füßen ihres gekreuzigten Sohns stehende Jungfrau Maria verwies auf den tragischen privaten Aspekt dieser »öffentlichen Szene«. Nicht einmal die ökonomische Dimension hatte Masaccio vergessen, denn im Vordergrund hatte er kniend zwei bürgerliche Gestalten gemalt, ein älteres, wohlhabendes Paar, das den Kopf hoch trug und diesen hochheiligen Anschein von Demut aufsetzte, der nur reichen Leuten zu Gebote steht. Und unter ihnen, ganz unten auf dem Bild stand über einem liegenden Gerippe eine Textzeile, ein *memento mori*, wie in eingefleischtester Konzeptkunst: »Ich war einmal, was du bist, und was ich bin, wirst du einmal sein.«

Es war also möglich, Kunst zu machen, die vieles in einem war, Duchamp und Munch, die Herz und Hirn gleichermaßen ansprach ... Und das war schon einmal erreicht worden, im Jahr 1427.

40

TRATTORIA LA LUNA

Die Basilika von Santa Croce hatte eine unglaubliche Fassade, marmorweiß und angestrahlt, mit drei Giebeln samt zugehörigen Türmchen und Figuren darauf. Die Fassade war derart prächtig, dass es schwerfiel, die Kirche dahinter zu entdecken. Zunächst sah sie einmal nach einer Kulisse am hinteren Rand einer Bühne namens Piazza Santa Croce aus.

Absätze knallten aufs Pflaster, und darüber schwand das Licht an einem blauen Himmel. Der junge Mann setzte sich auf die Stufen der Kirchentreppe, er war ein wenig außer Atem, nachdem er noch in der Nähe kurz eine Bar aufgesucht hatte. Er hatte nichts bestellt, sondern sich zur Toilette geschlichen und einen letzten Check seines Gesichts vorgenommen, ob es weiße oder rote Weihnachten geben würde. Die beiden Pickel, die in der Nacht ihren Reifepunkt erreicht hatten, hatte er am Morgen ausgequetscht. Sie waren auf dem Rückzug, und mit der richtigen Menge Clearasil ließen sie sich fast wie ältere Krater abdecken. Leider war auf dem rechten Nasenflügel schon ein neuer im Aufblühen begriffen, und auf dem Kinn pochte ein weiterer frischer, der würde aber erst später am Abend weiß werden. Insgesamt durfte er sich glücklich schätzen: Wenn er ein bisschen auf Abstand blieb, war sein Gesicht fast präsentabel.

Er saß auf den Stufen und sah den Vorübergehenden zu, dabei drückte er den juckenden Pickel am Kinn, obwohl er wusste, dass er es besser nicht tun sollte, die Abdeckcreme könnte dadurch verrieben werden und das Rot durchscheinen. Einige Passanten kamen die Treppe herauf, die Kirche war geöffnet wie andere auch. Obwohl gemäß dem Kalender der Menschen im Norden Feiertag war, herrschte hier im Süden Alltag, alle Geschäfte waren geöffnet, die Cafés, Bars und Museen ebenfalls. Dabei hatte sich der Anlass für diesen Feiertag doch hier im Süden zugetragen. Die Geschichte war so etwas wie Stille Post, ihre Botschaften veränderten sich beträchtlich auf ihrem Weg von Mund zu Ohr. Obwohl kaum ein Volk heidnischer war als die Isländer, beging kein Volk Weihnachten so feierlich wie sie. Was in anderen Ländern mit einem kurzen freien Tag abgetan war, schickte im Land der kurzen Tage erst einmal vier Sonntage zur Ankündigung voraus, erreichte seinen Höhepunkt in einem dreitägigen Festfressen, das sich, von einer kurzen Arbeitswoche unterbrochen, bis zu einem zweitägigen Fest zum Jahreswechsel hinzog und erst eine Woche später mit Feuern und Feuerwerk endete, obgleich die weihnachtlichen Lichterketten noch bis in den Februar hängen blieben. Das Volk der winterlichen Dunkelheit begrüßte jedes Licht.

Hoch über Jungs Kopf begannen die Kirchenglocken mit großem Getöse zu läuten, er schaute auf die Uhr und schluckte. Es war sechs Uhr. Nach isländischer Zeitrechnung begann damit Weihnachten, er fühlte es in der Brust kribbeln, obwohl er hier zwei Stunden vor und acht Minuten nach der isländischen Zeit saß. Doch einmal Isländer, immer Isländer. Daran führte kein Weg vorbei, die Tradition war zu mächtig, sein Herz war gestellt wie ein Wecker, plötzlich schlug es heftiger und pumpte dann Erinnerungen an zu Hause in seine Blutbahn, steifgebügelte Sonntagshosen, spiegelglatte Parkplätze, eiskalte Dunkelheit und hell erleuchtete Weihnachtsbäume, Glockenläuten im Radio, der Duft von karamellisierten Kartoffeln, der Dampf von heißer Kirschsoße und der himmlische Geschmack von *risalamande*, wie ihn nur seine Mutter zubereiten konnte. Er sah seine Schwester mit nassen Haaren in das mit Teppichboden ausgelegte Wohnzimmer kommen, um ein letztes Päckchen unter den Baum zu legen, wo die Zwillinge schon sämtliche Pakete allein mit ihren Brillen durchleuchteten, während ihre Mutter in der Küche vor einem leuchtend weißen Berg Zucker in der Pfanne stand …

Unversehens wurde der junge Mann, der geschworen hatte, Weihnachten und der ganzen Schwelgerei endlich, endlich zu entsagen und es lieber mit Italien zu versuchen – Marmorstatuen und angemalte Frauen, Kunst! –, ganz plötzlich von heftigem Heimweh der widerlicheren Art befallen. Er traute seinen Augen kaum, als ihr äußerer Rand unter einem gewissen Druck von innen überzulaufen drohte. Nein, er konnte doch hier nicht losheulen, sie durfte ihn keinesfalls so auf der Kirchentreppe antreffen, verweint wie ein Milchlämmchen kurz vor dem Abnippeln. Er wischte sich über die Augen und blickte sich um, dann noch einmal auf die Uhr, es war fünf Minuten nach, ach was, sie würde natürlich acht Minuten verspätet kommen.

Drei Minuten später kam sie über den gepflasterten Platz, schwarze Haare, schwarzer Mantel, passende Ballerinas, ein klein wenig x-beinig. Das Lächeln, das ihr Lächeln auslöste, zog ihn von der Treppe hoch wie ein Puppenspieler, der seine Marionette vorsichtig vom Sitzen zum Stehen aufrichtet. Er hatte das Gefühl, alle Kraft in den Beinen verloren zu haben, allein seine Begeisterung hielt ihn aufrecht, an seinem Kopf und seinen Schultern glänzten die Schnüre. Sie bewegten sich und zitterten, als er die Hand ausstreckte und die roten Wangen, dunklen Brauen und weißen Zähne begrüßte. In ihren Augen glitzerte etwas ganz und gar Unbegreifliches, in den seinen lag etwas von einem Feiertagsmahl am Ende der Welt, sie sahen aus wie erleuchtete Fenster voll Festessen und Lichterketten.

Sie begrüßten sich auf Deutsch und liefen abwechselnd rot an, sie verhaspelten sich und entschuldigten sich dafür, dann schwiegen sie wie zwei unbeholfene Anfänger ganz zu Beginn ihrer Lebensbahn. Sie fragte, ob er in die Kirche wolle und zeigte auf das offene Portal hinter ihnen. Er wollte antworten: Ja, heiraten wir auf der Stelle, scheute jedoch vor dieser Art Humor zurück und schüttelte den Kopf. Sie meinte, es sei eine sehr schöne und berühmte Kirche, schlug dann aber vor, sie könnten in einem Café, das sie kannte, einen Kaffee trinken. Er folgte ihr über den Platz wie der Zwölfjährige, der er war, wenn er Deutsch sprach, und sie gingen an der großen, weißen Marmorstatue eines Mannes in einem Umhang vorbei und bogen in eine Nebenstraße ein. Am Himmel war nun alles Licht verschwunden, aber die Fassade der Kirche ragte noch beleuchtet auf wie ein fünfzig Zentimeter dicker Wandschirm auf einer riesigen Bühne, auf der alles für eine große Tragödie vorbereitet war.

Warum aber waren alle Akteure von der Bühne verschwunden? Die Straße war schmal und frei von Autos. Eine mittelalte Dame auf hohen Absätzen und im Pelzmantel kam ihnen mit einem Weihnachtspäckchen unter dem Arm entgegen, dann ein junger Kerl, der auf seiner jaulenden Vespa zwischen ihr und ihnen hindurchkurvte. Jung achtete darauf, sich auf der richtigen Seite des Mädchens zu halten, die, auf der keine Pickel zwischen ihnen standen, und er passte sich ihren Schritten an, so gut er es vermochte; endlich verstand er das Lied *Walking on the Moon* von Police, das in seinem Kopf summte. Er musste sich sehr zusammenreißen, um nicht laut auszurufen: »Hier gehe ich durch Florenz mit einer Schönheitskönigin an meiner Seite! Durch Florenz mit einer echten, einheimischen Schönheit!« Er vergaß sogar für einen Moment das Pfund, das seine Innentasche füllte, doch dann fiel es ihm wieder ein, und er bog die Schultern vor, damit das Glas an seiner Brust nicht zu sehen war.

»Eine unglaublich schöne Stadt.«

»Ja. Es ist das dritte Mal, dass wir hier Weihnachten feiern.«

»Seid ihr eine große Familie?«

»Nein, nur mein Bruder Sandro, ich, Mama und Papa und dann noch Mamas Schwester, die hier in Florenz wohnt, und ihre zwei Kinder. Ihr Mann ist tot. Er war Autorennfahrer. Ist bei Tempo zweihundert ums Leben gekommen. Mama sagt, es sei besser, so schnell zu sterben, als langsam, dann würde man nicht ganz hinten in der Reihe landen.«

Er verstand nicht alles, was sie sagte. Ganz hinten in der Reihe? War das ein Scherz? Außerdem musste er dreimal bei dem Wort »Autorennfahrer« nachfragen. Er hatte zuerst verstanden, der Verstorbene wäre ein »Autorenfahrer« gewesen, ein Chauffeur von Schriftstellern.

Die Straße war ein wenig düster, schien weder Geschäfte noch Cafés zu beherbergen, doch plötzlich bog das Mädchen nach rechts zu einer schmalen Glastür unter einem Steinbogen ab, und vor dem Isländer erschien das Wort *Trattoria*. Vor ihnen öffnete sich eine langgestreckte Gaststätte mit rotweiß karierten Tischdecken und schwarz glänzenden Stühlen. Die Atmosphäre war rustikal und gemütlich, obwohl der Laden leer war. Ein älterer Mann mit aufgekrempelten Hemdsärmeln grüßte sie von einem Bartisch am Ende des Raums, wälzte ihnen dann mit einem freundlichen Lächeln, das wie eine bunte Sommerblume aus seinem winterweißen Bartstoppelbeet aufblühte, seinen Bauch entgegen, küsste die junge Frau auf die Wangen und schüttelte dem jungen Mann die Hand, sprach etwas Herzerfrischendes, hörte sich an, was sie über ihren blonden Begleiter Ausführliches zu erklären hatte, lud sie ein, Platz zu nehmen und brachte Gläser herbei. Eine Tasse Kaffee auf Deutsch meinte augenscheinlich ein Glas Rotwein auf Italienisch.

»Er ist ein Freund meiner Tante. War auch einmal Rennfahrer.

Er hat noch zwei Maserati und einen Lamborghini. Ich durfte schon einmal beim ihm mitfahren, auf der *Autostrada*«, sagte sie und lachte spitzbübisch.

Jung konnte sich nicht helfen, in seinem Kopf geriet alles durcheinander, die deutsche Mona Lisa saß plötzlich in einem Rennwagen. Wo fuhr sie hin?

»Bist du allein hier?«

»Ja.«

»Über Weihnachten allein?«

»Ja.«

»Ist das nicht schwer?«

»Nein, nein. Vielleicht ein klein wenig. In Island hat man jetzt schon angefangen, Weihnachten zu feiern.«

»Dann können wir uns also Fröhliche Weihnachten wünschen«, sagte sie und hob ihr Glas. »Wie sagt man Frohe Weihnachten auf Isländisch?«

»Gleðileg jól«, sprach er vor und freute sich daran, wie sie mehrmals »Glelileio« nachplapperte, bevor sie klingend anstießen, das schönste Weihnachtsläuten, das er je gehört hatte. Er sah es in ihren Augen blitzen, ein strahlend weißer Helligkeitsblitz aus den schönbraunen Augen als eine Art optische Antwort auf das Gläserklingen. Aber ihre Augen strahlten auch vor etwas Unerklärlichem, ganz und gar Unwissenschaftlichem, etwas, das man nicht messen, nur malen konnte, aber das wäre nicht leicht, es könnte nur gelingen, wenn das Bild richtig groß wäre. In einem Schnappschuss sah er sich auf einem Gerüst vor ihrem riesenhaften Porträt stehen. Er trug einen fleckigen Overall, kauerte auf einem Knie und verwendete äußerste Sorgfalt darauf, alles wiederzugeben, was zwischen dem haarfeinen Licht auf der glänzenden Oberfläche ihres Auges und dem innersten Winkel ihrer Seele lag. Das waren ungeheure Weiten, die Unmengen von Ölfarbe benötigten. Von seinem Gerüst blickte er nach unten in vier Lebertrantanks mit weißer, schwarzer, roter und gelber Farbe.

Rotwein vertrug der junge Mann etwas besser als Bier, und doch war es erst das vierte Mal, dass er Rotwein probierte. In Island trank man niemals Wein zum Essen. Zum Essen trank man Milch, und Wein trank man aus Milchgläsern. Hier trank Jung zum ersten Mal Wein aus einem Weinglas. Bei seinem ersten Besäufnis, bei Bällen auf dem Lande und Klassenfeten war immer Wodka-Cola zum Einsatz gekommen, seine erste Bekanntschaft mit Rotwein hatte auf dem Fußboden des Studentenheims geendet. Mitten im Gespräch mit dem Sohn des Dichters, das sich um die Theorien des französischen Anarchisten Proudhon drehte, hatte Jung kurz innegehalten, sich über die Tischplatte gebeugt und sämtliche Mahlzeiten des Tages auf die rostroten Fliesen erbrochen, sich dann aufgerichtet und fortgefahren, als ob nichts gewesen wäre: »Genau, ich bin ganz seiner Meinung: Eigentum ist Diebstahl. Sag mal, der war doch der erste Anarchist, oder nicht?«

Das Rot auf ihren Wangen schwand, als sich ihr Lächeln über das Gesicht ausbreitete, kam danach aber wieder zum Vorschein, zeigte sich einen kostbaren Augenblick lang mit klarer Umrisslinie, wie auf die Wangen gedruckt, bevor es sich wieder in »rote Bäckchen« zurückverwandelte. In dem Augenblick hatte es wie zwei Landkarten mit märchenhaften, eingebuchteten Küstenlinien ausgesehen, zwei Länder der Zukunft, eines für ihn, eines für sie, und auf der Grenze stand das Haus, in dem Mama ihr Zimmer im Obergeschoss erhielt, aus dem sie ihr dreimal täglich die Treppe hinab auf die Toilette helfen mussten: *Al gabinetto!*

Als sie sich von dem Rennfahrer verabschiedeten und das Lokal verließen, hatte Jung von den roten Flecken und dem roten Wein leicht einen sitzen. Ihre Unterhaltung lief nun wie geölt, sie hatte so oft gelacht, dass er die Umrisse ihrer roten Flecken im

Schlaf kannte, und er hatte Weihnachten, Pickel und Bierglas völlig vergessen. Sie führte ihn durch die engen Straßen der Stadt, ein Labyrinth aus dem 15. Jahrhundert, und erzählte ihm viel über die Stadt, verriet ihm zum Beispiel, wo »die richtige Statue« des David stehe, die, die er gesehen habe, sei bloß eine Kopie, und sie erzählte ihm von dem historischen Fußballspiel, das einmal im Jahr auf diesem Platz ausgetragen werde – er stellte fest, dass sie im Kreis gegangen und wieder auf dem Platz vor der Basilika Santa Croce angekommen waren. Die Kirche stand an seinem Ende vor ihnen. Sie fragte, ob er nicht »la tomba di Michelangelo« sehen wolle, und wenig später betraten sie das Innere der Basilika mit der weißen Fassade.

Hinter der zweidimensionalen Kulisse öffnete sich ein 115 Meter langes Kirchenschiff, beiderseits mit gotischen Pfeilerreihen. An den Außenwänden befanden sich Gedenktafeln und Epitaphe, vor manchen standen steinerne Sarkophage, hier lagen etliche der bedeutendsten Vertreter der Menschheit begraben: Macchiavelli, Galileo, Rossini und Michelangelo ... Jung verlangsamte unwillkürlich seine Schritte, das war ein bisschen zu viel für ihn. Da hinten lag *er*, in diesem Sarg, der Kunst-Christus persönlich.

Dieser Teil der Kirche werde der Ruhmestempel Italiens genannt, erklärte Antonella dem jungen Mann, der in die Betrachtung von Michelangelos vielteiligem Grabmal versunken war. Abgesehen von seiner Büste über dem Sarkophag gehörten dazu auch drei sitzende Marmorstatuen. Das müde Gesicht mit der gebrochenen Nase, Bart und nach unten gezogenen Mundwinkeln ließ Jung spontan an Svenni Ásgríms denken, seinen ältesten Kollegen beim Brückenbau, der aber immer der Erste an der Baustelle und der Letzte beim Essenfassen war. Ein unermüdlicher Mann aus Strandir mit hageren Wangen und einem Körper, der nie geheiratet oder einer Frau nach einer Partynacht ein Kind gemacht hatte und manchmal behauptete, er sei mit seiner Arbeit verheiratet. Der junge Mann blieb eine Weile stehen und ließ die Neuigkeit sacken: Michelangelo sah aus wie Svenni Ásgríms. Wie ein ganz und gar ausgepowerter Svenni nach 36 Stunden ununterbrochener Betonarbeit. Man hörte seine Rückenschmerzen praktisch wimmern.

»Vasari, Giorgio Vasari hat das Grab entworfen«, sagte das Mädchen und zeigte auf die Statuen, die steinernen Ornamente und die zugehörigen Fresken. »Du kennst ihn, das war der Kunsthistoriker, der die *Vite* geschrieben hat, die Lebensläufe der berühmtesten Künstler.«

Jung trat schnell einen Schritt zurück, griff sich an den Mantelkragen und schlug ihn so zurück, dass er die schwarze Masse verdeckte, die er unter vorgetäuschtem Husten in sein Glas erbrach. Ihre dunklen Augenbrauen zogen sich zusammen, als sie fragte: »Ist alles in Ordnung?«

»Ja, ja, nur ein kleiner … ein leichter …«

Er kannte das deutsche Wort für Husten nicht.

41

DANTE CARABINIERI

Er dachte, er wäre noch einmal davongekommen, aber sie sah ihn weiterhin merkwürdig an. Hing ihm noch ein schwarzer Faden aus dem Mundwinkel? Hatte er sich mit dem Ärmel nicht gründlich genug abgewischt? Wurde der Pickel am Kinn weiß? Sie traten wieder hinaus auf die Treppe, es fühlte sich an, als kämen sie nach drinnen, die Außenluft war wärmer als die in der Kirche, dabei war doch der 24. Dezember.

Er versuchte sich mannhaft zu halten, trotz des Erbrechens und trotz des Schocks, den Sarg des Kunst-Christus zu sehen. Es hatte etwas Vulgäres, ja, Obszönes an sich, diesen Sarkophag so nackt vor aller Augen aufzustellen. Warum hatte man ihn nicht wie andere Menschen in der Erde begraben? Oder wenigstens unter den Fußbodenplatten der Kirche wie Päpste und Bischöfe? Hatte in den ersten Jahren nach seinem Tod Verwesungsgeruch die Kirche erfüllt, den Frauen und künstlerisch veranlagte Männer in der Hoffnung auf Ansteckung eingeatmet hatten? Jung versuchte sich den Sarg Kjarvals an einer der unverputzten Wände in der Säulenhalle von Kjarvalsstaðir vorzustellen. Der hätte dort kaum seine letzte Ruhe gefunden. Bestimmt hätte sich nächtens irgendein Zauberer dort eingeschlichen und sich eine Rippe des Meisters unter den Nagel gerissen, um sich daraus eine gute Frau zu schnitzen, aber hier lagen die Gebeine des Kunst-Heilands unangetastet seit 1564. Die Italiener waren wirklich ein zivilisiertes Volk.

»Ich überlege, ob du dich morgen nicht einsam fühlen wirst. Wenn du möchtest, könntest du mit uns in die Weihnachtsmesse in Santa Maria del Fiore kommen. Das macht Spaß … Oder macht es dir keinen Spaß, in die Kirche zu gehen?«, fragte sie und lachte, während sie die Stufen hinuntergingen. Diese junge Frau war köstlich, der reinste Schatz. Er lachte freundlich zurück.

»Nein, nein … Das heißt doch, das wäre bestimmt nett. Vielen Dank! Aber ich möchte am Weihnachtstag deine Familie nicht stören.«

»Das geht schon in Ordnung. Vielleicht lädt dich meine Tante anschließend zum Essen ein. Wer weiß? Es ist nicht gut, Weihnachten hier ganz allein zu verbringen.«

»Nein. Ich … nun ja, vielleicht komme ich.«

In ihm breitete sich eine blutrote Wolke des Wohlbehagens aus.

Und stieg majestätisch in seinen inneren Himmel auf, als er das Marmordenkmal ansah, vor dem sie nun standen. Es stellte einen finster blickenden Mann mit einem Lorbeerkranz auf dem Kopf dar, der sich in seinen Umhang verheddert zu haben schien und sich gerade daraus befreien wollte. Hinter ihm stand ein Adler, und vier kleine Löwen bewachten den Sockel.

»Das ist Dante Alighieri, der größte …«

Weiter kam sie nicht, mit aufgerissenen Augen sah sie einen rußschwarzen Schwall aus dem Isländer hervorbrechen, er platschte auf den Boden und bespritzte den unteren Teil des Sockels, glitzerte kurz darauf und wurde dann schnell matt und trocken wie Malerfarbe. Der junge Mann beugte sich darüber, indem er sich mit der Rechten am Denkmalsockel abstützte, und erbrach sich noch einmal, nicht auf den Marmor, aber es hörte gar nicht mehr auf, aus ihm herauszuschwappen. Endlich hustete er den letzten Schleim heraus, er war sichtlich am Ende und drückte das Gesicht auf die Brust. Sie stand völlig stumm da und beobachtete ihn.

»Geht es wieder?«

Er antwortete erst nicht, wischte sich schließlich mit dem Ärmel über den Mund und richtete sich auf, sah sie blass und mit verzerrtem Gesicht aus tiefster Verzweiflung an, seine aufgerissenen Augen glänzten feucht. Er sah fast wie Nosferatu aus.

»Hm, nein.«

Er hatte noch nie so viel von sich gegeben, und noch nie war es so überfallartig gekommen. Er hatte nicht einmal Zeit gehabt, den Mantel zu öffnen. Er sah, wie erschrocken das Mädchen war, und beugte sich wieder vor. Die Lache bedeckte zwei Steinplatten und einen Teil des Sockels. In der Form sah sie aus wie eine Feuerwerksrakete, die gleich nach dem Explodieren am schwarzen Nachthimmel eingefroren war, nur war das Ganze hier wie im Negativ: Das explodierende Licht war schwarz und der Himmel eine helle Steinplatte. Jung merkte, dass die Feuchtigkeit in seinen Augen zu einer Träne geronnen war, die auf das grobe Steinpflaster tropfte, eine Träne, die eher von der Anstrengung als von Traurigkeit herrührte, gleichzeitig spürte er, dass ihm das Mädchen die Hand auf die Schulter gelegt hatte. Er nahm beide Hände und rieb damit übers Gesicht, um die größte Verzweiflung wegzuwischen, bevor er sich aufrichtete und mit einem Lächeln den Vorfall zu überspielen versuchte, aber er merkte, dass nur eine hässliche Grimasse dabei herauskam. Ihre Augen glänzten, sie schien Angst um ihn zu haben, aber aus diesem besorgten Glanz leuchtete auch Furcht, sie hatte auch Angst vor ihm.

Plötzlich standen zwei streifenbesetzte Männer mit Schirmmützen neben ihnen. Der junge Mann hörte, wie das Mädchen etwas von seinem Gesundheitszustand sagte, während er ihre prachtvollen Uniformen bestaunte. Diagonal über einer dunkelblauen Jacke saß ein weißes Bandelier wie ein Schrägbalken, der schwarze Kotze strengstens verbot, und die dunkelblauen Uniformhosen waren mit knallroten Seitenstreifen besetzt. Der eine der beiden, der dem Fußballer von Juventus Turin, Marco Tardelli, ein bisschen ähnelte, sagte etwas und zeigte auf den Teerfleck neben dem Denkmalsockel, doch das Mädchen schien ihn anzulügen, dass der Fleck schon vorher dagewesen sei und keineswegs von ihnen stamme. Der andere Polizist ging in die Hocke, schnupperte flüchtig an dem Flatschen, tippte ihn vorsichtig mit dem Mittelfinger an, betrachtete seine Fingerkuppe und signalisierte dann mit den Augenbrauen: Nein, das ist etwas Altes.

Kurz darauf sahen sie den beiden Männern nach, wie sie über den Platz davongingen.

»Carabinieri, Polizei«, erklärte die Italienerin dem Isländer, blickte ihm dann in die Augen und fragte: »Bist du krank?«

»Nein, ich …«

Er wich mit dem Blick zu der weißen Statue aus, dann wieder hinab zu dem schwarzen Fleck an deren Fuß.

»Nein, es kommt einfach so aus mir raus. Ich weiß nicht, was das ist, aber es ist sehr …«

Beinahe wäre er in Tränen ausgebrochen, konnte sich aber gerade noch zusammenreißen und schaute dem Mädchen wieder in die Augen, in diese schönen braunen Augen aus Piacenza, wo ihre Zukunft auf einem Bauernhof auf sie wartete, auf dessen weiten Feldern ihre Passionsfrüchte wuchsen. Der Wunsch, sich ihr anzuvertrauen, überwältigte ihn.

»Ich …«

Er gab ein verzweifeltes Stöhnen von sich und ließ die Schultern sinken, öffnete dann den Mantel, griff in die Innentasche, zog ein innen schwarzes und schweres Bierglas heraus und zeigte es ihr.

»Meist versuche ich, es in dieses Glas zu spucken. Fühl mal!«

Er gab ihr das Glas, sie wog es in der Hand.

»Wow, ist das schwer.«

»Ja, das ist ein ganz seltsames Material. Keiner kann mir sagen, was das ist.«

»Bist du schon zu einem Arzt gegangen?«

»Ja, sie glauben mir nicht. Sie meinen, ich verarsche sie.«

»Ist dir immer … oder oft schlecht?«, fragte sie und schaute in das Glas.

»Nicht direkt. Ich spüre nur ein leichtes Kitzeln, kurz bevor es kommt, und dann kommt es.«

Erleichterung klang in seiner Stimme mit, endlich konnte er mit jemandem über dieses lästige und ärgerliche Problem reden.

Sie sah ihn schweigend an, dann den schwarzen Klumpen auf der Erde und fragte leise: »Bekommt man das wieder ab?«

»Nein.«

»Nicht?«

»Nein, ich glaube nicht. Es klebt total fest. Und wenn es mit Plastik oder Stoff in Berührung kommt, dann …«

»Was?«

»Ach, nichts.«

Sie betrachtete den Klumpen erneut und schwieg eine Zeitlang, wie jemand, der zu seinem Auto kommt, und es liegt auf der Seite. Dann drehte sie sich mit besorgter Stimme auf der Stirn und Wellenglitzern in den Augen wieder ihm zu.

»Du … du solltest ins Krankenhaus.«

»Das bringt nichts.«

»Trotzdem. Das sieht nicht gut aus.«

Sie trat an das Denkmal, hockte sich hin und berührte vorsichtig dieses seltsame Zeug, das ihre Heimaterde und den Sockel ihres bedeutendsten Dichters schwarz besudelt hatte, und schüttelte den Kopf.

Der junge Mann blieb allein stehen, ganz verlassen auf einer unbekannten Bühne wie der Gastschauspieler, der für sich an die Rolle des Liebhabers gedacht hatte, wegen eines Unfalls aber plötzlich die Rolle des Bösewichts übernehmen musste und mit vollen Segeln einem schrecklichen Schicksal entgegenlief. Er fühlte, wie sich kalte Marmorklauen vom Himmel um ihn schlossen und ihn auf ein anderes Feld auf dem Schachbrett der Zeit schoben: Bauernopfer.

Das Mädchen stand auf, kam auf ihn zu und sagte: »Du musst in ein Krankenhaus gehen.«

»Aber das bringt doch nichts.«

»Sie werden irgendwas in ihren schlauen Büchern finden. Nichts ist neu unter der Sonne.«

Zum dritten Mal stieg etwas in seinem Hals hoch, aber jetzt

reichte es ihm, er wollte es nicht herauslassen. Totenblass stand er mit zusammengepressten Lippen vor der jungen Frau und tat so, als wäre nichts, bis er merkte, dass ihm ein schwarzer Faden aus dem Mundwinkel rann und übers Kinn hinablief. Die vollendete Nosferatu-Imitation. Er spürte, wie das Zeug brannte, drehte sich um und spuckte es ins Glas, wischte sich den Faden aus dem Gesicht. Die junge Italienerin beobachtete erstaunt, was vor sich ging, konnte aber ihren Ekel nicht länger verbergen. Er trocknete sich mit dem Ärmel noch einmal den Mund ab und bat um Entschuldigung, aber er sah, dass es vorbei war.

»Ich hoffe, du kommst klar. Wenn ich du wäre, würde ich in ein Krankenhaus gehen. Frohe Weihnachten!«, wünschte sie und biss sich auf die Lippen, dann drehte sie sich um und ging über den Platz davon, denselben Weg, den sie acht Minuten nach sechs gekommen war. Er blieb mit einem noch schwereren Bierglas zurück und meinte, seine Rippen auf den Grund seines Rumpfs rasseln zu hören, mit dem Geräusch eines einstürzenden Kartenhauses.

42

BISTECCA FIORENTINA

Wie betäubt ging er durch die Straßen von Florenz und ließ in jeder eine Träne fallen; eine in der Via Giuseppe Verdi, eine in der Via Ghibellina, eine dritte in der Via dei Leoni. Wie viele Tränen mochten im Lauf der Jahrhunderte in diesen Straßen vergossen worden sein? Offensichtlich Millionen, denn die meisten Pflasterplatten wiesen viele Löcher auf. Er fühlte das Gewicht des Bierglases in der linken Innentasche und fühlte die Augen der Passanten auf seine gerichtet, aber er kümmerte sich darum ebenso wenig wie um seinen Weg durch die engen Straßen und ging mit nassen Augen mehrere Viertelstunden lang, bis ihm plötzlich einfiel, dass Heiligabend war und er versprochen hatte, zu Hause anzurufen. Zu Hause in seinem alten Leben, dem guten, alten Leben ohne Brechanfälle. Irgendwann fand er an einer schummerigen, leeren Straßenecke eine schäbige Telefonzelle und atmete ein paarmal tief durch, bevor er zehnmal die schwere Wählscheibe drehte. Zuerst 00, um über die Alpen zu kommen, dann 354, um über London und Leith hinaus und über den Atlantik zu kommen, und dann noch 34156, die Nummer von zu Hause im Heimar-Viertel, diese auffällig symmetrische Nummer mit der 1 in der Mitte, die die Zahlenfolge 3456 unterbrach, und plötzlich hatte er das Gefühl, als wäre diese heilige Nummer, die Telefonnummer seiner Mutter, sein wirklicher Name, die Nummer seiner Seele im großen Register, die einzige Nummer, die er jemals werden konnte.

»Hallo, mein Lieber, schön, dass du dich meldest! Und Frohe Weihnachten! Geht es dir gut?«

»Ja, alles in Ordnung.«

»Wie ist Florenz?«

»Schön.«

»Ja, nicht wahr? Und das Wetter?«

»Ist gut.«

»Nicht zu kalt?«

»Nein, nur in den Kirchen.«

»Haha! In den Kirchen ist es kalt? Hast du denn etwas Schönes gegessen?«

»Nein. Ich meine, ich habe noch nicht gegessen.«

»Ach, nicht? Du findest bestimmt etwas Leckeres. Du hast doch genug Geld, oder?«

»Ja, doch.«

»Du hörst dich … Stimmt irgendwas nicht?«

»Doch, doch.«

»Gerade Weihnachten kann man sich leicht einsam fühlen.«

»Ja.«

»Aber es ist doch bestimmt spannend für dich, Florenz zu sehen. Und fährst du anschließend nach Rom?«

»Ja, und nach Neapel.«

»Wie?«

»Auch nach Neapel.«

»Ach so, richtig. Du musst unbedingt nach Capri. Unglaublich schön da. Von hier lassen alle grüßen. Deine Brüder packen immer noch Geschenke aus. Sie haben neue Skischuhe bekommen, todschick, von deinem Vater, und eine Platte von ihrer Schwester, irgendwas Ausländisches. Sie haben sich sehr darüber gefreut und uns hier etwas vorgetanzt. Deine Großmutter hat drei Exemplare der Biographie über Ólafur Thors bekommen, und dein Opa meint, das wäre sowieso ein Buch, das man dreimal lesen müsse.«

Er legte auf und blieb noch eine Weile in der Telefonzelle stehen und blickte die schlecht beleuchtete italienische Straße entlang, in der kleine Fiats dicht hintereinander parkten wie schlafende Schneckenhäuser, auf deren Rücken ein matter Widerschein lag. Er fühlte sich seltsam, oder genauer gesagt wusste er nicht recht, wie er sich fühlen sollte, Ohrenschlucke voll mütterlich warmer Weihnachtsstimmung mischten sich in seine Einsamkeit und die eiskalte Enttäuschung darüber, dass er die Liebe gleich in der ersten Minute nach ihrer Geburt getötet hatte. Er sah das Mädchen vor sich und hörte es sich verabschieden, »Frohe Weihnachten« mit italienischem Mona-Lisa-Akzent, das klang alles andere als froh, und vor allem klang es endgültig.

Er hielt es aber nicht für angebracht, in der Telefonzelle zusammenzubrechen, sie war ein privater Ort für die Allgemeinheit, dem man Respekt zollen musste, und so trat er auf die Straße, bevor die Dämme brachen und die angestaute Tränenflut hervorschoss. Mit nassen Wangen lief er den Bürgersteig entlang, hatte alle Sinnesorgane aus- und dafür alle Toninstrumente eingeschaltet. Seit seiner Kindheit hatte er nicht mehr so geheult. Vereinzelte Haarträger kamen ihm entgegen, doch er achtete nicht auf sie, sah sie gar nicht, Weinen baut sich seine eigene Zelle.

Ziellos streifte er durch die Straßen, bis der Tränenfluss allmählich versiegte und sich der Hunger meldete, da begann er sich nach einem Restaurant umzusehen. Antonella hatte ihn aufgeklärt, Trattorias seien einfachere Speiselokale, nicht so teuer wie die anderen, und danach hielt er Ausschau. Auch heute Abend musste er, wie immer, aufs Geld achten.

Nachdem er ziemlich geknickt drei Passanten gefragt hatte, verwies man ihn schließlich auf den alten Markt, und dort fand er in der Via Rosina schließlich eine gekachelte Trattoria, eine einladend wirkende Männerumkleide mit Fußballbildern und den lila Schals von Fiorentina an allen Wänden. Ein grinsender Kellner eröffnete ihm, indem er auf ein Schild an der Tür zeigte, dass das Lokal eigentlich geschlossen sei, heute sei ein besonderer Abend, aber er sei herzlich willkommen, wenn er Platz nehmen wolle. Es war eines dieser alten Lokale von früher, unverfälscht und abseits der Hauptrouten. Es gebe allerdings nur ein Gericht, *Bistecca fiorentina*, erklärte der Kellner, neigte den Kopf und guckte wie eine Figur aus einem Scorsese-Film. Für Jung hörte es sich nach Beefsteak an und er schlug zu, nickte schweigend mit dem Kopf. Weiter hinten saßen zehn Männer an einem langen Tisch über ebenso vielen Gläsern Rotwein und lachten herzhaft. Ab und zu warf einer von ihnen einen Seitenblick auf den blonden und leicht verheult aussehenden Isländer, der sein Essen in einem dunkelblauen Wintermantel einnahm. Es bestand im Übrigen aus drei Gängen, sodass sich doch ein erstaunliches Weihnachtsessen ergab. Das Florentiner Steak war dermaßen gut, dass er meinte, vorher noch nie richtiges Fleisch gegessen zu haben. Es gab allerdings überhaupt keine Beilagen dazu, weder Soße noch Preiselbeeren, Rotkohl oder grüne Bohnen, was etwas verwunderlich war, aber durch ein Spaghettigericht vorweg und ein Eis zum Nachtisch wettgemacht wurde.

Im Verlauf des Essens wurde ihm immer klarer, dass er sich am besten gleich nach dem ersten Übergeben von dem Mädchen verabschiedet hätte, dann würden sie sich morgen wiedersehen. Vielleicht könnte er sie anrufen und besser erklären … Nein, es war ein fataler Fehler von ihm gewesen, sich und seinen Mantel vor ihr zu öffnen. Aber das Erbrochene hatte ihn ohnehin bloßgestellt. Was danach kam, konnte nicht mehr viel ändern. Wäre es ein normales Kotzen nach dem Essen oder infolge eines verdorbenen Magens gewesen, halbverdauter Mageninhalt, dann würden sie sich bestimmt auf einem schönen Spaziergang über den Ponte Vecchio und am Fluss entlang noch immer unterhalten. An der berühmten Ecke, an der Dante Beatrice zum ersten Mal gesehen hatte, hätte er ihr einen leicht nach Kotze schmeckenden Kuss gegeben.

Vielleicht hatte sie ja recht, vielleicht sollte er sich einmal richtig untersuchen lassen, in einem Krankenhaus. Vielleicht waren italienische Ärzte für abartige Ausscheidungen empfänglicher. Und vielleicht stand er selbst seinem Zustand zu abgestumpft gegenüber.

Der Kellner hatte ihm wegen Weihnachten Rotwein auf Kosten des Hauses spendiert, und leicht angeschickert trottete er zurück zur Jugendherberge, müde nach einem völlig missglückten Tag in der Hauptstadt der Kunst. Es war nicht weit, alles lag in der Nähe des Bahnhofs, doch als er ankam, stand er vor verschlossener Tür. Weder auf sein Klopfen noch auf Klingeln reagierte jemand, doch irgendwann entdeckte Jung ein kleines Schild, das unter der Klingel angebracht war: »Die Herberge schließt um 23 Uhr, samstags um 24 Uhr«. Es war Viertel nach elf. Er läutete noch einige Male, konnte aber drinnen kein Klingeln hören. Nach einigem Fluchen und Schimpfen zog er weiter zu einem Hotel an der nächsten Straßenecke, obwohl drei Sterne an der Tür prangten. Es sei kein Zimmer frei, erklärte ihm ein verschwitzter Kellner kurz angebunden.

Jung zog weiter Richtung Innenstadt und fragte in zwei weiteren Hotels vergeblich nach einem Zimmer. Er war ziemlich ratlos, als sich vor ihm ein Platz öffnete mit großen Reklameschriften auf den Hausdächern: *Cinzano, Peroni.* Vor einer erleuchteten Bar standen Tische und Stühle, und an einem Tisch saß eine muntere Truppe beisammen. Als er vorbeiging, begegnete sein Blick dem einer der jungen Frauen. Sie schaute ihn an, als würde man ihr eine Wolke vom Gesicht ziehen, und sagte laut und schrill: »Nei, hæ! Bist du das?«

43

UNSERE NORDISCHEN FREUNDE

Der junge Mann erstarrte, er wusste nicht, wie ihm geschah. Die Isländer waren ein so kleines Volk, dass zu Hause niemand anonym bleiben konnte. Jeder stand tagtäglich unter der Aufsicht der anderen. Im Ausland in den Menschenmengen von Millionen untertauchen zu können galt daher in Island als ungeschriebenes Menschenrecht. Mit solchen Reisen war unbewusst auch das Gefühl neuer Eroberungen verbunden. Trat ein Isländer in irgendeine winzige Kneipe in Caracas, konnte er ziemlich sicher annehmen, der erste Mensch in der Geschichte Islands zu sein, der dort ein Bier bestellte. Und kaum etwas konnte ihn bitterer enttäuschen, als dort auf einem Barhocker einen Landsmann vorzufinden: »Nei, hæ!«

Isländer hatten immer ein Problem damit, einander auf einer Straße im Ausland zu begegnen. Das war etwa so, wie auf dem Gipfel des Mount Everest die eigene Oma sitzen zu sehen. Selbst am Heiligen Abend, an dem niemand gern allein ist, war die Enttäuschung ebenso groß wie die Freude, Gesellschaft zu finden und die eigene Sprache sprechen zu können.

Die junge Frau kannte er aus der Fakultät für Neue Kunst in Reykjavík, wuscheliges Haar, schwimmende Augen und ein gereiftes, wenn nicht etwas verlebtes Gesicht. Er hatte immer gemeint, sie wäre ein paar Generationen älter als er, obwohl es in Wahrheit nur drei Jahre waren. Sie war blitzgescheit, und er mochte sie, weil sie ihn einmal auf einer langweiligen Party mit Zitaten aus Guðbergur Bergssons Roman *Tómas Jónsson. Bestseller* köstlich unterhalten hatte. »Am Besten fand ich, als er einen Pass für seinen Schwanz ausgestellt hat. ›Jonny Tómasson, Größe: 18 cm, Augenfarbe: rot …‹, hahaha!« Ihre eigenen Augen waren hübsch seetangbraun und immer mit schwarzer Mascara umrahmt, die aussah wie Ränder um zwei kleine Naturschwimmbecken; vielleicht ihre Art Überlaufschutz?

»Ja, ich bin auf einer Italienreise«, erklärte der junge Mann mit einer Stimme, in der noch Reste seines Schluchzens lagen, und er konnte ihre Einladung nicht ausschlagen, sich zu ihnen an den Tisch zu setzen, dem Gefühl der Enttäuschung zum Trotz und auch gegen die Verhaltensregeln, die er zur Zeit befolgte. Er musste sich sogar eingestehen, dass er froh war, sich setzen zu dürfen. Schon rief sie einem schlanken Jungen mit kurzem Haar und Koteletten auf Englisch hinterher: »Und für ihn hier noch einmal dasselbe!«

Die Gruppe bestand aus dem Wuschelkopf, zwei langen, hageren Schweden (Mann und Frau, die entweder ein Paar oder sich sexuell nahestehende Geschwister waren und mit einem Lächeln schwiegen, das deutlich ihren Wunsch zum Ausdruck brachte, lieber anderswo sein zu wollen), zwei Norwegerinnen mit roten Backen und großen Brüsten, die aussahen wie Cousinen und anscheinend nicht der Zunft der Kunststudentinnen angehörten. Sie saßen etwas verkniffen auf ihren Stühlen, als würden sie jederzeit mit dem Zugriff von Taschendieben rechnen. Und dann war da noch ein Landsmann von ihnen, der bei Jungs Hinzukommen seinen Redefluss nicht unterbrochen hatte, einer von der versoffenen, schäbigen Sorte. Jung kannte solche Typen, ein paar Exemplare davon hingen auch in der Garderobe von Islands einzigem Café. Nachlässig gekleidet und schon tagsüber angetrunken, pöbelten sie ständig jeden Nüchternen an, bezichtigten einen, bestimmte Bücher nicht gelesen zu haben oder früh aufgestanden zu sein und geduscht zu haben, was in ihren Augen ein Verbrechen gegen die Menschlichkeit darstellte, und somit war man in ihren Augen nichts anderes als ein »geistloser Sklave von Niedertracht und Money«. Jeder zweite Satz dieser manteltragenden, Beine überschlagenden Cafétischmeister war ein Zitat von Neruda, Marx oder Majakowski, und damit erweckten sie erfolgreich den Eindruck, über die Maßen belesen zu sein, was aber kaum stimmen konnte, weil sie seit ihrer Konfirmation betrunken waren. Der junge Mann mied diese Kunstbanausen, soweit er konnte, war ihnen aber einige Male ins Netz gegangen und hatte stumm wie ein kiemenschnappatmender Fisch ihre pausenlosen Beschimp-

fungen über sich ergehen lassen, für seine Sauberkeit, seine Zurückhaltung, sein Zeichentalent oder ein »ur-arisches« Aussehen.

»Und bis zum Hals zugeknöpft. Wie all die andern Mutter-
söhnchen in ›Bild und Hand‹.«

Norwegen besaß also auch solche Kunstpenner, seine Boheme.
Vielleicht hieß der Typ Bjarni Bohjem.

Jedenfalls quatschte er weiter. Er schien ein Jahrzehnt älter zu
sein als die übrigen, stammte also aus der Hippiegeneration und
war vermutlich Dichter, der gegen hochheilige Bezahlungsver-
sprechen von einer Garagendruckerei umschlagschwache Bücher verlegen ließ, die er selbst mit surrealistischen Tuschezeich-
nungen illustriert hatte, und zwar von langhalsigen, einäugigen
Frauen mit Segelschiff, das aus ihrer Stirn gesegelt kam und einen
abgesägten Pferdekopf an Bord hatte, der allerdings wegen man-
gelnden Zeichenvermögens eher nach einem Hundekopf aussah.
Seine Haare glänzten fettig und hingen ihm in verklebten Locken
in die Augen, die er wegen des Rauchs aus seiner Selbstgedrehten
andauernd zusammenkniff. Seine gewölbte Stirn wurde von quer
verlaufenden Falten geriffelt, als wäre eine Angelleine mehrfach
um seinen Kopf geschlungen worden. Vom Alkohol animiert
quasselte er auf Norwegisch, aber nur mit dem Schweden, dem
einzigen anderen Mann in der Gruppe, und beachtete weder dessen Freundin noch die gut bebrüsteten Cousinen, die sittsam am
Tisch saßen und ihre Gläser drehten, wobei sie mit prächtigen
Augäpfeln, die wie norwegische Weihnachtsbaumkugeln aussahen, in die italienische Dunkelheit spähten.

»Frohe Weihnachten übrigens! Das vergessen wir ja ganz«,
sagte die Isländerin zu Jung und weihte ihn in den Verlauf des
Abends ein. »Meine Freundin, die Marit hier, ist mit Per zusammen, der hier Kunst studiert, Norweger, hat unheimlich was
drauf«, erklärte sie und zeigte auf eine der beiden Cousinen.

Besagter Per kam kurz darauf aus der Bar, die Hände voller Gläser, schlank und vornehm, mit kurzem Rockabillyhaarschnitt und langen, sehr künstlerhaften Koteletten, von denen Jung nicht seinen Blick wenden konnte. Eine solche Haar- und Barttracht war ohne jeden Zweifel originell, Koteletten standen in Island auf der Verbotsliste denkender Menschen, mindestens seit sich die Männer der Fortschrittspartei Anfang der Siebziger damit geschmückt hatten. Es war nicht zu übersehen, dass der junge Norweger in der Tat einiges drauf hatte. Das erkannte man schon an seinem Gang. Wie er mit großen, exakt abgemessenen Schritten zum Tisch kam, zeugte davon, wie wach und aufmerksam er war, das hatte etwas von einem Siegeszug an sich. Und es lag auch etwas Großartiges in der Art, wie er die Gläser austeilte. Jung nahm dankend ein Bier an, rückte seinen Mantel zurecht, damit Ausbuchtung und Glas nicht zu sehen waren, und sah zu, wie Per zu seinem Stuhl ging. Er achtete immer sehr genau darauf, wie Menschen gingen, und beurteilte sie sehr kritisch danach. Seiner Meinung nach konnten die meisten Menschen überhaupt nicht gehen, wie der Dichter der Versprechungen, Bjarni Bohjem, der einige Gläser später mit einwärts gedrehten Füßen und wie ein Dieb auf Socken zum Klo schlich.

Die Isländerin erzählte Jung von Pers neuestem Werk, er arbeite mit Pfeil und Bogen, die er selbst aus Naturmaterialien anfertige, und auch Konzept steckte dahinter, denn das Werk vollende sich erst, wenn der Pfeil abgeschossen würde und sein Ziel träfe.

»Zielt er damit aufs Auge des Betrachters?«, fragte Jung.

»Nein, nicht direkt, aber eigentlich könnte man das schon sagen, haha«, lachte sie und wechselte ins Englische: »Per, er fragt, ob du mit deinen Pfeilen auf die Betrachter zielst.«

»Ja, auf einen imaginären Apfel, den er auf dem Kopf hat.«

Alle lachten, bis auf den Dichter der Versprechungen, der nicht einsehen wollte, wie Repliken über den Tisch fliegen konnten, ohne dass er, der Fluglotse des Abends, vorher die Erlaubnis dazu erteilt hatte.

So zog sich der Abend über die mitternächtliche Schwelle hinweg in die eigentliche Weihnachtsnacht hinein, mit Glanz und Gläserheben und langatmigen Monologen Bjarni Bohjems, welche die jungen Leute über sich ergehen ließen, indem sie ab und zu funkenschlagende Bemerkungen einwarfen, die rund um den Tisch Lachsalven zündeten. Bei jedem Gelächter verstummte der Ältere und schwieg griesgrämig für zwei Minuten, wobei seine Miene deutlich sagte: »Ja, lacht ihr nur, ihr sterblichen Bewohner des Augenblicks! Ich stimme in euer Gelächter nicht ein, denn ich bin darüber erhaben, ich gehöre dem Ernst und der Ewigkeit an, ich bin Autor und Dichter!«

Nach Ansicht des jungen Mannes waren Papierintellektuelle im 19. Jahrhundert stehen geblieben, das 20. verstanden sie nicht. Sie waren in Philosophie belesen und kannten ein paar Hochspannungszeilen aus ihrem Nietzsche, aber in der Bildenden Kunst blickten sie nicht durch, Duchamp war an ihnen vorbeigegangen, und sie beteten immer noch ihren Marx herunter. So besaßen sie überhaupt nicht die Fähigkeit, die hoch über ihre Köpfe hinwegsausende Zeit zu begreifen, und das war bei niemandem besser zu sehen, als an dieser frustrierten, fetthaarigen Bibliothek in Mannsgestalt hier, die ihre verstaubten Ideen aus dem Rauch klaubte, dass es nicht einen Funken Brillanz hergab. Von dem Dichter wanderte der Blick des jungen Mannes hinüber zu dem edlen Per, und langsam nahm die Einsicht Form an, dass die, die am meisten von Kunst und Kultur schwafelten, die unbedeutendsten Künstler waren. Und die, die ihr Talent mit dem größten Dünkel raushängen ließen, prahlten in Wahrheit mit dem, was ihnen am meisten fehlte.

Endlich versiegten Bjarni Bohjems Monologe, und genau rechtzeitig, denn der athletisch gebaute Barkeeper erschien in Schürze und begann, Tische und Stühle nach drinnen zu tragen. Die ganze Truppe machte sich auf den Weg in die Weihnachtsnacht, sprach Norwegisch, Schwedisch und Isländisch durcheinander wie eine ordentlich angeschickerte Ratsversammlung der Nordischen Länder auf dem Weg zum Hotel. Die Exkommilitonin fragte Jung, wo er untergebracht sei, und er erzählte von seinem Missgeschick. Sofort bot sie ihm an, er könne bei ihnen übernachten, bei Per gebe es Platz genug, aber Jung lehnte dankend ab, er werde schon klarkommen, es gäbe ja genug Hotels in der Nähe. Sie fragte noch einmal und noch einmal, ob er ganz sicher sei, er antwortete gedankenlos ja, verabschiedete sich und bog in eine Nebenstraße ab, Richtung Fluss. Er wollte die Gelegenheit nutzen, die Nacht allein mit seinem Unglück zu verbringen und mit seinem glasharten Herzen dessen pechschwarzem Bier zuzuprosten.

44

CAMERA NUMERO TRENTADUE

Nacht in Florenz. Alles war geschlossen, niemand mehr unterwegs außer ihm. Manchmal stieß er sich die Zehen an einer Steinkante, einmal wäre er fast gegen ein Schild gelaufen, er rüttelte an Hoteltüren, die aber nicht nachgaben. Zweimal drückte er Klingeln, an denen *Portiere* stand, erhielt aber beide Male zur Antwort, dass *tutto occupato* sei. Kein Wunder, natürlich war die heilige Stadt am Heiligen Abend voll belegt.

Er hatte das Gefühl, mit jedem Schritt betrunkener zu werden. Jetzt, wo er wieder allein war, schien sich der Alkohol von hinten anzuschleichen, schoss dann an ihm vorbei und versuchte, ihn umzuwerfen wie ein vierbeiniger Schatten mit Schnurrhaaren. Außerdem waberten andauernd irgendwelche Schwaden über die Straße, oder lag das nur an seinen Augen? Sie hatten mit Campari angefangen, waren zu Whisky übergegangen, das Ganze war in ein gesamtnordisches Weihnachtsbesäufnis unter freiem Himmel gemündet, und jetzt stand er ohne Zelt und alles da. Vielleicht sollte er zum Bahnhof gehen, Bahnhöfe waren doch immer ... sagte sich der junge Mann gerade, als er auf der anderen Straßenseite zwei Frauen sah. Er ging zu ihnen hinüber und lallte etwas von Hotel und Übernachten.

Beim Näherkommen machte ihre Schminke einen irgendwie professionellen Eindruck, und die Dunkelhaarige sprach außerdem mit einer Männerstimme. Beide waren heftig zurechtgemacht, mit grellen Farben an Mund und Augen, die Maskuline steckte in einer knallengen Hose aus glänzendem Leder, die andere hatte eine blonde Mähne und ging auf hohen Absätzen. Die Frauen waren mindestens zehn Jahre älter als er, reagierten aber freundlich, sprachen sogar Englisch und lächelten zu dem Nein, mit dem sie seine naive Frage, ob er bei ihnen übernachten dürfe, beantworteten. Sie waren offenbar irgendwohin unterwegs, dieses Taxi war nicht frei, jemand hatte es bestellt. Sie nahmen sich aber die Zeit, ihn kurz aufstoßen zu hören, und dann nörgelte die Männliche auf Italienisch bei ihrer Freundin über die Bestellung, wobei sie dem jungen Mann über die Backe streichelte; die andere fasste ihm schon in den Schritt und hatte, ehe er sich's versah, seinen Reißverschluss geöffnet. War er dermaßen voll? War er so fahl? Er hatte sich in einen Stricher verwandelt. Aber es fühlte sich ganz schön und angenehm an. Sie hielt sein hart werdendes Teil in der Hand und flüsterte ihm Italienisches ins Ohr, das aber auch ein Auto näherkommen hörte, und schon waren sie darin verschwunden, und er blieb zurück und wusste nicht genau, was und ob überhaupt etwas geschehen war.

In seinem Kopf und vor seinen Augen verschwamm alles. Jahrhundertealte Mauern, Straßenecken und Bürgersteige flossen langsam und schwerfällig vorbei wie Eisberge in einem Gletscherlauf der Skeiðará. Er stützte die Hände auf die Knie und wartete ab, bis die Umgebung wieder zur Ruhe kam. Dann tappte er weiter, wie er glaubte zum Fluss hinab. Aber wäre es nicht besser, zum Bahnhof zu gehen? Andererseits tat sich vielleicht noch etwas auf der Brücke. Großvater musste jetzt wieder bei sich zu Hause sein. Vater hatte ihn sicher zurückgefahren … Wieder stieß er mit dem Fuß an und wäre beinahe gefallen. Er blieb schwankend stehen und entzifferte ein Straßenschild: *Via della Grallara* schien darauf zu stehen. Konnte es wirklich eine »Strolchstraße« geben? Nein.

Kein Mensch war zu sehen, es herrschte mittelalterliche Stille, kein Rauschen einer Großstadt, allein Schweigen zwischen dicken Wänden wie in einem Steinsarg. Er hatte keine Ahnung mehr, wo er sich befand, lief aber eine Straße entlang, die für Autos breit genug war, als aus einer engen Nebenstraße ein Paar unbestimmten Alters einbog, eine ganz nett aussehende Frau in einem langen Pelz und ein gut aussehender und gekleideter dunkelhaariger Mann, sie hatte sich beim ihm eingehakt. Ihre hohen Absätze klackten vernehmlich, als sie ihm fast den Weg abschnitten, doch bevor sie ihm den Rücken zudrehten, sprach er sie aus einer schnellen Eingebung heraus an: »Hallo, excuse me.« Ob sie vielleicht ein Hotel kennen würden, er suche ein Zimmer. Er übersah das kurze Lächeln zwischen ihnen, bevor sie mit der Gegenfrage antworteten, woher er denn käme. Er nannte in lallendem Englisch Island, München, die Kunstakademie und Arturo

Schwarz, während sie zusammen weitergingen. Jung verstand, der Mann sei Jugoslawe aus Belgrad, die Frau sagte, sie sei Italienerin. Zusammen bogen sie in eine verwinkelte Gasse ein, wo die beiden Fremden vor einer erleuchteten Glastür stehen blieben und dem jungen Mann erklärten, dies sei ihr Hotel und tatsächlich gebe es in ihrem Zimmer ein Extrabett, wenn er wolle, dürfe er gern darin übernachten. Jung hörte seine Müdigkeit mit einem erschöpften Seufzen das Wort Extrabett wiederholen und dankte für das Angebot, dann folgte er ihnen durch die geöffnete Tür.

Ein älterer Glatzkopf mit Schnurrbart erhob sich hinter der Rezeption und reichte dem Jugoslawen den Schlüssel mit der Nummer 32, während Jung schwankend an der schmalen Aufzugtür wartete und aus alter Gewohnheit sein Spiegelbild in einem verchromten Rahmen studierte, um seinen aktuellen Aknestatus zu prüfen, aber er sah darin nur Kissen und ein Bett. Dann kam der Mann mit dem Zimmerschlüssel, drückte auf den Knopf, die Lifttür öffnete sich sofort, und Jung stieg in den Aufzug, doch als er sich umdrehte und die Tür sich schloss, stellte er fest, dass die Frau fehlte. Er und der Jugoslawe wurden in den dritten Stock gehoben, und als Jung sich erkundigte: »Was ist denn mit der Frau?«, erhielt er zur Antwort: »Sie musste noch einmal weg.«

»Ach?«

Der Hotelflur war schmal und mit Teppich ausgelegt, nicht gerade ein Sterne-Hotel. Der Jugoslawe öffnete die Tür zu einem kleinen Zimmer mit Doppelbett, das war in Ordnung, und nach rechts ging es in eine noch kleinere Kammer mit einem Einzelbett, das mit dem Fußende zum Fenster stand. Jung erkundigte sich in Zeichensprache, ob das das Bett für ihn sei, und der Mann nickte. Der Isländer bedankte sich und ging in die Kammer, lehnte die Tür an und wünschte eine Gute Nacht. Er hörte den anderen etwas aus dem Bad murmeln, war aber zu müde, um sich selbst noch zu waschen, schnell kroch er unter die italienische Decke. Tat das gut, sich endlich hinlegen zu können!

Er hatte kaum ein paar Minuten auf der rechten Seite gelegen, mit dem Gesicht zur Wand, als er spürte, wie die Decke angehoben wurde und sich ein Mann darunter schob und einen kräftigen Arm um ihn legte. Jung hatte sich bis auf die Unterhose ausgezogen und fühlte die Brusthaare des Mannes deutlich an seinem Rücken, dessen behaarte Beine an seinem Schenkel. Er erschrak heftig, drehte sich um und wollte den Mann von sich wegschieben, doch der drehte ihn wieder zur Wand und riss ihm die Unterhose herunter. Jung spürte nun, dass der Jugoslawe vollkommen nackt war, er fühlte irgendwo unten dessen steif werdendes Glied zucken. Was ging hier vor? Ein Mann hatte Lust auf einen Mann? War das so? Jung strampelte und versuchte den Mann abzuschütteln, wurde ihn aber nicht los, sondern wurde festgehalten. Er lag jetzt ohne Decke auf dem Bauch mit einem Kerl dicht hinter sich, einem nackten Mann, der ihn umklammerte, einem behaarten, geilen Mann, der ihn befummelte, einem völlig durchgedrehten Typ, der in ihn hinein wollte. Jung fühlte eine Hand auf seinem Hintern, ein hartes Glied an seinem Oberschenkel und wehrte sich nun mit aller Macht. Jedes Mal, wenn der Mann versuchte, in ihn einzudringen, konnte er sich wegdrehen, er spürte, wie ein steifer Schwanz gegen seine Pobacken drängte wie ein blutweicher, aber knüppelharter Schlagstock, bis er noch fester gepackt wurde und etwas so Schreckliches und Abartiges passierte, dass es das eigentlich gar nicht geben konnte, und doch war es so nah und unmissverständlich greifbar, dass es kein Vertun gab. Der Isländer spürte, wie sich starke Slawenarme um seine Schultern und Arme schlossen, Rasierwasserduft waberte stöhnend um seinen Kopf, ein Schnabel schnäbelte, ein Geier gierte und gierte, ein Schwengel dengelte in einen entlegenen Körperteil, man mochte es sich nicht vorstellen, nicht davon sprechen, nicht daran denken, der Gedanke verschwand hinter dem Satz: Ich war dafür nicht gemacht. Ich war dafür nicht gemacht. Ich war dafür nicht gemacht. Nicht dafür.

Das Gerammel hielt an, währte aber vielleicht nicht lange, denn wenn einen die Zeit so hinterrücks überfällt, verschwimmt jede Wahrnehmung. Irgendwann konnte sich Jung befreien und im Bett aufsetzen. Er wolle gehen, sagte er, er müsse gehen.

»Du kannst nicht gehen. In der Tasche da habe ich eine Pistole. Siehst du die Sporttasche da? Darin habe ich eine Pistole.«

Jung versuchte, sich zu beruhigen und den anderen zu beruhigen, diesen Jugoslawen aus Belgrad; er sah Schweißperlen auf dessen Stirn. Die Tasche lag im vorderen Zimmer auf dem Teppichboden, sie war durch die offene Tür zu sehen, eine Sporttasche aus schwarzem Leder mit dem Adidas-Logo und einem langen Trageriemen. Jung appellierte an die Gerechtigkeit, versuchte, wenig in langen Sätzen zu erklären, dachte sich einen Zugfahrplan aus, stellte einen ganz neuen Reiseplan zusammen, sagte, müsse in einer Stunde einen Zug erwischen, er müsse sich jetzt wirklich beeilen. Der Mann antwortete wieder mit dem Hinweis auf die Knarre, aber je öfter er die Waffe erwähnte, desto mehr erhärtete sich der Verdacht, dass er gar keine besaß, und als der Dreckskerl ein zweites Mal über ihn herfallen wollte, entwischte Jung aus dem Bett, dabei fiel ihm seine eigene stärkste Waffe ein und er griff nach seinem Mantel, der über der Stuhllehne hing, zog das schwere Bierglas heraus und hielt es drohend dem Slawen entgegen, der grinsend fragte, was für ein Quatsch das denn sei?

»Das, das ist … Sprengstoff«, sagte Jung und sah, dass ihm der Mann für den Bruchteil einer Sekunde glaubte, die er nutzte, um sich in der Ecke seine Hose zu schnappen. »Das ist Sprengstoff, Dynamit, ich könnte das ganze Hotel in die Luft jagen.«

Noch während er das hervorstieß, entdeckte Jung über dem Bett den Druck eines Gemäldes, das er kannte: *Dante trifft Beatrice an der Ponte Santa Trinita* von einem englischen Touristen des 19. Jahrhunderts. Er fluchte im Stillen, stellte das Glas mit dem *Spaten*-Zeichen auf den Tisch neben sich und behielt es scharf im Auge, während er die Hose anzog. Der Mann blieb im Bett liegen. Doch sobald Jung sich das T-Shirt über den Kopf streifte, nutzte er seine Chance und schnappte sich blitzschnell das Glas.

»So ein Bullshit!«, brüllte er mit starkem Akzent und starrte die schwarze Masse an, die das Glas gerade zur Hälfte füllte.

Als der junge Mann sein Glas in der Hand dieses Scheusals sah, flammte in ihm etwas auf, von dem er nicht einmal wusste, dass er es in sich hatte. Es kam ihm auf einmal so vor, als hätte ihm dieser serbische Seelenmörder das Kostbarste genommen, das er besaß, und er verwandelte sich in eine frischgebackene Mutter, der ihr Kind gestohlen wird. Rasend vor Wut stürzte sich Jung auf den Jugoslawen, sodass der das Glas ins Bett fallen ließ. Mit einer überraschenden Riesenkraft konnte Jung den Kerl zurückstoßen und das kostbare Kleinod wieder an sich reißen. Das schien den Nackten aus dem Konzept zu bringen, und er sah nur noch zu, wie Jung sein Hemd, Mantel, Strümpfe und Schuhe an sich raffte, damit ins Vorderzimmer und dann aus dem Zimmer rannte. Der schlug Tür Nummer 32 hinter sich zu, hastete durch den schmalen Flur, wo er sich mit zitternden Händen Hemd, Strümpfe, Schuhe und Mantel anzog, während der Aufzug die drei Etagen nach oben kam.

Die Morgendämmerung hatte eingesetzt, als Jung auf die Straße trat. Zwischen den Hügeln der Toskana wurde der Weihnachtsmorgen aufgerufen. Der elende Bucklige, der unter dem Namen Gott firmierte, fuhr in seinem Wagen rasch durch die

Lande und lieferte in jedem Hof und Dorf eine Ladung graues Morgenlicht ab. Bald würden die ersten Strahlen von seinem gehörnten Glatzkopf reflektiert werden, doch bis dahin wäre alle Aufmerksamkeit auf die verklebten, langen grauen Haare gerichtet, die als Nackenkranz von seinem Kopf abstanden und der Hässlichkeit des krummen Alten fettige Flügel verliehen.

Der junge Mann verstaute das schwarze Glas sicher in der Innentasche. Zum ersten Mal empfand er so etwas wie Zuneigung dafür. So seltsam sich das anhörte, er würde es nie weggeben können. Leicht breitbeinig und steif und mit leisem Stöhnen ging er die Straße entlang, blieb aber an der nächsten Ecke wieder stehen und stützte sich mit der Hand an einem eiskalten Schild mit der Aufschrift *Casa di Dante* ab. Scheiß Florenz, dachte er und kotzte Schwarzes vorsätzlich auf die Pflastersteine. Verdammtes Florenz! Er hustete den letzten Schleim aus und betrachtete das Ergebnis. Im Zwielicht sah das dunkle Zeug wie ein Brocken Asphalt aus. Ja, er asphaltierte seinen Weg aus der Hölle. Wenigstens würde er nicht tiefer fallen.

Dann streifte er weiter durch die menschen- und gottleeren Gassen und sah, wie eine innere Überzeugung ihr immer grelleres Licht auf die graugelben Häuserwände warf, bis ihm klar wurde, dass sein Leben eine entscheidende Wendung genommen hatte, er wollte seine Unschuld bewahren, und gerade dadurch war sie ihm genommen worden, ihm war angetan worden, was keinem Menschen angetan werden sollte. Sein Leben war beschädigt, und für den Rest der Zeit, die davon noch übrig war, würde er lahmen.

Am Palazzo Strozzi ließ er sich auf einer steinernen Bank nieder, konnte aber nicht sitzen, es tat zu weh. Er blieb kurz stehen und stöhnte die Tatsache aus sich heraus, stieß sie in wütendem Stöhnen hervor, dann blickte er auf, sah das Gebäude an, den Palazzo, und zermalmte diesen widerwärtig hässlichen Palastklotz aus groben Quadern, diesen eiskalten, steinalten Männerkoloss in seiner Wut mit den Augen. Vor den Fenstern waren massive Gitter, und überall in den Mauern aus Buckelquadern waren schwarze Eisenringe eingelassen, das alles schmolz und zermalmte er mit den Augen.

Als die Jugendherberge öffnete, kam er endlich auf die Toilette und sah beklommen, wie eine perverse Perlenschnur aus ihm heraustropfte.

45

8 MINUTES OF GOLD

Es tat gut, wieder nach Hause ins rote Zimmer zu kommen. Die Mönchsstadt war am Ende gar nicht so schlimm. Roggenbrot, Emmentaler … Er hatte sogar die rot gekachelten Pfeiler in der U-Bahnstation freudig begrüßt. Alles war noch wie vorher, alles an seinem Platz: *Imbiss, Fahrschule, Blumen-Bauer.* Nichts hatte sich verändert, nur die Jahreszahl.

Mit feiner Spürnase ließ sich in der Innenstadt ein gewisses Freiheitsgefühl erschnuppern, die Isländer waren noch nicht aus den Weihnachtsferien zurück. Die Türme der Frauenkirche sahen auf einmal aus wie zwei Bierkrüge mit Schaumkrone. Er selbst war nicht mehr ganz derselbe, einmal war er spätabends unter Arkaden stehen geblieben und hatte zugehört, wie zwei langhaarige Frauen auf Geige und Cello etwas Zauberhaftes aus der Schatztruhe der Menschheit spielten.

Am Samstagmorgen erwartete ihn Frau Mitchell mit einer dampfenden Tasse Tee und Haarsprayduft, hieß ihn »daheim«

willkommen, sie selbst habe Neujahr mit Kollegen am Bodensee gefeiert.

»Ach ja«, flötete sie dann, verschwand in der Küche und kam mit einem dicken Päckchen zurück. Dem jungen Mann wurde warm ums Herz, als er die wunderbar regelmäßige und ausgesprochen schöne Handschrift seiner Mutter sah, und er zog sich mit dem Erhaltenen, einem Brief, einem Stapel Zeitungen und den Weihnachtsgeschenken (von Oma gestrickten Fäustlingen, einer Ausgabe der Gedichte von Jónas Hallgrímsson, um die er gebeten hatte, und einem hübschen blauen Wollpullover) in sein Zimmer zurück. Die Mutter schrieb Neues von den Geschwistern, vom Wetter und vom Skisport, aber auch von Sorgen, die sie sich um ihren Vater machte. Der Großvater hatte eines Morgens angerufen und sich erkundigt, ob sie wisse, wo die Großmutter stecke, sie habe am Morgen, als er aufwachte, nicht neben ihm im Bett gelegen. Die Großmutter war vor acht Jahren gestorben.

Nach dem Brief nahm er sich den Zeitungsstapel vor, vertiefte sich in den isländischen Alltag, bis er druckertintenschwarze Finger und bohrende Kopfschmerzen hatte. Er fühlte sich, als hätte er in nur zwei Stunden drei ganze Wochen der dunklen Jahreszeit in sich aufgenommen, samt den üblichen Meldungen über Kündigungen in den Fischereiorten, anhaltende Kaufkraftverluste und allgemeine Zufriedenheit mit dem satirischen Jahresrückblick. Jón Páll Sigmarsson war zum Sportler des Jahres gewählt worden, »Sigur« musste sich Platz 5 mit einem anderen teilen.

Er erhob sich von dem kleinen Tisch, und dabei wurde ihm schwindlig. Er legte sich aufs Bett und wollte sich kurz ausruhen. Unausgesetzt versuchten die Menschen, Dinge zu komprimieren und zu minimieren. Er dachte bloß an seinen Taschenrechner von Texas Instruments, den er im Gymnasium bekommen hatte und der schon ein Jahr später geradezu grotesk groß gewirkt hatte, die

Zeit aber ließ sich wahrscheinlich nie komprimieren, der Mensch hielt das nicht aus, er bekam davon wohl Zeitverdichtungsblähungen.

Plötzlich erinnerte er sich an einen Nachmittag nach der Schule, an dem er zu Hause gesessen und gelangweilt aus dem Fenster geguckt hatte, ein beschäftigungsloser zwölfjähriger Körper in allmählichem Wachstum, aber mit einem Verstand auf hohen Drehzahlen. Er hatte sich eine Maschine ausgemalt, eine Art künstliches Gehirn, das alle Fragen der Welt beantworten konnte, besonders was Zahlen und Statistiken betraf. Damit hätte er in dem roten, dänischen Sessel liegen können, die Beine auf dem Fußschemel, und gefragt: Wie viele Menschen sitzen in diesem Moment in Asien auf dem Klo? Die Antwort wäre in Zahlen auf der Wohnzimmerwand oder auf der Scheibe des Balkonfensters erschienen: 12354980. – Okay, danke! Und wie viele Einwohner von Kuala Lumpur sind gerade an Mumps erkrankt? – 64. Zahl der Menschen, die gerade in diesem Augenblick in dänischen Städten einen fahren lassen? – Aalborg: 47, Aarhus: 13, Esbjerg: 7, Randers: 2, Odense: 31, Kopenhagen: 418.

»Wie hat es Ihnen denn in Italien gefallen? War es dort über die Feiertage nicht wunderbar?«

»Ja, doch, es war sehr schön.«

Frau Mitchell hatte, schon halb im Mantel, hereingeschaut, um sich zu verabschieden. Siemens rief, auch an einem Samstagmittag um halb zwölf.

»Ja, die Italiener sind nett, obwohl sie doch anders sind als wir. Sie sind …, ja, wie soll ich es sagen, die lieben Leutchen sind eben geduldiger als wir«, erklärte sie und zeigte ein gutmütig herablassendes Lächeln, wie es ein Vertreter von Siemens sicher bei einem Treffen mit der Konkurrenz von Zanussi aufsetzen würde.

Das ärgerte den jungen Mann ein wenig, denn die Italiener

schätzte er doch noch immer mehr als die Deutschen, man stellte schließlich Fellini nicht auf eine Stufe mit Fassbinder, aber er widersprach ihr nicht.

»Wahrscheinlich liegt es am Klima. Bei schönem Wetter hat man mehr Geduld.«

In dem Moment, in dem er – halb auf dem Bett liegend, halb aufgerichtet, um Frau Mitchell zu begrüßen – das sagte, fiel ihm die Lösung für seine Sonnenarbeit ein, zu der ihm die Idee im Bahnhof von Domodossola gekommen war. Das Werk sollte heißen: *8 goldene Minuten – Begegnung von Seele und Sonne.* Es sollte aus einem extrem dünnen Sonnenstrahl bestehen, 149 600 000 Kilometer lang, aber nur ein Millimeter Durchmesser, kombiniert mit einem Tröpfchen Eiter aus einer Aknepustel von ebenfalls nur einem Millimeter Durchmesser und 0,4 Zentimetern Länge. Diese beiden Elemente sollten verbunden werden und sich küssen. Betrachter müssten sich tief darüberbeugen, um die Vereinigung von Eiter und Sonnenstrahl und die haarfeine Verlängerung des Strahls um vier Millimeter überhaupt zu sehen und den Unterschied in der Beschaffenheit zwischen dem goldenen Schein des Strahls und dem matt weißlichen Eiter zu erkennen, vor allem aber, um ihre Begegnung zu beobachten; der Lichtstrahl sollte von rechts kommen, der Pickel von links, treffen sollten sie sich auf der Haut, der sichtbaren Oberfläche der Welt. In den beiden unterschiedlichen Ausdehnungen sollte die Stellung des Menschen im Universum zum Ausdruck kommen. Vier Millimeter versuchten, Ursprung und Beschaffenheit von 150 Millionen Kilometern zu ergründen. Der Mensch war ein sehr seichtes Phänomen in einer abgrundtiefen Welt.

All das und mehr schoss dem jungen Mann durch den Kopf, während er aufstand, um sich bei der Vermieterin dafür zu bedanken, dass sie für ihn das Päckchen von der Post geholt hatte, und ihr ein angenehmes Arbeitswochenende zu wünschen. Frau Mitchell war wirklich eine gute und bemerkenswerte Frau, er musste sie trotz ihres überheblichen Ausfalls gegen die Italiener bewundern. Sie hatte bewundernswerte Reaktionsschnelligkeit bewiesen, als sie bei jenem denkwürdigen Teetrinken den Vorhang von der Balkontür gezogen und ihren Untermieter nackt auf der Türschwelle gesehen hatte. Binnen einer Nanosekunde hatte sie sich ausgerechnet, dass es, anstatt sich aufzuregen und ihrer Besucherin zum Tee ein durch und durch isländisches Hinterteil zu servieren, besser war, den Vorhang wieder zuzuziehen und so zu tun, als hätte sie nichts gesehen. Vielleicht war es sogar so. Jedenfalls hatte sie den Vorfall Jung gegenüber nie mit einem Wort erwähnt.

Vielleicht war es überhaupt das Beste, Dinge, die sich besser nie ereignet hätten, zuzudecken, damit waren sie nie passiert. Jung beobachtete mit Bewunderung, wie seine Psyche einen dicken Vorhang vor die Ereignisse der Weihnachtsnacht in Florenz zog.

Er unternahm einen Spaziergang durchs Viertel, sein Gang war wieder natürlich, er hatte keine Schmerzen mehr, auch Verdauung und Stuhlgang waren wieder normal. Als zwischen den Häusern in der Ferne die Alpen zu sehen waren, sah er, dass vor Italien ganz massive Vorhänge angebracht worden waren. Jetzt, nach zehn Tagen, konnte er nicht mehr sehen, was geschehen war, er konnte es sich nicht mehr vergegenwärtigen, auf seinem Erinnerungsfilm gab es blinde Flecken, schwarze Flecken, die aber auch nicht schwarz waren, denn sie waren ebensowenig sichtbar wie das, was sie verbargen, er hatte Stunden mit nichts zugebracht, aus seinem Gedächtnis waren ganze Minuten gelöscht, was auf gewisse Weise ein Vergehen darstellte, einen Verstoß gegen die Menschenrechte, aber so ernst war es nun auch wieder nicht, er war gesund, unversehrt an Leib und Seele, das Einzige, was passiert war: Ein wildes Tier hatte sich einen Happen aus seiner Lebenszeit herausgerissen, seine Fänge hineingeschlagen, abgebissen, gekaut, geschluckt.

Die Häuser hinter der Tankstelle wuchsen langsam, hatten inzwischen zwei Stockwerke. Über ihnen waberte eine leicht rötliche Januarsonne, obwohl noch lange nicht Abend war. Der Lärm einer Militärmaschine zog über das Viertel, und Jung entdeckte sie in großer Höhe am Himmel. Sicher würde vor dem Abendbrot der Atomkrieg ausbrechen.

Als er zehn Jahre alt war und den Sommer zusammen mit zwanzig anderen Jungen aus Reykjavík auf einem Bauernhof im Nordland verbrachte, hatten ihn die Hauswirtschafterinnen einmal in ihr Zimmer im Untergeschoss gerufen. Kein Junge hatte je dort Zutritt bekommen, sie hatten nicht einmal einen Blick hineinwerfen dürfen, geschweige denn mehr. Also ging er natürlich hin. Sie schlossen die Tür, und er stand etwas geschmeichelt mitten im Zimmer, während die vier Mädchen im Teenageralter um ihn herum miteinander tuschelten. Der Raum war viel anheimelnder als der südliche Schlafsaal, in dem die älteren Jungen untergebracht waren, oder die Zimmer für die Knirpse oben. Hier gab es Leselampen und Zeitschriften, im Kellerfenster waren der Glóðafeykir und die anderen Berge in seiner Umgebung zu sehen. Der Junge stand auf dem rötlichen Teppich, und die Luft war erfüllt von dem, was er für den Geruch von Frauen hielt. Was wollten sie von ihm? Sollte er ihnen etwas zeigen? Plötzlich kam die sechzehnjährige Ibba auf ihn zu, nahm seinen Kopf in beide Hände, bückte sich und küsste ihn direkt auf die Stirn! Die anderen Mädchen brachen in Gelächter aus, und er stürzte, rot vor Zorn, aus ihrem Zimmer. Er war befleckt worden! Und das vor allen! Er rannte schnurstracks ins Bad und versuchte, sich den Ibbakuss mit Wasser und Schmierseife so gut es ging von der Stirn zu schrubben.

Die gleiche Prozedur musste er später im selben Sommer noch einmal wiederholen, als er mitten in einem Fußballspiel unten auf der Hauswiese zurück ins Haus rannte. Der Ball war einmal mehr in dem Abwassergraben vom Wohnhaus gelandet. Der schlaksige Grjóni hatte ihn herausgeholt und warf ihn nur mit den Fingerspitzen ein. Der Ball flog in hohem Bogen vors Tor, und obwohl er mit Fäkalien verschmiert war, konnte Jung nicht anders als ihn unter großem Gejohle per Kopf ins Tor zu befördern. Alles für das Spiel! Er merkte erst, was passiert war, als der Jubel in Hohngelächter überging und er noch einmal hörte, wie der matschige Ball mit einem saugenden Kloakenschmatzen seine Stirn küsste, exakt auf dieselbe Stelle, die auch Ibba geküsst hatte! Also rannte er, vor Wut heulend, wieder ins Haus, um mit Wasser und Schmierseife die Stirn zu schrubben. Und doch wusste er, dass er den Makel niemals wegbekommen würde. Menschenscheiße und Mädchenkuss. Er würde sein Leben lang unrein bleiben!

Der Militärjet zog seine Bahn über den Himmel, und Jung blieb stehen und beobachtete, wie er vor der Sonne vorbeiflog, quer durch sie hindurchschnitt wie ein Messer durch ein Ei, sodass das Eigelb in den Kondensstreifen auslief.

Sollte er wirklich für sein ganzes Leben befleckt und unrein sein?

46

»DAS IST LITERATUR.«

Die meisten Menschen in der U-Bahn waren verkleidet. Dem jungen Mann gegenüber saßen ein Cowboy und ein Schwein, in der Sitzreihe jenseits des Mittelgangs kauerte eine Märchenprinzessin für sich allein in einem langen Kleid aus blauem Chiffon, eine vergoldete Krone auf dem Kopf, und guckte traurig aus dem Fenster. Hinter ihr stand ein Brillenträger mit Aktentasche und Clownsperücke in einer kleinen Gruppe normal gekleideter Fahrgäste und hielt sich fest. Daran, wie sein Kopf wackelte, sah man, dass der Mann betrunken war. Die Stadt war die ganze Woche ein einziger Maskenball gewesen, und nun ging der Ball nach Hause. Auf dem Schoß der Prinzessin stand eine gar nicht märchenhafte Handtasche, und darin lag der Schlüssel zum Alltag, bestimmt war sie froh, ihn wieder aufzuschließen. Anfangs war Karneval eine gute Idee gewesen, aber heute herrschte nur noch Pflichtschuldigkeit. Der Fasching in Bayern war eine Aufgabe, die man erledigen musste, in diesem Jahr und in allen anderen, Ausflippen im Akkord.

Jung saß zwischen all diesen freakigen Wundertieren wie ein Buchhalter mit Mundgeruch und war dabei vielleicht der komischste Vogel von allen. Anfänglich hatte er sich vor diesem verdammten Fasching gedrückt, wie er es in all seinen Jugendjahren auch zu Hause in Island mit den Feiern und Festivals am Bankenfeiertag getan hatte, als die ganze Gesellschaft von einem jungen Burschen forderte, sich zu diesem Anlass eine Flasche Wodka, ein Zelt und einen Schlafsack zu kaufen, sich die Erstere einzuverleiben und den Leib in die beiden Letztgenannten zu kleiden und darin samt baumelnden Zeltleinen und Heringen bei einem Open-Air-Maskenball auf einer patschnassen Wiese die ganze Nacht durchzutanzen, bis sich ein ebenso pflichtschuldiges Mädchen im Zelt verheddert und im Schlafsack landete. Auf diese Weise paarte man sich in diesem primitiven Stamm.

Die Norweger näherten sich der Natur in Wanderschuhen und mit Thermoskanne, sie hatten ein gutes Verhältnis zu ihr, er hatte das erlebt, aber die Natur in Island war unzugänglicher, unberechenbarer, vielleicht traten die Isländer ihr deshalb nur bewaffnet

entgegen, mit Schnaps, Geschrei und dröhnend lauten Ghetto-
blastern wie hakatanzende Maoris.

Er hatte sich von dem wahnsinnigen Treiben auf diesen Frei-
luftorgien immer ferngehalten, dieser einzigen in Island geltenden Wehrpflicht, und es vorgezogen zu arbeiten oder allein in der
Stadt zu bleiben; einmal hatte er sich von diesem Zwang freige-
kauft, indem er über das Wochenende eine Tour zu den Hornstrandir mit einem Wanderverein gebucht hatte und dort mit
Menschen gewandert war, die es vorzogen, ihr Land nüchtern zu
erleben. Als die Gruppe am Samstag des ominösen Wochenen-
des in Rekavík bak Höfn, einer der abgelegensten Gegenden der
Insel, an Land gesetzt worden war, hatte Jung sich die Teilnehmer
angesehen und den Eindruck bekommen, dort wären die Söhne
und Töchter Islands versammelt, denen es gelungen war, von zu
Hause abzuhauen, weg von der alkoholisierten und gewalttätigen
Ehe ihrer Eltern, ihres Landes und ihrer Nation.

Wenn alle sich zu amüsieren hatten, war es am wenigsten lustig, und anfangs kam es dem jungen Mann so vor, als hätte sich
der Löwe dieses ganze Faschingstreiben ausgedacht und es würde
gerade zum allerersten Mal stattfinden, als eine allgemeine Ver-
schwörung gegen ihn, den jungen Mann. Obwohl er den Übermenschen seit dem Vorfall mit dem brennenden Schuh vor Weihnachten nicht wieder getroffen hatte, hörte er den Helden das närrische
Treiben auf seine hochtrabende Art beschreiben, die vor allem
so hochgestochen war, damit kein anderer sie verwenden konnte.

»Die ganze Stadt steht kopf! Alle Frauen vergessen, dass sie
verheiratet sind, und kühnen jungen Männern stehen sämtliche
Türen und Tore offen! Mit Hilfe der Kostüme und Masken er-
obern wir die dionysische Freiheit zurück! Die dionysische Weltanschauung wird erobert!«

Der junge Mann fühlte einen Schauder das Rückgrat hinabtippeln, als er die Worte hörte, obwohl er sie sich nur ausdachte.

Gehirngewaschene Philosophen waren das Nervigste unter der Sonne, aber wenn diese Bewohner der obersten Luftschichten die niedrigsten Instinkte priesen, lag eine gewisse Vollendung in diesem Geschrei.

Zusammen mit einigen Haremsdamen entstieg Jung der Erde, es war der dritte Tag im Fasching, und vielleicht war das ganze Theater nicht einmal so schlecht, denn endlich musste er, der nervöse, lavaspeiende Drache, doch unter den Menschen um ihn herum, die sich als Esel, Schweine und Enten verkleideten, verhältnismäßig unauffällig wirken. Als er leise, mit gerunzelten Brauen und Blaumantel als Brünne gegen den Strom der Clowns und Flittermädchen durch die Straßen der Innenstadt lief, war er, der Kunststudent, der Kotzbrocken und Ausländer, der Verantwortungsbewusste.

Das war mal etwas anderes.

Seit vielen Wochen hatte er sich mit niemandem getroffen, mit keinem Menschen geredet, abgesehen von einem Telefongespräch mit seiner Mutter, in dem sie ihm von einem eher harmlosen Gletscherlauf in der Skeiðará berichtete und er ihr vom Laufen seiner Nase. Ab und zu ließ er sich in der Akademie blicken, ging dann still in seine Ecke und verrichtete seine Pflicht, seinen Farbenmumpitz auf Papier, Fräulein Blauhaar grüßte er nicht mehr, und wenn Patti & Co. mit ihren Einstürzenden Neubauten und ihrem Kasten Bier aufkreuzten, verdrückte er sich. Er ging auch nicht mehr mittags in die Cafeteria, lieber in die Bibliothek, wo er im Duchamp las. Ab und zu erbrach er ein paar kleine, niedliche Bröckchen, sie füllten das Glas inzwischen bis zu dem roten *Spaten-Bräu*-Wappenschild, sodass sich nur noch der bekannte weiße Spaten vom Schwarz abhob. Das Glas war ganz schön schwer geworden.

Frau Mitchell kam immer spät nach Hause und ging in der Frühe wieder fort, er verbrachte die Abende im Schaukelstuhl am Fenster des roten Zimmers mit einem Stapel Kopierpapier, das die Bezeichnung A4 trug und seit bald zehn Jahren sein Lieblingsformat war.

In den Hinterzimmern des Gymnasiums war er auf dieses wunderbare Medium gestoßen, eine Unmenge leerer Blätter, die in 500-Blatt-Paketen auf dem Fußboden aufgestapelt standen und für den Kopierer gedacht waren, der draußen auf dem Gang wartete wie ein unersättliches Monster, das zehn solcher Pakete in der Stunde fressen konnte, eine Papier wiederkäuende kastenförmige Kuh mit einem Stecker am Schwanzende und der genialen Fähigkeit, alles, womit man sie fütterte, mit dem zu füllen, was sie zuletzt gesehen hatte – eine Art übertouriger Leonardo. Eifersucht machte dieses papierfressende Vieh im Lauf der Zeit zu einem Vorbild in Jungs Leben, und wenn es bei ihm gut lief, konnte er 100 A4-Seiten an einem Tag füllen, hundert Kopien von Nachrichten aus dem Unterbewusstsein, Fantasiezeichnungen, die natürlich so etwas wie Bestandsaufnahmen seines Seelenlebens darstellten. A4 war sein bester Freund, ihm konnte er alles anvertrauen. Das Papier in der Akademie kannte er dagegen nicht so gut.

Zwischen den Bildern starrte er, den Zeichenstift zwischen den Zähnen, aus dem Fenster in den Hof und fragte sich, was BHV wohl gerade tun mochte, ob Antonella am Abend gut gegessen hatte, ob wohl jemals ein Gerät erfunden würde, mit dem man Informationen über andere Menschen erhalten könnte, ohne dass die es bemerkten.

Einige Male ging er ins Wohnzimmer, schaltete den Fernseher ein und schaute Nachrichten von der Lage in Polen, wo mit dem Sieg der *bad guys* Ruhe eingekehrt war. Wałęsa saß noch im Gefängnis und in Jaruzelskis Gesicht die Sonnenbrille. Breschnew zuckte noch, bewegte sich in den Fernsehbildern aber auffällig langsam, obwohl seine Augenbrauen von Woche zu Woche dunkler und gepflegter aussahen. Bestimmt war das »Einbalsamierungsteam sowjetischer Führer« schon an die Arbeit gegangen, den Kerl herzurichten, und er durchlief gerade so etwas wie eine neue Art von Wechseljahren, in denen der Mann an der Staatsspitze nach und nach von einem lebenden Menschen zu einer einbalsamierten Leiche wurde, die meisten Organe waren bereits abgestorben, nur das Herz schlug noch mithilfe einer kleinen Batterie, sodass er immerhin in der Lage war, fast ohne Stütze zu gehen. Diese Erfindung sowjetischer Wissenschaftler sollte das Hinscheiden des Staatschefs in die Länge ziehen und dem Volk die Trauer erleichtern. Der Höhepunkt dieser Prozedur würde mit einem schwachen Lächeln Breschnews auf dem Kissen seines offenen Sarges erreicht werden. Auch westlich des Atlantiks wurden die Augenbrauen des Präsidenten jeden Morgen nachgefärbt, allerdings war sein Körper in besserer Verfassung. Die Welt war der Zankapfel zweier Tattergreise, die sich um sie stritten wie um die Puddingschüssel im Altersheim. Es spielte keine Rolle, wer von beiden sie am Ende bekommen würde, denn bis dahin war der Pudding längst auf den Boden geschwappt.

Er erhielt wieder einen Brief aus der Heimat. Die Handschrift seiner Mutter war so regelmäßig und gestochen, dass man daraus eine neue Schrifttype hätte machen können. Großvater ging es wieder besser, er weckte keinen mehr mit Anrufen, und auch der Ministerpräsident war trotz hohen Alters noch ganz auf dem Damm.

Dann schickte ihm der Sohn des Dichters überraschend ein Buch, das ihm bei seinen Deutschkenntnissen helfen sollte: Peter Handke, *Das Gewicht der Welt.* Der Titel entsprach ganz der

Gemütslage des Absenders, der auch nicht gerade leichtfüßi
durch die Welt tänzelte, Amon Düül II hörte, ausschließlich
Godard-Filme guckte und sich in verstaubten literarischen Re-
dewendungen ausdrückte. Und doch besaß er diese verspielte,
geniale Leichtigkeit, die den jungen Mann im Wohnzimmer zum
Schweben bringen konnte, wie zum Beispiel diese Idee zu einer
Installation im Städtischen Kunstmuseum Kjarvalsstaðir: Der
Ausstellungsraum sollte komplett leer sein, aber den Fußboden
hätte man unter beträchtlichen Kosten und Arbeiten um fünf
Zentimeter abgesenkt.

Das Gewicht der Welt war kein Roman, sondern eine Sammlung
der Gedanken des Autors. Handke hatte jeden Tag aufgeschrie-
ben, was ihm durch den Kopf ging, Fußnoten zum Tage. Jung verstand kaum die Hälfte, verschlang aber die ersten fünfzig Seiten.
Hier war noch ein Mensch allein in der Welt, trug ihr Gewicht auf
den Schultern und schien nicht anders zu können, als seine Reak-
tionen auf sie oder einfach das, was er wahrnahm, zu notieren.
»Die toten Autos vor dem Fenster in der Nacht.«

Der junge Mann hatte selbst zu schreiben versucht, aber das
hatte nur in ziemlich stoßweisen Schüben funktioniert und
nichts erbracht. In seinem letzten Jahr im Gymnasium hatte er
einmal mit einer heftigen Grippe drei Tage zu Hause gelegen. Als
seine Stirn dieselbe Temperatur erreichte wie der Heizkörper
am Kopfende, war er in ein eigenartiges Delirium gefallen und
hatte bald angefangen, Sätze auszuschwitzen, die er auf Papier
gekritzelt hatte wie ein Kriegsberichterstatter, der sich und seine
Ansichten aus dem Text seiner Meldungen heraushalten will.
Es waren so etwas wie Blitze des Fiebergottes, die sein Inneres
erleuchteten und ihm den Stift zu einem Artikel über das Schul-
leben führten, die Beschreibung eines Schultags: »Die ersten
Stunden gehen langsam herum. Die meisten kriegen es hin, die

Landnahme zu verschlafen, und bei der Christianisierung kommt die große Pause …«

Das war auch für ihn selbst völlig überraschend gekommen, wie ein Gewitter aus einer anderen Atmosphäre, und er hatte es niemandem gezeigt, nur seinem Freund Vinningur. Nachdem er es durchgelesen hatte, rief der aus: »Wow! Das ist ja wie ein Gedicht! Du musst das in der Schulzeitung veröffentlichen!«

In der Nacht, bevor er seinen Artikel der Redaktion der Schulzeitung einreichen wollte, bekam er wieder Schweißausbrüche, und als er endlich einschlief, wurde er mehrmals von kurzen Krampfanfällen geweckt. In dem Artikel schilderte er den Gang eines geschätzten Dänischlehrers zur Toilette, doch das war noch gar nichts im Vergleich zu seiner Beschreibung des schlechten Krabbensalats, der auf der Party eines Mädchens aus der Clique vom Tisch unter der Schuluhr serviert worden war. Er hatte zwar ihren Namen geändert, aber alle würden sich sofort an den Vorfall erinnern, und wenn er wirklich solch beleidigende Enthüllungen drucken ließ, konnte er sich in der Schule nie wieder blicken lassen.

Dennoch reichte er am folgenden Tag den Artikel in einem gelben A4-Umschlag ein. Es war merkwürdig, doch sämtliche hochheiligen Gelübde der Nacht hatten sich am Morgen verflüchtigt, und irgendein luftiger Erledigungsgott trieb ihn an, er fühlte seinen Keil im Kreuz, der ihn mitten in der Pause quer durch den Speisesaal Richtung Essensausgabe schob, wo er in einen Schülerwald langhaariger und gelockter Bäumchen eintauchte und schließlich in einer Ecke am Fenster ein schleieräugiges Mädchen aus der Redaktion in weiter Latzhose auftrieb, das von lauter Tropicana schlürfenden Mitschülern umgeben war. Sie bedankte sich ganz neutral und steckte den Umschlag in ihre abgewetzte Schultasche. Der junge Mann sah paralysiert zu, wie der gelbe Umschlag in der Tasche des Schicksals verschwand, als steckte ein

Lebenslänglich-Urteil darin, und sein Blick wanderte weiter zu einer Reihe von Schülern, die auf dem nächsten Tisch saßen und mit Strohhalmen Kakao aus kleinen Päckchen saugten, als wären sie Miniatursaxophone, auf denen sie ein schicksalsschweres Motiv spielten. *Die Saxophone der Gewissensbisse.* In den folgenden Tagen lief er wie ein Verdammter durch die Schulflure und schlief nachts schlecht. Eine Woche später aber wurde das Urteil aufgehoben. Wegen politischer Zwistigkeiten über die Schrifttype hatte sich die Redaktion gespalten, die nächste Ausgabe der Schulzeitung wurde abgesagt, der Artikel nie gedruckt, und kurz darauf war Jung mit der Schule fertig.

Im darauffolgenden Frühjahr kam ihm die Idee, Konfirmationsreden aufzuzeichnen. Er »borgte« sich dafür heimlich das Mini-Diktaphon seines Vaters, ein funkelnagelneues, nur handflächengroßes Gerät, das sein Vater auf Montage benutzte, um Stichpunkte aufzuzeichnen. Das steckte er in die Innentasche, drückte heimlich auf *Rec* und mischte sich in eine Gruppe, die sich unterhielt, und tippte dann zu Hause seine Beute ab. Herauskamen zehn Meter lange Konzeptgedichte.

Herzlichen Glückwunsch zum Sechs-zwo-sechs!
Wie bitte?
Sie hat doch einen neuen Mazda bekommen.
Einen neuen Mazda?
Ja, oder etwa nicht?

Nicht viel später verbarg er das in einem Wollfäustling steckende und auf *Rec* laufende Aufnahmegerät in einer Telefonzelle in der Lækjargata und sich selbst nicht weit davon entfernt. Sein Herz zitterte vor Spannung, als kurz darauf ein untersetzter Pulloverträger die Telefonzelle betrat. Doch als er das Resultat abhörte, war die Enttäuschung groß: »Guten Tag. Muss ich lange warten, bis ich bei Ihnen einen Werkstatttermin bekomme?«

»Proben« nannte er diese Mitschnitte, und Literatur waren sie nicht, das war ihm klar. Schon eher stellten sie Bilder dar, Readymades aus Wörtern. Literatur konnten nur Poeten schaffen, solche, die »vom Met der Dichtkunst genippt« hatten, wie es in kultivierten Kommunistenkreisen hieß, heilige Männer mit Schifferkrause, die mit gewaltigen Tränensäcken unter den Augen für sich allein in ihren turmhohen Wohnblockwohnungen mit abstrakten Melodien an den Wänden hockten und darauf warteten, dass ihnen *das* Gedicht kam. Manchmal erschienen sie auch auf den Vordersitzen von Ostblockautos, leicht allwissend aussehend, mit den Händen auf einen Stab gestützt, wenn ihre Frauen sie zum Mokka kutschierten. Es konnten Monate vergehen, ehe das Gedicht zu ihnen kam, und ihre Geduld wurde auf eine harte Probe gestellt, sie war von buddhistischem Ausmaß. Zuweilen aber hatten Journalisten das Klopfen des Gedichts an die Tür der Dichter imitiert, und sie äußerten sich in Interviews der Wochenendbeilagen mit gespielter Verärgerung über die Aufmerksamkeit, mit der man sie verfolgte, und über den Lärm der Gegenwart nörgelnd.

Einer aber machte aus diesem Lärm Musik und war der größte aller Dichter: Der Liedermacher Megas, der isländische Bob Dylan, und wegen seiner historischen Dimensionen noch viel besser als der. Auch wenn er mit rockrauher Stimme von den drogenbetäubten Hausfrauen der Gegenwart sang, tat er das in der Art eines Kirchenlieddichters aus dem 17. Jahrhundert. Sogar Jungs Vater war mitten im Wohnzimmer stehen geblieben, als die neueste Scheibe des Meisters vom Plattenspieler erklang, und hatte die Textbeilage verlangt, sich hingesetzt, zugehört und mitgelesen. Der junge Mann hatte sich ihm gegenüber gesetzt

und mit Spannung zugesehen, als wäre sein Vater der Oberste
Richter.

Der Kranz der Berge ist geschlossen,
zugezogen um mich,
außerhalb von ihm gibt es nichts,
denn in ihm habe ich dich.

»Das ist Literatur«, hatte der Brückenbauingenieur zwischen den
Strophen verkündet, und damit stand es fest, selbst sein Vater hatte
es bestätigt. Megas war der Träger des Geistes in dieser Zeit, der
Geist war in ihm und in seinem Glas, irgendwie war der Schweine-
hund an den Skaldenmet gekommen, der doch sorgfältig in einem
Heißwasserkessel im Keller des Instituts für alte Handschriften
eingeschlossen sein sollte. Megas aber war irgendwie volltrunken
davon, es hieß, das habe er seinem Bruder zu verdanken, der habe
den Schlüssel. Der junge Mann dagegen verfügte nicht über solche Beziehungen, aus ihm würde nie ein Dichter werden, bestenfalls bekäme er einmal einen Drink beim Sohn des Dichters, wenn
der einmal an die Bestände in der Hausbar seines Vaters käme.

In der Amalienstraße lief der junge Mann nahe der Akademie dem breitgesichtigen Bragi in die Arme und sah sich ge-
nötigt, wieder einmal zu sprechen. Als ihm das erste Wort aus
dem Mund kullerte wie eine eingetrocknete Kaugummikugel
aus einem rostigen Automaten, machte er sich klar, dass er seine
Stimmbänder seit drei Wochen nicht benutzt hatte. Es bestand
also wenig Aussicht, dass sich sein Deutsch jemals bessern
würde. Bragi war so freundlich wie eh und je und meinte, er habe
ihn vermisst, ob er nicht mehr ins Stadion gehe. Jung bejahte das;
er habe gesehen, dass »Sigur« ohnehin nicht mehr auf der Bank
säße. Bragi bestätigte es lächelnd, weihte ihn dann aber ein, dass

die Isländergesellschaft jeden zweiten Samstagabend im Monat in einem Wirtshaus in Neuhausen einen Stammtisch habe, und forderte ihn auf, sich dort sehen zu lassen. Jung brummte etwas vor sich hin, sagte dann, er werde es sich überlegen, und verabschiedete sich mit noch düsterer Miene als zuvor. Obwohl Bragi ganz in Ordnung war, erschien ihm die Vorstellung eines gemeinsamen Abends mit seinen Landsleuten vollkommen unerträglich. Isländer im Ausland waren wie ein Brückenbautrupp an den Strandir im Norden, der Mikrokosmos einer Zwergnation. Und doch hatte er bei der Brückenarbeit nie dieses klaustrophobische Gefühl verspürt. Höchstwahrscheinlich würde er einen Malkurs in Kalkutta besuchen müssen, um einmal aus dem isländischen Kreidekreis herauszukommen, der ständig um ihn, die anderen und überhaupt alle Isländer gezogen war, wohin sie auch reisen mochten. Nie würde er jemals die verfluchte, beschissene Landesgrenze überschreiten können. Kaum waren einmal drei Wochen vergangen, wurde er wieder eingeholt. Dieses Kackland war wie das »Hotel California«: »You can check out any time you like, but you can never leave.« Er schwor sich inniglich, niemals zu diesem Stammtisch zu gehen.

Auf dem Heimweg landete er in der U-Bahn wieder gegenüber der »Dame aus der Vorstadt«. Es war das dritte Mal, dass er sich ihr gegenübersetzte oder umgekehrt. Sie war zehn bis fünfzehn Jahre älter als er, trug das dunkle Haar aufgesteckt und war sehr weiblich gebaut, trug immer Bürokleidung und offenen Mantel, hatte große, dunkle Augen und volle Lippen, schien nicht gerade groß zu sein, aber er hatte sie noch nie anders als sitzend gesehen. Ihre Blicke trafen sich und prallten sofort wieder auseinander wie Billardkugeln, die mit einem harten Klacken gegeneinanderstoßen. Er aber ließ seinen Blick wieder zurückwandern, ihre Beine hinaufschleichen, über die dünne Strumpfhose gleiten, zwischen die Mantelschöße, zum Rocksaum, weiter über ihre Schenkel, diese weichen, dicken Schenkel … Weiter traute er sich nicht und schaute aus dem Fenster, nur um da in der spiegelnden Scheibe ihren Augen zu begegnen. Wieder schossen sie auseinander, vier verschiedenfarbige Augen auf glattem Glas, aber nicht mehr so hastig wie zuvor, es klickte nicht mehr so laut. Die Vorstadtfrau. Hörte sich an wie der Titel eines Romans von Handke. Dabei war sie vielleicht gar nicht so gewöhnlich, in ihren Billardaugen glomm etwas höchst Verbotenes. Der Zug hielt jetzt an seiner Station, und er nutzte die Gelegenheit des Aufstehens, um seinen Augen freien Lauf über ihren Leib zu gestatten. Wie zwei schnell kriechende Schnecken saugten sie sich hinauf zu ihrem Ausschnitt und hinein, auf die nackte Haut des Busens über der Falte zwischen ihren Brüsten, und ließen einen dunkleren Streifen von Feuchtigkeit auf dem weißen Blusenstoff zurück.

Er achtete darauf, als Letzter auszusteigen und langsam den Bahnsteig entlangzugehen. Als der Zug anfuhr, beförderte er die Frau mit langsamem Tempo zu seiner Linken an Jung vorbei. Er sah sie möglichst unbekümmert an und erhielt einen Blick aus ihren Augen zurück, sie sah ihn kurz an, dann schossen die schönen Kugeln von ihm weg hinein in einen langen, dunklen Tunnel.

47

»IF YOU LEAVE ME NOW,
YOU'LL TAKE AWAY THE BIGGEST PART OF ME.«

Am Tag darauf erschien er als Erster zum Isländerstammtisch in einer viel zu ordentlichen Kneipe in Neuhausen. Notgedrungen saß er eine halbe Maß lang alleine und quälte sich mit der

Frage, wer wohl erscheinen mochte, und der Vorstellung, mitten in der Veranstaltung brechen zu müssen und dass jemand sein schwarzes Bierglas in der Manteltasche entdecken und versuchen könnte, es herauszuziehen. Auf seinem linken Nasenflügel blinkte ein Licht.

Nein, dachte er, es war zu gefährlich, er sollte sich aus dem Staub machen, bevor jemand kam. Dann aber sah er eine weitere öde Fahrt mit der U-Bahn und einen weiteren Samstagabend zu Hause im Schaukelstuhl auf sich zukommen und nahm noch einen Schluck. Bestimmt tauchte hier heute Abend ein bilderbuchschönes Mädel aus dem Ísafjörður auf, mit einer Slalompiste im Blut, einer eigenen Interpretation des *Großen Glases* und vollkommenem Verständnis für sein Schwarzerbrochenes.

Auf den Tischen lagen Tischdecken, exakt in deren Mitte standen auf weißen Häkeldeckchen blassgrüne Väschen mit Plastikblumen – so eine Art von Gaststätte war das. An zwei Tischen saßen ein paar Vierzigjährige, tranken Bier und schüttelten ihre bundesdeutschen Frisuren. Eine der Frauen trug einen weißen Rollkragenpulli, aus dem eine Halskette hervorbaumelte. Ihre Freundin erhob sich und ging zu einer großen Musikbox neben dem Zigarettenautomaten an der Wand gegenüber der Theke, einer beleuchteten, traumhaften Jukebox. Isländische Sprachfaschisten hatten die Bezeichnung Jukebox in ihrer amerikafeindlichen Kulturarroganz mit »Lärmteufel« übersetzt und damit einen Import dieser unterhaltsamen Dinger verhindert, doch in Deutschland standen die Groschengräber in jeder Kneipe, prallvoll mit sieben Jahre alten Pophits aus den Staaten und einheimischen Erzeugnissen. Es war immer spannend, welche Musik die Einzelnen aussuchten, und der junge Mann musterte unter zusammengezogenen Brauen die Frau, die breit grinsend und mit einer riesengroßen Brille im Gesicht unter einer Turmfrisur aus

Stahlwolle leicht verlegen und rot geworden zu ihren Freunden zurückkehrte. Ein bekanntes Gitarrenvorspiel begleitete sie zu ihrem Stuhl, dann setzte Gesang ein:»City girls just seem to find out early / How to open doors with just a smile ...« Die Frau und ihre Freunde wiegten sich leicht im Takt, was herrschte hier doch für eine heimelig-gemütliche Stimmung!

Jung fiel auch sogleich der Titel des Songs ein:»Lyin' Eyes« von den Eagles. Er musste sich eingestehen, dass er sogar wusste, dass es sich um das dritte Stück auf der A-Seite des Albums *Their Greatest Hits (1971–1975)* handelte. Er mochte nicht zugeben, dass es seine Musik war, und ärgerte sich fast darüber, dass dieser gut geschriebene und sorgfältig komponierte, aber weichgepolsterte Wohlfühlsong seiner Jugendjahre einen so anhaltenden Eindruck hinterlassen hatte, wo er doch schon vor seiner Konfirmation ein eingefleischter Keith-Emerson-Fan gewesen war. Aber dieses Lied und»Hotel California« waren seinerzeit auf jener unglaublichen Premierenfeier in Mosfellsdalur gelaufen, bei der Jung und sein Freund Vinningur mit den älteren Schülerinnen getanzt hatten und am Ende jeder in einem Paar Arme gelandet war. Am nächsten Morgen waren sie mit einer eiskalten Frühjahrssonne in den Augen und»Tequila Sunrise« in den Ohren zu sich gekommen. Jemand hatte den Plattenspieler auf Replay gestellt, und der Tonarm war immer wieder zum ersten Stück der B-Seite zurückgeschwenkt, wieder und wieder; die Nadel hatte Jung, der auf dem Fußboden neben einer Box schlief oder auch nicht schlief, die fünf Songs so tief in die Seele geritzt, dass er sie nie wieder loswurde. Während er in der Ecke hinter dem Sofa Küsse sammelte, hatte die Nadel den Staub auf der schwarzen Vinylscheibe gesammelt, wie nach einem Rezept Duchamps, und als Jung endlich die Nadel abhob (als Vinningur aus dem Schlaftrakt des Hauses aufgetaucht war), fiel die Staubflocke auf die Platte und drehte sich Runde für Runde wie ein kleines Liebesnest im schwarzen Weltall.

In jener Nacht war noch ganz anderes auf Replay gestellt worden.

»Fünf Mal! Eh, stell dir das vor, Mann! Fünf Mal!«, brüllte sein Freund, als sie in sein Auto eingestiegen waren, einen alten Volvo mit Kassettengerät, schüttelte den Kopf und lachte vor sich hin. Vinningur, ein blonder, athletisch gebauter Draufgänger mit Poesie im Herzen, der reihenweise Frauen flachlegte und seit seiner Konfirmation keine Nacht mehr allein geschlafen hatte, hatte hier seine Meisterin gefunden. »Beim letzten Mal hätte ich es fast nicht mehr geschafft, Mann. Stell dir das vor, füüünf Mal, Mann!«

Jung lächelte schweigend dazu, er hatte das erste Mal noch vor sich. In der Nacht hatte er auf dem groben und altmodisch geblümten Teppichboden die wildeste Knutscherei seines Lebens erlebt. Mit BHV. Er hätte nie geglaubt, dass etwas so Großartiges passieren konnte, er war sozusagen gerade aus dem großen Glückstopf aufgestanden, noch immer ganz feucht. Und schaute in den hellsten Morgen aller Zeiten. Die Sonne kam die Straße von Gljúfrasteinn herabgerollt, als hätte Halldór Laxness selbst sie vor dem Frühstückskaffee ausgegähnt.

Vinningur ließ den Wagen an, er musste in einer halben Stunde auf der Arbeit sein, und wechselte die Kassette. Seine neue Freundin hatte ihm eine von ihren geliehen. Der Bass groovte in seiner breiten, amerikanischen Behäbigkeit, die Gitarre kratzte faul in die Luft, dann begannen die Background vocals zu schnurren, bis der Sänger einsetzte: »One of these nights, one of these crazy old nights …«

Wie frisch gekrönte Könige rollten sie in die Stadt zurück, mit einer Fahne und rotgeknutscht, Jung sah lächelnd zu, wie Vinningur mitsang: »You got your demons / You got desires / Well,

I got a few of my own«. Nein, es war nicht ihre Lieblingsmusik, aber sie waren an diesem Tag ihre Lieblingsfans, keiner hatte mehr von ihrer Wirkung profitiert. Am meisten verband Jung mit dem zweiten Lied auf dem Album *Hotel California*, »New Kid in Town«. Es war das Lied, das sich während der Party um ihn und BHV geschmiegt hatte: »You look in her eyes, the music begins to play«, das sie aneinandergedrängt hatte, als sie Wange an Wange zu tanzen begannen, und das sich schließlich über sie gelegt und sie hatte verschwinden lassen: »Johnny-come-lately, the new kid in town«. Er sah sich selbst im Text des Refrains, er war neu an der Schule und jünger als sie, außerdem hatte ihm der Eagles-Kontinent schon früher genau diesen Spitznamen verliehen.

Mit dreizehn hatte er drei Wochen bei seinem landesweit bekannten und zwei Meter großen Onkel und dessen Familie in Larchmont, einem Nest in der Nähe von New York, verbracht. Der Onkel war der isländische Botschafter bei den Vereinten Nationen. Amerika hatte den jungen Mann von der ersten Minute an überwältigt mit seiner faustdicken feuchten Luft auf dem Flughafen, den weich schwingenden Highways, Bäumen, die er nicht umspannen konnte. Der große und coole Onkel bestellte ihm bei einem Chinesen im Einkaufszentrum Egg Foo Young und lüftete damit den Vorhang vor einer völlig neuartigen Geschmackswelt wie der mit stolzgeschwellter Brust feixende Zauberer in einem Kinderfilm. Im Küchenradio lief jeden Morgen »My sweet Lord«, all diese warmen, feuchten Sonnenlaubmorgen lang, und das langhaarige und langbeinige Aupair-Mädchen kam in einem halb durchsichtigen langen Hemd herein wie ein Model auf dem Laufsteg, dass die Zipfel nur so wehten. Irgendein junger Typ in der Nachbarschaft war dermaßen verknallt in sie, dass sie kaum noch Isländisch sprach.

Der junge Mann zog mit seinen Cousins durchs Viertel und

wurde in ihren Freundeskreis aufgenommen. Allerdings hatten die Larchmont-Boys Probleme, seinen Namen auszusprechen, und tauften den neuen Isländer auf den Namen Johnny. Da er nie etwas sagte, wurde daraus der Spitzname Johnny Silent. »Johnny-come-lately, the new kid in town. / Will she still love you when you're not around?« Warum war aus seinem Liebesabenteuer mit BHV nicht mehr geworden? Sie war das schönste weibliche Wesen, das er je gesehen hatte, und hatte ihm außerdem den Gefallen seines Lebens erwiesen: ihm mit einem einzigen Satz den richtigen Weg gezeigt. War die unerwartete Ehre zu viel für ihn geworden? Oder hatte er bloß Angst? Hatte er ihre Zurückweisung aus Angst vor Zurückweisung selbst produziert? Anstatt aktiv zu werden, ging er liebeskrank zur Arbeit auf der Baustelle an der Brücke über den Borgarfjörður zu Füßen des kaltbrüstigen Hafnarfjalls und lag an allen Wochenenden, von Unschlüssigkeit gelähmt, zu Hause bei den Eltern auf dem Sofa und hörte »If you leave me now« von Chicago auf dem Album *Chicago X* (auf dem wie auf allen anderen Alben der Gruppe ihr übertriebenes und äußerst kapitalistisches Logo prangte). Er saugte sich mit echtem und eingebildetem Liebeskummer voll, doch im Grunde litt sein Herz daran, so seltsam gelähmt zu sein und nicht mehr zustandezubringen, als auf dem Bahnsteig des Lebens flachzuliegen, während die Züge vorbeidonnerten, vollbesetzt mit lachenden Menschen, die sich in den Armen lagen. »How could we let it slip away? We've come too far to leave it all behind …« Dann folgte ein Solo auf der akustischen Gitarre, ein gut aussehender Amerikaner mit geföhntem Blondhaar zupfte die Saiten seines Herzens.

Samstagabends durfte er den Familienjeep nehmen, den grünen Wagoneer, den er manchmal abstellte, ohne den Gang einzulegen, und damit hinüber in ihr Viertel fahren. Das Drei-Parteien-Haus stand am Ende einer Sackgasse, doch seine Rückseite zeigte auf die beiden Fahrbahnen einer größeren Straße. Nie traute sich Jung in die Anwohnerstraße, es erschien ihm zu dreist, sich so nah an ihrem Esstisch am Steuer zu zeigen und ihren Eltern zuwinken zu müssen wie ein liebestolles Hähnchen, bei dem sämtliche Schrauben locker waren; außerdem ging das Fenster von BHVs Zimmer zur Schnellstraße hinaus. Also fuhr er jeden Abend ein paarmal daran vorbei. Bei Tempo siebzig blieben ihm jeweils ein paar Sekundenbruchteile, um einen Blick hinauf zu dem heiligen Fenster zu werfen und bangend darauf zu hoffen, dass darin gerade ein winziges Stück seiner Liebe zum Vorschein käme, ein Aufscheinen von hellem Haar auf der dunklen Bildfläche, halb vom Widerschein eines sommerhellen Abendhimmels erhellt. Einmal glaubte er, hinter dem Fenster einen Schemen seines Liebesgespensts zu sehen. Für zwei Sekundenbruchteile länger als sonst war der junge Fahrer abgelenkt, mit der Folge, dass die rechten Räder des Jeeps über die Fahrbahnkante rumpelten und im Gras Kurs auf einen Laternenpfahl nahmen, der der Dinge harrte, die da auf ihn zukamen. Kurz vor dem Aufprall konnte Jung das Steuer herumreißen. Der Schock ließ vor seinem inneren Auge einen ganzen Film ablaufen: Er hatte unter dem Fenster seiner Angebeteten das Auto seines Vaters zu Schrott gefahren und einen Laternenmast umgebügelt, lag selbst mit Splittern der Windschutzscheibe im Auge blutüberströmt im Gras und stieß seine letzten Worte hervor: Ich liebe dich, Berglind …

Die Reifenspuren vor der Laterne waren handtief und blieben unangetastet jahrelang sichtbar. Jede Woche fuhr er daran vorbei und wurde an die *Bremsspur des Brautpaars* erinnert – so hatte er sein Land-art-Werk getauft. Bei Frost machte es sich besonders gut.

48

EINSAMKEIT HAT VIELE NAMEN

Mitten in diese Erinnerungen platzte ein kleiner, plumper Herr mit krausen Haaren und fleckigem Gesicht, der Guten Abend wünschte und sich auf die Bank am betischtuchten Tisch zwängte. Wenn Jung richtig verstand, stellte er sich als Rainer vor und erklärte, der ehemalige stellvertretende Vorsitzende des Isländervereins habe ihm von diesem Isländertreff erzählt, er selbst sei Hochland- und Bergführer, ob Jung etwas dagegen habe, wenn er sich zu ihm setze, er, ein unwürdiger Deutscher, genauer gesagt ehemaliger Franke, er sei in einem kleinen Dorf im Nordosten Bayerns geboren und aufgewachsen, in der Nähe der Grenzen zur Deutschen Demokratischen Republik und der Tschechoslowakei, Böhmen und Mährens also, und darum dürfe er sich auch mit Fug und Recht einen *landmæringur* schimpfen und sei besonders tüchtig darin, Island zu *mæren*, also zu loben, kalauerte er mit grässlichem deutschen Akzent.

Seine lange Vorstellung und die kursiv gesprochenen Wörter hatten auf Jung eine lähmende Wirkung, aber er konnte es dem Mann ja nicht abschlagen, Platz zu nehmen.

»Die Versammlung ist heute nicht sehr gut besucht, nicht wahr? Aber Island ist ja auch ein zahlenmäßig kleines Land, haha! Haben Sie vielleicht Nachrichten darüber, wie es denn in diesem ausklingenden Winter im großartigen und zerklüfteten Hochland Islands um die Witterungsbedingungen bestellt ist?«

Jung hatte größte Mühe, den Mann zu verstehen; sein Deutsch war einfach zu hochgeschraubt.

»Ja … Es dürfte da jetzt kalt sein. Im Winter fährt da keiner hin«, antwortete der junge Mann in seinem holprigen Deutsch.

»Wintertourismus ist die Zukunftsmusik, die ich manchmal in meinen Ohren summen höre. Was für ein Privileg es doch für Sie sein muss, in einem so großartigen Land wie Island geboren und aufgewachsen zu sein.«

»Ja?«

Noch nie hatte jemand Jung darum beneidet, Isländer zu sein. Er war im Gegenteil davon überzeugt, dass ihn alle für dieses Schicksal bemitleideten. Ihm war allerdings klar, dass der Mann ausschließlich vom Land und nicht von den Leuten sprach. Er verehrte die Natur, das Hochland, und da lebte kein einziger Isländer. Für ihn war die unberührte Landschaft etwas Heiliges. »In sechs Sommern durfte ich die Urkraft und Freiheit dieser Urlandschaft in vollen Zügen genießen. Die Route über den Sprengisandur! Herðubreiðarlindir! Und hier bekomme ich nun die einzigartige Chance, die junge Generation dieses märchenhaften Landes kennenzulernen.«

Der junge Mann war etwas erschüttert von der enormen Wucht und dem Eifer, vor allem von dieser Glaubensinbrunst, und er empfand fast so etwas wie Eifersucht seinem eigenen Land gegenüber und begann, es in Gedanken herabzusetzen. So aufregend war es nun auch wieder nicht, ein paar Sandwüsten und blaue Berghöcker in der Ferne. Seiner Ansicht nach hatte er viel zu viele Wochen im Hochland verbracht. Bei seinem fünften Skiaufenthalt in den Kerlingarfjöll hatte er sich gefragt, warum, um alles in der Welt, er sich das antat, sich mitten im Sommer bei fünf Grad und Schnee zu verausgaben, wo unten im Tiefland an der Küste der Sommer endlich gekommen war und fast schon wieder zu Ende gehen würde, ehe er aus den Bergen zurückkäme.

Es war ihm vollkommen unmöglich, irgendwas an diesem Hochland spannend zu finden. In seiner Vorstellung war es abweisend und schweinekalt. Ja, gut, es konnte ganz schön sein, von den höchsten Hängen der Fannborg das Mælifell und die Halbinsel Tröllaskagi zu sehen und von der Mitte der Insel nach Norden bis zum Meer gucken zu können, aber das kam vor allem daher, dass man am liebsten dort wäre und eben nicht im Hochland. Da unten wurde Heu gemacht, Fußball gespielt, da gab es Sonnenuntergänge. Hier oben blieben die Schneewehen bis in den August liegen, und es wuchs nirgends ein Halm; es gab nichts als vom Wind verwehte Schotterflächen, im Untergrund so nass, dass Autos darin einsanken, und an der Oberfläche so trocken, dass Staubstürme entstanden.

Nachdem er in der Kindheit einmal auf einer Fahrt mit der Großfamilie eine Nacht in Nýidalur auf der Sprengisandsroute verbracht hatte, war ihm dieser Ort als Hölle im Gedächtnis geblieben. In der Nacht war die Temperatur unter Null gefallen, ein Sandsturm aus Norden war aufgekommen, hatte ihnen die Zelte über den Köpfen abgebaut, und sie hatten dreißig Minuten gebraucht, um die Hütte zu erreichen, die dreißig Meter von ihnen entfernt stand. Als sie endlich in der Hütte waren, hatten die Zeltbrüchigen ausgesehen wie eine kleine Gruppe schlitzäugiger Nomaden aus der mongolischen Steppe, erdbraune Haut und windgeschliffene Gesichter. Ganz besonders aber hatte sich dem Jungen eine unerwartete Episode in der Küche eingeprägt. Die Kinder hatten aufbleiben dürfen, und die immer lustige Tante Marta, die nie ein Lächeln ausließ, kochte ihnen Kakao. Als Jung in die Küche kam, stand sie am Topf und sang ein Lied, das sie im Lauf des Tages im Bus gehört hatten, »Dizzy« von Tommy Roe, der Hit des Frühjahrs und des ganzen Jahres. Sie machte ein paar Tanzschritte und wackelte dabei mit den Hüften, während sie vor sich hin sang: »I'm so dizzy my head is spinning …«

Jung war fasziniert von der Schönheit des Augenblicks stehen geblieben; diese fröhliche Stimme zu hören, diese Innigkeit und

Weiblichkeit, diese ausladenden Hüften so schwenken zu sehen, das war Zivilisation, Menschlichkeit, Herzenswärme, weiche Hüften und heiße Schokolade dazu. Und draußen war das Gegenteil von alldem. »Dizzy« von Tommy Roe war um so vieles schöner als die isländische Hochlandwüste. Er zog Kultur der Natur vor, die Großstadt der Einöde. Sobald er genug Lebensjahre und Geld dazu hatte, stand er also wie ein aufgeregt schnuppernder Hund am Piccadilly Circus und suchte nach allem, was ihn begeisterte. Leicester Square war viel spannender als Ásbyrgi, Wembley göttlicher als die Askja, die Royal Albert Hall hundertmal schöner als Landmannalaugar.

»Sind in deiner Familie viele Elfengeschichten bekannt?«, fragte der deutsche Rainer mit aufgesperrten Augen, die vor Interesse und Spannung leuchteten.

Jung verschlug es für einen Augenblick die Sprache, und als sie wiederkam, war er nicht sicher, dass er das verkraften konnte; er zog es vor, erst einmal aufs Klo zu gehen. Aus der Jukebox verfolgte ihn ein deutscher Schlager, eine einsame Männerstimme knödelte: »Einsamkeit hat viele Namen …« Der Isländer nahm das Lied mit auf die Toilette und merkte, dass er Heimweh nach seinem roten Zimmer hatte. Warum war er hierhergekommen? Kontakt mit anderen Menschen war bloß Ablenkung, eine Schwäche, die sich nach drei Wochen Alleinsein einstellte. Er sah sich in die Augen und stellte fest, dass er jetzt auf keinen Fall nach draußen gehen und die Frage nach den Elfen beantworten konnte.

Er schlich sich aus der Toilette wie ein schlechter Schauspieler in einer noch schlechteren Komödie, lugte um die Ecke und sah, dass er das Lokal wohl verlassen konnte, ohne vom kraushaarigen Rainer gesehen zu werden. Der Islandfreund saß in seiner lauwarmen bayerischen Ecke seelenruhig vor einem Bierglas und guckte traurig mit seinem Hundeblick, er war ja auch so ewig weit von seiner geliebten Herðubreið weg. Er schien den fliehenden Kunststudenten nicht zu bemerken, der durch die Innentür entwischte, aber nicht weiter, denn durch die äußere Tür trat gerade ein großer Mann mit großen Händen und Kinnbart ein. Sie sahen sich kurz an, und mehr brauchte der Mann mit dunklen Augenbrauen nicht, er grüßte Jung sofort auf Isländisch (war ihm wirklich so deutlich anzusehen, wo er herkam?) und fragte ihn, wie er heiße und was er mache. Er selbst stellte sich als Grani vor, er studiere an der Kunstakademie, Abteilung Glas. Das war er also, der andere Isländer an der Akademie. Grani? War das ein Künstlername?

»Ah, du bist auch an der Akademie? Bei wem?«, erkundigte sich Grani mit einem leichten Grinsen in der Frage, obwohl unter dem o-förmigen Bart nichts zu sehen war.

»Klasse Dahmen.«

»Der ist doch tot. Herzlichen Glückwunsch! Das sind die besten Professoren. Wo wohnst du?«

»Zur Untermiete bei einer Frau in Sendling.«

»Hast du sie gebumst?«

»Wie bitte?«

»Ob du sie gevögelt hast?«

»Äh, nein.«

»Musst du machen. Das wollen sie alle. Total geile Alte, denen man es nicht mehr besorgt, weil sämtliche Männer ihrer Generation tot sind. Ich zahle seit drei Jahren keine Miete mehr.«

Hatte der junge Mann etwas missverstanden? Hatte ihn Frau Mitchell am ersten Tag deswegen so freundlich empfangen? Was konnte er doch für ein Idiot sein! Er wohnte also schon in einem Sexparadies … aber, nein. Er hatte zwar von einer attraktiven Vermieterin geträumt, aber solche nackten Gedanken waren einem züchtig bekleideten Respekt gewichen, sobald die Dame ihm zum ersten Mal die Tür geöffnet hatte. »Sie sind vielleicht keine Augenweide, aber wie man so sagt, je schöner die Frau, desto schwieriger der Fick. Die Hässlichen sind so froh, dass sie alles mitmachen. Die anderen zicken bloß rum. Wie ist deine?« Was war das denn für ein Typ? Studierte der wirklich Kunst?

Jung konnte sich nicht vorstellen, in einem solchen Ton von Frau Mitchell zu sprechen, außerdem war er schon so gut wie zu Hause und verabschiedete sich, sagte, er müsse los, und kam tatsächlich hinaus auf den mitternächtlichen Bürgersteig in bundesdeutscher Dunkelheit. Die Straße war nass, das Großstadtrauschen entsprechend lauter. Ein cremegelbes Taxi schoss vorbei, und von irgendwoher war das Kreischen einer Straßenbahn zu hören.

Er beschloss, zu Fuß zum Hauptbahnhof zu gehen, es war nicht sehr weit, und er sah den wundervollen Abend mit Rainer und Grani in der Kneipe vor sich. Die Inbrunst des Deutschen aber beschäftigte ihn noch. Wie kam es, dass ein mitteleuropäischer Physiker in guter Stellung (das hatte er von sich gesagt) eine so innige Zuneigung zum isländischen Hochland entwickelte, einer Einöde am Ende der Welt, vor der die Bewohner dieses Weltendes selbst Abscheu empfanden? Rainer hatte versucht, dem jungen Isländer deutlich zu machen, wie verschieden sein Land von anderen war, ganz besonders von diesem ruhigen Reservat hier, das in Millionen Generationen keinen Vulkanausbruch und keinen Gletscherlauf gesehen hatte.

Der junge Mann dachte an zu Hause und das liebe Bierglas. Litt er vielleicht an Heimweh? War sein Erbrechen eine Art Vulkanausbruch, der Versuch seines Körpers, sich ein kleines Island zu schaffen? Schleppte er Lava in der Manteltasche mit sich herum? Doch während er den schweren Klumpen über das nasse Trottoir trug und sein bierbefeuchtetes Gehör auf das Rauschen der Stadt richtete, hörte er darin Meeresrauschen. Irgendwo in diesem eingemauerten Schilderwald lag das Meer. Wie konnte das sein? München hatte keinen Hafen, die nächste Hafenstadt war Venedig. War es vielleicht in ihm selbst?

Der junge Mann stellte zu seiner Überraschung fest, dass er das Meer stärker vermisste als das Land, es fehlte ihm, das Meer sehen zu können. Ausgerechnet er, der das Meer nicht vertrug und nie die salzige Reling eines Fischkutters angefasst hatte, dem in der Nähe von Fischwannen und Fischinnereien schlecht wurde und der auf einem Schiff bestimmt total seekrank würde, er fühlte sich in dieser Stadt im tiefsten Binnenland wie ein Fisch auf dem Trockenen. Seit sieben Monaten hatte er das Meer nicht mehr gesehen, abgesehen von den zwei Tagen am Golf von Neapel mit einer Bootsfahrt nach Capri, doch darüber lag ein epiloghafter Nebel. Er hatte kein Heimweh, sondern Seeweh.

In der Tat hatte er an seine Italienreise nach Florenz wenige Erinnerungen, bis auf die an Diego Velázquez' Porträt von Papst Innozenz X. im Palazzo Doria-Pamphilj in Rom, das für sich allein schon eine Reise nach Rom wert war, und an einen Vorfall in der Silvesternacht in Neapel, als er in einer Kirche Zuflucht suchen musste, weil Kinder ihn mit laut krachenden Kanonenschlägen beworfen und dazu gerufen hatten:»Sprengt den Deutschen in die Luft! Sprengt den Deutschen in die Luft!« Am Tag darauf hatte er Neid auf die Straßenköter auf der Piazza Garibaldi empfunden, die räudig und abgemagert ihre Flohbisse an einem Denkmalsockel scheuerten. In seinen Augen lag auch darin Freiheit.

49

HALTESTELLE

Er näherte sich dem Hauptbahnhof, und allmählich wurde ihm klar, dass in solchen hafenlosen Städten ein Bahnhof der Hafen war, da kamen fremde Städte an, da wurden Länder angelandet, und genau deshalb hatte er oft dort herumgelungert. Dort hatte er den Geruch des Meeres geschnuppert.

Jung stieg in die Erde hinab und erwischte eine U-Bahn, stieg am Marienplatz in seine Linie um und setzte sich ganz nach hinten in den vollbesetzten Wagen neben einen kräftigen älteren Herrn. Der Zug befand sich schon im Tunnel, als er merkte, dass die ihm schräg gegenüber am Fenster sitzende Frau keine andere war als seine Vorstadtfrau. Ihm fiel auf, dass sie ein wenig unordentlicher als sonst aussah, bestimmt war sie ausgegangen, hatte mit jemandem zu Abend gegessen oder war auf einer Party. Sie saß sehr gerade und trug arrogant den Kopf hoch. Ihr Rock aber war kürzer als sonst, die Strumpfhose etwas durchsichtiger, und sie trug offene Schuhe mit schmalen Riemen über Spann und Ferse. Und sie blickte ihm direkt in die Augen, schaute nicht weg. Jung hingegen schon, und er brauchte lange, bis er seine Augen zu ihr zurückwandern ließ. Als er es endlich tat, begegnete er ihrem herausfordernden Blick.

An der nächsten Station stiegen etliche Leute aus, und an der folgenden grünen verließ ihn auch sein Sitznachbar. Jetzt saßen nur noch sie beide in der Sitzreihe einander gegenüber, und auf ihrem Gesicht erschien ein leises Lächeln. Als der Zug wieder in den Tunnel einfuhr, hob sie den rechten Fuß und stellte den hohen Absatz auf den Platz neben ihm. Jungs Herz setzte einen Schlag aus, und er zwinkerte ein paarmal mit den Augenlidern, sie aber sah ihn mit einem leicht schwermütigen Blick aus zwei dunklen Pupillen an, deren Wurzeln irgendwo weit im Osten, jenseits der Alpen und hinter der Donau in einem fernen Edelsteinland liegen mussten, vielleicht in Moldawien?

Seine Augen wichen aus, stolperten aber über ein Bein, das waagerecht zwischen den Sitzen lag, in seiner Reichweite. (Er hätte seine linke Hand nicht weit auszustrecken brauchen, um an ihren Stilettoabsatz zu kommen.) Einem uralten Gesetz der Schwerkraft folgend, wurde sein Blick dieses Frauenbein hinaufgesogen, bis zum Knie, dann zwischen die Schenkel. Das war Neuland für ihn, noch nie war er Frauenschenkeln in Damenstrumpfhosen so weit aufwärts gefolgt. Die Mädchen im Gymnasium hatten alle Latzhosen getragen, die im Hotel Borg Leggings aus dicker Wolle.

Je weiter seine Augen aufwärts wanderten, desto größer wurde der Aufruhr in seinem Inneren, die Benzinstichflammen der Lust loderten auf, und vorher unbekannte Rotorblätter drehten sich, von rechts wallte feuchte Urwaldhitze heran, und tief aus dem dämmerigen Dunst war das Knirschen von Tauen und Taljen zu vernehmen. Durch die neue Stellung war der Rocksaum noch ein gutes Stück höher gerutscht und bedeckte soeben den Ansatz des Oberschenkels. Jungs Erregung verschwand unter dem schmalen Stoffstreifen im tiefen Schatten zwischen ihren Schenkeln.

Was dachte sich die Frau dabei? Was hatte das zu bedeuten? Sein Kopf war wie der eines Streichholzes, das man schnell über den Stoff der Strumpfhose gerieben hatte. Durch die Flämmchen vor seinen Augen konnte er die Frau kaum noch klar sehen, sie war etwa 35, sah gut aus, manche würden sie vielleicht etwas pummelig nennen, aber gerade das fand er so aufreizend an ihr, sie war üppig, rundlich, weich … Und, du lieber Gott, dieser Schenkel! Der zeigte sich fast bis hinauf zur Leiste, und das in aller Öffentlichkeit! Er zeichnete sich durch die Strumpfhose hell ab, so weiß, so weich, wie … wie eine rätselhafte, aber leuchtend helle *Beute.*

Durch die Flammen nahm er die nächste Station wahr, an der der Zug hielt, sie hatte zwei Bahnsteige, war trotz der Deckenhöhe die ungemütlichste von allen, und das bedeutete, die folgende Haltestelle wäre die mit den roten Säulen, seine. Der Zug fuhr an und tauchte ins Dunkel der Erde. Jung senkte den Kopf wie ein Mann im Schneegestöber und tat so, als würde er seine Hände betrachten, ließ die Augen aber aus den Winkeln wieder das Bein der Frau hinaufwandern und in ihrem Schoß ruhen wie zwei warme Eier.

Als der Zug seine Fahrt verlangsamte, hob Jung den Kopf, bis sich ihre Blicke wieder trafen. In ihrem lag nun Verärgerung, wenn nicht ein Vorwurf. Hätte er etwas sagen oder tun sollen? Hätte er zwei Opernkarten aus dem Ärmel zaubern müssen? Machte man das in München so? Reichten Frauen Männern ihr Bein, damit sie ihnen Zutritt in den Goldenen Saal kauften und es dort über der Schulter trugen wie ein weiches Gewehr?

Der Zug lief in die U-Bahnstation ein, doch der junge Mann rührte sich nicht, saß wie aus Zement gegossen auf seinem Sitz, und im Hohlraum darin flatterte eine Frage auf roten Schwingen: »Was denkst du eigentlich?« Der Zug rollte an und verschwand ein weiteres Mal im Tunnel. Kurz warf er der Vorstadtfrau einen Blick zu, die ihn aber nicht länger ansah, sondern das Bein vom Sitz nahm, mit überheblicher Miene den Rock nach unten zog und aufstand. Sie ging an ihm vorbei und mit wehendem Mantel und flatternden Gürtelenden zum Ausgang. Ihr Duft hüllte ihn ein und brachte die Zementstatue augenblicklich zum Schmelzen. Im selben Moment, in dem der Zug hielt, stand er auf, fühlte, wie ihn das Glas im Mantel nach unten zog, drehte sich um und sah dunkles Haar und hellen Mantel durch die geöffnete Tür verschwinden. Er folgte ihr. Sie ging den glänzend harten Bahnsteig entlang, dass die Absätze nur so widerhallten, wie bei jemandem, der Ort und Stunde völlig in seiner Gewalt hat. Er sah sie die Rolltreppe hinaufgleiten wie in einem Film, den Duchamp nie gedreht hatte, und er folgte ihr eilends. Als er die Rolltreppe enterte, war sie auf halber Höhe angekommen.

Ihm klopfte das Herz, als er endlich auf die Straße trat. Nach ein paar zitternden Augenblicken entdeckte er die Vorstadtfrau, sie stand an einer Haltestelle, eine kleine Handtasche unter dem Arm, den Mantel zugebunden, und zeigte ihm ein kaltes Profil.

Zögernd ging er in Richtung des Haltestellenschilds, ein großes, grünes H auf gelbem Grund. Jeder Schritt enthüllte sein erbärmliches Verlangen und sein idiotisches Vorhaben. Natürlich wusste die Frau, dass er sonst nie diesen Bus nahm. Sie drehte den Kopf und sah ihn kurz an, dann auf seine Füße, das Zögern in seinen Schritten löste anscheinend Ekel in ihr aus. Nur leider konnte er nicht anders. Schließlich blieb er dicht hinter ihr stehen wie ein leicht verbeultes, aber noch stehendes Gefäß voll Teenagerscham und nur geringfügig erwachsenerem Unbehagen.

Sie stellte sich in die Mitte des Busses an eine verchromte Haltestange im Bereich der Stehplätze, er rückte nicht sehr weit auf, hielt sich am Handgriff eines leeren Sitzes fest und bewachte die Frau wie ein blonder Hund.

Der Bus fuhr durch eine zunehmend spärlicher bebaute Gegend, Einfamilien- und Reihenhäuser in kurzen, neu angelegten Stichstraßen. Die Scheiben des Busses waren mit Regentropfen übersät, manchmal gab einer von ihnen dem Gesetz der Geschwindigkeit nach, rann die Scheibe entlang und riss im Fall eine Reihe von Geschwistern mit. An der vierten Haltestelle stieg die

Frau aus, und Jung konnte ihr gerade noch folgen, bevor sich die Türen mit einem Zischen schlossen. Der Bus fuhr weiter, die Frau entfernte sich mit schnellen Schritten von der Haltestelle, ließ die Handtasche nach unten in die Hand gleiten und trug sie nun wie eine Reisetasche. Jung war klar, dass er spätestens jetzt etwas unternehmen musste. Er schloss zu ihr auf und sagte an ihrer Seite: »Verzeihung?«

Sie schaute vom Bürgersteig zu ihm auf, schnell und hart: »Wie bitte?«

»Woh …Wohnen Sie hier in der Gegend?«

Was für eine Frage! Sie antwortete nicht und beschleunigte ihre Schritte. Auf einmal war sie eine kleine Torte, die mit Furcht in den Augen vor dem Messer davonlief, aber er war doch überhaupt kein Messer, das Bild passte doch überhaupt nicht zur Herrscherin der U-Bahnwelt. Jung folgte ihr noch ein paar Schritte und kapierte dann endlich, blieb stehen und rief ihr nach: »Aber Ihr Bein?«

Aber Ihr Bein? So endete dieser Abend. Die Vorstadtfrau hastete davon und ließ ihn auf dem glänzenden Bürgersteig zurück. Er schaute zum Himmel auf, um die Demütigung besser zu verkraften. Dann tastete er nach dem Bierglas und wollte nur noch kotzen, Obsidian und Lava spucken, aber es kam nichts.

Laut Fahrplan war es der letzte Bus des Abends gewesen, es fuhr auch keiner mehr in die Gegenrichtung, bestimmt übernachtete der Busfahrer außerhalb der Stadt bei seiner drallen Geliebten, Hildegard, und pumpte Samen in sie hinein. Nach einigen elenden Minuten des Wartens latschte Jung schließlich zurück Richtung Stadt, die fast unsichtbar hinter dem Horizont lag, sich ihm aber in Form einer gelben Lichtkuppel am unteren Rand des Nachthimmels zeigte wie ein gewölbter Deckel über der Großstadt, ein Phänomen, das man sicher »Stadtleuchten« nannte und

das eines der schöneren Naturphänomene der Gegenwart darstellte. Irgendwie hatte er sich aus dieser Pracht verirrt und stand
nun hier wie ein skurriler Gast im bayerischen Biotop.

Wann würde er endlich aufhören, jung zu sein, fragte sich Jung.

50

DER SPLASH

»Das sieht schon ganz gut aus, aber du musst noch lockerer werden, musst die Farbe ungehinderter aus dir herauslassen, die Aus-
druckskraft sich unmittelbar auf die Malfläche ergießen lassen.
Es fehlt hier bei dir noch etwas mehr *Splash*.«

Professor Schöpfke saß auf einem einfachen Schemel und be-
gutachtete durch seine Fensterbrille die Arbeiten, die Jung auf
dem Fußboden vor ihm ausbreitete, die Erträge der vergangenen Wochen. Sie waren ziemlich ähnlich wie die Bilder, die er
im Wintersemester gemalt hatte, fast so, als wären sie im Staats-
dienst entstanden. Jung kroch vor dem Professor am Boden und
achtete darauf, ihm nur seine linke Seite zuzuwenden (damit er
keinesfalls das Bierglas erspähen konnte, falls sich Jung einmal
zu weit vorbeugen und der Mantel sich öffnen sollte). Er fühlte,
dass ihn ein dem Wort »Splash« folgendes Tröpfchen Speichel
an der Wange getroffen hatte, unterließ es aber, die Spucke ab-
zuwischen, und blätterte weiter durch die ein mal einen Meter
großen Bögen Papier. Dabei war ihm bereits klar, dass sein Studium an der Kunstakademie beendet war. Wie zu Hause hatte ein
einziges Wort ihm ein Ende gesetzt.

»Knall« dort, »Splash« hier.

Ging es in der Kunst darum, jede Beschränkung, alles Denken, alle Fähigkeiten und Talente abzulegen? War die Kunst etwas, das nur so aus einem herausprudelte, wenn man sich nur weit genug öffnete? Solche Ergüsse hatte er den ganzen Winter über von sich gegeben und schwarze Farbe ganz »ungehindert aus sich heraus« ergießen lassen, in ein Bierglas, das bald voll war und beim letzten Wiegen 2,7 Kilo wog. Das war in etwa so viel wie täglich mit drei Tetrapaks Milch in den Innentaschen herumzulaufen. Inzwischen war April, am Vortag war es sechzehn Grad warm gewesen. Schwierige Manteltage.

Splash. Farbkotzen auf Leinwand samt Verschmieren. Das sollte ihm beigebracht werden. Dabei war er mehr für Barnett Newman als für Pollock, obwohl er mittlerweile beiden entwachsen war. Abstrakte Kunst war, wie Duchamp sagte, nur etwas fürs Auge, *retinal art*, gedankenlose Idiotenkunst für Geistesgestörte mit Taschen voller Geld. Hatte sich die Kunst damit erledigt? War Warhols Popart die Antwort? Wurde die Oberfläche dadurch tiefsinniger, dass man behauptete, keinesfalls in die Tiefe gehen zu wollen? Oder war Beuys' schwer zugänglicher religiöser Weg der richtige? Der Künstler als Heiliger, verehrt von den Frommen. »Götzenverehrung« war das Wort, das dem jungen Mann als Erstes eingefallen war, als er sich in der Bibliothek das Werk mit dem Hasen auf Stelzen angesehen hatte, Happeningreliquien, die an die Ketten des Apostels Petrus erinnerten, aber Jung hatte sich nicht getraut, das jemandem zu sagen. »Gotteslästerung!«, hätten die Jünger aufgeschrien. So heilig war der Kunstmönch aus Kleve. Was für eine widerliche Heiligenschleimerei! Die Welt der Kunst war in Wirklichkeit ein Glaubenssystem, das auf Zinsfüßen stand, eine Kirche, in der niemand den Glauben an einen einzigen der Heiligen verlieren durfte, denn dann würde der Markt zusammenbrechen. Sämtliche Großstädte Europas waren voller kleiner, grellweißer Andachtskapellen, in denen man höchstens flüstern durfte und in denen die Besucher ehrfürchtig über die hellgrauen Fußböden pilgerten. In jeder Großstadt hatte man eine Kirche errichtet, ein Museum für Moderne Kunst, in dem Stille über allem herrschte, über den verdammten Steinen von Richard Long genauso wie über den Boxen von Donald Judd, beides Beispiele für Kunstwerke, die weiße Wände brauchten, denn ohne sie wären sie nichts, nur Steine auf einem Haufen oder Eisenkisten auf dem Müll.

Selbst ein Bild der Neuen Wilden wurde zu einem mausetoten Heiligenbild, sobald es in einer dieser kapitalistischen Kapellen aufgehängt wurde. Fetting, Penck und Baselitz hatten sich in ihren Ateliers auf der Leinwand ausgetobt, hackevoll, halbnackt, ausgeflippt, Musik von Nina Hagen und The Clash voll aufgedreht, aber die Galeriebesucher sollten sich den Ergebnissen bitte schweigend, respekt- und andachtsvoll nähern. So teuer waren sie geworden. Und wurden in den Heiligen Schriften aufgeführt.

Mit seinen zusätzlichen Kilos an den Schultern stand Jung in der Buchhandlung des Hauptbahnhofs und blätterte die Kunstzeitschriften durch, diese Monatspostillen der Kapitalistischen Kunstgläubigenkirche. Enzo Cucchi, Francesco Clemente, Jiří Georg Dokoupil waren die neuen Namen, die man sich merken musste. In diesen neuen Bildern steckte eindeutig mehr Freude als in den vorangegangenen Trockenfurzkoliken Minimalismus und Conceptual Art, aber es blieben Zweifel. War das alles nicht vielleicht noch zu jung, zu aufgeregt, zu schön, zu bunt, zu oberflächlich? Wie die Ausbrüche von Jugendlichen, die eine harte Kindheit in einem strengen Elternhaus durchgemacht hatten, in dem alles verboten war …

Die Lautsprecher verkündeten die Abfahrt von Zügen, Jung legte die Zeitschrift weg und ging in die Bahnhofshalle. Er fühlte sich wie ein Reisender, der den Bahnhof betritt und nicht weiß, wohin er fahren, welchen Zug er nehmen soll. Den Popzug, den Picassozug, den Neue-Kunst-Zug, den Alte-Meister-Zug, den Splashzug, den Surrealismuszug, den Readymadezug? Alles stand ihm offen, doch aus ihm kam nur Nachtschwärze, und im Grunde hatte er sämtliche Türen hinter sich zugeschlagen bis auf die zu einem Toten. Jung war Monotheist. Er glaubte an den heiligen Duchamp von Blainville-Crevon. Jawohl. Und vielleicht noch ein kleines bisschen an den heiligen Dalí von Figueras. Der Erste war seine eigene Kunstrichtung, der Zweite hatte gemeinsam mit anderen eine der größten Strömungen des Jahrhunderts ausgelöst und war dabei größer geworden als sie. Es passte, dass diese beiden Witzbolde gut befreundet gewesen waren; um 1960 trafen sie sich jeden Sommer in Cadaqués, zwei einander geistig Ebenbürtige mit einem Abstand von zwanzig Jahren auf dem Schachbrett des Lebens.

Aber St. Duchamp war doch anders als die übrigen Heiligen, denn er gehörte keiner Kirche an, er war ein derartig Ungläubiger, dass er nicht einmal diese Bezeichnung mochte, weil sie das Wort Glaube enthielt. Er war tiefgründig, bescheiden, sanftmütig, er hatte in Ruhe und Abgeschiedenheit gearbeitet, er verkaufte sich nie, war clever, besaß Geheimnisse, er hatte Humor, er war ein Genie und wagte es, allein zu gehen, zu stehen und zu sitzen. Seine »Kunstrichtung« bestand darin, sich nie zu wiederholen und täglich anderes zu tun als am Vortag. Er war der freieste Mann der Weltgeschichte.

Im hinteren Regal einer Buchhandlung hatte Jung endlich das Buch gefunden, das ihm *Das Große Glas* und Duchamps Kunst überhaupt erschloss: *Die nackte Erscheinung* von Octavio Paz. In seinem klaren und anschaulichen Buch führte Paz Gründe dafür an, dass *Das Große Glas* in Wahrheit ein Mythos sei, sein Thema ebenso groß wie die der großen Renaissancekünstler. Mit seinem Werk habe Duchamp die Kunst an ihren Ursprung zurückgebracht, an dem komplexe Gedanken, uralte Mythen und tiefsinnigste Überlegungen in die Gestaltung eines Werkes eingingen und nicht ausgeschlossen wurden wie in der westlichen Kunst seit dem Impressionismus. Paz zitierte Duchamp selbst: »Für die gläubigen Maler der Renaissance waren die Farbtiegel absolut nebensächlich. Ihnen ging es nur darum, ihre eigene Vorstellung des Göttlichen auszudrücken.« Jungs Ahnung in den Uffizien bewahrheitete sich: Die entblößte Braut war nichts anderes als die Schönheitsgöttin Venus, die auch Botticelli gemalt hatte. Hier war aber die nackte Göttin zu einer Liebesmaschine geworden, die andere, noch kompliziertere Motoren in Gang setzte, die Form der Junggesellen mit der schönen Luftart füllte, die man Leuchtgas nennt und die dann weiter durch die Adern des Weichmetersystems in die Schokoladenmühle strömte und dort verdunstete, weil »Verlangen leichter ist als die Atmosphäre«, wie der Meister es formuliert hatte …

Trotz erhellender Hilfe aus Mexiko musste Jung ein ums andere Mal vor diesem unglaublich komplexen, triumphalen Werk kapitulieren. Verstand es überhaupt jemand voll und ganz? Verstand es der Künstler selber? Er hatte sein Werk schließlich vorsätzlich unvollendet gelassen, nach acht Jahren Arbeit daran …

Unter dem ganzen Wust lag dann vielleicht die einfache Wahrheit sorgfältig verborgen, in der alleruntersten Schicht, unter dem ganzen Ingenieurswesen. Arturo Schwarz hatte darauf hingewiesen, dass sich das letzte Wort des französischen Titels La mariée mise à nu par ses célibataires, même auch anders schreiben ließ: m'aime, liebt mich!

War letztlich vielleicht Liebe der Schlüssel zum Werk? Duchamp hatte dieser Interpretation widersprochen. Doch konnte er das? Wieder musste Jung aufgeben. Das Einzige, was er wissen konnte, war die Tatsache, dass sich ein großer Künstler auf ein Terrain vorgewagt hatte, auf dem der Verstand die Kontrolle verliert und nicht mehr ein noch aus weiß. *Das Große Glas* hatte sich zum Objekt des blinden sexuellen Begehrens gemacht, ein Zustand, den der junge Mann am eigenen Leib erfahren hatte, als ihm in der U-Bahn ein Bein gereicht worden war und ebenso, als aus ihm in der Gegenwart zweier vollständig bekleideter Frauen ein weißer Splash auf Glas herausgeschossen war.

Er setzte sich wieder einmal in den hohen Saal der Bahnhofsgaststätte mit den Fenstern, die zu den Bahnsteigen hinausgingen, und bestellte eine Tasse Kaffee. Es war halb vier. Der mürrische ältere Kellner, der seinen Zug und die Liebe verpasst hatte und nun hier seine Tage mit dem Tablett zubrachte, servierte ihm den Kaffee auf einem Tisch mit weißem Tischtuch. Neugierig beobachtete Jung seine Bewegungen. Gelernte Kellner gab es in Island so gut wie nicht. Doch sobald sich der alte Mann entfernte, war es, als ob ein Vorhang aufgezogen würde: Am anderen Ende des Raums saß die attraktivste Frau, die Jung in ganz München je gesehen hatte. Und etwas ging mit ihm vor, blitzschnell füllte auch er sich mit Leuchtgas. Sie war allein, hatte an einem gleichartigen Tisch wie dem seinen eine ebensolche Tasse vor sich wie er, nur auf der gegenüberliegenden Seite des Raums, und sie blickte in dieselbe Richtung wie er, durch die Fenster zu den Gleisen. Alles befand sich in harmonischer Symmetrie. Die junge Frau trug einen schönen roten Pullover, hatte kurzgeschnittenes, sehr dunkles Haar, war recht kräftig gebaut mit breiten Schultern und wirkte robust, eher ein Prachtweib denn ein Model. Sie sah aus dem Fenster und trank aus der Tasse, eine unwiderstehlich anziehende bayerische Schönheit.

Er sah, dass sie einen Blick auf ihre Fahrkarte warf. Wohin wollte sie fahren? Er würde ihr folgen, ganz egal, in welches Land es ihn führen sollte!

Die Zeit verging, und der junge Mann sah wieder und wieder zu der jungen Frau hinüber, die nicht ein Mal zu ihm hinsah. Und doch war er mit jeder Minute mehr davon überzeugt, dass es *sie* sein musste. Endlich drehte sie sich auf der Suche nach dem Kellner um, und Jung stellte Augenkontakt her, ihre Blicke trafen sich für einen winzig kurzen Moment, und der Knall dröhnte durch den ganzen Saal. Die anderen Gäste taten so, als wenn nichts geschehen wäre, doch für ihn war das Gefühl besiegelt: Sie war es. Jetzt musste er es nur noch hinkriegen, die 2,7 Kilo nicht zu erwähnen oder in einem sensiblen Augenblick wieder Lava zu spucken. Er musste behutsam sein und zugleich Entschlossenheit zeigen. Zaudern half hier nicht. Es war *die* Chance. Die Abfahrt eines Zugs nach Regensburg wurde durchgesagt, und die dunkelhaarige Frau erhob sich, streifte einen schwarzen Mantel über, schulterte ihre Reisetasche und steckte die Fahrkarte ein. Jung wartete ab, er wollte erst nach ihr gehen. Sie war an der Tür angekommen und öffnete sie hinaus ins Gedränge der Menge, als er von seinem Tisch aufstand. Er behielt sie im Auge und hatte das Lokal halb durchquert, als hinter ihm jemand rief, der alte Kellner wollte, dass er seinen Kaffee bezahlte. Und was tut man, wenn man sich zwischen der Liebe seines Lebens und einer unbezahlten Tasse Kaffee entscheiden muss?

Jung war vermutlich zu gesetzestreu für dieses Leben.

Anstatt nach Regensburg zu fahren und dort die nächsten fünfzig Jahre seines Lebens zu verbringen, acht Kinder zu bekommen, zwei Häuser, sechs Autos und unzählige Enkel, zwängte er sich in die U-Bahn und betrachtete in der Scheibe einen schon ganz weißen Pickel. Als er sich außerdem dabei ertappte, an der

U-Bahnhaltestelle Marienplatz nach der Vorstadtfrau Ausschau zu halten, machte er sich klar, was in den nächsten Wochen seine Aufgabe sein musste, nachdem die Akademie nun endgültig Geschichte war. Er musste an seinen persönlichen Verhältnissen etwas ändern. Es ging einfach nicht, nach einem ganzen Winter auf dem Kontinent nach Hause zu fahren, ohne einer Frau nahe gekommen zu sein. Er war zu alt, um noch immer seine halbe Unschuld mit sich herumzuschleppen. Ja, er hatte, fast bewusstlos, schon einmal in einem anderen Menschen gesteckt, aber ein anderer Mensch hatte auch schon einmal in ihm gesteckt, es stand also 1:1 im Spiel des Lebens. Er musste wieder in Führung gehen, er musste das nächste Tor schießen. Er konnte nicht mit ganz Florenz auf dem Rücken nach Hause kommen, er musste es mit einem neuen Strich ausstreichen.

Nachdem er sich mithilfe eines Wörterbuchs durch die heißesten Kleinanzeigen der Tageszeitungen buchstabiert hatte, begab er sich an einem Samstagmorgen in einen hochhausbestandenen, kleinen Ort vor der Stadt, fand dort ein Wohnhaus ohne Bewohner, in dem man sich der Niederlagen zu kurz gekommener Herren annahm, und zahlte für die Behebung seiner Probleme. So kam er nackt und krumm auf eine Frau mit östlichen Gesichtszügen und Augen, die er schlecht sehen konnte, wegen des Wunsches, der aus ihnen sprach, des Wunsches, ganz woanders zu sein als an diesem Ort, zum Kauf in diesem Bett.

Sorry, ich muss hier nur noch eine Kleinigkeit erledigen, war der Satz, der hinter seiner Stirn erschien. Es dauerte nur wenige Minuten und war etwa so aufregend wie die Zeit, die er bei dem Beamten auf dem Polizeipräsidium verbracht hatte, als ihm sein Führerschein ausgehändigt wurde. Dennoch erinnerte er sich noch an die gute Frau mit den toupierten blonden Haaren und einer kleinen Lücke zwischen den Schneidezähnen. Damit war das erledigt, er nicht länger ein Frischling in der Schule des Lebens, die Taufe war überstanden.

Eine Woche später saß er in der Stadtbücherei seines Viertels und suchte in Enzyklopädien und pharmazeutischen Handbüchern nach dem deutschen Wort für Filzlaus. In Island hatte er lachende Anekdoten über die juckenden Schamgegendbewohner gehört, die sich nun zur Strafe für den erniedrigenden Akt in seinem wunden Wald tief unten eingenistet hatten. Und ganz tief unten war er selbst angekommen, moralisch, seelisch, geistig und körperlich, lag da wie ein von Parasiten übersäter Plattfisch auf dem Grund, beide Augen auf derselben Körperseite und etliche Pocken drum herum.

51

SIGURS ABEND

»O Reykjavík, o Reykjavík, du wunderschöne Stadt! Mit feisten Kerlen, vornehmen Frauen und piekfeinen Plätzen. O Reykjavík, o Reykjavík, mit Nationalheld, mit Präsident im Parlament und Jugendzentren.«

Der wildeste Punksong in der Geschichte Islands schepperte aus dem Armaturenbrett des schwarzen Porsches, in dem sie mit 130 über die Autobahn bretterten. Sigur saß am Steuer und gab, angefeuert von dem Song, noch mehr Gas. Es klang wie ein erfrischender, eiskalter Wasserguss aus der Heimat. Was ging dort zur Zeit vor? War endlich der Punk angekommen? Irgendwelche wildgewordenen Teenager tobten sich mit Schlagzeug und E-Gitarren aus, und die Stimme des Sängers klang nach eitrigen Aknepickeln direkt aus den Unterführungen der Vorstadt, es war die Stimme einer anderen Zeit, die Stimme des Neuen, eine Stimme, die auf Island noch nie gehört worden war: Die Stimme des einfachen, machtlosen Jugendlichen. Man konnte sich nur wundern und freuen. Die Kassette gehörte Sigur, er hatte sie von zu Hause bekommen und im Auto eingelegt, es war sein Wagen, und es war sein Abend. Jung musste sich in den Arm kneifen, er saß tatsächlich auf dem Beifahrersitz neben Sigur persönlich, dem Mann, der das große Tor gegen die DDR geschossen hatte und neulich zwei gegen Wales, neben dem Mann, dessen Hauptberuf darin bestand, dem berühmtesten Deutschen der Gegenwart, Karl-Heinz Rummenigge, auf dem grünen Trainingsplatz des FC Bayern täglich Flanken auf den Kopf zu servieren. Der bescheuerte ungarische Trainer hatte ihn in der Saison fast nie spielen lassen, und nun war er verkauft worden, für eine Million D-Mark war er auf dem Weg nach Stuttgart. Froh über seine Freiheit war der Mann von den Westmännerinseln überraschend beim Stammtisch in der Blumenvasenkneipe mit der Jukebox aufgetaucht, hatte eine Runde Bier nach der anderen springen lassen, das eher triste Studententreffen so in einen richtigen Siegerabend verwandelt und am Ende alle zu sich nach Hause eingeladen. Nun waren sie dorthin unterwegs, drei quetschten sich auf die Rückbank, einer davon mit Gitarre, und zwei weitere Gruppen saßen in Taxis, unter ihnen Bragi mit dem Breitgesicht und der dunkelbrauige Viktor. Weder Grani noch der Löwe waren erschienen, Rainer auch nicht.

Jung zwickte sich erneut und rekapitulierte die Lage. So also sah das Fußballerleben aus. Solche Autos hatten die. So also rasten sie abends nach Hause. Schneller noch als im Spiel die Außenlinie entlang. Ganze Vororte flogen vorbei, samt frisch belaubten Bäumen, der Frühling war gekommen, und irgendwo in der Dunkelheit standen die Alpen, winzig klein, mit noch kleineren Seilbahnen. Der Sound dieses kräftigen Kleinwagens hörte sich allerdings erstaunlich altmodisch an. Wenn der Siegerfuß aufs Gaspedal trat, fielen einem Traktoren ein. Sollte das vielleicht so sein? Auf der Fahrt in die Zukunft sollte die gute alte Zeit auf dem Lande nicht vergessen werden. Jung sah Felder vor sich, Ställe und Kühe mit Glocken um den Hals, die hinter dem Wagen her bimmelten wie Konservendosen, die man Frischverheirateten an die Stoßstange bindet. Dann kamen mehr Kurven, und Sigur fuhr langsamer, bis er vor einem zweigeschossigen Einfamilienhaus mit tief herabgezogenem bayerischen Dach hielt. Jung stieg aus und klappte die Sitzlehne vor, damit auch die Passagiere auf dem Rücksitz aussteigen konnten. Ein gelockter junger Kerl mit einem breiten Lederarmband ums Handgelenk reichte ihm die Gitarre, und Jung überraschte sich selbst. Eine lange vermisste Freude überfiel ihn und ließ ihn mit vielen falschen Griffen auf der Gitarre spielen und dazu singen, wie ihm Melodie und Text dazu ganz ohne Überlegung gerade spontan in den Sinn kamen:

Als wir nach Hause kamen,
guckten alle Fernsehen.
Es kam ein guter Film
über Guðmundur Gíslason.
Doch ich ging in die Küche
und machte auf den Kühlschrank …

Die Lockigen und Flachshaarigen kletterten lachend aus dem Auto, und auch Sigur lachte. Sie lachten über Jung, über sein Geschrammel auf der Gitarre und sein Gestammel, das diesen Nonsenstext produzierte. Das Gefühl, das dieser Blödsinn in dem »Sänger« auslöste, war jedoch unbeschreiblich. Nach einem langen Winter fühlte es sich in seiner Brust wie Frühling an. Er hatte Menschen Freude bereitet. Er *konnte* Menschen Spaß machen. Zwar nicht länger als zehn Sekunden, aber die dadurch in ihm ausgelöste Freude hielt Wochen an.

Sigurs junge und sehr hübsche Frau öffnete ihnen die Tür, schmales Gesicht, üppiges Haar. Außerdem lief da noch ihre Mutter oder Tante (Jung bekam das nicht so richtig mit) in diesen weißen Kniehosen herum, die landsflüchtige Isländer gern im Ausland trugen, und in der Küche war die Anwesenheit fröhlicher Menschen von den Westmännerinseln zu erkennen. Die Kassette aus dem Auto war mitgenommen worden, und Sigur lächelte selig, als er sie in die Stereoanlage im Wohnzimmer steckte.

»Das ist gut«, sagte er noch einmal. »Musik aus einem neuen Film, der Ostern zu Hause in die Kinos kam, *Rock in Reykjavík.*«

Dann verschwand er in einer Ecke und kam mit einer hüfthohen Whiskyflasche zum Vorschein. Hier begnügte man sich nicht mit Stiefeln, hier griff man zu Watstiefeln. Ein Watstiefel voller Whisky! Sigur traf auch außerhalb des Platzes. Die isländischen Studenten witterten etwas, und auf den hellbraunen Ledersofas wurden die Schleusen geöffnet. Menschen, die einen ganzen Winter lang hatten schweigen müssen, bekamen endlich die Sprache wieder. »Bist du damals nicht in der Ármúlaschule gewesen? Dachte ich mir's doch!« – »Was ist eigentlich mit diesem ungarischen Schwachkopf los? Der tickt doch nicht sauber.«

Sigur stand mit geröteten Wangen neben seiner Anlage, stolz, mit glatter Haut, und hatte den Mund so zu einem Grinsen verzogen, dass sich auf seiner ansonsten glatten Wange Klammern bildete.

»Der? Ach, der ist ganz okay.«

»Okay?! Ich sage dir, ich hätte den Kerl oft umbringen können! Und ich geb's dir schwarz auf weiß, du wirst die Burschen in der nächsten Saison abziehen! Ich sag's dir, du wirst mit Stuttgart Deutscher Meister!«

»Wirklich? Das wäre schön. Habt ihr das hier schon mal gehört? Irgendwie 'n bisschen komisches Lied«, sagte er und drehte die Lautstärke höher.

»Da, da, da. Ich lieb dich nicht, du liebst mich nicht. Da, da, da ...«

Die ganze Mannschaft erhob sich von dem Sofa und begann zu wackeln. Natürlich kannten alle die Musik, Deutschland hatte praktisch über Nacht einen internationalen Hit bekommen, diesen kunstakademischen und leicht dadaistischen Antischlager von Trio, instrumentiert mit Gitarre, Schlagzeug und Melodika. Sogar der Kunststudent ließ sich mit gerunzelten Brauen verführen und bewegte sich im Takt. Nach zwei Songs musste er kapitulieren und den Mantel ausziehen. Er verstaute ihn sorgfältig neben dem Kopfende des Sofas und behielt ihn ständig im Auge, als würde er abwechselnd mit dem Mantel, dem Glas und dem ganzen Erbrochenen tanzen oder das gute Stück, seine zusammengerollte Freundin, betrügen. Das war der einzige richtig schöne Abend, den er in dieser schwierigen Stadt erlebte, er hätte beinahe behaupten können, dass es ihm gut ging.

Früher an diesem Abend hatte der gute Bragi ihn und Viktor mit in ein umstrittenes neues Theaterstück geschleppt, *Amadeus*, von dem englischen Dramatiker Peter Shaffer, das von Leben und Tod Mozarts handelte und zeigte, wie Eifersucht einen mittelmäßigen Menschen zum Mord an einem Genie trieb. Die Aufführung räumte mit vielen Vorurteilen auf. Jung saß von der ersten Minute an wie elektrisiert auf seinem Sitz, verstand zwar nicht die Hälfte, verstand aber die Musik und das Geniale darin, begriff die Kunst, es handelte sich um ein lebendiges Kunstwerk, hier lag Frühling in der Luft. Nach einem langen Winter mit Spekulationen über eiskalte Bilder, in denen sich nichts regte und bewegte, war es ein tolles Erlebnis, ein Kunstwerk zu sehen, das redete, sich bewegte, tanzte, herumalberte, lachte wie ein Irrer zwischen Solopartien, in denen sich aus dem Schalltrichter der Klarinette ein Drahtseil quer durch den Saal spannte, an dem Liftbügel hingen ... Jung sah sich und die anderen Theaterbesucher aus den Sitzen gehoben und einer nach dem anderen auf den Bügeln hoch über die Bühne schweben, dieselbe, die einige Weltkriege und Wiederaufbauten früher die Uraufführung einer der Opern desselben Komponisten gesehen hatte.

Mit einer Perücke aus dem 18. Jahrhundert auf dem Kopf schwebte Jung aus dem Theater und fragte sich, ob es wahr sein konnte, dass er einmal etwas gegen klassische Musik hatte.

Dasselbe dachte er noch einmal, als er im Haus des Sigurs zu »Da, da, da« tanzte. Sein Blick wanderte vom dunkelblauen Mantel zwischen hin und her schwingenden Tanzarmen zum Hausherrn, der über seinen Plattenstapeln stand und auf der Suche nach der nächsten Musik das kinnlange, dunkle Haar schüttelte. Jung dankte ihm im Stillen und fragte sich zugleich, ob Eitelkeit heilende Kräfte besaß. Oder war er einfach nur so gut aufgelegt, weil der berühmteste Fußballer Islands sie zu einer Party bei sich zu Hause eingeladen, sie in seinem Wagen mitgenommen und ihnen hüfthohen Whisky angeboten hatte? Er sah zum breitgesichtigen Bragi und erhielt seinen Gedanken durch einen Blick bestätigt, der besagte: Unglaublich, Mann, wir sind bei *ihm* zu Hause!

Als es spät wurde und einer nach dem anderen ein Taxi bestellte, rief Sigur, wer wolle, könne bei ihnen übernachten. Jung war der Einzige, der das Angebot annahm. Er war bereit, hier bis zum Sommer zu bleiben. Er vergaß sogar seinen Mantel neben dem Sofa und schlief selig in seinem Gästezimmer in einer

Art Siegesrausch, der sich zusammensetzte aus dem berühmten Alleingang Sigurs im Spiel gegen die DDR und dem dritten Satz von Mozarts Bläserserenade, KV 361.

52

SIEGERMORGEN

Der junge Mann erwachte bei Sonnenschein und deutschem Vogelgezwitscher. Die Westmännerinselfamilie saß schon beim Frühstück auf dem Balkon, eine massige und übers ganze Gesicht lächelnde Hauptinsel in grünem T-Shirt und zwei kleinere Inseln in weiblichen Shorts mit Schlitz, dazu die Muttertante, die noch immer weiß gekleidet war und breite Schultern und hübsche Waden mit kräftiger, sonnengebräunter Haut zeigte.

Noch völlig benommen wankte Jung über blendend weiße Fliesen und beantwortete das grelle Sonnenlicht mit einer Grimasse. Weiter hinten lag Sigurs Frau auf einer Sonnenliege, und im ersten funkelnden Moment glaubte Jung, sie hätte nicht mehr an als ihre Sonnenbrille, doch dann sah er eine zweite Sonnenbrille über ihren Brüsten und eine Augenklappe unterhalb des Nabels. Er ließ den Blick schleunigst von weißen Lenden und schwarzem Bikini über die Brüstung flanken, über ein blühendes Viertel, steile Dächer, die wie ein Schnellkocher rauschende Schnellstraße und weiter zu den Alpen, die bergblau und weiß gesprenkelt in all ihrer Herrlichkeit unter einem hellblauen Himmel erstrahlten. Was für ein prächtiger Tag!

Die weißgekleidete Tante bot Toast und Orangensaft an, und die Hauptinsel streckte sich mit einem leisen, aus der Rippengegend kommenden Ächzen nach einer neumodischen Thermos-

344

kanne und schenkte ihm Kaffee ein. Nach einigen isländischen
Höflichkeitsfloskeln, die überhaupt nicht in die Umgebung pass-
ten und um den Balkon flatterten wie flügellahme Meeresvögel,
erschien auch Sigur selbst mit nassen Haaren und in einem weißen T-Shirt, schwarzer Adidas-Trainingshose, weißen Socken
und Badelatschen und grüßte gut gelaunt. Sein Lächeln bildete
nun auf beiden Wangen Klammern, und zwischen den Klammern
zeigte sich noch mehr Bescheidenheit als sonst, eine tief sitzende,
verlegene Schüchternheit vor allem um ihn herum, dem riesigen
bayerischen Balkon, der Klassefrau im Bikini, diesem herrlichen
Sonntagmorgen, der herzlichen familiären Atmosphäre, all dem,
was ihm hier geboten wurde dank seiner beiden Beine, die kürzlich erst mit einer halben Million D-Mark das Stück bewertet
worden waren. Jetzt steckten sie aber in billigen Schlappen und
sahen nach nichts Besonderem aus. Der Fußballer trat ans Geländer, blinzelte über die Häuser ins Sonnenlicht, drehte sich
dann um und hörte eine Weile dem Gespräch über den gestrigen
Abend zu, bis er dazwischenfragte: »Wer war denn der Typ mit
der Gitarre?«

»Er gehörte zu der Blonden. Ich glaube, sie leben in Salzburg,
machen da was mit Musik«, antwortete Jung.

»Die Punkmusik war anscheinend nicht sein Ding. Und du,
du bist ja ein richtiger Eagles-Fan. Soll ich sie mal für dich aufle-
gen?«, fragte Sigur gutmütig, oder verarschte er ihn?

Jung erschrak.

»Nein, ich bin kein Eagles-Fan! Echt nicht. Es war nur …«

»Ihre Musik ist schon okay, Mann«, grinste Sigur und verschwand im dunkleren Wohnzimmer.

Jung stand auf und folgte ihm, blieb aber gleich bei einem
Bücherschrank neben der Balkontür stehen, in dem drei Regal-
bretter voll schwarzer Plastikhüllen standen. Manche trugen

handbeschriftete weiße Etiketten mit den Namen von Fußball-mannschaften und ein Datum. Sigur hatte derweil die Nadel auf »Take it Easy« abgesetzt, kam auf seinen Latschen zum Regal und fragte: »Hast du eigentlich das Spiel gegen Wales gesehen?« »Island gegen Wales? Nein, da war ich schon im Ausland. War das nicht das Spiel mit den Affenmasken?«

Vor dem Spiel hatte ein Boulevardblatt ein Foto von zwei sie-gessicheren Waliser Fans mit Affenmasken vor den Gesichtern gebracht. Darunter stand ein Text, der erklärte, wie die Stars aus Wales die Isländer im Spiel am Abend zu Affen machen wollten.

»Ja, genau. Wo habe ich es bloß? Moment ... ah ja, hier.«

Sigur zog eine Hülle aus dem Regal, und da erst begriff Jung, dass darin Videokassetten steckten, obwohl er von ihnen bislang nur gehört hatte. Jede enthielt ein Fußballspiel, entweder der is-ländischen Nationalmannschaft oder aus der belgischen Liga. Das war Sigurs Bibliothek, seine »Gesammelten Werke«. Sigur ging zur Stereoanlage zurück und drehte die Eagles leiser, kniete sich dann vor einen großen, noch neuen Fernsehapparat und schob die Kassette in einen Schlitz unter dem Bildschirm, der sich geräuschvoll öffnete und die ganze Kassette in einem Hap-pen verschlang, als wäre er ein Tier mit einem großen Auge, das sich von Videos ernährte.

Bald ertönten die Schlachtgesänge von 30 000 Walisern, die vol-ler Bier und Optimismus am 14. Oktober 1981 ins Vetch Field Sta-dion von Swansea strömten. Sigur übersprang im schnellen Vor-lauf die beiden Nationalhymnen und stoppte in der 24. Minute.

»Sie haben das erste Tor geschossen.«

Er schien das Spiel auswendig zu kennen. Die Menschenmenge brach in Jubel aus. Aus der Entfernung sah die niedrige Tribüne mit Stützpfeilern und tiefem Dach wie ein Instrument aus, das ein lautes Aufseufzen von sich gab wie eine übergroße Orgel.

»Für Wales war es ein wichtiges Spiel, sie hatten noch Chancen, sich für die WM in Spanien zu qualifizieren.«

Er spulte mit der Fernbedienung weiter bis über die Halbzeitpause. Die Strafräume trugen bereits deutliche Spuren aus der ersten Hälfte. In der ersten Minute nach dem Wiederanpfiff bekam Island einen Freistoß. Der Ball kam am langen Pfosten zu Sigur, der den gegnerischen Torhüter täuschte und den Ball mit der Hacke über die Linie kickte. Ein unglaubliches Tor. Danach ging die Heimmannschaft wieder in Führung, aber Sigur schoss erneut den Ausgleich, diesmal mit einem Gewaltschuss von außerhalb des Strafraums. Ein echtes Traumtor. Sigur selbst holte den Ball aus dem Netz, hielt sich die andere Hand vor die Augen und lief so durch die Versammlung der Waliser mit einer Gebärde, die besagte: Na, wer hat jetzt die Maske auf?

»Boa, denen hast du's gezeigt.«

»Ja, ich war stinkwütend und wollte es ihnen auch zeigen.«

Der Scherz mit den Affenmasken weckte in der isländischen Mannschaft böses Blut, besonders bei Sigur, der ein großartiges Spiel machte und die beiden Tore schoss, die die walisischen Spanienträume platzen ließen. Jung schaute vom Bildschirm auf das Fußballidol, das ganz vorn auf der Sofakante saß und sein großes Spiel bis zum Ende spulte. Sigur hatte ihm die von ihm erzielten Tore gezeigt, wahrscheinlich das einzig Bedeutende, was er in jener Saison vollbringen durfte, in einem Spiel, das zu den denkwürdigsten seiner Laufbahn gehörte. Er war auf eine angenehme Weise stolz darauf. Nicht aus Eitelkeit, und wenn doch, dann aus einer gesunden Eitelkeit, einer aufrichtigen Freude an vollbrachten guten Leistungen. Und wie war es um ihn selbst bestellt? Saß er hier in der Gewalt einer falschen Eitelkeit befangen, als säße er bei Laxness persönlich und der Meister würde mit ihm durch die *Islandglocke* spulen: »Und jetzt ... uuu...

auf Seite 26, dri ...dri...itter Abschnitt, h... h... hör jetzt gut zu!« – Vielleicht. Aber vielleicht kam das Wohlgefühl auch einfach nur daher, endlich einmal mit einem zu sprechen, der etwas konnte.

Jemand rief vom Balkon, und Sigur legte die Fernbedienung auf die Glasplatte des Couchtisches und ging nach draußen. Jung sah auf einem Beistelltisch einen Bildband, *Isländischer Fußball '81*, und griff danach. In diesem Moment kam ihm etwas hoch. Er sprang auf und ans andere Ende des Sofas, doch sein Mantel war nicht mehr da. Wer hatte ihn weggenommen? Hektisch schnappte er sich eines von zwei gläsernen Windlichtern, die auf dem Couchtisch standen, und erbrach sich hinein. Es kam diesmal nur eine bescheidene Ladung, die ohne viel Druck aus ihm herausquoll und ein Windlicht zur Hälfte füllte. Sie erstarrte sofort, aber das Glas war recht dünn, und Jung fühlte die Hitze des Erbrochenen durch die Wandung. Doch das Glas zersprang nicht, und er hielt es verwirrt in der Hand und wusste nicht, was er damit tun sollte, als er Schritte vom Balkon kommen hörte und sich mit dem Kerzenglas hinter dem Rücken aufs Sofa fallen ließ.

Sigurs Frau kam herein und ging auf ähnlichen Schlappen wie denen ihres Mannes geradewegs Richtung Küche – auf ihrer Rückseite teilte sich der Bikini in einen waagerechten Strich und ein prall gefülltes Dreieck. Sie schien den Mann auf dem Sofa nicht zu bemerken, der bei dem schmatzenden Geräusch, das die Latschen bei jedem ihrer Schritte auf dem Parkett machten, nach Atem rang. Er verharrte wie festgefroren in seiner unnatürlichen Stellung mit dem halbvollen Windlicht hinter dem Rücken. Bestimmt kam sie gleich zurück und würde ihn dann mit Sicherheit sehen, womöglich auf einen kurzen Plausch stehenbleiben. Jung richtete sich auf und wollte den Kotzeständer in ein Regal stellen, hinters Sofa oder darunter, irgendwohin ... hörte aber Frauenschritte aus der Küche kommen und stellte das Glas hastig vor sich auf den Couchtisch, erkannte aber sofort, wie auffällig es da platziert war, und schob es eilends näher an seinen Artgenossen, bog aber, da in dem Moment die Frau ins Wohnzimmer kam, die Bewegung seltsam verdreht in Richtung des Fußballbuchs ab. »Was sitzt du denn hier?«, fragte sie mit einem Lächeln und blieb mit einem Glaskrug voller Eiswürfeln in der Hand stehen.

Jung hatte nun eine Hand auf dem Buch und sah die Bikinifrau an, dann den Krug, dann daneben die Hüfte der Frau, die zu 97 Prozent nackt war, nur von einem fingerbreiten Bikiniband bedeckt, und dann wieder den Eiskrug, um seine Augen abzukühlen, und sagte dümmlich »Ähjaa«. Er schoss einen Blick auf das Windlicht ab, dann wieder auf die Frau.

»Komm raus und trink eine Cola mit Eis, wenn du möchtest«, sagte sie und ging auf den Balkon.

Er blieb allein im Wohnzimmer zurück und starrte die beiden Windlichter an, bis ihm das schwarze sagte, es sei alles okay. Ja, alles sah völlig normal aus und war in schönster Ordnung. Lediglich auf dem Couchtisch befand sich in einem der Windlichter jetzt eine kleine, schwarze Kerze.

Jung ging auf den Balkon, nahm eine eiskalte Cola und machte Konversation über die Sonne, den Frühling und die Westmännerinseln, setzte sich aber nicht und überzeugte sich hinter seinem Lächeln davon, dass das Teelicht auf dem Sofatisch jetzt »ihr Problem« sei, bis er dieses isländische »Jæja« einflocht, das das Ende jeder Konversation und den Anfang des Verabschiedens einleitet. Mit einem hauchdünnen Anflug von Stress in der Stimme fragte er nach seinem Mantel, und die weiß gekleidete Tante rappelte sich aus ihrem tiefen Liegestuhl hoch.

»Ach den habe ich unten in den Schrank gehängt.«

Gast, Gastgeber und Ehefrau folgten ihr und dem Satz »Nur

weil ich ihn auf dem Fußboden liegen sah, habe ich ihn wegge-
hängt« durchs Wohnzimmer, die Treppe hinab nach unten in den
Flur. Keiner schien das schwarze Teelicht auf dem Tisch wahrzu-
nehmen.

»Nein, nein, lass nur, ich kann schon selbst ...«, brummelte
Jung gestresst, als die Frau mit den gebräunten Schultern den
Garderobenschrank öffnete.

»Nein, ich weiß ja genau, wo ich ihn hingehängt habe«, erwi-
derte die Tante und griff resolut in den Schrank. Jung folgte ihren schnellen Fischfabrikhandgriffen mit künstlerischer Leidens-
miene.

»Das ist aber kein dünnes Mäntelchen, ist ganz schön ...« Der
Satz wurde, als sie den Kleiderbügel von der Garderobenstange
hob, von einem Anstrengungskeuchen unterbrochen. »Ist aber
echt nicht leicht, das Ding.«

Jung schluckte, als er beim Herausnehmen des Mantels das
Glas in der Innentasche glitzern sah. Doch die anderen schienen
es nicht zu bemerken, und er nahm den Mantel so in Empfang,
dass keiner den Grund für dessen Gewicht sehen konnte.

»Ja, wenn man jung ist, ist alles ganz schön schwer«, kommen-
tierte der Herr des Hauses mit einem Grinsen und einem Augen-
zwinkern.

Nach den unbeschwerten Stunden im Heim des Fußballers
legte sich das blaue Kleidungsstück wie ein Bleimantel auf Jungs
Schultern, und er fühlte wieder seine ganze Schwere. Er verabschiedete sich herzlich, bekam den Weg zum Bahnhof erklärt und
trat in die Sonne hinaus wie eine leichtfüßige Schildkröte mit
einem dunkelblauen Panzer auf dem Rücken. Nach einem Winter
voller Niederlagen war der Frühling mit einem Sieger gekommen.
Vor dem Haus glänzte der Sportwagen, in der Form wie der Fuß-
ballschuh eines dreißig Meter großen Riesen.

53

DEUTSCHE DEMOKRATISCHE REPUBLIK

»Ausweis, bitte!«

Der untersetzte Grenzpolizist schwitzte noch mehr als der junge Mann in seinem Mantel und lehnte sich mit einem leichten Seufzer und schweren Augenlidern an den Türrahmen des Zugabteils. Er schob die große Schirmmütze ein Stück aus der Stirn, Schweißperlen standen auf seinem dunklen Schnauzbärtchen, und die graue Uniform spannte so über seinem Bauch, dass sie wie eine Zwangsjacke aussah. In einer Pistolentasche am Gürtel steckte eine Waffe, und um den linken Ärmel lief ein grünes Band mit silbern aufgestickten Buchstaben. Jung entzifferte das Wort »Grenztruppen«, bevor er seinen dunkelblauen Pass hervorholte. Der Zöllner trat einen Schritt zurück, als ein stattlicher Schäferhund mit aufgestellten Ohren, glänzend schwarzer Schnauze und hängender rosa Zunge ins Abteil hineinschnupperte. Dem Wachhund des Kommunismus folgte ein zweiter Zöllner, viel schlanker und mit strengerer Miene, der ein Gewehr auf dem Rücken trug. Handelte es sich vielleicht eher um Soldaten als um Zöllner?

Jung nahm ein wenig zittrig seinen Pass aus den Händen des Untersetzten wieder in Empfang und stellte ihm seine beiden Gepäckstücke vor, den weichen und den harten Koffer, die auf der Sitzbank aufeinander lagen wie Männchen und Weibchen einer unbekannten Spezies. Er war der einzige Fahrgast im Abteil, durch das Fenster leuchtete sonnenbeschienenes Frühlingslaub, seine Farben durch Wärmedunst leicht gedämpft. Der Zug war in einem unbekannten Grenzwald stehen geblieben. Jung hatte den Moment voll Spannung erwartet, als würde auf einer grünen Lichtung wirklich der Eiserne Vorhang vor ihm auftauchen, leicht rötlich von Rost und so hoch wie ein mehrstöckiges Wohnhaus. Jung fuhr durch Ostdeutschland, wollte sich ein paar lang ersehnte Tage in Berlin spendieren, bevor er via Kopenhagen nach Hause zurückkehren würde.

Der untersetzte Grenzpolizist fragte barsch, ob er Tabakwaren oder pornographische Schriften in den Koffern habe. Jung hatte das Rauchen aufgegeben, aber Pornographie ...? Zählte dazu vielleicht auch das Foto von der barbusigen Frau im *Stern*, den er in den oberen Koffer gesteckt hatte? Er schüttelte den Kopf, sollte aber beide Koffer öffnen. Ein Schweißtropfen fiel ihm von der Stirn und landete gleich unterhalb des Bikinioberteils auf dem nackten Rücken einer Blondine, die sich in südlichem Sand räkelte. Eine Sommerferienanzeige auf der Rückseite des Magazins. Jung konnte den Tropfen gerade noch mit dem Mantelärmel abwischen, bevor der verschwitzte Grenzer die Zeitschrift herausriss und an seinen Kollegen weiterreichte, dann blätterte er schnell und dreist die Wäscheschichten im Koffer durch, ehe er den Hund ranließ. Von Haschhunden hatte Jung schon gehört, aber von Pornohunden?

Plötzlich fiel ihm das Bierglas ein. Wie gut, dass die Masse darin geruchlos war ... oder war sie es vielleicht nicht?

Als der Hund mit den Koffern fertig war, wandte er sich deren Besitzer zu und steckte seine lange Hundeschnauze unter den Mantelsaum. Jung versteinerte, und sein Blut gerann kurzzeitig zu einer festen Masse; in Sekundenschnelle war er in einen Film über den Zweiten Weltkrieg versetzt worden. Durch diesen Hund sahen die Uniformmützen verdammt nazihaft aus. Und er selbst war aller möglicher Vergehen schuldig. Hatte er denn den ganzen Winter über etwas anderes getrieben, als sich in entarteter Kunst über die tiefsten Perversionen des Menschen zu wälzen? Er hatte sogar seinen Zipfel in den Schlammpfuhl käuflicher Lust gestippt und sich dafür Kriechtiere niedrigster Art eingehandelt! Und die beiden Pickel in seinem Gesicht warfen Blasen vor westlicher Zuckerschmiere und Individualismusgeilheit ... So stand er da, mit Sünden beladen, jeglichen Schutzes beraubt und von Läusen überkrabbelt wie der heilige Sebastian, der seine Pfeile erwartete.

Der Pornohund schnüffelte zielsicher zwischen seinen Beinen, natürlich kannte er den Geruch von Filzläusen und Läusepulver. Als Jung die volksdemokratische Hundeschnauze an seiner empfindlichsten Stelle spürte, wandte er sich ab und trat zurück. Der schlanke Grenzwächter grinste kalt, der andere zeigte auf eine stattliche Rolle aus Papier auf der Ablage über den gegenüberliegenden Sitzen.

»Gehört das Ihnen?«

»Ja.«

»Was ist da drin?«

»Bilder.«

»Bilder? Was für Bilder?«

»Äh ... Kunst.«

»Kunst?«

»Ja, Gemälde, Zeichnungen, aus der Kunstakademie. Ich habe in München studiert.«

»Nehmen Sie das mal herunter!«

Die Rolle war groß und sehr schwer. Der Student hatte es nicht übers Herz gebracht, die Produktion eines ganzen Semesters – vierzig Kilo »Splash« – in der Akademie zurückzulassen, sondern alles zusammengerollt und verschnürt. Die mächtig schwere Rolle hatte er dann auf der Schulter getragen wie ein Kreuz, aus dem Taxi in die U-Bahn und dann in Etappen von fünf Metern zusammen mit den Koffern durch den Bahnhof. Es kostete ihn eine Viertelstunde, sein ganzes Semester zum Bahnsteig zu schleppen und im Zug unterzubringen. Schnell hatte er ein leeres Abteil gefunden, doch gerade als er die Rolle in die Ablage über seinem Kopf wuchtete, ruckte der Zug so heftig an, dass die Rolle wieder auf ihn herabfiel und er damit rückwärts auf einen Sitz taumelte, wo er dann mit resignierter Miene, schweißnass und mit seiner künstlerischen Last im Arm sitzen blieb wie die berühmte *Pietà*. Es hatte nicht viel gefehlt, und ihm wäre zu Beginn seiner Heimreise der Schädel eingeschlagen worden. Er sah schon die peinlichen Schlagzeilen vor sich: »Bekam die eigenen Werke auf den Kopf«, »Isländischer Kunststudent starb in Zugabteil, von eigenen Werken begraben«. Er hatte die Rolle erst auf die gegenüberliegenden Sitze gelegt, musste sie dann aber auf Anweisung des Schaffners in die Gepäckablage wuchten. Und nun erhielt er vom Vertreter einer ausländischen Staatsmacht den Befehl, sie wieder herunterzuholen.

Jetzt trat auch der schlankere Grenzpolizist ganz ins Abteil, befingerte das Papier und schaute in das Ende der Rolle. Es sah fast komisch aus, diesen streng blickenden DDR-Soldaten an »Kunst« schnuppern zu sehen. Der Pornohund schnüffelte wie verrückt, steckte die Nase in ein Ende der Rolle und blaffte. Jung konnte sich nicht erinnern, irgendwelche Sexszenen gemalt zu haben. Trotz eifriger Duchamp-Studien hatte sich nichts davon auf den eigenen Papierwerken niedergeschlagen. Humor und Erotik, diese beiden wichtigen Leitlinien des Meisters, waren schon vor langer Zeit aus der Akademie verbannt worden, wenn sie überhaupt jemals einen Fuß hineingesetzt hatten, und Jung wurde erst jetzt deutlich, wie untreu er sich selbst geworden war und wie feige er sich an bayerische Hausordnungen gehalten hatte. Einmal aber, als sich das Ende seiner Zukunft an der Akademie abzeichnete, hatte er sich unterstanden, ein etwas persönlicheres Bild gegenständlich zu malen, ein der eigenen Fantasie entsprungenes und reichlich seltsames Bild vom Mond, der sich in den dunklen Weltraum schneuzt. Genau bei diesem Bild hielten die Grenzpolizisten inne, nachdem sie Jung befohlen hatten, das Bündel zu öffnen, und einen großen Teil der abstrakten Splash-Bilder durchgeblättert hatten.

»Was ist denn das hier?«, fragte der Untersetzte in leicht gereiztem Ton.

»Äh ... Kunst?«

»Kunst? Nennen Sie das Kunst? Und das hier etwa auch?«, fragte der Dünnere und zeigte auf das Farbgekleckse auf anderen Blättern.

»Ich weiß nicht«, sagte Jung zaghaft und konnte sein Herz schon fast gegen das Bierglas schlagen hören.

Der Hund hatte inzwischen die Vorderpfoten auf dem Sitz und schnupperte eifrig wie ein besessener Kunstliebhaber, der unbedingt mehr sehen wollte. Das Papier roch sicher nach Rauch, Patti & Co. hatten im Atelier gequalmt. Die beiden Grenzer unterhielten sich jetzt in einer Sprache, die für isländische Ohren zu kompliziert klang, und sahen aus wie zwei Kunstpolizisten, die Bußgelder für derartige Schmierereien erörterten. Schließlich wandte sich der mit dem schweißperlenbesetzten Schnurrbart an den Isländer und fragte, wie lange er in West-Berlin zu bleiben gedenke. Jung holte sein Flugticket für einen Flug von Kopenhagen nach Keflavík in einer Woche heraus, und nachdem er Grenzpolizisten und Hund überzeugt hatte, dass er die Rolle – auf der Transitstrecke durch die DDR so fest mit Klebeband umwickelt, dass keine künstlerische Beeinflussung in die Atmosphäre entweichen konnte – mit nach Hause nehmen würde, ließen sie es gut sein und zogen mit einem zerknitterten Exemplar des *Stern* weiter.

»Kunstakademie, wie«, schnaubte der untersetzte Beamte verächtlich zum Abschied. Mit Sicherheit waren sie nie stärker von der Überlegenheit des Sozialismus überzeugt.

Jung verstaute eilig die Bilderrolle und setzte sich ans Fenster, äußerlich ganz blass, innerlich tiefrot, und wartete auf die Weiterfahrt. Nach einer halben Stunde rollte der Zug schließlich tiefer in das Blätterdickicht hinein. Jung versuchte mit aller Macht, den Unterschied zu sehen, die Grenze, an der der Kapitalismus endete und der Kommunismus begann, wo aus Westen Osten wurde, aus Frühling Herbst.

Aber die Natur schien sich aus der Politik herauszuhalten. Erst als der Zug am ersten Dorf vorbeifuhr, wurde der Unterschied sichtbar. In dichtem Grün kauerte eine Ansammlung ärmlicher Häuser. Ungestrichene Wände, undichte Dächer. Zwischen Masten tief durchhängende Stromleitungen, kein Auto zu sehen. Der erste Eindruck: Hier schrieb man noch immer das Jahr 1951. Wenn der Westen Glanz war, war der Osten matt.

Doch warum sah er dem Osten mit so viel Spannung entgegen? Wollte das Kind des *Volkswillen* endlich den wahren Sozialismus sehen? Setzte er Hoffnungen auf seinen Sieg? War er vielleicht Kommunist? Er wusste es nicht. Er wusste nur, dass er links vom Westen stand, und wo stand man da? Jenseits der Mauer? Auf der Mauer? Vor allem war er neugierig. Er wollte sehen, wie das Leben aussah, wenn man es erst einmal von Gier, Selbstsucht, Individualismusgeilheit und Wohlstandswahn gesäubert hatte. Er wollte eine Gesellschaft sehen, die ohne ELO auskam.

54

EIN PORTRÄT DES KÜNSTLERS ALS JUNGER OSSI

Er hatte eine Einladung bekommen, bei zwei alten Bekannten aus dem Gymnasium Reykjavík zu übernachten, die eine Wohnung in Kreuzberg gemietet hatten und Philosophie studierten. Er sah sie vor sich, wie jeder in seinem Zimmer saß und sich den Bart wachsen ließ, bis sie die Zotteln zusammenflechten konnten, und so gingen sie dann vorsichtig, damit es nicht zog, die Treppe hinab und zur Uni. Die Philosophie war nicht einmal der Grund, die gut gemeinte Einladung abzulehnen, er konnte einfach nicht bei anderen wohnen. In seinem Schreiben hatte einer der beiden Weisen Jung gemahnt, anzurufen, bevor er sich auf den Weg nach Norden machen wolle, und obwohl er wenig Neigung dazu verspürte, hatte er den Wunsch beherzigt.

»Nein, danke, ich bin schon untergebracht ... bei einer Kommilitonin aus der Akademie, die aus Berlin kommt.«

»Aha, eine deutsche Freundin zugelegt?«

»Nein, nein, sie ist bloß eine ... Freundin.«

»Sieht gut aus?«

»Ja, schon, aber ...«

»Aber was?«

»Sie malt schreckliche Bilder.«

Nach dem Jahr in München war er ein besserer Lügner geworden. Die gemeinbärtigen Philosophiestudenten wollten aber unbedingt, dass er sie besuche, und er beendete das Telefongespräch mit dem Versprechen, sie anzurufen, was er schon im selben Moment verfluchte. Jetzt würde dieser dämliche Anruf lastend über seinem Berlinbesuch schweben wie ein dicker Zeppelin. Jung beschloss, sich erst am letzten Tag zu melden.

Er fand eine billige Pension an einem Kanal in einem Viertel, das in sicherer Entfernung von Kreuzberg lag, kam ungesehen hinein, schleppte sein Gepäck drei Stockwerke hoch und begab sich am nächsten Morgen zum Checkpoint Charly. Trotz allem übte Ost-Berlin eine größere Anziehung aus als der Westteil der Stadt. Man musste sich die Misere schließlich mit eigenen Augen ansehen. Oder gab es dort vielleicht doch die Gesellschaftsform, die man sich zum Vorbild nehmen sollte?

Nach einem halben Tag in der Stadt der Vergangenheit ging ihm die Wahrheit auf. Die flammende, spannende Zukunftsvision, für die Menschen in aller Welt kämpften und die Laxness persönlich mehreren Generationen von Isländern angedreht hatte, die ihren Glauben praktizierten, indem sie ihre Bande in Russenjeeps, Moskvitchs und Škodas stopften, ihre Kinder in Pionierzeltlager in die DDR schickten, ihre Sommerferien am Schwarzen Meer oder auf den Zuckerrohrfeldern in Kuba verbrachten, jeden Erfolg von Sojus, Korbut und Karpow mit einem Gläschen Stolichnaya-Wodka feierten und auf allen Partys die Internationale sangen, hatte sich in eine steingraue Alltagsschule verwandelt, in der das Konterfei von Rektor Honecker, einem graumelierten Herrn mit Geheimratsecken, schwarzem Brillengestell und femininem Mund, von jeder Hauswand prangte. Gehorsam und schweigend gingen graugekleidete Schüler darunter über das große Schulgelände. Die einzige sichtbare Farbe war das Rot des Kommunismus, das hier und da an einem Fahnenmast wehte oder mit weißen Parolen als Transparent an den Wänden hing.

Nicht einmal die Frauen sahen so gut aus wie ihre Schwestern im Westen. Woran lag das? Waren sie nicht ein Volk?

Das stellte er fest, als er endlich einmal eine richtige Schönheit entdeckte; es war mitten am Tag in einem ruckelnden Bus.

Sie stand auf, stellte sich an die Tür und hielt sich in Jungs Nähe an einer Haltestange fest. Sie hatte dunkle Haare, im Nacken zu einem Knoten zusammengefasst, trug einen knielangen, grauen Rock und eine blassgelbe, freudlose Bluse und flache Schuhe. Sie hielt den Kopf gesenkt und die Augen auf die Stufen gerichtet, über die sie gleich aussteigen wollte, und hatte eine Hand auf eine Umhängetasche gelegt, die von grenzenlosem Pflichtbewusstsein zeugte. Die junge Frau war wirklich eine große Schönheit, aber sie trug diese Tatsache wie einen Makel und versuchte, so wenig wie möglich daraus zu machen. War Schönheit in der Volksrepublik verpönt? Oder wurde hier ein bedeutendes gesellschaftliches Experiment durchgeführt, bei dem alle gleich schön sein sollten? Vielleicht wurden zukünftige Pärchen samstags abends bei einer Riesentombola live im Fernsehen gezogen.

Nachdem der Bus gehalten hatte und die junge Frau mit ihrem Makel in dieser seltsamen Stadt verschwunden war, musterte Jung die übrigen Fahrgäste und stellte fest, wie niedergeschlagen und traurig die Menschen aussahen. Das hatte er ein ums andere Mal gesehen. Im Auftreten und äußeren Erscheinen wirkten die Einwohner der Stadt freudlos, selten war irgendwo ein Lächeln zu sehen, man redete nicht miteinander, jeder war in seiner eigenen Welt eingesperrt und hielt seine Augen immer auf den niedrigst möglichen Punkt gerichtet. Die Passanten auf den Bürgersteigen guckten in die Gosse, in den Gaststätten betrachtete man den Boden des Glases. Sogar auf dem Alexanderplatz unter dem höchsten Gebäude Europas, dem architektonischen Stolz der DDR, bohrten die Menschen die Blicke ins Pflaster.

Der Bus war von der plumperen, holprigen Sorte, vielleicht eines der ungarischen Ikarus-Fabrikate, wie sie die Linken in Reykjavík gleich nach ihrem Wahlsieg für die Stadt angeschafft hatten und die ohne westlichen Schnickschnack wie Federung und

Polstersitze auskamen. Außerdem wies die kopfsteingepflasterte Straße große Schlaglöcher auf. Doppelkinne und Tränensäcke wurden schwer gebeutelt, wenn der Bus wieder einmal irgendwo hart aufsetzte. Und dabei war das eine Hauptstraße, lang und breit, obwohl sonst kein Verkehr zu sehen war. Vielleicht stammte der Straßenbelag noch aus der Zeit vor dem Krieg. Vielleicht waren die Schlaglöcher im Bombenhagel entstanden. Vielleicht wurden sie absichtlich nicht aufgefüllt, um die Erinnerung an den Krieg wachzuhalten, waren so etwas wie negative Gedenkhügel, Umweltkunstwerke.

Auch jedes zweite Haus stand seit Kriegsende unverändert da, mit abgebrochenen Simsen und Einschusslöchern. Diese Stadt war ein einziges Museum der Zeit. In der Friedrichstraße machte Jung eine Aufnahme vom Schaufenster eines Lokals, in dem eine handgeschriebene Speisekarte hing. Die weiße Gardine war zur Hälfte aufgezogen, sodass die nackte Schulter einer jungen Frau mit hochgestecktem Haar zu sehen war, was ihn an Fotos von seiner Mutter aus der Zeit erinnerte, als sie und sein Vater in Kopenhagen studierten und miteinander »poussierten«, wie man damals sagte. In dieser Hinsicht war Ost-Berlin eine faszinierende Stadt, hier konnte man in der Zeit hinter die eigene Zeugung zurückreisen.

Sein einziger Tag in West-Berlin war für Jung dagegen eine Enttäuschung gewesen. Es hatte ausgesehen wie jede beliebige westliche Großstadt, doch fehlte ihm auffällig eine Mitte, ein Zentrum. Die Hauptstraße, der Kurfürstendamm, war genauso langweilig wie der Name selbst, geistlos und versnobt, und der nahe Bahnhof Zoo hatte unbegründete Befürchtungen in ihm ausgelöst. Er war der Schauplatz eines populären Films, der im Vorjahr das deutsche Feuilleton auf die Barrikaden getrieben hatte. Jung hatte nie verstanden, worum sich das ganze Theater drehte, außer dass es irgendwie um Heroinspritzen ging. Als er im Taxi an dem Bahnhof vorbeigefahren war, hatte er lediglich gesehen, dass der Bahnhof von dem leuchtete, was Jung als das Zweitlangweiligste im Leben erschien: Bekanntheit und Drogen. Einzig und allein in der Nähe der Mauer herrschte eine eigene Atmosphäre; wo die mit Graffiti besprühte Mauer Straßen zerteilte, existierten Wahrheit und Geschichte, da war Berlin. Am Aufzug der Leute war aber deutlich abzulesen, dass er sich dort auf dem Territorium von Hippies befand, im »Hippieschen Sektor«. Sogar der einzige Punk, den er gesehen hatte, war mit dem Ⓐ-Abzeichen auf dem Rücken, aber barfuß in Sandalen herumgelaufen. Es gab nur die Wahl zwischen Kurfürsten und Anarchisten.

»Möchten Sie Westmark haben?«

Mit gerunzelten Brauen, in abgelaufenen Schuhen und geschlossenem Wintermantel an einem sonnenwarmen Maitag, begegnete er auf einer Brücke über die Spree in Sichtweite des Berliner Ensembles, Brechts berühmtem Theater, vier lachenden jungen Westdeutschen, zwei gut aussehenden, glücklichen Pärchen, schönen Repräsentanten der Freiheit und Lebensfreude jenseits der Mauer, die ihm Geld schenken wollten. Sie verwechselten ihn mit einem Einheimischen, einem vergrämten Ostdeutschen, und wedelten mit D-Mark-Scheinen vor seinem Gesicht. Jung fauchte sie wütend mit seinem amerikanischsten Akzent an: »I'm an American, you fucking idiots!«

Seine Wortwahl überraschte ihn selbst, noch nie hatte er das F-Wort benutzt und es auch noch nie aus dem Mund eines Isländers gehört. Sicher kam das aus irgendeinem Film, und er hatte es jetzt verwendet, um diese alberne Bande zu übertrumpfen, diese Angeber, diese Wohlstandsparasiten, Benzprinzen und Burdaprinzessinnen. Die jungen Leute erschraken, entschuldigten sich mit roten Gesichtern und hüpften wie auf Sprungfedern

weiter mit ihrer glücklichen, moralischen und finanziellen Überlegenheit über die traurige Gesellschaft auf der ostdeutschen
Seite. Trotz all dem war Jung mit sich zufrieden, wenigstens von
diesen Grünschnäbeln für einen aus dem Osten gehalten zu werden. Von zwei Übeln war es das kleinere, für einen unterdrückten
Ostler gehalten zu werden als für einen widerwärtigen Westler.

Er wollte die Mauer auch von Osten sehen und ging über die
Friedrichstraße nach Norden und dann weiter durch die Chaus-
seestraße. Die Temperatur fühlte sich schon sehr sommerlich
an, fast höllisch in seinem Stahlmantel. Seit er Bayern verlassen
hatte, musste er nicht mehr brechen. Wollte ihm das etwas sagen? An einer Hauswand sah er ein Schild, das ihn an eines seiner Lieblingswerke von Duchamp erinnerte. Der hatte 1958 ein
Schild gekauft, wie sie damals an zahlreichen Häuserwänden in
Paris angebracht waren und auf denen in weißer Schrift auf dun-
kelblauem Grund stand: *Eau & Gaz à tous les étages*, Wasser und
Gas auf jeder Etage. Indem es abgeschraubt und in einer Galerie
ausgestellt wurde, verwandelte sich ein gewöhnliches Schild in
eine poetische surrealistische Metapher. Aus irgendeinem Grund
erinnerte ihn dieses Werk immer an Großvater Schram, es war
genau seine Art von Humor.

In der nächsten Straße parkten Dutzende matt lackierte Ostblockautos verschiedener Fabrikate. Ost-Berlin war geradezu voller Autos, nur standen sie fast alle auf Parkplätzen. Vielleicht waren sie nicht fahrbereit. Vielleicht waren sie auch bloß Attrappen
ohne Motor, hingestellt, um auf Luftaufnahmen zu erscheinen
und den Wohlstandsindex zu heben.

Jung ging an einem alten Wohnblock aus grauem Stein vorbei
und stellte fest, wie schmutzig und schlecht in Schuss gehalten
Treppen und Hauseingang waren. Eine altertümliche Tafel mit
den Klingeln war gebrochen und wurde nur von schadhaftem

schwarzen Klebeband zusammengehalten. Und plötzlich wurde ihm eines klar: Kommunismus war nicht machbar, er funktionierte nicht. Der Mensch war nicht so vollkommen, wie es das Wunschdenken der Theorie vorsah. Wo keinem etwas gehörte, war allen alles egal. Was das anging, lagen die Rechten richtig: Jeder Mensch war in Wahrheit ein lispelnder, grausamer Kleinbürger, der für *sein* Auto, *sein* Haus, *sein* kleines Stückchen von der Torte zu den Waffen greifen würde. Nur eine Handvoll Menschen hatte es im Lauf der Geschichte geschafft, diesen Besitzfanatismus zu überwinden, und arbeitete seitdem als Erlöser der Menschheit.

Ein Vorzug des kommunistischen Systems bestand aber nach wie vor darin, dass es in der DDR kein ELO gab.

Jung lief weiter und sah irgendwann eine graue Wand zwischen zwei Fassadenreihen. Er ging um ein Bürogebäude in dem von Versailles geprägten bürgerlichen Stil der Vorkriegszeit herum, das der Kommunismus mit seinem schlechten Atem behaucht hatte, und kam auf eine kleine offene Fläche, auf dem Unkraut zwischen heißen Steinplatten brannte, die vor Alter abgenutzt glänzten. Die Mauer stand vor ihm, eine gut dreieinhalb Meter hohe Betonmauer mit einer wulstigen Krone, imponierend in ihrem düsteren Grau wie die Felsen, auf denen man in Island früher Neugeborene ausgesetzt hatte. Mehr als hundert Menschen waren an und auf dieser Mauer getötet worden. Auf dieser Seite gab es keine Graffiti, war ja auch sinnlos, Bilder für Menschen zu malen, die niemals aufblickten.

Jung zog seinen Fotoapparat heraus und hielt das Grau auf Schwarzweißfilm fest. Dann zoomte er näher heran und entdeckte durch das Teleobjektiv einen Wachturm jenseits der Mauer. Bei stärkster Vergrößerung sah er durch das Flimmern im Objektiv einen etwa armgroßen, kerzengeraden Soldaten mit einem Feldstecher, der genau auf ihn gerichtet war. Zwei junge

Männer sahen sich durch Fernglas und Fotoapparat in die Augen. Jung drückte den Auslöser. Das würde ein gutes Bild werden. Ganz unerwartet hatte er einen westdeutschen Grenzsoldaten mit den Augen eines Ostberliners eingefangen. Er machte noch ein paar weitere Aufnahmen von dem Turm, der Mauer und der Umgebung und hatte dabei etwa eine Vierteldrehung vollführt, als ihn jemand an der Schulter berührte. Ein knochenbleicher, hohlwangiger Soldat mit düsteren Augenbrauen und einem Gewehr über der Schulter packte ihn am Ellbogen und befahl ihm mitzukommen. Er dirigierte ihn vor sich her zur Mauer. Jung sah, dass sich in der Mauer eine Tür geöffnet hatte.

55

SPRENGSTOFFDETEKTOR

Damit hatte er nicht gerechnet. Jenseits der Mauer erstreckte sich ein offenes Gelände bis zu einer weiteren Mauer. Es gab also zwei Berliner Mauern, dazwischen lag eine breite Fläche, in deren Mitte ein Wachturm stand. Der befand sich also gar nicht im Westen, wie Jung vermutet hatte, sondern noch auf DDR-Gebiet, und es war ein DDR-Grenzsoldat, der ihn dorthin führte. Jung hatte ein Abzeichen auf seiner Mütze blinken gesehen: Hammer und Zirkel, von Ähren umgeben. Die Fläche zwischen den Mauern bestand aus hellem Sand, der in der Sonne feucht und strandwarm war. Die Schuhe versanken mit der Sohle darin, als würde man durch noch feuchten Zement laufen. Etwa in der Mitte standen gekippte hölzerne Kreuze, die »X X X X X« sagten und hübsch mit Stacheldraht umwickelt waren.

Der Isländer fühlte sich spontan wie an einem Sonnenstrand

des Südens, denn zur Wärme und der Helligkeit des Sands gesellte sich auch noch ein Zirpen in seinen Ohren, als ob die spärlichen Grasstreifen vor beiden Mauern voller Grillen wären. Die wahrscheinlichste Erklärung für dieses hochfrequente Surren war aber wohl, dass die Luft zwischen den Mauern elektrisch geladen war. Sogar er, der aus einem Land ohne Armee kam, konnte sehen, dass der saubere Sandstreifen vor ihm vom Tod gezeichnet war, von Scheinwerfern umstellt, rund um die Uhr mit Feldstechern und von Hunden und Gewehrläufen bewacht und außerdem minenverseucht. Bestimmt kam das böse Summen von ihnen. Nach zwanzig Jahren in der Erde waren sie mit ihrer Geduld am Ende.

Sie näherten sich dem Turm, von dem aus sie weiterhin mit dem Feldstecher beobachtet wurden, der Soldat packte Jungs Ellbogen fester. Der Turm selbst hatte keine Fenster. Der Gewehrträger schubste ihn drei Stufen hinab, griff nach der Türklinke, öffnete die Tür und kommandierte ihn nach drinnen.

Der Keller eines Wachturms: Niedrige Decke, russische Glühbirne, rauhe Wände, Modergeruch, etwas kühler als draußen. Der Soldat befahl Jung, sich vor einen rostfleckigen Stahltisch in der hinteren Ecke zu setzen (das einzige Möbel in dem kleinen quadratischen Raum), und rief dann etwas eine fast senkrechte Leiter aus dickem Schmiedeeisen hinauf. Dann nahm er mit geschulterter Waffe kerzengerade Aufstellung und fixierte den blonden Kunststudenten.

War Jung jetzt verhaftet? Wegen eines Fotos?

Nach einigen Augenblicken erschien der Kamerad mit dem Feldstecher, kletterte langsam die Sprossen herab, drehte sich langsam um und kam langsam auf Jung zu, als wäre seine Befehlsgewalt ein Betäubungsmittel. Er hatte lange Gliedmaßen und war groß und trug dazu noch die hohe Schirmmütze mit dem prangenden Streitkräfteabzeichen, sodass er unter der niedrigen Decke zunächst den Kopf einziehen musste, dann aber stehen blieb und sich aufrichtete. Die Mütze stieß fast an die betonraue Decke, und dadurch sah der Mann für einen Moment aus wie ein gemeißelter, deckenstützender Atlant in der Mitte des Raums. Er trug keinen Uniformrock und nur eine Pistole, bat höflich und mit ausgestreckter Hand um die Kamera.

Jung streifte sie von der Schulter und gab sie ihm. Der Mann mit der Mütze betrachtete sie kurz, wie ein Kunde in einem Fotogeschäft, drehte den Kopf, trat ein paar Schritte zurück und reichte die Kamera geübt nach oben in die Treppenöffnung wie ein Basketballprofi mit einem Überkopf-Rückpass und ohne Jung aus den Augen zu lassen. Die Hand eines dritten Mannes erschien in der Luke. Der Apparat war Jungs erste richtige Kamera, er hatte sie sich für sein Jahr an der Kunsthochschule in Reykjavík gekauft, weil das Propädeutikum dort auch einen Fotokurs umfasste. »Macht Fotos von alten Wellblechhäusern in der Stadtmitte und übertragt eines von ihnen in ein Aquarell.« Mit ihrer Hilfe hatte er eine unvergängliche Bindung an ein grünes, rostfleckiges Haus in der Grettisgata aufgebaut.

Als Nächstes wurde er um seinen Pass gebeten. Der befand sich in der Innentasche seines Mantels, den er nun unausweichlich öffnen musste. Mit zitternden Händen machte sich Jung am Reißverschluss zu schaffen.

»Warum tragen Sie einen Wintermantel? Ist Ihnen nicht warm?«

Die Frage überraschte ihn. Sie ließ eine menschliche Seite erkennen. Oder war das Teil der Verhörtaktik?

»Was verstecken Sie unter diesem Mantel?«

»Wie? Nichts«, sagte Jung und reichte dem Soldaten den Pass. »Hier.«

Ohne den Pass zu öffnen, befahl der Schirmmützenmann Jung, den Mantel auszuziehen. Jung stand auf und versuchte dabei, das Glas zu verdecken, doch vergeblich, denn die Schirmmütze befahl, die Taschen zu durchsuchen. Jung händigte erbleichend den Mantel aus wie seine Zukunft und fühlte, wie ihm sein Hemd schweißnass am Rücken klebte. Der einfache Soldat hatte das Gewehr weggelegt und hob den Mantel in die Höhe, entdeckte natürlich sofort einen Gegenstand in der linken Innentasche und schaute seinen Vorgesetzten an, der allerdings ganz in das Studium des Reisepasses vertieft war.

»Island«, flüsterte er vor sich hin.

Obwohl er sich etwas ungeschickt anstellte, fischte der Gefreite das Glas aus der Manteltasche, wurde aber von dessen Gewicht so überrascht, dass er es beinahe fallen ließ.

»Schauen Sie sich das an …«, sagte er verdattert, und sein Vorgesetzter blickte von dem Pass auf.

Dem einfachen Soldaten schien das verdächtige Ding nicht ganz geheuer zu sein, und er wollte es schnell loswerden. Doch auch der Schirmbemützte rechnete nicht mit dem Gewicht und ließ das Glas mit einer ungeschickten Bewegung fallen. Das schöne Bierglas knallte auf den schmutzigen Betonfußboden und zersprang. Die schwarze Masse, von der Wölbung im Boden des Glases gerundet, trudelte ein paarmal mit dunklem Grummeln um die eigene Achse und blieb als obsidianschwarzer Klumpen neben dem linken Fuß des Mützenträgers liegen. Der trat sofort einen Schritt zurück und griff dabei in einer vielgeübten Bewegung nach der Pistole.

Jung erschrak ebenso heftig wie die DDR-Soldaten. Für einen Moment starrten alle drei entgeistert das verdächtige Zeug an, das den erfahrenen isländischen Brückenbauer sogleich an eine Betonprobe denken ließ. Beim Betongießen war immer ein Ingenieur mit einer zylindrischen Form erschienen und hatte sich etwas vom gerade verwendeten Beton hineingießen lassen. Nach dem Aushärten zog man die Form ab und erhielt einen schönen, kniehohen, 25 Kilo schweren Betonzylinder. In den Büros von Straßenbaumeistern standen solche Zylinder auf der Fensterbank, als wären sie Pokale für die Brücke oder den Rinnstein des Jahres.

»Was ist das?«, brüllte der Mann mit der Mütze Jung an. Er hielt die Pistole in der Hand und wusste anscheinend nicht, ob er sie auf das Ding oder seinen Besitzer richten sollte. Aus der oberen Etage war Unruhe zu hören.

»Material.«

»Material? Was für ein Material? Sprengstoff?«

»Nein. Das ist nicht gefährlich. Es ist nur … eine Art Gestein.«

»Eine Gesteinsart?«

»Ja, aus Island.«

»In einem Bierglas?«

»Ja. Es ist ein Kunstwerk.«

»Ein Kunstwerk?«

»Ja, das ist … das war ein Kunstwerk.«

Ein dicklicher Offizier ohne Kopfbedeckung und mit schütterem Haar, mindestens zwanzig Jahre älter als die beiden anderen, kam mit einem trägen, russischen Augenausdruck die Leiter herab und fragte mit tiefer Stimme, was los sei. Der Schirmmützige deutete mit dem Pistolenlauf auf den schwarzen Klumpen am Boden und sagte etwas, das Jung nicht verstand. Der Dicke schnaubte müde und verschwand wieder nach oben. Jung beobachtete, dass dem langen Soldaten ein Schweißtropfen die Schläfe hinablief. Im selben Moment merkte er, dass sich auch auf der Außenseite seiner Psyche Schweißtropfen zu Dutzenden bildeten. Die Soldaten mussten doch annehmen, dass es sich um Sprengstoff handelte, um Dynamit, und er konnte von Glück sa-

gen, dass er noch lebte. Er würde wohl kaum glimpflich davon-
kommen, vielleicht würde er überhaupt nie von der schwarzen
Masse loskommen ... Der Offizier mit der dunklen Stimme stieg
wieder die Sprossen herab. In der linken Hand trug er eine Art
Transistorgerät, in der rechten so etwas wie eine Sonde; beide
waren durch eine gedrehte Schnur miteinander verbunden. Er
ging in die Hocke, drehte einen Schalter am Gerät und hielt die
Sonde in Richtung des schwarzen Klumpens, drehte wieder an
seinem Gerät und hielt die Sonde an den Zylinder.

Dessen Oberfläche glänzte nicht so, wie Jung erwartet hatte,
vielmehr war sie eher so matt wie Kohle, obwohl seine Oberfläche viel härter war, wie man aus dem Geräusch schließen konnte,
mit dem das Ding über den Boden gerollt war.

Der Offizier schüttelte den Kopf und setzte das Gerät ab, das
wohl so etwas wie ein Gefahrendetektor sein musste, erhob sich
und stieß den schwarzen Zylinder mit dem Fuß so an, dass das
Ding mit demselben harten Klang noch eine Umdrehung machte;
dann bückte er sich und berührte es mit zwei Fingern, zog die
Hand zurück, roch daran und betrachtete seine beiden Finger-
kuppen, die von der Berührung mit der unbekannten Materie
schwarz geworden waren.

56

ZELLE 128

Drei Tage waren vergangen. Dreimal war das Fenster am Ende
der Zelle hell geworden wie eine Heizsonne oder ein modernes
Altarbild. Die Scheibe bestand aus Glasbausteinen, durch die
man nur Dinge in unmittelbarer Nähe erkennen konnte: senk-

rechte und waagerechte Gitterstäbe. Die waagerechten hatten einen beabsichtigten Effekt: Sie schienen zu sagen, dass es sich gar nicht um ein Gefängnis handele, jedenfalls nicht um ein gewöhnliches Gefängnis, sondern lediglich um eine notwendige Rasterung, eine vorübergehende Einschränkung der Freiheit, zum Wohle des Volkes.

Was bedeutet schon Freiheit? Was heißt Leben? Und was ist mehr Leben als das, was man in seiner klarsten Erscheinung separiert hat?

Dies war ein philosophisches Gefängnis.

Es lag irgendwo in Ost-Berlin. Zwar hatte man ihm die Uhr abgenommen, doch hatte die Fahrt mit dem Auto höchstens eine halbe Stunde gedauert. In einem etwas rustikalen Campingbus, der recht kreativ zu einem Gefangenentransporter umgebaut und außen wie innen grau lackiert war, saß Jung auf einem dunklen Sitz und ging in Gedanken das Verhör im Keller des Wachturms noch einmal durch. Er war auf seinen Ausgang genauso gespannt gewesen wie die Soldaten, und er hatte größtes Verständnis für seine Inhaftierung. Sie war voll und ganz gerechtfertigt. Er war sogar froh über diese Freiheitsberaubung, da sie ihn von einem peinlichen Telefonat mit den Philosophiestudenten westlich der Mauer befreite und von der Last des Manteltragens und dem ganzen Theater und Unwohlsein der letzten Monate. Sobald die Zellentür (Nr. 128) hinter ihm zuschlug, empfand er ein seltsames und überraschendes Gefühl der Freiheit. Hier war er allem gegenüber polizeilich entschuldigt, gegenüber Familie und Fluggesellschaften, Frauen und Kunstrichtungen und der eigenen Feigheit.

Hier war er endlich ein freier Mensch.

Das Einzige, was ihn beunruhigte, waren die Bilderrolle und seine beiden Koffer, die hoffentlich im Westen noch auf ihn warteten. Er hatte beim Einchecken in der Pension gesagt, er bleibe vier Nächte; die wären morgen vorüber. Was, wenn man ihn dann nicht aus der Haft entließ? Es war von »einigen Tagen« die Rede gewesen. Eine chemische Analyse des schwarzen Klumpens konnte wohl kaum sehr lange dauern. Seine Eltern brauchte er wohl nicht zu alarmieren, für sie musste er aus dem Vorgefallenen nur eine lustige Geschichte zimmern, die er ihnen bei der Rückkehr auftischen konnte. Was war das Ergebnis eines Jahres in Deutschland? Für junge Kunststudenten war es das Gesündeste, sich in einem Gefängnis einsperren zu lassen. Da wurden sie endlich frei und konnten zu denken anfangen.

Jung saß auf der Pritsche, sah zum Fenster und dankte den Gittern, dass sie ihn vor dem Leben gerettet hatten. Die anderen Gefängnisinsassen schienen nicht alle seiner Meinung zu sein, am Abend hörte er von irgendwoher schreckliches Heulen.

Das Ausmessen seiner Zelle ergab eine Größe von zwei mal dreieinhalb Metern oder sieben mal zwölf Hühnerschritten. Die Einrichtung bestand aus einem viereckigen Holzhocker, einem Bett mit einer einfachen Decke und einem Kissen, das jedoch eher einem Sitzkissen ähnelte. In der gegenüberliegenden Ecke befanden sich eine Kloschüssel und ein Waschbecken, die so unabgetrennt nach der Installation eines konzeptlosen Konzeptkünstlers aussahen. Die Tür zum Gang war in Moosgrün gestrichen und besaß Augen und Mund. Letzterer öffnete sich dreimal täglich und spie ein Essenstablett in die Zelle. Ein Glas Wasser, Sauerkraut und Kartoffelbrei. Ein Glas Wasser, Sauerkraut mit Würstchen. Nie Messer und Gabel, immer nur ein noch feuchter hölzerner Löffel. Abends hatte sich der Zelleninsasse, ruhig und die Arme über der Decke, ins Bett zu legen, bevor die Neonleuchte ausgeschaltet wurde.

Ein wunderbar einfaches Routineleben.

Die erste halbe Stunde hatte er allerdings nackt an der Tür

stehen müssen, während seine Sachen nach pornographischen Schriften und Läusen durchsucht wurden. Anschließend waren zwei Wärter mit Gummihandschuhen in die Zelle gekommen und hatten die gleiche Suche an seinem Körper veranstaltet. Der sozialistische Staat nahm sich seiner Bürger an. Er inspizierte sogar deren After. Das ostdeutsche erotische Puhlen wirkte genauso erregend wie zuvor das jugoslawische, und Jungs Piepmatz verhielt sich wie ein Piepmatz draußen bei Schneesturm, obwohl die Temperatur in der Zelle ungefähr dreißig Grad betrug. Es ließ sich ein Grinsen auf den Lippen der Enddarmerforscher feststellen, doch zu Jungs eigener Überraschung konnte ihm das nichts anhaben, er war darüber erhaben. Für einen freien Mann war die Demütigung des Ausziehens und der Darmbefingerung unfreier Menschen bedeutungslos, ja, es hatte etwas Positives, der Grund für das einzige Lächeln der Stadt in dieser Woche zu sein.

Nach Beendigung der Gummibefummelung und Empfang seiner Kleidung musste er über den Unterschied zwischen dem deutschen Wort *Niederlage* und dem isländischen *niðurlæging* nachdenken, das *Demütigung* und *Erniedrigung* bedeutet. Im isländischen Wort war die Möglichkeit der Wiederaufrichtung enthalten, das deutsche ließ einen nur am Boden.

Die Wände waren zweifarbig gestrichen, Uniformgrau bis in Schulterhöhe, Formularweiß oberhalb davon. Das Grau war großflächig abgeblättert und hatte ein dunkleres Steingrau freigelegt. Dieser Wandschmuck war die einzige Abwechslung, die der Aufenthalt bot. Weder Bücher noch Zeitungen waren gestattet. Ein großer Wandfleck gegenüber der Pritsche ähnelte eindeutig den Umrissen der Sowjetunion, und am dritten Tag konnte Jung der Versuchung nicht mehr widerstehen und kratzte etwas mehr Farbe von der Wand, vergrößerte den Fleck in Richtung des Waschbeckens und fügte ihm Finnland und Schweden hinzu.

Dann ein paar kleinere Flecken auf der anderen Seite: Japan. Die abgeblätterten Farbstückchen versteckte er sorgfältig in der Fuge zwischen Fußboden und Toilettensockel.

Für den Fall, dass er brechen musste, gab es kein Gefäß. Daher überlegte er, ob er gegebenenfalls alles in eine Ecke kotzen (die Zelle war noch nicht gereinigt worden) oder einen schwarzen Fleck in der Kloschüssel hinterlassen sollte. Die beste Lösung wäre vielleicht, die Neonröhre aus der Fassung zu schrauben und sie nach und nach mit dem schwarzen Zeug zu füllen, sodass er am Ende einen stabilen Schlagstock hatte, um dem Wärter eins überzuziehen.

Während er darüber nachdachte, öffnete die Tür Auge und Mund, und im Letzteren erschien waagerecht der Kopf eines älteren Wärters. Im ersten Moment dachte Jung, es gäbe Menschenkopf zu essen, bevor sich der geschlossene Mund im offenen Mund öffnete und irgendwas von Verhör schnarrte.

Jung wurde auf den Gang geführt. Zellen reihten sich zu beiden Seiten aneinander, und beiderseits war an den Wänden in Ellbogenhöhe eine Schnur gespannt, die anscheinend elektrische Schläge austeilen konnte. Der Wärter blieb dicht hinter Jung, und der konnte den intensiven Schweißgeruch des Wärters wahrnehmen, der mit dem Modergeruch auf dem Gang konkurrierte und zeitweilig die Oberhand gewann. Auf Jungs Kinn waren drei neue Pickel aufgeblüht, die heftig pochten und sich zusammen so anfühlten, als wäre die Partie unterhalb seines Mundes betoniert. Am Ende des Gangs wurde er in eine Zelle zur Rechten beordert. Sie glich der anderen aufs Haar, nur befand sich neben dem Waschbecken ein vergittertes Fenster mit Schreibtisch und Stuhl, auf den er sich setzen sollte. Das Fenster war hinter dem Gitter mit einem Laden verschlossen, und als er geöffnet wurde, gab er den Blick in eine Art Büro frei. Direkt hinter dem Fenster saß ein graumelierter Herr mit dicker Brille an einem Tisch, Erich Honecker gar nicht unähnlich, aber durch seine schmalen Hände, abfallenden Schultern und hochgekämmten Haare wirkte er noch femininer. Sein Hals war vogeldünn und raspelte etwas am mattorangefarbenen Hemdkragen. Seine Krawatte trug ein braunes Rautenmuster und changierte ins Blaue. Der Mann erinnerte Jung sofort an einen alten Lehrer, der zu Hause regelmäßig im *Volkswillen* schrieb, einen belesenen Sozialisten, der den Respekt aller Parteifreunde genoss. Seine Stimme klang heiser und bot ihm Deutsch, Englisch oder Schwedisch an. Jung entschied sich für das mittlere Angebot. An einem weiteren Tisch hinter dem Mann saß noch ein jüngerer mit gescheiteltem Haar, glatten Wangen und verschlagenem Blick vor einer Schreibmaschine.

Es war also alles für eine gemütliche Geschichtsstunde in der Deutschen Demokratischen Republik vorbereitet.

Sie hatten es kein bisschen eilig. Schon nach einem halben Tag hinter dem Eisernen Vorhang hatte Jung festgestellt, dass man dort im Gegensatz zum Westen über reichlich Zeit verfügte. Ganze Stunden lagen über die halbe Stadt verstreut. Im Kapitalismus bedeutete Zeit Geld, aber für den Sozialismus war die Zeit eines der wenigen Dinge, die er besiegt hatte, hier schrieb man noch immer 1951.

Mittlerweile war eine Stunde vergangen, und der schwarze Klumpen war noch gar nicht zur Sprache gekommen. Jung sollte Fragen nach seiner Familie, nach seinem Bildungsweg und nach der Familie seiner Mutter beantworten. Er hatte den Eindruck, sie wussten von seinem gutbürgerlichen Großvater und dessen politischer Einstellung, von seinen schändlichen Abonnements von *Times* und *Newsweek* und von seiner Vorliebe für Ronald Reagans Witze. Dann erkundigte man sich nach München, dem Leben an der Akademie, der Uhrzeit, zu der der Professor zum Unterricht erschien (wobei Jung sich ein Grinsen verkneifen musste), ob es zuträfe, dass dort nur abstrakte Kunst oder gar »amerikanisches Gekleckse« gelehrt würde. Jung freute sich im Stillen erleichtert darüber, dass seine Bildrolle sicher in den Sektoren der Westalliierten lagerte.

»Kommen wir nun zur Sache. Einer harten, schwarzen ›Sache‹, die Sie ...«, der Verhörende blickte auf seine Unterlagen, »in einem Bierglas bei sich trugen. Sie haben behauptet, es handele sich um ein Kunstwerk?«

»Ja, im Grunde schon.«

»Drücken Sie sich bitte präzise aus!«

Jung fühlte die Pickel am Kinn pochen.

»Ich hatte noch keine genaue Vorstellung, was daraus werden sollte. Ich habe es erst einmal gesammelt ...«

»Wie denn?«

Die Stimme des Mannes stieg etwas an und ließ eine Spur von Verärgerung hören. Wenn er den Kopf hob, spiegelten seine Brillengläser, sodass seine Augen nicht zu erkennen waren, und das erinnerte Jung plötzlich an seine Grundschullehrerin Jónfríður, die strenge, Brille tragende Jónfríður, und in ihm stieg der lebenslang gehegte Wunsch auf, die Erwartungen zu erfüllen und richtig zu antworten. Aber diese Frage war wirklich knifflig. Welche Antwort er auch immer geben würde, er bekäme mit Sicherheit keine 10A A A+++ dafür.

»Es ist ... so aus mir herausgekommen.«

»Aus Ihnen herausgekommen?«

»Jawohl.«

»Abstrakt?«

»Wie bitte?«

»Drücken Sie sich jetzt abstrakt aus? Auf westliche Art?«

»Äh, nein ... doch, ja, es ist meine Art mich ... auszudrücken.«

»Sich auszudrücken?«

»Ja.«

»Durch einen Zylinder aus schwarzem, hartem Material?«

Der Verhörende schlug eine auf dem Tisch liegende Aktenmappe auf und entnahm ihr ein Foto, das den Klumpen zeigte. So weit Jung erkennen konnte, war es in einem Fotolabor der NVA aufgenommen worden. Der Hintergrund war sauber und weiß. Dadurch sah der bierglasförmige Zylinder auf einmal aus wie ein Werk von Beuys.

»Ja, es hat sich nach und nach angesammelt, in dem Glas. Ich musste es bei mir tragen. Darum habe ich es in die Tasche gesteckt.«

»Ist das jetzt Ihre Taschenausgabe der Wahrheit?«

Der Mistkerl war viel beschlagener, als Jung gedacht hatte. Ihm saß kein dumpfbackiger Amtsstubensesselpupser aus sozialistischem Stall gegenüber, sondern ein scharfsinniger, gebildeter Mann, der Englisch und Schwedisch sprach. Bestimmt hatte man ihn eigens aus den Tiefen einer Universitätsfakultät geholt, um mit diesem Ausländer fertig zu werden.

»Hm, nein, also die Wahrheit ist, dass ich das ausgespuckt habe. Es handelt sich um Erbrochenes, meine gesammelte Kotze.«

Darauf wurde es still. Noch stiller, nachdem der Protokollant die Aussage in die Tasten gehämmert hatte.

»Wir befinden uns hier nicht in einer dieser samstäglichen hirnrissig albernen Unterhaltungssendungen des Westfernsehens. Reden Sie ernsthaft, oder Sie werden schon sehen!«

Er wischte sich mit einer blassgrünen Serviette über den Mund.

»Wer sollte dieses Zeug bekommen?«

»Wer?«

»Ja. Für wen war das Material, dieser Klumpen bestimmt?«

»Ich verstehe nicht.«

»Sie haben das Material durch die Mauer geschmuggelt. Für wen war es bestimmt?«

»Für niemanden.«

»Niemanden? Wozu haben Sie es dann geschmuggelt? Für wen war das Zeug gedacht? Nennen Sie Namen!«

»Das kann ich nicht. Ich kenne niemanden in diesem Land.«

»Wer hat Sie geschickt?«

»Keiner. Ich bin ganz allein.«

»Haben Sie das Material für Propagandazwecke eingeschmuggelt? Hat Bonn Sie geschickt?«

»Propagandazwecke? Was sollte dieses ... Was hat die chemische Analyse ergeben?«

An dieser Stelle geriet der Verhörende etwas ins Stocken, eine winzige Kopfbewegung, ein kleines Blinken am Rand der Brille gaben zu erkennen, dass er glaubte, sich verplappert zu haben. Aber er hatte das Verhör blitzschnell wieder unter Kontrolle. Es zog sich ergebnislos über zwei Stunden hin.

Propagandazwecke? Um Menschen anzuschwärzen, oder was? Es war deutlich, dass der Verhörführer wusste, um welche Art von Materie es sich handelte.

Als er in seine Zelle zurückkam, war sie voller Einsamkeitsgefühle. Ihm standen plötzlich der Ernst der Lage und seine Situation vor Augen. Ließen sie ihn womöglich nicht wieder frei? War er wirklich in einem ostdeutschen Militärgefängnis inhaftiert? Er? Ein unschuldiger Isländer? Jónfríður Lieblingsschüler? Wie hatte das passieren können? Er sank auf die Pritsche und legte sich auf die Seite, den Kopf auf das hartbrüstige Kissen gebettet, die Hände unter der Wange, die Beine an den Leib gezogen, dass er unter der Decke wie ein Fragezeichen aussah. So lag er bis zum Abend, bis die Klappe aufgerissen und ihm befohlen wurde, sich auf den Rücken zu drehen, Hände auf die Brust. Er gehorchte, und das Licht wurde ausgeschaltet, aber in seinem Kopf brannte noch eine Lampe. Die Sorge hatte sich an den Schreibtisch gesetzt und ging ein weiteres Mal die Fragen der Angst durch. Das übliche abendliche Weinen, das über den Gang zu hören war, nahm um Mitternacht ein abruptes Ende.

57

HERR OSKARSSON

Am zwölften Tag ging die Tür auf, und Jung wurde ein Stockwerk tiefer in einen halbwegs erträglichen Raum mit drei Tischen und einer Reihe von Stühlen gebracht. Dort erwartete ihn ein schnauzbärtiger Wärter, den er noch nicht kannte, ein kräftiger Mann mit großer Nase in einem Anzug und ein blonder Mann um die vierzig mit langem Hals und etwas zu großem Sakko (die Schulterpolster standen seitlich über die Schultern hinaus), mit dezent westlicher Krawatte und neumodischer Brille.

»Hallo! Stefán Már, von der Botschaft in Bonn.«

Für Jung war der Mann der Heiland mit Schlips, und er brach im selben Moment in Tränen aus, in dem er die isländische Begrüßung hörte. Der Botschaftsrat legte ihm die Hand auf die Schulter, drückte ihn auf den Stuhl und sagte mehrmals »nanana« auf Isländisch, was Jungs Schluchzen nur noch verstärkte. Er hatte über seinen Körper und seine Gefühle keine Kontrolle mehr, ein Nervenzusammenbruch übernahm das Ruder und gab es erst nach zehn Minuten wieder aus den Händen. Die Ostdeutschen brachten für derartige westliche Hysterie wenig Geduld auf und redeten unterdessen eine andere Sprache, etwa so wie Generäle, die sich beim Foltern über Fußball unterhalten.

Nach vielstündigen Verhören und ebenso langer Verzweiflung, war das Freiheitsgefühl ab dem dritten Tag rapide gesunken. In der vielleicht am weichesten auf Daunen gebetteten Gesellschaft der Welt aufgewachsen, wurde Jung allmählich die Härte dieser Zellenwände bewusst. Er konnte das nicht länger mit kaltlächelnden Laxnesssprüchen à la »Weniges bekommt jungen Kunststudenten besser, als wenn sie ins Gefängnis gesperrt werden« quittieren. Das allabendliche Weinen überzeugte ihn davon, dass hier Seelenmorde verübt wurden, wenn nicht seelenlose Morde.

Als er hinter Gittern gelandet war, hatte er anfangs Verständnis dafür, dass ein schwarzer Brocken von 3,2 Kilogramm als sehr gefährlich eingestuft wurde. Angesichts der Spannungen zwischen den beiden weltanschaulichen Systemen war ein verordneter Gefängnisaufenthalt nachvollziehbar. In Wirklichkeit war er aber nicht wegen des Klumpens verhaftet worden, sondern weil er Fotos von der Mauer gemacht hatte. Wenn nicht dafür, dass er sie überhaupt angeguckt hatte. Derartiges war offenbar verboten. Das wussten alle in der Stadt, alle in den Bussen, alle Passanten auf dem Alexanderplatz, und deshalb hielten alle den Blick zu Boden gerichtet. Er war verhaftet worden, weil er aufgeblickt hatte, weil er den Kopf zu hoch trug, weil er keine Furcht zeigte. Damit alle gleich waren, mussten anscheinend alle gleich eingeschüchtert sein. Die »Diktatur des Proletariats« hatte sich in eine Diktatur der Angst verwandelt. Und er hatte vier Jahre lang den *Volkswillen* ausgetragen und war von der geistigen Überlegenheit des Sozialismus überzeugt gewesen!

Stefán Már erklärte, sein Fall sei zu Hause in Island bis hinauf zum Schreibtisch des Außenministers gewandert, und man bemühe sich energisch darum, ihn freizubekommen. Der Fall sei allerdings schwierig, wegen bestimmter Dinge, um die es dabei gehe. Die Behörden der DDR seien extrem empfindlich in allen Belangen, die mit der Grenze zur Bundesrepublik in Zusammenhang stünden.

»Aber der Außenminister wird alles tun, was in seiner Macht steht ...«

»Wirklich? Óli Jó?«

»Ja, er hat Kontakt zu Genscher aufgenommen und auch mit dem Außenministerium der DDR.«

Óli Jó und Hans-Dietrich Genscher! Der junge Mann bekam ein schlechtes Gewissen, weil er diesen Respekt gebietenden hohen Herrn Teile ihrer Arbeitszeit raubte.

»Und meine Mutter?«

»Deine Eltern sind nach Bonn gekommen und wohnen dort vorläufig in einer Wohnung in der Botschaft.«

Die Nerven versagten wieder. Mama und Papa in Bonn? Schluchzer entrangen sich seiner Brust.

»Wissen sie ...?«

»Ja, sie sind über die wesentlichen Punkte der Angelegenheit im Bilde.«

»Warum ... sind sie nicht mitgekommen?«

»Das erschien in Anbetracht der Lage nicht ratsam. Es ist aber denkbar, dass dein Vater noch per Flugzeug hierherkommt. Es ist allerdings sehr ungewiss, ob er eine Besuchsgenehmigung bekommt.«

Jung sah durch die Tränen den Vertreter seines Landes an und hatte Island noch nie so geliebt. Stefán Már. Was für ein Mann! Was für ein Gesicht! Solche Männer kamen nur aus Fljótshlíð.

»Bist du aus dem Osten?«

Der Botschaftsrat lächelte vorsichtig und war offensichtlich erleichtert.

»Aus dem Osten? Nein, ich komme aus dem Südland.«

»Aha, aber ich meinte ja auch von östlich der Berge, also von jenseits der Berge bei … ach, wie sagt man denn noch?«

»Vom Land, aus der Gegend östlich der Stadt?«

Ja, genau, sicher. Jung war selbst dort auf dem Land gewesen, auf einem Hof unweit von Hella, und jetzt erinnerte er sich plötzlich an eine dortige helle Sommernacht des Jahres 1972. Aus dem Haus waren die Kommentare zum Duell Fischer gegen Spasski zu hören gewesen und der Eyjafjallajökull hatte den Horizont ausgefüllt.

»Von welchem Hof?«

»Garðsauki heißt er, etwas östlich von Hvolsvöllur.«

»In Fljótshlíð?«

»Ja, nicht ganz, aber kurz davor.«

Die beiden Isländer lachten, der eine von ihnen durch Tränen und geschwollene Augenlider. Die Deutschen wurden unruhig. Garðsauki, Gartenmehrer – was für ein Name für einen Bauernhof! Welche Schönheit in einem Wort!

Aber Stefán Már kam wieder zur Sache.

»Was uns jetzt vor allem weiterhelfen würde, wäre, wenn du uns etwas über den bewussten Gegenstand sagen könntest. Hm, also, wenn du uns klar sagen könntest, um was es sich handelt und wie es zustande gekommen ist. Das würde sich auf der Stelle sehr günstig auswirken.«

Jung überlegte sorgfältig, ehe er antwortete.

»Also, das war als Kunstwerk gedacht … oder als Versuch zu einem Kunstwerk, an dem ich das Jahr über gearbeitet habe. Es sollte Konzeptkunst sein, so etwas, was in Island die SÚM-Gruppe macht. Ich habe etwas Lava und Obsidian mitgebracht und beides in München in der Kunstakademie geschmolzen, im Töpferofen im Keller, der eine unheimliche Hitze entwickelt. Jede Woche eine kleine Portion. Die habe ich dann in ein Bierglas gegossen, ein Originalglas der Münchener *Spaten*-Brauerei, und ließ es darin aushärten. Es war als Experimentalkunst gedacht, als symbolischer Versuch, ob sich Island an die Form eines anderen Landes anpassen kann. Es sollte am Ende eine Plastik dabei herauskommen, die entweder den Titel *Ein halber Liter Lava* oder *Heimweh I* tragen sollte. Da hatte ich mich noch nicht ganz entschieden. Ich wollte versuchen, noch mehr …«

»Ich verstehe. Ich weiß zwar nicht genau, ob … Mein Kunstverständnis endet nämlich bei Þórarinn B. und Ásgrímur, hehe. Aber ich begreife, was du vorhattest. Nun sag mir noch, warum du das Ding mit hierhergenommen hast. Ich meine, das wiegt ganz schön …«

»Ich habe es immer bei mir getragen, weil ich so viel Arbeit hineingesteckt hatte und Angst hatte, es im Hotel zu lassen.«

»Ich verstehe«, wiederholte der Erlöser mit der Krawatte, wenn auch nicht ganz überzeugt. Aber er wandte sich an die Beamten der DDR und erklärte ihnen die Sachlage in einem komplizierten Deutsch, das Jung nicht verstand. Aber er sah, wie der Unmut in ihren Mienen zunahm. Idioten ärgert kaum etwas mehr als Idiotie. Wenig später musste sich Jung ohne die Gewissheit oder begründete Hoffnung auf eine Lösung von seinem Landsmann verabschieden. Es hieß nur:

»Du kannst sicher sein, dass wir alles tun werden, was in unserer Macht liegt. Alles, um dich so schnell wie möglich freizubekommen.«

»Schreiben zu Hause die Zeitungen darüber?«

»Nein, es ist uns gelungen, die Medien völlig herauszuhalten.«

Jung war erleichtert und ließ sich in Zelle 128 zurückführen. Nachdem er die Neuigkeiten verdaut und sich ein Gespräch seiner Eltern im Schlafzimmer der Bonner Botschaft ausgemalt hatte, machte er sich wieder an sein Werk: Die abgeblätterten

Stellen an der Wand stellten inzwischen alle Länder Europas dar, einschließlich Grönlands, das an Stelle eines Spiegels über dem Waschbecken prangte. Gerade kämpfte der junge Mann mit den griechischen Inseln. Sie waren klein und erforderten große Genauigkeit im Abkratzen. Er wollte nicht den gleichen Fehler wiederholen wie bei Island, das ihm im Vergleich zu den anderen Ländern deutlich zu groß geraten war.

Er musste an den großen Atlas zu Hause denken, der mit den 32 Bänden der *Encyclopædia Britannica* zusammen gekommen war, die sein Vater 1966 gekauft hatte, gegen Mutters Einwand, dass das Lexikon so teuer sei wie vier Kenwood-Küchenmaschinen. Jung liebte diesen *World Atlas*, seine Farbgestaltung war unglaublich, von den hellgelben Stränden bis hinauf zu den dunkel, dunkelbraunen Alpengipfeln. Er konnte einen ganzen Nachmittag an einem Berghang nicht weit von Madrid liegen und Dörfer und Felder sehen und davon träumen. Das war das Buch des Lebens. Das Ortsnamenregister enthielt in winziger Schrift alle Orte der Welt samt Seite und Koordinaten: Las Navas del Marqués 19, D6. Plötzlich machte sich ein alter Bekannter in ihm bemerkbar, das erste Brechen in der Haft. Aber er war darauf vorbereitet, sprang zur Toilette, öffnete geräuschlos den Spülkasten (das hatte er oft genug geübt) und spuckte alles sorgfältig in eine Ecke, sodass der Abzugmechanismus nicht getroffen wurde. Dann legte er den Deckel wieder auf. Er mochte sich gar nicht vorstellen, wie er bestraft würde, wenn sie dahinterkämen.

Bis zum Abend arbeitete er weiter an den griechischen Inseln, schaffte es damit, sich müde zu machen, und legte sich gerade rechtzeitig, bevor das Licht gelöscht wurde, unter die Decke und ging noch einmal den Tag und sein Leben durch. Warum hatte er ausgerechnet vorhin wieder brechen müssen? Weil er an zu Hause gedacht hatte?

Wenig später sah er sich wieder in seinem Bett im untersten Wohnblock an der Háaleitisbraut liegen, wo sie von 1966 bis 1974 gewohnt hatten und er ohne besondere Zwischenfälle seine Kindheit verbracht hatte. Das Kinderzimmer war schmal, aber es blieb immerhin ein Gang zwischen den beiden Betten. In dem zweiten schlief sein Bruder, einer der Zwillinge, ein sechsjähriger Junge in gestreiftem Schlafanzug, der ihm sehr ähnlich sah, aber kein Tohuwabohu im Kopf hatte, der zweite schlief bei seiner Schwester und dem grünen Papagei im Nebenzimmer. Er und sein Bruder hatten das äußere Zimmer, hinter ihrer Wand lag das Treppenhaus, und eine Etage höher wohnte Össi, der zwei Jahre älter und sein Mentor in Sachen Musik war, der ihn vor Gilbert O'Sullivan gerettet und mit ELP, Emerson, Lake & Palmer (»Tarkus«! »Toccata«!), bekannt gemacht hatte, selbst aber schon fünfzig Plattenseiten weiter in der Zukunft war und ihm jeden Monat ein neues musikalisches Projekt vorsetzte: Billy Cobham, Herbie Hancock, Charles Mingus … Es waren nur fünfzehn Stufen bis nach Amerika.

Über dem Bett hingen Fußballbilder, die Jung aus der *Goal* ausgeschnitten hatte, die alle zwei Wochen im Buchladen am Busbahnhof Hlemmur auslag. Über dem Kissen sah er Clyde Best von West Ham United, wie er über ein tief umgepflügtes Spielfeld lief. Obwohl Jung eigentlich eingefleischter Derby-Fan war, liebte er diesen großen, kräftigen Spieler, weil er der einzige Schwarze in der ganzen Premier League war, eine einsame Position, die einen Isländer ansprach. Die kurze weiße Hose des Mannes von den Bermudas leuchtete in der Dunkelheit.

Im Block schliefen alle, und draußen auf dem Parkplatz stand leise ihr Volvo Amazon mit seinen Benzinbrüdern, aber im Flur klapperte jemand mit einem Schlüsselbund, da stand jemand und schlug damit immer wieder gegen den kleinen, braunen Telefontisch. Der Junge sah einen bösen Kerl mit Kapuze und undeutlichem Gesicht, aber blauen Lippen vor sich, der mit seinen Schlüsseln gegen den kleinen, dunkelbraunen Telefontisch aus Teakholz mit einem unteren Regalbrett fürs Telefonbuch klimperte. Jahrelang hatte dieser schreckliche Schlüsselmann draußen im Flur gestanden, und obwohl Jung sich mit der Zeit an ihn gewöhnt hatte, hatte er noch immer furchtbare Angst vor ihm. Irgendwann würde der Schlüsselmann mit dem Klimpern am Telefontisch aufhören und zu ihm hereinkommen, mit einem vor Brutalität blauen Gesicht, vielleicht in dieser Nacht …

Jung bat Gott und Jónfríður, ihn zu beschützen, und rief den guten Clyde Best mit seinen kräftigen Schenkeln und seiner psychischen Stärke zu seiner Verteidigung. Das schreckliche Schlüsselrasseln wechselte die Tonart, gellte nicht mehr so schrill wie zuvor, klapperte jetzt in einer hohlen Hand; kein Zweifel, der Schlüsselmann kam näher …

»Óli Jó!«, hörte er sich selbst laut sagen und stellte fest, dass er eingeschlafen war. Der Schlüsselmann war vorbeigegangen, die Stille war so dick wie die Mauern, Schweigen in der Zelle, auf dem Gang, im Hof draußen, in der ganzen Stadt. Plötzlich war ein Heulen zu hören. Kurz, lang, kurz. Dann wieder Stille. Irgendwo draußen in der Dunkelheit stand der riesige Fernsehturm und warf Lichter zurück wie die kleinen Lichtreflexe auf der Klinge eines Messers, das bis zur Hälfte im halbtoten Körper eines Volkes steckte.

58

DAS RELIEF IN DER MITTAGSBAR

Er stand ganz hinten in der Warteschlange vor dem Hotel Borg, als sie kamen, der Sohn des Dichters und zwei dunkelbraune Kumpel von ihm. Sie begrüßten ihn lachend, hatten offensichtlich schon tief ins Glas geschaut und lallten immer wieder denselben Satz: »Tardelli auf Gentile, Gentile auf Rossi, TOOOR!«
Am Wochenende zuvor hatte Italien Deutschland im Endspiel der Fußballweltmeisterschaft geschlagen, und offenbar hatten sie das Spiel noch im Kopf. Der Sohn des Dichters hielt eigentlich immer zu den Deutschen, schloss sich aber diesmal der Anerkennung des Siegers durch die Besiegten an: Wer die »Unseren« besiegte, hatte grenzenlose Bewunderung verdient.

»Gentile auf Rossi, TOOOR!«, brüllten sie so lange, bis sich ein New-Wave-Typ vor ihnen in der Schlange umdrehte und fragte, ob sie es nicht doch lieber in der Disko Hollywood versuchen wollten. Der Sohn des Dichters pöbelte den blassen Typen sofort an, machte sich über ihn und den bunten Devo-Anstecker lustig. Der Devo-Fan nahm die Schmähungen mit dem ausrasierten Nacken hin. Jung kannte den Burschen, hatte sich zweimal mit ihm im Plattenladen unterhalten, aber er sagte nichts, sondern nahm das Besoffensein seiner Freunde hin wie eine Ente unter Möwen. Die Warteschlange war ungefähr eine Stunde lang und zog sich um die ganze Kolonnade, unter der sie in der julihellen Mitternacht standen, vier junge Männer in der Geschichte Reykjavíks.

Es war der erste Abend, an dem der junge Mann ausging, seit er vor einem Monat wieder nach Hause gekommen war. In der Tasche seines Mantels trug er ein kleines Wasserglas aus einem bundesdeutschen Hotel und ging ein beträchtliches Risiko ein, sich so lange in eine Schlange zu stellen (die endlose Warterei vor Vergnügungslokalen in Island hatte er vergessen). Im Prinzip musste niemand das Erbrochene sehen, wenn es ihm hochkam: Er würde sich schnell bücken und auf den Bürgersteig übergeben. Das Problem war nur, dass die Menge so dicht gedrängt stand, dass er das Risiko einer weiteren Schuhverbrennung nicht ausschließen konnte.

Seine Freunde fuhren fort, Tardelli und seine Mannschaftskameraden zu feiern. Jung hatte die Weltmeisterschaft in Spanien nach seiner Entlassung aus dem DDR-Gefängnis mit mäßigem Interesse verfolgt. Seine Freunde wussten gar nichts von der Sache, für sie war er einfach vor Kurzem aus dem Ausland zurückgekehrt. Tatsächlich hatten seine Eltern niemandem von seinem Gefängnisaufenthalt erzählt, weder seinen Geschwistern noch den Großeltern, um ihnen Kummer zu ersparen. Außerdem lag der Großvater zurzeit im Krankenhaus, nichts Ernstes hatte seine Mutter versichert, bloß etwas mit dem Blut. Die offizielle Begründung für den Flug seiner Eltern nach Deutschland lautete, Jung sei krank geworden und schließlich in ein Krankenhaus in Bonn eingewiesen worden.

Seine Schwester jobbte beim Sommerski in den Kerlingarfjöll, und er genoss es, mit seinen lebhaften Brüdern vor dem isländischen Fernsehen zu sitzen. Nie hatte er so viel Zeit mit ihnen verbracht. Seit er sieben Jahre alt war, hatte er jeden Sommer anderswo gesteckt als sie, und die Winter über lebte er in einer anderen schulischen Welt als sie. Ihr hauptsächlicher Kontakt hatte darin bestanden, dass er sie für ihre abwechslungsfreie Essensvorliebe (Schokodrink und Toastbrot mit Kaviarcrème) und ihr endloses Fernsehen gehänselt hatte. Sie hatten in zehn Jahren keine Sendung verpasst – genau wie er, als er im selben Alter gewesen war. Aber diese selbst gestellte Aufgabe war auch nicht sonderlich schwer zu bewältigen, denn das Fernsehen sendete nur zwischen 18 und 22.30 Uhr. Das noch in den Kinderschuhen steckende isländische Staatsfernsehen hatte es im übrigen auch geschafft, auf unglaubliche Weise die Übertragung der Fußball-WM zu verbaseln. Obwohl es die Senderechte für alle 52 Spiele erworben hatte, wurden lediglich das Eröffnungsspiel und das Finale live gezeigt – in Schwarzweiß und mit französischem Kommentar. Die übrigen Spiele zeigte es mit dreitägiger Verspätung oder gar nicht. Für das Endspiel musste es außerdem eine Ausnahme von seiner obligatorischen Sendepause im gesamten Juli machen.

Es machte Jung, der noch etwas angeschlagen war, großen Spaß, seine Brüder täglich über diese Schusseligkeit schimpfen und laut »Diese Holzköpfe!« rufen zu hören. Zwischendrin setzten sie sich vor den Fernseher und versuchten für ein drei Tage zurückliegendes Spiel so etwas wie Spannung aufzubringen. Für Jung selbst bedeutete das sogar einen Fortschritt, denn er erinnerte sich noch an das Endspiel der WM 1966, das erst nach einem halben Jahr, am Silvesterabend immerhin desselben Jahres, endlich im isländischen Fernsehen gezeigt worden war. Und speziell dafür hatte sein Vater schließlich seinen Widerstand gegen die umstrittene neue Erfindung aufgegeben, ohne jemandem etwas davon zu sagen. Kurz vor Weihnachten stand auf einmal ein herrliches Gerät von Blaupunkt mitten im Wohnzimmer und erregte dasselbe sprachlose Staunen wie eine Waschmaschine in einem alten Haus aus Rasensoden.

Das Schönste aber war es, wenn Jung morgens mit seiner Großmutter in der Küche saß, wenn die anderen gegangen waren, und sie zusammen schwiegen oder sie ihm Geschichten aus ihrer Jugend in den Ostfjorden erzählte oder selbst gedichtete Reime ihres Großvaters aufsagte.

Achtundachtzig Jahre lang
lebte unser Bensi bang.
Zu sterben wünscht er viele Male.
Zum Ende kommt die Biographie,
bald in Baldurshagi
leert er bitt're Todesschale.

Ohne viel darüber nachzudenken, sog Jung das in sich auf, wie ein Elektrogerät Strom aus der Steckdose saugt. Seine Oma hatte es geschafft, die Strophe ihres Großvaters weiterzugeben, sie war jetzt in Jungs System übergegangen und würde die nächsten Jahrzehnte darin kreisen, das Gedicht eines Mannes, der im Jahr 1838 geboren war. Wir waren wohl wirklich kaum etwas anderes als Adapter für Stromleitungen und Verse. Sie trug noch zwei weitere Reimgedichte vor, die der Großvater auf sie und ihre Schwester verfasst hatte, lachte dann ein wenig, verstummte und dachte sich wohl zu Recht, dass der Enkel nicht wirklich zugehört hatte.

Obwohl sie nichts von seinen Streifzügen in Europas Süden und Osten erfahren hatte (von der Weihnachtsnacht in Florenz hatte Jung keinem erzählt), schien sie auf die gleiche Weise im Bild zu sein, wie ein Berg alles von einem Dorf an seinem Fuß weiß. Wortlos legte sie ihre große Hand auf die seine wie eine allwissende weise Frau mit wohltätigen Händen, hob sie an und tätschelte damit dreimal seinen Handrücken, ein dreifacher Segen, der ihm ungefähr so etwas wie eine geistige Finanzspritze bedeutete. Dann stand sie auf, ging steifbeinig in ihr Zimmer und kam mit einem roten Fünfhundertkronenschein, von dem Jón Sigurðsson blickte, zurück, so glatt und sauber, dass Jung im ersten Moment glaubte, er käme frisch aus der alten Schleuder, die die alte Frau bei sich stehen hatte und in der sie ihr eigenes Geld herstellte, die teuerste Währung der Welt. Wahrscheinlich war es wirklich so, der glatte und saubere Geldschein war derart unantastbar, dass Jung ihn noch immer nicht ausgegeben hatte. Er steckte nach wie vor in seinem Portemonnaie in der Mantelinnentasche.

Nach seiner Rückkehr hatte Jung es ruhig angehen lassen. *Und ich dachte, du hättest da draußen bloß gemalt.* Seine Eltern bekamen die Geschichte von der Lava im Bierglas zu hören. Sein Vater sagte dazu nichts, erkundigte sich aber mit taktvoller Neugier nach dem Verhalten der Grenzpolizei in Berlin und der Ausstattung der Gefängnisse jenseits der Mauer. Seine Mutter stellte gar keine Fragen, ließ aber hier und da Bemerkungen fallen, in einem deutschen Bus, in einem dänischen Taxi oder an isländischen Ampeln, deren Umschalten wohl auf immer unberechenbar bleiben sollte. *Was geht in diesen Menschen vor, haben sie überhaupt kein Kunstverständnis?*

Das Werk *0,5 l Lava. Heimweh I* hatte den isländischen Kunststudenten jedenfalls nicht gerettet, das war vielmehr »dem Eingreifen einflussreicher Isländer« zu verdanken, Treffen und Gesprächen »auf höchster politischer Ebene« sowie nicht zuletzt den »guten Verbindungen, die einige unserer Politiker durch viele Jahre aufrechterhalten haben«. So erklärte Stefán Már den Gang der Ereignisse bei einem Abendessen im Vier-Sterne-Hotel Vier Jahreszeiten in West-Berlin, nachdem Jung oben in seinem Zimmer im achten Stock vierundzwanzig Stunden in der daunenweichen Umarmung der westlichen Zivilisation geschlafen hatte, seine Bilderrolle und die Koffer in Reichweite. Der dicke und weiche Teppich der Freiheit und Demokratie tat ihnen gut. Der schwarze Zylinder jedoch hatte im Gewahrsam der Nationalen Volksarmee bleiben müssen.

Das weiße Tischtuch reichte dem Tisch bis zu den Knien und legte sich wie eine steife Serviette auf Jungs Oberschenkel. Aus unsichtbaren Lautsprechern klangen sanft die weichgespülten Aufnahmen eines Orchesters von Eagles-Liedern in Wohlfühlarrangements, und Kellner glitten über die Teppiche wie Eiskunstläufer.

»Und die chemische Analyse?«, fragte Jung scheinbar unbeteiligt, aber mit brennender Neugier unter der Oberfläche. »Ist dabei nichts herausgekommen?«

»Oh, doch«, sagte der Mann mit dem langen Hals und den Schulterpolstern. »Es ...«

Jung verlor vor Spannung fast das Hörvermögen.

»Sie hat nur bestätigt, was sie ohnehin schon vermutet hatten. Sodass ... Nun ja, das Ganze war ziemlich kompliziert.«

»Und was ...?«

»Du brauchst dir keine Sorgen zu machen. Das bleibt unter uns«, sagte Stefán Már und schob das Kinn vor und zwinkerte mit einer milden Unangestrengtheit mit beiden Augen, was auf Jung wirkte, als hätte jemand einen Mord dadurch gelöst, dass er eine weiße Rose auf den Sarg legte.

Innerlich schrie es in ihm danach, offen nach dem Ergebnis der Analyse zu fragen, aber er sah natürlich ein, dass das ausgeschlossen war. Er hatte diesem höflichen Mann mit seinem Lügenmärchen eine Menge Unannehmlichkeiten bereitet, der ihm hier einen diplomatischen Pakt des Schweigens anbot, und den konnte er nicht ausschlagen. Das Verbrechen war aufgeklärt, nur nicht für den Verbrecher.

In der Regierung saßen drei Minister der Volksallianz, von denen zwei in der DDR studiert und gelebt hatten, und einer von ihnen war überdies in der Zeit, in der Jung die Parteizeitung verteilt und einmal sogar eine seiner Zeichnungen auf der Titelseite der Sonntagsbeilage veröffentlicht hatte, Chefredakteur des *Volkswillens* gewesen. Ob er sich an Jungs Namen erinnert hatte? Auf jeden Fall konnte sich Jung darauf verlassen, dass sein Fall nicht an die Öffentlichkeit kam. Es hätte die Partei in einem schlechten Licht erscheinen lassen, wenn herausgekommen wäre, dass einer ihrer Zeitungsjungen im Musterland eingebuchtet worden war.

Je weiter Schlange und Zeit vor dem Hotel Borg voranrückten, desto mehr zog sich Jung in sich selbst zurück. Er hatte schon immer Schwierigkeiten mit Betrunkenen gehabt. Wenn seine Freunde singend aus ihren Höhlen kamen, verkroch er sich in seine. Für ihn waren die »Besäufnisse« der Pubertät ein schwieriger Balanceakt gewesen. Nur wenn alle gleichzeitig »in Stimmung« kamen, konnte er sich mitreißen lassen. Doch sobald einer oder mehrere einen Vorsprung vor ihm erreichten, wurde er sozusagen zum treusorgenden Gatten eines Alkoholikers, der sich um volle Aschenbecher und Glasränder auf Teakholztischen kümmerte und sich vor Langeweile, angeblich auf der Suche nach einem Lappen, den er unterhaltsamer als die Betrunkenen fand, in die Küche verzog.

Als sie endlich durch das Goldene Tor eingelassen wurden, war er wieder in seiner alten Zelle angekommen und konnte an nichts teilnehmen, weder an Gesprächen noch am Tanzen.

»Hi! Bist du schon länger wieder da?«

Auf seinen Mantel bedacht, streifte er durch den Goldenen Saal und stellte fest, dass sich seine Generation gefunden hatte. Gleichaltrige, die vor einem Jahr noch die Unschuld in Person gewesen waren, sahen ihn nun mit einem beigeschlafenen Augenausdruck an. Irgendwo in diesem mit Teppich ausgelegten Garten Eden hatten sie ihren Adamsapfel zum Reinbeißen gefunden. Er sah sogar Netzstrumpfhosen und Lippenstift, Dinge, die ihm früher nur auf Plattencovern begegnet waren. Typen, die früher überm Maokragen dänische Pfeifen geschmaucht hatten, trugen nun Opajacken mit Blondie- und The-Clash-Ansteckern, und irgendwelche ehemaligen Dorfdeppen und Dorschköpfe hatten es augenscheinlich bis in die Schauspielschule geschafft und schwebten jetzt durch den Raum wie Götter auf Gamaschen, erregten an jedem Tisch Stöhnen und entschwanden dann mit göttlichen Handbewegungen und höchst exotischem Gesichtsausdruck auf die Tanzfläche, weil sie mit dem Ungarn bekannt waren, der sich diesen Winter in Reykjavík aufhielt und vorher in Amsterdam in einem Harem eine *Hamlet*-Aufführung inszeniert hatte, in der alle bis zum fünften Akt nackt waren, in dem die Schauspieler dann übereinander herfielen.

Jung stand eine Weile an einem leeren, mit einem weißen Tischtuch gedeckten Tisch in der Nähe der Tanzfläche und sah sich die ganze Pracht und Herrlichkeit an, diese Tanzschulvorführung, die sich da abspielte. Alle tanzten – jeder in seinem eigenen Stil – mehr oder weniger für sich allein. Ein langgliedriges Mädchen mit schwarzem Lippenstift folgte mit ernstem Blick seinem Arm, der aus seinem langen Haar auftauchte wie ein Baggerarm aus einem Wasserfall, während ein Gleichaltriger aus dem Reykjavíker Gymnasium, den er einmal im Mokka gesehen hatte, ohne Rücksicht auf den eher langsamen Rhythmus der Musik mit geschlossenen Augen herumzappelte wie ein Irrer. Weiter hinten tanzten zwei der aktuell begehrtesten Frauen des Landes, offenbar paarungsbereit, um einen Nachwuchsschauspieler in Leggings herum, der unentwegt mit den Armen in der Luft fuchtelte wie ein Blinder auf der Suche nach der Möse im Heuhaufen. Jung konnte die kulturelle Raserei der Frauen für diesen jungen Schnösel nicht nachvollziehen, den er zuletzt gesehen hatte, wie er in Ísafjörður auf die Motorhaube eines Autos kotzte. Das Trio gab sein Äußerstes an punkballettartigen New-Wave-Bewegungen unter ausgiebigen Querverweisen auf die Wiener Walzertradition, da der Song den Titel »Vienna« trug. Auf seinem erhöhten

Posten in einer Ecke thronte mit aufgekrempelten Ärmeln der DJ und blickte stolz nickend über den Saal. Mit Ultravox hatte er genau ins Schwarze getroffen. »This means nothing to me! Oh! Vienna!« heulte der ganze Saal, und es war zu sehen, dass die jungen Leute es mit ihrem Tanzen schafften, für eine Weile das Land zu verlassen. In ihrer Vorstellung stand der Raum in diesem Moment nicht in Reykjavík, sondern irgendwo in Europa, und man befand sich nicht in der Ära des Kalten Krieges, sondern in einer anderen und besseren Zeit. An den dramatischen Bewegungen war abzulesen, dass sich die Tanzenden etwa auf einer rauschenden Ballnacht in einem prachtvollen Hotel in Budapest am Ende des 19. Jahrhunderts wähnten, aber nicht wie es der Realität entsprach, sondern wie es in einem russischen Roman aus jener Zeit beschrieben wurde, den sie nie gelesen hatten.

Der junge Mann im Mantel sah, dass seine betrunkenen Freunde einen Tisch im vorderen Raum gekapert hatten und dort wie drei Felsnadeln im Zigarrennebel saßen. Darum schlug er die entgegengesetzte Richtung ein und landete an einer langen, dunklen Bar im hintersten Raum. Dort überlegte er, sich von Omas Geldschein einen Campari zu genehmigen, doch ehe er sich entscheiden konnte, bekam er von einem schlecht gegürteten, älteren Bartträger einen doppelten Moscow Mule spendiert. Der Mann hatte ihn in seiner Brückenbauzeit gesehen und kannte seinen Vater.

»Guter Mann, dein Vater«, sagte der Bärtige und verrieb mit dem Rücken seines Zeigefingers etwas Schnupftabak unter der Nase. Es hing offenbar mehr am Wodkafaden: die unausgesprochene Erwartung, dass Jung für die nächste Stunde den Zuhörsklaven spielen würde. Er blieb mit der Lethargie junger Männer an der Bar stehen, schlürfte durch den Strohhalm und hörte zu den Klängen von »Love Will Tear Us Apart« *Geschichten von Planierraupenfahrern in den Westfjorden, Band I* und *II.*

Jung hatte nicht nur einen halben Monat in der Welt verpasst, sondern auch ein ganzes Jahr in der Musikwelt. Seine Vermutung hatte sich bewahrheitet, Punk war mittlerweile auch auf der Schäre im Nordatlantik angekommen, die meisten kannten sogar die Sex Pistols, nur sechs Jahre nach ihrem internationalen Durchbruch, und es gab auch ein paar isländische Gruppen, die etwas punkigere Sachen spielten als Guanorock. Außerdem füllten Stücke von Bands den Tanzsaal, die ihr Gitarrenjaulen mit Synthesizern auspolsterten, sodass ein depressiv-romantischer New Wave dabei herauskam, den Jung noch nicht kannte: Ultravox, Joy Division, Gary Numan, Depeche Mode, Human League, Soft Cell ...

Der Bartträger war inzwischen mit der Geschichte der Planierraupenfahrer im südlichen Teil der Westfjorde durch und im Dýrafjörður angekommen.

»Kennst du vielleicht Elli Kjaran?«

Jung war gar nicht unzufrieden mit der verbalen Geiselnahme, sie war sogar besser als die Qual, wehrlos mitten im Getümmel zu stehen und zu jedem »Hi« lächeln und immer wieder die Frage beantworten zu müssen: »Na, wie war's draußen?«

Zudem war die Aussicht gar nicht so schlecht, denn die Wand am Ende der Bar bedeckte ein großes Reliefbild, das den Blick von Reykjavík nach Norden zeigte: das Massiv der Esja und im Vordergrund einen Vogel am Ufer. Der Bergstock war als Relief ein Stück von der Wand abgesetzt, und gedämpftes Licht beleuchtete die Wand dahinter bis über den höchsten Grat, sodass der Eindruck von einem Sonnenaufgang entstand. Es stimmte zwar nicht, weil die Sonne niemals hinter der Esja aufging, aber das Gesamtbild schuf trotzdem eine anheimelnde Stimmung, erinnerte an ein altmodisches Bühnenbild in einem aufgegebenen Theater. Auf dem Kopf des Vögelchens und des Berges war eine hauchdünne Staubschicht zu sehen, die das Gefühl noch verstärkte, hier sei nichts eilig, hier könne man in aller Ruhe bis zum ersten Staubschneefall sitzen bleiben. Und das Bergrelief war goldrichtig platziert, denn an Werktagen war dieser Teil des Hotels die Hauptabfüllstation der Säufer in der Stadt, die sogenannte *Mittagsbar*. Da konnten sie in anhaltender Sommernacht wie in ewig jungem Herbst und Winter ins Glas schauen. Jung konnte sich nicht erinnern, das Relief schon einmal gesehen zu haben, und doch musste es seit Jahrzehnten hier hängen. Ganz ehrlich gesagt sprach ihn dieses Kunstwerk mehr an als all die anderen, die er sich im letzten Jahr zu Gemüte geführt hatte. Wenig später stand er vor dem realen Vorbild.

59

MORGEN AN DER SKÚLAGATA

Mitten in der Geschichte des zweitberühmtesten Baggerfahrers am Ísafjarðardjúp wurde der Berichterstatter unterbrochen, und Jung nutzte die Gelegenheit, um sich zu verdrücken. Der menschenleere Austurvöllur-Platz glotzte mit offenem Mund nachtgrün und steingrau in den wolkenlosen, weißen Himmel, aber über dem Hafen tat sich was, hinter Banken und Wellblechdächern lag ein goldenes Leuchten, das Jung anlockte. Er hatte seit einem ganzen Jahr keine isländische Sommernacht mehr erlebt, diese totale, himmlisch-heilige Helligkeit, die selbst ein remouladebekleckertes Hotdogpapier auf dem Bürgersteig in eine Blume verwandelt und alle Dinge leuchten und keinen Schatten werfen lässt.

Im Zentrum war kaum jemand unterwegs; es war noch vor drei, und erst dann würden die Kneipen und Bars den Abend auf die Straße kotzen. In der Austurstræti sah er einen stadtbekannten Penner, der in einem Abfalleimer an einer Straßenlaterne wühlte. Er war klein, bebrillt und angezogen wie ein Bauer im hinterletzten Tal, einen Arm hatte er in den Mülleimer geschoben wie ein Besamer in eine Kuh. Jung schaute weg. Es kam ihm vor, als wäre er in die Küche des kleinen, rundlichen Mannes geplatzt.

Ein paar Möwen segelten über dem Lækjartorg, und ebenso viele Nachteulen ahmten ihr zielloses Kreisen am Himmel auf der Erde nach. Auf der Lækjargata baute sich ein junger Kerl mit ausgebreiteten Mantelschößen vor einem bei Rot haltenden Taxi auf, sehr zum johlenden Vergnügen seiner Kumpane, eine ernste Frau stöckelte am Karnabæ vorüber und rückte mit vogelhaften Bewegungen ihre Schulterpolster zurecht, eine schwarze Lederjacke grölte auf den Stufen der Fischereibank, während sein Freund in Jeansjacke mit seinen springergestiefelten Zehen wieder und wieder gegen die Treppe stieß. Der Kampf gegen das System war in erster Linie eine Frage der Ausdauer.

Mit gemischten Gefühlen überquerte Jung den Platz, denn er wusste, wie wenig seine betrunkenen Landsleute Nüchterne leiden konnten, und er hatte an dem Wodkaglas nur genippt. Dann ging er zur Lækjargata, am Regierungsgebäude vorbei und Richtung Esja, als er hinter sich jemanden rufen hörte. Er tat so, als hörte er nicht, doch da tippte ihm jemand auf die Schulter. Es war der Knabe im Mantel mit seiner Bande. Er streckte Jung einen weißen Plastikhalm entgegen und blies sich zugleich mit vorgeschobener Unterlippe eine Haartolle aus der Stirn.

»Hier, bitte, ein Trinkhalm. Darf ich dir einen Halm anbieten?«, wimmerte er mit theatralischer Stimme und einem Grinsen durch schlechte Zähne. Seine Kumpane hinter ihm lachten, ein schlaksiger junger Kerl in einer ziemlich langweiligen Jacke und zwei abgerissene, aber stark geschminkte Mädels mit farbloser Orangenlimonade in Flaschen. Eine von ihnen hielt außerdem eine durchsichtige Tüte mit weißen Trinkhalmen in der Hand. Es war einer von den klassischen Scherzen auf solchen isländischen Sauftouren, natürlich hatten sie die Sachen in irgendeinem Kiosk geklaut. Jung nahm den Strohhalm, der unbenutzt aussah und dicker war als normale Strohhalme, und bedankte sich artig, musste aber noch ein paar unheimlich witzige Bemerkungen über sich ergehen lassen, bevor er seinen Weg fortsetzen konnte. So sind die Isländer, dachte er, schweigsame Sklaven an Werktagen, aber lautstarke Clowns am Wochenende.

Er ging durch den Kalkofnsvegur am Arnarhóll-Hügel und an der Baustelle vorbei, auf der früher einmal das schwedische Kühlhaus gestanden hatte. Es war während seiner Zeit im Ausland abgerissen worden, sehr zur Betrübnis von vielen, denn an dem weißen Wellblechzaun südlich davon hatte einer der besten Zufluchtsorte für Penner gelegen, immer windgeschützt, sonnig, und zu trinken hatte es auch genug gegeben; einer der glücklichsten Plätze der Hauptstadt. Jetzt sollte auf dem Grundstück der Neubau der Isländischen Notenbank entstehen, ein umstrittenes Projekt, das ihm in Ohren und Augen gellte, seit er nach Hause gekommen war.

In der Skúlagata stand endlich die Esja vor ihm, es war fast derselbe Anblick wie in der Bar, nur dass auf der Fjordseite der Straße noch eine alte Tankstelle mit zwei breitschultrigen Zapfsäulen und einem buckligen Kassenhäuschen aus grünem Wellblech mit rostigem Dach stand. Jung wartete, bis ein blaugrüner Bronco-Jeep vorbeigeschossen war, überquerte die Straße und den Platz vor der Tankstelle und setzte sich an der Blechrückseite des Kassenhäuschens auf einen fleckigen Stein am leicht vermüllten und nach Benzin duftenden Ufer, von wo aus er das herrlichste Panorama genoss:

Die Esja ruhte in bläulichem Dunst wie ein schlafendes Element über dem spiegelblanken und silberglänzenden Sund und war an ihrem Fuß leicht weißlich von dem Helligkeitsschweiß, der aus einem windstillen Glanz aufstieg, einer Luftart, die man auch Silberspray hätte nennen können und die von niedrigen blassgrünen Inseln durchbrochen wurde, darüber spannte sich ein goldener Heiligenschein wie eine freundliche Atomexplosion in sanfter Ruhe.

Seine Überzeugung war falsch gewesen, und das Bild in der Bar stimmte: Im Sommer ging die Sonne sehr wohl über der Esja auf. Nur war er nie zur richtigen Zeit in Reykjavík gewesen, um das zu erleben, immer auf dem Land oder beim Brückenbau oder beim Bäumezählen in Norwegen. Welche Schönheit! Was für eine erhabene Überhöhung! Was für ein Schlag!

Er wurde von einem realen Landschaftsbild umgehauen, einem Anblick, der alle anderen überstrahlte, ausradierte, alle anderen Bilder, Ideen, Zweifel und Spekulationen, und er fühlte, dass er irgendwie am Ende seiner Suche angelangt war. Die Wahl bestand nicht mehr zwischen dem Weg, der den Namen Munch trug, oder dem schmalen Pfad, der Duchamp hieß, hier stand er vor einer Macht, die größer und stärker war, und Jung fühlte, dass er sich beugen musste. Er war Isländer, daran führte kein Weg vorbei, und nach einem ganzen Jahr auf dem Kontinent in und außerhalb von Zügen und Museumsfluren, war das hier etwas, das ihn so voll und ganz überwältigte, dass sein Inneres nach diesem visuellen Schlag mit einem klaren, goldenen Ton klang wie eine glänzende Glocke.

Den »Klang der Offenbarung des Göttlichen« gab es also noch. Ein junger Mann in Island zu sein, war wohl immer das Gleiche.

Und immer siegte das Land in diesem Spiel. Auf einmal kleckerte aus dem Enttäuschungseimer der Verdacht über seine leuchtende Seele, mit den Ketten der Herkunft gefesselt zu sein, mit geistigen Banden an dieses Land, das in einer einzigen Nacht alle Werke der Kunst und die gesamte Kunstgeschichte über den Haufen werfen konnte, und zwar lediglich mit einer zweckmäßigen Mischung aus wolkenlosem Himmel, Windstille und Sonnenaufgang. War er etwa ein Junge vom Lande, ein Bauerntrampel, fragte er sich, während seine Augäpfel die »alpenkleine« Bergkette auf der Halbinsel Snæfellsnes entlangrollten, die ins Bild ragende Hafenmole übersprangen und dann weiter zum Gletscher wanderten. Sollten wir Isländer denn für immer am Fuß dieses verdammten Gletschers festsitzen?

Kompliziert, Künstler in einem Land zu sein, das selbst ein Kunstwerk ist.

Er blieb noch an der Tankstellenwand sitzen, kaute auf einem Ende des Plastikhalms und nahm dieses gewaltige Bild in sich auf, das so genau mit dem Relief im Hotel Borg übereinstimmte. Die Schönheit nahm mit jeder Minute noch zu, dabei schien die Sonne noch ein gutes Stück des Wegs zu haben, bis sie über dem Bergkamm aufgehen würde. Schließlich stand Jung auf und ging langsam durch Kies und Unkraut an der stark angerosteten Ostwand der Tankstelle vorbei. Ein alter, hellblauer Simca klapperte mit tiefhängendem Heck die Straße entlang. Auf der anderen Seite stand das berühmte Sendehaus des Rundfunks, Skúlagata 4. Es rief augenblicklich eine Erinnerung aus den tiefsten Tiefen seines Aktenschranks in ihm wach – wie hatte er das nur vergessen können? Er sah einen Briefschlitz vor sich und einen Umschlag, einen ganz schön dicken Umschlag ...

An der Stelle musste er abbrechen. Es war lange her, seit er das letzte Mal gekotzt hatte, er hatte sogar geglaubt, es wäre damit vorbei, aber jetzt begann das Schwarze das Spiel von vorn, hatte sich schon an den Aufstieg durch die Speiseröhre gemacht. Jung tastete nach dem bundesdeutschen Hotelglas, aber es war bereits zu spät. Er beugte sich vor und ließ den ersten Schwall ins Unkraut und zwischen zwei Steine platschen. Er war ziemlich ansehnlich, und Jung hustete den Rest hinterher. Es zischte etwas auf den Blättern des Sauerampfers, die etwas abbekamen, und das machte Jung neugierig. Als noch ein kleiner Nachschlag kam, hielt er spontan den Plastikhalm so an die Lippen, dass etwas von dem Erbrochenen hindurchlief, aber auch nicht alles heraustropfte. Der Halm war im Nu voll, und Jung fühlte in den Fingerspitzen, wie es heiß wurde und dann erstarrte, dann begann es zu qualmen und zu brodeln, und er warf es schnell fort. Was beim Wegwerfen noch weiß war, war schon schwarz, als es mit einem leisen Geräusch des Zerbrechens auf einen Stein knallte und das Ufer hinabfiel. Er beugte sich über den Stein und sah das »Röhrchen«, das nur mehr ein in der Mitte durchgebrochener, dünner, schwarzer Stab war, der Abguss aus dem Inneren des Halms. Das Plastik der Hülle war weggeschmolzen. Er wartete ein Weilchen, ehe er sich traute, den Stab aufzuheben. Matt und rußschwarz, sah er aus wie eine Lakritzstange, lief an der Bruchstelle aber spitz zu.

Sobald der Stab in seiner rechten Hand lag, war deutlich zu sehen, dass sie ihn kannte und wusste, worum es sich handelte. Jung sah seiner eigenen Hand zu wie ein Zuschauer und vermeinte, etwas zu begreifen, war sich aber nicht ganz sicher und eilte mit diesem Verständnis nach Hause, wagte aber nicht, es in die Tasche zu stecken, aus Angst, es könne zerbrechen oder verloren gehen.

Die Sonne war noch nicht über die Esja gestiegen, aber die Bars hatten offensichtlich geschlossen, Taxis und braune Scout-Geländewagen rollten voll Partylaune durch die Skúlagata. Jung sah wieder hinüber zum Rundfunkhaus. Ja, da hatte er vor vier Jahren, im Frühling 1978, mit einem Umschlag in der Hand gestanden, ein verwirrter junger Zweifler mit klopfendem Herzen, und spätabends den Brief eingeworfen, dann war er davongerannt wie ein Brandstifter, der den Kopf verloren hat. Es war in der Woche vor den Stadtratswahlen gewesen. Ohne jegliche Erklärung war er, damals ein pickelbestreuter Gymnasiast, eines Morgens mit einem ganzen Unterhaltungsprogramm im Kopf aufgewacht, einer satirischen Verdrehung der Namen und Programme aller Parteien und Kandidaten, die ihm keine Ruhe ließ, bis er sie zu Papier gebracht hatte. Als er fertig war, hatte er auf drei dicht beschriebene Seiten voller Material geblickt, das erschreckend vollendet und so komisch war, dass er nicht wusste, was er daraus machen sollte. Es einfach in einer Schublade verschwinden lassen? Nein, das war so, wie kleine Kätzchen zu ersäufen. Es in der Schulzeitung veröffentlichen? Nein, dann würde es erst im Herbst erscheinen. Es probeweise an den *Volkswillen* schicken? Nein, er hatte die Linken genauso durch den Kakao gezogen wie die anderen. Schließlich war ihm eingefallen, es beim Rundfunk einzureichen, der war neutral. Er adressierte es an das Morgenmagazin, dessen neuer Moderator erschien ihm möglicherweise zugänglich. Das tat er, ohne seinen Namen zu nennen oder jemandem davon zu erzählen.

Am nächsten Morgen setzte er sich mit brodelnden Pickeln und starrem Blick an den Küchentisch und beugte sich über seinen Teller mit Cheerios, während sich seine Eltern über einen sehr ungewöhnlichen und ausgesprochen witzigen Vorbericht zu den Wahlen im Morgenradio kaputtlachten. Die Sprecher, ein Mann und eine Frau, lasen abwechselnd den Beitrag eines »Einsenders«, wie sie ihn nannten, vor. »Kommen wir zur Unabänderlichkeitspartei. Da haben wir, nach Aussage des Einsenders, auf Platz zwölf die stellverbellende Filzebürgermeisterin Lassie Jóhannsdóttir ...«

Jung guckte auf seinen Teller, hörte aber ein schnaufendes Lachen seines Vaters, während seine Mutter das Radio fragte:»War das jetzt nicht ein bisschen zu viel des Guten?«

»Ach, aber es ist doch verdammt komisch«, antwortete sein Vater.

Bessí Jóhannsdóttir war eine junge und sehr gut aussehende Abgeordnete der Unabhängigkeitspartei, aber ihre blonde Mähne und ihr spitzes Gesicht erinnerten sehr wohl an einen langhaarigen Collie. Doch plötzlich befielen Jung heftige Gewissensbisse. Sie und ihre Familie hörten das sicher auch! Es war das einzige Morgenmagazin des Landes. Die Einsicht ließ ihn schlucken und rot anlaufen, so weit hatte er nicht gedacht. Er blickte vom Teller auf und sah seine Eltern an, doch die lachten weiter über die Wahlsatire.»Auf Platz vier ist Dawitz Oddsson, Wartesaalvorsteher, auf Platz drei Albert Gott-Mundsson, Großklaufmann ...«

Jung verspürte keinen Stolz, bloß zunehmende Verärgerung und schaute seine Eltern stinkwütend an. Sie überlegten mittlerweile, wer der»Einsender« sein könnte.

»Ist das nicht Flosi? Das sähe ihm ähnlich, echt Flosi!«

»Mich erinnert das eher an Radio Mathilda ...«

Er kam aus der Nummer nicht raus. Hätte er seine Eltern angepflaumt:»Das ist von mir!«, dann hätte das anschließend ausbrechende peinliche Schweigen bereits bestehende Zweifel an seiner geistigen Zurechnungsfähigkeit weiter genährt.

Auch in der Schule drehten sich die Gespräche des Tages um »diese witzige Sendung im Radio vorhin«, bis es ihm so unerträglich wurde, dass er mit der Bitterkeit eines verkannten Schriftstellers den Unterricht verließ.

Wie hatte er das vergessen können? Und wie hatte er das andererseits zustande gebracht? Diese Art von bissigem Humor war ebensowenig je wieder über ihn gekommen wie der fiebrige Geist, der einen ganzen Artikel über den Schulalltag fabriziert hatte. Konnte er womöglich schreiben?

Mit seinem schwarzen, dünnen und nadelspitzen Verständnis ging er den Laugavegur entlang, an der Kirche der Pfingstgemeinde vorüber zur Suðurlandsbraut, Sendehaus des Fernsehens, Hotel Esja … Der Verkehr war abgeflaut und keine Menschenseele zu sehen, als die Sonne endlich auftauchte wie das Blinklicht auf dem Dach der Sporthalle im Laugardalur, die den Blick auf die Berge verstellte. Der junge Mann blieb stehen und schaute ins Feuer, ließ sich acht Minuten lang von Gold umspielen, bis er spürte, dass sich seine Handfläche feucht anfühlte. Seine Finger waren ganz schwarz geworden, der Schweiß hatte etwas von dem Material aufgelöst. Er nahm den Stab in die andere Hand und schnupperte an den schwarzen Fingern, der metallische Geruch erinnerte ihn eindeutig an etwas, er kam aber nicht darauf, was es war. Er wischte die Hand im Gras ab, ließ den Stab vorsichtig in die Tasche gleiten und ging weiter nach Hause.

Unter grünen Espen kam er ins Viertel Heimar, ging einen Fußweg hinauf in eine Sackgasse voller Autos und Stille. Am Ende der Straße allerdings bewegte sich etwas, und er blieb neben dem grünen Wagoneer-Jeep stehen, bis er den Zeitungsausträger quer über die Straße gehen sah, einen großen Mann mit langem, roten Bart und einer imponierenden Brille, der rückwärts lief. Jung hatte von dieser lebenden Legende gehört, die seit Jahrzehnten in der halben Stadt Zeitungen wie den *Volkswillen* und *Tíminn* austrug und mittlerweile so kaputte Knie hatte, dass er sich nur noch rückwärts bewegte. Ihn so leibhaftig zu sehen, war eher unangenehm, und als Jung ihn näher kommen sah, huschte er die Treppe hinauf ins Haus und achtete darauf, die Tür leise zu schließen. Sein Zimmer lag gleich gegenüber der Tür. Er nahm den schwarzen Stab aus der Tasche und legte ihn auf dem Schreibtisch ab, zog den Mantel aus. Als er leise ins Bad wollte, stand seine Mutter im roten Bademantel im Türrahmen und bat ihn, in die Küche zu kommen.

Sie ging voran, und Jung erschien es, als hätte er seine Mutter noch nie von hinten gesehen. In dem Moment, in dem sie an der Tür vorbeiging, klappte der Briefschlitz auf, und das Sonntagsblatt des *Volkswillen* wurde hindurchgeschoben wie eine vulgär herausgestreckte Zunge. Obwohl er darauf hätte vorbereitet sein sollen, zuckte Jung zusammen (seine Gefängniszelle stand ihm blitzschnell vor Augen) und kam erschrocken in die Küche.

Obwohl Sonnenschein auf dem Laub draußen lag, schaltete seine Mutter das Licht über dem Küchentisch ein. Die schwarze, runde Lampe hing tief über dem runden Tisch, und das Licht fiel grell auf eine grün und gelb gemusterte Plastiktischdecke. Es sah aus, als stünden sie in einem Schattendorf um einen uralten Lichtbrunnen, um den sich die Bewohner zur Beratung versammelt hatten. Die Wanduhr zeigte Viertel nach vier. Seine Mutter zog einen Stuhl unter dem Tisch hervor, setzte sich aber nicht, sondern hielt sich daran fest, holte Luft und sagte: »Dein Großvater ist gestorben.«

Sie sahen sich schweigend kurz in die Augen, dann fragte er verblüfft nach.

»Ja. Wir sind gestern Abend hingefahren und waren bei ihm. Um zwei Uhr ist er eingeschlafen. Vor zwei Stunden.«

Sie setzten sich. Sein Vater kam im Schlafanzug in die Küche und zwängte sich auf den Stuhl in der Ecke bei der Heizung. Die Lampe hing in Kinnhöhe über dem Tisch, und ihre Gesichter

lagen im sonnengesprenkelten Zwielicht des Morgens, während
ihre Hände in hellem Licht auf dem gelbgrünen Tischtuch lagen: die mageren, schmalen Hände seiner Mutter mit vortretenden Knöcheln (die schönste Schreibhand des Landes und ihre
Schwester), die kräftigeren Hände seines Vaters mit den fast viereckigen Fingernägeln, die gerade so weit über die Kuppen vor-
standen, dass sie vorn hübsche, weiße Ränder aufwiesen, und an
schmalen Handgelenken die zehn Finger, die die Mischung der
zwanzig anderen darstellten, ungeschickte Jungenhände mit etwas Schwärze an denen der rechten.

60

AUF SEITE 23, RECHTS

»Dein Großvater ist gestorben.« Er stand in seinem Zimmer am
Schreibtisch und wiederholte sich diese Tatsache noch einmal. In
einem alten Windfang in der Weststadt hing nun ein Hut ohne
Eigentümer. Jung legte die Hände auf die Stuhllehne und starrte
Wände, Papier, Bücher und Skizzenhefte an. Sein dunkles Profil
hob sich gegen das helle Fenster hinter ihm ab, in dem fast die
einzelnen, horizontal in den Hof einfallenden Sonnenstrahlen zu
unterscheiden waren, die ihre weite Reise durch den Weltraum
hier auf dem ledrigen Blatt einer Pappel beendeten, ein unglaubliches Unternehmen und unglaublicher Aufwand allein dazu, um
einer Trauerstunde, die ohnehin schon viel zu hell war, obendrein
einen Goldtupfer aufzusetzen. Er hatte Großvater im Krankenhaus besucht, wo er lächelnd hinter seinem *Morgenblatt* hervor-
gekommen war, ein fleckiger Schädel auf weißem Kissen, gelb-
häutig nach fünfundachtzig Jahren Erdenleben, mit einem

schelmischen Lächeln, das wie die Lösung einer ebenso langen Rechenaufgabe aussah, und einem Verstand, der noch immer funktionierte: »FC Víkingur hatte richtig Glück, gegen den spanischen Meister ausgelost zu werden.« Dann fiel ihm der Nachruf auf einen Sigurður ein, von dem er sicher war, dass er schon vor langer Zeit gestorben war. »Vielleicht hat's beim ersten Mal nicht richtig geklappt.«

Es war Jungs dritte Bekanntschaft mit dem Tod. Zwei Jahre vorher war er von der Stimme Pétur Péturssons im Radio aufgewacht, des Moderators, der für seine Hörer niemals einen Song der Beatles gespielt hatte, ihnen damals aber mitteilte, dass »der englische Beatle John Lennon« in der Nacht ermordet worden war, und dabei so anteilnehmend klang wie Breschnew bei der Beerdigung Chruschtschows. Jung hatte feuchte Augen bekommen, als der Moderator anschließend »Imagine« spielte. Was ihn im Zusammenhang mit dieser Trauernachricht jedoch am meisten berührte, war der Umstand, dass er am Abend zuvor beobachtet hatte, wie eine Sternschnuppe vom Himmel gefallen war. Das hatte er davor erst ein einziges Mal gesehen, an dem Abend, als er, fünfzehn Jahre alt, nach einem Anruf aus dem Bauernhaus gegangen war, der ihm den Tod seiner Großmutter mitgeteilt hatte.

Das hatte sich an einem halbdunklen Spätsommerabend um Mitternacht ereignet, keine Wolke am Himmel über der brettflachen Ebene im Südland, die erste Nacht nach den Sommerferien der Sterne, die nach drei Monaten Pause wieder zur Arbeit erschienen und mit zusammengekniffenen Augen verlegen vom Himmelsgewölbe zwinkerten, als Jung aufgeblickt hatte auf der Suche nach einer Antwort auf die Frage, die die erste Todesnachricht in jedem Menschen weckt: Und wo ist sie jetzt? Er war so erschrocken wie der lichtempfindliche Apostel auf seinem Weg nach Damaskus, als der Himmel mit einem schnellen Sternenstrich geantwortet hatte: Hier!

Jung hatte sich gefühlt, als hätte Gott ihn angerührt, sein außenliegendes Herz mit dem Nagel geritzt, und er war im Kreis über die Hauswiese gelaufen wie ein verwundeter Hund, bis er sich dem Berg zugedreht hatte, hinter dem die Hauptstadt lag. Der Himmel über ihr war noch eine Spur blutig. Die Nachtschicht hatte noch nicht geputzt. Oma, die er so mochte, aber nie richtig kannte. Oma, die Tee kochte und Toast röstete. Oma, die nie rauchte, aber andauernd Aschenbecher leerte. Oma, die durch ihre Hornbrille lächelte. Oma in der weißen Bluse. Oma mit der runden Brosche am Ausschnitt. Oma, die immer ein Strickjäckchen trug. Oma, der es genügte, Opas Frau zu sein. Jung hatte tief Luft geholt und den Kopf zum Trocknen zurückgelegt, damit kein Niederschlag aus seinen Augen kam. Es war die Reaktion des erfahrenen Landarbeiters, sie konnten gerade keinen Regen gebrauchen.

Die Erde strotzte vor Kraft, all ihre Farben hatten von morgens bis abends ihr Bestes gegeben und lagen nun mehr ausgeblichen, müde und erschöpft auf Dächern und Wiesenhöckern, als hätte die Sonne ihnen die meiste Kraft ausgesaugt. Und dann käme der Tau, das rätselhafteste Phänomen der Natur, das die gesamte Ernte unter blitzblankem Himmel regennass werden ließe. Aber die Ballen würden am nächsten Morgen trotzdem trocken sein, ebenso die Schwaden, die noch nicht gebunden waren. Es war heiter über den westlichen Bergen, hatte Páll der Bauer gesagt, und das bedeutete die Garantie für Sonnenschein am nächsten Morgen.

Der beste Tag des Sommers hatte hinter ihnen gelegen, ein Tausend-Ballen-Tag, einer dieser vollkommen klaren Sonnentage, die es in jedem Sommer gibt und die ihn zusammenbinden und den Menschen so ins Gedächtnis prägen: So war dieser Sommer! Wir haben doch einen richtigen Sommer gehabt! Einer der Tage, die es ermöglichen, dem Winter entgegenzugehen, ein Tag, der einem ganzen Volk bis Weihnachten genügt. Jung hatte gesehen, wie Páll mit flachem Zimmermannsbleistift »1027 Ballen« in seine Kladde notierte, 1027 – eine unglaubliche Zahl! Die Hälfte war schon in die Scheune gebracht worden, der Rest lag noch auf der Wiese verstreut. Tausend Ballen waren von der Maschine mit dem unwiderstehlichen Namen New Holland ausgespuckt worden, und er, Jung, hatte sie den größten Teil des Tages gefahren, sein erster richtiger Einsatz auf dem Heubinder. Wenn er über die Landschaft Ausschau hielt, konnte er die rote (jetzt in der Nacht dunkelrote) Maschine mit dem unten hängenden gelben Kardanwellengehäuse auf der frisch gemähten Wiese stehen sehen, und er dachte über den Wollgrassund hinweg an sie wie ein romantisch Verliebter. Er hatte früher schon zu beiden Maschinen auf dem Hof eine Verbindung entwickelt, insbesondere mit dem Heuanhänger, den er mittlerweile gleich im ersten Versuch vollbeladen rückwärts durchs Scheunentor rangieren konnte, das nur vier Zentimeter breiter war als der Hänger. Doch diese früheren Flirts waren nur Tändeleien im Vergleich zu dieser neuen Liebe. Jungfrau New Holland war unvergleichlich. Er hatte Geschichten über sie gehört, sie sei zickig, habe die Neigung, die Arbeit nur noch schwerer zu machen oder mittendrin zu streiken, hätte schon Leuten ganze Arme abgerissen, aber an jenem Tag war alles absolut nach Wunsch verlaufen. Welche Geschmeidigkeit, welche Ausdauer, welche Präzision und Sachkundigkeit! Ein übers andere Mal hatte er von seinem vibrierenden Traktorsitz über die Wiese geblickt, auf die Ansammlung von Heuballen, Dutzende, Hunderte säuberlich gemähter und gebundener Heuballen, gemeinsame Abkömmlinge von ihm und New Holland! Etwas so loses wie Heu in eine feste Form einzubinden, war eine Kunst, die nicht jedem gegeben war, diese Maschine war eine Dichterin!

Aber wie hatte ein derart triumphaler Tag ein so trauriges Ende nehmen können? In seinen Augen waren alle Ballen, die noch draußen dunkel auf hellem Feld lagen, mit schwarzen Trauerbändern aus Seide umwickelt. Er musste allerdings zugeben, dass diese Vorstellung etwas übertrieben gewesen war, denn so überwältigend war seine Trauer nun doch nicht gewesen, seiner Großmutter hatte er nicht so nah gestanden wie nun, acht Jahre später, seinem Großvater. Was damals den größten Eindruck hinterlassen hatte, war der Umstand, dass ihm der Himmel wie beim Tod John Lennons mit einem Lichtstreifen geantwortet hatte: Hier!

Zehn Tage später war eine Ausgabe des *Morgenblatts* in ihrem Haushalt gelandet, der immer nur *Tíminn* abonniert hatte, das Blatt der bäuerlichen Wiederkäuer. Jung fand es im Sonnenschein auf der Fensterbank, mehrfach gelesen, zerfleddert und in der Sonne nach Druckerschwärze riechend.

»Habe ich dir aus Oddurs Wartezimmer mitgebracht. Es steht ein Nachruf über deine Oma drin.«

Jeder Isländer bekam einen Nachruf im *Morgenblatt*, auf seinen Seiten fand täglich eine der bemerkenswertesten Volkszählungen statt, die die Welt je gesehen hatte, allerdings wurde der Bestand postum erhoben. Freunde und Verwandte schrieben einen kurzen Nachruf zu Ehren des Verstorbenen, »bedeutende Zeitgenossen« erhielten bis zu zehn Artikel. Starb ein großer Dichter oder bekannter Politiker, gab es eine Extrabeilage.

Großmutter bekam lediglich einen, verfasst von Jungs Vater in biederer Aufrichtigkeit. »Ihren Kindern war sie eine gute Mutter und als Schwiegermutter so, dass ich sie mir nicht besser hätte wünschen können …«

Jung hatte sich für seine Großmutter aufgeregt, die bloß einen

Punkt in diesem »Bessere-Leute«-Wettstreit bekommen hatte, lediglich einen einzigen Nachruf in diesem Blatt, dessen Redakteur ihr Schwager vierzig Jahre lang gewesen war, die mit einer Stola um die Schultern jahrzehntelang in den vornehmsten Räumlichkeiten ein und aus gegangen war, selbst eine der vornehmsten Frauen in Akureyri war und ihr Leben mit einem der Spießbürger Reykjavíks verbracht hatte – alles Tatsachen, von denen Jung in seiner Unschuld annahm, sie allein müssten ihr eine volle Seite an Nachrufen sichern. Dazu kam noch ihr Sieg über die Tuberkulose, die sie einen Lungenflügel und die frühen Jahre ihrer Kinder gekostet hatte, Jahre, die sie fernab von ihrer Familie im Sanatorium von Kristnes hatte verbringen müssen, doch davon hatte sie, die bescheidene Heldin des Alltags, nie gesprochen und sich nie darüber beklagt. Und nun, in der Stunde ihres Todes, erinnerte sich keiner an sie, außer ihrem treuen Schwiegersohn. Es war ein Skandal!

Jung erinnerte sich an seine jugendliche Entrüstung und überlegte unwillkürlich, wie viele wohl über seinen Großvater schreiben würden, und ehe er sich dessen versah, stiegen Sätze in ihm auf. »Dein Großvater ist gestorben. Ein Satz, den du in der Nacht zu hören bekamst, der eine helle Nacht dunkel werden ließ ...« Die Worte schossen gleichsam in ihm auf wie schnellwachsende Blumen des Dunkeln, die ihre Schönheit in der Hoffnung aufscheinen ließen, in die Helle des Papiers zu kommen. Sollte er vielleicht einen Nachruf auf seinen Großvater schreiben? »... der eine helle Nacht dunkel werden ließ.« Noch immer stand er mit den Händen auf der Stuhllehne am Schreibtisch, hielt den Blick auf seinen Freund A4 gerichtet und holte tief Luft. Das Haus, der Garten, das Viertel, alles war morgendlich still. Sein Blick fiel auf den schwarzen Stab des Verstehens, den er auf den Schreibtisch gelegt hatte, als er nach Hause gekommen war. Er griff danach, hob ihn auf, zog den Stuhl vom Schreibtisch, setzte sich darauf und versuchte, diesen Stift aus Kotze wie einen Füller oder Bleistift zu halten und setzte die Spitze aufs Papier. Sie brach bei der ersten Berührung ab. Er probierte es noch einmal, versuchte, mit diesem schwarzen Stift eine Linie zu ziehen, hinterließ aber nur ein undeutliches Geschmiere auf dem weißen Bogen. Sein vermeintliches Verständnis war also nur ein Missverständnis gewesen, er hatte überhaupt nichts verstanden. Jung legte den Stab weg, lehnte sich zurück und seufzte.

Aber die Sätze wuchsen weiter in ihm, und irgendwann griff er nach einem weichen Filzstift, wusste aber nicht genau, wie er anfangen sollte. Es kamen immer neue Sätze hinzu. »Um die Zeit des Abendessens erscheint er in der Tür. Sorgfältigst gekleidet, winkt er mit Hut und Spazierstock, klatscht in die Hände, begrüßt jeden Einzelnen und fragt nach Neuigkeiten.« Jung sah auf das Schwarze an seinem rechten Zeigefinger, dann aus dem Fenster ins goldene Sonnenlicht, das zwischen den grünen Blättern tanzte, und plötzlich ging ihm ein Licht auf. Er stand auf, legte den Filzstift weg und nahm stattdessen den schwarzen Kotzestift und lief damit nach draußen, die Treppe hinab auf den Parkplatz, wo die Sonne am hellsten schien, und richtete dort die schwarze Stabspitze auf die Sonne. So hielt er sie eine Weile, bis zu erkennen war, dass die schwarze Masse flüssig wurde, ein winziger, schwarzer Tautropfen bildete sich an der Spitze. Jung schluckte, stürzte ins Haus zurück, holte A4-Papier und legte es auf die Motorhaube des Wagoneer und schrieb darauf mit dem schwarzen Stift: »Dein Großvat…«. Damit war der Tropfen aufgebraucht, und der begeisterte junge Mann hielt die Spitze wieder in die Sonne. Die schwarze Masse schmolz wieder, Stein verwandelte sich zurück in Troll, und er konnte weiterschreiben: »Dein Großvater ist gestorben.« Die Buchstaben erschienen flüssig und trockneten sogleich, sahen mehr gedruckt als handgeschrieben aus, obwohl die Schreibhand vor Aufregung und Spannung zitterte.

Ein Mann, der ganz außer sich war, verfasste morgens um halb fünf auf der grünen Motorhaube eines Geländewagens einen Nachruf auf seinen Großvater, hob dazu regelmäßig seinen Stift in die Höhe und bekam so neue Tinte, weil die Sonne sein Tintenfass war. Wie in Trance füllte er den Bogen Papier mit Trauer und Erinnerungen und hatte den Stab fast aufgebraucht, als er mit einem vollgeschriebenen Blatt die Treppe hinaufstieg. Sein Vater stand im Schlafanzug in der halb geöffneten Tür zum Flur und staunte, als sein Sohn geradezu hereinschwebte und sich eines Lächelns trotz aller Trauer nicht enthalten konnte.

»Ich habe was gefunden«, sagte er rasch und wedelte mit dem Blatt, erklärte aber nicht mehr, sondern verschwand in seinem Zimmer.

Ich habe was gefunden. Ich habe etwas Tau gefunden, schwarzen Tau, der sich bildet, wenn acht Minuten Gold auf sieben Zentimeter Kotze treffen. Ich weiß, ich bin durch den Fluss geschwommen, um auf der anderen Seite Tau zu holen, aber ich habe ihn gefunden!

Er legte sich aufs Bett und las den Artikel zweimal durch. Er war ihm aufs Papier gekommen wie aus einer Schreibmaschine, und er war druckreif.

Er konnte erst nicht einschlafen, sein Gehirn war ein einziger Saal voller Echos. Er dachte an den schwarzen Zylinder, der nun in einem dunklen Regal im Osten der Mauer vor sich hin dämmerte und nie seine ganze Geschichte sehen würde. Dann aber fiel er doch in Schlaf und schlief eine Woche lang. Als er aufwachte, war es Mittag, und alle hatten ihre feierlichsten Kleider an. Seine Mutter stand in der mit Teppichboden ausgelegten Diele vor dem

Spiegel und ließ die Haarspraydose um den Kopf kreisen, sein Vater hatte einen Fuß auf den Küchenhocker gestellt und band sich einen blankgeputzten Schuh zu. Seine Geschwister rumorten in ihren Zimmern, und seine Großmutter kam frisch frisiert und in weißer Sonntagsbluse aus einem dunklen Flur. Ihm war vorher nie aufgefallen, wie gut die alte Dame wirklich aussah. Und erst da stellte er fest, dass auch er Sonntagsstaat und Lackschuhe trug.

»Sehr schön, dein Nachruf«, sagte seine Mutter durch den schrecklich riechenden Sprühnebel.

»Ach, ist er gedruckt worden?«

»Ja, die Zeitung liegt in der Küche.«

Er fand sie aufgeschlagen auf dem Küchentisch, eine ganze Seite für Großvater Schram, mit einem Porträt jüngeren Datums, das ihn im Frack mit weißer Schleife bei einem Empfang der Oddfellows zeigte, mit dem spöttischen Lächeln eines jungen Mannes in den Augen. Es gab vier Nachrufe, unter dem letzten stand sein Name. Er überflog ihn. Ja, es stimmte, das hatte er geschrieben, und nun war es in der großen Zeitung, die auf allen Tischen des Landes lag, das ganze Volk konnte es lesen, auf Seite 23, rechts, mit seinem Namen darunter. Ihm wurde leicht schwindelig; dann nahm er die Zeitung vom Tisch, hielt sie unter die runde Lampe und beugte sich darüber, als wollte er prüfen, dass es sich um ein echtes Exemplar und nicht um eine im Haus angefertigte Fälschung handelte. Er musterte den Artikel, die Spalte, jede einzelne Zeile, die Buchstaben, wie das Licht auf sie fiel, die druckerschwarzen Lettern auf dem groben, hellen Papier hervorhob und in seine Augen reflektierte, sodass er sah, wie die Buchstaben glühten, wie das Lampenlicht ganz fein auf dem matten Schwarz glänzte. Er bückte sich noch tiefer, hielt die Zeitung an die Nase und roch einen bekannten, metallischen Geruch.

Eine Stunde saß er in der Domkirche in der zweiten Bankreihe und hörte nichts von den Kirchenliedern, den Gebeten, der Lesung aus der Schrift und dem Evangelium, von den Gedenkworten, der Aussegnung, dem Segen und der Ausgangsmusik, sondern nahm nur die poetischen Farbnuancen auf dem schwarzen Talar des Pfarrers und im Wechsel damit das harte, unveränderliche Weiß des Sarges wahr. Ihm waren schon ein paar Einfälle zu weiteren Nachrufen gekommen. Es musste nur erst einmal noch jemand sterben.

Die Trauerfeier fand in Großvaters leerem Haus im Stýrimannastígur statt. Die Bodendielen knarrten unter den harten Absätzen der ganzen Sonntagsschuhe, und sämtliche Aschenbecher blieben leer. Seine Mutter hatte auch sechzehn Jahre Chesterfieldqualm aus den Gardinen gewaschen, die Zimmer waren von einer seltsamen Mischung aus dem leichten Geruch von Sauberkeit und lastender Trauer erfüllt. Der junge Mann schaute zum Schreibtisch unter dem ganz von Laub ausgefüllten Fenster, die Lesebrille schien zur selben Zeit den Geist aufgegeben zu haben wie ihr Besitzer. Zuoberst auf dem Zeitungsstapel daneben lag ungeöffnet die neueste Ausgabe von *Time* mit Ayatollah Khomeini auf dem Titelbild. Durch die glänzende Plastikhülle war ein Zitat zu lesen: »This is a war between Islam and blasphemy.«

Jung hatte die Wörter erst neulich gelernt, verstand aber den Zusammenhang nicht, das war für ihn zu weit weg, und er ging ins Wohnzimmer zurück, in dem sich jetzt die Angehörigen versammelten. Er nahm die Umarmung einer alten Tante entgegen, die ihm für seinen Nachruf in der Zeitung dankte, und am Fenster stand ein angeheirateter Verwandter mit Schnauzbart und Brille und sagte mit aufmunternder Miene: »Und schreiben kannst du also auch.« Jung nahm diese Aussage in den Arm und hielt sie für den Rest der Trauerfeier fest wie einen empfindlichen Goldbarren.

Am Ende verabschiedete er sich von seinen Eltern und Geschwistern, sagte, er wolle jetzt zu Fuß nach Hause gehen, was Erschrecken und Gelächter auslöste, und er nahm im Scherz den Hut vom Haken und setzte ihn auf, übergoss sich mit dem Geist des Verstorbenen wie aus einem Glas. Die meisten lachten, aber am Gesichtsausdruck zweier älterer Frauen konnte er ablesen, dass man so etwas nicht tat, und er verließ rasch das Haus. Auf der Treppe blieb er stehen und bat Opa Schram für den Scherz mit dem Hut um Verzeihung und fühlte sofort, dass er ihm vergab, denn er hörte ihn sagen: »Der Nächste bitte, sagte der Hut zum Kopf.«

Er ging die Stufen hinab wie jemand, der die Schule verlässt, ein unerwarteter Professor hatte gesagt, was zu sagen war, und Jung ging auf der Sonnenseite der Bárugata wie ein Mann, der gedruckt wurde. Zwei junge Mädchen in kurzärmeligen T-Shirts kamen ihm lachend entgegen. Wahrscheinlich war es *der* Tag des Sommers, wie jener, an dem seine Großmutter gestorben war. Er trug nach wie vor seinen Mantel, aber er war nun leichter als früher. Auf dem Friedhof in Fossvogur hatte er sich nach der Beerdigung noch einmal an das offene Grab gestohlen und das deutsche Hotelglas hineingeworfen. Es war aufrecht zwischen Sarg und Grabwand zu stehen gekommen und stand sicher noch immer so da. Es war nicht deutlich zu sehen gewesen, ob das Schwarze darin Erde oder etwas aus den Eingeweiden war.

Jung ging bis ans Ende der Straße, bog in den Fischersund ein und ging hinab ins Zentrum.